LA ROSE DE SAPHIR

DU MÊME AUTEUR
CHEZ POCKET

LA GRANDE GUERRE DES DIEUX

LES PRÉQUELLES

1. Belgarath le sorcier
   Les années noires
2. Belgarath le sorcier
   Les années d'espoir
3. Polgara la sorcière
   Les années d'enfance
4. Polgara la sorcière
   Le temps des souffrances

LA BELGARIADE

1. Le pion blanc des présages
2. La reine des sortilèges
3. Le gambit du magicien
4. La tour des maléfices
5. La fin de partie de l'enchanteur

LA MALLORÉE

1. Les gardiens du Ponant
2. Le roi des Murgos
3. Le démon majeur de Karanda
4. La sorcière de Darshiva
5. La sibylle de Kell

LA PIERRE SACRÉE PERDUE

LA TRILOGIE DES JOYAUX

1. Le trône de diamant
2. Le chevalier de rubis
3. La rose de saphir

LA TRILOGIE DES PÉRILS

1. Les dômes de feu
2. Ceux-qui-brillent
3. La cité occulte

Hélène

David Eddings

David Eddings est né en 1931 à Spokane, Washington, dans ce grand Nord-Ouest des États-Unis où le destin le ramènera souvent. Études au Junior College d'Everett (1950-1952) puis au Reed College (1952-1954). Service militaire en Allemagne (1954-1956). Passe le M.A. (1957-1961) et s'inscrit en Ph.D. de littérature à l'université du Washington à Seattle.
Judith Leigh Schall est née en 1937 ; elle a passé son enfance dans un village près de Pittsburgh avant de rejoindre l'armée de l'air. Puis elle rencontre David Eddings à Tacoma et l'épouse en 1962 après un été aventureux qu'il racontera dans *High Hunt*, son premier roman (1973). Dans l'immédiat, il trouve du travail chez Boeing, qui l'envoie dans le Dakota pour s'occuper de missiles, puis à La Nouvelle-Orléans pour s'occuper de la fusée Saturne. Mais Leigh, asthmatique, ne supporte pas le climat et le couple retourne dans le Dakota, où David devient professeur de collège, puis à Denver, où il est engagé par Safeway (une chaîne de supermarchés) tandis que Leigh trouve du travail dans un motel. Le magasin, en 1974, est le théâtre d'un hold-up tragique ; il en tire *The Losers* (1992), un thriller sur le mal et la violence, qui se passe à Spokane, lieu de sa naissance, où il s'est replié après la fusillade. Mais ce n'est pas sa vocation d'écrire des romans « sérieux », même sur l'ennui dans les villes moyennes ; il relit Tolkien, reprend ses notes de cours sur la littérature médiévale et construit un univers complet. À partir de 1982, il rencontre le très grand public avec *La Belgariade* et sa suite : *La Mallorée* ; son écriture moderne, la clarté de la narration malgré la multiplication des personnages, la vie de ses dialogues, son humour léger, sont sans égal dans la fantasy d'aujourd'hui. En 1995, il reconnaît Leigh comme coauteur de ses romans : c'est à elle que l'on doit les décors concrets, les personnages féminins, les chutes incisives.

SCIENCE-FICTION

Collection dirigée par Bénédicte Lombardo

DAVID EDDINGS

LA TRILOGIE DES JOYAUX

III

LA ROSE DE SAPHIR

Traduit de l'anglais
par E.C.L. Meistermann

PLON

Publié aux Éditions Ballantine Books, États-Unis,
sous le titre original
THE SAPPHIRE ROSE

ISBN 2-266-17063-5

Note de l'auteur :

Mon épouse m'a fait savoir qu'elle désirait rédiger la dédicace de ce volume. Étant donné l'importance de sa responsabilité dans cet ouvrage, je n'ai pu qu'approuver sa proposition.

Tu as levé les bras
et fait tomber le feu du ciel...
Avec tout mon amour,
Moi.

MER DE
R. Horset
Horset
Heid
R. Ksema
Husdal
THALÉSIE
R. Emsat
Yosut
Ksema
Emsat
Detroit de Thalésie
R. Alis
Chaël
R. Nadera
Asabel
R. Asabel
Amir.
PÉLOSI
Endahl
DEIRA
Gatas
R. Acie
Acie
Golfe d'Acie
Adéra
Endde
R. Endde
Styrique
Alaris
Kaneas
Arruka
R. Arruka
ÉLÉNIE
Cardos
Lenda
Cimmura
Cimmura R.
Démos
Chyrellos
MER
DEIRANE
Vardenais
Ucera R.
Dieros
Darra
ARCIE
Ucera
Sarrin R.
Miles 100 200 300
Leagues 25 50 75 100
Larium
Coumbe R.
Coumbe
Pas d'Arcie
Zand
Djiroch
Kodhl
Gula R.
Dabour
RENDOR
Umanthum

PÉLOS
ÉOSIE
MER DE ZÉMOCH
Enola
Drocha
Golfe
de
Merdjuk
Aka
Ala R.
Zemoch
Viléta
R. Talis
Albak
Merdjuk
R. Acra
Korakach
Venne
Lac Venne
Agnak
Veldos
Paler
Vraden
Lac Randéra
Randéra
ZÉMOCH
Gama Dorit
Lac Lamork
LAMORKAND
Lamorka
Sunda
Belach
Dorar R.
Moterra
Kadum
Ganda
Eblash
R. Ganu
Kadach
Arnek
Verra
Lac Verra
Harga
Onad
La Cammoria
Cammori
Borrata
Cam R.
CAMMORIE
Zenga
R. Geras
Lebros R.
Madel
Miruscum
Lébros
Randkus
MER
EXTÉRIEURE
Sarrinium
Zahar
INTÉRIEURE
Cippria

PROLOGUE

Otha et Azash. – Extrait de *Une brève histoire de Zémoch*, établie par le Département d'histoire de l'université de Borrata

A la suite de l'invasion de l'occident par les peuples élénophones des steppes de Darésie centrale, les Élènes émigrèrent progressivement vers l'ouest en provoquant le déplacement des populations clairsemées de Styriques qui habitaient le continent éosien. Les tribus qui s'installèrent en Zémoch arrivèrent les dernières. Elles étaient bien moins développées que leurs cousines de l'ouest, leur économie et leur organisation sociale étaient simplistes, leurs villes grossières en comparaison des cités en train d'apparaître dans les royaumes occidentaux. En outre, le climat de Zémoch était au mieux inhospitalier, et toute vie ne faisait qu'y subsister. L'Église n'avait guère trouvé qui pût retenir son attention en une région aussi pauvre et désagréable ; il en résultait que les chapelles rudimentaires de Zémoch avaient rapidement perdu leurs pasteurs et que leurs assemblées sans prétention étaient restées sans supervision. Aussi les Zémochs avaient-ils été obligés de porter dans d'autres directions leurs sentiments religieux. Comme les prêtres élènes de la contrée étaient rares pour faire respecter l'interdit de l'Église sur la sympathie avec les Styriques païens, la fraternisation était devenue chose courante. Les innocents paysans élènes s'étaient rendu compte que leurs voisins styriques étaient capables de récolter des bénéfices non négligeables de l'utilisation des arts secrets, et peut-être n'était-il que naturel que cette apostasie devînt générale. Des villages élènes entiers de Zémoch se convertirent au panthéisme styrique. Des temples furent ouvertement érigés en l'honneur de tel ou tel Dieu local, et les sombres cultes styriques fleurirent alors. Les mariages mixtes entre Élènes et Styriques se firent courants et, dès la fin du premier millénaire, le Zémoch ne pouvait plus se considérer comme une véritable nation élène. Les siècles, et un contact étroit avec les Styriques, étaient allés jusqu'à corrompre la langue élène en zémoch au point que les Élènes occidentaux la comprenaient à peine.

C'est au XIe siècle qu'un jeune chevrier du village montagnard de Ganda, en Zémoch central, connut une étrange aventure qui devait changer la face du monde. Alors qu'il recherchait dans les collines une chèvre égarée, cet adolescent, du nom d'Otha, rencontra un sanctuaire dissimulé par des plantes grimpantes qui avait été érigé dans l'antiquité par l'un des nombreux cultes styriques. Le petit édifice avait été consacré à une idole dont la statue dégradée par les intempéries était à la fois grotesquement déformée et bizarrement séduisante. Comme Otha se reposait des fatigues de son escalade, il entendit une voix caverneuse qui s'adressait à lui en styrique.

– Qui es-tu, gamin ? demanda la voix.

– Je m'appelle Otha, répondit l'adolescent d'un ton hésitant, en s'efforçant de se rappeler son styrique.

– Es-tu venu en ce lieu pour me prêter allégeance, pour t'allonger devant moi et me vénérer ?

– Non, répondit Otha avec une sincérité peu commune. Ce que je voudrais, en fait, c'est retrouver l'une de mes chèvres.

Il y eut un long silence. Puis la voix caverneuse et glaciale continua :

– Et que dois-je te donner pour t'arracher ton obéissance et ton adoration ? Nul de ta race ne s'est occupé de mon sanctuaire depuis cinq mille années et j'ai soif de vénération... et d'âmes.

Otha était certain à ce stade que la voix appartenait à l'un de ses camarades chevriers en train de lui jouer un tour, aussi décida-t-il de retourner l'attaque en sa faveur.

– Oh, répondit-il d'un air nonchalant, j'aimerais bien être le roi du monde, vivre éternellement, avoir mille jeunes filles pubères prêtes à contenter le moindre de mes désirs, posséder une montagne d'or... et, oh oui ! j'oubliais... je voudrais retrouver ma chèvre.

– Et me donneras-tu ton âme en échange de tout cela ?

Otha réfléchit à la question. C'était à peine s'il avait conscience de posséder une âme, aussi la perte de celle-ci aurait de la peine à le déranger. Il songea en outre que, s'il ne s'agissait pas en fait d'une blague de jeune chevrier et que l'offre s'avérait sérieuse, le non-respect de l'un des points de sa demande invaliderait automatiquement le contrat.

– Oh, d'accord, fit-il en haussant les épaules d'un air indifférent. Mais j'aimerais d'abord retrouver ma chèvre... ne serait-ce qu'en témoignage de ta bonne foi.

– Retourne-toi, Otha, ordonna la voix. Et contemple ce que tu avais perdu.

Otha obéit et, pour sûr, la chèvre égarée se trouvait bien là, paissant nonchalamment un buisson et le regardant avec curiosité. Il alla rapidement l'attacher à ce buisson.

Au fond, Otha était un adolescent modérément méchant. Il aimait infliger des souffrances aux créatures sans défense. Il s'adonnait à des plaisanteries cruelles, à des petits larcins et, dès que la chose était sans danger, à une forme de séduction des jeunes bergères qui n'était louable que par son caractère direct. Il était avare, débraillé, et surestimait grossièrement sa propre intelligence.

Tandis qu'il attachait sa chèvre au buisson, son esprit fonctionnait à toute allure. Si cette obscure divinité styrique pouvait faire apparaître à la demande une simple chèvre égarée, de quoi pouvait-elle encore être capable ? Otha décida qu'il se trouvait peut-être devant la plus belle occasion de sa vie.

– Très bien, fit-il en feignant la simplicité d'esprit. Une prière... tout de suite... en échange de la chèvre. Nous pourrons parler plus tard d'âmes, d'empires, de richesse, d'immortalité et de femmes. Montre-toi. Je ne vais pas m'incliner devant le néant. Quel est ton nom, au fait ? Il me faut le savoir pour prononcer une prière appropriée.

– Mon nom est Azash, et je suis le plus puissant des Dieux Aînés. Si tu acceptes de devenir mon serviteur et de conduire d'autres hommes à me vénérer, je t'accorderai bien davantage que ce que tu m'as demandé. Je t'exalterai et te donnerai des richesses qui dépassent ton imagination. Les plus belles des damoiselles seront tiennes. Tu disposeras d'une vie sans fin et, en outre, d'un pouvoir sur le monde de l'esprit tel que nul homme n'en a jamais possédé. En retour, Otha, je n'exige que ton âme et l'âme de ceux que tu amèneras jusqu'à moi. Grands sont mon désir et ma solitude, et mes rétributions seront égales à ceux-ci. Contemple à présent mon visage, et tremble devant moi.

Il y eut une vibration dans l'air qui entourait l'idole grossière et Otha vit le véritable Azash se manifester autour de la sculpture. Horrifié, il se ratatina devant la terrible présence si brutalement apparue devant lui, puis il se jeta au sol et s'aplatit devant elle. C'était aller un peu loin. Mais au fond, Otha était un lâche, et il avait peur que la réaction la plus rationnelle devant cette matérialisation d'Azash... une fuite instantanée... ne pousse ce Dieu hideux à lui infliger des abominations, alors qu'Otha tenait énormément à sa peau.

– Prie, Otha, exulta l'idole. Mes oreilles ont soif de ton adoration.

– O puissant... euh... Azash, n'est-ce pas ? Dieu des Dieux et Seigneur du Monde, entends ma prière et reçois mon humble vénération. Devant toi, je ne suis que poussière et tu me domines comme une montagne.

Je te vénère, je te loue, je te remercie du fond de mon cœur pour avoir ramené cette malheureuse chèvre... que je battrai vigoureusement pour la punir de s'être égarée dès que je serai rentré chez moi.

Tremblant, Otha espérait que cette prière satisferait Azash... ou du moins détournerait suffisamment son attention pour lui fournir l'occasion de s'échapper.

– Ta prière est appropriée, Otha, répondit l'idole. Mais à peine. Avec le temps, tu apprendras à améliorer ton adoration. Reviens dès demain et je te révélerai d'autres décisions.

Cheminant en compagnie de sa chèvre, Otha se promit de ne jamais retourner en ce lieu, mais, la même nuit, il se tourna et se retourna sur sa couche grossière dans la cahute crasseuse où il logeait, et son esprit s'enflamma de visions où régnaient richesses et jeunes femmes complaisantes lui permettant d'assouvir sa luxure.

– Voyons un peu où nous conduira ceci, marmonna-t-il quand l'aube marqua la fin de sa nuit agitée. Si nécessaire, je pourrai toujours m'enfuir un peu plus tard.

Ainsi débuta l'apostolat d'un simple chevrier zémoch au nom du Dieu Aîné Azash, Dieu dont les voisins styriques d'Otha n'osaient prononcer le nom, tant était grande la peur qu'ils en avaient. Au cours des siècles qui suivirent, Otha devait prendre conscience de l'étendue de son asservissement. Azash le conduisit patiemment d'une simple vénération à la pratique de rites pervers, puis jusque dans les domaines de l'abomination spirituelle. Le petit chevrier naguère innocent et d'une nature modérément répugnante devint morose et sombre au fur et à mesure que l'idole redoutée se nourrissait gloutonnement de son esprit et de son âme. S'il avait vécu une demi-douzaine d'existences et plus, il n'en reste pas moins que ses membres se ratatinaient alors que son ventre gonflait, son crâne se dégarnissait, et qu'il pâlissait en raison de sa haine du soleil. Ses richesses devenaient immenses, mais il n'y trouvait aucun plaisir. Il avait des concubines par dizaines, mais leurs charmes le laissaient indifférent. Des milliers et des milliers de spectres, de diablotins et de créatures ultimement ténébreuses répondaient au moindre de ses caprices, mais il était incapable de manifester suffisamment d'intérêt pour leur donner des ordres. Sa seule joie résidait désormais dans la contemplation de la souffrance et de la mort que ses séides infligeaient pour sa distraction aux corps tremblants des faibles et des impuissants. Sur ce point, Otha n'avait en rien changé.

Durant les premières années du troisième millénaire, après que le larvaire Otha eut dépassé ses neuf cents ans, il ordonna à ses suppôts de transporter le sanctuaire rudimentaire d'Azash dans la cité de Zémoch, sur les hauts plateaux du nord. On construisit une énorme image du Dieu hideux pour dissimuler ce sanctuaire et l'on érigea un vaste temple tout autour. A côté de ce temple, relié à lui par une série de dédales, se dressait son propre palais, recouvert d'une couche d'or fin martelé, incrusté de perles, d'onyx et de calcédoine, orné de colonnes surmontées de chapiteaux aux sculptures baroques de rubis et d'émeraude. C'est là que, d'une voix indifférente, il se proclama Empereur de tout Zémoch, proclamation appuyée par l'écho tonitruant mais quelque peu moqueur de la voix d'Azash résonnant dans le temple, et applaudie par une multitude d'ennemis qui hurlaient.

Alors commença en Zémoch un épouvantable règne de la terreur. Tous les cultes opposants furent impitoyablement exterminés. Les sacrifices de nouveau-nés et de vierges se comptèrent par milliers. Élènes et Styriques furent convertis par l'épée à la foi d'Azash. Il fallut peut-être un siècle à Otha et ses disciples pour éradiquer totalement toute trace de moralité chez ses sujets asservis. La soif de sang et la cruauté absolue devinrent courantes et les rites célébrés devant les autels et les sanctuaires érigés à la gloire d'Azash se firent de plus en plus dégénérés et ignominieux.

Au XXVe siècle, Otha estima que tout était prêt pour poursuivre le but ultime de son Dieu pervers et il massa ses armées humaines et leurs alliés des ténèbres aux frontières occidentales de Zémoch. Otha ne tarda pas à lancer ses forces sur les plaines de Pélosie, de Lamorkand et de Cammorie. L'horreur de cette invasion ne peut être décrite. La simple atrocité ne suffisait pas à assouvir la sauvagerie de la horde zémoch et les grossières cruautés des non-humains qui accompagnaient l'armée d'invasion sont trop horribles pour qu'il en soit fait mention. Des montagnes de crânes humains s'élevèrent, des captifs furent rôtis tout vifs puis dévorés et le bord des routes et chemins s'orna de croix, de gibets et de poteaux occupés par des condamnés. Les cieux noircirent sous les meutes de vautours et de corneilles, l'air empestait la puanteur de la chair brûlée ou en putréfaction.

Les armées d'Otha s'avancèrent avec confiance vers le champ de bataille, convaincues que leurs alliés infernaux pourraient facilement balayer toute résistance, mais c'était sans compter sur la puissance des chevaliers de l'Église. La grande bataille se déroula dans les plaines de Lamorkand juste au sud du lac Randéra. Sur le plan purement physique, la lutte fut titanesque, mais la bataille surnaturelle fut plus extraordinaire encore. Toutes les formes imaginables d'esprits participèrent aux hostilités. Des vagues de ténèbres totales et des pans de lumière multicolore balayèrent le terrain. Le ciel fit pleuvoir du feu et des éclairs. Des bataillons entiers furent engloutis par la terre ou réduits en cendres par des flammes soudaines. Le grondement fracassant du tonnerre roulait sans cesse d'un horizon à l'autre et le sol était déchiré par des séismes et des éruptions de roche liquéfiée qui se déversait le long des pentes pour absorber des légions entières. Des jours et des jours durant, les armées restèrent enchevêtrées sur ce terrain ensanglanté avant que, pas à pas, les Zémochs soient repoussés. Les horreurs lancées par Otha dans ce conflit furent dépassées l'une après l'autre par la puissance concentrée des chevaliers de l'Église et, pour la première fois, les Zémochs connurent le goût de la défaite. Leur lente retraite accordée à contrecœur se fit plus rapide et ne tarda pas à se transformer en déroute tandis que la horde démoralisée rompait ses rangs et se précipitait vers une douteuse sécurité à la frontière.

La victoire des Élènes était totale, mais le coût en avait été terrifiant. Une bonne moitié des chevaliers des ordres combattants gisait sur le champ de bataille et les armées des rois élènes comptaient leurs morts par dizaines de milliers. La victoire leur appartenait, mais ils étaient trop épuisés et trop peu nombreux pour traquer au-delà de la frontière les Zémochs en fuite.

Otha, boursouflé, ses membres rabougris désormais incapables de supporter son poids, se fit transporter en litière à travers le labyrinthe de Zémoch jusqu'au temple, où il lui fallut affronter le courroux d'Azash. Il bava devant l'idole de son Dieu, bégayant et implorant sa pitié.

Finalement, Azash parla.

– Une dernière fois, Otha, lança le Dieu d'une voix terriblement paisible. Une fois encore je me laisserai fléchir. ***J'exige*** d'entrer en possession du Bhelliom, et c'est toi qui me le procureras et me l'apporteras ici même, car si tu ne peux accomplir cela, ma générosité envers toi s'envolera. Si les présents ne t'encouragent point à céder à ma volonté, peut-être la torture y parviendra-t-elle. Trouve-moi le Bhelliom et reviens ici même, afin que mes chaînes puissent tomber et ma virilité renaître. Si tu échoues, tu mourras assurément, et ton agonie prendra un million de millions d'années.

Otha s'enfuit et c'est ainsi que, dans les ruines et les lambeaux mêmes de sa défaite, naquit son dernier assaut contre les royaumes élènes de l'ouest, une attaque qui devait amener le monde au bord du désastre universel.

PREMIÈRE PARTIE

LA BASILIQUE

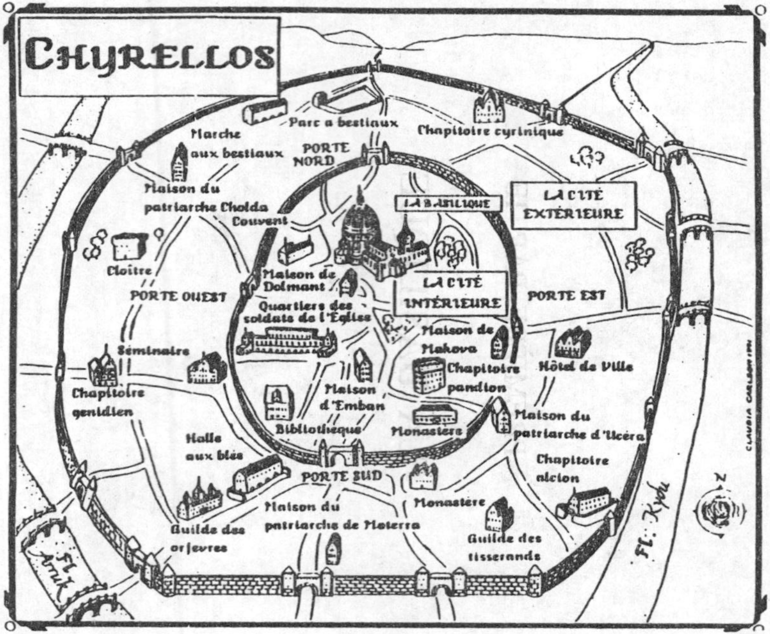
CHYRELLOS
Parc a bestiaux
Chapitoire cyrinique
Marche
aux bestiaux
PORTE
NORD
Maison du
patriarche Cholda
Couvent
LA BASILIQUE
LA CITÉ
EXTÉRIEURE
Cloitre
Maison de
Dolmant
LA CITÉ
INTÉRIEURE
PORTE OUEST
PORTE EST
Quartiers des
soldats de l'Église
Maison de
Makova
Séminaire
Chapitoire
pandion
Hôtel de Ville
Chapitoire
genidien
Maison
d'Emban
Maison du
patriarche d'Ucéra
Bibliothèque
Monastère
Halle
aux blés
Chapitoire
alcion
PORTE SUD
Monastère
Maison du
patriarche de Moterra
Guilde des
orfevres
Guilde des
tisserands
Fl. Kydu
Fl. Arruk
N
CLAUDIA CARLSON 1991

CHAPITRE UN

La cascade tombait sans fin dans l'abîme qui avait fait valoir ses droits sur Ghwerig, et l'écho de sa chute emplissait la caverne d'un son grave semblable aux harmoniques produits par un immense bourdon. Émouchet s'agenouilla au bord de l'abysse, le Bhelliom serré dans son poing. Toute pensée avait été effacée, et il ne pouvait que se laisser aveugler par la lumière de la colonne d'eau parcourue de soleil qui plongeait dans les profondeurs, laissant ses oreilles s'emplir de ce tumulte.

Une odeur d'humidité habitait la caverne. L'espèce de brume d'embruns emperlait les roches de rosée, et les cailloux luisaient à la lumière du torrent pour se fondre dans les ultimes lueurs de l'ascension incandescente d'Aphraël.

Émouchet baissa lentement le regard et considéra le joyau qu'il tenait dans la main. Bien qu'apparemment délicate, voire fragile, cette rose saphir était pratiquement indestructible, il le sentait bien. Au fin fond de son cœur d'azur naquit une sorte de pulsation, bleu foncé au bout des pétales puis s'assombrissant vers le centre jusqu'à un bleu nuit profond. Son pouvoir lui faisait mal à la main et, au fond de son esprit, quelque chose lui criait des avertissements tandis que ses yeux plongeaient en elle. Il frémit et s'arracha à cet éclat qui le subjuguait.

Le coriace chevalier pandion regarda autour de lui, s'efforçant irrationnellement de s'accrocher aux derniers brins de lumière qui s'attardaient parmi les pierres de la caverne du Troll nain. Comme si la Déesse-Enfant Aphraël pouvait le protéger du joyau qu'il s'était donné tant de peine à obtenir et que, curieusement, il redoutait désormais. Mais ce n'était pas tout. A un niveau inférieur à la pensée, Émouchet désirait retenir à tout jamais cette lueur, conserver en son cœur l'esprit sinon la personne de la minuscule et fantasque divinité.

Séphrénia poussa un soupir et se releva lentement. Elle avait sur le visage une expression de lassitude bizarrement mêlée d'excitation. Pour elle, ardue avait été la lutte qui l'avait amenée jusqu'à cette humide caverne des montagnes de Thalésie, mais elle avait été récompensée par un instant de révélation lorsqu'elle avait clairement contemplé le visage de sa Déesse.

– Il nous faut quitter ce lieu, à présent, mes petits, annonça-t-elle tristement.

– On ne peut pas rester encore quelques minutes ? lui demanda Kurik avec dans la voix une nostalgie fort inhabituelle. (De tous les hommes au monde, Kurik était le plus terre à terre... la plupart du temps.)

– Mieux vaut l'éviter. Si nous restons trop longtemps, nous commencerons à trouver des excuses pour demeurer encore. Avec le temps, nous risquerions de ne plus vouloir partir du tout. (La petite Styrique en robe blanche considérait le Bhelliom avec révulsion.) Peux-tu le mettre hors de vue, Émouchet, et lui demander de se calmer ? Sa présence nous contamine tous.

Elle déplaça l'épée que lui avait remise sire Gared à bord du bateau du capitaine Sorgi. Elle marmonna quelques paroles en styrique, puis jeta le sort qui illumina la pointe de l'épée d'un éclat qui leur permettrait de retrouver leur chemin jusqu'à la surface.

Émouchet fourra la gemme florale à l'intérieur de sa tunique et se pencha pour prendre l'épieu du roi Aldréas. L'odeur de son jaseran lui paraissait maintenant infecte et sa peau se hérissait sous son contact. Il aurait bien aimé s'en débarrasser.

Kurik se baissa et prit la massue cerclée d'acier qu'avait brandie contre eux le Troll nain difforme avant son plongeon fatal dans l'abîme. Il agita deux ou trois fois l'arme grossière, puis la lança avec indifférence dans l'abysse à la suite de son propriétaire.

Séphrénia leva l'épée éclairante au-dessus de sa tête et les trois amis traversèrent la caverne jonchée des trésors de Ghwerig pour rejoindre la sortie de la galerie en spirale conduisant vers la surface.

– Pensez-vous que nous la reverrons jamais ? demanda tristement Kurik comme ils entraient dans la galerie.

– Aphraël ? Difficile à dire. Elle s'est toujours montrée un peu imprévisible, répondit Séphrénia à mi-voix.

Ils grimpèrent un certain temps en silence, suivant la spirale montant vers la gauche. Émouchet éprouvait une étrange sensation de vide. Ils étaient descendus à quatre ; désormais, ils n'étaient plus que trois. Mais la Déesse-Enfant n'avait pas été abandonnée, car ils la portaient tous dans leur cœur. C'était quelque chose d'autre qui l'inquiétait.

– Existe-t-il un moyen pour que nous puissions fermer hermétiquement cette caverne ? demanda-t-il à son mentor.

Séphrénia lui lança un regard appuyé.

– Nous le pouvons si tu le souhaites, mon petit. Mais pourquoi cela ?

– C'est assez difficile à exprimer.

– Nous avons ce que nous étions venus chercher, Émouchet. Pourquoi se faire du souci si un porcher vient à tomber sur l'entrée de ce lieu ?

– Je ne sais pas précisément. (Il fronça les sourcils en s'efforçant de le découvrir.) Si un paysan thalésien s'y aventure, il finira par trouver le trésor de Ghwerig, n'est-ce pas ?

– S'il cherche bien, oui.

– Et après cela, la caverne ne tardera pas à grouiller d'autres Thalésiens.

– Pourquoi cela te chagrine-t-il ? Veux-tu garder le trésor de Ghwerig pour toi seul ?

– Pas vraiment. C'est Martel qui est cupide, pas moi.

– Pourquoi donc cette inquiétude ? Que t'importe si les Thalésiens viennent se balader par ici ?

– L'endroit est bien spécial, Séphrénia.

– De quelle manière ?

– Il est sacré, répondit-il simplement. (L'insistance de Séphrénia commençait à l'irriter.) Une Déesse s'est révélée à nous. Je ne veux pas que cette caverne soit profanée par une foule de chasseurs de trésors cupides et pris de boisson. J'aurais la même impression si quelqu'un profanait une église élène.

– Cher Émouchet, fit-elle en l'embrassant impulsivement. Cela t'en coûte-t-il autant d'admettre la divinité d'Aphraël ?

– Ta Déesse était très convaincante, Séphrénia, répondit-il avec un sourire forcé. Elle aurait pu ébranler la certitude de la Hiérocratie de l'Église élène elle-même. Pouvons-nous le faire ? Je veux dire fermer hermétiquement la caverne ?

Elle allait répondre, mais elle s'arrêta en fronçant les sourcils.

– Attendez ici, leur ordonna-t-elle.

Elle appuya la pointe de l'épée de sire Gared contre la paroi de la galerie et revint sur ses pas avant de s'arrêter à la limite de la lumière produite par l'arme, où elle resta plongée dans ses pensées. Elle revint au bout de quelques instants.

– Je vais te demander d'accomplir un acte dangereux, Émouchet, dit-elle sévèrement. Mais je crois que tu ne risques rien. Le souvenir d'Aphraël est encore vif dans ton esprit et il devrait te protéger.

– Que veux-tu de moi ?

– Nous allons utiliser le Bhelliom pour murer cette caverne. Il existe d'autres méthodes pour cela, mais il faut nous assurer que le joyau acceptera ton autorité. A mon avis, il le fera, mais on n'est jamais trop sûr. Tu vas devoir montrer ta force, Émouchet. Le Bhelliom ne voudra pas t'obéir, aussi devras-tu le forcer.

– J'ai déjà dû affronter des créatures têtues, répondit-il avec un haussement d'épaules.

– Ne prends pas cela à la légère, Émouchet. Il s'agit d'un acte bien plus fondamental que tout ce que j'ai jamais réalisé. Allons-y.

Ils continuèrent à monter dans le passage en spirale, le bruit de la cascade dans la caverne de Ghwerig faiblissant de plus en plus. Alors, au moment où ils cessèrent de l'entendre, ce bruit parut changer, fragmenter en un nombre incalculable son unique note interminable, devenir un accord multiplié... simple effet, peut-être, des échos de la caverne. En même temps que ce son, l'humeur d'Émouchet se transforma aussi. Auparavant, il ressentait une sorte de satisfaction lasse d'avoir enfin atteint un but longtemps recherché, mêlée d'une crainte révérencielle devant la révélation de la Déesse-Enfant. A présent, la caverne sombre qui sentait le remugle lui paraissait mystérieusement inquiétante, menaçante. Émouchet éprouvait un sentiment qu'il n'avait plus connu depuis sa petite enfance. Il avait soudain peur du noir. Il avait l'impression que des créatures rôdaient dans l'obscurité au-delà du cercle de lumière de l'épée, des créatures sans visage emplies d'une malveillance absolue. Il regarda nerveusement par-dessus son épaule. Plus loin, quelque chose parut bouger. Ce fut bref, rien qu'un petit vacillement de ténèbres plus profondes. Il découvrit qu'il disparaissait quand il essayait de le regarder autrement que de côté... être vague, non formé, hésitant à la limite de son champ de vision. Il fit naître en lui une crainte innommable.

– Absurdité, marmotta-t-il avant de reprendre son chemin pour retrouver la lumière.

Ils atteignirent la surface en milieu d'après-midi et le soleil était éblouissant après tout ce temps passé dans la caverne. Émouchet prit longuement son souffle et porta la main à l'intérieur de sa tunique.

– Pas encore, Émouchet, lui conseilla Séphrénia. Nous voulons faire s'écrouler le plafond de la caverne, pas recevoir sur la tête toute une falaise. Nous allons retourner jusqu'aux chevaux et nous travaillerons à cet endroit-là.

– Il te faudra m'enseigner le sortilège, dit-il tandis qu'ils traversaient tous trois le bassin encombré de ronces devant l'entrée de la caverne.

– Il n'y a pas de sortilège. Tu possèdes le joyau et les

bagues. Il te suffit de donner un ordre. Je te montrerai comment faire une fois que nous serons descendus.

Ils longèrent le ravin rocailleux, rejoignirent le plateau herbeux et le camp de la veille. Le soleil était sur le point de se coucher quand ils arrivèrent à leurs deux tentes et aux chevaux attachés à un piquet. Faran baissa les oreilles et montra les dents quand Émouchet s'approcha de lui.

– Quel est ton problème ? demanda-t-il à son destrier vicieux.

– Il sent le Bhelliom, lui expliqua Séphrénia. Il ne lui plaît pas. Ne l'approche pas trop pendant un certain temps. (Elle considéra d'un œil critique l'ouverture dont ils venaient d'émerger.) Nous serons suffisamment en sécurité ici, décida-t-elle. Sors le Bhelliom et tiens-le dans les deux mains pour que les bagues le touchent.

– Il faut que je me tienne face à la caverne ?

– Non. Le Bhelliom saura ce que tu veux qu'il fasse. A présent, rappelle-toi l'intérieur de la caverne... son apparence, ses odeurs. Ensuite, imagine que le plafond s'écroule. Les roches tombent, rebondissent, roulent et s'empilent les unes sur les autres. Il y aura beaucoup de bruit. Un immense nuage de poussière et un courant d'air violent jailliront de l'entrée de la caverne. La ligne de crête au-dessus de la grotte s'abaissera brutalement et des avalanches se produiront probablement. Que rien de cela ne détourne ton attention. Garde les images fermement à l'esprit.

– C'est un brin plus compliqué qu'un sort ordinaire, n'est-ce pas ?

– Oui. Mais, à strictement parler, ce n'est pas un sort. Tu vas libérer une magie élémentaire. Concentre-toi, Émouchet. Plus tu rendras les images détaillées, plus le Bhelliom réagira avec puissance. Et quand tout cela sera bien ancré dans ton esprit, ordonne au joyau de le provoquer.

– Faut-il que je parle la langue de Ghwerig ?

– Je ne sais pas exactement. Essaie d'abord l'élène. Si ça ne marche pas, alors nous adopterons le troll.

Émouchet se remémora l'entrée de la caverne, l'antichambre juste avant la longue galerie descendant en spirale qui conduisait jusqu'à la salle du trésor de Ghwerig.

– Je dois aussi faire tomber le plafond sur la cascade ? demanda-t-il.

– Je ne crois pas. Ce cours d'eau doit revenir à la surface un peu plus en aval. Si tu crées un barrage, quelqu'un risque de déclencher une enquête. D'ailleurs, cette caverne secondaire est pour nous bien particulière, n'est-ce pas ?

– Oui, tout à fait.

– Fermons-la donc et protégeons-la à tout jamais.

Émouchet se représenta le plafond de la caverne en train de s'écrouler dans un grondement gigantesque et un nuage ondoyant de poussière de roche.

– Qu'est-ce que je dois dire ? demanda-t-il.

– Appelle-la « Rose Bleue ». C'est le nom que lui donnait Ghwerig. Il le reconnaîtra sans doute.

– Rose Bleue, lança Émouchet d'une voix autoritaire. Que la caverne s'écroule.

La rose saphir prit une couleur très sombre et des éclairs d'un rouge violent apparurent en son cœur.

– Elle te combat. C'est bien ce que je t'avais dit. Elle est née dans cette caverne et elle ne souhaite pas la détruire. Force-la, Émouchet.

– Obéis, Rose Bleue ! aboya Émouchet.

Il imposa sa dernière once de volonté au joyau entre ses mains. Il sentit alors une vague de puissance incroyable et le saphir parut palpiter entre ses mains. Il éprouva une soudaine exaltation en lançant toute la force de la pierre. Cela dépassait largement la simple satisfaction ; la sensation frôlait l'extase physique.

Il y eut dans les profondeurs de la terre un grondement grave, sinistre, et le sol frémit. Sous leurs pieds, les roches se mirent à éclater tandis que le séisme fracassait les strates souterraines. Vers le haut du ravin, la falaise dominant l'entrée de la caverne de Ghwerig se mit à basculer vers l'avant, puis elle s'abattit tout droit dans le bassin envahi par les plantes tandis que sa base s'effritait. Malgré la distance, le bruit de la falaise qui s'écroulait était assourdissant, et un vaste nuage de poussière monta des décombres, puis dériva vers le nord-est tandis que l'emportaient les vents dominants qui balayaient ces montagnes. Alors, de la même façon que dans la caverne, quelque chose vacilla à la limite du champ de vision d'Émouchet... un être sombre et chargé d'une curiosité malveillante.

– Comment te sens-tu ? lui demanda Séphrénia, les yeux fixés sur lui.

– Un peu bizarre, admit-il. Très fort, je ne sais pour quelle raison.

– Garde l'esprit loin de cela. Concentre-toi plutôt sur Aphraël. Ne pense même pas au Bhelliom tant que cette impression ne se sera pas dissipée. Range-le. Ne le regarde pas.

Émouchet fourra le saphir dans sa tunique.

Kurik contemplait l'énorme pile d'éboulis qui encombrait le bassin devant la caverne de Ghwerig.

– Cela paraît tellement définitif, dit-il d'une voix pleine de regret.

– Oui, acquiesça Séphrénia. La caverne est en sécurité, à présent. Concentrons-nous désormais sur d'autres sujets, messieurs. Ne nous attardons pas sur ce que nous venons de réaliser, autrement nous pourrions être tentés de le défaire.

Kurik carra ses lourdes épaules et regarda derrière lui.

– Je vais faire du feu, annonça-t-il.

Il retourna vers l'entrée du ravin pour ramasser du bois tandis qu'Émouchet farfouillait dans les paquetages où il prit des ustensiles de cuisine et quelque chose à manger. Après le repas, ils s'assirent autour du feu, l'air déprimé.

– Qu'est-ce que ça t'a fait, Émouchet ? demanda Kurik. Je veux parler de l'utilisation du Bhelliom. (Il jeta un coup d'œil vers Séphrénia.) On peut en parler, maintenant ?

– Nous verrons. Vas-y, Émouchet. Explique-lui.

– Je n'ai jamais rien connu de tel, répondit le grand chevalier. J'ai eu soudain l'impression que je mesurais une centaine de pieds et que rien au monde ne m'était impossible. Je me suis même surpris à chercher à accomplir un autre exploit... par exemple écraser une montagne.

– Émouchet ! Arrête ! lui dit sèchement Séphrénia. Le Bhelliom manipule tes pensées. Il essaie de t'amener à l'utiliser. Chaque fois que tu le feras, son pouvoir sur toi grandira. Pense à autre chose !

– A Aphraël, peut-être ? suggéra Kurik. Ou bien serait-elle également dangereuse ?

Séphrénia eut un sourire.

– Oh, oui, très dangereuse. Elle capturera ton âme encore plus rapidement que le Bhelliom.

– Ton avertissement arrive un peu tard, Séphrénia. Je pense qu'elle l'a déjà fait. Elle me manque, tu le sais.

– Ne t'en fais pas. Elle est toujours avec nous.

Il regarda autour d'eux.

– Où ça ?

– En esprit, Kurik.

– Ce n'est pas exactement la même chose.

– Occupons-nous plutôt du Bhelliom, pour l'instant, dit-elle d'un air songeur. Son emprise est encore plus puissante que je ne l'imaginais.

Elle se leva et s'approcha du petit paquetage qui contenait ses affaires. Elle fouilla dedans et en sortit une bourse en toile, une grosse aiguille et un écheveau de fil rouge. Elle se mit aussitôt à coudre un dessin écarlate sur la bourse, un tracé bizarrement asymétrique. A la lumière du feu roussâtre, les traits de son visage étaient attentifs et ses lèvres remuaient constamment.

– Ça ne va pas, petite mère, lui signala Émouchet. Ce côté est différent de l'autre.

– C'est ce que je veux. Je t'en prie, ne me parle pas, Émouchet. J'essaie de me concentrer.

Elle continua son travail de couturière pendant un certain temps, puis elle piqua son aiguille dans sa manche et tendit le petit sac vers le feu. Elle parla en styrique avec une attention soutenue et le feu se balança en suivant le rythme de ses paroles. Puis la flamme crût soudain comme si elle tentait de remplir la bourse.

– Maintenant, Émouchet, dit-elle en lui montrant la

bourse ouverte, mets le Bhelliom là-dedans. Montre-toi très ferme. Il va probablement essayer de te résister.

Il était intrigué, mais il porta la main à l'intérieur de sa tunique, prit la pierre et tenta de la mettre dans le petit sac. Un cri strident de protestation sembla lui emplir les oreilles et le joyau lui brûla la main. Il eut l'impression qu'il essayait de faire passer l'objet à travers une roche solide et son esprit s'affola, lui hurlant qu'il voulait réaliser l'impossible. Il serra les dents et poussa plus fort. Avec une lamentation presque audible, la rose saphir se glissa dans la bourse et Séphrénia en serra les lacets. Elle attacha les extrémités en un nœud compliqué, puis elle reprit son aiguille et cousit le fil rouge à travers ce nœud.

– Là, dit-elle en coupant le fil avec les dents. Cela devrait aller mieux.

– Qu'as-tu fait ? lui demanda Kurik.

– C'est une forme de prière. Aphraël ne peut réduire le pouvoir du Bhelliom, mais elle peut l'emprisonner pour qu'il ne puisse influencer ni atteindre d'autres personnes. Ce n'est pas la perfection, mais nous ne pouvons faire mieux en si peu de temps. Nous réaliserons quelque chose de plus permanent par la suite. Range-le, Émouchet. Essaie de garder ton jaseran entre la bourse et la peau. Je pense que ça ne sera pas inutile. Aphraël m'a dit jadis que le Bhelliom ne supporte pas le contact de l'acier.

– Ne te montrerais-tu pas trop prudente, Séphrénia ? lui demanda Émouchet.

– Je l'ignore, Émouchet. Jamais je n'avais affronté un être tel que le Bhelliom et je n'ai aucune notion de l'étendue réelle de son pouvoir. En revanche, je sais pertinemment qu'il peut tout corrompre... même le Dieu des Élènes ou les Dieux Cadets de Styricum.

– En dehors d'Aphraël, la reprit Kurik.

Elle secoua la tête.

– Aphraël elle-même fut tentée par le Bhelliom alors qu'elle nous le remontait du fond de l'abîme.

– Pourquoi donc ne pas l'avoir gardé pour elle ?

– C'est l'amour. Ma Déesse nous aime tous et elle a

abandonné le Bhelliom par amour. Le Bhelliom est incapable de concevoir l'amour. En fin de compte, c'est peut-être là notre seule défense contre lui.

Cette nuit-là, Émouchet eut un sommeil agité. Kurik montait la garde à la limite du cercle de lumière produit par le feu et Émouchet dut se débattre tout seul contre ses cauchemars. Il avait l'impression de voir la rose saphir qui flottait devant ses yeux, le séduisant de son éclat bleu profond. Du centre de cette lumière montait un son... une chanson qui enveloppait tout son être. Au-dessus de lui, si près qu'elles lui touchaient presque les épaules, planaient des ombres... plus d'une, assurément, mais moins de dix, apparemment du moins. Ces ombres n'avaient ***rien*** de séduisant. Elles semblaient emplies d'une haine née de quelque frustration dominante. Derrière le Bhelliom se dressait l'idole de boue représentant Azash, grotesque, immonde, l'idole qu'il avait fracassée à Ghasek, l'idole qui s'était emparée de l'âme de Bellina. Le visage de la statue remuait, se tordant hideusement pour exprimer les passions les plus basses... luxure, convoitise, haine, et un mépris suprême qui semblait né de la certitude qu'elle avait de son propre pouvoir absolu.

Émouchet se débattait dans son rêve, tiré à hue et à dia par le Bhelliom, par Azash, et aussi par les ombres haineuses. Le pouvoir de chacun d'eux était irrésistible, son esprit et son corps semblaient presque écartelés par ces forces titaniques en conflit.

Il voulut crier. Puis il se réveilla. Il s'assit et se rendit compte qu'il transpirait abondamment. Il lâcha un juron. Il était épuisé, et un sommeil rempli de cauchemars n'est pas un bon remède contre la fatigue. Il se rallongea sévèrement, dans l'espoir de sombrer dans un repos sans rêves.

Mais tout recommença. Une nouvelle fois, il lutta dans son sommeil contre le Bhelliom, contre Azash et contre les ombres abominables qui rôdaient derrière lui.

– Émouchet, lui glissa à l'oreille une petite voix familière. Ne les laisse pas te faire peur. Ils ne peuvent pas te faire de mal. Tout ce dont ils sont capables, c'est de t'effrayer.

– Et pourquoi ?

– Parce qu'ils ont peur de toi.

– C'est absurde, Aphraël. Je ne suis qu'un homme.

Elle eut un rire semblable au tintement d'une clochette d'argent.

– Comme tu te montres innocent, parfois, Père. Tu ne ressembles à aucun autre homme qui ait vécu. D'une manière un peu spéciale, tu es plus puissant que les Dieux eux-mêmes. Allez, rendors-toi. Je ne les laisserai pas te faire de mal.

Il sentit sur la joue un baiser suave, et deux petits bras lui enlacèrent le cou avec une tendresse toute maternelle. Les terribles images de son cauchemar vacillèrent, puis disparurent.

Plusieurs heures après, Kurik entrait dans la tente et le secouait pour le réveiller.

– Quelle heure est-il ? demanda Émouchet à son écuyer.

– Aux environs de minuit. Prenez votre cape. Il fait frisquet, dehors.

Émouchet se leva, enfila son jaseran et sa tunique, puis ceignit son épée. Il rangea ensuite la musette sous sa tunique et prit sa cape de voyage.

– Dors bien, dit-il à son ami en quittant la tente.

Les étoiles brillaient très fort et un croissant de lune venait de se lever à l'est au-dessus de la chaîne déchiquetée de pics enneigés. Émouchet s'éloigna des tisons du feu pour permettre à ses yeux de s'accommoder aux ténèbres. Son haleine produisait de la vapeur dans l'air glacial des montagnes.

Mais le rêve l'incommodait toujours, bien que son souvenir s'en éloignât. Le doux contact des lèvres d'Aphraël était le seul point encore net dans son esprit. Il rabattit fermement la porte de la salle où il enfermait tous ses cauchemars et il songea à autre chose.

Sans la petite Déesse et sa capacité à manipuler le temps, il allait probablement leur falloir une semaine pour atteindre la côte, et ils devraient trouver un bateau pour les ramener sur la côte deirane du détroit de Thalésie. A présent, le roi Wargun avait sans nul doute averti de leur évasion toutes les nations des royaumes élènes. Il leur faudrait agir prudemment pour éviter de se faire capturer, mais il n'en restait pas moins qu'ils devaient pénétrer dans Emsat. Ils devaient d'abord récupérer Talen, et les navires n'abordaient pas souvent sur les rivages déserts.

L'air nocturne des montagnes était froid même en été, et Émouchet s'enveloppa encore plus dans sa cape. Il était d'humeur sombre, agitée. Les événements de la journée étaient du genre qui incite à la réflexion. Les convictions religieuses d'Émouchet n'étaient pas vraiment profondes. Ses obligations étaient depuis toujours envers l'ordre des Pandions plutôt qu'envers la foi élène. La tâche des chevaliers de l'Église consistait essentiellement à rendre le monde plus sûr pour que d'autres Élènes plus paisibles puissent participer aux cérémonies que le clergé savait plaire à Dieu. Mais aujourd'hui il était passé par des épisodes spirituels assez notables. A son corps défendant, il devait bien admettre qu'un homme à la tournure d'esprit pragmatique n'est guère préparé aux expériences religieuses telles que celles qu'il venait de connaître. Alors, comme agissant de son propre chef, sa main s'aventura près de son cou. Émouchet tira énergiquement son épée, en planta la pointe dans l'herbe et en serra énergiquement la poignée. Il repoussa son esprit loin de la religion et du surnaturel.

A présent, tout était presque terminé. La période où sa reine devait rester confinée à l'intérieur du cristal qui la maintenait en vie pouvait se mesurer en jours et non plus en semaines ou en mois. Émouchet et ses amis avaient parcouru tout le continent éosien pour découvrir l'unique objet qui la guérirait, et ce remède reposait désormais à l'intérieur de la bourse en toile sous sa tunique. Rien ne pouvait plus l'arrêter, dès lors qu'il était en possession du Bhelliom. Il pouvait détruire des armées entières avec la rose saphir, si nécessaire. Il écarta sévèrement son esprit de cette pensée.

Son visage ravagé se fit sinistre. Une fois sa reine en sécurité, il s'occuperait de régler définitivement leur sort à Martel, au primat Annias et à quiconque les avait aidés dans leur trahison. Il commença à établir mentalement une liste des gens qui devraient en répondre devant lui. C'était une manière agréable de passer les heures de la nuit et de la sorte son esprit ne pouvait battre la campagne.

Au crépuscule, six jours plus tard, ils franchirent la crête d'une colline pour baisser les yeux sur la fumée des torches et les fenêtres illuminées de chandelles de la capitale de la Thalésie.

– Vous devriez rester ici, conseilla Kurik à Émouchet et Séphrénia. Wargun a probablement diffusé votre signalement dans toutes les villes d'Éosie. Je vais entrer chercher Talen. Nous verrons quel genre de bateau nous pouvons trouver.

– Tu ne craindras rien ? lui demanda Séphrénia. Wargun peut fort bien avoir aussi envoyé ton signalement, tu sais.

– Wargun est un noble, grommela Kurik. Les nobles prêtent peu attention aux serviteurs.

– Tu n'es pas un serviteur, le contredit Émouchet.

– C'est ainsi que je me définis, Émouchet, et c'est ainsi que m'a vu Wargun... quand il était à jeun... Je vais attirer un voyageur dans un coin pour lui emprunter ses vêtements. Ça devrait me permettre de me glisser dans Emsat. Donnez-moi un peu d'argent, au cas où il me faudrait graisser des pattes.

– Ces Élènes ! lâcha Séphrénia avec un soupir tandis qu'Émouchet l'éloignait un peu de la route et que Kurik se dirigeait à pied vers la cité. Comment ai-je jamais pu m'impliquer avec des gens aussi dépourvus de scrupules ?

Le crépuscule disparaissait lentement et les grands pins autour d'eux se transformèrent en ombres menaçantes. Émouchet attacha Faran, leur cheval de bât, ainsi que Ch'iel, la blanche haquenée de Séphrénia. Puis il étala sa cape sur un massif de mousse pour qu'elle puisse s'asseoir.

– Qu'est-ce qui te perturbe, Émouchet ? lui demanda-t-elle.

– Peut-être que je suis fatigué. (Il s'efforça de repousser cela d'un haussement d'épaules.) Et l'on est toujours un peu perdu après avoir terminé un ouvrage.

– Mais il n'y a pas que cela, n'est-ce pas ?

Il branla du chef.

– Je n'étais pas vraiment préparé à ce qui s'est passé dans la caverne. D'une certaine manière, tout cela fut terriblement brutal et personnel.

– Je ne voudrais pas te blesser, Émouchet, mais la religion élène s'est institutionnalisée et il est très difficile d'aimer une institution. Les Dieux de Styricum ont une relation beaucoup plus intime avec ceux qui les vénèrent.

– Je crois que je préfère être Élène. C'est plus facile. Les relations personnelles avec les Dieux sont très inquiétantes.

– Mais n'aimes-tu pas Aphraël... rien qu'un petit peu ?

– Bien sûr que si. Je me sentais beaucoup mieux quand elle n'était que Flûte, mais je l'aime toujours. (Il fit une grimace.) Tu me conduis dans la direction de l'hérésie, petite mère, l'accusa-t-il.

– Pas vraiment. Pour l'instant, tout ce qu'Aphraël désire de toi, c'est ton amour. Elle ne t'a pas demandé de l'adorer... pas encore du moins.

– C'est ce « pas encore » qui me fait souci. Mais n'est-ce pas une heure et un lieu assez curieux pour une discussion théologique ?

Au même instant, on entendit des chevaux sur la route et les cavaliers invisibles serrèrent la bride non loin de l'endroit où se cachaient Émouchet et Séphrénia. Émouchet se leva rapidement, la main sur la poignée de son épée.

– Ils ne doivent pas être loin, déclara une voix rude. C'est son serviteur qui vient d'entrer en ville.

– Je ne sais pas ce que vous en pensez, vous deux, mais moi je ne suis pas tellement pressé de le retrouver, fit une autre voix.

– Nous sommes quand même trois, déclara la première voix d'un ton pugnace.

– Tu penses que ça fait une différence, pour lui ? C'est un chevalier de l'Église. Il nous couperait probablement en morceaux sans même transpirer. Nous ne pourrons pas dépenser l'argent si nous sommes tous morts.

– Il n'a pas tort, acquiesça une troisième voix. Je crois qu'il vaut mieux se contenter de le repérer, pour l'instant. Une fois qu'on saura où il est et où il va aller, nous pourrons préparer une embuscade. Chevalier de l'Église ou pas, une flèche dans le dos devrait le rendre docile. Continuons de chercher. La femme monte une jument blanche. Cela devrait nous faciliter la tâche.

Les chevaux invisibles se remirent en route et Émouchet rengaina son épée.

– Ce sont des hommes de Wargun ? chuchota Séphrénia.

– Je ne pense pas. Wargun n'est pas très régulier, mais il n'est quand même pas du genre à lancer des assassins à notre recherche. Il veut me hurler après et m'envoyer ensuite un certain temps dans des oubliettes, peut-être. Je ne le crois pas suffisamment en colère contre moi pour souhaiter m'assassiner... du moins je l'espère.

– Il doit donc s'agir de quelqu'un d'autre ?

– Probablement. (Émouchet fronça les sourcils.) Mais je ne me rappelle pas avoir offensé quiconque en Thalésie, ces derniers temps.

– Annias a le bras long, mon petit, lui rappela-t-elle.

– C'est peut-être ça, petite mère. Allongeons-nous et restons aux aguets en attendant le retour de Kurik.

Au bout d'une heure ils entendirent le pas lent et lourd d'un autre cheval qui remontait parmi les ornières de la route d'Emsat. Le cheval s'arrêta en haut de la colline.

– Émouchet ?

La voix paisible leur était familière.

– Je sais que vous êtes par là, Émouchet. C'est moi, Tel, alors ne vous énervez pas. Votre écuyer m'a dit que vous vouliez entrer à Emsat. Stragen m'a envoyé vous chercher.

– Nous sommes ici, répondit Émouchet. Attends, nous sortons.

Ils conduisirent les chevaux à la route pour rejoindre le brigand aux cheveux filasse qui les avait escortés jusqu'à Heid au cours de leur voyage aller.

– Tu peux nous faire entrer en ville ?

– Rien de plus simple, fit Tel en haussant les épaules.

– Et comment allons-nous passer devant les sentinelles ?

– A cheval. Ces gardes travaillent pour Stragen. Cela facilite grandement notre tâche. Nous y allons ?

Emsat était une ville du nord et les toits pentus des maisons rappelaient que la neige était abondante en hiver. Les rues étaient étroites, tortueuses, et rares étaient les passants. Ce qui n'empêchait nullement Émouchet de rester sur le qui-vive, car il n'oubliait pas les trois coupe-jarrets qu'ils avaient entendus sur la route.

– Faites bien attention avec Stragen, Émouchet, le mit en garde Tel alors qu'ils pénétraient dans un quartier mal famé proche des quais. Il est fils illégitime d'un comte et il se montre assez susceptible au sujet de ses origines. Il aime que nous l'appelions « Milord ». C'est absurde, mais c'est un bon chef, aussi jouons-nous le jeu. (Il indiqua une rue jonchée de détritus.) Par ici.

– Comment va Talen ?

– Il s'est calmé, à présent, mais il était hors de lui en arrivant ici. Il vous a donné des noms que je n'avais jamais entendus auparavant.

– Je n'en doute pas. (Émouchet décida de se confier au brigand ; il pensait le connaître suffisamment.) Des gens sont passés près de l'endroit où nous nous cachions, avant ton arrivée. Ils nous cherchaient. C'étaient des hommes à toi ?

– Non. Je suis venu seul.

– C'est bien ce que je pensais. Ces gaillards parlaient de me hérisser de flèches. Stragen pourrait-il être impliqué là-dedans ?

– Hors de question, Émouchet, répondit fermement Tel. Vous et vos amis bénéficiez du droit d'asile des voleurs. Jamais Stragen ne l'enfreindrait. Je lui en parlerai. Il veillera à ce que ces archers itinérants vous fichent la paix. (Il eut un petit rire glacial.) Mais il sera irrité par le fait qu'ils se sont mis à leur propre compte plutôt que par la menace qu'ils représentent pour vous. A Emsat, personne ne coupe de gorge ni ne vole un sou sans la permission de Stragen. Il est très strict à ce sujet.

Le brigand blond les conduisit jusqu'à un entrepôt aux fenêtres barricadées situé au bout de la rue. Ils passèrent derrière, descendirent de selle et furent introduits par un couple de costauds qui montaient la garde à la porte.

L'intérieur de l'entrepôt faisait mentir l'extérieur minable, car il ressemblait presque à celui d'un palais. Des rideaux écarlates recouvraient les fenêtres, des tapis bleu foncé les planchers grinçants, et des tapisseries dissimulaient les murs en planches grossières. Un escalier en demi-cercle fait de bois verni montait au premier et un lustre en cristal jetait la lumière douce de ses chandelles dans le hall d'entrée.

– Excusez-moi un instant, dit Tel.

Il entra dans une salle latérale pour ressortir un peu plus tard vêtu d'un pourpoint couleur crème et d'une culotte bleue. Il avait également ceint une mince rapière.

– Quelle élégance ! fit remarquer Émouchet.

– Encore une des folles idées de Stragen, répondit Tel en reniflant. Je suis un travailleur, pas un portemanteau. Montons, que je vous présente à Milord.

Le premier étage semblait meublé de manière encore plus extravagante que le rez-de-chaussée, avec son parquet précieux en mosaïque et ses murs lambrissés de bois bien verni. De larges couloirs conduisaient vers l'arrière du bâtiment, des lustres et des candélabres éclairaient la salle spacieuse d'une lumière dorée. Une sorte de bal était en train de se dérouler. Un quartette au talent peu convaincant grattait ses instruments dans un coin, voleurs et catins traçaient des cercles à l'élégance affectée selon les pas de la dernière danse à la mode. Si leurs vêtements paraissaient élégants, les hommes étaient mal rasés et les femmes portaient des cheveux enchevêtrés au-dessus d'un visage brouillé. Ce contraste donnait à la scène une note presque cauchemardesque, accrue par les voix et les rires rauques et grossiers.

Les regards ne pouvaient manquer de se braquer sur un homme mince dont les boucles sophistiquées tombaient en cascade sur une fraise. Il était vêtu de satin blanc et son fauteuil à l'autre bout de la salle avait presque tout d'un trône. Son visage affichait une expression sardonique et ses yeux enfoncés dans leurs orbites exprimaient une sorte de douleur obscure.

Tel s'arrêta en haut de l'escalier et parla un instant avec un antique tire-laine tenant une longue crosse et portant une élégante livrée écarlate. L'aigrefin aux cheveux blancs se retourna, tapa sur le sol du bout de son bâton et lança d'une voix sonore :

– Milord, le marquis Tel sollicite de présenter sire Émouchet, chevalier de l'Église et champion de la reine d'Élénie.

L'homme mince se leva et tapa sèchement des mains. Les musiciens cessèrent leurs raclements.

– Nous avons des hôtes importants, mes chers amis, annonça-t-il aux danseurs. (Il modulait très soigneusement sa voix très grave.) Rendons hommage de manière appropriée à l'invincible sire Émouchet qui, à la force du poignet, défend Notre Sainte Mère l'Église. Je vous en prie, sire Émouchet, approchez, que nous puissions vous saluer et vous souhaiter la bienvenue.

– Joli discours, murmura Séphrénia.

– Encore heureux, lui répondit Tel avec un air maussade. Cela fait probablement une heure qu'il travaille dessus.

Le brigand aux cheveux filasse les conduisit au milieu de la foule de danseurs qui, sans exception, s'inclinèrent ou firent la révérence à leur passage.

Quand ils eurent atteint l'homme en satin blanc, Tel s'inclina.

– Milord, dit-il, j'ai l'honneur de vous présenter sire Émouchet, chevalier de l'ordre des Pandions. Sire Émouchet, Milord Stragen.

– Le voleur, ajouta Stragen en saluant avec élégance. Vous honorez ma piètre demeure, seigneur chevalier.

Émouchet le salua à son tour.

– C'est moi qui suis honoré, Milord.

Il se garda bien de sourire devant les airs que prenait ce freluquet apparemment gonflé d'importance.

– Nous nous rencontrons donc enfin, seigneur chevalier. Votre jeune ami Talen nous a fait un brillant exposé de vos exploits.

– Talen a parfois tendance à exagérer, Milord.

– Et madame est...

– Séphrénia, ma formatrice en matière de mystères.

– Petite sœur, fit Stragen dans un styrique impeccable. Me permettras-tu de te souhaiter la bienvenue ?

Si Séphrénia fut surprise que cet homme étrange connût sa langue, elle n'en laissa rien voir. Elle tendit les mains et Stragen lui embrassa les paumes.

– Quelle surprise, Milord, de rencontrer un homme civilisé au beau milieu d'un monde rempli de ces sauvages d'Élènes !

Il éclata de rire.

– N'est-il pas amusant, Émouchet, de découvrir que même nos purs Styriques possèdent de petits préjugés ? (Le pseudo-aristocrate examina la salle.) Mais nous interrompons ce grand bal. Mes compagnons apprécient ces frivolités. Retirons-nous, que leur joie puisse s'exprimer. (Il haussa légèrement sa voix sonore et s'adressa à la foule de criminels élégants.) Mes chers amis, veuillez nous excuser. Nous allons nous éloigner pour discuter. Pour rien au monde nous ne voudrions interrompre le plaisir que vous prenez à cette soirée. (Il marqua un temps d'arrêt et jeta un regard appuyé à une ravissante fille brune.) Je suis sûr que vous n'oublierez pas notre conversation à la fin du précédent bal, comtesse, dit-il fermement. Bien que terriblement impressionné par vos féroces instincts commerciaux, je pense que le point culminant de certaines négociations devrait avoir lieu en privé et non au centre d'une salle de bal. Cela fut véritablement passionnant... voire éducatif... mais la danse en a quelque peu pâti.

– Ce n'est qu'une danse d'un genre différent, Stragen, répondit-elle d'une voix nasale et grossière qui avait tout du glapissement de truie.

– Ah, oui, comtesse, mais la danse actuellement en vogue est *verticale*. La variété horizontale n'a pas encore pris parmi les cercles les plus huppés, et nous désirons bien être à la mode, n'est-ce pas ? (Il se tourna vers Tel.) Vos services, ce soir, furent des plus remarquables, mon cher marquis. Je vous en serai à jamais redevable.

Avec affectation, il leva un mouchoir parfumé jusqu'à ses narines.

– Avoir pu vous servir est une récompense en soi, Milord, répondit Tel en s'inclinant très bas.

– Très bien, Tel, approuva Stragen. Il se peut que je vous fasse présent d'un comté.

Il se retourna et conduisit Émouchet et Séphrénia hors de la salle. Une fois dans le couloir, ses manières changèrent brutalement. Le vernis de politesse désabusée s'envola et son regard devint vif et dur. C'étaient les yeux d'un homme très dangereux.

– Notre petite comédie vous a intrigué, Émouchet ? demanda-t-il. Vous avez peut-être l'impression que les membres de notre profession devraient loger dans des lieux tels que la cave de Platime à Cimmura ou le grenier de Méland en Acie ?

– Cela est plus courant, Milord, répondit prudemment Émouchet.

– Laissons tomber le « Milord », Émouchet. C'est une affectation... en partie du moins. Tout cela a un but bien plus sérieux que la satisfaction d'une de mes obscures lubies. La noblesse accède à bien plus de richesses que les roturiers, c'est pourquoi je forme mes camarades à prendre pour proies des riches et des oisifs plutôt que des pauvres et des industrieux. C'est bien plus profitable, à long terme. Mais ce groupe-ci a encore du chemin à faire, je le crains. Si Tel s'en tire assez bien, je désespère de jamais transformer la comtesse en vraie lady. Elle a l'âme d'une catin, et cette voix... (Il frémit.) Enfin, je forme mes gens à prendre des titres d'emprunt et à s'échanger des civilités pour les préparer à des affaires plus sérieuses. Nous restons tous des voleurs, des catins et des coupe-jarrets, bien entendu, mais nous nous attaquons à une clientèle plus huppée.

Ils entrèrent dans une grande pièce bien éclairée où Kurik et Talen étaient assis sur un immense divan.

– Vous avez bien voyagé, monseigneur ? demanda Talen à Émouchet avec peut-être une petite amertume dans la voix.

L'adolescent était vêtu d'un pourpoint de cérémonie et d'une culotte, et ses cheveux étaient peignés pour la première fois depuis qu'Émouchet l'avait rencontré. Il se leva et s'inclina gracieusement devant Séphrénia.

– Petite mère.

– Je vois que vous avez manipulé notre enfant prodigue, Stragen, fit-elle remarquer.

– A son arrivée, Sa Grâce possédait quelques petits défauts, chère dame. J'ai pris la liberté de le vernir quelque peu.

– Sa Grâce ? s'étonna Émouchet.

– Je possède certains avantages, Émouchet. (Stragen éclata de rire.) Quand la nature... ou la chance aveugle... confère un titre, elle ne dispose d'aucun moyen de considérer le caractère du récipendiaire et d'assortir l'éminence à l'homme en question. Moi, de mon côté, je puis observer la vraie nature de la personne et choisir le rang approprié. J'ai vu immédiatement que notre jeune Talen est extraordinaire, aussi lui ai-je donné un duché. Trois mois encore et je pourrai le présenter dans une cour royale. (Il s'assit dans un grand fauteuil confortable.) Je vous en prie, mes amis, trouvez de quoi vous asseoir, puis dites-moi de quelle façon je puis vous rendre encore service.

Émouchet présenta une chaise à Séphrénia et prit un siège non loin de leur hôte.

– Ce qu'il nous faut pour le moment, voisin, c'est un navire qui nous transporte jusqu'à la côte nord de Deira.

– Je voulais précisément en discuter avec vous, Émouchet. Notre excellent ami le jeune voleur ici présent m'a dit que votre but final est Cimmura et que vous risquez de rencontrer quelques obstacles dans les royaumes septentrionaux. Notre ivrogne de monarque est un homme qui a besoin de beaucoup d'amis et il ne supporte pas les défections. Je crois avoir compris qu'il est actuellement mécontent de vous. Toutes sortes de signalements peu flatteurs circulent en Éosie occidentale. Ne serait-il pas plus rapide... et plus sûr... de rejoindre directement Cardos, puis de partir de là pour aller à Cimmura ?

Émouchet y réfléchit.

– Je pensais plutôt aborder sur une plage isolée de Deira avant de descendre au sud par les montagnes.

– Voilà un voyage qui serait bien fatigant, Émouchet, et très dangereux pour un homme en fuite. Toutes les côtes possèdent des plages isolées et je suis sûr que nous vous en trouverons une près de Cardos.

– Nous ?

– Je songe vous accompagner. Vous me plaisez, Émouchet, bien que nous venions juste de faire connaissance. De toute façon, il faut que j'aille parler affaires avec Platime. (Il se leva.) Un vaisseau nous attendra au port à l'aube. A présent, je vous quitte. Je suis certain que vous êtes las et affamés après votre voyage et j'ai intérêt à retourner dans la salle de bal avant que notre comtesse zélée ne se remette à ouvrir son commerce au beau milieu d'une danse. (Il salua Séphrénia.) Je te souhaite bonne nuit, lui dit-il en styrique. Dormez bien, fit-il avec un hochement de tête à l'adresse d'Émouchet avant de quitter paisiblement la pièce.

Kurik se leva, s'approcha de la porte et écouta au battant.

– Je ne crois pas qu'il soit totalement sain d'esprit, Émouchet, fit-il à voix basse.

– Oh, si, le contredit Talen. Il a des idées un peu bizarres, mais certaines d'entre elles pourraient fonctionner. (Le gamin rejoignit Émouchet.) Très bien, montre-le-moi.

– Quoi ?

– Le Bhelliom. J'ai risqué ma vie plus d'une fois pour t'aider à le récupérer et l'on m'a largué en approchant du but. Je pense avoir le droit d'y jeter un coup d'œil.

– C'est sans danger ? demanda Émouchet à Séphrénia.

– Je ne sais pas vraiment, Émouchet. Enfin, les bagues peuvent le contrôler... en partie du moins. Rien qu'un regard fugitif, Talen. Il est très dangereux.

– Un joyau, c'est un joyau. (Talen haussa les épaules.) Ils sont tous dangereux. Tout ce que convoite un homme, il est probable qu'un autre veuille essayer de le voler, et c'est le genre de situation qui conduit au meurtre. Je préfère l'or. Il a toujours la même apparence et on peut le dépenser n'importe où. Les joyaux ne se convertissent pas facilement en argent et les gens passent habituellement beaucoup de temps à s'efforcer de les protéger... ce qui n'a rien de commode. Fais voir, Émouchet.

Celui-ci sortit la bourse et dénoua le cordon. Il fit tomber l'éclatante rose bleue dans sa main droite. Une nouvelle fois, un mouvement assombrit la limite de son champ de vision et un frisson le parcourut. Cela lui rappela mystérieusement son cauchemar et il eut l'impression de sentir la présence pesante de ces obscures formes menaçantes qui avaient hanté son sommeil une semaine auparavant.

– Grand Dieu ! s'exclama Talen. C'est incroyable ! (Il fixa un moment le joyau, puis il frémit.) Range ça, Émouchet. Je ne veux plus le voir.

Émouchet glissa le Bhelliom dans sa musette.

– En fait, il devrait être rouge sang, commenta Talen d'une voix maussade. Regarde un peu toutes les morts qu'il a causées. (Il contempla Séphrénia.) Est-ce que Flûte était vraiment une Déesse ?

– Kurik t'en a parlé, je vois. Oui, c'est l'un des Dieux Cadets de Styricum.

– Je l'aimais bien quand elle ne me taquinait pas, admit le gamin. Mais si c'est un Dieu... ou une Déesse... elle pourrait avoir l'âge qu'elle veut, n'est-ce pas ?

– Bien entendu.
– Pourquoi avoir donc choisi d'être une enfant ?
– On fait davantage confiance aux enfants.
– Je ne l'ai jamais vraiment remarqué.
– Aphraël est plus agréable que toi, Talen, expliqua-t-elle avec un sourire. Il s'agit sans doute de l'unique raison de son choix. Elle a besoin d'amour... comme tous les Dieux, même Azash. On a tendance à prendre les petites filles pour les embrasser. Aphraël aime qu'on l'embrasse.
– Moi, personne ne m'a jamais beaucoup embrassé.
– Cela viendra peut-être avec le temps, Talen... si tu te tiens bien.

CHAPITRE DEUX

Le climat de la péninsule thalésienne, comme celui de tous les royaumes septentrionaux, n'avait rien de bien stable et, le lendemain matin, il tombait un vilain crachin tandis que d'épais nuages sales venus de la mer Deirane se déversaient dans le détroit de Thalésie.

– Jour splendide pour naviguer, fit sèchement observer Stragen qui examinait en compagnie d'Émouchet les rues trempées à travers une fenêtre en partie barricadée. Je déteste la pluie. Je me demande si je pourrais trouver du travail en Rendor.

– Je ne vous le recommande pas, lui dit Émouchet en se rappelant une rue de Djiroch éclaboussée de soleil.

– Nos chevaux sont déjà à bord. Nous pourrons lever l'ancre dès que Séphrénia et les autres seront prêts. (Il marqua un temps d'arrêt.) Est-ce que votre cheval rouan est toujours aussi rétif, le matin ? demanda-t-il avec curiosité. Mes hommes m'ont appris qu'il en a mordu trois en chemin.

– J'aurais dû les avertir. Faran n'est pas le cheval qui possède le meilleur caractère au monde.

– Pourquoi le conservez-vous ?

– Parce que c'est la monture la plus fiable que j'aie jamais possédée. Je suis prêt à accepter quelques-unes de ses incartades en échange de cela. En outre, je l'aime bien.

Stragen considéra le jaseran d'Émouchet.

– Vous n'êtes pas vraiment obligé de porter ce truc, vous savez.

– C'est par habitude, répondit Émouchet avec un haussement d'épaules. De plus, un certain nombre de personnes qui ne comptent pas parmi mes amis sont actuellement à ma recherche.

– L'odeur est affreuse, vous savez.

– On s'y accoutume.

– Vous me semblez d'humeur maussade, ce matin, Émouchet. Quelque chose qui ne va pas ?

– Je suis en voyage depuis trop longtemps et je n'étais pas vraiment préparé à accepter tout ce que j'ai rencontré. J'essaie de trier tout ça dans ma tête.

– Peut-être qu'un jour nous nous connaîtrons mieux et alors vous pourrez m'en parler. (Stragen parut réfléchir à un autre sujet.) Oh, au fait, Tel m'a informé des brigands qui vous recherchaient, l'autre nuit. Ils vous laisseront tranquilles, désormais.

– Merci.

– Il s'agit en vérité d'une question de politique interne. Ils ont violé l'une des règles premières en oubliant de me consulter avant de partir à votre poursuite. Je ne puis permettre que quiconque établisse un tel précédent. En revanche, nous n'en avons pas tiré grand-chose. Ils agissaient pour le compte de quelqu'un qui n'est pas en Thalésie... nous avons réussi à arracher ce détail à celui qui respirait encore. Pourquoi ne pas aller voir si Séphrénia est prête ?

Quinze minutes plus tard, un carrosse élégant les attendait à la porte de derrière de l'entrepôt. Ils montèrent dedans et le cocher manœuvra son attelage en flèche pour sortir de la ruelle étroite.

Quand ils arrivèrent au port, le carrosse roula sur un appontement avant de s'arrêter près d'un bateau qui semblait destiné uniquement au cabotage. Les voiles à demi serrées étaient rapiécées et l'épais bastingage donnait l'impression d'avoir été réparé à maintes reprises. Les flancs goudronnés ne portaient aucune inscription.

– C'est un vaisseau pirate, n'est-ce pas ? demanda Kurik à Stragen quand ils descendirent du carrosse.

– Oui, exactement. Je possède un certain nombre de bâtiments de cette classe, mais comment l'avez-vous reconnu ?

– Il est construit pour la vitesse, Milord. Trop étroit de baux pour emporter des cargaisons. Et les renforts au pied des mâts révèlent qu'il est fait pour une surface de voiles importante. Conçu pour rattraper d'autres bateaux.

– Ou leur échapper, Kurik. Les pirates mènent une vie peu paisible. Toutes sortes de personnes en ce monde rêvent de pendre les pirates par pur principe. (Stragen inspecta le port envahi par la bruine.) Montons à bord, proposa-t-il. Inutile de rester sous la pluie à discuter des avantages et désavantages de la vie en mer.

Ils grimpèrent la passerelle et Stragen les conduisit à leurs cabines. Les marins libérèrent les amarres et le navire sortit du port à une allure majestueuse. Une fois dépassé le promontoire rocheux, l'équipage se hâta de donner davantage de voile et le bâtiment équivoque se mit à filer à travers le détroit de Thalésie en direction de la côte deirane.

Émouchet remonta sur le pont aux environs de midi et découvrit Stragen appuyé au bastingage près de la proue, fixant d'un air morose la mer grise pommelée par la pluie. Il portait une épaisse cape brune et le rebord de son chapeau laissait couler l'eau sur son dos.

– Je croyais que vous n'aimiez pas la pluie, lui dit Émouchet.

– C'est humide, dans ma cabine, répondit Stragen. J'avais besoin de prendre l'air. Mais je suis heureux que vous soyez monté, Émouchet. La conversation des pirates n'est pas très riche.

Ils restèrent un moment à écouter les craquements des haubans, des voussures et le sifflement mélancolique de la pluie quand elle touchait la surface de la mer.

– Comment se fait-il que Kurik connaisse aussi bien les bateaux ? finit par demander Stragen.

– Il a pris la mer quand il était jeune.

– Cela explique donc tout. Sans doute n'avez-vous guère envie de discuter de la raison de votre présence en Thalésie ?

– En effet. Les affaires de l'Église, vous comprenez.
Stragen eut un sourire.

– Ah, oui. Notre Sainte Mère l'Église, si taciturne. J'ai parfois l'impression qu'elle fabrique par pur plaisir des tas de secrets.

– Il faut bien lui faire confiance et croire en ses manœuvres.

– Vous, vous y êtes obligé, Émouchet, parce que vous êtes chevalier de l'Église. Moi, je n'ai prononcé aucun vœu et je suis totalement libre de la considérer avec un certain scepticisme. Bien que j'aie songé à entrer dans les ordres quand j'étais tout jeune.

– Vous y auriez sans doute fait carrière. La prêtrise et l'armée s'intéressent toujours aux fils cadets de la noblesse, quand ils sont doués.

– Voilà qui me plaît. (Stragen sourit.) « Fils cadet » sonne quand même bien mieux que « bâtard », n'est-ce pas ? Enfin, peu m'importe. Je n'ai besoin ni de grade ni de reconnaissance légitime pour percer mon trou. Je ne me serais pas très bien entendu avec l'Église, je le crains. Je ne dispose pas de l'humilité apparemment nécessaire, et une collection d'aisselles mal lavées m'aurait assez rapidement forcé à renoncer à mes vœux. (Son regard se reposa sur la mer.) Au fond, la vie ne m'a pas laissé le choix. Je ne suis pas assez humble pour l'Église, pas assez obéissant pour l'armée, et je n'ai pas le tempérament nécessaire pour le commerce. J'ai bien essayé de vivre à la cour, puisque le gouvernement a toujours besoin de bons administrateurs, qu'ils soient ou non légitimes d'origine, mais après avoir obtenu un poste que convoitait également le fils débile d'un duc, je fus soumis à ses injures. Je le défiai, bien entendu, et il se montra assez stupide pour venir à notre rendez-vous avec une cotte de mailles et un sabre. Ne m'en veuillez pas, Émouchet, mais les mailles ne sont pas assez serrées pour empêcher le passage d'une rapière acérée. Mon adversaire devait le découvrir assez tôt au cours de la discussion. Après que je l'eus transpercé à plusieurs reprises, il parut se désintéresser de toute l'affaire. Je le laissai pour mort (et mon diagnostic s'avéra exact) et quittai le service du gouvernement. Le ballot que je venais de tailler en pièces était en fait un lointain cousin du roi Wargun et notre ivrogne de monarque est très chichement doté en matière de sens de l'humour.

– Je l'avais remarqué.

– Comment vous êtes-vous débrouillé pour vous le mettre à dos ?

Émouchet haussa les épaules.

– Il voulait que je participe à la guerre en Arcie, mais j'avais des affaires pressantes à régler en Thalésie. Où en est cette guerre, au fait ? J'ai un peu perdu le contact.

– Presque toutes les informations dont nous disposons sont des rumeurs. Certains prétendent que les Rendors ont été exterminés ; d'autres disent que c'est Wargun qui a subi ce sort et que les Rendors marchent vers le nord en brûlant sur leur passage tout ce qui peut s'enflammer. On choisit sans doute sa rumeur en fonction de sa propre philosophie.

Stragen regarda rapidement en direction de la poupe.

– Quelque chose qui cloche ? lui demanda Émouchet.

– Ce bateau, là derrière. (Stragen tendit le bras.) Il a *l'air* d'un navire marchand, mais il va un peu trop vite.

– Un autre pirate ?

– Je ne le remets pas... et, croyez-moi, je le reconnaîtrais s'il travaillait dans le même domaine que moi. (Une expression tendue sur le visage, il finit par se calmer.) Il vire de bord. (Il éclata de rire.) Pardon si je vous parais un peu soupçonneux, Émouchet, mais les pirates sans méfiance se retrouvent généralement en train de décorer des échafauds près des ports. Où en étions-nous ?

Stragen posait un peu trop de questions. C'était probablement le moment de le faire changer de sujet.

– Vous alliez me dire de quelle manière vous avez quitté la cour de Wargun pour en instaurer une bien à vous, répondit Émouchet.

– Cela me prit un certain temps, admit Stragen. Mais j'ai sans doute un don unique pour la criminalité. Je n'ai jamais éprouvé le moindre remords depuis le jour où j'ai tué mon père et mes deux demi-frères.

Émouchet resta légèrement interloqué.

– C'est peut-être par erreur que j'ai tué mon père, admit Stragen. Ce n'était pas un mauvais bougre et il avait quand même payé mon éducation, mais je me suis senti blessé par la façon dont il a traité ma mère. C'était une aimable jeune fille issue d'une bonne famille qui avait été envoyée chez mon père pour servir de compagne à sa femme en mauvaise santé. Ce qui devait arriver arriva et j'en fus le résultat. Après ma disgrâce à la cour, mon père renvoya ma mère chez elle. Elle mourut peu de temps après. Sans doute pourrais-je justifier mon parricide en prétendant qu'elle mourut d'un cœur brisé, mais en fait elle s'étouffa avec une arête de poisson. Je rendis donc visite à mon père et son titre est actuellement vacant. Mes deux demi-frères furent assez bêtes pour se mettre de la partie et ils sont désormais à trois dans le même tombeau. J'imagine assez bien que mon père dut regretter tout l'argent qu'il avait consacré à mes leçons d'escrime. L'expression peinte sur son visage alors qu'il agonisait semblait indiquer qu'il regrettait *quelque chose* ! (L'homme blond haussa les épaules.) J'étais jeune, à l'époque. Il est probable que j'agirais différemment, aujourd'hui. On ne tire pas grand bénéfice de la transformation de ses parents en viande pour les chiens, n'est-ce pas ?

– Tout dépend de votre définition des bénéfices.

Stragen lui lança un rapide sourire.

– Quoi qu'il en soit, dès que je me mis à vivre dans la rue, je ne tardai pas à me rendre compte que la différence est ténue entre un baron et un tire-laine ou une duchesse et une catin. Je tentai bien d'expliquer cela à mon prédécesseur, mais cet idiot refusa de m'écouter. Il voulut tirer son épée contre moi et je dus le déposer de son poste. Je commençai alors à former les voleurs et les catins d'Emsat. Je les ai ornés de titres imaginaires, de beaux atours d'emprunt et d'une fine couche de bonnes manières pour leur donner un semblant de courtoisie. Je les lançai ensuite parmi l'aristocratie. Les affaires sont excellentes, et j'ai pu ainsi rendre à la classe dont j'étais issu mille injures et insultes. (Il marqua un temps d'arrêt.) Avez-vous votre content de diatribe atrabilaire, Émouchet ? Je dois avouer que vous possédez une politesse et une patience virtuellement surhumaines. Mais je suis las de cette pluie. Pourquoi ne pas redescendre ? J'ai une douzaine de bouteilles d'arcien rouge dans ma cabine. Nous pouvons nous enivrer un petit peu et nous lancer dans une conversation civilisée.

Émouchet examina cet homme complexe en le suivant sous le pont. Les mobiles étaient bien clairs. Son ressentiment et sa soif de vengeance étaient totalement compréhensibles. Qu'il ne s'apitoie point sur son propre sort était en revanche surprenant. Finalement, Émouchet l'aimait bien. Il ne lui faisait pas confiance, évidemment (c'eût été absurde), mais il l'aimait bien malgré tout.

– Moi aussi, lui apprit Talen le même soir dans leur cabine quand Émouchet rapporta l'histoire de Stragen et confessa l'amitié qu'il éprouvait pour lui. C'est assez naturel, probablement. Stragen et moi avons beaucoup en commun.

– Est-ce que tu vas encore me jeter ça au visage ? lui demanda Kurik.

– Je ne te jette pas la pierre, Père, répondit Talen. Ce genre de trucs se produit tout le temps et j'y suis bien moins sensible que Stragen. (Il eut un large sourire.) Mais j'ai pu utiliser nos antécédents similaires assez utilement depuis mon arrivée à Emsat. Je crois que je lui plais bien et il m'a fait des offres très intéressantes. Il veut que je travaille pour lui.

– Un avenir prometteur t'attend, Talen, lui dit amèrement Kurik. Tu peux hériter la place de Platime ou de Stragen... sauf si tu te fais attraper avant ça et que tu te retrouves accroché à une corde.

– Je commence à réfléchir à plus grande échelle, lui annonça Talen d'un ton cérémonieux. Stragen et moi y avons cogité. Le conseil des voleurs ressemblera bientôt à un véritable gouvernement. Il ne lui manque plus qu'un chef... un roi, peut-être, ou alors un empereur. Tu ne serais pas fier d'être le père de l'Empereur des Voleurs, Kurik ?

– Pas particulièrement.

– Qu'en penses-tu, Émouchet ? demanda le gamin, les yeux remplis de malveillance. Est-ce que je devrais entrer en politique ?

– Je crois que nous pourrons te trouver un métier plus adapté, Talen.

– Oui, mais sera-t-il aussi rentable... et amusant ?

Une semaine plus tard, ils atteignaient la côte élène à environ une lieue au nord de Cardos et débarquaient à midi sur une plage solitaire bordée de pins noirs.

– La route de Cardos ? demanda Kurik à Émouchet tandis qu'ils sellaient Faran et le hongre de Kurik.

– Puis-je me permettre une suggestion ? demanda Stragen, non loin de là.

– Certainement.

– Le roi Wargun a le vin triste... c'est dire qu'il est rarement joyeux. Il noie probablement l'idée de votre défection dans sa bière tous les soirs. Il a offert une jolie récompense en Thalésie, en Deira, et sans doute ici aussi. Votre visage est bien connu en Élénie et nous nous trouvons à environ soixante-dix lieues de Cimmura... une bonne semaine de voyage en allant bon train. En la circonstance, est-ce que vous voulez vraiment passer tout ce temps sur une route aussi fréquentée ? Surtout quand on sait que *quelqu'un* a envie de vous larder de flèches au lieu de vous remettre en vie à Wargun ?

– En effet. Tu proposes une autre option ?

– Oui. Cela nous prendra peut-être un jour ou deux de plus, mais Platime m'a un jour montré un itinéraire différent. Un peu ardu, mais très peu de gens le connaissent.

Émouchet considéra le mince homme blond avec une certaine méfiance.

– Est-ce que je peux te faire confiance, Stragen ? lui demanda-t-il de but en blanc.

Stragen hocha la tête d'un air résigné.

– Talen, tu ne lui as jamais expliqué ce qu'est le droit d'asile des voleurs ?

– J'ai essayé, mais Émouchet éprouve parfois des difficultés avec les concepts d'ordre moral. Voilà, Émouchet : s'il t'arrive quelque chose alors que tu es sous la protection de Stragen, il devra en répondre devant Platime.

– C'est plus ou moins la raison pour laquelle je vous ai accompagnés, en fait, admit Stragen. Tant que je suis avec vous, vous restez sous ma protection. Je t'aime bien, Émouchet, et ça ne pourra me faire aucun mal d'avoir un chevalier de l'Église qui intercède auprès de Dieu au cas où je serais accidentellement pendu. (Son expression sardonique reparut alors.) De plus, veiller sur vous pourrait expier quelques-uns de mes péchés les plus mortels.

– Ces péchés sont-ils si nombreux, Stragen ? lui demanda doucement Séphrénia.

– Innombrables, petite sœur, répondit-il en styrique. Et nombreux sont ceux que je ne pourrais décrire en ta présence.

Émouchet jeta un coup d'œil rapide à Talen et le gamin hocha gravement la tête.

– Pardon, Stragen, s'excusa-t-il. Je t'avais mal jugé.

– Ce n'est rien, mon vieux. (Stragen afficha un large sourire.) Et c'est tout à fait compréhensible. Il est des jours où je n'ai pas confiance en moi-même.

– Quelle est cette autre route qui conduit à Cimmura ?

Stragen se retourna.

– Eh bien, tu ne me croiras pas, mais elle démarre juste sur cette plage. N'est-ce pas une formidable coïncidence ?

– Nous avons bien emprunté ton bateau ?

– Oui, j'en possède une partie.

– Et tu as suggéré au capitaine que cette plage-ci pourrait convenir pour nous débarquer ?

– Il me semble bien me rappeler une conversation de ce type.

– Formidable coïncidence, en effet, commenta sèchement Émouchet.

Stragen s'arrêta et regarda au large.

– Curieux, dit-il en désignant un bateau qui passait. C'est le même navire marchand que nous avons vu dans le détroit. Il ne doit pas être beaucoup chargé, autrement il n'aurait pas été aussi vite. (Il haussa les épaules.) Oh, laissons tomber. Et mettons-nous en route, d'accord ?

« L'itinéraire optionnel » qu'ils suivirent n'était qu'une piste forestière qui serpentait à travers la chaîne de montagnes séparant la côte des larges plaines cultivées drainées par la Cimmura. Une fois sortie des hauteurs, la piste se fondait imperceptiblement dans une série de chemins vicinaux qui parcouraient les champs.

Un beau matin, alors qu'ils se trouvaient au milieu de cette plaine, un gaillard à l'air misérable perché sur une mule boiteuse s'approcha prudemment de leur campement.

– Il faut que je parle à un homme qui s'appelle Stragen, lança-t-il tout en restant hors de portée de flèche.

– Avance, lui répondit Stragen.

L'homme ne se donna pas la peine de mettre pied à terre.

– Platime m'envoie, précisa-t-il au Thalésien. Il m'a dit de vous avertir. Il y avait des types qui vous cherchaient sur la route de Cardos à Cimmura.

– *Il y avait ?*

– Ils ne désiraient pas s'identifier après que nous les avons rencontrés. Et ils ne vous cherchent plus, à présent.

– Ah.

– Mais ils posaient certaines questions avant que nous les interceptions. Ils ont donné votre signalement et celui de vos amis à un certain nombre de paysans. Je ne pense pas qu'ils désiraient vous rattraper pour discuter de la pluie et du beau temps, Milord.

– Étaient-ce des Élènes ? demanda Stragen d'une voix tendue.

– Certains, oui. Les autres ressemblaient à des marins thalésiens. Quelqu'un est lancé après vous et vos amis, Stragen, et je pense qu'ils ont le meurtre en tête. A votre place, je rejoindrais Cimmura et la cave de Platime aussi vite que possible.

– Tous mes remerciements, l'ami, lui dit Stragen.

Le truand haussa les épaules.

– Je suis payé pour ça. Les remerciements ne gonflent jamais ma bourse.

Il fit tourner sa mule et s'éloigna.

– Je savais bien que j'aurais dû virer de bord et couler ce bateau, lâcha Stragen. Je dois me faire vieux. Nous devrions repartir immédiatement, Émouchet. Nous sommes terriblement exposés, ici.

Trois jours plus tard, ils atteignaient Cimmura et s'arrêtaient au nord de la vallée pour contempler la cité enfumée et embrumée.

– Quel lieu franchement déplaisant, Émouchet, fit Stragen d'un ton critique.

– La ville n'est pas terrible, admit Émouchet. Mais nous considérons quand même que c'est notre patrie.

– Je vous quitte ici, annonça Stragen. Vous avez à faire et moi aussi. Puis-je vous suggérer d'oublier que nous nous sommes rencontrés ? Vous faites dans la politique et moi dans le vol. Je laisse à Dieu le soin de décider laquelle de ces deux professions est la plus malhonnête. Bonne chance, Émouchet, et garde les yeux ouverts.

Il adressa à Séphrénia un petit salut, fit tourner sa monture et descendit vers la cité crasseuse.

– J'arriverais presque à aimer cet homme, déclara Séphrénia. Où allons-nous, à présent, Émouchet ?

– Au chapitoire, décida le grand pandion. Nous sommes restés absents un certain temps et j'aimerais savoir ce qui s'est passé avant d'aller au palais. (Il plissa les yeux pour regarder le soleil de midi, triste et blafard dans la brume envahissante accrochée au-dessus de Cimmura.) Ne nous montrons pas avant d'avoir découvert qui contrôle la ville.

Ils restèrent donc parmi les arbres en s'approchant de

Cimmura. Kurik descendit un moment de son hongre pour ramper jusqu'aux buissons et examiner les lieux. Quand il revint, il avait une expression grave peinte sur le visage.

– Des soldats de l'Église patrouillent sur les fortifications, annonça-t-il.

Émouchet lâcha un juron.

– Tu en es sûr ?

– Tous les soldats sont en rouge.

– Continuons. Il nous faut quand même entrer dans le chapitoire.

La bonne douzaine de faux ouvriers plaçait toujours des pavés à l'extérieur de la forteresse des chevaliers pandions.

– Il y aura bientôt un an qu'ils travaillent ici, marmotta Kurik. Et ils n'ont pas encore terminé. Nous attendons la nuit ?

– Je ne crois pas que ça servirait à grand-chose. Ils n'interrompent pas leur surveillance et je ne veux pas qu'on sache que nous sommes revenus.

– Séphrénia, demanda Talen, est-ce que tu peux créer une colonne de fumée qui monte à l'intérieur de la ville, juste derrière la porte ?

– Oui, répondit-elle.

– Parfait. Nous allons donc éloigner ces paveurs.

Le gamin expliqua rapidement son plan.

– Pas mal du tout, hein, Émouchet ? fit Kurik avec une certaine fierté. Qu'en pensez-vous ?

– Ça vaut le coup d'être tenté. Allons-y, et voyons un peu le résultat.

L'uniforme rouge que Séphrénia fabriqua pour Kurik ne paraissait pas vraiment authentique, mais les taches et les souillures de fumée qu'elle ajouta recouvraient la plupart des imperfections. L'important, c'étaient les épaulettes brodées d'or qui en faisaient un officier. Le robuste écuyer fit alors traverser les buissons à son cheval et se rapprocha ainsi de la porte de la ville.

Séphrénia se mit à murmurer en styrique en effectuant des gestes avec les doigts.

La colonne de fumée qui s'éleva de l'intérieur des

murs était très convaincante : épaisse, d'un noir huileux, bouillonnant terriblement.

– Tiens mon cheval, dit Talen à Émouchet en descendant de selle.

Il courut jusqu'à la limite des fourrés et se mit à hurler « Au feu ! » à pleins poumons.

Bouche bée, les faux ouvriers le regardèrent bêtement pendant un moment, puis ils se retournèrent pour regarder avec consternation en direction de la ville.

– Il faut toujours hurler « Au feu ! », expliqua Talen quand il fut revenu. Ça oblige les gens à réfléchir dans le bon sens.

Kurik se mit alors à galoper en direction des espions postés à la porte du chapitoire.

– Hé, vous ! aboya-t-il. Il y a une maison en feu rue de la Chèvre. Entrez aider les autres avant que toute la ville ne soit incendiée !

– Mais, monsieur... protesta l'un des ouvriers. On a ordre de rester ici pour garder l'œil sur les pandions.

– Est-ce que tu as des objets de valeur, à l'intérieur de la ville ? lui demanda brutalement Kurik. Si nous n'arrivons pas à contrôler cet incendie, tu pourras rester ici à garder l'œil dessus tandis qu'ils brûleront. Allez, vous tous ! Je vais dans cette forteresse essayer de voir si je peux persuader les pandions de nous donner un coup de main.

Les ouvriers le regardèrent encore une fois, puis ils laissèrent tomber leurs outils et coururent en direction de l'embrasement imaginaire tandis que Kurik se précipitait vers le pont-levis du chapitoire.

– Bien joué, dit Émouchet à Talen.

– Les voleurs font ça tout le temps. (Le gamin haussa les épaules.) Mais nous devons utiliser de vrais feux. Tout le monde sort de chez soi pour assister à l'incendie. Ce qui nous procure une occasion idéale pour inspecter ce que les maisons peuvent contenir en matière d'objets de valeur. (Il regarda en direction de la porte de la ville.) Nos amis semblent avoir disparu. Pourquoi ne pas entrer avant leur retour ?

Deux chevaliers pandions en armure noire sortirent

majestueusement à leur rencontre lorsqu'ils furent au pont-levis.

– Est-ce un feu que nous voyons en ville, Émouchet ? demanda l'un d'eux, assez inquiet.

– Pas réellement, répondit Émouchet. C'est Séphrénia qui distrait les soldats de l'Église.

L'autre chevalier adressa un sourire à Séphrénia. Puis il se redressa.

– Qui es-tu, toi qui requiers l'entrée dans la maison des soldats de Dieu ? commença-t-il.

– Le temps nous est compté, frère, lui dit Émouchet. Nous ferons ça deux fois à la prochaine occasion. Qui dirige le chapitoire, actuellement ?

– Le seigneur Vanion.

Il fut surpris, car le précepteur Vanion était très impliqué dans la campagne en Arcie, la dernière fois qu'Émouchet avait entendu parler de lui.

– Vous avez une idée de l'endroit où je pourrais le trouver ?

– Dans sa tour, Émouchet, l'informa le second chevalier.

Émouchet émit un grognement.

– Combien de chevaliers avons-nous ici, en ce moment, frère ?

– Une centaine, environ.

– Parfait. Je risque d'en avoir besoin.

Émouchet donna du talon dans les flancs de Faran. Le gros rouan tourna la tête et regarda son maître avec un air légèrement surpris.

– On est pressés, Faran, lui expliqua Émouchet. On respectera le rituel une autre fois.

Avec une expression nettement désapprobatrice, Faran s'engagea sur le pont-levis.

– Sire Émouchet ! lança une voix de stentor à la porte des écuries.

C'était Bérit, le novice, un jeune homme dégingandé et tout en os dont le visage se fendait en un large sourire.

– Crie un peu plus fort, Bérit, lui dit Kurik. Peut-être qu'on t'entendra jusqu'à Chyrellos.

– Pardon, Kurik, répondit Bérit, tout penaud.

– Que d'autres novices viennent s'occuper de nos montures et accompagne-nous, dit Émouchet au jeune homme. Nous avons du travail et il faut que nous nous entretenions avec Vanion.

– Oui, sire Émouchet.

Bérit rentra dans l'écurie en courant.

– C'est un si gentil garçon, commenta Séphrénia avec un sourire.

– On en fera peut-être quelque chose, admit Kurik à contrecœur.

– *Émouchet ?*

Un pandion en cagoule avait posé la question alors qu'ils franchissaient la porte voûtée qui donnait dans le chapitoire. Le chevalier rejeta sa capuche en arrière. C'était sire Perraine, le pandion qui avait pris la couverture de marchand de bestiaux à Dabour. Perraine parlait avec un léger accent.

– Que fais-tu à Cimmura, Perraine ? demanda Émouchet en serrant la main de son frère d'armes. Nous pensions tous que tu avais pris racine à Dabour.

Perraine semblait se remettre de sa surprise.

– Ah, commença-t-il, une fois Arasham mort, il ne me restait plus guère de raisons de demeurer à Dabour. Mais toi, que fais-tu ici ? Nous avions entendu dire que le roi Wargun te poursuivait d'un bout à l'autre de l'Éosie occidentale.

– Poursuivre n'est pas attraper, Perraine. (Émouchet lui sourit largement.) Nous pourrons bavarder un peu plus tard. Pour l'instant, mes amis et moi devons aller nous entretenir avec Vanion.

– Bien entendu.

Perraine s'inclina légèrement devant Séphrénia et sortit dans la cour.

Ils montèrent l'escalier de la tour sud où était situé le cabinet de travail de Vanion. Le Précepteur de l'Ordre des Pandions portait une robe styrique blanche et son visage avait encore vieilli depuis la dernière fois qu'Émouchet l'avait vu. Les autres se trouvaient également là : Ulath, Tynian, Bévier et Kalten. Leur présence semblait rétrécir la pièce. C'étaient des hommes imposants, non seulement par leur taille physique mais aussi par leur impressionnante réputation. On eût dit que le cabinet était rempli d'épaules athlétiques. Comme d'habitude dans le chapitoire, ils portaient tous la bure de moine sur leur jaseran.

– Enfin ! lâcha Kalten. Émouchet, pourquoi ne nous as-tu jamais dit où tu étais ?

– Les messagers sont un peu difficiles à trouver au pays des Trolls, Kalten.

– Ça a marché ? demanda impatiemment Ulath.

Ulath était un énorme Thalésien aux tresses blondes, et le Bhelliom avait pour lui une signification bien particulière.

Émouchet jeta un coup d'œil rapide à Séphrénia, lui demandant silencieusement la permission de montrer le joyau.

– Très bien, dit-elle. Mais une minute seulement.

Émouchet mit la main à l'intérieur de sa tunique et en sortit la bourse en toile dans laquelle il portait le Bhelliom. Il tira le lacet, prit l'objet le plus précieux du monde et le plaça sur la table qui servait de bureau à Vanion. Au même moment, il se produisit l'habituel mouvement de ténèbres quelque part dans un recoin mal éclairé. Le chien des ténèbres que son cauchemar avait invoqué dans les montagnes de Thalésie le suivait toujours et l'ombre semblait de plus en plus grande et noire, comme si chaque réémergence du Bhelliom en accroissait mystérieusement la taille et la menace.

– Ne plongez pas trop profondément votre regard dans ces pétales, messieurs, les avertit Séphrénia. Le Bhelliom est capable de capturer votre âme si vous le fixez trop longtemps.

– Grand Dieu ! souffla Kalten. Voyez un peu ça !

Chaque pétale étincelant de la rose saphir était si parfait qu'on devinait presque la rosée posée dessus. Du cœur du joyau émanaient une lumière bleue et une sommation presque irrésistible de le regarder pour en admirer la perfection.

– Oh, Dieu, pria Bévier avec ferveur. Défends-nous de la séduction de cette pierre.

Bévier était un chevalier cyrinique et un Arcien. Émouchet le trouvait parfois pieux à l'excès. Mais tel n'était pas le cas aujourd'hui. Si ne fût-ce que la moitié de ce qu'il avait déjà perçu était vrai, Émouchet savait que la peur de Bévier devant le Bhelliom était justifiée.

Ulath, l'énorme Thalésien, marmonnait en troll :

– Pas tuer, Bhelliom-Rose Bleue. Chevaliers de l'Église pas ennemis de Bhelliom. Chevaliers de l'Église protègent Bhelliom d'Azash. Aide à défaire ce qui a fait le mal, Rose Bleue. Je suis Ulath-de-Thalésie. Si Bhelliom en colère, envoie colère contre Ulath.

Émouchet se redressa.

– Non, dit-il fermement dans la hideuse langue troll. Je suis Émouchet-d'Élénie. C'est moi qui tue Ghwerig-Troll nain. C'est moi qui apporte Bhelliom-Rose Bleue ici pour guérir ma reine. Si Bhelliom-Rose Bleue le fait et toujours en colère, envoie colère contre Émouchet-d'Élénie et pas contre Ulath-de-Thalésie.

– Espèce d'idiot ! s'emporta Ulath. As-tu la moindre idée de ce que cette chose peut te faire ?

– Ne te ferait-elle pas de même ?

– Messieurs, je vous en prie, dit Séphrénia avec lassitude. Arrêtez sur-le-champ ces absurdités. (Elle contempla la rose étincelante sur la table.) Écoute-moi, Bhelliom-Rose Bleue, dit-elle fermement sans même se donner la peine de parler dans la langue des Trolls. Émouchet-d'Élénie a les bagues. Bhelliom-Rose Bleue doit reconnaître son autorité et lui obéir.

Le joyau s'assombrit brièvement, puis la lumière bleu foncé reparut.

– Parfait, dit-elle. Je guiderai Bhelliom-Rose Bleue pour ce qui doit être fait et Émouchet-d'Élénie donnera les ordres. Rose Bleue devra obéir.

Le joyau faiblit, puis sa lumière revint.

– Range-le, à présent, Émouchet.

Émouchet remit la rose dans la bourse qu'il fourra sous sa tunique.

– Où est Flûte ? demanda Bérit en regardant autour d'eux.

– *Cela,* mon jeune ami, c'est une longue, une très longue histoire, lui répondit Émouchet.

– Elle n'est pas morte ? demanda sire Tynian d'une voix bouleversée. Non, elle ne peut pas avoir trouvé la mort !

– Non. Ce serait impossible. Flûte est immortelle.

– Aucun humain n'est immortel, Émouchet, protesta Bévier.

– Exactement. Flûte n'est *pas* humaine. C'est la Déesse Enfant styrique Aphraël.

– Hérésie ! s'exclama Bévier.

– Vous ne penseriez pas de même si vous vous étiez trouvé dans la caverne de Ghwerig, sire Bévier, lui apprit Kurik. Je l'ai vue de mes propres yeux remonter d'un abîme sans fond.

– Un sortilège, sans doute.

Mais Bévier n'était plus aussi sûr de soi.

– Non, Bévier, intervint Séphrénia. Aucun sortilège n'aurait pu réaliser ce qu'elle fit dans cette caverne. Elle était... et elle est toujours Aphraël.

– Avant que nous ne nous lancions dans une discussion théologique, j'ai besoin d'un certain nombre d'informations, dit Émouchet. Comment avez-vous tous échappé à Wargun, et que se passe-t-il en ville ?

– Wargun ne constituait pas un vrai problème, lui dit Vanion. Nous avons traversé Cimmura en descendant vers le sud et les choses se sont plus ou moins passées ainsi que nous l'avions prévu à Acie. Nous avons jeté Lychéas aux oubliettes, confié l'autorité au comte de Lenda et persuadé l'armée et les soldats de l'Église de Cimmura de nous accompagner dans notre marche vers le sud.

– Et comment avez-vous accompli cela ? demanda Émouchet, légèrement surpris.

– Vanion est très doué, en matière de persuasion. (Kalten eut un large sourire.) La plupart des généraux étaient loyaux envers le primat Annias, mais quand ils ont tenté d'exprimer leurs objections, Vanion a invoqué la loi de l'Église dont avait parlé le comte de Lenda à Acie et il a pris le commandement de l'armée. Les généraux protestaient encore quand il les a fait descendre dans la cour. Après qu'Ulath en eut décapité quelques-uns, la plupart des autres ont décidé de changer de bord.

– Oh, *Vanion* ! fit Séphrénia avec une voix très désappointée.

– Le temps manquait vraiment, petite mère, s'excusa-t-il. Wargun était pressé de repartir. Il voulait massacrer tout le corps des officiers élènes, mais je l'en ai dissuadé. Nous avons rejoint le roi Soros de Pélosie à la frontière et avons marché en Arcie. Les Rendors ont tourné bride et se sont enfuis en nous voyant arriver. Wargun a l'intention de les pourchasser, mais je pense que c'est uniquement pour le plaisir. Les autres précepteurs et moi avons réussi à le convaincre que notre présence à Chyrellos durant l'élection du nouvel archiprélat était vitale, aussi nous a-t-il laissés prendre une centaine de chevaliers.

– Très généreux de sa part, déclara Émouchet, sardonique. Où sont les chevaliers des autres ordres ?

– Ils campent devant Démos. Dolmant ne veut pas que nous pénétrions dans Chyrellos tant que la situation ne s'est pas figée.

– Si Lenda est maître du palais, pourquoi y a-t-il des soldats sur les murailles de la ville ?

– Annias a naturellement découvert ce que nous avions fait ici. Quelques membres de la Hiérocratie lui sont fidèles et ils ont tous leurs propres troupes. Il a loué certains de ces hommes et les a envoyés ici. Ils ont libéré Lychéas et emprisonné le comte de Lenda. Ils contrôlent la cité, pour l'instant.

– Nous devrions y remédier.

Vanion hocha la tête.

– Nous étions en route pour Démos avec les autres ordres quand nous avons découvert ce qui se passait ici. Les autres ont donc continué tandis que nous sommes restés ici. Nous ne sommes arrivés qu'hier, tard dans la nuit. Les chevaliers étaient tous impatients d'entrer dans la ville, mais la campagne a été difficile et ils sont tous fatigués. Je veux qu'ils soient un peu mieux reposés avant d'aller remettre de l'ordre à l'intérieur de ces murailles.

– Éprouverons-nous des problèmes ?

– J'en doute. Ces soldats de l'Église ne sont pas les

hommes d'Annias. Leur fidélité n'est que très vague. Je pense qu'un petit étalage de force suffira à les faire capituler.

– Les six chevaliers restants qui étaient dans la salle du trône pour le sortilège sont-ils parmi la centaine ?

– Oui, répondit Vanion avec une légère lassitude. Nous sommes tous là. (Il regarda l'épée de pandion qu'elle portait.) Tu veux bien me donner ça ?

– Non, répondit-elle fermement. Tu en portes suffisamment. Il n'y en a plus pour très longtemps, de toute façon.

– Tu vas inverser le sortilège ? demanda Tynian. Avant d'utiliser le Bhelliom pour guérir la reine, je veux dire ?

– Il le faut. Le Bhelliom doit lui toucher la peau afin de la guérir.

Kalten s'approcha de la fenêtre.

– C'est la fin de l'après-midi. Si nous voulons agir aujourd'hui, ne tardons plus.

– Attendons le matin, décida Vanion. Si les soldats essaient de résister, il faudra peut-être un certain temps pour les renverser et je ne veux pas que quelques-uns d'entre eux profitent des ténèbres pour avertir Annias, tant que nous n'aurons pas reçu de renforts.

– Combien le palais abrite-t-il de soldats ? demanda Émouchet.

– Mes espions m'en annoncent deux cents, répondit Vanion. Ce qui n'a rien d'inquiétant.

– Nous allons devoir trouver un moyen de bloquer les issues de la ville pendant quelques jours si nous ne voulons pas qu'une colonne de renforts vêtus de tuniques rouges remonte le fleuve, dit Ulath.

– Je peux m'en charger, leur annonça Talen. Je vais me glisser en ville juste avant la nuit et j'irai parler à Platime. Il veillera à ce que les portes restent closes.

– Peut-on lui faire confiance ? demanda Vanion.

– A Platime ? Bien sûr que non, mais je pense qu'il pourra faire ça pour nous. Il déteste Annias.

– Très bien, donc, dit gaiement Kalten. Nous pourrons nous mettre à l'œuvre à l'aube et avoir tout réglé pour le déjeuner.

– Ne te donne pas la peine de faire mettre une assiette pour le bâtard Lychéas, dit Ulath d'un ton sinistre en caressant du pouce le tranchant de sa hache. Je ne pense pas qu'il aura beaucoup d'appétit.

CHAPITRE TROIS

Kurik réveilla Émouchet très tôt le lendemain matin et l'aida à enfiler son armure noire de cérémonie. Puis, portant baudrier et casque à plumet, Émouchet se rendit dans le cabinet de Vanion pour attendre l'aube et l'arrivée de ses amis. Le jour était venu. Il en rêvait depuis plus d'un an et demi. Il allait pouvoir regarder sa reine droit dans les yeux et lui prêter serment d'allégeance. Une impatience terrible montait en lui. Il voulait en finir et il pestait contre le soleil paresseux.

– Alors, Annias, dit-il en ronronnant presque, toi et Martel, vous ne tarderez pas à devenir de simples notes de bas de page dans les livres d'histoire.

– Tu as reçu un coup sur la tête quand tu t'es battu contre Ghwerig ?

C'était Kalten, qui portait également son armure noire et entrait avec son heaume sous le bras.

– Pas vraiment. Pourquoi ?

– Tu parlais tout seul. Ça ne se fait pas, en général, tu sais.

– Tu te trompes, Kalten. Presque tout le monde se parle ainsi. La plupart du temps, il ne s'agit que de réviser des conversations passées... ou d'en préparer de nouvelles.

– Et que faisais-tu, exactement ?

– Ni l'un ni l'autre. J'avertissais en quelque sorte Annias et Martel de ce à quoi ils devaient s'attendre.

– Ils ne pouvaient pas t'entendre, tu sais.

– Peut-être, mais c'est chevaleresque d'avertir ses ennemis. Je l'aurai fait... même s'ils n'en savent rien.

– Je ne crois pas que je me donnerai cette peine quand je tiendrai Adus. (Kalten eut un large sourire.) As-tu la moindre idée du temps qu'il faudrait pour faire entrer une pensée dans le crâne d'Adus ? Oh... qui doit tuer Krager, au fait ?

– Donnons-le à quelqu'un qui nous rendra service.

– Ça me semble juste. (Kalten marqua un temps d'arrêt et son visage devint sérieux.) Est-ce que ça va marcher, Émouchet ? Est-ce que le Bhelliom va *vraiment* guérir Ehlana, ou bien aurons-nous été dupés sur toute la ligne ?

– Je pense que ça va marcher. Il nous faut le croire. Le Bhelliom est très, très puissant.

– L'as-tu déjà utilisé ?

– Une fois. J'ai fait s'écrouler une falaise dans les montagnes de Thalésie, grâce à lui.

– Pourquoi ?

– Il fallait le faire. Ne songe pas au Bhelliom, Kalten. Cela est très dangereux.

Kalten parut sceptique.

– Est-ce que tu vas laisser Ulath raccourcir un peu Lychéas quand nous serons dans le palais ? Ulath adore faire ça... mais je pendrai ce bâtard, si tu préfères.

– Je ne sais pas, dit Émouchet. Peut-être devrions-nous attendre et laisser Ehlana prendre une décision.

– Pourquoi l'importuner avec ça ? Elle sera probablement un peu faible après tout ce temps, et en tant que son champion tu devrais lui épargner tout effort. (Kalten lorgna Émouchet.) Ne te méprends pas, mais Ehlana est quand même une femme, et il est bien connu que les femmes ont le cœur un peu tendre. Si nous lui faisons confiance, elle risque de ne pas nous laisser le tuer. Je préférerais le savoir bien mort avant qu'elle se réveille. Nous lui présenterons nos excuses par la suite, bien entendu, mais il est très difficile de ressusciter quelqu'un, malgré toutes les excuses que l'on peut présenter.

– Tu es un barbare, Kalten.

– Moi ? Oh, au fait, Vanion a fait mettre leurs armures à nos frères. Nous devrions être tous prêts quand le soleil sera enfin bien haut et que les gens de la ville ouvriront les portes. (Kalten fronça les sourcils.) Mais nous risquons d'avoir un problème. Il y aura des soldats de l'Église aux portes et je ne serais pas étonné qu'ils nous les claquent au nez en nous voyant arriver.

– C'est pour ça qu'existent les béliers, répliqua Émouchet en haussant les épaules.

– La reine risque d'être un peu en colère quand elle découvrira que tu as enfoncé les portes de sa capitale.

– Nous demanderons aux soldats de l'Église de les réparer.

– C'est un travail honnête, et les soldats de l'Église en sont bien incapables. Jette un peu un coup d'œil aux pavés devant le chapitoire et tu comprendras ce que je veux dire. (Le grand chevalier blond s'affala dans un fauteuil et son armure grinça.) Ce fut long, Émouchet, mais tout est bientôt terminé, n'est-ce pas ?

– Presque, acquiesça Émouchet, et une fois Ehlana guérie nous pourrons partir chercher Martel.

Le regard de Kalten s'illumina.

– Et Annias, ajouta-t-il. Je pense que nous devrions le pendre à la voûte de la porte principale de Chyrellos.

– C'est un primat de l'Église, Kalten, dit Émouchet d'une voix chagrine. On ne peut pas lui faire ça.

– Nous pourrons nous excuser auprès de lui par la suite.

– Et comment proposes-tu que nous nous y prenions ?

– Je trouverai un moyen, répondit nonchalamment Kalten. Peut-être pourrons-nous dire qu'il s'agissait d'une erreur, par exemple.

Le soleil avait fini de se lever quand ils se furent rassemblés dans la cour. Vanion, l'air pâle et tendu, descendit péniblement l'escalier avec une grosse caisse.

– Les épées, expliqua-t-il simplement à Émouchet. Séphrénia dit qu'on en aura besoin dans la salle du trône.

– Quelqu'un d'autre peut-il te la porter ? demanda Kalten.

– Non, c'est mon fardeau. Dès que Séphrénia sera descendue, nous nous mettrons en route.

La petite femme styrique semblait très calme, voire distante, quand elle émergea du chapitoire avec l'épée de sire Gared dans les mains, Talen sur ses talons.

– Tu te sens bien ? lui demanda Émouchet.

– Je me suis préparée au rituel dans la salle du trône, répondit-elle.

– Il risque d'y avoir des combats, dit Kurik. Est-il nécessaire que Talen nous accompagne ?

– Je peux le protéger, répondit-elle. Et sa présence est nécessaire. Je ne pense pas que vous en comprendriez les raisons.

– En selle, et en route, ordonna Vanion.

Les grincements métalliques retentirent quand les cent chevaliers pandions en armure noire se mirent en chemin. Émouchet prit sa place habituelle au côté de Vanion, avec Kalten, Bévier, Tynian et Ulath juste derrière eux, la colonne de pandions formant l'arrière-garde. Ils franchirent le pont-levis au trot et fondirent sur les chevaliers de l'Église à l'extérieur. Sur un bref signal de Vanion, une vingtaine de pandions quitta la colonne et encercla les faux ouvriers.

– Gardez-les ici en attendant que nous prenions les portes de la ville, ordonna Vanion. Ensuite faites-les entrer dans la ville et rejoignez-nous.

– Oui, monseigneur, répondit sire Perraine.

– Très bien, messieurs, dit alors Vanion. Je pense qu'un galop s'impose à présent. Ne donnons pas aux soldats de la ville le temps de se préparer pour notre arrivée.

Ils franchirent avec un bruit de tonnerre l'espace assez court qui les séparait de la porte est. Malgré l'inquiétude de Kalten sur la possibilité d'une fermeture brutale des panneaux, les soldats furent trop surpris pour réagir à temps.

– Seigneurs chevaliers ! protesta un officier d'une voix stridente. Vous ne pouvez entrer dans la ville sans l'autorisation du prince régent !

– Ai-je votre permission, seigneur Vanion ? demanda poliment Tynian.

– Bien entendu, sire Tynian. Des affaires pressantes nous appellent et nous n'avons pas vraiment le temps de bavarder.

Tynian fit avancer son cheval. Le chevalier de Deira affichait un trompeur visage lunaire. Une expression généralement associée à la bonne humeur et à une approche joyeuse de la vie. Mais son armure dissimulait un torse massif, des bras et des épaules puissants. Il tira son épée.

– Mon ami, dit-il à l'officier d'une voix agréable. Aurais-tu l'amabilité de bien vouloir t'écarter afin que nous puissions avancer ? Je suis sûr que tu n'aimerais pas que se produisent ici des actes désagréables.

Bien des soldats de l'Église, habitués depuis longtemps à prendre leurs aises à Cimmura, n'étaient pas préparés à voir quiconque s'opposer à leur autorité. Cet officier avait l'infortune d'être de ce nombre.

– Il me faut vous interdire l'accès de la ville sans autorisation spécifique du prince régent, déclara-t-il avec entêtement.

– Ce sera donc ton dernier mot ? demanda Tynian sur un ton plein de regret.

– Oui.

– Tu auras choisi, l'ami.

Tynian se dressa sur ses étriers, leva son épée et l'abattit après un long demi-cercle.

Comme l'officier ne pouvait croire que quelqu'un pût le défier, il ne bougea pas pour se défendre. Il eut une brève expression de stupéfaction quand la lourde larme de Tynian heurta l'angle formé par la nuque et les épaules pour trancher en diagonale. Le sang sortit à flots de la terrible blessure et le corps soudain flasque fut retenu par l'épée de Tynian au niveau du pectoral en acier. Tynian se pencha en arrière sur sa selle, leva un pied de l'étrier et repoussa le cadavre pour libérer sa lame.

– Je lui avais pourtant demandé de s'écarter, seigneur Vanion, expliqua-t-il. Étant donné qu'il a refusé, la responsabilité de ce qui vient de se produire lui est entièrement imputable, ne pensez-vous pas ?

– Certes, sire Tynian, acquiesça Vanion. Je ne vois rien à redire dans tout ceci. Vous fûtes un modèle de courtoisie.

– Reprenons donc notre avance, dit Ulath. (Il fit glisser sa hache d'armes hors de la bandoulière accrochée à la selle.) Très bien, dit-il aux soldats de l'Église qui écarquillaient les yeux. A qui le tour ?

Les soldats s'enfuirent.

Les chevaliers qui avaient gardé les ouvriers les rejoignirent au trot, poussant leurs prisonniers devant eux. Vanion en laissa dix postés à la porte et la colonne s'engagea dans la ville. Les citoyens de Cimmura étaient parfaitement au courant de la situation au palais et, quand ils aperçurent une colonne de chevaliers pandions à la figure menaçante dans leurs armures noires qui chevauchaient à travers les rues pavées, ils surent immédiatement qu'une confrontation était imminente. Les portes claquaient devant et derrière les pandions et les volets se fermaient brutalement.

Les chevaliers arpentaient des rues désormais désertes.

Derrière eux, il se produisit soudain un bourdonnement méchant et un claquement violent. Émouchet fit faire une demi-volte à Faran.

– Tu devrais vraiment veiller à ce qui se passe derrière toi, Émouchet, lui dit Kalten. C'était un trait d'arbalète et il devait t'atteindre entre les omoplates. Tu me dois le prix de la réparation de l'émail de mon bouclier.

– Je te dois bien davantage, Kalten.

– Bizarre, fit Tynian. L'arbalète est une arme lamork. Rares sont les soldats de l'Église à en porter.

– Un motif personnel, peut-être, grogna Ulath. Aurais-tu offensé des Lamorks, ces derniers temps, Émouchet ?

– Pas à ma connaissance.

– Les longues conversations ne seront guère de mise quand nous serons au palais, annonça Vanion. J'ordonnerai aux soldats de jeter leurs armes.

– Et tu penses qu'ils t'obéiront ? demanda Kalten.

Vanion eut un sourire sans joie.

– Probablement pas... sans exemple qui puisse les convaincre. Une fois là-bas, Émouchet, je veux que tu fasses venir tes amis et que tu t'occupes des portes du palais. Je ne pense pas que nous ayons envie de courir derrière des soldats de l'Église dans tous les couloirs.

– Exact.

Les soldats de l'Église, avertis par les hommes qui s'étaient enfuis de la porte de la ville, s'étaient regroupés dans la cour du palais et les panneaux ornementés étaient fermés.

– Amenez le bélier, lança Vanion.

Une douzaine de pandions à cheval s'avancèrent avec un lourd rondin au bout de cordes attachées à leurs selles. Il leur fallut peut-être cinq minutes pour abattre les portes, et les chevaliers de l'Église se déversèrent alors dans la cour.

– Jetez vos armes ! cria Vanion aux soldats paralysés dans la cour.

Émouchet conduisit ses amis de l'autre côté de la cour pour pénétrer dans le palais. Ils mirent pied à terre et grimpèrent l'escalier pour se retrouver face à la douzaine de soldats postés devant l'entrée. L'officier qui les commandait tira son épée.

– Nul ne peut entrer ! aboya-t-il.

– Ote-toi de mon chemin, voisin, lui dit Émouchet de sa voix d'un calme mortel.

– Je ne reçois pas d'ordres de... commença l'officier.

Ses yeux devinrent soudain vitreux quand retentit un bruit de melon qui tombe brutalement à terre au moment où Kurik l'assomma avec sa masse d'armes. L'officier s'écroula, le corps agité de quelques soubresauts.

– Voilà qui est nouveau, dit sire Tynian à sire Ulath. Je n'avais jamais vu quelqu'un dont le cerveau sortait par les oreilles.

– Kurik se débrouille très bien avec cette masse, acquiesça Ulath.

– Des questions ? demanda Émouchet aux autres soldats sur un ton menaçant.

Ils le regardèrent fixement.

– Je crois qu'on vous a dit de laisser tomber vos armes, leur rappela Kalten.

Ils se hâtèrent d'obéir.

– Nous prenons la relève, voisins, leur apprit Émouchet. Vous pouvez rejoindre vos amis dans la cour.

Ils descendirent rapidement l'escalier.

Les pandions à cheval s'avançaient lentement sur les soldats de l'Église rassemblés dans la cour. Toute résistance sporadique de leur part fut rapidement réprimée, fournissant les « exemples » dont avait parlé le précepteur. Le centre de la cour ne tarda pas à être couvert de sang et jonché de têtes, de bras et de quelques jambes séparés de leurs points d'attache. La dernière poche de résistance fut acculée contre un mur et les chevaliers la réduisirent sans peine.

Vanion examina les lieux.

– Conduisez les survivants dans les écuries, ordonna-t-il. Et postez quelques gardes. (Il se dirigea vers la porte fracassée.) Tout est terminé, petite mère, lança-t-il à Séphrénia qui avait attendu à l'extérieur en compagnie de Talen et de Bérit. Tu peux entrer en toute sécurité, à présent.

Séphrénia poussa sa blanche haquenée dans la cour et s'abrita les yeux de la main. Talen, quant à lui, inspecta les lieux d'un regard méchant.

– Débarrassons-nous de ceci, dit Ulath à Kurik en se penchant pour prendre les épaules de l'officier défunt.

Ils transportèrent le corps sur le côté et Tynian écarta pensivement du pied le petit tas de matière cervicale.

– Est-ce que vous coupez toujours vos ennemis en morceaux comme ça ? demanda Talen à Émouchet qui descendait de selle pour aller aider Séphrénia.

Émouchet haussa les épaules.

– Vanion voulait que les soldats voient ce qui leur arriverait s'ils opposaient encore la moindre résistance. Le démembrement est habituellement très convaincant.

– Ceci est-il vraiment nécessaire ? demanda Séphrénia en frémissant.

– Il vaudrait mieux que nous entrions en premier,

petite mère, lui dit Émouchet tandis que Vanion les rejoignait avec une vingtaine de chevaliers. D'autres soldats se cachent sans doute là-dedans.

Les quelques hommes ne tardèrent pas à être débusqués par les chevaliers de Vanion qui les conduisirent à la porte principale et leur firent gagner les écuries où les attendaient leurs camarades.

Les portes de la salle du conseil n'étaient pas gardées et Émouchet les ouvrit pour Vanion.

Lychéas était aplati, lèvres molles et corps tremblotant, derrière la table du conseil en compagnie d'un gros homme vêtu de rouge, et le baron Harparine tirait désespérément sur l'un des cordons de sonnette.

– Vous ne pouvez pas entrer ici ! grinça Harparine à l'adresse de Vanion, de sa voix aiguë et efféminée. Par autorité du roi Lychéas, je vous ordonne de sortir derechef.

Vanion le considéra froidement. Émouchet savait que Vanion éprouvait un mépris hautain envers ce répugnant pédéraste.

– Cet homme m'irrite, dit-il d'une voix sans timbre en désignant Harparine. Quelqu'un aurait-il l'amabilité de s'occuper de lui ?

Ulath fit le tour de la table, sa hache de guerre dans les mains.

– Jamais vous n'oserez ! glapit Harparine en se ratatinant et en tirant futilement sur le cordon. Je suis membre du conseil royal. Vous n'oserez me faire de mal !

Mais Ulath osa. La tête de Harparine rebondit une fois et roula sur le tapis pour aller reposer près de la fenêtre. Sa bouche était béante et les yeux étaient encore exorbités d'horreur.

– Était-ce plus ou moins ce que monseigneur Vanion avait à l'esprit ? demanda poliment le grand Thalésien.

– Approximativement. Merci, sire Ulath.

– Et ces deux autres ?

De sa hache, il montrait Lychéas et le gros homme.

– Ah ! Non, pas encore, sire Ulath. (Le précepteur des pandions s'approcha de la table du conseil avec la lourde caisse qui contenait les épées des chevaliers défunts.) A présent, Lychéas, où se trouve le comte de Lenda ?

Lychéas restait bouche bée.

– Sire Ulath, dit Vanion sur un ton glacial.

Ulath leva sa hache souillée de sang avec un large sourire.

– Non ! hurla Lychéas. Lenda est prisonnier dans la geôle. Nous ne lui avons fait aucun mal, seigneur Vanion. Je vous jure qu'il...

– Conduisez Lychéas et celui-ci dans les oubliettes, ordonna Vanion à deux de ses chevaliers. Relaxez le comte de Lenda et mettez ces individus à sa place. Puis amenez-moi Lenda ici.

– Puis-je, monseigneur ? demanda Émouchet.

– Bien entendu.

– Lychéas le bâtard, commença Émouchet d'un ton cérémonieux. En tant que champion de la reine, j'ai le net plaisir de te placer en état d'arrestation pour haute trahison. La peine pour ce crime est notoire. Nous nous en occuperons dès que possible. Y réfléchir pourra occuper tes pensées durant les longues et ennuyeuses heures d'emprisonnement.

– Je pourrais t'économiser pas mal de temps et de dépenses, Émouchet, proposa Ulath en levant encore sa hache.

Émouchet feignit d'y songer.

– Non, dit-il à regret. Lychéas a foulé aux pieds le bon peuple de Cimmura. Je pense qu'il mérite le spectacle d'une jolie exécution publique bien sanglante.

Lychéas bavait de terreur quand sire Perraine et un autre chevalier le traînèrent devant la tête aux yeux vides du baron Harparine pour le sortir de la pièce.

– Tu es un homme dur et sans pitié, Émouchet, fit remarquer Bévier.

– Je sais. (Émouchet regarda Vanion.) Nous devons attendre Lenda. Il détient la clé de la salle du trône. Je ne veux pas qu'Ehlana se réveille pour découvrir que nous avons transformé sa porte en petit bois.

Vanion hocha la tête.

– De toute façon, j'ai aussi besoin de lui. (Il déposa la caisse contenant les épées sur la table du conseil et s'assit dans l'un des fauteuils.) Oh, au fait, recouvrez Harparine avant l'arrivée de Séphrénia. Ce genre d'objet la plonge dans la détresse.

Encore un indice, nota Émouchet, que la sollicitude de Vanion envers Séphrénia dépassait de loin la normale.

Ulath s'approcha de la fenêtre, arracha l'un des rideaux, se retourna, marqua un temps d'arrêt uniquement pour faire rouler la tête de Harparine contre le corps du pédéraste, puis il recouvrit la dépouille avec le rideau.

– Toute une génération de petits garçons dormira mieux, à présent que Harparine nous a quittés, fit observer Kalten d'un air enjoué. Et sans doute parleront-ils d'Ulath dans leurs prières, chaque soir.

– J'accepte toutes les bénédictions, fit Ulath en haussant les épaules.

Séphrénia entra, Talen et Bérit sur les talons. Elle regarda autour d'elle.

– Agréable surprise, nota-t-elle. Je m'attendais plus ou moins à un nouveau carnage. (Puis elle étrécit les yeux et désigna le corps enveloppé contre le mur.) Qu'est-ce que c'est que ça ?

– Feu le baron Harparine, lui apprit Kalten. Il nous a quittés assez soudainement.

– Est-ce toi, Émouchet ?

– Moi ?

– Je te connais trop bien, Émouchet.

– En fait, j'en suis responsable, Séphrénia, avoua Ulath d'une voix traînante. Je suis navré que ceci te perturbe, mais je suis quand même Thalésien. Nous avons une solide réputation de barbares. (Il haussa les épaules.) On est plus ou moins obligé de faire respecter la réputation de sa patrie, tu ne penses pas ?

Elle refusa de lui répondre. Elle examina le visage des autres pandions présents dans la pièce.

– Parfait. Nous sommes tous ici. Ouvre cette caisse, Vanion.

Vanion s'exécuta.

– Seigneurs chevaliers, dit Séphrénia aux pandions tandis qu'elle posait l'épée de sire Gared sur la table à côté de la caisse. Il y a quelques mois, douze d'entre vous se joignirent à moi pour lancer l'enchantement qui a entretenu la vie de la reine Ehlana. Six de vos braves compagnons sont entrés depuis lors dans la Maison des Morts. Toutefois, leurs épées devront être présentes quand nous déferons l'enchantement afin de pouvoir guérir la reine. Aussi chacun de vous devra-t-il porter son épée ainsi que celle de l'un de ses frères défunts. Je vais élaborer le sortilège qui vous permettra de supporter le poids de ces épées. Nous entrerons ensuite dans la salle du trône, où vous seront enlevées les épées des morts.

Vanion parut interloqué.

– Enlevées ? Et par qui ?

– Par leurs légitimes propriétaires.

– Tu vas invoquer des fantômes dans la salle du trône ? s'étonna-t-il.

– Ils viendront sans être appelés. Leur serment s'en charge. Comme la première fois, vous encerclerez le trône de vos épées tendues. Je déferai l'enchantement et le cristal disparaîtra. Le reste est l'affaire d'Émouchet... et du Bhelliom.

– Que suis-je exactement censé accomplir ?

– Je te le dirai en temps voulu. Je ne veux pas que tu agisses prématurément.

Sire Perraine introduisit le vieux comte de Lenda dans la salle du conseil.

– Comment étaient les oubliettes, monseigneur de Lenda ? demanda Vanion d'un ton badin.

– Humides, seigneur Vanion. Mais aussi sombres et très odorantes. Vous savez comment sont les oubliettes.

– Non, répondit Vanion en éclatant de rire. Pas vraiment. C'est une expérience que je préférerais éviter. (Il considéra le visage ridé du vieux courtisan.) Vous allez bien, Lenda ? Vous me paraissez fatigué.

– Les vieillards ont toujours l'air très fatigué, Vanion. (Lenda eut un petit sourire.) Et je suis plus âgé que la plupart. (Il redressa ses maigres épaules.) Se faire jeter de temps à autre dans les oubliettes est l'un des risques du métier. On s'y habitue. J'ai déjà vu pire.

– Je suis sûr que Lychéas et ce gaillard graisseux apprécieront les oubliettes, monseigneur, nota joyeusement Kalten.

– J'en doute, sire Kalten.

– Nous leur avons fait comprendre que la fin de leur emprisonnement marquera l'heure de leur entrée dans un autre monde. Je suis certain qu'ils préféreront les oubliettes. Les rats ne sont pas si terribles que ça.

– Je n'ai pas remarqué le baron Harparine, dit Lenda. S'est-il échappé ?

– On pourrait dire cela, monseigneur, répondit Kalten. Il s'est montré blessant. Vous savez comment était Harparine. Sire Ulath lui a donné une leçon de courtoisie... grâce à sa hache.

– Cette journée abonde véritablement en agréables surprises, se réjouit Lenda.

– Monseigneur de Lenda, fit Vanion sur un ton assez cérémonieux. Nous allons entrer dans la salle du trône pour ranimer la reine. J'aimerais que vous assistiez à cette réanimation, afin de pouvoir confirmer son identité au cas où certains viendraient à exprimer des doutes par la suite. Le peuple est superstitieux et certains aimeront faire circuler des rumeurs laissant entendre qu'Ehlana n'est pas ce qu'elle paraît.

– Très bien, monseigneur Vanion, acquiesça Lenda, mais comment comptez-vous la réanimer ?

– Vous verrez.

Séphrénia sourit. Elle tendit les mains au-dessus des épées et parla longuement en styrique. Les épées se mirent à luire brièvement tandis qu'elle jetait le sort et les chevalier présents lors de l'enchâssement de la reine d'Élénie s'avancèrent vers la table. Elle leur parla rapidement à voix basse, puis chacun d'eux se saisit de l'une des épées.

– Très bien, dit-elle. Passons dans la salle du trône.

– Tout ceci est très mystérieux, dit Lenda à Émouchet tandis qu'ils empruntaient le couloir conduisant à la salle du trône.

– Avez-vous déjà assisté à de la vraie magie, monseigneur ? lui demanda Émouchet.

– Je ne crois pas à la magie, Émouchet.

– Vous risquerez bientôt de changer d'avis, Lenda, répondit Émouchet avec un sourire.

Le vieux courtisan sortit la clé d'une poche intérieure et déverrouilla la porte de la salle du trône. Ils suivirent tous Séphrénia à l'intérieur. La pièce était plongée dans les ténèbres. Durant l'emprisonnement de Lenda, on avait laissé s'éteindre les chandelles. Mais Émouchet entendait quand même le battement régulier du cœur de sa reine dans les ténèbres. Kurik recula dans le couloir et apporta une torche.

– De nouvelles chandelles ? demanda-t-il à Séphrénia.

– Tout à fait. Ne réveillons pas Ehlana dans une pièce plongée dans la nuit.

Kurik et Bérit remplacèrent donc les vieilles bougies par des chandelles toutes neuves. Bérit regarda alors avec curiosité la jeune reine qu'il avait servie si fidèlement sans jamais l'avoir vue. Ses yeux s'écarquillèrent soudain et il donna l'impression de reprendre son souffle. Sur son visage se peignit une expression d'adoration totale. Mais, songea Émouchet, on y lisait aussi davantage qu'un simple respect. Bérit avait à peu près le même âge qu'Ehlana et elle était très belle.

– Voilà qui est beaucoup mieux, annonça Séphrénia en inspectant la salle désormais éclairée. Émouchet, accompagne-moi.

Elle le conduisit jusqu'à l'estrade sur laquelle se dressait le trône.

Ehlana était toujours assise, immobile. Elle portait la couronne d'Élénie sur sa pâle tête blonde, et elle était enveloppée dans ses vêtements d'apparat. Elle avait les yeux clos, le visage serein.

– Quelques instants encore, ma reine, murmura Émouchet.

Chose étrange, il avait les larmes au bord des yeux et la gorge serrée.

– Ote tes gantelets, Émouchet, lui dit Séphrénia. Il

faudra que les bagues touchent le Bhelliom quand tu l'utiliseras.

Il se débarrassa de ses gantelets en maille d'acier, puis il porta la main dans son surcot, récupéra la bourse en toile et défit le lacet.

– Très bien, messieurs, dit alors Séphrénia aux chevaliers survivants. Prenez votre place.

Vanion et les cinq autres pandions se disposèrent autour du trône, chacun tenant sa propre épée ainsi que celle de l'un de ses frères défunts.

Séphrénia se tenait à côté d'Émouchet et elle commença à entonner l'incantation en styrique, les doigts tressant l'accompagnement. Les chandelles vacillaient presque au rythme des paroles du sortilège. A un moment donné, la salle parut s'emplir graduellement de l'odeur familière de la mort. Émouchet arracha son regard au visage d'Ehlana pour se risquer à examiner le cercle des chevaliers. Là où ils étaient six au début, ils étaient désormais douze. Les formes diaphanes de ceux qui étaient morts l'un après l'autre au cours des mois passés étaient revenues d'elles-mêmes récupérer leurs épées.

– Maintenant, seigneurs chevaliers, ordonna Séphrénia aux vivants comme aux morts, pointez vos épées vers le trône.

Elle se mit à prononcer une incantation différente. La pointe de chaque épée commença à luire et ces points de lumière incandescente se firent de plus en plus brillants, finissant par entourer le trône d'un anneau de lumière pure. Séphrénia leva le bras en prononçant un seul mot, puis elle le rabattit brutalement. La châsse de cristal entourant le trône ondula comme de l'eau, puis elle disparut.

La tête d'Ehlana tomba en avant et tout son corps se mit à trembler violemment. Sa respiration fut soudain pénible et le battement de cœur qui retentissait encore dans la salle faiblit alors. Émouchet sauta sur l'estrade pour se porter à son secours.

– Pas encore ! lui lança Séphrénia.

– Mais...

– Obéis !

Il resta immobile, impuissant, devant sa reine blessée, durant une minute qui lui parut durer une heure. Puis Séphrénia s'avança et souleva des deux mains le menton d'Ehlana. Les yeux gris de la reine étaient écarquillés mais vitreux, et son visage grotesquement déformé.

– Maintenant, Émouchet, prends le Bhelliom dans les mains et porte-le contre son cœur. Veille à ce que les bagues touchent la pierre. Simultanément, ordonne-lui de la guérir.

Il saisit la rose saphir des deux mains, puis toucha doucement la poitrine d'Ehlana.

– Guéris ma reine, Bhelliom-Rose Bleue ! fit-il d'une voix autoritaire.

L'énorme vague de pouvoir montant du joyau força Émouchet à s'agenouiller. Les chandelles vacillèrent et donnèrent l'impression qu'une ombre ténébreuse venait de passer sur la pièce. Quelque chose était-il en train de s'enfuir ? Ou alors s'agissait-il de cette ombre de terreur qui le suivait et hantait tous ses rêves ? Ehlana se raidit et son corps mince fut projeté contre le dossier du trône. Un halètement rauque jaillit de sa gorge. Puis son regard immense fut soudain rationnel et elle fixa Émouchet avec stupéfaction.

– Réussi ! dit Séphrénia d'une voix tremblante avant de s'affaler mollement sur l'estrade.

Ehlana prit un long souffle frémissant.

– Mon chevalier ! s'écria-t-elle faiblement en tendant les bras vers le pandion en armure noire agenouillé devant elle. (Sa voix était peut-être faible, mais elle n'en était pas moins chaude et plaisante, une voix de femme et non d'enfant comme dans les souvenirs d'Émouchet.) Oh, mon Émouchet, tu m'es enfin revenu.

Elle posa des bras tremblants sur ses épaules cuirassées, inséra son visage sous le ventail levé et l'embrassa longuement.

– Il suffit, mes enfants, leur dit Séphrénia. Émouchet, emporte-la dans ses appartements.

Émouchet était bouleversé. Le baiser d'Ehlana

n'avait rien eu d'enfantin. Il rangea le Bhelliom, ôta son casque et le lança à Kalten. Puis il souleva doucement sa reine. Elle posa ses bras pâles sur ses épaules et sa joue contre la sienne.

– Oh, je t'ai enfin retrouvé, souffla-t-elle. Et je t'aime, et jamais ne te laisserai repartir.

Émouchet reconnut le passage qu'elle citait et il lui sembla tout à fait inapproprié. Mais il en fut encore plus troublé. Il était évident qu'une terrible erreur se produisait là.

CHAPITRE QUATRE

Ehlana allait poser un problème, décida Émouchet en ôtant son armure peu après s'être présenté à sa reine le lendemain matin. Bien qu'elle n'eût jamais quitté ses pensées durant son exil, il découvrait qu'il lui fallait procéder à un certain nombre d'ajustements pénibles. Quand il était parti, leurs positions respectives étaient clairement définies. Il était l'adulte ; elle était l'enfant. Tout cela avait changé et ils se trouvaient désormais tous les deux sur le terrain inhabituel des relations entre monarque et sujet. Kurik et d'autres lui avaient appris que la fillette qu'il avait élevée si longtemps avait fait montre d'un beau tempérament durant la période précédant son empoisonnement par Annias. L'entendre dire était une chose ; le voir en était une autre. Cela ne signifiait nullement qu'Ehlana se montrait dure ou péremptoire avec Émouchet. Elle éprouvait envers lui, pensait-il (et espérait-il), une authentique affection, et elle ne lui donnait pas véritablement d'ordres mais lui laissait entendre qu'elle s'attendait qu'il accède à ses souhaits. Ils avançaient dans un secteur mal défini et les occasions de graves faux pas ne manquaient ni d'une part ni de l'autre.

Plusieurs incidents récents en étaient des exemples parfaits. D'abord, elle avait demandé qu'il dorme dans une chambre voisine de la sienne : ceci lui semblait tout à fait déplacé, voire légèrement scandaleux. Quand il avait tenté de le lui signaler, elle s'était contentée de se rire de ses craintes. Il lui avait fallu raisonner que son armure n'était guère utile contre les mauvaises langues. Les temps étaient troublés, après tout, et la reine d'Élénie devait être protégée. En tant que son champion, Émouchet avait l'obligation absolue de la surveiller. Quand il s'était présenté à elle ce matin, revêtu de son armure complète, elle avait plissé le nez et suggéré qu'il change immédiatement de vêtements. La présence du champion de la reine dans cette tenue était une chose et aucun individu doté d'un instinct de conservation n'eût insisté sur la proximité d'Émouchet avec la personne royale. En revanche, s'il portait pourpoint et culotte, il n'en irait plus de même. Les serviteurs bavarderaient sans nul doute et les commérages des domestiques du palais trouvaient toujours le moyen de se répandre en ville.

Émouchet s'examina dans le miroir d'un air dubitatif. Le pourpoint était en velours noir bordé d'argent et la culotte était grise. Ces vêtements avaient un petit air d'uniforme et les demi-bottes noires qu'il avait choisies avaient plus une apparence militaire que les poulaines alors à la mode à la cour. Sans hésiter, il laissa de côté le mince fleuret et ceignit son sabre pesant. Il avait l'air légèrement ridicule, mais la présence de la grosse arme annonçait clairement qu'Émouchet était dans les appartements de la reine pour affaires.

– C'est absolument absurde, Émouchet.

Ehlana éclata de rire quand il entra dans le salon où elle était élégamment allongée, assise contre les oreillers d'un divan, une courtepointe en satin bleu sur les genoux.

– Ma reine ? demanda-t-il froidement.

– Ce sabre, Émouchet. Il est complètement déplacé, avec ces vêtements. Je t'en prie, débarrasse-t'en et porte le fleuret que j'ai commandé pour toi.

– Si mon apparence blesse Votre Majesté, je me retirerai. Mais l'épée restera là où elle est. Je ne puis vous protéger avec une aiguille à tricoter.

Ses yeux gris furent parcourus par un éclair.

– Tu... commença-t-elle avec emportement.

– C'est à moi d'en décider, ma reine, dit-il en coupant court à toute objection. Votre sécurité dépend de moi et les mesures que je prends pour l'assurer ne laissent pas de place à la discussion.

Ils échangèrent un long regard très dur. Ce ne serait pas la dernière fois que les deux volontés s'affronteraient, Émouchet en était sûr.

Les yeux d'Ehlana s'adoucirent.

– Sévère et inflexible comme toujours, mon champion.

– En ce qui concerne la sécurité de Votre Majesté, oui, dit-il d'une voix atonale.

Mieux valait probablement que tout cela fût entendu dès le départ.

– Mais pourquoi discutons-nous, mon chevalier ?

Elle eut un sourire capricieux et battit des cils.

– Ne faites pas ça, ma reine, lui dit-il en adoptant automatiquement le ton de professeur qu'il utilisait quand elle était petite fille. Vous êtes la reine, pas une timide femme de chambre qui essaie de faire son trou. Ne demandez pas, n'essayez pas de vous montrer charmante. Donnez des ordres.

– Oterais-tu ton épée si je te le demandais, Émouchet ?

– Non, mais les règles habituelles ne s'appliquent pas à moi.

– Qui en a décidé ainsi ?

– Moi. Si vous voulez, nous pouvons faire venir le comte de Lenda. C'est une sommité en matière de droit, et il pourra nous donner son avis sur ce sujet.

– Mais s'il tranche en ma faveur, tu l'ignoreras, n'est-ce pas ?

– Oui.

– Ce n'est pas juste, Émouchet.

– Je n'essaie pas d'être juste, ma reine.

– Émouchet, quand nous sommes seuls comme ceci, tu ne crois pas que nous pourrions nous passer des « Votre Majesté » et « ma reine » ? J'ai un nom, après tout, et tu n'avais pas peur de l'utiliser, quand j'étais petite.

– Comme vous voudrez, répondit-il en haussant les épaules.

– Dis-le, Émouchet. Dis « Ehlana ». Ce nom n'est pas difficile à prononcer et je suis sûre qu'il ne t'étouffera pas.

Il eut un sourire.

– Très bien, Ehlana.

Après sa défaite à propos de l'épée, elle avait besoin d'une victoire quelconque pour retrouver sa dignité.

– Tu es bien plus beau quand tu souris, mon champion. Tu devrais sourire plus souvent.

Elle se carra dans ses oreillers, le visage songeur. Sa pâle chevelure blonde avait été soigneusement peignée, ce matin, et elle portait quelques bijoux modestes mais coûteux malgré tout. Elle avait les joues d'un rose charmant qui contrastait quelque peu avec sa peau très pâle.

– Qu'as-tu fait en Rendor, après que cet idiot d'Aldréas t'a envoyé en exil ?

– Ce n'est pas une manière de parler de son père, Ehlana.

– Ce n'était guère un père pour moi, Émouchet, et l'on ne pourrait pas dire que son intellect était impressionnant. Les efforts qu'il déployait à distraire sa sœur ont dû lui ramollir la cervelle.

– Ehlana !

– Ne sois pas aussi prude, Émouchet. Tout le palais était au courant... toute la ville aussi, probablement.

Émouchet décida qu'il était temps de trouver un mari à sa reine.

– Comment as-tu appris tout cela au sujet de la princesse Arissa ? lui demanda-t-il. Elle fut envoyée dans un cloître près de Démos avant même ta naissance.

– Les ragots ont la vie dure, Émouchet, et Arissa ne s'était guère montrée discrète.

Émouchet cherchait un moyen de changer de sujet. Bien qu'Ehlana parût connaître les implications fondamentales de ce qu'elle disait, il ne pouvait se convaincre qu'elle fût réellement au fait de ce genre de détails. Une partie de son esprit se raccrochait avec entêtement à l'idée que, sous sa maturité évidente, elle était toujours l'enfant innocente qu'il avait quittée dix ans auparavant.

– Tends ta main gauche, lui dit-il. J'ai quelque chose pour toi.

La tonalité de leur relation était encore indistincte. Ils en avaient tous deux vivement conscience et cela les mettait mal à l'aise. Émouchet oscillait entre un formalisme raide et des manières brutales presque militaires. Ehlana semblait aussi fluctuer entre le garçon manqué qu'il avait formé, modelé, et la reine de plein droit. A un niveau plus profond, ils avaient tous deux parfaitement conscience des changements qu'une décennie avait fait subir à Ehlana. Elle s'était étoffée de manière significative. Comme Émouchet n'avait pu s'habituer graduellement à cet état de fait, c'était avec une certaine brutalité qu'il le constatait. Il faisait de son mieux pour éviter de la regarder sans l'offenser. Pour sa part, Ehlana semblait très consciente de ses récents attributs. Elle paraissait osciller entre le désir de les montrer... voire de les mettre en valeur... et le besoin de les dissimuler sous tout ce qu'elle pouvait avoir sous la main. Tous deux avaient des difficultés à s'y retrouver.

A ce stade, un point devrait être éclairci pour la défense d'Émouchet. La féminité presque conquérante d'Ehlana, ajoutée à son attitude royale et sa candeur déconcertante, l'avait troublé, et les bagues se ressemblaient tellement qu'il pourra lui être pardonné d'avoir ôté la sienne par erreur. Il la fit glisser sur son doigt sans réfléchir à ce que cela pouvait impliquer.

Malgré leur similarité, les deux bagues possédaient d'infimes différences et les femmes sont habituellement spécialistes pour repérer d'aussi minuscules variations. Ehlana accorda à la bague qu'il venait de passer à son doigt un regard apparemment nonchalant, puis, avec un glapissement de joie, elle lui noua les bras autour du cou, faillit le faire tomber et colla ses lèvres aux siennes.

Il fut peut-être malheureux que Vanion et le comte de Lenda eussent choisi cet instant pour pénétrer dans la pièce. Le vieux comte eut une toux polie et Émouchet, s'empourprant jusqu'à la racine des cheveux, se dégagea doucement mais fermement des bras de la reine.

Le comte de Lenda souriait d'un air entendu et l'un des sourcils de Vanion était curieusement haussé.

– Navré de vous interrompre, ma reine, dit Lenda d'un ton diplomate. Mais comme votre récupération paraît progresser rapidement, monseigneur Vanion et moi-même avons pensé qu'il pourrait être approprié de vous mettre au courant de certaines questions concernant votre État.

– Bien entendu, Lenda.

Elle écarta la question implicite sur ce qu'elle et Émouchet étaient exactement en train de faire quand les deux hommes étaient entrés.

– Vous avez un certain nombre d'amis à l'extérieur, Votre Majesté, dit Vanion. Ils sont à même de vous tenir au courant de certains événements plus en détail encore que le comte et moi-même ne pouvons le faire.

– Fais-les donc entrer, je t'en prie.

Émouchet s'approcha d'un buffet et se versa un verre d'eau ; curieusement, il avait la bouche sèche.

Vanion sortit un instant et revint avec les amis d'Émouchet.

– Je crois que vous connaissez Séphrénia, Kurik et sire Kalten, Votre Majesté, dit-il.

Il présenta alors les autres, omettant astucieusement toute référence aux activités professionnelles de Talen.

– Je suis très heureuse de tous vous rencontrer, dit Ehlana avec satisfaction. A présent, avant de commencer, j'ai une annonce à vous faire. Sire Émouchet vient de me proposer le mariage. N'est-ce pas charmant ?

Émouchet avait alors le verre contre les lèvres et il fut pris d'une violente quinte de toux.

– Eh bien, qu'y a-t-il, mon chéri ? demanda innocemment Ehlana.

Il montra sa gorge du doigt en émettant des bruits étranglés.

Quand Émouchet eut recouvré une partie de son souffle et de son sang-froid, le comte de Lenda regarda sa reine.

– Je dois comprendre que Votre Majesté a accepté la proposition de votre champion ?

– Bien entendu. C'est ce que je faisais au moment où vous êtes entrés.

– Oh ! Je vois.

Lenda était un politicien consommé et capable de lâcher de tels commentaires sans même ébaucher un sourire.

– Mes félicitations, monseigneur, dit Kurik d'un ton bourru et, saisissant la main d'Émouchet dans une étreinte d'acier, il la secoua vigoureusement.

Kalten fixait Ehlana.

– *Ehlana ?* demanda-t-il, incrédule.

– N'est-il pas curieux que tes amis les plus proches ne comprennent pas totalement ta grandeur, mon chéri ? dit-elle à Émouchet. Sire Kalten, continua-t-elle, ton ami d'enfance est le plus grand des chevaliers du monde. (Elle eut un sourire content de soi.) Mais c'est moi qui l'ai eu. Très bien, mes amis, veuillez vous asseoir et contez-moi ce qui est arrivé à mon royaume pendant ma maladie. Je suis sûre que vous serez brefs. Mon fiancé et moi avons de nombreux plans à élaborer.

Vanion était resté debout. Il dévisagea les autres.

– Si j'oublie un point important, n'hésitez pas à me couper pour me reprendre. (Il regarda en direction du plafond.) Où commencerai-je ?

– Vous pourriez par exemple m'indiquer ce qui m'a rendue malade, seigneur Vanion, proposa Ehlana.

– Vous avez été empoisonnée, Votre Majesté.

– *Quoi ?*

– Un poison très rare de Rendor... le même qui tua votre père.

– Et qui en fut responsable ?

– Dans le cas de votre père, ce fut sa sœur. Dans le vôtre, ce fut le primat Annias. Vous saviez qu'il avait les yeux braqués sur le trône d'archiprélat de Chyrellos, n'est-ce pas ?

– Bien entendu. Je faisais mon possible pour le gêner. S'il parvient au trône, je pense que je me convertirai à l'éshandisme... ou alors je me ferai styrique. Votre Dieu m'accepterait-il, Séphrénia ?

– Ma *Déesse,* Votre Majesté, la reprit Séphrénia. Je sers une Déesse.

– Quelle idée extraordinairement positive ! Devrais-je me couper les cheveux et lui sacrifier quelques enfants élènes ?

– Ne soyez pas absurde, Ehlana.

– Je vous taquinais, Séphrénia. (Ehlana éclata de rire.) Mais n'est-ce pas là ce que le peuple élène raconte au sujet des Styriques ? Comment avez-vous été mis au courant de ces empoisonnements, seigneur Vanion ?

Vanion lui relata rapidement la rencontre d'Émouchet avec le fantôme du roi Aldréas et la récupération de la bague qui (par erreur) ornait désormais la main du champion. Il continua avec la souveraineté *de facto* d'Annias et l'élévation à la régence du cousin de la reine.

– Lychéas ? s'exclama-t-elle. C'est risible ! Il n'est pas capable de s'habiller tout seul. (Elle fronça les sourcils.) Si j'ai été empoisonnée et qu'il s'agissait du même poison que pour mon père, comment se fait-il que je sois toujours en vie ?

– Nous avons employé la magie pour vous maintenir en vie, reine Ehlana, lui apprit Séphrénia.

Vanion parla alors du retour de Rendor d'Émouchet et de leur conviction croissante qu'Annias l'avait empoisonnée essentiellement pour avoir accès au trésor royal afin de financer sa campagne pour l'archiprélature.

Émouchet reprit le récit à ce stade et conta à la jeune personne qui venait de le prendre au piège le voyage du groupe de chevaliers de l'Église et de leurs compagnons, à Chyrellos, puis Borrata et enfin en Rendor.

– Qui est Flûte ? le coupa Ehlana.

– Une enfant trouvée styrique, répondit-il. C'est du moins ce que nous imaginions. Elle semblait avoir six ans, mais elle était en fait bien plus âgée que cela.

Il continua et décrivit le périple en Rendor, et la rencontre avec le médecin de Dabour qui avait fini par leur apprendre que seule la magie pouvait sauver la reine malade. Puis il aborda l'entrevue avec Martel.

– Je ne l'ai jamais aimé, déclara-t-elle avec une grimace.

– Il travaille désormais pour Annias. Et il était en Rendor en même temps que nous. Il y avait un fanatique religieux complètement dingue, Arasham, qui servait de chef spirituel au royaume. Martel essayait de le persuader d'envahir les royaumes élènes occidentaux pour donner le change à Annias durant l'élection du nouvel archiprélat. Séphrénia et moi sommes entrés dans la tente d'Arasham, et Martel s'y trouvait.

– L'as-tu tué ? demanda Ehlana d'un ton féroce.

Émouchet cligna les yeux. Voilà un aspect de sa personnalité qu'il ne connaissait pas.

– Le moment n'était pas tout à fait approprié, ma reine, s'excusa-t-il. J'ai préféré utiliser un subterfuge et persuader Arasham de ne commencer l'invasion que lorsqu'il aurait reçu un message de moi. Martel était furieux, mais il ne pouvait plus rien faire. Lui et moi avons gentiment bavardé par la suite et il m'a appris que c'était lui qui avait découvert le poison qu'il avait fait parvenir à Annias.

– Ceci se tiendrait-il dans un tribunal, monseigneur ? demanda Ehlana au comte de Lenda.

– Cela dépendrait du juge, Votre Majesté, répondit celui-ci.

– Nous n'aurons pas à nous inquiéter de ce détail, Lenda, dit-elle d'un ton sinistre. Car c'est moi qui serai le juge... et le jury.

– Des plus irréguliers, Votre Majesté, murmura-t-il.

– Comme ce qu'ils firent à mon père et à moi. Continue ton histoire, Émouchet.

– Nous sommes revenus à Cimmura et, une fois au chapitoire, je reçus l'appel me mandant dans la crypte de la cathédrale pour retrouver le fantôme de votre père. Il m'apprit un certain nombre de détails... d'abord que c'était votre tante qui l'avait empoisonné et Annias qui avait cherché à vous tuer. Il m'expliqua également que Lychéas était le résultat d'une certaine intimité entre Annias et Arissa.

– Grand Dieu ! s'exclama Ehlana. Je craignais à demi qu'il ne fût le bâtard de mon père. C'est assez désagréable de savoir qu'il est mon cousin, mais un frère ! Impensable !

– Le fantôme de votre père m'indiqua également que seul le Bhelliom serait capable de vous sauver.

– Et qu'est-ce que le Bhelliom ?

Émouchet mit la main à l'intérieur de son pourpoint et sortit la bourse en toile. Il l'ouvrit et présenta la rose saphir.

– Voici le Bhelliom, Votre Majesté.

Une fois encore, il aperçut l'irritant éclair de ténèbres à la limite de son champ de vision. Il repoussa la déplaisante impression en tendant le joyau.

– Il est exquis ! s'écria-t-elle en cherchant à le prendre.

– *Non !* lança brutalement Séphrénia. Ne le touchez pas, Ehlana ! Il pourrait vous détruire !

Ehlana recula, les yeux écarquillés.

– Mais Émouchet le touche bien, se plaignit-elle.

– Il le connaît. Il se peut qu'il vous connaisse également, mais ne courons aucun risque. Nous avons tous dépensé beaucoup trop de temps et d'efforts pour que ce soit en vain.

Émouchet fourra la pierre dans la bourse et la rangea.

– Il est encore une chose que vous devriez savoir, Ehlana, continua Séphrénia. Le Bhelliom est l'objet le plus puissant, le plus précieux au monde et Azash le convoite désespérément. Voilà ce qui avait motivé l'invasion d'Otha, il y a cinq cents ans. Otha a envoyé Zémochs et autres en occident pour essayer de retrouver ce joyau. Nous devons le lui refuser à tout prix.

– Devrions-nous le détruire, à présent ? lui demanda Émouchet d'une voix lugubre.

Mystérieusement, poser cette question lui avait coûté un effort immense.

– Le détruire ? s'écria Ehlana. Mais il est magnifique !

– Il est également malfaisant. (Séphrénia marqua un temps d'arrêt.) Peut-être n'est-ce pas le terme adéquat. Il n'a aucune notion du bien ou du mal. Non, Émouchet, garde-le encore un peu, jusqu'à ce que nous soyons sûrs qu'Ehlana ne risque aucune rechute. Continue ton récit. Essaie d'être bref. Ta reine est encore très faible.

– Entendu, je serai bref.

Il raconta à sa reine leur recherche du champ de bataille du lac Randéra et leur localisation du comte Ghasek. La reine l'écoutait attentivement, retenant presque son souffle tandis qu'il relatait les événements du lac Venne. Il traça rapidement l'intrusion du roi Wargun (mais il n'utilisa pas ce terme) et termina par la terrible rencontre dans la caverne de Ghwerig et la révélation de la véritable identité de Flûte.

– Et les choses en sont là, ma reine, conclut-il. Le roi Wargun est en train de combattre les Rendors en Arcie ; Annias se trouve à Chyrellos en train d'attendre la mort de l'archiprélat Cluvonus ; et vous êtes remontée sur le trône qui vous appartient.

– Je suis également fiancée, lui rappela-t-elle. (Elle n'allait manifestement pas le laisser l'oublier. Elle réfléchit un instant.) Qu'avez-vous donc fait de Lychéas ? demanda-t-elle d'un ton appuyé.

– Il est retourné à sa place dans les oubliettes, Votre Majesté.

– Et Harparine et l'autre ?

– Le gros croupit dans les oubliettes en compagnie de Lychéas. Harparine nous a quittés assez soudainement.

– Vous l'avez laissé s'échapper.

Kalten secoua la tête.

– Non, Votre Majesté. Il s'était mis à hurler pour essayer de nous chasser de la salle du conseil. Vanion s'est lassé de tout ce bruit et il a demandé à Ulath de le raccourcir.

– Tout à fait approprié. Je souhaite voir Lychéas.

– Ne devriez-vous pas vous reposer ? lui demanda Émouchet.

– Après avoir échangé quelques mots avec mon cousin.

– Je vais le chercher, dit Ulath avant de se retourner pour quitter la salle.

– Monseigneur de Lenda, dit alors Ehlana, voulez-vous prendre la tête de mon conseil royal ?

– Comme le souhaite Votre Majesté, répondit Lenda en s'inclinant très bas.

– Seigneur Vanion, accepterez-vous également d'y participer... quand vos autres charges vous le permettront ?

– J'en serai honoré, Votre Majesté.

– En tant que mon consort et mon champion, Émouchet siégera également à la table du conseil... ainsi que Séphrénia, je pense.

– Je suis styrique, Ehlana, lui rappela Séphrénia. Serait-il sage de placer une Styrique parmi votre conseil, vu les sentiments du peuple élène vis-à-vis de notre race ?

– Je vais mettre fin une fois pour toutes à cette absurdité, déclara Ehlana avec fermeté. Émouchet, songes-tu à quelqu'un d'autre qui me soit utile dans ce conseil ?

Il réfléchit et une idée lui vint soudain.

– Je connais un homme qui n'est pas de noble extraction, Votre Majesté, mais il est très intelligent et il connaît parfaitement un aspect de Cimmura dont vous ignorez probablement tout.

– Et quel est cet homme ?

– Il s'appelle Platime.

Talen explosa de rire.

– As-tu perdu l'esprit, Émouchet ? Tu vas faire entrer Platime dans le bâtiment où se trouvent le trésor royal et les joyaux de la couronne ?

Ehlana parut quelque peu intriguée.

– Cet homme présente-t-il un problème ?

– Platime est le plus grand voleur de Cimmura, lui apprit Talen. Je sais cela parce que j'ai travaillé pour lui. Il contrôle tous les voleurs et les mendiants de la ville... ainsi que les escrocs, les coupe-jarrets et les putains.

– Surveille ton langage, mon garçon ! aboya Kurik.

– J'ai déjà entendu ce terme, Kurik, déclara calmement Ehlana. Je sais ce qu'il signifie. Dis-moi, Émouchet, quel raisonnement appuie ta proposition ?

– Comme je l'ai affirmé, Platime est très intelligent... on peut dire qu'il est presque brillant et, bien qu'un peu bizarre, c'est un patriote. Il comprend très bien la société de Cimmura et il dispose de moyens d'information dont je n'ai aucune idée. Rien de ce qui se passe à Cimmura... ou dans le restant du monde, d'ailleurs... ne lui est étranger.

– J'aurai un entretien avec lui, promit Ehlana.

Ulath et sire Perraine entrèrent alors, traînant Lychéas derrière eux. Lychéas resta bouche bée devant sa cousine, les yeux exorbités.

– Comment... commença-t-il avant de s'interrompre et de se mordre les lèvres.

– Tu ne t'attendais pas à me revoir vivante, Lychéas ? demanda-t-elle d'un ton funeste.

– Je crois que la coutume veut que l'on s'agenouille en présence de sa reine, Lychéas, grogna Ulath en faisant tomber le bâtard.

Lychéas s'écroula au sol et y resta aplati.

Le comte de Lenda s'éclaircit la gorge.

– Votre Majesté, dit-il, durant votre maladie, le prince Lychéas exigeait qu'on lui donne le titre de « majesté ». Je devrai consulter les textes, mais je crois que cet acte est constitutif de haute trahison.

– Je l'avais arrêté pour cela déjà, ajouta Émouchet.

– Cela me suffit, dit Ulath en levant sa hache. Parlez, reine d'Élénie, et j'aurai placé sa tête sur un poteau à la porte du palais dans quelques minutes.

Lychéas eut un hoquet d'horreur et se mit à pleurer, implorant la pitié tandis que sa cousine feignait de réfléchir à la question. Du moins, Émouchet *espérait* qu'elle le feignait.

– Pas ici, sire Ulath, dit-elle comme à regret. Les tapis, vous comprenez.

– Le roi Wargun voulait le pendre, dit Kalten. (Il leva les yeux.) Vous avez un joli plafond, Votre Majesté, et de robustes poutres. Il ne me faudra que quelques instants pour aller chercher une corde. Nous pouvons le voir danser dans les airs en un rien de temps, et la pendaison n'est pas aussi salissante que la décapitation.

Ehlana regarda Émouchet.

– Qu'en penses-tu, chéri ? Devrions-nous pendre mon cousin ?

– Il... euh... il possède des informations qui pourraient nous être utiles, ma reine.

– Cela se peut. Dis-moi, Lychéas, aurais-tu quoi que ce soit dont tu désirerais nous faire part pendant que nous réfléchissons ?

– Je te dirai tout ce que tu voudras, Ehlana, bafouilla-t-il.

Ulath le calotta sur la nuque.

– Votre Majesté, lui souffla-t-il.

– Quoi ?

– Appelle la reine « Votre Majesté », répéta Ulath en le frappant de nouveau.

– V... Votre Majesté, bégaya Lychéas.

– Il y a autre chose, ma reine, continua Émouchet. Lychéas est le fils d'Annias, vous vous rappelez ?

– Comment l'avez-vous découvert ? s'exclama Lychéas.

Ulath le calotta encore.

– On ne te parlait pas. Réponds uniquement quand on te le demande.

– Comme je disais, reprit Émouchet, Lychéas est le fils d'Annias et il pourrait nous être utile pour marchander à Chyrellos et empêcher Annias de monter sur le trône d'archiprélat.

– Oh, très bien... sans doute... Mais, dès que tu en auras fini avec lui, confie-le aux bons soins de sire Ulath et de sire Kalten. Je suis sûre qu'ils trouveront un moyen de décider lequel d'entre eux se débarrassera de lui.

– La courte paille ? demanda Kalten à Ulath.

– Ou les dés, répliqua Ulath.

– Monseigneur de Lenda, dit alors Ehlana, pourquoi n'emmenez-vous pas ce misérable pour l'interroger avec monseigneur Vanion ? Sa vue me rend malade. Faites-vous accompagner par sire Kalten, sire Perraine et sire Ulath. Leur présence l'encouragera peut-être à se montrer loquace.

– Oui, Votre Majesté, répondit Lenda en dissimulant un sourire.

Après que Lychéas eut été traîné hors de la salle, Séphrénia regarda la jeune reine droit dans les yeux.

– Vous n'y songiez pas sérieusement, Ehlana ?

– Non, bien entendu... pas *trop* sérieusement, en tout cas. Je veux simplement que Lychéas souffre d'une bonne suée. Je crois bien lui devoir cela. (Elle poussa un soupir de lassitude.) A présent, j'aimerais bien me reposer. Émouchet, sois gentil : porte-moi jusqu'au lit.

– Cela ne se fait pas, Ehlana.

– Oh, la barbe, ce qui se fait ou ne se fait pas. De toute façon, il faut bien que tu t'habitues à m'associer avec les lits.

– *Ehlana !*

Elle éclata de rire et lui tendit les bras.

Tandis qu'il se penchait pour la soulever, Émouchet surprit l'expression peinte sur le visage de Bérit. Le jeune novice lui adressait un regard de haine non dissimulée. Un problème allait se poser là, songea Émouchet. Il décida d'avoir une longue discussion avec Bérit dès que l'occasion s'en présenterait.

Il emporta Ehlana dans l'autre pièce et la borda dans le grand lit.

– Tu as beaucoup changé, ma reine, dit-il avec sérieux. Tu n'es plus la personne que j'ai quittée il y a dix ans.

Il était temps qu'ils mettent tout sur le tapis au lieu de s'amuser à tourner autour du pot.

– Tu l'as donc remarqué.

– Je ne parle pas que de ça, lui dit-il en reprenant son ton de professeur. Tu n'as jamais que dix-huit ans, Ehlana. Il ne convient guère de prendre des airs expérimentés de femme de trente-cinq ans. Je te recommande fermement une attitude plus innocente en public.

Elle se tortilla sur le lit et finit par se retrouver sur le ventre, la tête au pied de la couche. Elle posa le menton dans ses mains, les yeux écarquillés et candides, les cils papillonnant, un pied jouant nonchalamment avec son oreiller.

– Comme ceci ? demanda-t-elle.

– Arrête !

– J'essaie simplement de te plaire, mon bien-aimé. Qu'aimerais-tu encore changer en moi ?

– Tu es dure, mon enfant.

– A mon tour d'arrêter quelque chose, dit-elle fermement. Ne me traite plus jamais d'« enfant », Émouchet. Je suis sortie de l'enfance le jour où Aldréas t'a envoyé en exil en Rendor. Je pouvais être enfant tant que tu étais ici pour me protéger, mais après ton départ je ne pouvais plus me le permettre. (Elle s'assit en tailleur sur le lit.) La cour de mon père était un endroit hostile, Émouchet. On m'habillait et l'on m'exhibait à la cour où je voyais Annias faire ses simagrées. Mes rares amis furent immédiatement chassés... ou tués... aussi fus-jc forcée de me distraire en écoutant les ragots ineptes des femmes de chambre. En général, les femmes de chambre ont tendance à se montrer très libertines. Je dressai un jour une liste... tu m'as appris à me montrer méthodique, rappelle-toi. Tu ne croirais jamais ce qui peut se passer au rez-de-chaussée. Ma liste indiquait qu'une certaine petite garce avait pratiquement dépassé Arissa par le nombre de ses conquêtes. Sa disponibilité était presque légendaire. Si j'ai parfois l'air « expérimenté » (c'est bien là le terme que tu as employé ?), prends-t'en aux tuteurs qui ont repris mon éducation à ton départ. Au bout de quelques années, du fait que tous les signes d'amitié que je manifestais aux membres de la cour causaient presque immédiatement leur exil ou leur mort, j'en vins à m'appuyer sur les domestiques. Les domestiques veulent recevoir des ordres, et des ordres je leur en donnais. C'est désormais une habitude. Mais cela me servit parfaitement. Rien ne se passe au palais qu'ignorent les domestiques et ils ne tardèrent pas à tout me raconter. J'étais à même d'utiliser ces renseignements pour me protéger de mes ennemis, et toute la cour hormis Lenda était mon ennemie. Mon enfance ne fut pas dorée, Émouchet, mais elle me prépara bien mieux à la vie que si j'avais passé des heures à jouer au cerceau ou à déverser mon affection sur des poupées en chiffon ou des petits chiots. Si je te parais dure, c'est parce que j'ai grandi en territoire hostile. Il te faudra peut-être des années pour arrondir ces angles, mais je suis certaine que j'aimerai tes efforts en ce sens.

Elle eut un sourire enjôleur ; ses yeux gris contenaient encore un air de défensive pénible.

– Ma pauvre Ehlana, dit-il avec un nœud dans la gorge.

– Pauvre n'est sans doute pas le terme, mon cher Émouchet. Je t'ai désormais, et cela fait de moi la femme la plus riche du monde.

– Là, nous avons un problème, Ehlana, dit-il avec sérieux.

– Je ne vois aucun problème. Pour l'instant du moins.

– Je crois que tu m'as mal compris quand je t'ai donné ma bague par erreur.

Aussitôt, il regretta ses paroles. Elle ouvrit de grands yeux comme s'il venait de la gifler.

– Je t'en prie, ne prends pas cela en mal, se hâta-t-il de continuer. Je suis trop àgé pour toi, c'est tout.

– Je me fiche de ton âge, dit-elle avec un défi dans la voix. Tu m'appartiens, Émouchet, et *jamais* je ne te laisserai partir.

Cette voix était tellement acérée qu'il recula presque devant elle.

– J'était en quelque sorte obligé de te le signaler, répondit-il en battant en retraite. (Il lui fallait absolument effacer ce terrible moment où il l'avait blessée.) C'est mon devoir, tu comprends.

Elle oublia aussitôt tout cela.

– Très bien, maintenant que tu as fait ton petit numéro en direction de ton devoir, nous n'en parlerons plus jamais. Quand penses-tu que devrait se dérouler le mariage... avant ou après que toi et Vanion serez allés à Chyrellos tuer Annias ? Je suis personnellement d'avis d'agir au plus vite. J'ai entendu raconter des tas de trucs sur ce qui se passe entre mari et femme quand ils sont seuls et je suis véritablement très curieuse.

Émouchet s'empourpra immédiatement.

CHAPITRE CINQ

– Est-elle endormie ? demanda Vanion quand Émouchet ressortit de la chambre d'Ehlana.

Émouchet hocha la tête.

– Lychéas vous a-t-il donné des indications intéressantes ?

– Un certain nombre... Surtout des confirmations de ce que nous avions déjà deviné, répondit Vanion.

Le précepteur avait une expression troublée et la fatigue engendrée par le fardeau des épées des chevaliers défunts se lisait encore sur lui, bien qu'il parût quand même plus vigoureux.

– Monseigneur de Lenda, l'appartement de la reine est-il bien protégé ? Je préférerais que certains détails que nous a communiqués Lychéas n'aillent pas courir les rues.

– Ses appartements sont très sûrs, monseigneur, lui assura Lenda. Et la présence de vos chevaliers dans les couloirs découragerait probablement tout individu affligé d'une curiosité insatiable.

Kalten et Ulath entrèrent, un sourire malfaisant sur le visage.

– Lychéas passe une vilaine journée. (Kalten minauda.) Avec Ulath, on s'est remémoré un certain nombre d'exécutions hautes en couleur auxquelles nous avons assisté dans le passé, pendant qu'on le ramenait dans sa cellule. Il a trouvé particulièrement déprimante l'idée d'être brûlé sur un bûcher.

– Et il a failli s'évanouir quand on a soulevé la possibilité de le rouer à mort. (Ulath gloussa.) Oh, au fait, on s'est arrêté près de la porte du palais en revenant. Les soldats de l'Église que nous avions capturés sont occupés à la réparer. (L'imposant chevalier génidien posa sa hache dans un coin.) Quelques-uns de vos pandions sont sortis dans les rues, seigneur Vanion. Il semble qu'un certain nombre de citoyens de Cimmura restent invisibles.

Vanion lui adressa un regard interrogateur.

– Je ne sais pas pourquoi, mais ils ont l'air nerveux, expliqua Kalten. Annias contrôlait la ville depuis un moment et certains, nobles comme roturiers, sont toujours prêts à profiter de toutes les occasions. Ils se sont donné beaucoup de mal pour faire plaisir au bon primat. Leurs voisins savent de qui il s'agit et il s'est produit, je crois, des... incidents. Quand le pouvoir vient à changer de main, nombreux sont ceux qui désirent manifester leur loyauté au nouveau régime de façon bien visible. Il paraît s'être produit quelques pendaisons spontanées et un grand nombre de maisons sont incendiées. Avec Ulath, nous avons suggéré que les chevaliers mettent fin à cela. Les incendies ont tendance à se répandre, vous savez.

– J'adore la politique, pas vous ? fit Tynian avec un large sourire.

– La loi de la populace doit toujours être réprimée, répliqua le comte de Lenda d'un ton critique. La foule est toujours l'ennemi des gouvernements.

– Au fait... demanda Kalten à Émouchet avec une certaine curiosité. Est-ce que tu as vraiment demandé la main de la reine ?

– C'est un malentendu.

– J'en étais pratiquement sûr. Tu ne m'as jamais paru être du genre à te marier. Mais elle s'accroche, n'est-ce pas ?

– Je travaille à résoudre ce problème.

– Je te souhaite toute la chance possible, mais, très franchement, je n'ai guère d'espoir pour toi. J'ai vu le genre de regards qu'elle te jetait quand elle était petite fille. Je pense que tu dois te préparer à des moments intéressants, conclut-il avec un large sourire.

– Quel réconfort, d'avoir des amis !

– De toute façon, il est temps que tu te fixes, Émouchet. Tu seras bientôt trop âgé pour courir le monde à te bagarrer sans arrêt.

– Tu es aussi vieux que moi, Kalten.

– Je sais, mais c'est différent.

– Est-ce qu'avec Ulath vous avez décidé qui s'occuperait de Lychéas ? demanda Tynian.

– C'est encore en discussion. (Kalten adressa un regard soupçonneux au grand Thalésien.) Ulath a tenté de me refiler des dés truqués.

– Refiler ? protesta modérément Ulath.

– J'ai vu l'un de ces dés, mon ami, et il avait quatre 6.

– Ça fait beaucoup, nota Tynian.

– En effet. (Kalten poussa un soupir.) En toute honnêteté, je ne pense pas vraiment qu'Ehlana nous laissera tuer Lychéas. C'est une larve tellement pathétique que je ne crois pas qu'elle en aura le courage. Enfin... il restera toujours Annias.

– Et Martel, lui rappela Émouchet.

– Oh, oui. Il y a *toujours* Martel.

– Quelle direction a-t-il prise après que Wargun l'a chassé de Larium ? demanda Émouchet. J'aime bien suivre la piste de Martel. Je ne voudrais pas qu'il lui arrive des ennuis.

– La dernière fois que je l'ai vu, il partait vers l'est, répondit Tynian en faisant bouger les épaulières de sa lourde armure deirane.

– Vers l'est ?

Tynian branla du chef.

– Nous pensions qu'il irait au sud jusqu'à Umanthum, mais nous devions découvrir par la suite qu'il avait déplacé sa flotte vers Sarrinium après l'incendie de Coumbe... probablement parce que des vaisseaux de Wargun patrouillaient le Pas d'Arcie. Il est sans doute retourné en Rendor.

Émouchet émit un grognement. Il défit son baudrier, le posa sur la table et s'assit.

– Que vous a dit Lychéas ? demanda-t-il à Vanion.

– Pas mal de choses. Il est normal qu'il n'ait pas su tout ce que tramait Annias, mais je suis surpris qu'il soit arrivé à être au courant de tant de détails. Il est plus malin qu'il n'en a l'air.

– Il y était bien obligé, commenta Kurik. Talen, dit-il à son fils, pas de ça.

– Je regardais simplement, Père, protesta le gamin.

– Arrête. Tu risquerais d'être tenté.

– Lychéas nous a dit que sa mère et Annias sont amants depuis des années. Et c'est Annias qui a suggéré à Arissa de tenter de séduire son frère. Il avait fait ressortir un point de doctrine ecclésiastique assez obscur qui semblerait permettre leur mariage.

– Jamais l'Église ne permettrait une telle obscénité, déclara brutalement sire Bévier.

– Au cours de l'histoire, l'Église a dû recourir à bien des procédés non conformes à la morale contemporaine, Bévier, expliqua Vanion. Jadis, elle était très faible en Cammorie, et il existait dans ce royaume une tradition de mariages incestueux parmi ses dirigeants. L'Église l'avait accepté afin d'y continuer son œuvre. Quoi qu'il en soit, Annias avait calculé qu'Aldréas était un roi faible et qu'Arissa deviendrait le véritable monarque d'Élénie si elle l'épousait. Ensuite, comme Annias contrôlait plus ou moins Arissa, il pourrait prendre lui-même les décisions. Au début, cela sembla lui suffire, mais ses ambitions ne tardèrent pas à le dépasser. Il se mit à lorgner le trône d'archiprélat de Chyrellos. C'était il y a une vingtaine d'années, je crois.

– Et comment Lychéas a-t-il découvert tout cela ? lui demanda Émouchet.

– Il rendait visite à sa mère au cloître de Démos, répondit Vanion. Les souvenirs d'Arissa étaient assez complets, je pense, et elle se montrait très libre avec son fils.

– Révoltant, fit Bévier d'une voix écœurée.

– La moralité de la princesse Arissa est très particulière, dit Kalten au jeune Arcien.

– Le père d'Émouchet intervint alors, continua

Vanion. Je le connaissais très bien et sa moralité personnelle était beaucoup plus conventionnelle. Il fut terriblement blessé par les actes d'Aldréas et d'Arissa. Aldréas avait peur de lui et, quand il lui suggéra le mariage avec une princesse deirane, Aldréas accepta, mais à contrecœur. Le reste, vous le connaissez. Arissa sombra dans une fureur noire et se précipita dans le bordel sur le port... pardon, Séphrénia.

– Je le connais, Vanion, répondit-elle. Les Styriques ne sont pas aussi éthérés que les Élènes l'imaginent parfois.

– Arissa passa donc plusieurs semaines dans ce bordel et, quand elle fut enfin appréhendée, Aldréas n'eut d'autre choix que de l'emprisonner dans ce cloître.

– Cela soulève une question, dit Tynian. Vu le temps qu'elle passa dans ce bordel et le nombre de clients qu'elle eut, comment peut-on être sûr de l'identité de Lychéas ?

– J'y arrivais. Au cours de l'une des visites de Lychéas, elle lui assura qu'elle était enceinte d'Annias *avant* d'être entrée dans le bordel. Aldréas épousa sa princesse deirane et celle-ci mourut en donnant naissance à la reine Ehlana. Lychéas devait avoir dans les six mois, à l'époque, et Annias fit tout son possible pour qu'Aldréas le reconnaisse et en fasse son héritier. C'en était trop même pour Aldréas et il refusa de but en blanc. Le père d'Émouchet mourut à ce moment-là et Émouchet assuma dès lors la charge héréditaire en tant que champion de la reine. Annias s'inquiéta rapidement des progrès d'Ehlana quand Émouchet entreprit son éducation. Quand elle eut huit ans, il décida qu'il devait éloigner son champion avant qu'elle ne soit capable de résister à ses efforts pour la contrôler. Il persuada donc Aldréas d'envoyer Émouchet en exil en Rendor, puis il dépêcha Martel à Cippria pour le tuer et s'assurer qu'il ne revienne jamais achever l'éducation d'Ehlana.

– Mais c'était trop tard, n'est-ce pas ? fit Émouchet avec un sourire. Ehlana était déjà trop résistante pour lui.

– Comment as-tu obtenu cela, Émouchet ? demanda

Kalten. On ne peut pas dire que tu aies jamais été un professeur inspiré.

– C'est l'amour, Kalten, répondit doucement Séphrénia. Ehlana aime Émouchet depuis qu'elle est toute petite et elle a essayé d'agir de la manière qu'il voulait qu'elle le fasse.

Tynian éclata de rire.

– Tu ne peux donc t'en prendre qu'à toi-même, Émouchet.

– Quoi ?

– Tu as façonné une femme d'acier et à présent elle t'oblige à l'épouser... et elle est assez têtue pour y arriver.

– Tynian, tu parles trop, lâcha Émouchet d'un ton acide.

Le grand pandion était soudain irrité... d'autant plus qu'il lui fallait bien admettre que Tynian avait probablement raison.

– En tout cas, nous n'avons rien appris de neuf ni de surprenant, fit remarquer Kurik. Cela ne peut suffire pour que la tête de Lychéas lui reste sur les épaules.

– Cela devait venir plus tard, lui dit Vanion. Ehlana l'avait tellement effrayé en paraissant sur le point de le faire exécuter sommairement qu'il en bafouillait, au début. Quand Annias eut forcé Aldréas à envoyer Émouchet en exil, le roi se mit à changer. Il commença en fait à retrouver son courage. Il est parfois difficile de savoir pourquoi les gens agissent comme ils le font.

– Pas vraiment, protesta Séphrénia. Aldréas était sous la coupe du primat, mais dans son cœur il savait qu'il agissait mal. Peut-être pensait-il que son champion aurait pu sauver son âme, mais une fois Émouchet en exil, Aldréas commença à se rendre compte qu'il était tout seul. Si son âme devait être sauvée, il fallait qu'il s'en charge lui-même.

– Elle ne doit pas être loin de la vérité, s'étonna Bévier. Peut-être devrais-je étudier l'éthique de Styricum. Une synthèse de la pensée éthique élène et styrique pourrait être très intéressante.

– Hérésie, fit remarquer brutalement Ulath.

– Je te demande pardon ?

– Nous ne sommes pas censés prendre en compte la possibilité que d'autres éthiques soient valables, Bévier. C'est un peu myope, comme façon de voir les choses, je l'admets, mais notre Église est parfois comme ça.

Bévier se leva, le visage empourpré.

– Je n'accepte pas d'entendre des insultes dirigées contre Notre Sainte Mère, déclara-t-il.

– Oh, rassieds-toi, Bévier, lui dit Tynian. Ulath ne faisait que te taquiner. Nos frères génidiens sont bien plus versés dans la théologie que nous ne l'imaginons.

– C'est le climat, expliqua Ulath. Il n'y a pas grand-chose à faire en hiver, en Thalésie... à moins d'aimer regarder tomber la neige. Nous avons beaucoup de temps pour la méditation et l'étude.

– Quelle qu'en soit la raison, Aldréas cessa de répondre aux exigences financières d'Annias, continua Vanion. Et Annias ne tarda pas à se retrouver aux abois. C'est alors qu'il décida avec Arissa d'assassiner le roi. Martel leur fournit le poison et Annias s'arrangea pour qu'Arissa puisse s'échapper du cloître. Il eût sans doute empoisonné lui-même le roi, mais Arissa le supplia de le faire elle-même parce qu'elle voulait tuer son frère.

– Tu es sûr de vouloir entrer dans cette famille, Émouchet ? demanda Ulath.

– Est-ce que j'ai le choix, à présent ?

– Tu peux toujours t'enfuir. Je suis sûr que tu pourrais trouver un emploi dans l'empire Tamouli, sur le continent darésien.

– Ulath, tais-toi, ordonna Séphrénia.

– Oui, madame.

– Continue, Vanion.

– Oui, madame. (Il avait reproduit à la perfection l'intonation d'Ulath.) Après le meurtre d'Aldréas par Arissa, Ehlana monta sur le trône. Elle s'avéra une parfaite élève d'Émouchet. Elle refusa à Annias l'accès au trésor royal et elle était sur le point de l'envoyer dans un monastère quand il l'empoisonna.

– Excusez-moi, seigneur Vanion, l'interrompit Tynian. Monseigneur Lenda, une tentative de régicide est un crime capital, n'est-ce pas ?

– Dans tous les mondes civilisés, sire Tynian.

– C'est bien ce que je pensais. Kalten, pourquoi ne pas commander un rouleau de corde ? Quant à toi, Ulath, tu devrais demander qu'on t'envoie deux haches supplémentaires de Thalésie.

– De quoi s'agit-il exactement ? s'étonna Kalten.

– Nous avons à présent la preuve que Lychéas, Annias et Arissa ont tous commis des actes de trahison... ainsi qu'un certain nombre de leurs séides.

– Nous le savions déjà.

– Oui. (Tynian sourit.) Mais à présent nous pouvons le prouver. Nous avons un témoin.

– J'espérais bien m'occuper personnellement de ce genre de châtiments appropriés, se plaignit Émouchet.

– Mieux vaut agir légalement, Émouchet, lui dit Lenda. Cela évite les discussions ultérieures, vous comprenez.

– Je n'avais pas vraiment l'intention de laisser à quiconque le loisir de discuter avec moi, monseigneur.

– Je pense que vous devriez raccourcir un peu sa chaîne, seigneur Vanion, suggéra Lenda avec un sourire malin. On dirait que ses crocs se sont allongés.

– J'avais remarqué, acquiesça Vanion. (Puis il reprit :) Annias fut un peu dérouté quand le sortilège de Séphrénia empêcha Ehlana de mourir de la même manière que son père, mais il respecta son plan et établit Lychéas en tant que régent, partant du point de vue qu'une reine congelée était la même chose qu'une reine morte. Il prit personnellement en charge le trésor élène et se mit à acheter des patriarches à tour de bras. C'est alors que sa campagne pour l'archiprélature prit de l'ampleur et apparut au grand jour. C'est à peu près à ce stade du récit de Lychéas que monseigneur de Lenda lui suggéra qu'il ne nous avait rien appris de suffisamment important pour éviter le billot.

– Ou mon nœud coulant, ajouta Kalten.

Vanion eut un sourire.

– La suggestion de Lenda produisit l'effet voulu. Le prince régent est alors devenu une véritable mine d'or. Il nous a appris qu'il est pratiquement sûr qu'Annias est en contact avec Otha et qu'il cherche son aide. Le primat a toujours feint d'inflexibles préjugés contre les Styriques, mais c'était sans doute pour mieux dissimuler ses vrais sentiments.

– Probablement pas, le contredit Séphrénia. Il existe un monde de différence entre les Styriques occidentaux et les Zémochs. L'annihilation du Styricum occidental devrait être l'une des exigences premières d'Otha en échange de toute assistance.

– Probablement exact, concéda Vanion.

– Et Lychéas fonde-t-il ses soupçons sur des points précis ? demanda Tynian.

– Assez peu, lui dit Ulath. Il a assisté à quelques réunions, c'est à peu près tout. Cela ne suffit pas pour justifier une déclaration de guerre.

– La guerre ? s'exclama Bévier.

– Naturellement. (Ulath haussa les épaules.) Si Otha est impliqué dans les affaires internes des royaumes élènes occidentaux, cela suffira pour lui déclarer la guerre.

– Cette expression me plaît beaucoup, dit Kalten. « Faire la guerre. » Cela paraît tellement permanent... et salissant.

– Nous n'avons pas besoin de justifications pour vouloir détruire Zémoch, Ulath, déclara Tynian.

– Vraiment ?

– Personne n'est encore arrivé à rédiger un traité de paix après l'invasion zémoch, il y a cinq cents ans. Techniquement parlant, nous sommes toujours en guerre avec Otha... n'est-ce pas, monseigneur de Lenda ?

– Sans doute, mais reprendre les hostilités après une trêve de cinq cents ans pourrait être assez difficile à justifier.

– Nous avons eu le temps de nous reposer, monseigneur. (Tynian haussa encore les épaules.) Je ne sais pas pour vous, messieurs, mais en ce qui me concerne je me sens parfaitement reposé.

– Oh, Déesse ! fit Séphrénia avec un soupir.

– L'important, à ce stade, continua Vanion, c'est

qu'à plusieurs occasions Lychéas ait vu un Styrique particulier enfermé avec Annias. Une fois, il parvint même à surprendre une partie de ce qu'ils se disaient. Le Styrique avait un accent zémoch... selon Lychéas, bien entendu.

– C'est bien de Lychéas, fit remarquer Kurik. Il a une tête de serpent et de fouine.

– Tout à fait d'accord avec toi. Notre excellent régent ne put entendre la totalité de la conversation, mais le Styrique disait à Annias qu'Otha devait mettre la main sur un joyau particulier, sinon le Dieu zémoch lui retirerait tout son soutien. Je pense que nous sommes tous à même de deviner sans peine de quel joyau il s'agissait.

Le visage de Kalten se fit morose.

– Tu vas encore gâcher notre plaisir, Émouchet, se plaignit-il.

– Je ne te comprends pas.

– Tu vas raconter tout ça à la reine, sans doute, et elle va décider que ce renseignement est suffisamment grave pour que Lychéas garde la tête sur les épaules ou les pieds sur le plancher des vaches.

– Je suis quand même forcé de la tenir informée, Kalten.

– On ne pourrait sans doute pas te convaincre d'attendre un peu, non ?

– Attendre ? Combien de temps ?

– Jusqu'après les funérailles du bâtard.

Émouchet adressa un large sourire à son ami.

– Non, je ne crois pas, Kalten. Je te dois beaucoup, mais il faut quand même que je songe à ma peau. Si je commence à lui dissimuler des trucs, ça la mettra en colère.

– Voilà à peu près tout ce que Lychéas sait vraiment, continua Vanion. A présent, il nous faut prendre une décision. Cluvonus est à l'agonie et, dès sa mort, nous devrons rejoindre les autres ordres à Démos pour gagner Chyrellos. Ce qui laissera la reine sans protection aucune. Nous ignorons quand Dolmant nous donnera l'ordre de commencer notre marche et nous ne savons pas combien de temps il faudra à l'armée élène pour revenir d'Arcie. Qu'allons-nous faire à propos de la reine ?

– Emmenons-la avec nous, fit Ulath en haussant les épaules.

– Là tu risques d'avoir une discussion sur les bras, lui dit Émouchet. Elle vient à peine de remonter sur son trône et elle prend ses responsabilités très au sérieux. Elle va positivement grimper aux murs si tu lui suggères d'abandonner aujourd'hui sa capitale.

– Saoule-la, lui proposa Kalten.

– *Quoi ?*

– Tu ne veux quand même pas l'assommer, n'est-ce pas ? Rends-la pompette, enroule-la dans une couverture et emporte-la sur ta selle.

– Est-ce que tu as perdu la tête ? C'est la *reine,* Kalten, pas l'une de tes filles de salle délurées.

– Tu pourras présenter tes excuses par la suite. L'important est de la mettre en sécurité.

– Il se peut que nous n'en arrivions pas là, dit Vanion. Cluvonus peut encore tenir le coup. Il est au bord de la mort depuis des mois et des mois, mais toujours en vie. Il pourrait même survivre à Annias.

– Ce ne devrait pas lui être trop difficile, annonça Ulath sur un ton menaçant. L'espérance de vie d'Annias s'est bien réduite, ces temps-ci.

– Messieurs, si je pouvais vous persuader de refréner un instant votre soif de sang, s'interposa le comte de Lenda. Je pense que l'important est d'envoyer quelqu'un au roi Wargun en Arcie pour le convaincre de nous dépêcher l'armée élène... et suffisamment de chevaliers pandions pour garder en ligne l'état-major une fois que tout le monde sera arrivé. Je vais rédiger une lettre à son attention l'avisant dans les termes les plus fermes que nous avons besoin derechef de l'armée élène à Cimmura.

– Demandez-lui également de nous envoyer les ordres combattants, monseigneur, suggéra Vanion. Je pense que nous en aurons besoin à Chyrellos.

– Il faudrait aussi une lettre au roi Obler, ajouta

Tynian. Ainsi qu'au patriarche Bergsten. A eux deux, ils parviendront à convaincre Wargun. Le roi de Thalésie boit trop et il aime bien la guerre, mais c'est un animal totalement politique. Il verra bien la nécessité de protéger Cimmura et de prendre immédiatement le contrôle de Chyrellos... si quelqu'un le lui explique.

Lenda opina du chef.

– Tout ceci ne résout pas notre problème, messieurs, dit Bévier. Notre messager à Wargun risque de ne pas être à plus d'un jour de cheval d'ici quand nous apprendrons la mort de l'archiprélat. Ce qui nous ramène à la même situation. Émouchet devra persuader la reine d'abandonner sa capitale alors même qu'aucun danger ne s'est déclaré.

– Souffle-lui dans l'oreille, dit Ulath.

– Quoi ?

– Ça marche, d'habitude. En Thalésie, du moins. J'ai un jour soufflé dans l'oreille d'une fille à Emsat et elle m'a suivi pendant plusieurs jours.

– Répugnant ! dit Séphrénia, irritée.

– Oh, je ne sais pas, dit Ulath d'un ton penaud. Elle semblait aimer ça.

– Est-ce que tu ne lui as pas caressé la tête et gratté le menton... comme pour un petit chien ?

– Je n'y ai pas pensé, admit Ulath. Tu penses que ça aurait pu marcher ?

Elle se mit à l'injurier en styrique.

– Nous nous écartons quelque peu du sujet, leur fit remarquer Vanion. Nous ne pouvons forcer la reine à quitter Cimmura ; et rien n'assure que des forces suffisamment importantes pour tenir les murailles puissent atteindre la ville avant notre départ.

– Je crois que ces forces sont déjà là, seigneur Vanion, le contredit Talen.

Le gamin portait élégamment le pourpoint et la culotte que lui avait fournis Stragen à Emsat, et il n'était pas loin de ressembler à un petit nobliau.

– Ne nous interromps pas, Talen, lui ordonna Kurik. C'est une discussion sérieuse. Nous n'avons pas de temps à perdre en plaisanteries infantiles.

– Laissez-le parler, Kurik, déclara le comte de Lenda avec intérêt. Les bonnes idées proviennent parfois des endroits les plus inattendus. Quelles sont exactement ces forces dont tu parlais, jeune homme ?

– Le peuple, répondit simplement Talen.

– C'est absurde, Talen, dit Kurik. Il n'est pas entraîné.

– De quelle formation a-t-on besoin pour déverser de la poix brûlante sur les têtes d'assiégeants ? demanda Talen en haussant les épaules.

– Cette idée est très intéressante, jeune homme, dit Lenda. Effectivement, on a assisté à de nombreuses manifestations de soutien populaire après le couronnement de la reine Ehlana. Le peuple de Cimmura... et des villes et villages environnants... pourrait venir à son aide. Le problème, c'est qu'il ne possède aucun chef. Une populace grouillant dans les rues sans personne pour la diriger ne servirait guère de défense.

– Elle a bel et bien des chefs, monseigneur.

– Qui ? demanda Vanion.

– Platime, d'abord, et si Stragen est encore ici il n'aura rien d'un manchot.

– Ce Platime est une sorte de brigand, n'est-ce pas ? demanda Bévier sur un ton dubitatif.

– Sire Bévier, répliqua Lenda, je suis membre du conseil royal d'Élénie depuis bien des années et je puis vous assurer que non seulement la capitale mais le royaume tout entier sont entre les mains de brigands depuis des décennies.

– Mais... commença Bévier.

– Est-ce le fait que Platime et Stragen sont *officiellement* des brigands qui vous perturbe, sire Bévier ? demanda nonchalamment Talen.

– Qu'en pensez-vous, Émouchet ? interrogea Lenda. Vous croyez que ce Platime pourrait réellement diriger une sorte d'opération militaire ?

Émouchet réfléchit.

– Probablement, répondit-il. En particulier si Stragen est ici pour l'aider.

– Stragen ?

– Il détient une position similaire à celle de Platime parmi les voleurs d'Emsat. Stragen est un peu bizarre, mais il est extrêmement intelligent et il possède une excellente éducation.

– Ils peuvent aussi demander le remboursement de dettes anciennes, dit Talen. Platime peut faire venir des hommes de Vardenais, de Démos, des villes de Lenda et de Cardos... sans parler de ceux qu'il peut se procurer parmi les bandits de grands chemins.

– Ce n'est pas vraiment comme s'ils devaient tenir la ville pendant une longue période, médita Tynian à voix haute. Mais seulement en attendant l'arrivée de l'armée élène... et ils se livreront essentiellement à des intimidations. Il est peu probable que le primat Annias soit à même de détacher plus d'un millier de soldats de Chyrellos pour venir semer le trouble ici, et si les fortifications de la ville sont décorées de forces supérieures, ces soldats n'attaqueront sûrement pas. Tu sais, Émouchet, je pense que le gamin a trouvé un plan remarquable.

– Je suis confus de la confiance que m'accorde sire Tynian, dit Talen avec un salut extravagant.

– Cimmura possède en outre ses anciens combattants, ajouta Kurik, d'anciens militaires qui peuvent aider à diriger les ouvriers et les paysans dans la défense de la ville.

– Tout ceci est terriblement irrégulier, naturellement, déclara le comte de Lenda d'une voix sardonique. Le but de tous les gouvernements est depuis toujours de tenir entièrement le peuple sous contrôle et en dehors de la politique. Le seul but dans l'existence du peuple, c'est de travailler et de payer des impôts. Il se peut que nous lancions ici quelque chose que nous regretterons tous au cours de notre vie.

– Avons-nous véritablement le choix, Lenda ?

– Non, Vanion, je ne crois pas.

– Commençons donc. Monseigneur de Lenda, je pense que vous avez de la correspondance qui vous attend. Talen, pourquoi n'irais-tu pas rendre visite à ce Platime ?

– Puis-je emmener Bérit, monseigneur Vanion ? demanda le gamin en regardant le novice.

– Sans doute, mais pourquoi ?

– Je suis en quelque manière l'envoyé d'un gouvernement à un autre. Il me faut une sorte d'escorte pour me donner un air important. Ce genre de truc impressionne toujours Platime.

– Un gouvernement à un autre ? demanda Kalten. Tu parles vraiment de Platime comme s'il était un chef d'État.

– Eh bien, est-ce inexact ?

Tandis que les amis d'Émouchet sortaient à la queue leu leu, il toucha brièvement la manche de Séphrénia.

– Il faut que je te parle, dit-il doucement.

– Bien sûr.

Il s'approcha de la porte et la referma.

– J'aurais probablement dû t'en parler auparavant, petite mère, mais tout cela semblait tellement inoffensif au début...

Il haussa les épaules.

– Émouchet, voyons, tu n'es pas idiot. Tu dois *tout* me dire. Je déciderai de ce qui est inoffensif ou non.

– Très bien. Je pense qu'on me suit.

Les yeux de Séphrénia s'étrécirent.

Émouchet lui raconta alors son cauchemar et lui décrivit de son mieux l'impression que lui donnait l'apparition.

– Mais est-ce que tu vois cette ombre uniquement quand tu rêves ? lui demanda-t-elle enfin.

– Non. Je la distingue de temps à autre quand je suis éveillé. Elle semble apparaître chaque fois que je sors le Bhelliom de sa bourse. En d'autres occasions aussi, mais surtout à ces moments-là, et elle ne me semble pas amicale.

– Vas-y, sors ta bourse. Nous allons bien voir si je la distingue aussi.

Émouchet mit la main à l'intérieur de son pourpoint, sortit la bourse et l'ouvrit. Il prit la rose saphir et la tint à la main. L'éclair de ténèbres se produisit aussitôt.

– Tu la vois ?

Séphrénia examina soigneusement la pièce.

– Non, admit-elle. Que ressens-tu en provenance de cette ombre ?

– Je sais qu'elle ne m'aime pas. (Il rangea le Bhelliom dans la bourse.) As-tu une idée ?

– Il se peut que ce soit en rapport avec le Bhelliom lui-même, avança-t-elle un peu dubitativement. Pour être tout à fait honnête, je ne connais pas tellement ce Bhelliom. Aphraël n'aime pas trop en parler. Je pense que les Dieux en ont peur. Tout ce que je sais, c'est surtout sur la manière de l'utiliser.

– J'ignore s'il existe une relation, mais quelqu'un se soucie nettement de me trucider. Il y a d'abord eu ces hommes sur la route d'Emsat, le bateau qui nous suivait, selon Stragen, et ces hors-la-loi qui nous recherchaient sur la route de Cardos.

– Sans parler du fait que quelqu'un a tenté de te transpercer d'un trait d'arbalète alors que nous nous rendions au palais, ajouta-t-elle.

– Peut-être un autre Fureteur ?

– Cela y ressemble. Mais une fois que le Fureteur prend le contrôle d'un homme, il n'est plus qu'un instrument dépourvu de volonté. Ces tentatives contre ta vie me semblent un peu plus rationnelles.

– Azash disposerait-il d'une créature qui en soit capable ?

– Qui sait quelles sortes de créatures peut évoquer Azash ? J'en connais plus d'une douzaine de variétés, mais il en existe probablement des dizaines d'autres.

– Te sentirais-tu blessée si je me livrais à un peu de logique ?

– Oh, tu peux sans doute y aller... si tu t'y sens obligé.

Elle lui sourit.

– Très bien. En premier lieu, nous savons qu'Azash veut ma mort depuis un certain temps déjà.

– Exact.

– Cela compte certainement plus encore aujourd'hui, parce que je suis en possession du Bhelliom et que je sais l'utiliser.

– C'est l'évidence même, Émouchet.

– Je sais. La logique est comme ça, parfois. Mais ces tentatives pour me tuer se produisent *généralement* peu de temps après que j'ai sorti le Bhelliom et que j'ai vu cette espèce d'ombre.

– Une relation existerait donc, penses-tu ?

– N'est-ce pas possible ?

– Presque tout est possible, Émouchet.

– Très bien, donc. Si l'ombre est du même type que le Damork ou le Fureteur, elle est probablement envoyée par Azash. Ce « probablement » rend ma logique un peu bancale, mais il faut bien prendre ça en compte, non ?

– En la circonstance, je suis presque forcée d'acquiescer.

– Que faisons-nous donc ? C'est une hypothèse intermédiaire qui feint d'ignorer la possibilité d'une pure coïncidence. Mais ne devrions-nous pas prendre quelques mesures *au cas où* il existerait bien une relation ?

– Nous ne pouvons nous permettre de courir de risques, Émouchet. D'abord, il faut que tu gardes le Bhelliom à l'intérieur de cette bourse. Ne le sors que si tu y es absolument forcé.

– C'est le bon sens même.

– Et si tu dois effectivement le sortir, reste sur tes gardes.

– Je le fais de manière pratiquement automatique... et tout le temps. Ma profession rend nerveux.

– En outre et surtout, gardons tout ça pour nous. Si cette ombre est envoyée par Azash, elle est à même de tourner nos amis contre nous. N'importe lesquels d'entre eux. Si nous leur disons ce que nous soupçonnons, l'ombre (continuons de l'appeler comme ça) saura probablement ce qui se trouve dans leur esprit. N'avertissons pas Azash que nous savons ce qu'il fait.

Émouchet dut rassembler toutes ses forces pour parler, mais il y parvint à contrecœur pour proposer :

– Est-ce qu'on ne résoudrait pas tous nos problèmes en détruisant simplement le Bhelliom sur-le-champ ?

Elle secoua la tête.

– Non, mon petit. Nous risquons d'en avoir encore besoin.

– La solution serait pourtant simple.

– Pas vraiment, Émouchet. (Elle eut un sourire sinistre.) Nous ignorons à peu près le genre de forces que pourrait déclencher la destruction du Bhelliom. Nous perdrions peut-être quelque chose d'important.

– Tel que ?

– La ville de Cimmura... ou tout le continent éosien, ma foi.

CHAPITRE SIX

Il faisait presque nuit quand Émouchet ouvrit doucement la porte de la chambre de sa reine pour la contempler. Son visage était encadré par un trésor de chevelure blonde qui se déployait sur l'oreiller et reflétait la lumière dorée de l'unique chandelle sur la table de chevet. Elle avait les yeux clos et le visage paisible. Il avait découvert la veille que son adolescence passée dans la cour corrompue dominée par le primat Annias avait marqué sa figure d'une méfiance défensive et d'une détermination inflexible. Mais quand elle dormait son expression possédait toujours la douceur lumineuse qui lui avait captivé le cœur quand elle était enfant. En son for intérieur, et sans réserve désormais, il devait reconnaître qu'il aimait cette pâle femme-enfant, bien qu'il eût encore à s'adapter à cette idée. Ehlana était à présent une femme, plus une enfant. Avec une sorte de pincement obscur, Émouchet devait admettre qu'il n'était pas fait pour elle. Il était tenté de profiter de cette amourette enfantine, tout en sachant que non seulement cela était mal du point de vue moral, mais qu'elle en souffrirait fatalement beaucoup par la suite. Il décida qu'en aucun cas il n'infligerait les infirmités de l'âge à la femme qu'il aimait.

– Je sais que tu es ici, Émouchet. (Elle n'ouvrit pas les yeux et un sourire suave lui caressa les lèvres.) J'aimais déjà cela quand j'étais enfant, tu sais. Parfois, en particulier quand tu commençais à me parler théologie, je feignais de m'assoupir. Tu continuais donc ton discours un petit moment, puis tu restais immobile à me regarder. J'en ai toujours tiré un grand sentiment de chaleur et de sécurité. Ces moments furent probablement les plus heureux de ma vie. Pense un peu qu'après notre mariage tu me verras m'endormir entre tes bras, et je sais que rien au monde ne pourra jamais me faire de mal, parce que tu seras toujours là pour me surveiller. (Elle ouvrit ses grands yeux sereins.) Viens ici et embrasse-moi, Émouchet, lui dit-elle en tendant les bras.

– Ce n'est pas convenable, Ehlana. Vous n'êtes pas totalement habillée et vous vous trouvez au lit.

– Nous sommes fiancés, Émouchet. Nous disposons d'une certaine latitude en la matière. D'ailleurs, je suis reine. C'est moi qui décide de ce qui est convenable ou ne l'est pas.

Émouchet abandonna la partie et l'embrassa. Ainsi qu'il l'avait remarqué auparavant, Ehlana n'était assurément plus une enfant.

– Je suis trop âgé pour toi, Ehlana, lui rappela-t-il avec douceur. (Il tenait à ce que cette idée trace une ligne bien nette entre eux.) Tu sais que j'ai raison, n'est-ce pas ?

– Absurde. (Elle n'avait pas encore ôté les bras autour de son cou.) Je t'interdis de vieillir. Voilà, est-ce que ça règle la question ?

– Tu dis des absurdités. Autant empêcher la marée de monter.

– Je n'ai pas encore essayé et, tant que je ne l'ai pas fait, on ne peut savoir que ça ne marchera pas, n'est-ce pas ?

– Je laisse tomber, répondit-il en riant.

– Oh, parfait. J'*adore* gagner. Est-ce que tu avais l'intention de me dire quelque chose d'important, ou bien étais-tu simplement passé me reluquer ?

– Est-ce que ça te dérange ?

– D'être reluquée ? Pas du tout. Reluque tout ton soûl, mon bien-aimé. Veux-tu en voir davantage ?

– *Ehlana !*

Son rire fut une cascade argentée.

– Très bien, passons à des choses plus sérieuses.

– Mais j'étais sérieuse, Émouchet... très sérieuse.

– Les chevaliers pandions, moi y compris, ne vont pas tarder à devoir quitter Cimmura, je le crains. L'honorable Cluvonus faiblit de plus en plus et, dès sa mort, Annias va se précipiter pour s'emparer du trône d'archiprélat. Il a inondé les rues de Chyrellos de troupes à sa solde et, si les ordres combattants ne vont pas l'arrêter, il réussira dans son entreprise.

Le visage d'Ehlana reprit son expression inflexible.

– Pourquoi ne pas emmener ce gigantesque Thalésien, sire Ulath, jusqu'à Chyrellos et couper la tête d'Annias ? Puis tu reviendras à toute allure. Ça ne me laissera pas le temps de me sentir seule ?

– Intéressante idée, Ehlana. Mais je suis heureux que tu ne l'aies pas formulée devant Ulath. Il serait d'ores et déjà descendu aux écuries seller nos chevaux. Ce que je voulais te faire remarquer, c'est que, quand nous partirons, tu te retrouveras ici sans défense. Que penserais-tu de nous accompagner ?

Elle réfléchit à la question.

– Cela me plairait, Émouchet, mais je ne pense pas que ce soit possible. Je suis restée un certain temps incapable d'exercer mon pouvoir et il me faut demeurer ici pour réparer les dégâts causés par Annias pendant que j'étais endormie. J'ai des responsabilités, mon amour.

– Nous étions pratiquement certains de ta réponse, aussi avons-nous élaboré un autre plan pour assurer ta sécurité.

– Vous allez utiliser la magie pour m'enfermer hermétiquement dans le palais ? demanda-t-elle avec un regard mutin.

– Nous n'y avions pas songé, admit-il. Mais cela ne marcherait probablement pas. Dès qu'Annias aurait découvert notre intervention, il enverrait sans doute ses soldats pour essayer de reprendre la ville. Ses sous-fifres pourraient diriger le royaume de l'extérieur des murailles du palais et tu ne pourrais rien faire pour les arrêter. Non, ce que nous allons faire, c'est constituer une sorte d'armée pour te protéger, ainsi que la ville, jusqu'à ce que ta propre armée ait eu le temps de revenir d'Arcie.

– L'expression « sorte d'armée » me semble un peu douteuse, Émouchet. Où allez-vous trouver les hommes voulus ?

– Dans les rues, les fermes et les villages.

– Oh, c'est parfait, Émouchet. Magnifique, fit-elle, sarcastique. Je dois donc être défendue par des fossoyeurs et des laboureurs ?

– Ainsi que par des voleurs et des coupe-jarrets, ma reine.

– Mais c'est que tu es sérieux !

– Tout à fait. Ne t'affole quand même pas. Attends les détails : deux chenapans sont en route pour te voir. Ne prends aucune décision avant de leur avoir parlé.

– Je crois que tu es complètement fou, Émouchet. Je t'aime toujours, mais on dirait que tu perds la tête. On ne peut pas transformer en armée des charbonniers et des culs-terreux.

– Vraiment ? Et d'où penses-tu que viennent les simples soldats de ton armée, Ehlana ? Ne sont-ils pas recrutés dans les rues et les fermes ?

Elle fronça les sourcils.

– Non, je n'y avais pas songé. Mais sans généraux je n'aurai pas d'armée, tu sais.

– C'est pour cela que les deux hommes dont j'ai parlé viennent discuter avec vous, Votre Majesté.

– Quelle froideur quand tu prononces ce « Votre Majesté », Émouchet !

– Ne change pas de sujet. Tu es d'accord pour réserver ton jugement, alors ?

– Si c'est ton avis, mais je nourris encore quelques doutes. Je souhaiterais que tu puisses rester ici.

– Moi aussi, mais... (Il écarta les mains avec un air d'impuissance.)

– Quand aurons-nous du temps pour nous seuls ?

– Encore un peu de patience, Ehlana, car il faut d'abord battre Annias. Tu le comprends, n'est-ce pas ?

Elle poussa un soupir.

– Sans doute.

Talen et Bérit revinrent peu de temps après en compagnie de Platime et de Stragen. Émouchet les accueillit dans le salon tandis qu'Ehlana s'occupait des menus détails nécessaires pour rendre une femme « présentable ».

Stragen était sur son trente et un, mais Platime, chef des mendiants, des voleurs, des coupe-jarrets et des catins, paraissait totalement déplacé en ce lieu avec son embonpoint et sa barbe noire.

– Ho ! Émouchet ! beugla le gros homme.

Il avait échangé son pourpoint orange orné de taches de graisse pour un autre en velours bleu qui le serrait aux entournures.

– Platime, répondit Émouchet avec sérieux. Tu m'as l'air bien coquet, ce soir.

– Ça te plaît ? (Platime tira sur le plastron de son pourpoint avec une expression ravie. Il effectua un tour complet sur lui-même et Émouchet remarqua plusieurs trous de poignard dans le dos de ses atours.) Je le lorgnais depuis plusieurs mois. J'ai fini par persuader son ancien propriétaire de me le céder.

– Milord, dit Émouchet en s'inclinant devant Stragen.

– Seigneur chevalier, répondit Stragen en l'imitant.

– Très bien, de quoi s'agit-il, Émouchet ? voulut savoir Platime. Talen a déblatéré au sujet d'une espèce de milice ou je ne sais quoi.

– Une milice. C'est le terme approprié. Le comte de Lenda ne tardera pas à arriver, et je suis sûr que Sa Majesté entrera par cette porte, là-bas... derrière laquelle elle écoute probablement notre conversation.

Dans la chambre à coucher de la reine retentit un martèlement de pieds irrités.

– Comment vont les affaires ? demanda Émouchet au grossier dirigeant des bas-fonds de Cimmura.

– Fort bien, ma foi. (Le gros homme rayonnait.) Ces

soldats de l'Église étrangers envoyés par le primat pour appuyer le bâtard Lychéas étaient de vrais innocents. Nous les avons mis tout nus.

– Excellent. J'aime voir mes amis s'enrichir.

La porte s'ouvrit et le vieux comte de Lenda entra dans la pièce en traînant les pieds.

– Excusez mon retard, Émouchet. Je ne cours plus très vite, aujourd'hui.

– C'est sans importance, monseigneur de Lenda, répondit Émouchet. Messieurs, dit-il aux deux voleurs, j'ai l'honneur de vous présenter le comte de Lenda, président du conseil de Sa Majesté. Monseigneur, voici les deux hommes qui dirigeront votre milice. Voici Platime, et Milord Stragen d'Emsat.

Ils s'inclinèrent tous... du moins Platime *tenta-t-il* de s'incliner.

– Milord ? s'étonna Lenda.

– Simple affectation, monseigneur, répondit Stragen avec un sourire ironique. Reste d'une folle jeunesse.

– Stragen est remarquable, avança Platime. Il a de curieuses idées, mais il se débrouille très bien... mieux que moi, parfois.

– Tu es trop aimable, Platime, murmura Stragen avec un petit salut.

Émouchet s'approcha de la porte de la chambre de la reine.

– Nous sommes tous assemblés, ma reine, dit-il à travers le panneau.

Il y eut un silence, puis Ehlana entra, portant une robe de satin bleu pâle et une discrète tiare de diamants. Elle s'arrêta et regarda autour d'elle avec un port royal.

– Votre Majesté, puis-je vous présenter Platime et Stragen, vos généraux ?

– Messieurs, fit-elle avec une brève inclinaison de la tête.

Platime essaya encore de se pencher, mais Stragen compensa largement cette maladroite manifestation de gratitude par son salut élégant.

– Joli petit lot, n'est-ce pas ? fit remarquer Platime à son blond compagnon.

Stragen grimaça.

Ehlana parut un peu interloquée. Pour se donner une contenance, elle examina la pièce.

– Mais où sont nos autres amis ? demanda-t-elle.

– Ils sont retournés au chapitoire, ma reine, lui apprit Émouchet. Ils ont des préparatifs en cours. Séphrénia a toutefois promis de revenir.

Il tendit le bras et l'escorta jusqu'à un fauteuil un peu trop ornementé proche de la fenêtre. Elle s'assit et disposa soigneusement les plis de sa robe.

– Puis-je ? demanda Stragen à Émouchet.

Celui-ci sembla étonné.

Stragen s'approcha de la fenêtre, adressa au passage un signe de tête à Ehlana et tira les lourds rideaux. Elle le dévisagea.

– Il est des plus imprudents de s'asseoir le dos à une fenêtre ouverte en un monde où existent des arbalètes, Votre Majesté, expliqua-t-il avec un nouveau salut. Vos ennemis sont nombreux, vous savez.

– Le palais est totalement sûr, Milord Stragen, protesta Lenda.

– Tu veux lui dire ? demanda Stragen à Platime avec lassitude.

– Monseigneur de Lenda, dit poliment le gros homme, je pourrais introduire trente hommes dans le palais en moins de dix minutes. Les chevaliers sont excellents sur un champ de bataille, sans doute, mais il est difficile de lever les yeux quand on porte un casque. Dans ma jeunesse, j'ai étudié l'art du cambriolage. Un monte-en-l'air est bien plus à l'aise sur les toits que dans la rue. (Il poussa un soupir.) C'était le bon vieux temps. Rien de tel qu'un joli cambriolage pour vous faire battre le cœur.

– Mais un homme de plus de deux cent cinquante livres risquerait d'éprouver des difficultés, ajouta Stragen. Même un toit en ardoise ne peut supporter un tel poids.

– Je ne suis quand même pas si gros, Stragen.

– Non, bien entendu.

Ehlana paraissait vraiment inquiète.

– Où veux-tu donc en venir, Émouchet ?
– Je vous protège, ma reine, répondit-il. Annias veut votre mort. Il l'a déjà prouvé. Dès qu'il aura appris votre guérison, il s'attaquera de nouveau à vous. Les hommes qu'il vous envoie n'ont rien de gentilshommes. Ils ne laisseront pas leurs cartes au portier quand ils viendront vous rendre visite. A eux deux, Platime et Milord Stragen savent à peu près tout ce qu'on peut savoir sur la manière de s'introduire subrepticement quelque part et ils sont à même de prendre les mesures appropriées.
– Nous pouvons garantir à Votre Majesté que personne n'entrera ici, lui assura Stragen de sa belle voix de basse. Nous essaierons de ne pas vous déranger outre mesure, mais je crains qu'il ne faille procéder à certaines restrictions à votre liberté de mouvement.
– Par exemple m'asseoir près d'une fenêtre ouverte ?
– Précisément. Nous allons établir une liste de suggestions que nous vous transmettrons par l'intermédiaire du comte de Lenda. Platime et moi sommes des hommes d'affaires, et Votre Majesté risquerait de trouver notre présence importune. Autant que faire se peut, nous demeurerons à l'arrière-plan.
– Votre délicatesse est exquise, Milord. Mais je ne suis pas aussi incommodée que cela par la présence d'honnêtes hommes.
– Honnêtes ? (Platime eut un gros rire.) Je pense que nous venons d'être insultés, Stragen.
– Mieux vaut un honnête coupe-jarret qu'un malhonnête courtisan, dit Ehlana. Est-ce que vous le faites vraiment ? Je veux parler de couper les jarrets des gens ?
– J'ai bien tranché quelques gorges, en mon temps, Votre Majesté, admit-il avec un haussement d'épaules. C'est un moyen silencieux de trouver ce qu'un homme a dans sa bourse et ce genre de détail a toujours éveillé ma curiosité. Au fait, tu pourrais peut-être lui en parler, Talen.
– De quoi ? demanda Émouchet.
– Des honoraires sont prévus, Émouchet, répondit Talen.

– Oh ?
– Stragen a proposé ses services gracieusement, expliqua le gamin.
– Ce sera une expérience nouvelle, Émouchet, dit l'homme du Nord. La cour du roi Wargun est un peu grossière. La cour d'Élénie est réputée pour ses raffinements et sa dépravation absolue. Un érudit saisit toujours l'occasion de parfaire son éducation. Platime, de son côté, n'est pas aussi studieux. Il souhaite une rétribution un peu plus tangible.
– Telle que ?
– Je commence à songer à prendre ma retraite, Émouchet... une propriété de campagne tranquille où je pourrai me distraire en compagnie d'un entourage de jeunes femmes immorales... Toutes mes excuses, Votre Majesté. Il est difficile de profiter de ses dernières années quand un certain nombre de délits vous poursuivent. Je suis prêt à donner ma vie pour la reine si elle peut trouver en son cœur la bonté de me pardonner totalement toutes mes indiscrétions passées.
– Et de quels genres d'indiscrétions parlons-nous, maître Platime ? demanda Ehlana, soupçonneuse.
– Oh, rien de bien important, Votre Majesté. Quelques meurtres accidentels, des vols divers, des cambriolages, extorsions, effractions, incendies, de la contrebande, du banditisme de grands chemins, du vol de bétail, le pillage de deux ou trois monastères, la gestion de bordels sans licence... ce genre de choses.
– Ta vie fut vraiment bien remplie, Platime, fit Stragen, admiratif.
– On passe le temps comme on peut. Je pense qu'on pourrait envisager une amnistie générale, Votre Majesté. J'oublierais forcément un délit par-ci par-là.
– Existe-t-il des crimes que vous n'ayez pas commis, maître Platime ? demanda-t-elle sévèrement.
– La baraterie, je pense, Votre Majesté. Bien entendu, je ne sais pas trop ce que cela veut dire, aussi n'en suis-je pas vraiment sûr.
– C'est quand le capitaine d'un navire saborde son bâtiment pour en dérober la cargaison, lui apprit Stragen.

– Non, je n'ai jamais fait ça. Et je n'ai jamais eu de relations avec un animal, ni pratiqué la sorcellerie ni commis de trahison.

– Ce sont sans doute les plus graves, dit Ehlana en gardant son sérieux. Je m'inquiète beaucoup pour la moralité des jeunes brebis égarées.

Platime éclata soudain de rire.

– Moi aussi, Votre Majesté. J'ai passé des nuits entières à me retourner dans mon lit à y réfléchir.

– Pourquoi votre âme ne fut-elle jamais souillée par la trahison, maître Platime ? demanda avec curiosité le comte de Lenda.

– L'opportunité ne s'en est pas présentée, probablement, monseigneur, admit Platime. Mais je crois surtout que je ne me serais jamais lancé là-dedans. Les gouvernements instables rendent la population nerveuse et méfiante. Elle se met à protéger ses objets de valeur, ce qui rend difficile la vie des voleurs. Eh bien, Votre Majesté, marché conclu ?

– Amnistie générale en échange de vos services ? Tant que je requerrai ceux-ci ? rétorqua-t-elle.

– Et que signifie cette dernière proposition ? dit-il, soupçonneux.

– Oh, ce n'est rien, maître Platime, répondit-elle avec un air innocent. Je ne veux pas que vous vous ennuyiez et m'abandonniez au moment où j'aurai le plus besoin de vous. Je serais désespérée sans votre compagnie. Eh bien ?

– Conclu, pardi ! gronda-t-il.

Il se cracha dans la main et la lui tendit.

Elle jeta un coup d'œil à Émouchet, le visage embarrassé.

– C'est une coutume, Votre Majesté, expliqua-t-il. Vous vous crachez aussi dans la paume et ensuite vous vous tapez dans la main l'un de l'autre. Cela scelle l'accord.

Elle grimaça quelque peu, puis s'exécuta.

– Conclu, dit-elle en hésitant.

– Voilà, fit Platime d'une voix bruyante. Vous êtes maintenant comme ma petite sœur, Ehlana, et si quelqu'un vous offense ou vous menace, je vous l'étriperai et vous pourrez verser avec vos petites mains des charbons ardents dans son ventre ouvert.

– Vous êtes trop aimable, dit-elle d'une petite voix.

– Tu t'es fait avoir, Platime, commenta Talen en riant comme un bossu.

– De quoi veux-tu parler ?

Le visage de Platime s'assombrit.

– Tu viens de t'enrôler dans une vie au service du gouvernement, tu sais.

– C'est absurde.

– Je sais, mais c'est pourtant ce que tu viens de faire. Tu as accepté de servir la reine aussi longtemps qu'elle le souhaitera et tu n'as même pas soulevé la question des honoraires. Elle pourra te garder dans son palais jusqu'au jour de ta mort.

La figure de Platime pâlit visiblement.

– Vous ne me feriez pas ça, Ehlana, n'est-ce pas ? l'implora-t-il d'une voix étouffée.

Elle leva la main et tapota sa joue barbue.

– Nous verrons, Platime. Nous verrons.

Stragen était plié en deux, tant il riait en silence.

– Qu'est-ce que c'est que cette histoire de milice, demanda-t-il enfin quand il eut récupéré son souffle.

– Nous allons mobiliser le peuple pour défendre la ville, expliqua Émouchet. Dès le retour de Kurik, nous en étudierons les détails. Il a proposé que nous rassemblions les anciens combattants et les enrôlions d'office en tant que sergents et caporaux. Les hommes de Platime pourront servir d'officiers subalternes et toi et Platime, sous la direction du comte de Lenda, vous ferez fonction de généraux en attendant que l'armée régulière d'Élénie vienne vous relever.

Stragen réfléchit à ce plan.

– Cela pourra marcher, approuva-t-il. Il ne faut pas autant d'entraînement pour défendre une ville que pour l'attaquer. (Il contempla son gros ami désenchanté.) Je vais emmener votre protecteur dans un endroit où je pourrai le remplir de bière. Je ne sais pas pourquoi, mais il m'a l'air bien abattu.

– Comme vous voudrez, Milord. (Elle sourit.) Trouvez-vous des crimes que vous ayez commis en mon royaume et que vous voudriez que je vous pardonne ?

– Ah, non, Votre Majesté. Le code des voleurs interdit que je braconne sur les terres de Platime. Mais si vous le souhaitiez, je me précipiterais dehors pour assassiner quelqu'un... rien que pour le plaisir de passer le restant de ma vie en votre divine compagnie, finit-il avec un regard rusé.

– Vous êtes un vilain, Milord Stragen.

– Oui, Votre Majesté, acquiesça-t-il en la saluant. Viens, Platime. Ce ne sera pas si grave, une fois que tu t'y seras habitué.

– Ce fut vraiment très habile de la part de Votre Majesté, dit Talen après leur départ. Personne n'avait *jamais* coincé Platime de la sorte.

– Cela t'a plu ? demanda-t-elle, l'air satisfaite d'elle-même.

– Brillant, ma reine. Je vois à présent pour quelle raison Annias vous avait empoisonnée. Vous êtes une femme très dangereuse.

Elle rayonnait quand elle demanda à Émouchet :

– N'es-tu pas fier de moi, mon chéri ?

– Je pense que votre royaume est en sécurité, Ehlana. J'espère simplement que les autres monarques sont sur leurs gardes, c'est tout.

– Vous voulez bien m'excuser un instant ? demanda-t-elle en regardant sa paume encore humide. J'aimerais me laver les mains.

Peu après, Vanion introduisait les autres dans le salon de la reine. Le précepteur s'inclina cérémonieusement devant Ehlana.

– Avez-vous parlé à Platime ? demanda-t-il à Émouchet.

– Tout est arrangé, lui assura Émouchet.

– Parfait. Nous allons devoir partir à l'aube pour Démos. Dolmant nous a signalé que l'archiprélat Cluvonus est sur son lit de mort. Il ne passera pas la semaine.

Émouchet poussa un soupir.

– Nous savions que cela devait arriver. Dieu merci, nous avons eu le temps de prendre les mesures nécessaires. Platime et Stragen sont quelque part dans le palais, Kurik... occupés à boire, probablement. Tu devrais aller les rejoindre pour tout organiser.

– Très bien.

– Un instant, maître Kurik... dit le comte de Lenda. Puis-je savoir comment se porte Votre Majesté ? demanda-t-il à Ehlana.

– Fort bien, monseigneur.

– Pensez-vous être en mesure d'apparaître en public ?

– Bien entendu, Lenda. Je me sens en pleine forme.

– Très bien. Une fois que nos généraux et maître Kurik auront rassemblé la milice, je pense que quelques brèves harangues pourraient lui faire beaucoup de bien... des appels au patriotisme, des dénonciations des soldats de l'Église, quelques allusions voilées à la perfidie du primat Annias, ce genre de choses.

– Bien entendu, Lenda, acquiesça-t-elle. De toute façon, j'aime bien les discours.

– Il faut que tu restes ici tant que tout n'est pas prêt, dit Émouchet à Kurik. Tu pourras nous rejoindre à Chyrellos quand Cimmura sera hors de danger.

Kurik hocha la tête et partit sans un mot.

– Voilà un bien brave homme, Émouchet, déclara Ehlana.

– Oui.

Séphrénia regardait d'un œil critique la reine aux joues roses.

– Ehlana.

– Oui ?

– Vous ne devriez pas vous pincer les joues comme ça pour les rendre roses, vous savez. Vous allez vous abîmer la peau. Vous êtes très blonde et vous avez une peau délicate.

Ehlana s'empourpra. Puis elle eut un rire forcé.

– C'est un peu vaniteux, n'est-ce pas ?

– Vous êtes reine, Ehlana, lui dit la Styrique, pas une fille de ferme. Un teint de lait est considéré comme plus royal.

– Pourquoi ai-je toujours l'impression d'être une enfant quand je parle avec elle ? interrogea Ehlana à la cantonade.

– C'est la même chose pour nous tous, Votre Majesté, lui assura Vanion.

– Que se passe-t-il à Chyrellos, actuellement ? demanda Émouchet à son ami. Dolmant t'a-t-il donné des détails ?

– Annias contrôle les rues, répondit Vanion. Il n'a encore rien fait de définitif, mais ses soldats restent bien en vue. Dolmant pense qu'il va organiser l'élection avant même que Cluvonus soit froid. Les amis de Dolmant vont essayer de ralentir les procédures jusqu'à notre arrivée, mais leurs moyens sont limités. La vitesse est vitale, désormais. Quand nous aurons rejoint les autres ordres, nous serons quatre cents en tout. Nous serons en infériorité numérique, mais notre présence devrait être remarquée. Un autre point, toutefois : Otha a pénétré en Lamorkand. Il n'avance pas encore, mais il lance des ultimatums. Il exige qu'on lui rende le Bhelliom.

– Le lui rendre ? Il ne l'a jamais possédé !

– Typique boniment de diplomate, Émouchet, expliqua le comte de Lenda. Plus votre position est faible, plus votre mensonge doit être gros. (Le vieil homme pinça les lèvres songeusement.) Nous savons, ou du moins nous pouvons présumer, qu'il existe une alliance entre Otha et Annias, exact ?

– Oui, acquiesça Vanion.

– Annias sait, ou devrait savoir, que notre tactique pour le contrer est de gagner du temps. L'avance d'Otha à ce stade donne à l'élection un certain caractère pressant. Annias arguera que l'Église doit être unie face à cette menace. La présence d'Otha aux frontières terrifiera les membres les plus timorés de la Hiérocratie, et ils se précipiteront pour élire Annias. Dès lors, lui et Otha obtiendront tout ce qu'ils désirent. C'est très habile, en fait.

– Est-ce qu'Otha est allé jusqu'à prononcer le nom du Bhelliom ? demanda Émouchet.

Vanion secoua la tête.
– Il t'a accusé de voler l'un des trésors de la nation zémoch, c'est tout. Il est resté volontairement dans le vague. Trop de gens connaissent la signification du Bhelliom. Il ne peut pas s'amuser à prononcer son nom comme ça.
– Tout s'imbrique de plus en plus parfaitement, dit Lenda. Annias déclarera que lui seul connaît le moyen de forcer Otha à se retirer. La Hiérocratie se ruera pour l'élire. Ensuite il forcera Émouchct à lui donner le Bhelliom pour le remettre à Otha dans le cadre de leur accord.
– Le « forçage » ne sera pas aisé, annonça Kalten d'une voix lugubre. Les ordres combattants suivront tous Émouchet.
– Ce qu'espère probablement Annias, lui dit Lenda. Il aura alors toutes les justifications pour nous démobiliser. La plupart des chevaliers de l'Église obéiront à l'ordre de l'archiprélat. Vous autres, vous ne serez plus que des hors-la-loi, et Annias fera savoir au peuple que vous gardez l'unique objet qui puisse éloigner Otha. Comme je l'ai dit, c'est très habile.
– Émouchet, dit Ehlana d'une voix sonore, une fois que vous serez à Chyrellos je veux qu'Annias soit appréhendé sous l'inculpation de haute trahison. Je veux qu'il me soit remis enchaîné. Et ramenez-moi aussi Lychéas et Arissa.
– Lychéas est déjà ici, ma reine.
– Je le sais. Conduisez-le à Démos et emprisonnez-le avec sa mère. Je veux qu'il ait tout le temps voulu pour décrire les événements à Arissa.
– L'idée est bonne, Votre Majesté, répondit Vanion avec délicatesse, mais nos forces à Chyrellos ne nous permettront sans doute pas de le mettre sous bonne garde dès notre arrivée.
– Je le sais, seigneur Vanion, mais si le mandat d'arrestation et les chefs d'inculpation sont remis au patriarche Dolmant, cela pourra l'aider à retarder l'élection. Il pourra toujours demander une enquête ecclésiastique des inculpations, et tout cela prend du temps.

Lenda se leva et s'inclina devant Émouchet.

– Mon garçon, quoi que vous ayez fait ou que vous ferez, votre œuvre la plus accomplie est posée sur ce trône. Je suis fier de vous, Émouchet.

– Je crois que nous devrions nous mettre en route, dit Vanion. Nous avons beaucoup de préparatifs à entreprendre.

– Dès la troisième heure après minuit, j'aurai fait remettre entre vos mains des copies du mandat pour l'arrestation du primat, seigneur Vanion, promit Lenda. Et d'autres encore. Nous disposons là d'une occasion remarquable pour nettoyer le royaume. Ne la gâchons pas.

– Bérit, dit Émouchet. Mon armure se trouve dans cette pièce, là. Rapporte-la au chapitoire... si tu le veux bien. Je pense que j'en aurai bientôt besoin.

– Bien entendu, sire Émouchet.

Mais le regard de Bérit était maussade, inamical.

– Reste un moment, Émouchet, dit Ehlana comme ils se dirigeaient vers la porte.

Il attendit que le panneau se fût refermé.

– Oui, ma reine.

– Montre-toi très, très prudent, mon bien-aimé, dit-elle d'une voix presque tremblante. Si jamais je te perdais, j'en mourrais.

Elle lui tendit les bras sans en dire davantage.

Il s'approcha d'elle et l'enlaça. Le baiser qu'elle lui donna fut féroce.

– Va vite, Émouchet, dit-elle avec des sanglots dans la voix. Je ne veux pas que tu me voies pleurer.

CHAPITRE SEPT

Le lendemain, une centaine de pandions partit résolument pour Démos peu après le lever du soleil, formant une forêt de lances couronnées de pennons qui s'étirait sur la route de l'est.

– Belle journée pour chevaucher, dit Vanion en contemplant les champs baignés de soleil. Je regrette simplement... oh, et puis...

– Comment te sens-tu à présent, Vanion ? demanda Émouchet à son vieil ami.

– Bien mieux. Je serai honnête avec toi, Émouchet. Ces épées étaient extrêmement lourdes. Elles m'ont donné une idée parfaite de ce qu'est vieillir.

– Tu vivras éternellement, mon ami, répondit Émouchet avec un sourire.

– J'espère vraiment que non, du moins si cela signifie que je dois me sentir comme lorsque je portais ces épées.

Ils continuèrent à chevaucher en silence pendant un moment.

– Le coup est risqué, Vanion, annonça Émouchet sur un ton sombre. L'ennemi nous dépasse nettement par le nombre à Chyrellos, et si Otha traverse le Lamorkand la course sera un peu juste entre lui et Wargun. Le premier arrivant aura gagné la partie.

– Je pense qu'il faut se rapprocher de l'un de nos articles de foi, Émouchet. Nous allons devoir faire confiance à Dieu, désormais. Je suis sûr qu'il ne veut pas qu'Annias devienne archiprélat, et en tous les cas je sais qu'il ne veut pas d'Otha dans les rues de Chyrellos.

– Espérons-le.

Bérit et Talen chevauchaient à quelque distance en arrière. Au cours des mois, une certaine amitié s'était développée entre le novice et le jeune voleur, une amitié fondée en partie sur le fait qu'ils se sentaient tous les deux un peu mal à l'aise en présence de leurs aînés.

– Qu'est-ce que c'est exactement que cette histoire d'élection, Bérit ? demanda Talen. Je veux en fait savoir comment ça marche. Je ne suis pas très au courant de ce genre de trucs.

Bérit se redressa sur sa selle.

– Très bien, Talen : quand le vieil archiprélat mourra, les patriarches de la Hiérocratie se réuniront dans la Basilique. La plupart des autres ecclésiastiques de haut rang seront également présents, de même que les rois d'Éosie, normalement. Chacun des rois prononcera pour commencer un petit discours, mais personne d'autre n'aura le droit de parler durant les délibérations de la Hiérocratie... uniquement les patriarches, qui sont les seuls à pouvoir voter.

– Tu veux dire que les précepteurs n'ont pas le droit de voter ?

– Les précepteurs *sont* des patriarches, jeune homme, lui rappela Perraine juste derrière eux.

– Je l'ignorais. Je me demandais pourquoi tout le monde s'écarte plus ou moins devant les chevaliers de l'Église. Comment se fait-il donc que ce soit Annias qui dirige l'Église à Cimmura ? Où est le patriarche ?

– Le patriarche Udale a quatre-vingt-treize ans, Talen, lui expliqua Bérit. Il est toujours en vie, mais nous ne sommes même pas sûrs qu'il connaisse encore son propre nom. Il est hébergé dans la maison mère des pandions à Démos.

– Cela ne facilite pas la tâche d'Annias, n'est-ce pas ? En tant que primat, il ne peut prendre la parole ni voter et il ne pourra arriver à empoisonner Udale dans la maison mère... sauf à découvrir ses batteries.

– C'est pour cela qu'il a besoin d'argent. Il lui faut acheter des gens pour parler, ou voter, à sa place.

– Attends une minute. Annias n'est que primat, n'est-ce pas ?

– C'est exact.

Talen fronça les sourcils.

– S'il n'est que primat et que les autres sont patriarches, comment s'imagine-t-il pouvoir posséder la moindre chance d'être élu ?

– Un ecclésiastique n'a pas besoin d'être patriarche pour monter sur le trône de l'Église. A plusieurs occasions, un simple prêtre de campagne est devenu archiprélat.

– Tout cela est très compliqué, n'est-ce pas ? Ne serait-il pas plus simple d'arriver avec notre armée pour mettre qui nous voulons sur le trône ?

– On a déjà essayé dans le passé. Cela n'a jamais marché. Je ne crois pas que Dieu y soit favorable.

– Il approuvera bien moins qu'Annias soit élu, non ?

– Tu n'as peut-être pas tellement tort, Talen.

Tynian s'avança, un large sourire sur sa vaste figure.

– Kalten et Ulath s'amusent à terroriser Lychéas. Ulath n'arrête pas de décapiter des arbrisseaux avec sa hache et Kalten a fabriqué un nœud coulant. Il montre à Lychéas des grosses branches. Lychéas n'arrête pas de se pâmer. On a dû l'enchaîner par les mains au pommeau de sa selle pour l'empêcher de tomber.

– Kalten et Ulath sont des êtres simples, fit remarquer Émouchet. Il ne leur faut pas grand-chose pour les distraire. Lychéas aura beaucoup à dire à sa mère à notre arrivée à Démos.

Aux environs de midi, ils prirent au sud-est pour traverser la campagne. Le temps se maintenait au beau. Ils allèrent bon train et arrivèrent à Démos dans l'après-midi du lendemain. Juste avant que la colonne s'engage au sud vers le campement des chevaliers des trois autres ordres, Émouchet, Kalten et Ulath conduisirent Lychéas vers le nord de la ville jusqu'au cloître où était retenue la princesse Arissa. L'établissement possédait des murs de calcaire jaune et se dressait sur une lande boisée où les oiseaux chantaient au soleil dans les branches.

Émouchet et ses amis mirent pied à terre à la porte et arrachèrent assez brutalement Lychéas à sa selle.

– Nous devons parler à votre mère supérieure, annonça Émouchet à la petite nonne qui leur ouvrit la porte. La princesse Arissa passe-t-elle toujours la plupart de son temps dans le jardin qui jouxte le mur sud ?

– Oui, monseigneur.

– Demandez alors à la mère supérieure de bien vouloir nous y rejoindre. Nous allons remettre son fils à Arissa.

Il prit Lychéas par la peau du cou et le traîna à travers la cour en direction du jardin où Arissa passait ses longues heures d'emprisonnement. Émouchet ressentait une colère glaciale pour un certain nombre de raisons.

– Mère ! s'écria Lychéas en la voyant.

Il échappa à Émouchet et se précipita vers Arissa en titubant, ses mains gênées par les chaînes s'efforçant d'exécuter des gestes suppliants.

La princesse Arissa se leva, une expression d'outrage sur le visage. Les cercles noirs sous ses yeux s'étaient atténués et le mécontentement maussade avait été remplacé par un sentiment d'attente contente de soi.

– Que signifie ceci ? voulut-elle savoir en enlaçant son fils qui se faisait tout petit.

– Ils m'ont jeté aux oubliettes, Mère, bégaya Lychéas. Et ils m'ont menacé.

– Comment oses-tu traiter de la sorte le prince régent, Émouchet ? explosa-t-elle.

– La situation a beaucoup évolué, princesse, lui apprit froidement Émouchet. Votre fils n'est plus régent.

– Personne n'a autorité pour le déposer. Tu paieras ce forfait de ta vie, Émouchet.

– J'en doute assez, Arissa, lui signala Kalten avec un large sourire. Je suis sûr que vous serez enchantée d'apprendre que votre nièce est guérie.

– Ehlana ? C'est impossible !

– Eh bien, non ! Je sais qu'en vraie fille de l'Église vous vous joindrez à nous pour louer Dieu de sa miraculeuse intervention. Le conseil royal s'est presque pâmé de bonheur. Le baron Harparine en fut à ce point satisfait qu'il en a totalement perdu la tête.

– Mais personne ne guérit jamais des...

Elle se mordit les lèvres.

– Des effets de la darestime ? termina Émouchet à sa place.

– Comment...

– Ce ne fut pas tellement difficile, Arissa. Tout vous retombe dessus, princesse. La reine est très mécontente de vous, et de votre fils... ainsi que du primat Annias, bien entendu. Elle a donné ordre de vous placer tous trois sous bonne garde. Vous pouvez d'ores et déjà considérer que vous êtes en état d'arrestation.

– Et sous quel chef d'inculpation ? s'exclama-t-elle.

– Haute trahison, n'est-ce pas, Kalten ?

– Je pense que tels furent les termes employés par la reine, oui. Je suis sûr que tout cela n'est qu'un malentendu, Votre Altesse. (Le gros homme blond minauda à l'adresse de la tante de la reine Ehlana.) Vous, votre fils et le bon primat ne devrez avoir aucun mal à vous expliquer lors de votre procès.

– Un procès ?

Son visage blêmit.

– Je pense que c'est la procédure normale, princesse. Habituellement, nous aurions simplement pendu votre fils, puis votre personne, mais vous occupez tous deux des rangs éminents dans le royaume, aussi certaines formalités s'avèrent-elles nécessaires.

– Ceci est absurde ! s'écria Arissa. Je suis princesse. Je ne puis être inculpée d'un tel crime.

– Vous pourrez essayer d'expliquer cela à Ehlana, répondit Kalten. Je suis sûr qu'elle écoutera soigneusement vos arguments... avant de prononcer sa sentence.

– Vous serez également inculpée du meurtre de votre frère, Arissa, ajouta Émouchet. Princesse ou non, cela seul suffirait à vous faire pendre. Mais nous manquons un peu de temps et votre fils sera à même de vous donner des explications dans les moindres détails.

Une nonne âgée entra dans le jardin, son visage exprimant sa désapprobation devant la présence d'hommes à l'intérieur de ses murs.

– Ah, Mère Supérieure, la salua Émouchet en s'inclinant devant elle. Par ordre de la couronne, je suis tenu d'emprisonner ces deux criminels afin qu'ils soient jugés. Auriez-vous par hasard des cellules de pénitents dans votre cloître ?

– Je suis navrée, seigneur chevalier, répondit très fermement la mère supérieure, mais les règles de notre ordre interdisent que des pénitents soient enfermés contre leur gré.

– Ce n'est rien, ma Mère. (Ulath eut un sourire.) Nous nous en chargerons. Plutôt mourir que d'offenser ces dames de l'Église. Je puis vous assurer que la princesse et son fils n'auront aucun désir de quitter leurs cellules... chacun étant trop absorbé par ses pénitences, vous comprenez. Voyons, j'aurais besoin de deux longueurs de chaîne, de quelques chevilles robustes, d'un marteau et d'une enclume. Je verrouillerai sans peine ces cellules et vous et vos consœurs n'aurez aucun besoin de vous soucier de politique. (Il marqua un temps d'arrêt et regarda Émouchet.) A moins que tu ne souhaites que je les enchaîne aux murs ?

Émouchet réfléchit un moment à la question.

– Non, décida-t-il enfin, tout de même pas. Ce sont des membres de la famille royale et une certaine courtoisie s'impose.

– Je n'ai d'autre choix que d'accéder à vos requêtes, seigneurs chevaliers, annonça la mère supérieure. (Un silence.) Il circule certaines rumeurs selon lesquelles la reine serait guérie. Cela se pourrait-il ?

– Oui, Mère Supérieure, lui apprit Émouchet. La reine se porte bien et le gouvernement d'Élénie est de nouveau entre ses mains.

– Dieu soit loué ! s'exclama la vieille abbesse. Et quand ôterez-vous de notre établissement ces hôtes importuns ?

– Bientôt, ma Mère. Très bientôt.

– Nous purifierons alors les appartements que la princesse a contaminés... et nous offrirons des prières pour son âme, bien entendu.

– Bien entendu.

– Vraiment touchant... commenta Arissa d'un ton

sardonique, paraissant s'être remise de son émoi. Si cela devient encore plus poignant, je crois que je vais vomir.

– Vous commencez à m'irriter, Arissa, déclara froidement Émouchet. Je vous mets en garde. Sans les ordres exprès de la reine, je vous couperais la tête sur-le-champ. Je me permets de vous conseiller d'implorer le pardon de Dieu, car vous ne tarderez pas à comparaître devant Lui. (Il la considéra avec une expression de dégoût extrême.) Qu'elle disparaisse de ma vue ! ordonna-t-il à Kalten et Ulath.

Une quinzaine de minutes plus tard, Kalten et Ulath revenaient de l'intérieur du cloître.

– Bien enfermés ? leur demanda Émouchet.

– Il faudra une heure à un forgeron pour ouvrir ces portes, répondit Kalten. Nous partons ?

Ils n'avaient pas parcouru plus d'un demi-mille quand Ulath s'écria soudain : « Attention, Émouchet ! » et poussa brutalement le grand pandion hors de sa selle.

Le trait d'arbalète fila dans l'air là où s'était tenu Émouchet un instant auparavant, et il se ficha jusqu'aux plumes dans un arbre du bord de route.

L'épée de Kalten sortit en sifflant de son fourreau, et il éperonna sa monture dans la direction d'où était venu le trait.

– Ça va ? demanda Ulath en mettant pied à terre pour aider Émouchet à se remettre sur pied.

– Quelques ecchymoses, c'est tout. Tu pousses très fermement, mon ami.

– Pardon, Émouchet. Je me suis un peu excité.

– C'est parfait, Ulath. Pousse aussi fort que tu voudras quand se produisent de tels événements. Comment as-tu vu le trait arriver ?

– Pur hasard. Je regardais par là et j'ai vu les buissons bouger.

Kalten revint en jurant.

– Il s'est enfui, expliqua-t-il.

– Je commence vraiment à en avoir assez de ce type, dit Émouchet en se remettant en selle.

– Tu penses que ce pourrait être le même qui t'a tiré dessus à Cimmura ? suggéra Kalten.

– Nous ne sommes pas en Lamorkand, Kalten. Il n'y a pas une arbalète dans un coin de toutes les cuisines du royaume. (Il réfléchit un instant.) N'en parlons pas à Vanion quand nous le reverrons, proposa-t-il. Après tout, je suis capable de me débrouiller tout seul et il a assez de soucis comme ça.

– Je crois que tu as tort, Émouchet, dit Kalten d'un ton dubitatif. Mais c'est ta peau et nous ferons comme tu voudras.

Les chevaliers des quatre ordres attendaient dans un campement bien dissimulé à environ une lieue au sud de Démos. On leur indiqua le pavillon où leurs amis s'entretenaient avec le précepteur Abriel de l'ordre des Cyriniques, le précepteur Komier des Génidiens et le précepteur Darellon des Alcions.

– Comment la princesse Arissa a-t-elle pris la nouvelle ? demanda Vanion.

– Elle s'est montrée modérément mécontente. (Kalten minauda.) Elle souhaitait prononcer un petit discours, mais comme elle voulait simplement dire qu'on ne pouvait pas lui faire ça, nous l'avons coupée net.

– Qu'est-ce que vous avez fait ? s'exclama Vanion.

– Oh, non, pas comme ça, monseigneur Vanion, s'excusa Kalten. J'ai dû mal choisir mes mots.

– Exprime-toi clairement, Kalten. L'heure n'est pas aux malentendus.

– Je ne voudrais quand même pas décapiter la princesse, seigneur Vanion.

– Moi si, marmonna Ulath.

– Pouvons-nous voir le Bhelliom ? demanda Komier à Émouchet.

Celui-ci jeta un coup d'œil à Séphrénia, et elle hocha la tête en hésitant quand même légèrement.

Émouchet prit la bourse en toile à l'intérieur de son surcot. Il défit le lacet, puis fit tomber la rose saphir dans sa main. Depuis plusieurs jours, il n'avait plus ressenti le moindre pincement de terreur obscure et anonyme, mais elle revint dès que ses yeux se furent posés sur les pétales du joyau, et une nouvelle fois l'ombre informe, plus sombre et plus grande encore, se manifesta à la limite de son champ de vision.

– Grand Dieu ! souffla le précepteur Abriel.
– C'est bien lui, grogna Komier le Thalésien. Cache ça, Émouchet.
– Mais... protesta le précepteur Darellon.
– Tu ne veux pas conserver ton âme, Darellon ? demanda brutalement Komier. Dans ce cas, regarde cet objet quelques secondes.
– Range-le, Émouchet, ordonna Séphrénia.
– Avons-nous des nouvelles des manœuvres d'Otha ? interrogea Kalten comme Émouchet remettait le Bhelliom dans sa bourse.
– Il semble rester en attente sur la frontière, répondit Abriel. Vanion nous a parlé de la confession du bâtard Lychéas. Il est tout à fait probable qu'Annias ait demandé à Otha de se tenir à la frontière en émettant des bruits menaçants. Le primat de Cimmura pourra alors soutenir qu'il connaît un moyen d'arrêter les Zémochs. Ce qui devrait lui donner quelques voix supplémentaires.
– Est-ce qu'on pense qu'Otha sait qu'Émouchet détient le Bhelliom ? demanda Ulath.
– C'est le cas d'Azash, répondit Séphrénia. Ce qui signifie qu'Otha le sait également. Quant à savoir si la nouvelle a déjà atteint Annias...
– Et que se passe-t-il à Chyrellos ? demanda Émouchet à Vanion.
– Aux dernières nouvelles, l'archiprélat Cluvonus ne tient plus qu'à un fil. Nous n'avons pas le moyen de cacher notre arrivée, aussi allons-nous devoir foncer à toute allure. Les plans ont changé, à présent qu'Otha est entré en lice. Il nous faut atteindre Chyrellos *avant* la mort de Cluvonus. Il est évident que désormais Annias va essayer de forcer le déclenchement de l'élection. Il ne peut pas donner d'ordres véritables avant cela. Mais une fois Cluvonus décédé, les patriarches qu'Annias contrôle pourront commencer à mendier des votes. Il est probable que leur première décision sera de fermer hermétiquement la ville. Ce ne sera pas une question fondamentale, aussi Annias possède-t-il probablement les voix nécessaires.

– Dolmant peut-il procéder à une estimation sur l'état actuel des voix ?

– C'est serré, sire Émouchet, lui dit le précepteur Abriel. (Abriel, le chef des chevaliers cyriniques en Arcie, était un homme robuste d'une soixantaine d'années, les cheveux argentés et l'expression ascétique.) Bon nombre de patriarches ne sont pas à Chyrellos.

– A mettre au crédit de l'efficacité des assassins d'Annias, dit sèchement Komier.

– Très probablement, acquiesça Abriel. En tout cas, il y a actuellement cent trente-deux patriarches à Chyrellos.

– Sur combien en tout ? demanda Kalten.

– Cent soixante-huit.

– Pourquoi un nombre aussi bizarre ? s'étonna Talen, curieux.

– Jeune homme, ce nombre fut établi de telle sorte qu'il faille cent voix pour élire un nouvel archiprélat, expliqua Abriel.

– Cent soixante-sept aurait été plus proche, déclara Talen au bout d'un moment.

– De quoi ? demanda Kalten.

– De cent voix. Tu vois, cent voix représentent soixante pour cent de... (Talen se rendit alors compte de l'expression ahurie de Kalten.) Ah... peu importe, Kalten. Je t'expliquerai plus tard.

– Es-tu capable de trouver ces chiffres dans ta tête, mon garçon ? s'enquit Komier avec surprise. Nous avons gaspillé dix rames de papier à concocter ces calculs.

– C'est un don, monseigneur, fit Talen, modeste. Dans mon métier, il faut parfois manier très vite les chiffres. Pourrais-je savoir combien de voix possède actuellement Annias ?

– Soixante-cinq, répondit Abriel. Sûres ou pratiquement sûres.

– Et nous ?

– Cinquante-huit.

– Personne ne gagne donc. Il lui faut encore trente-cinq voix et nous quarante-deux.

– Ce n'est malheureusement pas aussi simple, dit Abriel avec un soupir. La procédure instaurée par les pères de l'Église dit qu'il faut cent voix, ou une proportion semblable de ceux qui sont présents et votent, pour élire un nouvel archiprélat ou décider de questions fondamentales.

– Et c'est *ça* qui a nécessité dix rames de papier, commenta amèrement Komier.

– Très bien, annonça Talen au bout d'un moment de réflexion. Annias n'a donc besoin que de quatre vingts voix, mais il lui en manque quand même quinze. (Il fronça les sourcils.) Attendez une minute. Vos chiffres ne tombent pas juste. Vous n'avez compté que cent vingt-trois voix et vous avez dit qu'il y avait cent trente-deux patriarches à Chyrellos.

– Neuf d'entre eux ne se sont pas encore décidés, lui apprit Abriel. Dolmant les soupçonne d'exiger des pots-de-vin plus élevés. De temps à autre ont lieu des votes sur la forme. Dans ces cas-là, la majorité simple suffit pour l'emporter. Ces neuf patriarches votent parfois pour Annias, parfois contre. Ils lui montrent leur pouvoir. Ils ne voteront qu'en fonction de ce qu'ils auront gagné, je le crains.

– Même s'ils votent tous pour Annias à chaque fois, ils ne suffisent pas pour faire la différence, annonça Talen. Étirez comme vous voudrez ces neuf votes, on ne peut les transformer en quinze.

– Mais il n'a pas besoin de quinze, expliqua avec lassitude le précepteur Darellon. En raison de tous les assassinats et de la présence de tous ces soldats de l'Église dans les rues de Chyrellos, dix-sept des patriarches opposés à Annias se cachent quelque part dans la ville sainte. Ils ne sont pas présents, ils ne votent pas, et cela change les chiffres.

– Je commence à avoir mal à la tête, dit Kalten à Ulath.

Talen branlait du chef.

– Je crois que nous sommes en mauvaise posture, messeigneurs, dit-il. Sans ces dix-sept pour relever le total, le nombre à avoir est soixante-neuf. Annias n'a donc plus besoin que de quatre voix.

– Et dès qu'il aura rassemblé assez d'argent pour satisfaire quatre de ces neuf réticents, il pourra gagner, dit sire Bévier. Le gamin a raison, messeigneurs. Nous sommes en mauvaise posture.

– Il nous faut donc changer ces chiffres, annonça Émouchet.

– Comment change-t-on les chiffres ? demanda Kalten. Un chiffre est un chiffre. On ne peut rien y changer.

– Si, à condition d'y ajouter un autre. Une fois à Chyrellos, il nous faudra trouver ces dix-sept patriarches qui se cachent et les ramener sains et saufs à la Basilique pour le vote. Cela devrait ramener à quatre-vingts le nombre qu'il faut à Annias pour gagner, et il ne pourra y arriver.

– Mais nous non plus, lui signala Tynian. Même si nous les ramenions, nous n'aurions toujours que cinquante-huit voix.

– Soixante-deux, en fait, sire Tynian, le reprit respectueusement Bérit. Les précepteurs des quatre ordres sont aussi des patriarches et je ne pense pas qu'aucun d'eux puisse voter pour Annias, n'est-ce pas, messeigneurs ?

– Ce qui modifie encore le chiffre, dit Talen. Ajoutez dix-sept et quatre et le total s'élève à cent trente-six. Ce qui remonte le nombre nécessaire pour gagner à quatre-vingt-deux... quatre-vingt-un et des poussières, en fait.

– Chiffre impossible à atteindre de part et d'autre, dit Komier d'une voix sinistre. Nous ne pouvons toujours pas l'emporter.

– Nous n'avons pas à l'emporter, Komier, dit Vanion. Nous n'essayons pas d'élire qui que ce soit. Nous voulons uniquement *écarter Annias* du trône. Nous l'emporterons grâce à un match nul. (L'ami d'Émouchet se leva et se mit à arpenter le pavillon.) Dès que nous aurons atteint Chyrellos, nous demanderons à Dolmant d'envoyer un message à Wargun en Arcie proclamant une crise religieuse dans la ville sainte. Ce qui placera Wargun sous *nos* ordres. Nous y joindrons un ordre signé par nous quatre pour qu'il suspende ses opérations en Arcie et rejoigne Chyrellos aussi vite que possible. Si Otha passe à l'attaque, nous aurons besoin de lui de toute façon.

– Comment obtenir suffisamment de voix pour une telle proclamation ? demanda le précepteur Darellon.

– Je ne prévoyais pas de proposer un vote, mon ami, fit Vanion avec un sourire. La réputation de Dolmant convaincra le patriarche Bergsten que cette déclaration est officielle, et Bergsten pourra donner ordre à Wargun de marcher sur Chyrellos. Nous pourrons par la suite présenter nos excuses pour ce malentendu. Mais à ce moment-là Wargun sera arrivé à Chyrellos avec toutes les armées d'occident.

– Moins l'armée élène, rappela Émouchet. Ma reine trône à Cimmura sous la seule protection de deux voleurs.

– Je ne voudrais pas vous offenser, sire Émouchet, dit Darellon. Mais cela n'a rien de crucial, à ce stage.

– Je n'en suis pas sûr, Darellon, le contredit Vanion. Annias est aux abois : il a actuellement de gros besoins d'argent. Il lui faut avoir accès aux finances d'Élénie, non seulement pour acheter les neuf patriarches, mais aussi pour continuer de payer ceux qu'il tient déjà. Il ne faudrait pas beaucoup de défections pour que le trône se retrouve totalement hors de sa portée. Protéger Ehlana, ainsi que son trésor royal, est encore plus vital aujourd'hui qu'hier.

– Peut-être as-tu raison, Vanion, admit Darellon. Je crois que je n'avais pas pensé à cela.

Vanion continua son analyse.

– Donc, quand Wargun atteindra Chyrellos avec ses forces, l'équilibre des pouvoirs dans la ville sainte se modifiera. L'étreinte d'Annias sur ses partisans est assez fragile et, à mon avis, elle repose essentiellement sur le nombre de soldats de l'Église qui contrôlent les rues. Dès que tout cela aura changé, j'estime que son soutien s'affaiblira notablement. De mon point de vue, messieurs, il nous faut donc atteindre Chyrellos avant la mort de Cluvonus, envoyer notre message à Wargun, puis commencer à récupérer les patriarches qui se sont cachés pour les ramener à la Basilique afin qu'ils prennent part à l'élection. (Il regarda Talen.) Combien nous en faut-il... quel est le nombre absolu minimal dont nous ayons besoin pour empêcher Annias de l'emporter ?

– S'il se débrouille pour rallier ces neuf patriarches, il aura soixante-quatorze voix, monseigneur. Si nous pouvons récupérer six de ceux qui se cachent, le nombre total de votants sera de cent vingt-cinq. Soixante pour cent de ce chiffre représente soixante-quinze voix. Dès lors, il aura perdu la partie.

– Très bien, Talen, merci, dit Vanion. Voilà, messieurs. Il nous faudra en outre nommer quelqu'un (qui que ce soit) pour se présenter à l'élection, et nous engrangerons les votes jusqu'à l'arrivée de Wargun.

– Ce n'est pas encore gagné, Vanion, grommela Komier.

– On n'en est pas loin, répondit Vanion.

Le sommeil d'Émouchet fut agité, cette nuit-là. Les ténèbres semblaient emplies de cris, de gémissements indistincts et d'une impression de terreur innommable. Il finit par se lever, endossa une bure et alla chercher Séphrénia.

Comme il s'y attendait, il la découvrit assise à l'entrée de sa tente, une tasse de thé dans les mains.

– Tu ne dors donc jamais ? lui demanda-t-il avec une certaine irritation.

– Ce sont tes rêves qui me tiennent éveillée, mon petit.

– Tu connais mes rêves ? demanda-t-il, stupéfait.

– Pas en détail, mais je sais que quelque chose te perturbe.

– J'ai encore vu l'ombre quand j'ai montré le Bhelliom aux précepteurs.

– Est-ce là ce qui te perturbe ?

– En partie. Quelqu'un m'a tiré dessus avec une arbalète quand nous sommes revenus du cloître où est enfermée Arissa.

– Mais c'était *avant* que tu aies sorti le Bhelliom de sa bourse. Peut-être les incidents ne sont-ils pas liés, après tout.

– Peut-être l'ombre les conserve-t-elle... à moins qu'elle n'en prévoie la venue. Il se pourrait que l'ombre n'ait pas besoin que je touche le Bhelliom pour envoyer quelqu'un me tuer.

– La logique élène comporte-t-elle normalement autant de suppositions ?

– Non, et cela m'inquiète un peu. Mais cela ne me conduit quand même pas à rejeter cette hypothèse. Azash envoie des créatures me tuer depuis un certain temps, petite mère, et elles ont toutes une qualité surnaturelle. Cette ombre que je n'arrête pas d'apercevoir fugitivement n'est pas naturelle, autrement tu l'aurais vue également.

– C'est sans doute exact.

– Il serait donc stupide de ma part de baisser ma garde simplement parce que je ne suis pas à même de *prouver* qu'Azash m'envoie cette ombre, n'est-ce pas ?

– Oui, probablement.

– Même si je ne puis le prouver, je *sais* qu'il existe une relation entre le Bhelliom et ce que j'aperçois du coin de l'œil. J'ignore encore quelle est cette relation et c'est peut-être pour cela que des incidents divers semblent tout brouiller. Par sécurité, je vais donc présumer le pire... à savoir que l'ombre appartient à Azash, qu'elle suit le Bhelliom et qu'elle envoie des humains me tuer.

– Tout à fait raisonnable.

– Je suis heureux de ton approbation.

– Tu avais déjà pris cette décision, Émouchet, alors pourquoi être venu me consulter ?

– Il fallait que tu m'écoutes pendant que je rationalisais tout ça.

– Je vois.

– En outre, j'apprécie ta compagnie.

Elle lui adressa un sourire affectueux.

– Tu es vraiment un bon garçon, Émouchet. Maintenant, dis-moi pour quelle raison tu ne parles pas à Vanion de cette dernière tentative contre ta vie ?

Il poussa un soupir.

– Je vois que cela ne te convient pas.

– En effet.

– Je ne veux pas qu'il me place au beau milieu d'une colonne de chevaliers cuirassés qui tiendront leurs boucliers au-dessus de ma tête. Il *faut* que je puisse apercevoir ce qui m'arrive, Séphrénia. Je deviendrai fou, autrement.

– Oh, Déesse ! fit-elle avec un soupir.

Faran était de méchante humeur. Un jour et demi de trot presque continu n'avait pas amélioré son état d'esprit. A quelque quinze lieues de Chyrellos, les précepteurs arrêtèrent la colonne et ordonnèrent aux chevaliers de mettre pied à terre et de faire marcher leurs montures. Faran essaya à trois reprises de mordre Émouchet alors qu'il descendait de selle. Il s'agissait plus d'un mouvement d'humeur que d'un désir de le blesser ; Faran avait découvert depuis longtemps que mordre son maître alors qu'il portait son armure ne pouvait que lui faire mal aux dents. Quand le gros rouan eut fait une demi-volte pour toucher d'une ruade Émouchet à la hanche, celui-ci décida de prendre des mesures. Avec l'aide de Kalten, il se remit sur pied, releva son ventail et se hissa par les rênes jusqu'au niveau des yeux de l'animal.

– Arrête ça ! lui jeta-t-il.

Faran lui adressa un regard chargé de haine.

La main gantelée d'Émouchet s'empara brutalement de l'oreille gauche du rouan et se mit à la tordre.

Faran grinça des dents et des larmes apparurent dans ses yeux.

– Nous nous sommes bien compris ? cracha Émouchet.

Faran lui lança un coup d'antérieur vers le genou.

– A moi de choisir, Faran. Mais tu auras l'air ridicule sans cette oreille, tu sais.

Il la tordit encore plus fort et le cheval dut pousser un hennissement de douleur.

– J'aime bien quand on discute ensemble, Faran, dit

Émouchet en lâchant l'oreille. (Puis il caressa l'encolure couverte de transpiration.) Espèce de vieil idiot, dit-il avec douceur. Ça va ?

Faran agita les oreilles (la droite du moins) en manifestant clairement son indifférence.

– Ça ne vaut pas le coup, Faran, expliqua Émouchet. Je ne te pousse pas comme ça pour m'amuser. Ce n'est plus très loin. Je peux te faire confiance, à présent ?

Faran poussa un soupir et tapa sur le sol avec le sabot.

– Parfait. Marchons pendant un moment.

– Voilà qui est vraiment bizarre, dit Abriel à Vanion. Je n'ai jamais vu un cheval et un homme aussi parfaitement liés.

– Cela fait partie de la supériorité d'Émouchet, mon ami, répondit Vanion. Il est assez dangereux par lui-même, mais quand il est sur ce cheval il devient un véritable désastre ambulant.

Ils marchèrent pendant plus d'un mille, puis remontèrent en selle pour continuer à avancer au soleil en direction de la ville sainte.

Il était presque minuit quand ils traversèrent le large pont franchissant l'Arruk et s'approchèrent de la porte ouest de Chyrellos. Celle-ci était naturellement gardée par des soldats de l'Église.

– Je ne puis vous permettre l'accès de la ville avant le lever du soleil, messeigneurs, annonça fermement le capitaine responsable du détachement de gardes. Par ordre de la Hiérocratie, aucun homme armé ne peut entrer à Chyrellos durant la nuit.

Le précepteur Komier tendit la main vers sa hache.

– Un moment, mon ami, le calma Abriel. Je crois qu'il existe un moyen de résoudre rapidement cette difficulté, capitaine, dit-il au soldat en tunique rouge.

– Oui, monseigneur ?

Le capitaine paraissait très content de soi au point d'en être insultant.

– Cet ordre s'applique-t-il aux membres de la Hiérocratie ?

– Monseigneur ? fit-il, pris au dépourvu.

– Une simple question, capitaine. Vous pouvez

répondre par oui ou par non. Cet ordre s'applique-t-il aux patriarches de l'Église ?

– Nul ne peut s'opposer à un patriarche de l'Église, monseigneur, répondit péniblement le capitaine.

– Votre Grâce, le reprit Abriel.

Le capitaine cligna les yeux d'un air stupide.

– Lorsque l'on s'adresse à un patriarche, on doit l'appeler « Votre Grâce », capitaine. Selon le droit canon, mes trois compagnons et moi-même sommes en fait des patriarches de l'Église. Mettez vos hommes au garde-à-vous, capitaine. Nous allons les inspecter.

L'homme hésitait.

– Je parle au nom de l'Église, lieutenant. Voudriez-vous la défier ?

– Euh... je suis capitaine, Votre Grâce, marmonna-t-il.

– Vous *étiez* capitaine, lieutenant. A présent, aimeriez-vous redevenir sergent ? Sinon, obéissez immédiatement.

– Sur-le-champ, Votre Grâce, répondit l'homme, ébranlé. Vous, là ! hurla-t-il. Vous tous ! Au garde-à-vous, et préparez-vous à l'inspection !

L'aspect du détachement était, selon les termes du précepteur (peut-être devrait-on dire *patriarche* ?) Darellon, disgracieux. Les réprimandes furent généreusement distribuées avec force semonces, puis la colonne pénétra dans la ville sainte sans autre obstacle. Il n'y eut pas le moindre rire, ni sourire, avant que les hommes en armure soient passés hors de portée. La discipline des chevaliers de l'Église est une des merveilles du monde connu.

Malgré l'heure tardive, de nombreuses patrouilles de soldats de l'Église arpentaient les rues de Chyrellos. Émouchet connaissait ce genre d'hommes et savait que leur loyauté était à vendre. La plupart du temps, ils ne travaillaient que pour l'argent. En raison de leur nombre dans la ville sainte, ils s'étaient accoutumés à un certain comportement arrogant. Mais l'apparition dans les rues, et à minuit, de quatre cents chevaliers de l'Église dut engendrer chez eux une humilité appropriée... du moins chez les simples soldats. Les officiers eurent un peu plus de mal à comprendre. Comme toujours, d'ailleurs. Un insupportable gaillard essaya de leur barrer la route et demanda à voir leurs papiers. Il semblait gonflé d'importance et oublia de regarder derrière lui. Il ne se rendit donc pas compte que sa troupe avait discrètement tiré sa révérence. Il continua à prononcer ses ordres d'une voix aiguë, exigeant ceci, insistant sur cela, jusqu'au moment où Émouchet lâcha les rênes de Faran et le renversa calmement. Faran se fit un point d'honneur d'enfoncer ses sabots bien ferrés en un certain nombre de points sensibles du corps de l'officier.

– Tu te sens mieux, maintenant ? lui demanda Émouchet.

Faran lâcha un hennissement maléfique.

– Kalten, mettons-nous en route, ordonna Vanion. Romps la colonne en groupes de dix. Déployez-vous à travers la ville et signalez à tous que les chevaliers de l'Église offrent leur protection à tout patriarche désireux de rejoindre la Basilique pour participer à l'élection.

– Oui, monseigneur Vanion. Je vais réveiller toute la ville sainte. Je suis sûr que tout le monde attend impatiemment cette nouvelle.

– Tu penses qu'on peut encore espérer qu'il grandisse, un jour ou l'autre ? demanda Émouchet.

– J'espère que non, répondit doucement Vanion. Peu importe l'âge que nous atteindrons, nous aurons toujours un gamin parmi nous. C'est plus ou moins réconfortant, en fait.

Les précepteurs, suivis par Émouchet, ses amis et un détachement de vingt hommes sous les ordres de sire Perraine, s'engagèrent dans la large avenue.

La modeste demeure de Dolmant était gardée par un peloton de soldats et Émouchet vit que l'officier était l'un des fidèles du patriarche de Démos.

– Dieu merci ! s'exclama le jeune homme quand les chevaliers s'arrêtèrent juste devant le portail de Dolmant.

– Nous étions dans les parages et nous avons pensé

que nous pourrions venir rendre une visite de courtoisie, dit Vanion avec un sourire. Sa Grâce se porte bien, j'espère ?

– Elle ira beaucoup mieux maintenant que vous et vos amis êtes ici, monseigneur. Il règne une certaine tension à Chyrellos.

– J'imagine. Sa Grâce est-elle encore éveillée ?

L'officier hocha la tête.

– Il s'entretient avec Emban, le patriarche d'Ucéra. Peut-être le connaissez-vous, monseigneur ?

– Un gaillard costaud... du genre jovial ?

– C'est lui, monseigneur. Je vais annoncer à Sa Grâce que vous êtes arrivés.

Dolmant, patriarche de Démos, était plus maigre et sévère que jamais, mais son visage ascétique se fendit d'un large sourire quand les chevaliers de l'Église entrèrent en masse dans son cabinet.

– Vous avez fait vite, messieurs. Vous connaissez tous Emban, naturellement.

Il indiqua un individu imposant. Emban était manifestement bien plus que « costaud ».

– Ton cabinet commence à ressembler à une forge, Dolmant. (Il gloussa en examinant les chevaliers cuirassés.) Cela fait des années que je n'ai vu autant d'acier dans une même pièce.

– Oui, mais c'est réconfortant.

– Mon Dieu, oui.

– Comment vont les événements à Cimmura, Vanion ? demanda Dolmant sur un ton inquiet.

– Je suis heureux d'annoncer que la reine Ehlana est guérie et qu'elle a pris fermement son administration en main, répondit Vanion.

– Dieu merci ! s'exclama Emban. Je pense qu'Annias vient de faire faillite.

– Vous êtes donc parvenus à trouver le Bhelliom ? demanda Dolmant à Émouchet.

Celui-ci hocha la tête.

– Désirez-vous le voir, Votre Grâce ?

– Je ne crois pas, Émouchet. Je ne suis pas censé en admettre le pouvoir, mais j'ai entendu certaines légendes. Des superstitions folkloriques, assurément... mais je ne tiens pas à courir de risque.

Émouchet poussa intérieurement un soupir de soulagement. L'idée d'une autre rencontre avec l'ombre fugitive ou la perspective de la menace d'un trait d'arbalète n'avaient rien pour l'enchanter.

– Bizarre que la nouvelle de la guérison de la reine ne soit pas encore parvenue à Annias, fit remarquer Dolmant. Du moins n'a-t-il manifesté aucun signe d'inquiétude.

– Je serais très étonné qu'il soit au courant, Votre Grâce, gronda Komier. Vanion a fait boucler la cité pour que les Cimmuriens restent chez eux. Je crois avoir compris que ceux qui désirent partir en sont fermement dissuadés.

– Vous n'y avez pas laissé vos pandions, n'est-ce pas, Vanion ?

– Non, Votre Grâce. Nous avons trouvé une aide différente. Comment va l'archiprélat ?

– Il agonise, répondit Emban. Bien entendu, cela fait des années que ça dure, mais cette fois-ci il est un peu plus sérieux.

– Otha a-t-il engagé de nouvelles manœuvres, Votre Grâce ? demanda Darellon.

Dolmant secoua la tête.

– Il campe toujours de ce côté de la frontière de Lamorkand. Il lance toutes sortes de menaces et exige que le mystérieux trésor zémoch lui soit rendu.

– Il n'est pas si mystérieux, lui dit Séphrénia. Il veut le Bhelliom et il sait qu'Émouchet le détient.

– Quelqu'un va forcément suggérer qu'Émouchet le lui donne pour éviter l'invasion, fit remarquer Emban.

– Jamais cela ne se produira, Votre Grâce, dit-elle fermement. Nous le détruirons d'abord.

– Des patriarches qui s'étaient cachés ont-ils refait surface ? demanda le précepteur Abriel.

– Pas un seul, répondit Emban avec un reniflement. Ils sont probablement dissimulés dans les trous à rats les plus profonds qu'ils aient pu trouver. Deux d'entre eux ont péri dans des accidents, il y a deux jours, et le restant ne bouge plus.

– Nous avons envoyé des chevaliers en éclaireurs à leur recherche, indiqua Darellon. Même le plus timoré des lapins retrouverait un peu de courage s'il était protégé par des chevaliers de l'Église.

– Darellon, voyons, fit Dolmant sur un ton de reproche.

– Pardon, Votre Grâce, répondit Darellon pour la forme.

– Cela change-t-il les chiffres ? demanda Komier à Talen. Ces deux morts, je veux dire ?

– Non, monseigneur. Nous ne les avions pas pris en compte.

Dolmant parut intrigué.

– Ce gamin a un don pour les chiffres, expliqua Komier. Il compte de tête plus vite que moi avec un crayon.

– Parfois, tu m'étonnes, Talen, dit Dolmant. Pourrais-je t'intéresser à une carrière ecclésiastique ?

– Afin de compter les contributions des fidèles, Votre Grâce ? demanda Talen avec ardeur.

– Euh... non, je ne crois pas, Talen.

– Les votes auraient-ils changé, Votre Grâce ? interrogea Abriel.

Dolmant secoua la tête.

– Annias dispose toujours de la majorité simple. Il arrive à imposer tous ses décrets qui ne sont pas fondamentaux. Ses partisans demandent des votes sur à peu près tout ce qui se présente. Cela lui permet de tenir ses comptes, d'abord, et de plus ces votes incessants nous bloquent tous dans la salle d'audience.

– Ces chiffres sont sur le point de changer, Votre Grâce, annonça Komier. Mes amis et moi-même avons décidé de participer au vote, cette fois-ci.

– Voilà qui est inhabituel, dit Emban. Les précepteurs des ordres combattants n'ont pas participé à un vote de la Hiérocratie depuis deux cents ans.

– Nous sommes toujours les bienvenus, n'est-ce pas, Votre Grâce ?

– Oui, en ce qui me concerne, Votre Grâce. Mais Annias risque de ne pas trop apprécier.

– Dommage pour lui. Où en sont alors les chiffres, Talen ?

– On vient de passer de soixante-neuf voix à soixante et onze et quelque, monseigneur Komier. C'est les soixante pour cent qu'il fallait à Annias.

– Et pour la majorité simple ?

– Il la possède toujours. Il ne lui faut que soixante et un.

– Je pense pas qu'un seul des patriarches neutres vote pour lui s'il n'accepte pas son prix, dit Dolmant. Ils s'abstiendront probablement et Annias aura alors besoin...

Il fronça les sourcils et réfléchit.

– De soixante-six voix, Votre Grâce, proposa Talen. Il lui manque une voix.

– Charmant petit, murmura Dolmant. Le meilleur moyen d'agir est donc de rendre tous les votes fondamentaux... même lorsqu'il s'agira d'allumer des chandelles.

– Et comment obtiendrons-nous cela ? demanda Komier. Je suis un peu rouillé sur les procédures.

Dolmant eut un léger sourire.

– L'un de nous se lève et prononce le mot « fondamental ».

– Sans risque qu'on vote contre lui ?

Emban gloussa.

– Oh, non, mon cher Komier. Un vote pour savoir si une question est fondamentale ou non est en soi une question fondamentale. Je pense qu'on le tient, Dolmant. L'unique vote qui lui manquera le tiendra à l'écart du trône d'archiprélat.

– A moins qu'il ne mette la main sur quelque argent, précisa Dolmant. Ou si d'autres patriarches trouvent la mort. Combien d'entre nous doit-il tuer pour gagner, Talen ?

– Vous tous serait parfait, répondit Talen avec un large sourire.

– Surveille tes manières, aboya Bérit.

– Pardon. J'aurais dû ajouter « Votre Grâce », sans doute. Annias doit réduire le nombre total de votants de deux au moins pour obtenir les soixante pour cent qu'il lui faut, Votre Grâce.

– Nous devrons donc assigner des chevaliers aux patriarches fidèles, annonça Abriel. Ce qui diminuera d'autant le nombre de ceux qui sont à la recherche de nos membres invisibles. Tout commence à dépendre de qui contrôlera les rues. Il nous faudrait vraiment Wargun.

Emban le regarda d'un air intrigué.

– C'est quelque chose que nous avons imaginé à Démos, Votre Grâce, expliqua Abriel. Annias terrorise les patriarches parce que Chyrellos grouille de soldats de l'Église. Si un patriarche, soit vous, soit le patriarche Dolmant, proclame une crise religieuse et ordonne à Wargun de suspendre ses opérations en Arcie pour amener ses armées à Chyrellos, toute la situation aura changé. L'intimidation commencera à fonctionner en sens inverse.

– Abriel, fit Dolmant d'une voix chagrine, nous n'élisons point un archiprélat par l'intimidation.

– Nous vivons dans le monde réel, Votre Grâce, répondit Abriel. C'est Annias qui a choisi les règles du jeu et nous sommes obligés de les respecter... à moins que vous ne possédiez d'autres dés.

– D'ailleurs, ajouta Talen, cela nous donnerait une voix supplémentaire.

– Oh? fit Dolmant.

– Le patriarche Bergsten accompagne l'armée de Wargun. Nous pourrions probablement le persuader de voter correctement, n'est-ce pas ?

– Nous devrions rassembler nos idées pour rédiger une lettre adressée au roi de Thalésie, Dolmant, proposa Emban avec un large sourire.

– J'allais te le suggérer, Emban. Peut-être devrions-nous oublier d'en parler à quiconque. Les ordres discordants provenant d'autres patriarches risqueraient de perturber Wargun, qui l'est déjà suffisamment.

CHAPITRE HUIT

Émouchet était fatigué, mais il dormit mal. Il avait l'impression d'avoir l'esprit rempli de nombres. Soixante-neuf se transformait en soixante et onze, puis quatre-vingts, puis de nouveau soixante-neuf, et neuf et dix-sept... non, quinze, planait d'un air inquiétant à l'arrière-plan. Il commençait à perdre le sens de tous ces chiffres, et ils devinrent de simples nombres disposés devant lui de manière menaçante, cuirassés, des armes à la main. Et, comme chaque nuit pratiquement, la créature obscure hanta ses rêves. Elle ne bougeait pas, se contentait de l'observer... et d'attendre.

Émouchet n'avait pas vraiment le tempérament pour la politique. Trop de choses se réduisaient dans son esprit à des images de batailles ; la force, une formation supérieure et la bravoure individuelle comptaient pour beaucoup sur un champ de bataille. En politique, toutefois, les plus faibles étaient les égaux des plus forts. Une main tremblotante qui se levait péniblement pour voter avait un pouvoir égal à celui d'un poing gantelé. Son instinct lui disait que la solution du problème résidait dans son fourreau, mais tuer le primat de Cimmura déchirerait l'ouest au moment même où Otha se tenait en armes au bord des marches orientales.

Il finit par abandonner et quitta discrètement son lit pour éviter de réveiller Kalten. Il endossa sa robe de moine et rejoignit le cabinet de Dolmant à pas de loup.

Séphrénia s'y trouvait, assise devant un petit feu qui

crépitait dans le foyer, sa tasse de thé entre les mains, les yeux toujours mystérieux.

– Tu es inquiet, mon petit, n'est-ce pas ?

– Pas toi ? (Il poussa un soupir et s'affala dans un fauteuil en étendant devant lui ses longues jambes.) Nous ne sommes pas faits pour ça, petite mère, dit-il avec humeur. Ni toi ni moi. Je ne suis pas disposé de manière à palpiter de délectation devant les transformations subies par un chiffre ; quant à toi, je ne suis pas du tout sûr que tu comprennes ce que signifient ces nombres. Vu que les Styriques ne savent pas lire, l'un de vous peut-il comprendre un nombre dépassant la somme des doigts et des orteils ?

– Essaierais-tu de m'insulter, Émouchet ?

– Non, petite mère, jamais je ne pourrais le faire avec toi. Pardon. Je suis un peu amer, ce matin. Je mène une guerre que je ne comprends pas. Pourquoi ne pas prononcer une prière et demander à Aphraël de faire changer d'avis un certain nombre de membres de la Hiérocratie ? Ce serait simple et net et éviterait probablement un bain de sang.

– Aphraël s'y refuserait, Émouchet.

– Je craignais que tu ne dises cela. Cela nous laisse la solution désagréable où nous acceptons le jeu de quelqu'un d'autre, n'est-ce pas ? Cela ne me dérangerait guère... si je comprenais un peu mieux les règles. Franchement, je préférerais de beaucoup des épées et un océan de sang. (Il marqua un temps d'arrêt.) Vas-y, je t'en prie.

– Comment ?

– Pousse un soupir, fais rouler les yeux en arrière et prononce : « Ces Élènes ! » sur le ton le plus las dont tu sois capable.

Le regard de Séphrénia se durcit.

– Cela n'était pas nécessaire, Émouchet.

– Je ne faisais que te taquiner. (Il sourit.) On peut faire ça avec ceux qu'on aime sans les blesser, n'est-ce pas ?

Le patriarche Dolmant entra silencieusement, le visage marqué.

– Est-ce que personne ne dort, cette nuit ?

– Une difficile journée nous attend, Votre Grâce, répondit Émouchet. Est-ce également pour cela que vous êtes éveillé ?

Dolmant secoua la tête.

– L'un de mes serviteurs est tombé malade, expliqua-t-il. Un cuisinier. Je ne sais pas pourquoi les autres domestiques m'ont fait chercher. Je ne suis pas médecin.

– Je pense qu'on appelle ça la confiance, Votre Grâce. (Séphrénia sourit.) Vous êtes censé avoir une relation un peu spéciale avec le Dieu élène. Comment va ce pauvre diable ? Je veux parler du cuisinier, bien entendu.

– C'est assez grave. J'ai demandé un médecin. Ce n'est pas un cuisinier exceptionnel, mais je préférerais qu'il reste en vie. A présent, dites-moi... que s'est-il réellement passé à Cimmura, Émouchet ?

Celui-ci lui décrivit rapidement les événements qui s'étaient produits dans la salle du trône et l'essentiel de la confession de Lychéas.

– Otha ? s'exclama Dolmant. Annias est-il *vraiment* allé aussi loin ?

– Nous ne pouvons tout à fait le prouver, Votre Grâce. Mais il pourrait être utile de mentionner la chose à un moment donné en la présence d'Annias. Cela pourrait le désarçonner quelque peu. Sur l'ordre d'Ehlana, nous avons emprisonné Lychéas et Arissa dans le cloître de Démos et je suis porteur d'un nombre non négligeable de mandats d'arrestation pour diverses personnes inculpées de haute trahison. Le nom d'Annias figure bien nettement sur l'un de ces mandats. (Il marqua un temps d'arrêt.) Voilà une idée. Nous pourrions faire entrer les chevaliers dans la Basilique, arrêter Annias et le ramener enchaîné. Ehlana parlait très sérieusement de pendaisons et de décapitations, avant notre départ.

– On ne peut pas arracher Annias à la Basilique, Émouchet, lui expliqua Dolmant. C'est une église, et les églises sont des asiles pour tous crimes civils.

– Dommage, murmura Émouchet. Quel est le meneur des partisans d'Annias dans la Basilique ?

– Makova, patriarche de Coumbe, depuis un an. Makova est un âne bâté, mais expert en matière de droit canon, et il connaît une centaine de points de détail et d'échappatoires.

– Annias assiste-t-il aux réunions ?

– Oui, la plupart du temps. Il aime tenir le compte de ses voix. Il passe son temps libre à faire des offres aux patriarches neutres. Ces neuf hommes sont très rusés. Ils n'acceptent jamais ouvertement ses propositions. Ils répondent en votant. Vous aimeriez nous regarder jouer, petite mère ? demanda Dolmant d'une voix légèrement ironique.

– Merci beaucoup, Dolmant. Mais un certain nombre d'Élènes sont fermement convaincus que si un Styrique venait à entrer dans la Basilique son dôme s'écroulerait. Je n'aime pas tellement me faire cracher dessus, aussi resterai-je ici, si cela ne vous dérange pas.

– Comment débutent habituellement les réunions ? demanda Émouchet au patriarche.

– Cela varie. Makova a été élu à la présidence... ce fut un vote à la majorité simple. Il joue de son autorité. Il convoque les réunions selon son bon plaisir et les messagers semblent presque toujours se perdre en route quand ils apportent leurs convocations à ceux d'entre nous qui sont opposés à Annias. Je pense que Makova s'est débrouillé pour s'imposer en passant par un vote fondamental alors que nous étions encore au lit.

– Et s'il demande un vote en plein milieu de la nuit, Dolmant ? demanda Séphrénia.

– Impossible. Jadis, un patriarche qui n'avait rien de mieux à faire s'était mis en tête de codifier les règles concernant les réunions de la Hiérocratie. Historiquement, c'était un vieux bavard obsédé par les détails absurdes. C'est lui qui est responsable de la règle des cent voix... ou soixante pour cent... sur les questions fondamentales. Et par pur caprice, probablement, il décida que la Hiérocratie ne pourrait délibérer que durant la journée. Bon nombre de ces lois ne sont que vétilles, mais il parla six semaines durant et ses frères acceptèrent finalement ses règlements uniquement pour qu'il se taise. (Dolmant se toucha la joue d'un air songeur.) Quand tout ceci sera terminé, il se peut que je demande qu'on sanctifie ce vieux fou. Ses petites lois risibles nous permettront peut-être d'écarter Annias du trône, aujourd'hui. Quoi qu'il en soit, nous avons pris l'habitude d'être en place dès l'aube, par pure sécurité. C'est en fait unc forme de vengeance assez mesquine. Makova n'est pas un lève-tôt, mais durant ces dernières semaines il a salué le soleil en notre compagnie. S'il n'était pas là, nous pourrions élire un nouveau président et travailler sans lui. Toutes sortes de votes gênants pourraient alors avoir lieu.

– Il ne pourrait pas faire repousser ces votes ? demanda-t-elle.

Dolmant eut vraiment l'air de minauder.

– Un vote d'abrogation est une question fondamentale, Séphrénia, et il ne dispose pas des voix nécessaires.

On toqua respectueusement à la porte et Dolmant alla répondre. Un domestique s'entretint un moment avec lui.

– Mon cuisinier vient de mourir, annonça Dolmant à Émouchet et Séphrénia, l'air légèrement bouleversé. Attendez ici un moment. Le médecin désire me parler.

– Étrange, murmura Émouchet.

– Il arrive que des gens meurent de causes naturelles, Émouchet, lui rappela Séphrénia.

– Pas dans ma profession... du moins pas très souvent.

– Peut-être était-il âgé.

Dolmant revint, le visage blême.

– Il a été empoisonné ! s'exclama-t-il.

– Quoi ? fit Émouchet.

– Mon cuisinier a été empoisonné et le médecin affirme que le poison se trouvait dans la bouillie d'avoine qu'il préparait pour le petit déjeuner. Cela aurait pu tuer tous les occupants de la maison.

– Peut-être aimeriez-vous réviser votre position sur

l'idée de l'arrestation d'Annias, Votre Grâce, déclara Émouchet d'un ton sinistre.

– Vous ne croyez tout de même pas...

Dolmant s'interrompit, les yeux soudain écarquillés.

– Il a déjà trempé dans l'empoisonnement d'Aldréas et d'Ehlana, Votre Grâce. Je doute qu'il hésite devant quelques patriarches et une ou deux dizaines de chevaliers de l'Église.

– Cet homme est un monstre !

Dolmant se mit à pester, usant de jurons plus courants dans des baraquements militaires que dans un séminaire de théologie.

– Vous devriez dire à Emban de faire circuler cette nouvelle auprès des patriarches qui nous sont fidèles, lui conseilla Séphrénia. Il semble qu'Annias ait trouvé un moyen moins coûteux de gagner une élection.

– Je vais aller réveiller les autres, dit Émouchet en se levant. Je veux leur parler de ceci, et il faut pas mal de temps pour endosser toute une armure.

Il faisait encore sombre quand ils partirent pour la Basilique en compagnie de quinze chevaliers cuirassés pour chacun des quatre ordres. Il avait été estimé qu'une soixantaine de chevaliers de l'Église représentait une force qu'on n'oserait pas braver.

A l'est, le ciel commençait à arborer les premières taches pâles de lumière quand ils atteignirent la grande église au cœur même de la ville sainte... de sa pensée et de son esprit aussi bien que de sa géographie. La veille, l'entrée en ville de la colonne de pandions, de cyriniques, de génidiens et d'alcions était passée relativement inaperçue et le portail de bronze éclairé par les torches conduisant à la vaste esplanade devant la Basilique était gardé par cent cinquante soldats de l'Église en tunique rouge sous le commandement du même capitaine qui, sur les ordres de Makova, avait tenté d'empêcher le départ d'Émouchet et de ses compagnons hors du chapitoire pandion lors de leur voyage à Borrata.

– Halte ! ordonna-t-il sur un ton impérieux, voire insultant.

– Oseriez-vous refuser l'entrée de patriarches de

l'Église, capitaine ? demanda le précepteur Abriel sur un ton égal. N'oubliez pas que vous mettriez ainsi votre âme en péril.

– Et son cou aussi, marmotta Ulath à Tynian.

– Le patriarche Dolmant et le patriarche Emban peuvent entrer librement, monseigneur, répondit le capitaine. Nul véritable fils de l'Église ne peut leur refuser d'entrer.

– Mais les autres patriarches, capitaine ? répliqua Dolmant.

– Je ne vois aucun autre patriarche, Votre Grâce, répliqua le capitaine sur un ton qui frisait l'insulte.

– Vous avez mal vu, capitaine, lui dit Emban. Selon le droit canon, les précepteurs des ordres combattants sont aussi des patriarches. Écartez-vous et laissez-nous passer.

– Je n'ai jamais entendu parler d'une telle loi.

– Me traiteriez-vous de menteur, capitaine ? s'écria Emban dont le visage habituellement jovial s'était soudain durci.

– Oh... certainement pas, Votre Grâce. Puis-je consulter mes supérieurs ?

– Non. Écartez-vous.

Le capitaine commençait à transpirer.

– Je remercie Votre Grâce d'avoir corrigé mon erreur, bafouilla-t-il. J'ignorais que les précepteurs bénéficiaient également d'un rang ecclésiastique. Tous les patriarches peuvent entrer librement. Mais je crains que les autres ne doivent attendre à l'extérieur.

– Il devrait songer à prendre peur, s'il veut appliquer ça, grinça Ulath.

– Capitaine, demanda le précepteur Komier, tous les patriarches ont droit à un personnel administratif, n'est-ce pas ?

– Certainement, monseigneur... euh, Votre Grâce.

– Ces chevaliers constituent *notre* personnel. Des secrétaires et le reste, vous comprenez. Si vous leur refusez l'entrée, attendez-vous dans cinq minutes à voir sortir de la Basilique une longue file de sous-fifres en soutane appartenant aux *autres* patriarches.

– Je ne peux pas faire *ça,* Votre Grâce, répondit le capitaine avec entêtement.

– Ulath, aboya Komier.

– Avec la permission de Votre Grâce, s'interposa Bévier. (Bévier, observa Émouchet, tenait mollement sa hache de Lochabre au bout de la main droite.) Le capitaine et moi-même nous sommes déjà rencontrés auparavant. Peut-être pourrai-je le raisonner. (Le jeune chevalier cyrinique fit avancer son cheval.) Bien que nos relations n'aient jamais été très cordiales, capitaine, je vous adjure de ne point mettre votre âme en péril en défiant Notre Sainte Mère l'Église. Ceci à l'esprit, vous voudrez bien vous écarter ainsi que vous l'a ordonné l'Église.

– Non, seigneur chevalier.

Bévier poussa un soupir de regret. Puis, d'un large geste presque négligent de sa terrible hache, il fit voler la tête du capitaine. Bévier, Émouchet l'avait remarqué, agissait ainsi à l'occasion. Dès qu'il était sûr de se trouver en terre théologique bien ferme, le jeune Arcien accomplissait des actes au caractère direct parfois déplaisants. Ainsi, son visage resta serein tandis qu'il regardait le corps sans tête immobile quelques secondes, puis il poussa un soupir quand le mort s'écroula.

Les soldats de l'Église poussèrent des murmures et des cris d'horreur et d'inquiétude ; ils reculèrent et voulurent prendre leurs armes.

– C'est bon, dit Tynian. On y va.

Il porta la main à son épée.

– Mes amis, dit Bévier aux soldats d'une voix douce mais péremptoire, vous venez d'assister à un incident vraiment regrettable. Un soldat de l'Église a volontairement défié un ordre de Notre Mère. Joignons nos prières pour que, dans sa grande miséricorde, Dieu juge bon de lui pardonner son terrible péché. Agenouillez-vous, mes amis, et prions.

Bévier secoua son épée pour la nettoyer du sang qui la recouvrait et aspergea ce faisant plusieurs des soldats.

Quelques-uns, puis d'autres, et enfin tous les soldats s'agenouillèrent.

– O Dieu ! commença Bévier, nous t'implorons de recevoir l'âme de notre frère très cher qui vient de nous quitter et de lui accorder l'absolution pour son odieux péché. (Il regarda autour de lui.) Continuez de prier, mes amis. Priez non seulement pour votre ancien capitaine, mais aussi pour vous-mêmes, de peur que le péché, dans sa ruse et sa malice, ne vienne s'insinuer dans *votre* cœur comme il l'a fait dans le sien. Défendez votre pureté et votre humilité avec vigueur, mes amis, afin que vous ne partagiez pas le sort de votre capitaine.

Le chevalier cyrinique, acier poli, surcot et cape d'un blanc immaculé, fit avancer sa monture et serpenta parmi les rangs de chevaliers agenouillés, distribuant d'une main des bénédictions, tenant sa lochabre dans l'autre.

– Je t'avais bien dit que c'est un brave garçon, dit Ulath à Tynian tandis que tout le groupe suivait Bévier au sourire bienheureux.

– Jamais je n'en ai douté, mon ami, répondit Tynian.

– Seigneur Abriel, dit le patriarche Dolmant en constatant que certains des soldats étaient en train de pleurer. Avez-vous récemment interrogé sire Bévier sur les fondements de sa foi ? Il se peut que je me trompe, mais il me semble déceler certaines déviations par rapport aux enseignements de Notre Sainte Mère.

– Je l'en entretiendrai en détail, Votre Grâce... dès que j'en aurai l'occasion.

– Rien ne presse, monseigneur, dit Dolmant, patelin. Je n'ai pas l'impression que son âme soit immédiatement en danger. Mais je dois dire que l'arme qu'il porte est bien impressionnante.

– Oui, Votre Grâce, acquiesça Abriel. C'est exact.

La nouvelle de la fin soudaine de l'entêté capitaine s'était assez rapidement répandue. Les soldats aux portes massives de la Basilique ne présentèrent aucune opposition... en vérité, ils brillaient par leur absence. Les chevaliers lourdement armés mirent pied à terre, se disposèrent en colonne et suivirent leurs précepteurs et les deux patriarches réguliers dans la vaste nef. Il se produisit des grincements bruyants quand le groupe effectua une brève génuflexion devant l'autel. Puis ils s'engagèrent tous dans un couloir éclairé par des chandelles menant aux bureaux et à la salle d'audience de l'archiprélat.

Les hommes postés à la porte de la salle n'étaient pas des soldats de l'Église, mais des membres de la garde personnelle de l'archiprélat. Ils avaient juré fidélité envers la charge elle-même et ils étaient totalement incorruptibles. C'étaient aussi des érudits en matière de droit canon, dans lequel ils étaient probablement mieux versés que la plupart des patriarches assis dans la salle. Ils reconnurent immédiatement l'éminence ecclésiastique des précepteurs des quatre ordres. Mais il fallut un peu plus de temps pour leur faire admettre l'entrée du reste de l'entourage. Ce fut le patriarche Emban (gros, rusé et doté d'une connaissance quasi encyclopédique du droit canon et des coutumes) qui leur signala que l'on devait laisser entrer n'importe quel ecclésiastique possédant les références et l'aval d'un patriarche. Une fois que les gardes eurent admis cela, Emban leur fit doucement remarquer que les chevaliers de l'Église étaient des ecclésiastiques *de facto* en tant que membres d'ordres théoriquement cloîtrés. Les gardes ruminèrent sur le sujet, acquiescèrent et ouvrirent cérémonieusement les énormes portes. Émouchet remarqua chez eux au passage un certain nombre de sourires mal dissimulés. Les gardes étaient par définition incorruptibles et totalement neutres. Cela ne les empêchait nullement d'avoir leurs propres opinions.

La salle d'audience était aussi grande que n'importe quelle salle du trône séculière. Le trône lui-même... imposant, ornementé, construit d'or massif et dressé sur une estrade avec des tapisseries pourpres en arrière-plan... se trouvait à l'autre bout de la pièce, et, de part et d'autre, posés sur des gradins, se dressaient des bancs à dossier haut. Les quatre premiers gradins avaient des coussins rouges pour signaler qu'ils étaient destinés aux patriarches. Au-dessus de ces sièges, séparés d'eux par des cordes en velours de pourpre foncé, on apercevait les simples sièges en bois des galeries pour les spectateurs. Un lutrin était placé près du trône et le patriarche Makova de Coumbe s'y tenait, débitant d'une voix monotone un discours rempli d'enflures religieuses.

Makova, le visage maigre et marqué par la petite vérole, manifestement ensommeillé, se retourna avec irritation quand les panneaux s'ouvrirent, et les chevaliers suivirent les patriarches de Démos et d'Ucéra dans la vaste salle.

– Que signifie ceci ? voulut-il savoir.

– Rien d'extraordinaire, Makova, répondit Emban. Dolmant et moi escortons simplement certains de nos frères patriarches pour qu'ils se joignent à nos délibérations.

– Je ne vois pas de patriarches !

– Ne nous fatigue pas, Makova. Tout le monde sait que les précepteurs des ordres combattants ont un rang égal au nôtre et sont donc membres de la Hiérocratie.

Makova jeta un coup d'œil rapide au moine à l'air étique assis sur le côté à une table couverte de piles d'énormes livres et d'antiques parchemins.

– L'assemblée voudra-t-elle bien écouter les paroles de l'huissier sur la question ? demanda-t-il.

Il se produisit des bruits d'assentiment, mais l'expression de consternation peinte sur certains visages révélait qu'ils connaissaient déjà la réponse. Le moine à l'air malingre consulta plusieurs gros volumes, puis il se leva, s'éclaircit la gorge et parla d'une voix aux sonorités rouillées.

– Sa Grâce le patriarche d'Ucéra a cité la loi de manière correcte. Les précepteurs des ordres combattants sont en vérité membres de la Hiérocratie et leurs noms ont été dûment enregistrés. Depuis deux siècles environ, les précepteurs ont toujours préféré ne pas participer aux délibérations, mais cela ne leur enlève nullement leur rang.

– L'autorité qui n'est plus exercée n'existe plus, lâcha Makova.

– Je crains que Votre Grâce ne soit dans l'erreur, s'excusa le moine. Nombreux sont les précédents historiques pour une reprise tardive de participation. A une époque, les patriarches du royaume d'Arcie refusèrent de participer aux délibérations de la Hiérocratie pendant huit cents ans à la suite d'une controverse sur des vêtements appropriés et...

– Très bien, très bien, fit Makova, irrité. Mais ces assassins en armure n'ont rien à faire ici, continua-t-il en foudroyant les chevaliers du regard.

– Inexact à nouveau, Makova, dit Emban d'un air content de soi. Par définition, les chevaliers de l'Église sont membres d'ordres religieux. Leurs vœux ne sont pas moins irrévocables ni légitimes que les nôtres. Ce sont donc des ecclésiastiques et ils peuvent jouir du statut d'observateurs... à condition d'y être invités par un patriarche présent. (Il se retourna.) Sires chevaliers, auriez-vous l'amabilité d'accepter mon invitation personnelle à assister aux délibérations ?

Makova jeta un rapide coup d'œil en direction du moine malingre et l'érudit hocha la tête.

– En résumé, Makova, dit Emban sur un ton onctueux teinté de malveillance, les chevaliers de l'Église ont autant le droit d'être ici que le serpent Annias, qui siège dans une splendeur non méritée dans la galerie nord... en se mâchouillant les lèvres de déconvenue, si je ne m'abuse.

– Tu vas trop loin, Emban !

– Je ne le pense pas, mon vieux. Procéderons-nous à un vote quelconque, pour voir si le soutien dont tu disposais s'est érodé ? (Emban regarda autour de lui.) Mais nous interrompons les travaux de l'assemblée. Je vous en prie, frères patriarches et chers invités, asseyons-nous, que la Hiérocratie puisse reprendre ses délibérations vides de sens.

– Vides de sens ?

– Totalement, mon vieux. Jusqu'à la mort de Cluvonus, tout ce que nous pourrons décider ici n'aura absolument aucune signification. Nous nous contentons de nous distraire... et de bénéficier de nos prébendes, bien entendu.

– Ce petit homme sait se montrer extrêmement blessant, murmura Tynian à Ulath.

– Mais efficace, ajouta avec un sourire le grand génidien.

Émouchet savait exactement que faire.

– Toi, marmonna-t-il à Talen, qui avait été probablement admis par erreur. Accompagne-moi.

– Où va-t-on ?

– Irriter un vieil ami.

Émouchet eut un sourire sans joie. Il conduisit le gamin par l'escalier jusqu'à une galerie supérieure où le maigre primat de Cimmura était assis, en train d'écrire à un bureau, encadré par un certain nombre de sycophantes en soutane noire. Émouchet et Talen rejoignirent des places juste derrière Annias. Émouchet vit qu'Ulath, Bérit et Tynian les avaient suivis et il leur fit signe de s'écarter alors même que Dolmant et Emban escortaient les précepteurs en armure à leurs places sur les gradins à coussins, un peu plus bas.

Émouchet savait qu'Annias pataugeait parfois quand il était pris par surprise et il souhaitait découvrir si son ennemi avait trempé dans la tentative d'empoisonnement massif de la maisonnée de Dolmant.

– Mais se peut-il que ce soit le primat de Cimmura ? s'étonna-t-il. Que pouvez-vous donc faire si loin de chez vous, Annias ?

Annias se retourna pour le foudroyer du regard.

– Qu'est-ce que vous tramez, Émouchet ?

– Je suis ici en observateur, c'est tout, répondit Émouchet en ôtant son casque et en déposant dedans ses gantelets de fer. (Il dégrafa son bouclier et ôta son baudrier qu'il appuya contre le dossier du siège d'Annias.) Ça ne vous dérangera pas, voisin ? demanda-t-il doucement. Il est difficile de s'asseoir confortablement quand on est encombré par ses outils de travail, vous savez. (Il s'assit.) Comment ça va, Annias ? Il y a des mois que je ne vous ai plus vu. (Un temps d'arrêt.) Vous m'avez l'air un peu émacié, le teint brouillé, mon vieux. Vous devriez vraiment prendre un peu d'exercice.

– Silence, Émouchet, lâcha Annias. J'essaie d'écouter.

– Oh, bien entendu. Nous pourrons bavarder longuement par la suite... nous raconter nos exploits et ainsi de suite.

Les réactions d'Annias semblaient tout à fait normales et Émouchet était à présent un peu moins sûr de la culpabilité de l'individu.

– S'il plaît à mes frères, disait Dolmant. Un certain nombre d'événements se sont produits, que je me sens tenu de rapporter à la Hiérocratie. Si nos tâches primordiales sont intemporelles, nous vivons malgré tout dans le monde de tous les jours et devons rester au courant des dernières nouvelles.

Makova jeta un coup d'œil interrogateur en direction d'Annias. Le primat prit une plume et un bout de papier. Émouchet posa les bras sur le dossier du siège de son ennemi et, par-dessus son épaule, le regarda inscrire : « Qu'il parle. »

– Ennuyeux, n'est-ce pas, Annias ? dit Émouchet d'un ton amical. Ce serait bien plus commode si vous pouviez parler vous-même, n'est-ce pas ?

– Je vous ai dit de la fermer, Émouchet, grinça Annias en tendant son billet à un jeune moine qui le descendit à Makova.

– Mais, c'est que nous sommes susceptible, ce matin, fit remarquer Émouchet. Vous n'avez pas bien dormi, cette nuit, Annias ?

Annias se retourna pour lancer un regard glacial à son bourreau.

– Qui est celui-là ? demanda-t-il en désignant Talen.

– Mon page, répondit Émouchet. Voilà encore l'un des embarras du rang de chevalier. Il se substitue en quelque sorte à mon écuyer quand celui-ci est occupé ailleurs.

Makova avait jeté un coup d'œil au billet.

– Nous accueillons toujours avec plaisir les paroles de l'érudit primat de Démos, déclara-t-il d'un ton hautain. Mais, je vous en adjure, Votre Grâce, soyez bref. Nous avons ici des questions importantes à examiner.

Il s'écarta du lutrin.

– Bien entendu, Makova, répondit Dolmant en montant sur l'estrade. Brièvement, donc, du fait de la guérison complète de la reine Ehlana, la situation politique a radicalement changé dans le royaume d'Élénie et...

Des cris de stupéfaction firent écho dans la salle et un brouhaha de voix s'éleva. Émouchet, toujours appuyé au dossier du siège d'Annias, fut enchanté de voir le visage du primat blanchir littéralement tandis qu'il se dressait sur ses pieds.

– Impossible, souffla l'ecclésiastique.

– Surprenant, n'est-ce pas, Annias ? commenta Émouchet. Et totalement inattendu. Je suis sûr que vous serez heureux d'apprendre que la reine vous envoie absolument tous ses souhaits.

– Explique-toi, Dolmant ! cria presque Makova.

– J'essayais simplement de me montrer bref... ainsi que tu l'avais demandé, Makova. Il y a à peine une semaine, la reine Ehlana s'est remise de sa mystérieuse affection. Nombreux sont ceux qui voient là un miracle. A sa guérison, certains faits sont apparus au grand jour et l'ancien prince régent... ainsi que sa mère, me semble-t-il... sont actuellement en état d'arrestation et inculpés de haute trahison.

Annias retomba sur son siège, sur le point de s'évanouir.

– Le vénérable et respecté comte de Lenda dirige à présent le conseil royal et des mandats au nom d'un certain nombre de complices de l'immonde conspiration contre la reine ont été signés de son sceau. Le champion de la reine est actuellement à la recherche de ces mécréants et, cela ne fait aucun doute, il les traduira tous devant la justice... qu'elle soit humaine ou divine.

– C'est le baron Harparine qui dirige le conseil royal d'Élénie, protesta Makova.

– Le baron Harparine affronte actuellement la Justice Suprême, Makova, répondit Dolmant d'un ton lugubre. Il se trouve face au Juge Ultime. Je crains que peu d'espoirs ne soient permis pour son acquittement... ce qui ne doit pas nous empêcher de prier pour lui.

– Que lui est-il arrivé ? souffla Makova.

– On me dit qu'il fut accidentellement décapité durant les transferts de pouvoirs à Cimmura. Regrettable, peut-être, mais ce genre de choses se produit de temps à autre.

– Harparine ? lâcha Annias, désemparé.

– Il a commis l'erreur d'offenser le précepteur Vanion, murmura Émouchet à son oreille. Et vous savez combien Vanion peut avoir le tempérament vif, par moments. Il en fut navré par la suite, mais Harparine gisait désormais en deux lieux différents. Il a totalement *détruit* le tapis de la salle du conseil... le sang, vous savez...

– Qui d'autre pourchassez-vous, Émouchet ?

– Je n'ai pas la liste sur moi, en ce moment, mais un certain nombre de noms éminents sont inscrits dessus... des noms que vous reconnaîtriez, j'en suis sûr.

Il se produisit un mouvement à la porte et deux patriarches à l'expression effrayée se glissèrent dans la salle pour gagner des places sur les bancs munis de coussins. Kalten resta un moment à sourire à la porte, puis il ressortit.

– Eh bien ? chuchota Émouchet à Talen.

– Avec ces deux, nous en sommes à cent dix-neuf. Nous en avons quarante-cinq et Annias toujours soixante-cinq. Il lui en faut désormais soixante-douze au lieu de soixante et onze. On se rapproche, Émouchet.

Le primat de Cimmura eut besoin d'un peu plus de temps pour terminer ses propres calculs. Annias griffonna une note à l'intention de Makova. Émouchet, en regardant par-dessus l'épaule du primat, lut l'unique mot : « Votez. »

La question que Makova mit aux voix était totalement absurde. Le seul but de ce vote était destiné à déterminer de quel côté allaient se placer les neuf patriarches neutres installés près de la porte en un petit groupe désormais apeuré. Le total fait, Makova annonça les résultats avec déconvenue. Les neuf ecclésiastiques avaient voté en bloc *contre* le primat de Cimmura.

L'énorme porte s'ouvrit à nouveau et trois moines en soutane noire entrèrent. Leurs capuches étaient relevées et leur pas d'une lenteur rituelle. Quand ils eurent atteint l'estrade, l'un d'entre eux sortit de sous son vêtement un drap noir plié et les trois hommes le drapèrent solennellement sur le trône pour annoncer que l'archiprélat Cluvonus était enfin mort.

CHAPITRE NEUF

– Pendant combien de temps la ville restera-t-elle en deuil ? demanda Tynian à Dolmant le même après-midi, quand ils se furent à nouveau réunis dans le cabinet du patriarche.

– Une semaine, répondit Dolmant. Les funérailles auront alors lieu.

– Et rien ne se passera durant cette période ? demanda le chevalier alcion à la cape bleue. Ni session de la Hiérocratie ni rien d'autre ?

Dolmant secoua la tête.

– Non. Nous sommes censés passer ce temps à prier et méditer.

– Cela nous laisse le temps de souffler, dit Vanion. Et cela devrait donner à Wargun le temps d'arriver. (Il fronça les sourcils.) Mais nous avons toujours un problème. Annias n'a plus d'argent, ce qui signifie que son emprise sur la majorité devient chaque jour plus précaire. Il est probablement prêt à tout et les gens désespérés sont les plus dangereux.

– Exact, acquiesça Komier. Je pense qu'Annias va descendre dans la rue, maintenant. Il voudra conserver ses voix par la terreur et essaiera de réduire le nombre de votants en éliminant les patriarches qui nous sont fidèles jusqu'au point où il disposera d'une majorité substantielle. Je crois qu'il est temps de nous protéger, messieurs. Nous devrions rassembler tous nos amis derrière des murs bien solides où nous pourrons les protéger.

– Tout à fait d'accord, déclara Abriel. Notre position est actuellement vulnérable.

– Lequel de nos chapitoires est le plus proche de la Basilique ? leur demanda le patriarche Emban. Nos amis devront sans arrêt passer par les rues pour assister aux délibérations. Ne les exposons pas au danger davantage qu'il ne faut.

– C'est notre maison qui est la plus proche, leur apprit Vanion. Et elle possède son propre puits. Après ce qui est arrivé ce matin, je ne veux pas qu'Annias ait encore accès à notre eau.

– L'approvisionnement ? demanda Darellon.

– Nous avons suffisamment de réserves pour soutenir un siège de six mois, répondit Vanion. Des rations militaires, je le crains, Votre Grâce, s'excusa-t-il auprès du corpulent Emban.

Celui-ci poussa un soupir.

– Oh, j'avais de toute façon décidé de perdre un peu de poids.

– Le plan est excellent, dit Abriel, mais il présente aussi un inconvénient. Si nous sommes tous dans un chapitoire, les soldats de l'Église pourront nous encercler. Nous n'aurons aucune possibilité de rejoindre la Basilique.

– Nous sortirons alors par la force, annonça Komier en enfonçant son casque à cornes d'ogre d'un air irrité.

Abriel secoua la tête.

– Il y a des tués au cours des combats, Komier. Les voix sont justes. Nous ne pouvons nous permettre de perdre un seul patriarche, arrivés à ce stade.

– On ne peut pas gagner sur tous les plans, lança Tynian.

– Je n'en suis pas sûr, le contredit Kalten.

– Connais-tu un moyen de résoudre ce problème ?

– Je pense. (Kalten regarda Dolmant.) J'aurai besoin de votre permission pour cela, Votre Grâce.

– J'écoute. Quel est ton plan ?

– Si Annias décide de recourir à la force brutale, cela signifiera que tout semblant d'ordre civil sera flanqué à la porte, n'est-ce pas ?

– Plus ou moins, oui.

– S'il ne respecte donc plus les règles du jeu, pourquoi devrions-nous le faire ? Si nous voulons réduire le nombre de soldats de l'Église encerclant le chapitoire pandion, il nous suffit de leur trouver une autre occupation.

– En mettant encore le feu à la ville ? suggéra Talen.

– Ce serait aller un peu loin, dit Kalten. Mais gardons cette idée en réserve. Pour l'instant, les voix dont dispose Annias représentent son bien le plus précieux. Si nous commençons à les lui soustraire, il fera tout son possible pour protéger ce qui lui reste, n'est-ce pas ?

– Je ne te permettrai *jamais* de massacrer des patriarches, Kalten, répondit Dolmant d'une voix inquiète.

– Nous n'aurons pas à tuer qui que ce soit, Votre Grâce. Il nous suffira d'emprisonner quelques patriarches. Annias est assez intelligent. Il aura vite fait de comprendre.

– Il est nécessaire d'avoir des chefs d'inculpation, sire Kalten, dit Abriel. On ne peut emprisonner comme ça des patriarches de l'Église.

– Oh, nous avons bien des charges, monseigneur Abriel... et de toutes sortes. « Crimes contre la Couronne d'Élénie » sonne très bien, je trouve, pas vous ?

– Je déteste sa façon de faire le malin, marmotta Émouchet à Tynian.

– Tu adoreras celle-ci, Émouchet, répliqua Kalten. (Il rejeta en arrière sa cape noire avec une expression suffisante insupportable.) Combien as-tu encore en poche de mandats que t'a signés Lenda à Cimmura ?

– Huit ou dix, pourquoi ?

– Parmi ceux-ci, en est-il dont tu ne pourrais te passer pendant quelques semaines ?

– Pratiquement aucun.

Émouchet croyait voir où son ami voulait en venir.

– Il nous suffit donc de substituer quelques noms. Les documents sont officiels, aussi cela *paraîtra-t-il* légal... plus ou moins. Après que nous aurons appréhendé et traîné au chapitoire alcion quatre ou cinq de ses patriarches corrompus (au fait, il s'agit de l'autre côté de la ville)... est-ce qu'Annias ne fera pas tout son possible pour les récupérer ? Je m'attends plus ou moins le nombre de soldats rassemblés autour du chapitoire pandion ne diminue gravement à ce stade.

– Stupéfiant, dit Ulath. Kalten serait donc capable d'élaborer un plan qui fonctionne.

– Le seul détail qui me dérange dans tout cela, dit Vanion, c'est cette histoire de substitution de noms. On ne peut pas simplement gratter un nom pour le remplacer par un autre... sur un document officiel du moins.

– Qui a parlé de gratter des noms, monseigneur ? fit Kalten avec modestie. Naguère, quand nous étions novices, vous nous avez donné, à Émouchet et à moi, une permission de quelques jours. Vous aviez rédigé une note pour nous permettre de franchir la porte. Or nous avions gardé cette note. Les copistes de l'escriture possèdent un produit qui délave totalement l'encre. Ils l'utilisent naturellement quand ils commettent une erreur. La date sur votre billet ne cessa donc de changer mystérieusement. On pourrait presque dire qu'il s'agissait d'un miracle, n'est-ce pas ? (Il haussa les épaules.) Mais il faut dire que Dieu m'a toujours manifesté plus ou moins Son affection.

– Cela marcherait ? demanda brutalement Komier à Émouchet.

– Cela marchait quand nous étions novices, monseigneur, lui assura Émouchet.

– Et tu as vraiment armé chevaliers ces deux gaillards, Vanion ? demanda Abriel.

– Ce fut une longue semaine.

Les sourires étaient bien larges dans la pièce.

– Totalement répréhensible, Kalten, commenta Dolmant. Je devrais l'interdire absolument... si j'imaginais que tu es sérieux en le proposant. Ce qui n'est pas le cas, n'est-ce pas, mon fils ?

– Oh, absolument, Votre Grâce.

– J'en étais certain.

Dolmant eut un sourire patelin, voire pieux, puis il cligna de l'œil.

– Oh, Déesse ! fit Séphrénia avec un soupir. Il n'existe donc pas *un seul* Élène honnête en ce monde ? Vous aussi, Dolmant ?

– Je n'ai rien admis, petite mère, protesta-t-il avec une expression d'innocence exagérée. Nous ne faisions que nous livrer à des hypothèses, n'est-ce pas, sire Kalten ?

– Tout à fait, Votre Grâce. Pure hypothèse. Aucun de nous deux n'irait prendre au sérieux un acte aussi répréhensible.

– C'est exactement mon sentiment. Là, Séphrénia, cela apaise-t-il vos appréhensions ?

– Vous étiez bien plus gentil quand vous n'étiez que simple novice de l'ordre des Pandions, Dolmant, le réprimanda-t-elle.

Il y eut un silence de stupéfaction tandis qu'ils regardaient tous fixement le patriarche de Démos.

– Oups, fit doucement Séphrénia, les yeux dansant, un léger sourire à la commissure des lèvres. Sans doute n'aurais-je pas dû parler de cela, Dolmant.

– Est-ce que vous étiez forcée de faire ça, petite mère ? lui demanda-t-il sur un ton chagrin.

– Oui, mon petit, je le crois. Vous commencez à vous croire un peu trop impressionné par votre propre intelligence. Il est de ma responsabilité, en tant que mentor et amie, de restreindre ce penchant chaque fois que possible.

Dolmant tapota des doigts sur la table.

– Je suis sûr que nous saurons tous nous montrer discrets à ce sujet, messieurs.

– Des chevaux sauvages ne pourraient me l'arracher, Dolmant, répondit Emban avec un large sourire. En ce qui me concerne, je ne l'ai même pas entendu... et ce sera probablement vrai jusqu'au jour où j'aurai besoin de solliciter une faveur.

– Que donniez-vous, Votre Grâce ? demanda Kalten avec respect. En tant que pandion, je veux dire.

– C'était le meilleur de tous, Kalten, répondit Séphrénia avec une certaine fierté. Il était même l'égal du père d'Émouchet. Nous fûmes tous attristés quand l'Église lui assigna d'autres fonctions. Nous avons perdu un excellent pandion quand il est entré dans les ordres réguliers.

Dolmant dévisageait toujours ses amis avec une expression remplie de méfiance.

– Je pensais que tout cela était complètement terminé, fit-il avec un soupir. Je n'imaginais pas que vous me trahiriez, Séphrénia.

– Il n'y a pas exactement de quoi avoir honte, Votre Grâce, dit Vanion.

– Cela pourrait s'avérer politiquement gênant. Toi, mon frère, tu as réussi à garder le silence.

– Rien à craindre, Dolmant, dit Emban avec chaleur. Je surveillerai tous nos amis et, dès que je soupçonnerai l'un d'eux d'avoir des problèmes à tenir sa langue, je le ferai envoyer au monastère de Zemba, en Cammorie, où les frères ont fait vœu de silence.

– Très bien, donc, dit Vanion. Allons-y, messieurs. Nous avons un certain nombre de patriarches à réunir. Kalten, je veux que tu travailles un peu tes talents de faussaire. Les noms que tu substitueras sur ces mandats d'arrestation devront être écrits par le comte de Lenda. (Il marqua un temps d'arrêt pour réfléchir et contempla son subordonné.) Prends Émouchet avec toi, ajouta-t-il.

– Je me débrouillerai, monseigneur.

Vanion secoua la tête.

– Non, Kalten, j'ai déjà vu des exemples de ton orthographe.

– Mauvaise ? lui demanda Darellon.

– Terrible, mon ami. Il a un jour écrit un mot de six lettres et il n'a même pas réussi à placer une seule lettre comme il fallait.

– Certains mots sont difficiles, Vanion.

– Son *propre* nom ?

– Mais vous ne pouvez pas faire ça ! protesta d'une voix stridente le patriarche de Cardos quand Émouchet et Kalten l'arrachèrent à sa demeure, quelques jours plus tard. Vous ne pouvez pas arrêter un patriarche pour quoi que ce soit alors que la Hiérocratie est en session.

– Quelle session, Votre Grâce ? lui demanda Émouchet. Durant le deuil officiel, les séances sont interrompues.

– Aucun tribunal civil ne peut me juger. J'exige que vous présentiez ces charges spécieuses devant un tribunal ecclésiastique !

– Fais-le sortir, ordonna Émouchet à sire Perraine.

Le patriarche de Cardos fut traîné hors de la pièce.

– Qu'y a-t-il ? demanda Kalten.

– Deux détails. Notre prisonnier n'a pas paru tellement surpris de ces chefs d'inculpation, exact ?

– Exact, maintenant que tu le dis.

– Je crois que Lenda a dû omettre quelques noms en établissant sa liste.

– C'est toujours possible. Et puis ?

– Envoyons un message à Annias. Il sait que nous ne pouvons le toucher tant qu'il reste à l'intérieur de la Basilique, n'est-ce pas ?

– Oui.

– Nous allons donc restreindre sa liberté de mouvements... ne serait-ce que pour l'irriter un peu plus. Nous lui devons bien ça, après l'empoisonnement du cuisinier.

– Et comment penses-tu réaliser cela ?

– Tu vas voir... et suis-moi bien.

– Est-ce que ce n'est pas ce que je fais tout le temps ?

Ils sortirent dans la cour de la luxueuse maison du patriarche (bâtie sur le dos des contribuables élènes, Émouchet en était sûr).

– Mon collègue et moi-même avons pris en considération votre requête pour une audition ecclésiastique, Votre Grâce, annonça le grand pandion au prisonnier. Il nous semble que votre argument est à prendre en considération.

Il se mit à parcourir sa liasse de mandats.

– Vous allez donc m'envoyer à la Basilique pour une audition ? demanda le patriarche.

– Hum ? fit Émouchet d'un air absent en continuant de lire.

– Je vous ai demandé si vous alliez m'envoyer à la Basilique pour y présenter ces charges absurdes ?

– Ah, je ne pense pas, Votre Grâce. Cela serait réellement gênant.

Émouchet sortit le mandat pour l'arrestation du primat de Cimmura et le montra à Kalten.

– C'est bien lui, dit Kalten. C'est lui que nous voulons.

Émouchet roula le mandat et le tapota contre sa joue.

– Voici ce que vous allez faire, Votre Grâce. Nous allons vous conduire jusqu'au chapitoire alcion et vous y enfermer. Ces inculpations proviennent d'Élénie et toute procédure devra être menée par le chef de l'Église en ce royaume. Puisque le primat Annias est le substitut du patriarche de Cimmura durant l'incapacité de Sa Grâce, ce sera donc lui qui vous jugera. Étrange retour du destin, n'est-ce pas ? Comme le primat Annias est l'unique autorité en la matière, nous allons vous remettre à lui. Il lui suffira de sortir de la Basilique, de se rendre au chapitoire alcion et de nous ordonner de vous remettre entre ses mains. (Il jeta un coup d'œil en direction de l'officier en tunique rouge surveillé par sire Perraine, l'air lugubre.) Le capitaine de votre garde fera un parfait messager. Pourquoi ne pas lui expliquer la situation ? Nous l'enverrons alors à la Basilique pour qu'il voie Annias. Qu'il propose au bon primat de venir nous rendre visite. Nous serons enchantés de le rencontrer en terrain neutre, n'est-ce pas, Kalten ?

– Oh, tout à fait, confirma Kalten avec ferveur.

Le patriarche de Cardos leur lança un regard soupçonneux, puis il s'entretint brièvement avec le capitaine de sa garde. Tout en parlant, il n'arrêtait pas de jeter des regards au mandat enroulé dans la main d'Émouchet.

– Penses-tu qu'il ait compris ? murmura Kalten.

– Je l'espère bien. J'ai tout fait pour cela, hormis lui taper sur la tête.

Le patriarche de Cardos revint, le visage raidi par la colère.

– Oh, autre chose, capitaine, lança Émouchet au soldat de l'Église qui se préparait à partir. Auriez-vous l'amabilité de transmettre pour nous un message personnel au primat de Cimmura ? Dites-lui que sire Émouchet de l'ordre des Pandions l'invite à sortir du dôme de la Basilique pour venir jouer dans les rues... où certaines restrictions mesquines ne nous empêcheront pas de nous amuser.

Kurik arriva le soir même. Il était souillé par la poussière du voyage et paraissait épuisé. Bérit l'escorta jusqu'au cabinet de Dolmant, où il s'affala dans un fauteuil.

– Je serais volontiers venu plus tôt, s'excusa-t-il. Mais je me suis arrêté à Démos pour voir Aslade et les gosses. Elle se met dans une colère terrible quand je traverse la ville sans m'arrêter.

– Comment va Aslade ? demanda le patriarche Dolmant.

– Elle a grossi, répondit Kurik avec un sourire. Et je pense qu'avec l'âge elle devient un peu gaga. Elle se sentait nostalgique, alors elle m'a conduit dans la grange. (Il serra les mâchoires.) Ensuite, j'ai longuement parlé aux garçons des dangers de laisser des ronces dans le foin.

– Avez-vous une idée de ce qu'il raconte, Émouchet ? demanda Dolmant, perplexe.

– Oui, Votre Grâce.

– Mais vous ne me donnerez pas d'explication, n'est-ce pas ?

– Non, Votre Grâce. Et comment va Ehlana ? demanda-t-il à son écuyer.

– Elle est difficile, grommela Kurik. Sans principes. Cassante. Capricieuse. Dominatrice. Exigeante. Rusée. Impitoyable. Bref, une jeune reine comme toutes les autres. Mais je l'aime bien. Elle me rappelle Flûte, je ne sais pas pourquoi.

– Je ne te réclamais pas une description, Kurik, dit Émouchet. Je t'interrogeais sur sa santé.

– Elle me semble en pleine forme. Si elle était souffrante, elle ne serait pas capable de courir aussi vite.

– Courir ?

– On dirait qu'elle a l'impression d'avoir manqué

des tas de choses pendant qu'elle était endormie et qu'elle essaie de rattraper le temps perdu. Elle fourre son nez dans tous les coins du palais. Je pense que Lenda songe sérieusement au suicide et les femmes de chambre sont toutes désespérées. Impossible de lui cacher le moindre grain de poussière. A la fin, elle n'aura peut-être pas le meilleur royaume du monde, mais elle aura assurément le plus propre. (Kurik mit la main dans son gilet en cuir.) Tenez, dit-il en sortant une pile épaisse de parchemins pliés. Elle vous a écrit une lettre. Prenez le temps de la lire, monseigneur. Il lui a fallu deux journées pour la rédiger.

– Où en est notre idée d'une milice ? demanda Kalten.

– Tout se passe fort bien, ma foi. Juste avant mon départ, un bataillon de soldats de l'Église s'est présenté devant la ville. Son commandant a commis l'erreur de se tenir un peu trop près de la porte quand il a exigé qu'on les laisse entrer. Deux citoyens lui ont déversé quelque chose sur la tête.

– De la poix brûlante ? supposa Tynian.

– Non, sire Tynian. (Kurik eut un sourire.) Ces deux gaillards gagnent leur vie en drainant et en nettoyant les fosses septiques. L'officier a reçu le fruit de leur labeur de la journée... une pleine barrique. Le colonel... ou ce qu'il en restait... a perdu la tête et il donné l'ordre d'attaquer la porte. C'est alors que les roches et la poix brûlante sont entrées en action. Les soldats ont planté leur camp non loin du mur de l'est pour se donner le temps de réfléchir et au cours de la nuit deux dizaines de coupe-jarrets à Platime sont descendus avec des cordes pour leur rendre visite. Le lendemain matin, les soldats n'avaient plus beaucoup d'officiers. Ils ont tourné à l'aveuglette pendant un petit moment, puis ils ont décidé de partir. Je pense que votre reine est en sécurité, Émouchet. En tant que groupe, les soldats manquent d'imagination et les tactiques non conventionnelles tendent à les perturber. Platime et Stragen se sont régalés comme jamais et la population commence à être fière de sa ville. On balaie même les rues au cas où

Ehlana viendrait à passer à cheval lors de l'une de ses inspections matinales.

– Ces idiots ne la laissent quand même pas sortir du palais ? s'exclama Émouchet avec colère.

– Qui pourrait l'arrêter ? Elle est en sécurité, Émouchet. Platime la fait garder par la femme la plus imposante que j'aie jamais vue. Elle est presque aussi grande qu'Ulath et elle porte davantage d'armes que tout un peloton.

– Ce doit être Mirtaï la géante, annonça Talen. La reine Ehlana n'a plus rien à craindre, Émouchet. C'est une armée à elle seule.

– Une femme ? s'étonna Kalten.

– Je ne te recommanderais pas de lui jeter ça en pleine figure. Elle se considère comme une guerrière et personne de raisonnable n'irait la contredire. La plupart du temps, elle porte des vêtements d'homme, probablement parce qu'elle ne veut pas être importunée par des types qui aiment les femmes costaudes. Elle a des poignards cachés dans les endroits les plus inattendus. Elle en a même intégré dans la semelle de ses chaussures. Ils ne dépassent pas beaucoup, mais il vaut mieux éviter de recevoir d'elle un coup de pied à un endroit sensible.

– Où Platime a-t-il trouvé une femme pareille ? lui demanda Kalten.

– Il l'a achetée. (Talen haussa les épaules.) Elle devait avoir quinze ans, à l'époque, et elle n'avait pas fini de grandir. Elle ne parlait pas un mot d'élène, m'a-t-on dit. Il a essayé de la faire travailler dans un bordel, mais après qu'elle a eu mutilé ou tué une douzaine de clients, il a changé d'avis.

– Tout le monde parle élène, lui objecta Kalten.

– Pas dans l'empire Tamouli, si j'ai bien compris. Mirtaï est tamouli. C'est pour ça qu'elle a un nom aussi curieux. Elle me fait peur, et il n'y en a pas beaucoup qui me fassent cet effet.

– Il n'y a pas que la géante, Émouchet, continua Kurik. La population connaît ses voisins et tout le monde connaît ceux qui ont des opinions politiques divergentes. Les gens sont maintenant d'un loyalisme fanatique vis-à-vis de la reine, et chacun se fait un devoir de surveiller son voisin. Platime a récupéré presque tous ceux sur qui plane le moindre soupçon.

– Annias a un tas de séides à Cimmura, répondit Émouchet, toujours inquiet.

– Il en *avait,* monseigneur, le reprit Kurik. On a fait pas mal d'exemples peu agréables et si quelqu'un en ville n'aime pas la reine Ehlana, il veille à garder ça pour lui. Je pourrais manger ? Je meurs de faim.

Les funérailles de l'archiprélat Cluvonus furent naturellement fantastiques. Le glas sonna pendant des journées entières et l'air à l'intérieur de la Basilique était chargé d'encens, de cantiques et d'hymnes interprétés en élène archaïque, une langue que très peu étaient capables de comprendre. Tous les ecclésiastiques portaient du noir, la plupart du temps, mais ce genre d'occasion solennelle leur faisait sortir un arc-en-ciel d'atours aux couleurs éclatantes. Les patriarches étaient tous en écarlate, les primats avaient les couleurs de leur royaume d'origine. Chacun des dix-neuf ordres de moines et nonnes cloîtrés avait sa couleur particulière et chaque couleur possédait une signification particulière. La nef de la Basilique était un imbroglio de couleurs qui, souvent, ne s'accordaient pas, faisant plutôt songer à une place de village cammorien un jour de fête qu'à un endroit où se déroulaient des funérailles. On accomplissait religieusement d'obscurs petits rituels et autres pratiques superstitieuses remontant à l'Antiquité, même si plus personne n'avait la moindre idée de leur signification. Un nombre non négligeable de prêtres et de moines dont la seule vocation était d'exécuter ces petites cérémonies apparaissaient brièvement en public pour la seule et unique fois de leur vie. Un moine très âgé, qui devait faire trois fois le tour de la bière de l'archiprélat en portant un coussin de velours noir sur lequel reposait une salière vert-de-grisée, fut à ce point surexcité que son cœur battit la chamade avant de s'arrêter, et il fallut lui trouver un remplaçant sur-le-champ. Ledit remplaçant, un jeune novice boutonneux aux mérites médiocres et à la piété douteuse, pleura de gratitude en se rendant compte que son statut était assuré pour la vie et qu'il n'aurait besoin de travailler qu'une fois par génération.

Les interminables funérailles continuèrent, monotones, ponctuées de prières et d'hymnes. A des moments bien précis, l'assemblée se levait ; à d'autres, elle s'agenouillait ; puis elle se rasseyait. Tout cela était terriblement solennel et assez peu raisonnable.

Le primat Annias se tenait aussi près que possible de la corde de velours qui séparait les patriarches des spectateurs sur le côté nord de la vaste nef, et il était entouré de larbins et autres sycophantes. Comme il ne pouvait pas se rapprocher, Émouchet alla s'installer avec ses amis dans la galerie sud, d'où il pouvait regarder droit dans les yeux du primat au visage gris. Le rassemblement des patriarches opposés à Annias à l'intérieur du chapitoire pandion s'était déroulé normalement et l'arrestation et l'emprisonnement de six patriarches fidèles au primat (ou à son argent) s'étaient également passés sans anicroche. Annias, la déconvenue se lisant sur sa figure, s'occupait en adressant au patriarche de Coumbe des billets qui lui étaient remis par les divers membres d'une escouade de jeunes pages. A chaque note expédiée par Annias à Makova, Émouchet en envoyait une à Dolmant. Émouchet disposait d'un certain avantage. Annias devait *écrire* ses billets. Émouchet se contentait de bouts de papier vierge bien pliés. C'était là un stratagème auquel Dolmant avait consenti, chose assez surprenante.

Kalten se glissa dans un siège de l'autre côté de Tynian et gribouilla lui aussi un billet qu'il fit passer à Émouchet.

Cou de vaine. Sein de no patrie arche sausson prézenté à la porte arrière du Chappy Toire y a une deux mieure. Y zavé appri que nous protaijon no zami et y sausson pressi pitté ché nous. Chouait, non ?

Émouchet fit une petite grimace. Les notions de Kalten en matière d'orthographe élène étaient probablement plus vagues que ce que redoutait Vanion. Il montra la note à Talen.

– Comment cela affecte-t-il les chiffres ?

Talen plissa les yeux.

– Le nombre de votants n'a changé que d'un, chuchota-t-il. Nous avons enfermé six des votants d'Annias et récupéré cinq des nôtres. A présent, nous en avons cinquante-deux, lui cinquante-neuf, et il reste les neuf neutres. Ça fait un total de cent vingt votants. Il en faut toujours soixante-douze pour gagner, mais les neuf voix ne pourraient plus l'aider. Il n'obtiendrait que soixante-huit, et il manquerait encore quatre voix.

– Donne-moi ce billet, dit Émouchet.

Il inscrivit les chiffres de Talen sous le message de Kalten, puis ajouta :

Je suggère que, à ce stade, nous suspendions toutes négociations avec les neutres. Nous n'avons plus besoin d'eux.

Il tendit la note à Talen.

– Apporte ceci à Dolmant et je ne t'en voudrais pas d'afficher un large sourire en descendant jusqu'à lui.

– Un sourire méchant, Émouchet ? Affecté, peut-être ?

– Fais de ton mieux.

Émouchet prit un autre bout de papier, inscrivit dessus le calcul de Talen et le fit circuler parmi ses amis en armure.

Le primat Annias se retrouva soudain en face d'un groupe de chevaliers de l'Église rayonnants de l'autre côté de la Basilique. Son visage s'assombrit et il commença à se mâchouiller nerveusement un ongle.

Finalement, la cérémonie funèbre atteignit sa conclusion. La foule dans la nef se leva et une file se forma pour suivre le corps de Cluvonus jusqu'à sa dernière demeure dans la crypte de la Basilique. Émouchet retint Talen et ralentit pour s'entretenir avec Kalten.

– Où as-tu appris l'orthographe ? lui demanda-t-il.

– L'orthographe est le genre de chose dont un gentilhomme ne devrait pas avoir à se soucier, Émouchet, répondit Kalten d'un ton hautain. (Il regarda prudemment autour d'eux pour s'assurer qu'on ne l'entendait pas.) Mais où est donc Wargun ? chuchota-t-il.

– Je l'ignore totalement. Peut-être ont-ils dû le dessaouler. Son sens de l'orientation n'est pas très bon, quand il a bu.

– Il faudrait qu'on trouve un plan de rechange, Émouchet. La Hiérocratie va reprendre ses séances dès que Cluvonus aura été rangé au frais.

– Nous disposons de suffisamment de voix pour bloquer Annias.

– Il suffit de deux votes pour cela, mon ami. A ce moment-là, il s'affolera et nous sommes en minorité. (Kalten considéra les gros longerons en bois qui descendaient dans la crypte le long de l'escalier.) Peut-être devrions-nous mettre le feu à la Basilique.

– *Est-ce que tu as perdu la tête ?*

– Cela retarderait les événements, Émouchet, et nous avons besoin d'un peu de répit.

– Je ne crois pas que nous en arriverons là. Gardons nos cinq patriarches en réserve. Talen, sans ces cinq suffrages, où en sommes-nous ?

– Cent quinze votants, Émouchet. Ce qui signifie soixante-neuf pour gagner.

– Et il lui manque toujours une voix... même s'il arrive à acheter les neutres. Il évitera donc toute confrontation ouverte s'il pense qu'il ne dispose que de cette marge. Kalten, rentre au chapitoire avec Perraine et les cinq patriarches. Mets-leur des bouts d'armures pour les déguiser et prends une cinquantaine de chevaliers pour les escorter. Conduis-les dans l'antichambre. Dolmant décidera du moment où il les utilisera.

– Parfait. (Kalten eut un sourire malveillant.) Mais nous avons battu Annias, n'est-ce pas, Émouchet ?

– On dirait, mais ne fêtons rien tant que personne d'autre ne siège sur ce trône. Allez, en route.

On prononça moult discours quand la Hiérocratie toute d'écarlate vêtue reprit ses travaux. Il s'agissait essentiellement de panégyriques ânonnés par des patriarches trop mineurs pour avoir participé aux rites dans la nef. Le patriarche Ortzel de Kadach, frère du baron Alstrom de Lamorkand, se montra particulièrement ennuyeux. La séance s'interrompit tôt et reprit le lendemain matin. Les patriarches opposés à Annias s'étaient rassemblés la veille au soir et avaient choisi Ortzel comme leur porte-étendard. Émouchet se sentait encore très circonspect vis-à-vis d'Ortzel, mais il resta coi.

Dolmant gardait en réserve les cinq patriarches qui venaient de regagner leurs rangs. Déguisés sous des armures composites, ils restaient avec un peloton de chevaliers de l'Église dans une salle de garde non loin de la chambre d'audience.

Quand le silence fut tombé, le patriarche Makova se leva et proposa le nom du primat Annias pour l'archiprélature. Son discours de nomination dura près d'une heure, mais les applaudissements ne furent guère nourris. Dolmant se leva alors et proposa Ortzel. Le discours de Dolmant fut plus direct et salué par des applaudissements enthousiastes.

– Ils vont voter ? chuchota Talen à Émouchet.

– Je l'ignore. C'est à Makova d'en décider. Il est actuellement président de séance.

– J'aimerais *vraiment* assister à un vote, Émouchet.

– Tu n'es pas sûr de tes chiffres ? lui demanda celui-ci avec une certaine appréhension.

– Bien sûr que si, mais les chiffres ne sont que des chiffres. Un tas de trucs peuvent se produire quand il y a des gens en lice. Tiens, ça, par exemple. (Talen désigna un page qui se hâtait de transmettre à Dolmant un billet des neuf patriarches non engagés.) Qu'est-ce qu'ils veulent, maintenant ?

– Probablement savoir pour quelle raison Dolmant a soudain cessé de leur offrir de l'argent. Leurs voix ne valent plus rien, mais ils n'en savent sans doute rien.

– Que penses-tu qu'ils vont faire ?

– Qui sait ? (Émouchet haussa les épaules.) Et qui s'en soucie ?

Makova, debout devant le lutrin, jeta un coup d'œil sur une liasse de notes. Puis il releva les yeux et s'éclaircit la gorge.

– Avant de passer au vote initial, mes frères, une question de la plus extrême gravité vient d'être portée à mon attention. Comme peuvent le savoir certains d'entre vous, les Zémochs se sont massés à la frontière orientale de Lamorkand avec des intentions clairement hostiles. Je crois que nous pouvons nous attendre avec quasi-certitude qu'Otha envahisse l'ouest... au cours des prochains jours, peut-être. Il est donc vital que les délibérations de l'assemblée s'achèvent avec le maximum de célérité. Notre nouvel archiprélat, le jour même de son accession au trône, devra affronter la crise la plus tragique qu'aient connue notre Église et ses fils loyaux depuis cinq siècles.

– Qu'est-ce qu'il fabrique ? chuchota sire Bévier à Émouchet. Tout le monde à Chyrellos sait qu'Otha est déjà en Lamorkand.

– Il gagne du temps, répondit Émouchet en fronçant les sourcils. Mais il n'a aucune raison pour cela.

– Que trame donc Annias ? demanda Tynian en foudroyant du regard le primat de Cimmura qui affichait un sourire content de soi.

– Il attend un événement quelconque.

– Mais quoi ?

– Je n'en ai pas la moindre idée, mais Makova va continuer de parler jusqu'à ce qu'il se produise.

Bérit se glissa alors à l'intérieur de la chambre d'audience, le visage blême et les yeux affolés. Il monta l'escalier en trébuchant et se fraya un chemin jusqu'à Émouchet.

– Sire Émouchet ! explosa-t-il.

– Baisse la voix, Bérit ! siffla Émouchet. Assieds-toi et reprends-toi !

Bérit s'assit et prit longuement son souffle.

– Très bien. Parle calmement et dis-nous ce qui se passe.

– Deux armées approchent de Chyrellos, monseigneur, annonça simplement le novice.

– *Deux ?* lâcha Ulath, surpris. (Puis il écarta les mains.) Peut-être Wargun a-t-il décidé de scinder ses forces.

– Ce n'est pas l'armée du roi Wargun, sire Ulath. Dès que nous les avons vues approcher, des chevaliers de l'Église sont parties en éclaireurs. Celle qui arrive du nord semble être composée de Lamorks.

– Des Lamorks ? répéta Tynian, intrigué. Mais que fabriquent-ils ici ? Ils devraient se trouver à la frontière pour affronter Otha.

– Je ne crois pas que ces Lamorks-là s'intéressent à Otha, monseigneur, lui dit Bérit. Certains des chevaliers partis en éclaireurs étaient des pandions et ils ont identifié leurs chefs comme étant Adus et Krager.

– *Quoi ?* s'exclama Kalten.

– Du calme, Kalten ! ordonna Émouchet. Et l'autre armée, Bérit ? demanda-t-il, bien qu'il connût déjà la réponse.

– Surtout des Rendors, monseigneur, mais aussi bon nombre de Cammoriens.

– Et leur chef ?

– Martel, monseigneur.

DEUXIÈME PARTIE

L'ARCHIPRÉLAT

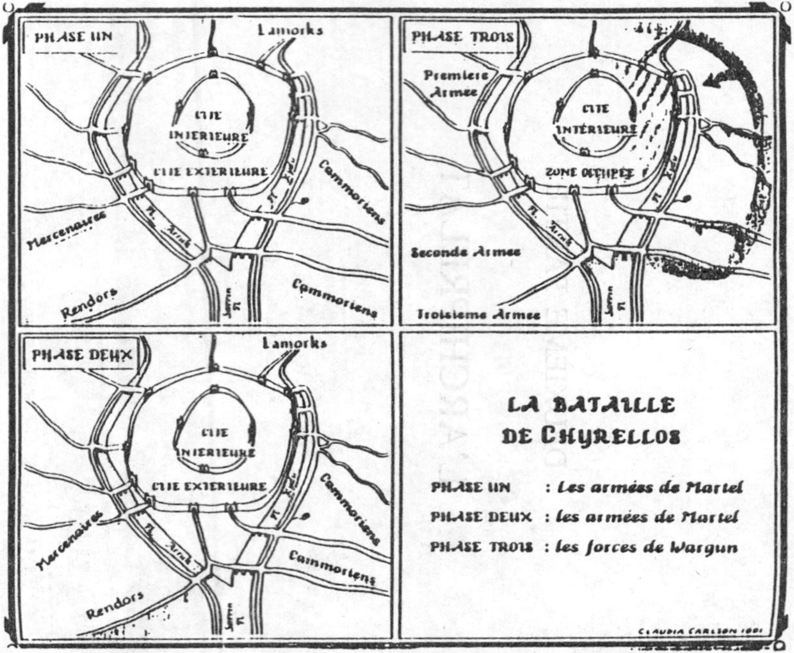
PHASE UN
Lamorks
CITE INTERIEURE
CITE EXTERIEURE
Cammoriens
Mercenaires
Rendors
Cammoriens
PHASE TROIS
Premiere Armée
CITE INTERIEURE
ZONE OCCUPEE
Seconde Armee
Troisieme Armee
PHASE DEUX
Lamorks
CITE INTERIEURE
CITE EXTERIEURE
Cammoriens
Mercenaires
Cammoriens
Rendors
LA BATAILLE DE CHYRELLOS
PHASE UN : Les armées de Martel
PHASE DEUX : les armées de Martel
PHASE TROIS : les forces de Wargun
CLAUDIA CARLSON 1991

CHAPITRE DIX

La voix du patriarche Makova ronronnait doucement tandis que le soleil du matin se déversait dans la salle d'audience, ses rayons traversant les panneaux triangulaires en épais cristal d'un gros œil-de-bœuf niché dans le mur derrière le trône en deuil de l'archiprélat. Des grains de poussière doraient ces flots de lumière matinale, traçant dans l'air immobile la découpe allongée et parfaite de chaque triangle. Makova rappela en détail les horreurs de la guerre zémoch cinq cents ans auparavant, puis il se lança dans une analyse complète des échecs de l'Église durant cette période de troubles.

Émouchet rédigea une brève note à l'intention de Dolmant, Emban et les précepteurs, pour les informer de l'approche des armées.

– Les soldats de l'Église défendront-ils Chyrellos ? chuchota Bévier.

– Au mieux, nous pouvons espérer une résistance de principe, répondit Émouchet.

– Mais qu'est-ce qui retient donc Wargun ? demanda Kalten à Ulath.

– Je n'en ai pas la moindre idée.

– Est-ce que ce ne serait pas le moment idéal pour s'excuser et partir tranquillement ? proposa Tynian. Makova ne nous apprend rien.

– Écoutons un peu Dolmant, répondit Émouchet. Je ne voudrais pas qu'Annias soupçonne quelque chose. Nous savons à présent pour quelle raison il tergiverse ainsi, mais ce n'est pas fini. Il va falloir du temps à Martel pour déployer ses forces.

– Dans un tel cas, on détruit habituellement les ponts, conseilla Bévier. Ce qui devrait ralentir les armées en marche.

Émouchet secoua la tête.

– Les ponts sont au nombre de dix, sur ces deux cours d'eau, Bévier, et nous ne disposons que de quatre cents chevaliers. Je ne voudrais pas leur faire courir de risques pour gagner quelques heures.

– D'ailleurs, les Lamorks en provenance du nord n'auront aucun pont à franchir, ajouta Tynian.

La porte ornementée de la salle d'audience s'ouvrit et un moine surexcité se hâta de rejoindre le lutrin, ses sandales claquant sur le marbre, le souffle de son passage faisant danser et tournoyer les grains de poussière ensoleillés. Le moine s'inclina très bas et tendit à Makova une feuille de papier pliée.

Makova lut rapidement le message et un mince sourire de triomphe parcourut son visage vérolé.

– Je viens de recevoir des informations marquantes, mes frères, annonça-t-il. Deux groupes importants de pèlerins s'approchent de Chyrellos. Je sais fort bien que nous sommes pour la plupart détachés du monde ordinaire, mais il n'est nullement secret que certaines tensions se manifestent aujourd'hui en Éosie. La sagesse n'exigerait-elle pas que nous suspendions cette séance afin de rassembler le maximum de renseignements sur ces hommes et jauger la situation ? (Il regarda autour de lui.) Aucune objection ne s'étant manifestée, il en sera ainsi. La Hiérocratie se retire jusqu'à demain matin.

– Des pèlerins ! fit Ulath en se levant avec un reniflement de mépris.

Mais Émouchet resta assis et continua d'adresser un regard dur au primat de Cimmura, qui le lui rendit avec un léger sourire sur le visage.

Vanion s'était dressé avec les autres patriarches et tourna rapidement les yeux vers Émouchet. Il eut un bref mouvement de main et se dirigea vers la porte.

– Sortons d'ici, marmotta Émouchet à l'adresse de

ses amis au milieu des bruits de conversation et d'excitation qui envahissaient les lieux.

Les patriarches tout de noir vêtus se dirigeaient lentement vers la porte, leur avance ralentie par ceux qui s'étaient arrêtés pour discuter. Émouchet conduisit ses amis en armure jusqu'à l'escalier et au niveau des dalles en marbre de la salle d'audience. Le grand pandion résista à son envie d'écarter de son chemin les divers ecclésiastiques.

Il retrouva Annias près de la porte.

– Ah, vous voilà, Émouchet, fit le primat de Cimmura au visage gris avec un air malicieux. Auriez-vous l'intention de vous rendre sur les murs de la ville pour assister à l'approche des foules de fidèles ?

Émouchet se retint d'exploser.

– Idée intéressante, voisin, dit-il d'un ton traînant qui frôlait l'insulte. Mais je crois que je préfère aller déjeuner. Voudriez-vous vous joindre à moi, Annias ? Séphrénia fait rôtir un chevreau et l'on raconte que ce genre de viande épaissit le sang. Cela ne vous ferait pas de mal, car je vous trouve un peu blafard, ces derniers temps.

– Votre invitation est très aimable, Émouchet, mais j'ai d'autres engagements. Les affaires de l'Église, vous comprenez.

– Bien entendu. Oh, au fait, Annias, quand vous vous entretiendrez avec Martel, présentez-lui mon meilleur souvenir. Dites-lui que je suis très désireux de reprendre notre conversation commencée à Dabour.

– Je n'y manquerai pas, seigneur chevalier. A présent, si vous voulez bien m'excuser.

Une légère expression irritée se peignit sur la figure du primat au moment où il se retournait pour franchir la large porte.

– De quoi s'agissait-il ? demanda Tynian.

– Il faut que tu connaisses un peu mieux Émouchet, lui répondit Kalten. Il aurait préféré mourir plutôt que de laisser voir sa colère à Annias. Il n'a même pas cligné les yeux quand je lui ai cassé le nez. Il s'est contenté d'un sourire amical et il m'a donné un coup dans le ventre.

– Et toi, tu as cligné les yeux ?

– Eh bien, non. J'étais trop occupé à reprendre mon souffle. Alors, qu'est-ce qu'on fait, Émouchet ?

– Vanion veut nous parler.

Les précepteurs des ordres combattants bavardaient nerveusement juste à côté de l'énorme porte. Le patriarche Emban d'Ucéra était en leur compagnie.

– Je pense que notre souci majeur est maintenant l'état des portes de la cité, disait le précepteur Abriel.

L'armure polie, la cape et le surcot blancs d'Abriel lui donnaient une trompeuse allure de sainteté, mais son visage démentait cette apparence.

– Penses-tu que nous puissions compter un tant soit peu sur les soldats de l'Église ? demanda Darellon. (Darellon était mince et ne semblait pas assez robuste pour supporter sa lourde armure deirane.) Du moins pourraient-ils démolir les ponts.

– Je ne le conseille pas, répondit brutalement Emban. Ils reçoivent leurs ordres d'Annias, et Annias ne risque pas de mettre des bâtons dans les roues de ce Martel. Émouchet, à quoi devons-nous nous attendre, exactement ?

– Dis-le-lui, Bérit, lança Émouchet au jeune novice émacié. C'est toi qui les as vus.

– Oui, monseigneur. Nous avons des Lamorks qui descendent du nord, Votre Grâce, répondit-il à Emban. Et des Cammoriens et des Rendors en provenance du sud. Aucune des deux armées n'est vraiment gigantesque, mais leur association est suffisamment importante pour menacer la ville sainte.

– Cette armée du sud, comment est-elle déployée ? demanda Emban.

– Les Cammoriens sont à l'avant-garde et couvrent les flancs, Votre Grâce. Les Rendors sont au centre et forment l'arrière-garde.

– Est-ce qu'ils portent les robes rendoriennes noires traditionnelles ? le pressa Emban, le regard fiévreux.

– Assez difficile à dire, Votre Grâce. Ils se trouvent de l'autre côté des fleuves et la poussière est abondante, là-bas. Mais ils me semblaient habillés différemment des Cammoriens. C'est à peu près tout ce que je peux vous dire.

– Je vois. Vanion, quelle est la valeur de ce jeune homme ?

– Excellente, Votre Grâce, répondit Émouchet à la place de son précepteur. Nous fondons en lui de grands espoirs.

– Très bien. Puis-je vous l'emprunter ? Et je pense que j'aurai également besoin de votre écuyer, Kurik. Il me faut quelque chose qu'ils devront aller me chercher.

– Naturellement, Votre Grâce, acquiesça Émouchet. Accompagne-le, Bérit. Kurik est au chapitoire.

Emban s'éloigna pesamment, Bérit sur les talons.

– Nous devrions nous séparer, messires, proposa Komier. Allons jeter un coup d'œil à ces portes. Ulath, avec moi.

– Oui, monseigneur.

– Émouchet, dit Vanion, tu me suis. Kalten, je veux que tu restes tout près du patriarche Dolmant. Annias risque de vouloir profiter de la confusion et Dolmant est celui qui l'inquiète le plus. Fais de ton mieux pour que Sa Grâce reste à l'intérieur de la Basilique. On y est un peu plus en sécurité.

Vanion enfila son casque à plumet et fit volte-face dans un tourbillon de cape noire.

– Quelle direction, monseigneur ? demanda Émouchet quand ils sortirent de la Basilique et s'engagèrent sur les marches en marbre donnant sur la vaste cour.

– La porte sud. Je veux jeter un coup d'œil à Martel.

– Parfait. Je serai bien le dernier à dire : « Je t'avais prévenu, Vanion », mais c'est pourtant ce que j'ai fait ; tu sais que je veux tuer Martel depuis le début.

– N'insiste pas, Émouchet, fit Vanion, le visage crispé tandis qu'il se hissait en selle. La situation a d'ailleurs changé. Tu as désormais ma permission.

– C'est un peu tard, marmonna Émouchet en montant sur Faran.

– Pardon ?

– Rien, rien, monseigneur.

La porte sud de la cité de Chyrellos n'avait pas été

fermée depuis plus de deux siècles et son état était douloureusement évident. Le bois pourrissait en plusieurs endroits et les chaînes massives qui l'actionnaient étaient couvertes d'une couche de rouille. Vanion jeta un coup d'œil et frémit.

– Totalement indéfendable, grommela-t-il. Je pourrais la faire tomber tout seul d'un simple coup de pied. Montons sur la muraille, Émouchet. Je veux voir ces armées.

Les fortifications étaient encombrées d'habitants, artisans, marchands et simples ouvriers. Il régnait une sorte d'atmosphère de vacances parmi cette foule bariolée bouche bée devant l'armée en train d'approcher.

– Attention à qui tu t'attaques, lança belliqueusement un ouvrier à Émouchet. On a autant le droit de regarder que toi.

Il puait la bière bon marché.

– Va regarder ailleurs, voisin, lui répliqua Émouchet.

– Tu peux pas me donner des ordres comme ça. J'ai des droits.

– Tu veux regarder, hein ?

– C'est pour ça que je suis ici.

Émouchet l'agrippa par le devant de son tablier en toile, le souleva par-dessus le parapet de la muraille et le lâcha. Le mur devait faire quinze pieds de haut à cet endroit et l'homme ivre eut le souffle coupé quand il heurta le sol.

– L'armée qui arrive est par là, voisin, lui lança Émouchet d'un ton jovial en lui indiquant la direction du sud. Pourquoi ne pas aller tranquillement la voir de plus près... rien que pour faire valoir tes droits.

– Tu es vraiment très sec quand tu t'y mets, Émouchet, le réprimanda son ami.

– Son attitude ne me plaisait pas, grogna Émouchet. Voisins, dit-il à tous ceux qui s'étaient amassés autour d'eux, qui d'entre vous désire encore faire valoir ses droits ?

Il jeta un coup d'œil par-dessus le parapet. L'ouvrier ivre se précipitait vers la sécurité relative de la ville, clopinant et lâchant des lamentations incohérentes.

Vanion observa les forces cammoriennes et rendoriennes.

– C'est plus ou moins ce que j'espérais, dit-il à Émouchet. Le gros des forces de Martel est toujours à l'arrière et se place derrière les ponts. (Il désigna le vaste nuage de poussière qui s'élevait à plusieurs milles au sud.) Il n'arrivera pas à amener ces hommes jusqu'ici avant la nuit. Je doute que son déploiement soit terminé avant demain midi. Cela nous laissera un peu de temps. Redescendons.

Émouchet se tourna pour suivre son précepteur, mais il s'arrêta net. Un chariot ornementé portant l'emblème de l'Église gravé sur ses flancs venait d'émerger de la porte sud. Le moine qui le conduisait avait une apparence familière. Juste avant que le chariot prenne vers l'ouest, un barbu vêtu d'une soutane de patriarche passa brièvement la tête par la fenêtre. Le véhicule n'était pas à plus de trente pieds de là et Émouchet n'eut aucune peine à identifier l'ecclésiastique.

C'était Kurik.

Émouchet se mit à jurer.

– Qu'est-ce qu'il y a ? lui demanda Vanion.

– Je vais m'entretenir longuement avec le patriarche Emban, gronda Émouchet. Il y a Kurik et Bérit dans ce chariot.

– Tu es sûr ?

– Je reconnaîtrais Kurik à trente pieds par une nuit sans lune. Emban n'a aucun droit de les mettre ainsi en danger.

– Il est trop tard, à présent. Viens, Émouchet, je veux parler à Martel.

– Martel ?

– Peut-être pourrons-nous lui arracher une ou deux réponses par surprise. Penses-tu qu'il soit suffisamment arrogant pour respecter un drapeau blanc... ne serait-ce que pour manifester son avantage ?

Émouchet hocha lentement la tête.

– Probablement. L'ego de Martel est une vaste plaie ouverte. Il ferait tout pour paraître honorable, même s'il lui fallait pour cela traverser le feu.

– Je vois que nous le considérons de la même manière. Nous allons bien voir si nous avons raison, mais ne te laisse pas emporter par tes insultes au point d'être incapable de garder les yeux ouverts. Nous voulons seulement examiner son armée de plus près. Je veux savoir s'il s'agit d'un simple ramassis de piliers de bars ou de militaires plus dangereux.

Un drap réquisitionné (que Vanion proposa de payer au moment même où Émouchet l'arrachait à un lit) leur fournit un drapeau de trêve. Il vola de façon satisfaisante au bout de la lance d'Émouchet tandis que les deux chevaliers noirs se ruaient par la porte sud en direction de l'armée. Ils rejoignirent le sommet d'une éminence et s'arrêtèrent. Émouchet fit légèrement tourner Faran pour que la brise mette bien le drapeau blanc en valeur. Ils étaient encore à une certaine distance de l'armée, mais Émouchet entendait des cris et des ordres lointains. L'armée finit par s'arrêter avec un mouvement ondulatoire et, peu après, Martel, accompagné par l'un de ses soldats, sortait de ses troupes à cheval. Martel portait également une lance au bout de laquelle flottait une cape blanche ressemblant bizarrement à celle d'un chevalier cyrinique. Émouchet plissa les yeux.

– Je m'interroge, fit-il. Le Bhelliom a ramené Ehlana des limites de la mort. Je me demande si je pourrais le persuader de faire de même pour Martel.

– Pourquoi le désirerais-tu ?

– Afin de pouvoir le tuer à plusieurs reprises, monseigneur. Avec un rien d'encouragement, je pourrais consacrer le reste de ma vie à tuer Martel sans cesse et sans cesse.

Vanion lui accorda un regard dur, mais il resta coi.

Martel portait une armure très coûteuse en acier parfaitement poli, au plastron et aux épaulières embossés d'or et d'argent. On l'eût dite forgée en Deira, et elle était bien plus élégante que l'armure fonctionnelle des chevaliers de l'Église. Quand il ne fut plus qu'à quelques pieds d'Émouchet et de Vanion, il ficha dans le sol la hampe de sa lance et ôta son heaume ornementé surmonté d'un panache. Ses cheveux blancs volèrent derrière lui dans la brise piquante.

– Monseigneur, dit-il avec une courtoisie exagérée en inclinant la tête à l'adresse de Vanion.

Le visage de Vanion resta de glace. Il ne parla pas au chevalier qu'il avait chassé de l'ordre des Pandions, mais il fit signe à Émouchet de s'avancer.

– Ah, dit Martel sur un ton qui manifestait peut-être un authentique regret. J'attendais mieux de toi, Vanion. Enfin, je parlerai donc à Émouchet. Écoute, si bon te semble.

Émouchet planta aussi sa lance dans l'herbe et ôta son casque en poussant Faran en avant.

– Tu as l'air en forme, mon vieux, lui dit Martel.

– Tu n'as pas l'air d'avoir changé... hormis ton armure fantaisiste.

– J'ai eu récemment l'occasion de réfléchir un peu. J'ai amassé beaucoup d'argent au cours de ces années, mais je me suis rendu compte que je n'en profitais guère. J'ai décidé de m'acheter quelques jouets.

– C'est aussi un nouveau cheval, n'est-ce pas ?

Émouchet inspecta la monture noire de Martel.

– Il te plaît ? Je pourrais t'en trouver un venant de la même écurie, si tu veux.

– Je garderai Faran.

– Cette bête hideuse s'est-elle civilisée ?

– Je l'aime assez tel qu'il est. Quelles sont tes intentions en ce lieu, Martel ?

– N'est-ce pas évident, mon vieux ? Je vais m'emparer de la ville sainte. Si je devais chercher l'approbation populaire, j'utiliserais sans doute le terme « libérer », mais comme nous sommes de vieux amis, je pense pouvoir faire preuve de franchise. Bref, je vais marcher sur la ville sainte et, comme on dit, la plier à ma volonté.

– Tu veux dire que tu vas *essayer*, Martel.

– Et qui m'arrêterait ?

– Ton bon sens, j'espère. Tu es un peu dérangé, mais tu n'es pas idiot.

Martel s'inclina légèrement avec un petit air ironique.

– Où as-tu trouvé toutes ces troupes aussi vite ?

– Aussi vite ? (Martel éclata de rire.) Tu n'es pas très

au courant, dirait-on. Tu as passé trop de temps à Djiroch, j'ai l'impression. Tout ce soleil ! (Il frémit.) Au fait, tu as entendu parler de la charmante Lillias, ces derniers temps ?

Il avait lancé ça au hasard pour essayer de déstabiliser son ancien confrère.

– Elle était en pleine forme, répondit Émouchet sans donner l'impression d'être surpris.

– Il se peut que je m'en occupe quand tout cela sera terminé. C'est une femme très intéressante, j'ai remarqué. Cela pourrait m'amuser de m'esbaudir avec ton ancienne maîtresse.

– Repose-toi bien, Martel. Je ne crois pas que tu possèdes assez d'énergie pour Lillias. Au fait, tu n'as toujours pas répondu à ma question.

– Je pensais que tu pourrais y répondre par toi-même, mon vieux, à présent que j'ai un peu agité ta mémoire. J'ai rassemblé les Lamorks alors que je fomentais la discorde entre le baron Alstrom et le comte Gerritch. Les mercenaires cammoriens sont toujours disponibles. Il m'a suffi de lancer un appel d'offre et ils sont arrivés au pas de course. Quant aux Rendors, je n'ai pas éprouvé de difficulté majeure, une fois que je me suis débarrassé d'Arasham. Au fait, il ne cessait de coasser le mot ***Bélier*** alors qu'il agonisait. Était-ce là le mot secret que tu avais inventé ? Très banal, Émouchet. Manque total d'imagination. Le nouveau chef spirituel de Rendor est un homme bien plus facile à mener.

– Je le connais. Je te souhaite beaucoup de plaisir en sa compagnie.

– Oh, Ulésim n'est pas un mauvais bougre... si on ne le prend pas trop à rebrousse-poil. J'ai donc débarqué en Arcie, mis à sac et brûlé Coumbe, et j'ai marché sur Larium. Je dois dire que Wargun a mis le temps pour arriver. Je me suis éloigné et je l'ai fait tourner en rond dans toute l'Arcie. C'était une façon comme une autre de m'amuser en attendant la disparition du révérend Cluvonus. J'espère qu'il a eu droit à de belles funérailles.

– Assez classiques.

– Je regrette de les avoir manquées.

– Tu devrais aussi regretter un autre détail, Martel. Annias ne sera pas en mesure de te payer. Ehlana est guérie et lui a de nouveau coupé les vivres.

– Oui, j'ai appris cela... de la princesse Arissa et de son fils. Je les ai libérés de ce cloître en guise de faveur envers le primat de Cimmura. Un léger malentendu s'est toutefois produit au moment de leur libération et toutes les nonnes du couvent ont subitement trouvé la mort. Regrettable, peut-être, mais vous autres ecclésiastiques ne devriez jamais vous mêler de politique, tu sais. Mes soldats ont aussi mis le feu au couvent au moment de leur départ. Je transmettrai tes meilleurs vœux à Arissa quand je rejoindrai mes troupes. Elle réside dans mon pavillon depuis que nous avons quitté Démos. Les horreurs de son emprisonnement l'ont assez abattue et je me suis sacrifié pour la réconforter autant que faire se peut.

– Tu m'en dois une de plus, Martel.

– Comment cela ?

– J'ai une raison supplémentaire de te tuer, à cause de ces nonnes.

– Ne te gêne pas, quand tu voudras, mon vieux. Mais comment es-tu arrivé à guérir Ehlana ? On m'avait assuré en Rendor qu'il n'existait aucun remède possible.

– Tes informateurs se trompaient. Nous avons trouvé le nom de ce remède à Dabour. En fait, c'est pour cela que nous y étions avec Séphrénia. Disons que le fait que nous ayons gâché tes plans avec Arasham était une sorte de bonus.

– Je t'en ai vraiment voulu, tu sais.

– Comment paieras-tu tes troupes ?

– Émouchet, fit Martel avec lassitude. Je suis sur le point de m'emparer de la ville la plus riche de ce monde. As-tu la moindre idée du butin disponible derrière les murs de Chyrellos ? Mes troupes m'ont rejoint impatiemment, et sans solde, pour le simple droit de fouiller dedans.

– J'espère alors qu'elles sont prêtes à un siège prolongé.

– Il ne me faudra pas si longtemps pour entrer, Émouchet. Annias m'ouvrira les portes.

– Annias ne dispose pas de suffisamment de voix dans la Hiérocratie.

– Disons qu'il me semble que ma présence modifiera quelque peu le scrutin.

– Accepterais-tu de régler ceci sur-le-champ ? Toi et moi ? proposa Émouchet.

– Pourquoi ferais-je cela alors que j'ai l'avantage, mon vieux ?

– Très bien. Essaie donc d'entrer à Chyrellos et peut-être trouverons-nous l'une de ces ruelles ténébreuses que tu affectionnes.

– Je rêve de ce jour, mon cher frère, répondit Martel avec un sourire. Eh bien, Vanion, ton singe apprivoisé m'a-t-il soutiré suffisamment de réponses qui te conviennent, ou bien devrais-je continuer ?

– Rentrons, dit brutalement Vanion à Émouchet.

– C'est toujours un plaisir de discuter avec toi, seigneur Vanion, lança Martel sur un ton moqueur.

– Penses-tu réellement que le Bhelliom serait à même de l'arracher à la tombe ? demanda Vanion à Émouchet tandis qu'ils retournaient vers la ville. Ça ne me dérangerait nullement de le tuer moi-même une ou deux fois.

– Sans doute peut-on poser la question à Séphrénia.

Ils se réunirent de nouveau dans le cabinet tapissé de rouge appartenant à sire Nashan, le pandion corpulent qui était le directeur du chapitoire. Le bâtiment, à la différence de ceux des autres ordres, se trouvait juste à l'intérieur des murs de l'antique ville originelle de Chyrellos. Chacun des autres précepteurs fit son rapport sur l'état des portes de la ville. Aucun ne fut particulièrement encourageant. En tant que plus ancien, Abriel se leva.

– Que devons-nous en penser, messieurs ? Existerait-il un moyen de garder la ville entière ?

– Absolument hors de question, Abriel, répondit brutalement Komier. Ces portes ne résisteraient pas à un troupeau de moutons, et même en comptant avec les soldats de l'Église nous ne disposons pas de suffisamment d'hommes pour retenir ces forces massées devant nous.

– Ce que tu nous dis là est désagréable, commenta Darellon.

– Je sais, mais je ne vois guère d'autre solution. Et toi ?

– Pas vraiment.

– Je suis navré, messeigneurs, dit sire Nashan sur un ton révérencieux. Mais je ne vous suis pas très bien.

– Nous allons devoir nous replier derrière les murs de la cité intérieure, Nashan, lui expliqua Vanion.

– Et abandonner le reste ? s'exclama Nashan. Messeigneurs, nous parlons de la plus grande... et de la plus riche... des villes de ce monde !

– Nous n'avons pas le choix, sire Nashan, expliqua Abriel. Les murailles de la cité intérieure furent bâties dans les temps antiques. Elles sont plus élevées et plus robustes que les murs essentiellement ornementaux qui encerclent le reste de Chyrellos. Nous pourrons défendre la cité intérieure, pendant un certain temps du moins, mais nous n'aurions aucune chance de tenir toute la cité.

– Nous allons devoir procéder à des choix difficiles et désagréables, reprit le précepteur Darellon. Si nous nous rabattons derrière les murs intérieurs, nous devrons fermer les portes à la population. Nous ne possédons pas les provisions pour alimenter tous ces gens.

– Nous ne pourrons rien faire tant que nous n'aurons pas le commandement des soldats de l'Église, dit Vanion. Quatre cents d'entre nous ne peuvent tenir contre l'armée de Martel.

– Je pourrais vous aider, je crois, annonça le patriarche Emban. Mais tout dépendra de l'arrogance de Makova, demain matin.

Emban s'était montré évasif quand Émouchet avait exigé une explication sur la mission qu'il avait confiée à Kurik et Bérit.

– Nous allons bénéficier d'un certain avantage tactique, dit Komier, pensif. Les troupes de Martel sont faites de mercenaires. Dès qu'elles seront entrées en ville, elles s'arrêteront pour se livrer à des pillages en règle. Ce qui nous donnera encore du temps.

Emban gloussa.

– Cela détournera également l'attention d'une portion importante de la Hiérocratie. (Il eut un large sourire.) Bon nombre de mes collègues patriarches possèdent des maisons luxueuses en ville. Je ne doute pas qu'ils considéreront avec inquiétude le sac de la cité extérieure. Cela risque donc de réduire leur enthousiasme pour la candidature du primat de Cimmura. Ma propre demeure se trouve du bon côté de l'enceinte intérieure. Je serai donc capable de réfléchir clairement... tout comme toi, Dolmant, n'est-ce pas ?

– Tu es infâme, Emban, lui apprit Dolmant.

– Mais Dieu apprécie mes efforts, Dolmant, même s'ils sont sournois et insidieux. Nous vivons tous pour Le servir... et chacun à sa manière. (Il marqua un temps d'arrêt et se renfrogna.) Ortzel est notre candidat. J'aurais probablement choisi quelqu'un d'autre, mais l'Église est actuellement parcourue par un courant de conservatisme et Ortzel est tellement conservateur qu'il ne croit même pas au feu. Il nous faudra sans doute le travailler un peu. Il n'est pas du genre que l'on peut qualifier de sympathique.

– C'est *notre* problème, Emban... le tien et le mien, lui signala Dolmant. Je pense que nous devrions nous pencher sur les questions militaires.

– Je suppose que l'étape suivante sera l'élaboration d'itinéraires de retraite, dit Abriel. Si le patriarche d'Ucéra réussit à nous faire confier le commandement des soldats de l'Église, nous devrons les déplacer rapidement dans la cité intérieure avant que la population ne se rende compte de ce que nous préparons. Autrement, nous nous retrouverons avec des foules de réfugiés.

– Ceci est bien brutal, messeigneurs, les réprimanda Séphrénia. Vous allez abandonner des gens innocents à une horde de sauvages. Les hommes de Martel ne se contenteront pas de piller. Il se produira certainement des atrocités innommables.

Dolmant poussa un soupir.

– La guerre ne sera jamais un état civilisé, petite mère. Un autre détail : dorénavant, vous nous accompagnerez à la Basilique tous les jours sans exception. Je souhaite pouvoir vous protéger sur place.

– Comme vous le voudrez, mon petit.

Une expression lugubre se peignait sur le visage de Talen.

– Je n'aurai sans doute pas le droit de me glisser à l'extérieur avant que soient fermées les portes, n'est-ce pas ? demanda-t-il à Émouchet.

– En effet. Mais pourquoi voudrais-tu sortir ?

– Pour avoir ma part du butin, naturellement. C'est là une opportunité que l'on ne rencontre qu'une fois dans sa vie.

– Tu n'irais tout de même pas piller ces maisons, n'est-ce pas, Talen ? demanda Bévier sur un ton scandalisé.

– Bien sûr que non, sire Bévier. Je laisse cela aux hommes de Martel. C'est quand ils seront ressortis dans les rues les bras pleins d'objets dérobés que les voleurs de Chyrellos pourront entrer en action. Martel perdra beaucoup d'hommes dans les jours qui viennent, j'ai l'impression. Je pourrais presque garantir qu'une épidémie de blessures par poignard va décimer leurs rangs. Certains des mendiants que l'on voit ici n'auront plus jamais à mendier. (Le gamin poussa un nouveau soupir.) Tu ôtes tout amusement à mon enfance, Émouchet, l'accusa-t-il.

– Tout danger est exclu, mes frères, assura Makova le lendemain lors de la reprise de séance. Le commandant de ma garde personnelle, le capitaine Gorta... (Il marqua un petit temps d'arrêt pour lancer un regard appuyé aux précepteurs des ordres combattants. De toute évidence, il se rappelait la disparition récente de l'ancien capitaine de ses troupes.) Je veux dire le capitaine Erden... a couru de grands risques pour aller s'assurer qu'il s'agit bien là de simples pèlerins, des fils loyaux de l'Église, venus joindre leurs voix à toutes les autres pour applaudir le nouvel archiprélat dès qu'il sera monté sur le trône sacré.

– Voilà une affirmation stupéfiante, Makova, railla le patriarche Emban. J'ai de mon côté envoyé des observateurs hors de la cité et leur rapport diffère notablement du tien. Comment penses-tu que nous puissions réconcilier ces deux points de vue ?

Le sourire de Makova fut bref, glacial.

– La jovialité du patriarche d'Ucéra est bien connue. C'est un individu fort distrayant, dont les joyeuses plaisanteries ne manquent jamais de réduire la tension qui règne dans nos délibérations, mais l'heure est-elle appropriée pour l'amusement, mon cher Emban ?

– Est-ce que je souris, Makova ? (Le ton d'Emban avait tout du tranchant d'une dague qui plonge vers les reins. Il se leva en gémissant.) Mes chers frères, mes hommes m'ont rapporté que cette horde de soi-disant pèlerins à nos portes n'a rien d'amical.

– Absurde, lança Makova.

– Peut-être. Mais j'ai pris la liberté de faire venir ici l'un de ces pèlerins, afin que nous ayons le loisir de l'examiner de plus près. Il se peut qu'il ne souhaite guère parler, mais l'attitude, les expressions, les origines, et même les vêtements d'un individu sont souvent révélateurs.

Emban claqua sèchement des mains avant que Makova n'ait pu protester ou exercer son autorité.

La porte de la salle s'ouvrit, Kurik et Bérit entrèrent. Ils tenaient chacun la cheville d'un homme en robe noire qu'ils amenaient pour l'interrogatoire ; ils traînèrent le corps inerte sur le sol, laissant derrière eux une longue tache de sang sur le marbre blanc.

– Mais qu'est-ce que vous faites ? hurla presque Makova.

– Nous présentons simplement une pièce à conviction, Makova. Aucune décision rationnelle ne peut être prise sans examen soigneux des preuves, n'est-ce pas ? (Emban désigna un point non loin du devant du lutrin.) Mettez le témoin ici, mes amis, demanda-t-il à Kurik et Bérit.

– Je vous l'interdis ! beugla Makova.

– Interdis tout ce que tu voudras, mon vieux, fit Emban en haussant les épaules. Mais c'est trop tard, à présent. Tout le monde a déjà vu cet homme et nous savons tous ce qu'il est, n'est-ce pas ? (Emban s'approcha en chaloupant du cadavre allongé sur le marbre.) Les traits de cet homme nous indiquent son origine, et ses vêtements nous le confirment. Mes frères, ce que nous avons ici est clairement un Rendor.

– Patriarche Emban d'Ucéra, fit Makova sur un ton désespéré. Je vous inculpe de meurtre.

– Ne fais pas l'âne, Makova. Tu ne peux m'arrêter alors que la Hiérocratie est en session. D'ailleurs, nous sommes à l'intérieur de la Basilique et je réclame l'asile. (Il regarda Kurik.) Vous étiez vraiment forcés de le tuer ?

– Oui, Votre Grâce, répondit le robuste écuyer. La situation l'a rendu nécessaire... mais nous n'avons pas oublié de prononcer une brève prière.

– Tout à fait exemplaire, mon fils. Je vous accorde donc, à toi et à ton jeune compagnon, l'absolution totale pour avoir renvoyé ce malheureux hérétique face à l'infinie miséricorde de Dieu. (Il examina l'assemblée.) A présent, pour en revenir à l'interrogatoire de ce « pèlerin », nous avons ici un Rendor... armé d'une épée, vous le remarquerez. Comme les seuls Rendors présents sur le continent éosien sont des éshandistes, nous devons en conclure que ledit « pèlerin » en était un également. Étant donné leur point de vue, pouvons-nous considérer que ces hérétiques viennent dans la ville sainte pour fêter l'accession au trône d'un nouvel archiprélat ? Notre cher frère Makova serait-il parvenu à convertir les hérétiques du sud à la vénération du vrai Dieu et à les ramener dans le giron de Notre Sainte Mère l'Église ? Je suis prêt à écouter la réponse de l'estimé patriarche de Coumbe.

Il adressa à Makova un regard interrogateur et patient.

– Je suis bien content qu'il soit de notre bord, murmura Ulath à Tynian.

– Assurément.
– Ah, fit Emban comme Makova le regardait avec une expression d'impuissance. C'était trop espérer, sans doute. Nous devons tous demander à Dieu de nous excuser d'avoir échoué dans cette tentative pour guérir une blessure dans le corps de Notre Sainte Mère. Néanmoins, que nos regrets et nos larmes amères de déception ne cachent point à nos yeux la rudesse de la réalité. Les « pèlerins » à nos portes ne sont pas ce qu'ils paraissent. Notre cher frère Makova fut cruellement abusé, je le crains. Nous n'avons point une multitude de fidèles, mais l'armée rapace de nos plus haïssables ennemis, assoiffés de sang et prêts à profaner le cœur même de la vraie foi. Notre destin individuel est sans importance, mes frères, mais je vous conseillerais de demander à Dieu de vous accorder le repos de votre âme. Les horreurs que les hérétiques éshandistes infligent aux membres du haut clergé sont trop bien connues pour que je vous les rappelle. Je suis quant à moi tout à fait résigné à affronter les flammes. (Il marqua un temps d'arrêt, puis il eut un large sourire et tapa sur sa vaste bedaine.) Je dois dire que ce sera un beau feu de joie.

Un frémissement de rire nerveux parcourut la salle.

– Ce qui compte à présent, mes frères, continua Emban, c'est le sort de la ville sainte et de l'Église. Nous nous trouvons face à une cruelle décision. Allons-nous abandonner Notre Mère aux hérétiques, ou bien combattre ?

– Combattre ! cria un patriarche en se levant d'un bond. Combattre !

Ce cri fut rapidement repris. Toute la Hiérocratie ne tarda pas à se retrouver debout à lancer un seul mot : « Combattre ! »

Emban croisa les bras derrière le dos de manière assez théâtrale et inclina la tête. Quand il la releva, des larmes lui coulaient sur les joues. Il se retourna lentement, pour que tout l'auditoire pût voir ces larmes.

– Hélas ! mes frères, dit-il d'une voix brisée. Nos vœux nous interdisent d'abandonner notre soutane et nos atours pour prendre l'épée. Nous sommes impuissants au milieu de cette crise épouvantable. Nous sommes condamnés, mes frères, et Notre Sainte Mère l'Église est condamnée avec nous. Pourquoi ai-je dû vivre si longtemps pour assister à ce jour terrible ? Où nous tourner, mes frères ? Qui viendra à notre aide ? Qui a le pouvoir de nous protéger en cette heure sombre ? Quels hommes en ce monde peuvent nous défendre dans cet épouvantable et fatal conflit ?

On n'entendit pas un souffle.

– Les chevaliers de l'Église ! lâcha une voix âgée parmi les bancs couverts de coussins rouges. Nous devons nous tourner vers les chevaliers de l'Église ! Les pouvoirs de l'Enfer eux-mêmes ne pourraient les vaincre !

– Les chevaliers de l'Église ! gronda la Hiérocratie comme un seul homme. Les chevaliers de l'Église !

CHAPITRE ONZE

Le brouhaha et l'excitation dans la grande salle persistèrent un certain temps tandis que le patriarche Emban d'Ucéra restait immobile au centre du dallage de marbre ; il s'était par hasard placé à l'endroit même où tombait l'ovale de lumière. Le silence commençant à se faire, Emban leva une main grassouillette.

– Oui, mes frères, les invincibles chevaliers de l'Église pourraient facilement défendre Chyrellos, mais ils sont actuellement retenus par la défense de l'Arcie. Les précepteurs sont ici, bien entendu, et ils occupent la place qui leur revient parmi nous, mais chacun d'eux ne dispose que de forces symboliques, assurément insuffisantes pour repousser les armées des ténèbres qui nous encerclent. Nous ne pouvons, en un simple clin d'œil, arracher toute la puissance des ordres combattants aux plaines rocheuses d'Arcie pour les amener à la ville sainte ; et même si nous le pouvions, comment pourrions-nous convaincre les commandants de l'armée de ce royaume tristement assiégé que notre besoin est plus grand que le leur et les persuader ainsi de laisser les chevaliers nous rejoindre ?

Le patriarche Ortzel de Kadach se leva.

– Puis-je prendre la parole ?

Le patriarche de Kadach était le candidat de compromis des factions opposées à Annias et il s'exprimait donc avec une certaine autorité.

– Bien entendu. Je suis impatient d'entendre les avis sagaces de mon frère estimé de Lamorkand.

– Le devoir primordial de l'Église est de survivre pour continuer son œuvre, dit Ortzel de sa voix dure. Toute autre considération passe au second plan. M'accordez-vous ce point ?

Un murmure d'acquiescement.

– Certaines périodes exigent des sacrifices. Si un homme se retrouve la jambe coincée dans des roches au fond d'une baïne et que l'eau lui lèche le menton, ne doit-il pas sacrifier son membre s'il veut garder la vie ? Ainsi en va-t-il pour nous aujourd'hui. Avec chagrin nous devons sacrifier toute l'Arcie pour conserver la vie... c'est-à-dire Notre Sainte Mère l'Église. Nous devons affronter cette crise, mes frères. Au temps jadis, la Hiérocratie répugna à l'extrême d'imposer des restrictions sévères et astreignantes, mais la situation actuelle est indubitablement l'épreuve la plus grave subie par notre Sainte Mère depuis l'invasion zémoch, il y a cinq cents ans. Le regard divin est posé sur nous, mes frères, et Il pourra nous juger et décider de notre aptitude à conserver la gestion de son Église bien-aimée. Ainsi que l'exigent les lois qui nous gouvernent, je demande un vote immédiat. La question est des plus simples : « La situation présente à Chyrellos constitue-t-elle une Crise spirituelle ? » Oui ou non ?

Les yeux de Makova s'écarquillèrent sous le choc.

– Vraiment ! éclata-t-il. Vraiment, la situation n'est tout de même pas aussi grave ! Nous n'avons même pas essayé de négocier avec les armées à nos portes et...

– Le patriarche est hors sujet, déclara brutalement Ortzel. La question de la Crise spirituelle ne laisse pas place à la discussion.

– Point de droit ! cria Makova.

Ortzel jeta un coup d'œil intimidant au moine qui servait de greffier.

– Énonce la loi, ordonna-t-il.

Le moine trembla violemment en commençant à feuilleter désespérément ses volumes.

– Que se passe-t-il donc ? demanda Talen, un peu perdu. Je ne comprends pas.

– La Crise spirituelle n'est presque jamais invoquée, lui apprit Bévier. Probablement parce que les rois d'Éosie occidentale s'y opposent violemment. En état de Crise spirituelle, l'Église prend le contrôle de tout... administration, armées, ressources, monnaie... oui, tout.

– Mais... est-ce qu'une crise spirituelle ne nécessite pas un vote à la majorité absolue ? suggéra Kalten. Voire à l'unanimité ?

– Je ne pense pas, répondit Bévier. Voyons ce que va dire le greffier.

– Ceci n'est-il pas redondant ? objecta Tynian. Nous avons déjà requis la présence de Wargun en lui affirmant que nous sommes en état de crise ecclésiastique.

– Quelqu'un a probablement omis de le signaler à Ortzel, répondit Ulath. Il tient à respecter la loi à la lettre et il ne serait pas très utile de blesser sa susceptibilité.

Le moine à l'air malingre, le visage blanc comme un linge, se leva et s'éclaircit la gorge. Sa voix était rendue grinçante par la terreur.

– Le patriarche de Kadach a cité la loi avec exactitude, déclara-t-il. La question de la Crise spirituelle doit être immédiatement mise au vote secret.

– *Secret ?* s'exclama Makova.

– Telle est la loi, Votre Grâce, et le scrutin aura lieu à la majorité simple.

– Mais...

– Je rappellerai au patriarche de Coumbe que toute discussion est hors de propos. (La voix d'Ortzel avait claqué comme un fouet.) Je demande le vote. (Il regarda autour de lui.) Toi, lança-t-il à un ecclésiastique assis non loin d'un Annias aux yeux exorbités. Va chercher les instruments du vote. Ils se trouvent, si je me souviens bien, dans le coffre à la droite du trône d'archiprélat.

L'homme hésita et jeta un regard apeuré en direction d'Annias.

– *Et on se dépêche !* gronda Ortzel.

Le prêtre se leva d'un bond et courut jusqu'au trône couvert de son linceul.

– Il va falloir que quelqu'un m'explique ça un peu mieux, dit Talen, sidéré.

– Plus tard, Talen, lui répondit doucement Séphrénia. (Séphrénia, portant une épaisse robe noire qui avait un vague air ecclésiastique et dissimulait sa race comme son genre, était assise parmi les chevaliers de l'Église, presque totalement cachée par la masse de leurs armures.) Observons la danse exquise qui se déroule devant nos yeux.

– Séphrénia ! la réprimanda Émouchet.

– Pardon. Je ne me moque pas de votre Église, Émouchet, mais simplement de ces manœuvres compliquées.

Les instruments de vote consistaient en une boîte noire assez grosse, couverte de poussière et dépourvue d'ornements, et de deux sacs en cuir hermétiquement fermés par des sceaux en plomb.

– Patriarche de Coumbe, déclara solennellement Ortzel. Vous présidez la séance. Votre devoir exige que vous brisiez les sceaux et fassiez distribuer les bulletins.

Makova jeta un bref coup d'œil au greffier, qui hocha la tête. Makova prit donc les deux sacs, brisa les sceaux et puisa un objet dans chacun d'eux. Ils devaient avoir la taille d'un sou. L'un était blanc, l'autre noir.

– Nous voterons avec ceci, annonça-t-il en montrant les jetons. Il est entendu que le noir signifie non et le blanc oui.

Un murmure d'acquiescement.

– Distribuez les jetons, ordonna Makova à deux pages. Chaque membre de la Hiérocratie recevra un jeton de chaque couleur. (Il s'éclaircit la gorge.) Dieu soit votre conseiller, mes frères, et votez en toute conscience.

Un soupçon de couleur était revenu sur le visage de Makova.

– Il a compté les voix, dit Kalten. Il a obtenu cinquante-neuf et il s'imagine que nous n'en avons que quarante-sept. Il n'est pas au courant des cinq patriarches que nous dissimulons dans le réduit. Il va avoir une sacrée surprise. Mais il l'emportera quand même.

– Tu oublies les neutres, Kalten, lui signala Bévier.

– Ils vont s'abstenir, non ? Ils sont toujours en quête de pots-de-vin. Ils ne veulent pas blesser l'une ou l'autre partie.

– Ils n'ont pas le droit de s'abstenir pour ce vote-ci, Kalten. La loi exige qu'ils se prononcent, sur une telle question.

– Comment sais-tu tout cela, Bévier ?

– Je t'ai dit que j'avais étudié l'histoire militaire.

– Qu'a-t-elle à voir avec ceci ?

– L'Église décréta une Crise spirituelle lors de l'invasion zémoch. J'ai étudié ces détails.

– Oh.

Tandis que les deux pages distribuaient les jetons, Dolmant se leva, puis s'approcha des énormes portes. Il s'adressa brièvement aux membres de la garde de l'archiprélat qui se tenaient à l'extérieur, puis il regagna son siège. Alors que les deux jeunes gens atteignaient l'extrémité de la quatrième rangée de bancs aux coussins écarlates, la porte s'ouvrit et les cinq patriarches nerveux qui s'étaient cachés entrèrent à la queue leu leu.

– Que signifie ceci ? demanda Makova, les yeux exorbités.

– Le patriarche de Coumbe est hors propos, lui rappela Ortzel. (Il semblait particulièrement apprécier cette remarque.) Mes frères, commença-t-il à l'intention des cinq arrivants, nous allons voter pour...

– Il me revient d'informer nos frères, lança Makova d'un ton véhément.

– Le patriarche de Coumbe est dans l'erreur, dit Ortzel d'une voix sèche. C'est *moi* qui ai présenté la question à la Hiérocratie, et c'est donc à *moi* qu'il revient d'en parler.

Il expliqua rapidement le but du scrutin aux cinq patriarches. Il insista sur la gravité de la situation, ce que n'aurait sûrement pas fait Makova.

Makova recouvrait son sang-froid.

– Il compte à nouveau les voix, murmura Kalten. Il en a toujours plus que nous. Tout dépend désormais des neutres.

La boîte noire fut placée sur une table devant le lutrin de Makova, et les patriarches passèrent devant lui pour déposer leur scrutin dans l'urne. Certains ne cachèrent nullement la nature de leur jeton.

– Je m'occupe de compter, déclara Makova.

– Non, dit sèchement Ortzel. Pas seul du moins. C'est *moi* qui ai présenté la question à la Hiérocratie et c'est donc *moi* qui t'assisterai.

– Je commence à apprécier Ortzel de plus en plus, dit Tynian à Ulath.

– Oui, peut-être l'avions-nous mal jugé.

Le visage de Makova redevint gris quand ils se mirent à compter les jetons. Un silence pesant descendit tandis qu'ils continuaient leur dénombrement.

– Terminé, annonça Ortzel. Annonce les totaux, Makova.

Makova jeta un rapide regard d'excuse à Annias.

– Le scrutin donne soixante-quatre oui et cinquante-six non, marmonna-t-il d'une voix presque inaudible.

– Répète, Makova, lui ordonna Ortzel. Certains de nos frères ont l'ouïe épaisse.

Makova lui lança un regard haineux et répéta les totaux d'une voix plus claire.

– On a eu les neutres ! exulta Talen. Et en plus, on a volé trois voix à Annias !

– Fort bien, dit paisiblement Emban. Je suis heureux que ceci ait été réglé. Beaucoup de travail nous attend, mes frères, et le temps nous manque. Suis-je dans le vrai si j'en déduis que la volonté de la Hiérocratie est de mander sur-le-champ les chevaliers de l'Église, ainsi que les armées d'Éosie occidentale, pour nous secourir aussi vite que possible ?

– Laisserais-tu sans défense aucune le royaume d'Arcie, Emban ? voulut savoir Makova.

– Mais quelle menace pèse actuellement sur l'Arcie, Makova ? Tous les Éshandistes campent actuellement à notre porte. Désires-tu un nouveau scrutin ?

– Fondamental, répondit simplement Makova en exigeant un majorité absolue pour cette question.

– Point de droit ! répondit Emban. (Son visage grassouillet affichait presque une expression de petit saint. Il regarda le greffier.) Que dit la loi pour les questions fondamentales dans cette circonstance ? demanda-t-il.

– Hormis l'élection d'un archiprélat, le vote fondamental n'est pas requis en temps de Crise spirituelle, Votre Grâce, répondit le moine.

– C'est bien ce que je pensais. (Emban sourit.) Eh bien, Makova, nous votons ou non ?

– Je retire la question fondamentale, admit à contrecœur Makova. Mais comment pensez-vous pouvoir envoyer un messager hors d'une ville assiégée ?

Ortzel se leva de nouveau.

– Comme le savent sans doute mes frères, je suis Lamork, dit-il. Nous sommes accoutumés aux sièges, en Lamorkand. La nuit dernière, j'ai envoyé vingt de mes hommes déguisés dans les faubourgs de la cité. Ils n'attendaient qu'un signal, un plumet de fumée rouge qui monte en ce moment même du dôme de la Basilique. Je suis prêt à supposer qu'ils galopent déjà en direction de l'Arcie... du moins ils le devraient, s'ils tiennent à leur santé.

– Je vais vraiment *l'aimer,* fit Kalten avec un large sourire.

– Tu as osé agir ainsi sans le consentement de la Hiérocratie, Ortzel ? fit Makova en s'étouffant.

– Existait-il le moindre doute quant à l'issue de ce vote, Makova ?

– Je crois déceler très nettement une collusion, dit Séphrénia d'un ton léger.

– Mes frères, continua Emban. La crise que nous affrontons à présent est clairement de nature militaire et, pour la plupart, nous ne sommes pas des hommes de guerre. Comment éviter les erreurs, la confusion, les retards que causeraient des ecclésiastiques peu habitués à ces complexités ? L'autorité du patriarche de Coumbe fut exemplaire et je suis sûr que vous vous joindrez tous à moi pour lui exprimer toute notre gratitude, mais il faut bien reconnaître que le patriarche de Coumbe n'est pas davantage versé que moi dans la science des armes, moi qui suis prêt à admettre mon incapacité à distinguer une épée d'une autre. (Il afficha un large sourire.) De toute évidence, ma propre formation a davantage porté sur l'utilisation des instruments de la table que sur ceux de la guerre. C'est un domaine dans lequel j'accepterais n'importe quel défi. Mes adversaires et moi-même pourrions nous affronter en un duel à mort devant un bœuf bien rôti.

La Hiérocratie explosa de rire. La tension baissa notablement.

– Il nous faut un homme de gucrre, mes frères, poursuivit Emban. Nous avons davantage besoin d'un général que d'un président de séance. Nous avons quatre généraux en notre sein. Il s'agit naturellement des précepteurs des quatre ordres combattants.

Il y eut un mouvement d'excitation, mais Emban leva la main.

– *Mais,* reprit-il, oserions-nous détourner l'attention de ces indéniables génies militaires de la tâche vitale que constitue la défense de Chyrellos ? Je ne pense pas. Vers qui devrions-nous nous tourner ? (Il respecta un instant de silence.) Il me faut à présent rompre une promesse solennelle faite à l'un de mes frères, confessa-t-il. Je lui demande, à lui ainsi qu'à Dieu, de m'accorder le pardon. Nous avons en fait en notre sein un homme qui a reçu une formation militaire, mes chers frères. Il a modestement caché ce détail, mais une modestie qui nous prive de talents en cette période de crise n'a rien d'une vertu. (Son large visage rond arbora une expression de regret authentique.) Pardonne-moi, Dolmant, mais je n'ai nul choix. Mon devoir envers l'Église l'emporte sur celui envers un ami.

Le regard de Dolmant restait de glace.

Emban poussa un soupir.

– Dès la fin de cette réunion, je puis m'attendre à une sévère correction de la part de mon fidèle frère de Démos, mais je suis bien rembourré et les ecchymoses ne devraient pas trop se voir... j'espère. Dans sa jeunesse, le patriarche de Démos fut acolyte dans l'ordre des Pandions, et...

La salle fut soudain parcourue par des bavardages surpris.

Emban enchaîna :

– Le précepteur Vanion, qui était lui-même novice à la même époque, m'assure que notre frère révéré de Démos était un guerrier consommé et qu'il se fût élevé jusqu'au grade de précepteur si Notre Sainte Mère ne l'avait jugé digne d'autres fonctions. (Il marqua un nouveau temps d'arrêt.) Dieu soit loué, mes frères, nous n'avons jamais eu à affronter une telle décision. Choisir entre Vanion et Dolmant eût probablement dépassé notre sagesse commune.

Il continua un moment à accumuler les louanges sur la tête de Dolmant. Puis il inspecta son environnement.

– Quelle est votre décision, mes frères ? Allons-nous implorer notre frère de Démos de nous guider en ce moment de péril absolu ?

Makova le regardait fixement. Sa bouche s'entrouvrit deux fois comme s'il allait parler, mais elle se referma brutalement.

Émouchet se pencha en avant et parla doucement au moine âgé assis devant lui.

– Le patriarche Makova serait-il frappé de mutisme, voisin ? demanda-t-il. J'aurais cru qu'il allait grimper aux murs.

– Il est bien littéralement frappé de mutisme, seigneur chevalier, répondit le moine en se retournant. La tradition, la loi même de la Hiérocratie veut qu'un patriarche ne puisse parler en faveur de sa propre candidature à quelque poste que ce soit. Ce qui serait considéré comme déplacé.

– Une coutume fort raisonnable.

– C'est bien mon sentiment, seigneur chevalier. (Le moine eut un sourire.) Je ne sais pourquoi, mais Makova a tendance à m'endormir.

Émouchet lui adressa un large sourire.

– Moi aussi. Je suppose que nous devrions prier pour demander à Dieu une plus grande patience... un jour ou l'autre.

Makova regardait autour de lui d'un air désespéré, mais aucun de ses amis ne jugea utile de prendre la parole... soit parce que nul ne trouvait de flatterie à lui adresser, soit parce que tout vote sur la question était improbable.

– Votons, fit-il d'une voix hésitante.

– Excellente idée, Makova, dit Emban avec un sourire. Allons-y. Le temps presse.

Le scrutin se solda cette fois-ci par soixante-cinq en faveur de Dolmant et cinquante-cinq contre. Un nouveau partisan du primat de Cimmura avait fait défaut.

– Mon frère, dit Emban à Dolmant quand le résultat eut été annoncé, aurais-tu l'amabilité de venir occuper le poste de président de séance ?

Dolmant s'avança tandis que Makova rassemblait ses papiers avec irritation et quittait le lutrin à grands pas.

– Mes frères, je suis incapable d'exprimer toute la gratitude que je ressens devant l'honneur que vous me faites, commença Dolmant. Pour l'instant, je me contenterai de vous dire merci, que nous réglions rapidement la crise présente. Ce qu'il nous faut avant tout, ce sont des forces supplémentaires sous le commandement des chevaliers de l'Église. Comment pouvons-nous satisfaire ce besoin ?

Emban ne s'était pas donné la peine de s'asseoir.

– Les forces dont parle notre nouveau président de séance sont ici même, mes frères, annonça-t-il à l'auditoire. Chacun de nous dispose d'un détachement de soldats de l'Église. Vu la crise présente, je propose que nous transmettions le commandement de ces troupes aux ordres combattants.

– Nous dépouilleras-tu de la seule protection que nous ayons, Emban ? protesta Makova.

– La protection de la ville sainte est bien plus importante, Makova. L'histoire dira-t-elle que nous fûmes lâches au point de refuser notre aide à Notre Mère en cette heure ? Fasse Dieu que nul poltron ne vienne contaminer notre esprit. Que dit la Hiérocratie ? Ferons-nous ce sacrifice mineur en faveur de l'Église ?

Le murmure d'acquiescement fut légèrement forcé.

– Un patriarche veut-il demander un vote sur la question ? demanda Dolmant avec calme. (Il examina les gradins désormais silencieux.) Que le greffier du tribunal note donc que la suggestion du patriarche d'Ucéra fut acceptée à l'approbation générale. Les scribes devront préparer des documents que signera chaque membre de la Hiérocratie, par lesquels sera transféré le commandement de son détachement personnel de soldats de l'Église aux ordres combattants à fin de défense de la cité. (Un silence.) Quelqu'un pourrait-il demander au commandant de la garde personnelle de l'archiprélat de se présenter devant la Hiérocratie ?

Un prêtre se précipita à la porte et, peu après, entrait un officier musculeux aux cheveux roux, au pectoral étincelant, armé d'un bouclier gravé et d'une dague ancienne. Son expression laissait clairement voir qu'il savait qu'une armée se trouvait aux portes de la ville.

– Une question, colonel, lui dit Dolmant. Mes frères m'ont demandé de présider leurs délibérations. En l'absence d'archiprélat, est-ce moi qui parle en son lieu et place ?

Le colonel réfléchit un instant.

– Oui, Votre Grâce, admit-il avec une certaine satisfaction.

– Jamais pareil point n'avait été signalé, protesta Makova, manifestement furieux de ne pas avoir profité de cette obscure règle quand il exerçait lui-même cette fonction.

– Voici donc la situation, Makova, lui dit Dolmant. Cinq fois seulement une Crise spirituelle fut déclarée au cours de l'histoire et, lors des quatre précédentes, un archiprélat vigoureux occupait le trône si tristement vide devant nous. Face à des événements uniques, il convient d'improviser. Ce que nous allons faire, colonel. Les patriarches vont signer des documents transférant aux chevaliers de l'Église leurs détachements personnels de soldats. Afin de gagner du temps et d'éviter toute discussion inutile, dès que ces documents seront signés vous et vos hommes escorterez les patriarches aux baraquements de leurs soldats, où ils confirmeront en personne les ordres écrits. (Il se tourna vers les précepteurs.) Seigneur Abriel, si vous et vos amis voulez bien dépêcher des chevaliers qui prendront le commandement des soldats dès qu'ils auront été libérés de leurs engagements et les rassembleront en un lieu de votre choix ? Notre déploiement doit être rapide et direct.

Abriel se leva.

– Oui, Votre Grâce. Avec joie.

– Merci, monseigneur Abriel. (Dolmant dirigea à nouveau son regard vers les rangs de la Hiérocratie qui s'élevaient au-dessus de lui.) Nous avons accompli notre possible, mes frères. Il semble à présent approprié de confier nos soldats aux chevaliers de l'Église, puis nous pourrons nous consacrer à la recherche d'un conseil divin. Peut-être que, dans sa sagesse infinie, Il suggérera des démarches supplémentaires permettant de sauver son Église bien-aimée. Aucune objection ne se présentant, la séance est donc levée en attendant la fin de cette crise.

– Brillant, commenta Bévier. En une série de manœuvres magistrales ils ont arraché à Annias le contrôle de la Hiérocratie, ils l'ont dépouillé de ses soldats et ont interrompu le rachat de voix nouvelles tant que nous serons sur place.

– C'est assez dommage qu'ils se soient déjà arrêtés, dit Talen. A la façon dont se présentent les choses, il ne nous faudrait plus que quelques voix pour élire notre propre archiprélat.

Émouchet était tout heureux en rejoignant avec ses compagnons la foule qui se pressait à la porte de la chambre d'audience. Si Martel était encore menaçant, ils avaient effectivement réussi à reprendre le contrôle de la Hiérocratie et la faiblesse de l'emprise d'Annias sur ses partisans s'était clairement démontrée.

Au moment où il quittait lentement la salle, il ressentit à nouveau la même impression de terreur envahissante. Il se retourna à demi. Cette fois-ci, il la vit en partie. L'ombre était revenue derrière le trône d'archiprélat, paraissant onduler dans la pénombre. La main d'Émouchet se porta à son surcot pour s'assurer de la présence du Bhelliom. Le joyau était en sécurité, et il savait que le lacet était serré. Son raisonnement avait donc dû pécher quelque part. L'ombre pouvait bel et bien faire son apparition indépendamment du Bhelliom. Elle se trouvait même ici, à l'intérieur de la bâtisse la plus sacrée de la foi élène. C'était bien le dernier endroit où il se serait attendu à la rencontrer. Troublé, il suivit ses amis hors de la salle désormais sombre et froide.

L'attentat contre la vie d'Émouchet se produisit presque immédiatement après qu'il eut aperçu l'ombre. L'un des nombreux moines encapuchonnés qui se pressaient à la porte fit soudain volte-face et plongea une petite dague droit vers la figure non protégée du grand pandion. Ce furent les excellents réflexes d'Émouchet qui le sauvèrent. Sans réfléchir, il para le coup à l'aide de son avant-bras cuirassé et s'empara du moine. Avec un cri de désespoir, celui-ci planta la petite dague dans son propre flanc. Il se raidit brutalement et Émouchet sentit un violent frémissement parcourir le corps qu'il tenait. Le visage devint alors blanc et l'homme s'affaissa.

– Kalten ! chuchota Émouchet à son ami. Donne-moi un coup de main ! Maintiens-le debout.

Kalten se plaça prestement de l'autre côté du cadavre et le prit par le bras.

– Notre frère se sentirait-il mal ? demanda un autre moine tandis qu'ils faisaient franchir la porte au corps mou.

– Il s'est évanoui, expliqua nonchalamment Kalten. Certaines personnes ne supportent pas la foule. Mon ami et moi allons le porter dans une chambre latérale et lui faire reprendre son souffle.

– Bien joué, le complimenta Émouchet à voix basse.

– Tu vois, Émouchet, je suis bel et bien capable de réfléchir quand je suis debout. (Kalten désigna d'un signe de tête l'antichambre voisine.) Portons-le là-dedans et examinons-le.

Ils traînèrent le corps dans la chambre et refermèrent la porte derrière eux. Kalten ôta la dague du flanc du moine.

– Une arme bien dérisoire, fit-il d'un ton dédaigneux.

– Et pourtant, une petite entaille a suffi à le raidir comme une planche, grommela Émouchet.

– Du poison ? avança Kalten.

– Probablement... à moins que la vue de son propre sang ne l'ait accablé. Voyons un peu.

Émouchet se pencha et déchira la robe du moine. Ledit « moine » était un Rendor.

– N'est-ce pas intéressant ? demanda Kalten. On dirait que l'arbalétrier qui essayait de te tuer a fait appel à une aide extérieure.

– Peut-être s'agit-il de l'arbalétrier en question.

– Impossible, Émouchet. Il se cachait parmi la population. N'importe qui reconnaîtrait un Rendor. Il n'aurait pu se mêler à la foule.

– Tu as probablement raison. Donne-moi cette dague. Il faut la montrer à Séphrénia.

– Martel ne veut pas t'affronter, hein ?

– Qu'est-ce qui te fait croire que Martel soit derrière ceci ?

– Qu'est-ce qui te fait croire le contraire ? Et ça, au fait ? demanda-t-il en désignant le corps gisant sur le sol.

– Laisse. Les bedeaux de la Basilique le trouveront bien et s'en débarrasseront.

De nombreux soldats de l'Église remirent leur démission en découvrant qu'on les plaçait sous le commandement des chevaliers de l'Église... parmi les officiers surtout. La démission n'est pas une option dont bénéficient les simples soldats. Mais ces démissions ne furent pas acceptées et les chevaliers ne se montrèrent pas totalement insensibles au sentiment général des divers colonels, capitaines et lieutenants qui éprouvaient une certaine réticence à commander leurs troupes dans ces conditions. Ils dégradèrent gentiment ces officiers et les enrôlèrent comme simples soldats. Puis ils rassemblèrent les troupes en tunique rouge sur l'esplanade en face de la Basilique pour les déployer ensuite sur les murs et aux portes de la cité intérieure.

– Des problèmes ? demanda Ulath à Tynian quand les deux hommes, conduisant leurs détachements, se retrouvèrent à un croisement.

– Quelques démissions, c'est tout, répondit Tynian avec un haussement d'épaules. J'ai tout un nouveau groupe d'officiers dans ce lot.

– Moi aussi. Des tas de sergents ont maintenant pris les rênes.

– Je suis tombé sur Bévier il y a un moment, dit Tynian tandis que tous deux chevauchaient en direction de la porte principale de la cité intérieure. Curieusement, il ne semble pas avoir ce genre de problème.

– La raison est pourtant évidente, Tynian, fit Ulath avec un large sourire. La nouvelle de la façon dont il a traité le capitaine qui ne voulait pas nous laisser entrer dans la Basilique a dû circuler. (Ulath ôta son casque à cornes d'ogre et se gratta la tête.) Je crois que ce sont ses prières après l'acte qui ont glacé le sang de la plupart. C'est une chose de couper la tête de quelqu'un dans l'excitation d'une discussion, mais prier ensuite pour son âme produit mystérieusement un effet paralysant sur la plupart des gens.

– C'est sans doute ça, acquiesça Tynian.

Il jeta un regard en arrière en direction des soldats qui cheminaient morosement vers l'endroit où se déroulerait probablement la bataille. Les soldats de l'Église ne s'étaient généralement pas engagés pour faire la guerre et cette perspective soulevait chez eux un total manque d'enthousiasme.

– Messieurs, messieurs, les réprimanda Tynian, cela ne va pas du tout. Il faut au moins que vous ayez *l'air* de soldats. Je vous en prie, resserrez les rangs et essayez de marcher au pas. Nous avons quand même une réputation à soutenir. (Un léger silence.) Que diriez-vous d'une chanson, messieurs ? La population est toujours encouragée quand ses soldats chantent en partant à la bataille. C'est une manifestation de bravoure, après tout, et une preuve de mépris total pour la mort et le démembrement.

Le chant qui s'éleva était frêle et Tynian insista pour que les soldats recommencent... à plusieurs reprises... jusqu'à ce que les beuglements de la colonne satisfassent son besoin de manifestation d'enthousiasme martial.

– Tu es vraiment cruel, Tynian, fit remarquer Ulath.

– Je sais.

A la nouvelle de l'attentat avorté de la part du Rendor déguisé, Séphrénia réagit presque avec indifférence.

– Tu es sûr d'avoir vu l'ombre derrière le trône d'archiprélat juste avant l'attaque ? demanda-t-elle à Émouchet.

Il branla du chef.

– Notre hypothèse semble donc encore valable, dit-elle avec une sorte de satisfaction. (Elle examina la petite dague empoisonnée.) Ce n'est guère le genre d'objet qu'on penserait utiliser contre un homme en armure, fit-elle remarquer.

– Une égratignure aurait suffi, petite mère.

– Comment aurait-il pu t'égratigner alors que tu étais cuirassé d'acier ?

– Il a tenté de me toucher au visage, Séphrénia.

– Garde donc ta visière baissée.

– Je n'aurai pas l'air ridicule ?

– Que préfères-tu ? Être ridicule ou mort ? L'un de tes amis a-t-il assisté à l'attentat ?

– Kalten... ou du moins a-t-il eu connaissance de l'incident.

Elle fronça les sourcils.

– Regrettable. Je sais que tu espérais que nous puissions garder ça entre nous... du moins tant que nous ne savons pas ce qui se passe.

– Kalten sait que quelqu'un a essayé de me tuer... tous le savent, d'ailleurs. Ils pensent tous que c'est Martel qui trame ça.

– Eh bien, n'en disons pas plus, d'accord ?

– Il s'est produit un certain nombre de désertions, monseigneur, rapporta Kalten à Vanion quand le groupe se rassembla sur les marches de la Basilique. Il était impossible d'empêcher la nouvelle de ce que nous faisions de se répandre jusqu'aux baraquements les plus lointains.

– Il fallait s'y attendre. Quelqu'un aurait-il jeté un coup d'œil par-dessus les murailles pour voir ce que fait Martel ?

– Bérit a fait le guet, monseigneur, répondit Kalten. Ce gamin fera un pandion formidable. Nous devrions essayer de le garder en vie, si possible. Selon lui, Martel a presque terminé de se déployer. Il pourrait sans doute donner sur-le-champ l'ordre d'attaquer. Je suis surpris qu'il ne l'ait pas fait. Je suis sûr que certains des acolytes d'Annias l'ont rejoint pour lui raconter ce qui s'est passé à la Basilique ce matin. Chaque instant d'hésitation de sa part nous donne davantage de temps pour nous préparer.

– La cupidité, Kalten, apprit Émouchet à son ami. Martel est extrêmement cupide et il ne peut s'imaginer que ce défaut n'est pas universel. Il pense que nous allons défendre tout Chyrellos et il veut nous donner le temps d'étirer nos défenses jusqu'au point où il n'aura plus qu'à nous enjamber. Il ne lui viendrait jamais à l'esprit que nous allons nous concentrer sur la défense des murs intérieurs.

– Je soupçonne bon nombre de mes collègues patriarches d'avoir le même sentiment, dit Emban. Le scrutin eût été bien plus serré si ceux qui possèdent un palais dans la ville extérieure avaient su que nous allions abandonner leur demeure à Martel.

Komier et Ulath arrivèrent.

– Nous allons devoir détruire certaines maisons proches des remparts, déclara Komier. Au nord, nous avons des Lamorks, qui utilisent des arbalètes. Il ne faut pas qu'ils puissent nous tirer dessus à partir des toits.

(Le précepteur génidien marqua un temps d'arrêt.) Je ne m'y connais pas tellement en matière de sièges, admit-il. Quelles sortes d'engins Martel utilisera-t-il pour nous attaquer ?

– Des béliers, des catapultes et des tours mobiles, lui répondit Abriel.

– Des tours mobiles ?

– Une sorte de bâtiment élevé. On le fait rouler tout contre la muraille. Ensuite, les soldats se déversent au beau milieu des nôtres. C'est une façon de réduire les pertes subies en escaladant les échelles.

– Et comment cela avance-t-il ? demanda Komier.

– Ces tours sont munies de roues.

Komier poussa un grognement.

– Alors, nous laisserons dans les rues les décombres des maisons abattues. Les roues ne marchent pas très bien sur les empilements de gravats.

Bérit surgit au galop sur l'esplanade et traversa les rangs de soldats qui s'ouvrirent rapidement devant son cheval. Il sauta de selle et courut en haut de l'escalier.

– Messeigneurs, dit-il, un peu essoufflé. Les hommes de Martel commencent à assembler leurs engins de siège.

– Quelqu'un peut-il m'expliquer ceci ? demanda Komier.

– Les engins sont transportés en pièces détachées, lui précisa Abriel. Quand on arrive devant la place que l'on veut investir, il faut les remonter.

– Combien de temps cela prendra-t-il ? Vous autres Arciens êtes experts en châteaux et sièges.

– Un certain nombre d'heures, Komier. Les mangonneaux exigent davantage de temps. Martel faudra les construire sur place.

– Qu'est-ce qu'un mangonneau ?

– Une sorte de catapulte gigantesque. Trop grosse à transporter. Il faut des arbres entiers pour les fabriquer.

– Quelle est la taille des roches qu'il peut propulser ?

– Oh, elles pèsent la moitié d'une tonne.

– Les murailles n'y résisteront pas.

– C'est bien l'utilité de l'engin. Mais il se servira d'abord de balistes normales. Il faudra probablement une semaine pour construire les mangonneaux.

– Sans doute les balistes, les béliers et les tours nous occuperont-ils pendant ce temps-là, dit Komier amèrement. Je *déteste* les sièges. (Il jeta un regard méprisant aux soldats de l'Église.) Mettons ces volontaires désignés à détruire les maisons et encombrer les rues.

Peu après la tombée de la nuit, certains des éclaireurs de Martel découvrirent que les murailles extérieures de Chyrellos n'étaient pas défendues. Quelques-uns d'entre eux, les moins malins, revinrent faire leur rapport. Mais la plupart servirent d'avant-garde aux pillards. Peu avant minuit, Bérit réveilla Émouchet et Kalten pour signaler que des troupes se trouvaient dans la ville extérieure. Puis il se retourna pour partir.

– Où vas-tu ? lui demanda brutalement Émouchet.

– Me battre, sire Émouchet.

– Non, pas de ça. Tu restes désormais dans la cité intérieure. Je ne veux pas que tu te fasses tuer.

– Il faut bien que quelqu'un les surveille, sire Émouchet, protesta Bérit.

– Il y a une coupole en haut du dôme de la Basilique, lui apprit Émouchet. Va chercher Kurik et monte avec lui surveiller les mouvements alentour.

– Très bien, sire Émouchet, répondit Bérit d'un ton légèrement maussade.

– Bérit, lui dit Kalten comme il enfilait son jaseran.

– Oui, sire Kalten ?

– Tu n'es pas obligé d'aimer ça, tu sais. Il suffit que tu obéisses.

Émouchet et les autres empruntèrent les rues étroites de la cité intérieure et grimpèrent sur les remparts. Les rues de la ville extérieure étaient pleines de torches vacillantes tandis que les mercenaires sous les ordres de Martel couraient d'une maison à l'autre, volant tout ce qu'ils pouvaient. Des cris de femmes indiquaient que le pillage n'était pas le seul souci des attaquants. Une foule de citoyens paniqués et pleurnichards se tenait devant les portes closes de la cité intérieure, implorant qu'on lui ouvre, mais les panneaux demeurèrent hermétiquement fermés.

Un patriarche assez frêle d'apparence, des poches sous les yeux, arriva sur les remparts en courant.

– Mais qu'est-ce que vous fabriquez ? lança-t-il à Dolmant. Pourquoi les soldats ne défendent-ils pas la ville ?

– C'est une décision d'ordre militaire, Cholda, lui répondit calmement Dolmant. Nous n'avons pas assez d'hommes pour défendre la totalité de Chyrellos. Nous avons donc dû nous replier dans la cité intérieure.

– *Est-ce que tu es dingue ?* Ma maison se trouve là-bas !

– J'en suis navré, Cholda, mais je n'y puis rien.

– Mais j'ai *voté pour toi* !

– Je t'en remercie.

– Ma maison ! Mes affaires ! Mes trésors ! (Le patriarche Cholda de Mirishum se tordait les mains.) Ma magnifique demeure ! Tous mes meubles ! Mon or !

– Va te réfugier dans la Basilique, Cholda, lui conseilla froidement Dolmant. Prie pour que ton sacrifice t'accorde les faveurs de Dieu.

Des larmes d'amertume aux yeux, le patriarche de Mirishum se retourna et descendit l'escalier en titubant.

– Je crois que tu viens de perdre une voix, Dolmant, déclara Emban.

– Il n'y aura plus de vote, Emban, et je suis sûr que je survivrai sans cette voix.

– Je n'en suis pas si sûr, Dolmant, le contredit Emban. Un scrutin reste encore à venir. Il est assez important et nous risquons d'avoir besoin de Cholda avant la fin.

– Ils ont commencé, annonça Tynian.

– Quoi ? demanda Kalten.

– Les incendies, répondit Tynian en désignant du bras une colonne de flammes orange et de fumée noire qui s'élevait soudain du toit d'une maison. On dirait que les soldats sont toujours très maladroits avec les torches, quand ils pillent de nuit.

– Peut-on faire quelque chose ? demanda Bévier d'un ton pressant.

– Rien du tout, répondit Tynian. A part prier pour qu'il pleuve, peut-être.

– Ce n'est vraiment pas la saison, lui signala Ulath.

– Je sais.

Tynian lâcha un soupir.

CHAPITRE DOUZE

Le pillage de la ville extérieure continua toute la nuit. Les incendies se répandirent rapidement, vu que personne n'avait le temps de les contenir, et la cité ne tarda pas à se retrouver enveloppée d'un voile épais de fumée. Du haut des murailles, Émouchet et ses amis apercevaient des mercenaire aux yeux hallucinés qui couraient dans les rues, chacun portant un sac improvisé sur l'épaule. La foule d'habitants amassée devant les portes de la cité intérieure se dispersa à la vue des mercenaires de Martel.

Les meurtres n'étaient pas absents, bien entendu, certains perpétrés à la vue de tous, mais d'autres atrocités se produisaient aussi. Un Cammorien mal rasé arracha à sa maison une jeune femme en la traînant par les cheveux et disparut avec elle dans une ruelle. Les cris qu'elle poussa pouvaient donner une idée de ce qu'il lui faisait subir.

Un jeune soldat de l'Église en tunique rouge debout à côté d'Émouchet se mit à pleurer sans se cacher. Puis, comme le Cammorien un peu embarrassé émergeait de la ruelle, le soldat leva son arc, visa et tira en un seul mouvement fluide. Le Cammorien se plia en deux, étreignant la flèche enfoncée dans son ventre jusqu'aux plumes.

– Bien joué, lâcha Émouchet.

– Ç'aurait pu être ma sœur, seigneur chevalier, répondit le soldat en essuyant ses larmes.

Ni l'un ni l'autre ne s'attendait à ce qui se produisit ensuite. La femme, échevelée, sanglotante, ressortit de la ruelle et vit son attaquant qui se tordait sur le sol encombré de gravats. Elle s'approcha pesamment de lui et lui donna plusieurs coups de pied dans le visage. Puis, constatant son incapacité à se défendre, elle lui arracha la dague qu'il avait à la ceinture. Il est peut-être préférable de ne pas décrire ce qu'elle lui fit alors. Ses cris firent longuement écho dans les rues. Quand il se tut enfin, elle jeta l'arme ensanglantée, ouvrit le sac à terre et regarda à l'intérieur. Elle s'essuya les yeux sur la manche, referma le sac et le traîna chez elle.

Le soldat qui avait abattu le Cammorien fut alors secoué de violents haut-le-cœur.

– Personne n'est jamais très civilisé dans ces circonstances, voisin. Va boire un peu d'eau et lave-toi le visage. Essaie de ne plus y penser.

– Merci, seigneur chevalier, répondit le jeune gaillard en déglutissant péniblement.

– Peut-être que tous les soldats de l'Église ne sont pas si mauvais, après tout, marmonna Émouchet à part soi en révisant une vieille opinion.

Au coucher du soleil, ils se rassemblèrent dans le cabinet de travail cramoisi de sire Nashan, dans le chapitoire pandion, constituant ce que sire Tynian et sire Ulath avaient fini par intituler (et pas uniquement pour plaisanter) le « haut commandement » : les précepteurs, les trois patriarches, Émouchet et ses amis. Mais Kurik, Bérit et Talen étaient absents.

Sire Nashan déambulait avec nervosité près de la porte. Nashan était un administrateur capable, mais il se sentait un peu mal à l'aise en présence de tant d'autorités.

– Si vous n'avez plus besoin de quoi que ce soit, messeigneurs, dit-il, je vous laisse à vos délibérations.

– Reste, Nashan, lui dit Vanion. (Le précepteur sourit.) Nous n'avons aucun désir de t'exproprier et ta connaissance de la ville peut s'avérer très utile.

– Merci, seigneur Vanion, répondit le chevalier corpulent en se glissant dans un fauteuil.

– Je pense qu'on a pris le pas sur ton ami Martel, Vanion, déclara le précepteur Abriel.

– Aurais-tu jeté un coup d'œil par les remparts, ces derniers temps ? lui demanda sèchement Vanion.

– Oui, répondit Abriel. Et c'est exactement de cela que je veux parler. Ainsi que nous l'a expliqué hier sire Émouchet, ce Martel ne pouvait croire que nous abandonnerions la ville extérieure sans combat, aussi ne l'a-t-il point pris en considération pour élaborer ses plans. Il n'a pas tenté de retenir ses éclaireurs, qui ont en fait constitué l'avant-garde des pillards. Dès que ses éclaireurs ont découvert que la ville n'était pas protégée, ils se sont précipités pour la mettre à sac et la majeure partie de l'armée les a suivis. Martel a complètement perdu le contrôle de ses forces et il ne le recouvrera que lorsque les lieux auront été nettoyés. En outre, dès que ses soldats auront en leur possession tout ce qu'ils peuvent emporter, ils commenceront à déserter.

– Je ne puis encourager le vol, dit le patriarche Ortzel d'un ton raide, mais en la circonstance...

Un léger sourire presque matois caressa ses lèvres minces.

– Les richesses doivent être redistribuées de temps à autre, Ortzel, pontifia Emban. Les gens qui possèdent trop d'argent ont trop de temps libre pour ne pas songer à commettre toutes sortes de péchés. Peut-être est-ce la manière dont Dieu réduit les riches répugnants à l'état d'une saine pauvreté.

– Je me demande si tu penserais de même si c'était ta maison qu'on pille.

– Il est fort possible que cela influencerait mon opinion, admit Emban.

– Les voies de Dieu sont impénétrables, affirma Bévier d'un ton dévot. Nous n'avions d'autre choix que d'abandonner la ville extérieure, et ce sera peut-être ce qui nous sauvera.

– Je ne crois pas que nous puissions compter sur un nombre de désertions réduisant suffisamment les rangs de Martel, messieurs, dit Vanion. Les rapines de ses troupes nous donneront un peu plus de temps, voilà tout. (Il examina les autres précepteurs.) Une semaine, peut-être ? supputa-t-il.

– Tout au plus, répondit Komier. Il y a là beaucoup de gens, et qui sont très occupés. Il ne leur faudra pas tout ça pour dépouiller complètement la cité.

– Et c'est alors que commenceront les massacres, dit Kalten. Comme l'a dit le seigneur Komier, il y a là beaucoup de gens, et je suis pratiquement sûr qu'ils ne sont pas tous entrés en ville. Ceux qui sont encore à l'extérieur sont tout aussi cupides que les premiers entrés. Ce sera un moment le chaos et il faudra pas mal de temps à Martel pour reprendre les rênes.

– Il a probablement raison, grogna Komier. De toute façon, nous aurons gagné du temps. Autre chose : les quatre portes de la cité intérieure ne sont pas beaucoup plus robustes que celles des murailles extérieures. Or, une porte est plus facile à défendre que quatre, aussi pourquoi ne pas faire en sorte qu'il en soit ainsi ?

– Feras-tu disparaître ces portes par magie, Komier ? demanda Emban. Je sais que les chevaliers de l'Église sont formés dans des domaines bien particuliers, mais nous nous trouvons quand même dans la ville sainte. Dieu permettrait-il vraiment ce genre d'agissement au seuil de sa porte ?

– Je n'ai jamais songé à la magie, admit Komier. En fait, il s'agit de tout autre chose. Il est très difficile d'enfoncer une porte si deux ou trois maisons écroulées s'appuient contre elle, n'est-ce pas ?

– C'est pratiquement impossible, acquiesça Abriel.

Emban afficha un large sourire.

– La demeure de Makova ne se trouve-t-elle pas tout près de la porte est ?

– Maintenant que vous en parlez, oui, Votre Grâce, je crois que vous avez raison, répondit sire Nashan.

– Est-ce une maison assez importante ? demanda Komier.

– Comme il se doit, vu ce qu'il a payé pour elle.

– Ce que *les contribuables élènes* ont payé pour elle, Votre Grâce, le reprit Émouchet.

– Ah, oui. J'avais presque oublié ce détail. Les

contribuables élènes seraient-ils prêts à verser le prix de cette coûteuse demeure pour la défense de l'Église ?

– Ils en seraient enchantés, Votre Grâce.

– Nous prendrons certainement en considération le palais du patriarche de Coumbe quand nous choisirons les maisons à détruire, promit Komier.

– Reste encore la question de la localisation du roi Wargun, dit Dolmant. La bourde de Martel nous a fait gagner du temps, mais elle ne le tiendra pas indéfiniment hors de la cité intérieure. Tes messagers auraient-ils pu s'égarer, Ortzel ?

– Ce sont des hommes sûrs et dignes de confiance, et une armée de la taille de celle de Wargun ne devrait pas être difficile à trouver. En outre, les messagers que toi et Emban avez envoyés en premier lieu auraient dû le rejoindre depuis longtemps, n'est-ce pas ?

– Sans parler de ceux dépêchés par le comte de Lenda à partir de Cimmura, ajouta Émouchet.

– L'absence du roi de Thalésie demeure donc un mystère, dit Emban. Elle commence de plus à se faire bien importune.

La porte s'ouvrit et Bérit entra.

– Excusez-moi, messeigneurs, mais vous désiriez être informés de tout événement inhabituel se produisant en ville.

– Qu'as-tu vu, Bérit ? lui demanda Vanion.

– J'étais dans la petite cabane en haut du dôme de la Basilique, monseigneur...

– La coupole, le reprit Vanion.

– Oui, j'oublie toujours le mot, confessa Bérit. Mais on voit toute la ville de là-haut. Les gens du commun fuient Chyrellos. Ils passent à flots par les portes des murailles extérieures.

– Martel ne veut pas les avoir dans les jambes, commenta Kalten.

– Et en plus il ne veut plus de femmes en ville, ajouta Émouchet sur un ton sinistre.

– Je ne comprends pas bien la raison de cela, déclara Bévier.

– Je t'expliquerai plus tard, lui dit Émouchet en lançant un coup d'œil à Séphrénia.

On frappa à la porte et un pandion entra. Il tenait Talen par la main et le gamin des rues de Cimmura avait une expression écœurée sur le visage et un sac de belle taille à la main.

– Vous désiriez voir ce jeune gaillard, sire Émouchet ? demanda le pandion.

– Oui. Merci, seigneur chevalier. (Il jeta à Talen un regard assez sévère.) Où étais-tu ? lui demanda-t-il brutalement.

L'expression de Talen se fit évasive.

– Oh... çà et là, monseigneur, répondit-il.

– Tu sais fort bien que ça ne peut pas marcher, Talen, lui dit Émouchet avec lassitude. Je finirai par t'arracher la réponse, alors pourquoi te donner tant de mal pour me la cacher ?

– Pour ne pas perdre la main, je suppose. (Talen haussa les épaules.) Tu me harcèleras tant que je n'aurai pas parlé, n'est-ce pas ?

– Espérons que nous n'en arriverons pas là.

– Très bien. (Talen poussa un soupir.) Il y a des voleurs dans les rues de la cité intérieure et il se passe des tas de trucs intéressants à l'extérieur des remparts. Je me suis débrouillé pour trouver un moyen de sortir. J'ai vendu ce renseignement.

– Comment vont les affaires ? lui demanda le patriarche Emban, dont les yeux brillaient.

– Pas trop mal, en fait, répondit Talen sur un ton très professionnel. La plupart des voleurs de ce côté-ci des murailles n'ont pas grand-chose à échanger. On ne fait pas de gros bénéfices en restant assis sur ce qu'on a volé, mais je ne suis pas dur en affaires. Je me contente de prendre un pourcentage sur ce qu'ils réussissent à voler aux soldats à l'extérieur.

– Ouvre ce sac, Talen, lui ordonna Émouchet.

– Vraiment, tu me déçois, Émouchet. Il y a de saints hommes dans cette pièce. Ce n'est pas vraiment correct de leur montrer... enfin, tu sais.

– Ouvre le sac, Talen.

Le gamin lâcha un soupir, posa le sac sur le bureau de sire Nashan, puis l'ouvrit. Il contenait un certain nombre d'objets surtout décoratifs : des gobelets métalliques, de petites statues, de grosses chaînes, toutes sortes de couverts et un plat aux gravures assez complexes de la taille d'un plateau de table. Tout cela semblait avoir été fabriqué en or exclusivement.

– On t'a donné tout ça rien que pour une information ? s'étonna Tynian.

– L'information est ce qu'il y a de plus précieux au monde, sire Tynian, répondit Talen comme s'il montait en chaire. Et je ne fais rien d'immoral ni d'illégal. Ma conscience est parfaitement nette. En outre, je contribue à la défense de la ville.

– Je ne suis pas vraiment ce raisonnement, dit sire Nashan.

– Les soldats à l'extérieur n'abandonnent pas comme ça ce qu'ils ont volé, seigneur chevalier. (Talen minauda.) Les voleurs professionnels le savent bien, aussi ne se donnent-ils pas la peine de se montrer polis. Martel a perdu une jolie quantité de soldats depuis le coucher du soleil.

– Absolument répréhensible, jeune homme, commenta Ortzel, réprobateur.

– J'ai les mains totalement propres, Votre Grâce, répondit Talen avec un petit air innocent. Personnellement, je n'ai poignardé personne dans le dos. Je ne suis pas responsable de ce que les bandits des rues réalisent, n'est-ce pas ?

Ses yeux brillaient de candeur.

– Laisse tomber, Ortzel, glousa Emban. Aucun de nous ne connaît suffisamment la vie de tous les jours pour discuter avec ce jeune gaillard. (Un silence.) Dolmant, la dîme est une pratique bien établie, n'est-ce pas ?

– Naturellement, répondit le patriarche de Démos.

– J'en étais sûr. Vu les circonstances inhabituelles, je dirais que notre jeune ami devrait reverser un quart de ses bénéfices à l'Église, qu'en penses-tu ?

– Cela me semble assez correct, acquiesça Dolmant.

– Un *quart* ? s'exclama Talen. C'est du vol qualifié !

– En réalité, nous ne sommes pas qualifiés pour cela, mon fils. (Emban eut un sourire.) Désires-tu nous régler après chacune de tes excursions ? Ou bien attendrons-nous que tu aies ramassé les bénéfices pour nous verser ton obole ?

– Talen, dit Vanion, après que tu auras réglé tes comptes avec le patriarche Emban, tu satisferas ma curiosité sur ce chemin secret que tu as trouvé pour entrer et sortir de la ville.

– Ce n'est pas un vrai secret, seigneur Vanion, fit modestement Talen. Il s'agit tout simplement des noms d'un peloton d'entreprenants soldats de l'Église qui montent la garde de nuit dans l'une des tourelles des fortifications. Ils ont une longue et jolie corde à nœuds pour monter et descendre sans peine. Ils sont prêts à louer leur corde et je suis prêt à louer leurs noms et l'emplacement de la tour où ils sont postés. Tout le monde en tire un joli bénéfice.

– Y compris l'Église, lui rappela Emban.

– J'espérais plus ou moins que vous oublieriez ce détail, Votre Grâce.

– L'espoir est une vertu cardinale, dit Emban d'une voix pieuse, même quand il est mal placé.

Kurik arriva, portant une arbalète lamork.

– Peut-être avons-nous de la chance, messeigneurs, dit-il. J'ai par hasard fouillé dans l'armurerie de la garde personnelle de l'archiprélat, dans la Basilique. Ils ont des râteliers entiers de ceci, ainsi que des barils de traits.

– Une arme éminemment adaptée, approuva Ortzel.

Ortzel était un authentique Lamork.

– C'est plus lent qu'un arc, Votre Grâce, lui signala Kurik, mais la portée en est extraordinaire. Je pense que ces armes seraient très efficaces pour arrêter les charges contre la cité intérieure avant qu'elles ne prennent trop d'élan.

– Tu sais utiliser ceci, Kurik ? lui demanda Vanion.

– Oui, seigneur Vanion.

– Alors, tu vas devoir former des soldats de l'Église.

– Oui, monseigneur.

– Un certain nombre d'événements prennent bonne tournure, mes amis, résuma Vanion. Nous tenons une position défendable, nous avons la parité en armes, et nous disposons d'un certain répit.

– Je serais quand même plus heureux si Wargun était ici, se plaignit Komier.

– Moi aussi, acquiesça Vanion. Mais il faudra s'en passer encore un moment, je le crains.

– Il nous faut aussi nous inquiéter d'un autre point, annonça Emban avec gravité. En supposant que tout se déroule parfaitement, la Hiérocratie reprendra sa session dès que Martel aura été chassé. L'abandon de la cité extérieure nous aura aliéné une partie non négligeable des patriarches. Personnc n'aime celui qui permet qu'on pille et qu'on brûle votre maison. Il faut absolument trouver un moyen de prouver le lien existant entre Annias et Martel. Sinon, nous n'aurons fait que nous amuser. Je suis capable de parler très vite, mais je suis incapable de miracles. Il me faut une base de départ.

Il était à peu près minuit quand Émouchet grimpa l'escalier qui donnait sur les remparts de la vieille ville, non loin de la porte sud, la plus défendable des quatre et que l'on avait décidé de ne pas bloquer. Les incendies ravageaient à présent tout Chyrellos. Un pillard entrant dans une maison et la trouvant vide éprouve un sentiment de colère et de déconvenue, et il se défoule habituellement en incendiant les lieux. Ce genre de comportement est totalement prévisible et, en un certain sens, totalement naturel. Les pillards, le visage de plus en plus désespéré tandis que le nombre de maisons inviolées diminuait, couraient d'un bâtiment à l'autre en brandissant des torches et des armes. Kurik, avec son sens pratique, avait posté sur les remparts les soldats de l'Église avec des arbalètes. Les pillards constituaient de parfaites cibles mouvantes sur lesquelles s'entraîner. Les coups au but étaient rares, mais les soldats semblaient s'améliorer.

Alors, d'une rue étroite à la limite de la zone de maisons écroulées et juste au-delà de la portée réelle d'une arbalète, émergea un groupe de soldats bien armés à cheval. Leur chef était monté sur un cheval noir luisant et il portait une armure deirane en ronde-bosse. Il ôta son casque. C'était Martel et, juste derrière lui, se tenaient la brute Adus et Krager la fouine.

Kurik rejoignit Émouchet et son ami blond.

– Je peux demander aux soldats de leur tirer dessus, annonça l'écuyer à Émouchet. La chance nous sourira peut-être.

Émouchet se gratta le menton.

– Non, Kurik.

– Tu rates une très bonne occasion, Émouchet, lui dit Kalten. Si Martel prend un trait perdu dans l'œil, toute son armée se désagrégera.

– Pas encore, répondit Émouchet. Voyons si j'arrive à l'irriter un petit peu, d'abord. Martel perd vite les pédales quand il est énervé. Peut-être parviendrai-je à le déstabiliser.

– On est trop loin pour crier, dit Kalten.

– Je n'ai pas besoin de crier, répondit Émouchet avec un sourire.

– Tu ne pourrais pas éviter de faire ça, se plaignit Kalten. Ça me donne toujours l'impression d'être maladroit.

– Tu aurais dû étudier tes leçons comme il faut, quand tu étais novice. (Émouchet centra son attention sur l'homme à la chevelure blanche et tissa le subtil sort styrique.) Ça s'est plutôt démantibulé, n'est-ce pas, Martel ? demanda-t-il d'un ton badin.

– Est-ce toi, Émouchet ? (La voix de Martel était tout aussi décontractée, car lui aussi utilisait ce sortilège que l'on enseignait aux novices.) Très heureux d'entendre à nouveau ta voix, mon vieux. Mais je ne suis pas tout à fait ton commentaire. Les choses me semblent assez confortables, de *mon* point de vue.

– Pourquoi n'irais-tu pas voir combien de tes soldats s'intéressent encore à un assaut contre ces murailles ? Prends tout ton temps, mon vieux. Je ne m'en vais pas.

– Très habile d'avoir abandonné la ville, Émouchet. Je ne m'y attendais pas.

– Cela nous a bien plu. Mais tu dois éprouver une

terrible douleur chaque fois que tu songes à tout le butin qui t'échappe.

– Qui t'a dit qu'il m'échappe ? J'ai prononcé quelques discours à mes hommes. La majeure partie de mon armée est toujours ici... dans les prairies, de l'autre côté de ces fleuves. Je leur ai signalé qu'il est beaucoup plus facile de laisser les types les plus entreprenants se livrer à ce genre de pillage. Quand ils reviendront, nous leur reprendrons le butin et le mettrons dans un pot commun. Part égale pour tout le monde.

– Même toi ?

– Oh ! mon Dieu, non ! Voyons, Émouchet, c'est moi le général. J'ai droit à la plus grosse part.

– La part du lion ?

– Mais *je suis* le lion. Nous serons tous extrêmement riches, une fois que nous serons entrés dans les salles du trésor de la Basilique.

– C'est aller un peu loin, même pour toi, Martel.

– Les affaires sont les affaires. Toi et Vanion m'avez dépouillé de mon honneur, et je ne puis désormais que m'amuser avec l'argent... et certains autres petits plaisirs, naturellement. Je crois que je ferai monter ta tête en trophée, quand tout sera terminé, mon ami.

– Mais elle est ici, Martel. Il te suffit de venir la revendiquer. Tes soldats vont mettre un certain temps à vider la ville et tu n'as pas vraiment de temps à perdre.

– Crois-tu, Émouchet ? Ils vont assez vite, tu sais. Celui qui pense travailler pour soi est toujours plus industrieux.

– Ce n'est que la première vague de pillards. Ceux qui se concentrent sur l'or. La vague suivante voudra de l'argent. Puis la troisième se mettra à détruire les maisons pour trouver les cachettes où les gens dissimulent leurs objets de valeur. Il faudra bien un mois pour tout voler à Chyrellos... jusqu'au dernier chandelier en laiton. Tu n'as pas un mois devant toi, mon vieux... quand on pense que Wargun est dans les parages avec la moitié des forces éosiennes derrière lui.

– Ah, oui, Wargun, le roi ivrogne de Thalésie. Je l'avais presque oublié. Que penses-tu qu'il lui soit arrivé ? Ce n'est pas son genre d'être en retard à ce point.

Émouchet rompit le charme.

– Que tes soldats l'arrosent de leurs flèches, Kurik, ordonna-t-il sévèrement.

– Qu'est-ce qu'il y a, Émouchet ? demanda Kalten.

– Martel a trouvé le moyen d'empêcher Wargun d'approcher de Chyrellos. Il faudrait en avertir les précepteurs. Je crains que nous ne soyons isolés.

CHAPITRE TREIZE

– Il ne l'a pas vraiment dit comme ça, Vanion, expliquait Émouchet. Tu sais comment il est, mais il avait ce petit ton narquois qui est si irritant. Nous connaissons tous deux assez bien Martel pour savoir ce qu'il entendait par là.

– Pouvez-vous me répéter ce qu'il a dit exactement, sire Émouchet ? demanda Dolmant.

– Nous parlions de Wargun, Votre Grâce, et il a dit : « Que penses-tu qu'il lui soit arrivé ? Ce n'est pas son genre d'être en retard à ce point. »

Émouchet avait fait de son mieux pour imiter l'intonation de Martel.

– Un petit air entendu, n'est-ce pas ? fit Dolmant. Je ne connais pas Martel aussi bien que vous, mais on dirait vraiment les façons de quelqu'un qui est content de soi.

– Émouchet a raison, leur apprit Séphrénia. Martel a trouvé un moyen de tenir Wargun à l'écart. La question est : comment ?

– Le comment n'est pas le plus important, petite mère, lui dit Vanion. Il faut surtout éviter que cette information ne parvienne aux oreilles des soldats. Les chevaliers de l'Église peuvent travailler dans les pires circonstances. Pas les soldats. La seule chose qui les mobilise encore, c'est le spectacle éventuel de l'armée de Wargun apparaissant à l'ouest de l'Arruk. La cité intérieure n'est pas encore vraiment encerclée et les pillards ne font pas attention aux autres gens. Nous aurions des désertions pas dizaines si cette nouvelle se répandait. Parlons-en aux chevaliers de l'Église à voix basse... et sous le sceau du secret. Je vais en avertir les autres précepteurs.

– Et moi Emban et Ortzel, promit Dolmant avant de quitter la petite pièce contiguë au cabinet de sire Nashan où ils s'étaient réunis tous les quatre.

La semaine parut traîner en longueur, malgré tout le travail à accomplir. On abattit des maisons et les décombres furent utilisés pour bloquer les trois portes que Komier avait jugées difficilement défendables. Kurik continuait d'apprendre l'utilisation de l'arbalète à un nombre choisi de soldats de l'Église. Bérit rassembla un groupe de jeunes moines et ils montèrent la garde à tour de rôle dans la coupole en haut de la Basilique. Emban se précipitait dans la grande église pour essayer de contrôler les voix, mais cela devenait de plus en plus difficile. Aucun des défenseurs n'eut la témérité de refuser aux patriarches de l'Église le droit de monter sur les remparts pour regarder la ville, et le spectacle n'avait rien d'encourageant. Bon nombre d'entre eux, parmi les plus assidus à combattre Annias, se lamentèrent amèrement tandis que l'incendie approchait des quartiers où étaient situées leurs demeures, et ils n'hésitèrent pas à annoncer à Emban qu'il ne pourrait plus compter sur leur soutien. Emban avait les traits de plus en plus tirés et commençait à se plaindre de douleurs à l'estomac.

Annias ne bougeait pas. Il se contentait d'attendre. Et Chyrellos continuait de brûler.

Émouchet se tenait un soir sur les remparts et contemplait la ville en feu. Il était d'humeur sombre. Il entendit derrière lui un léger tintement et se retourna rapidement.

C'était sire Bévier.

– Assez peu encourageant, n'est-ce pas ? demanda le jeune Arcien en regardant aussi Chyrellos.

– Assez peu, en effet. (Il considéra son jeune ami.) Combien de temps penses-tu que ces murailles tiendront face à un mangonneau, Bévier ?

– Pas très longtemps, je le crains. Ces murs furent bâtis dans l'Antiquité. Ils n'étaient pas conçus pour résister à des engins de siège modernes. Peut-être Martel ne se donnera-t-il même pas la peine de les construire. Car cela prend du temps et exige des ouvriers qualifiés. Un mangonneau mal construit tue moins d'ennemis que d'amis. La tension qui règne quand on le charge n'a rien de léger.

– On peut toujours garder l'espoir. Je pense que ces murs résisteront aux catapultes normales, mais s'ils se mettent à nous lancer des roches d'une demi-tonne... fit Émouchet en haussant les épaules.

– Émouchet ! (C'était Talen, qui venait de grimper l'escalier rapidement.) Séphrénia veut te voir au chapitoire. Elle dit que c'est urgent.

– Allez-y, Émouchet, dit Bévier. Je surveille.

Émouchet hocha la tête et s'en fut.

Séphrénia l'attendait dans la salle inférieure. Elle avait le visage plus pâle que de coutume.

– Qu'y a-t-il ? lui demanda Émouchet.

– C'est Perraine, mon petit, répondit-elle à voix basse. Il se meurt.

– *Quoi ?* Mais il n'y a pas encore eu d'attaques. Que lui est-il arrivé ?

– Il s'est suicidé, Émouchet.

– *Perraine ?*

– Il a dû prendre un poison et il refuse de me dire lequel.

– Existe-t-il un moyen...

Elle secoua la tête.

– Il veut te parler, Émouchet. Tu devrais te dépêcher. Je crois qu'il ne reste plus beaucoup de temps.

Sire Perraine gisait sur une couchette étroite dans une chambre nue comme une cellule. Son visage avait une pâleur mortelle et il transpirait abondamment.

– Tu as bien pris ton temps, Émouchet, dit-il d'une voix faible.

– Qu'est-ce que c'est que cette histoire, Perraine ?

– Un traitement tout à fait approprié. Mais laissons cela. Il faut que tu saches certaines choses avant mon départ.

– Nous pourrons en parler après que Séphrénia t'aura donné un antidote.

– Il n'y aura pas d'antidote. Tais-toi et écoute-moi. (Perraine poussa un long soupir.) Je t'ai trahi, Émouchet.

– Tu en serais bien incapable, Perraine.

– Tout le monde en est capable, mon ami. Il suffit d'une bonne raison. J'en avais une, croyais-je. Écoute-moi jusqu'au bout. Je n'ai plus beaucoup de temps. (Il ferma un moment les yeux.) Tu as remarqué que quelqu'un essaie de te tuer, n'est-ce pas ?

– Oui, mais qu'est-ce...

– C'était moi, Émouchet... ou des gens que j'avais engagés.

– *Toi ?*

– Dieu merci, j'ai échoué.

– Mais pourquoi, Perraine ? T'aurais-je insulté ?

– Ne sois pas idiot, Émouchet. J'agissais sur les ordres de Martel.

– Et pourquoi prendrais-tu les ordres de Martel ?

– Parce qu'il disposait d'un moyen de pression. Il menaçait quelqu'un qui m'était plus précieux que ma propre vie.

Émouchet était abasourdi. Il se mit à parler, mais Perraine leva la main.

– Ne parle pas, Émouchet. Écoute. Martel est venu me voir à Dabour juste après la mort d'Arasham. Je me suis précipité sur mon épée, bien entendu, mais il a éclaté de rire ; il m'a dit de ranger mon arme si je tenais à Ydra.

– Ydra ?

– Elle est originaire de Pélosie septentrionale. La baronnie de son père est voisine de celle du mien. Ydra et moi nous aimons depuis l'enfance. Je serais mort pour elle sans hésiter un instant. Martel avait réussi à l'apprendre et, selon son raisonnement, si j'étais prêt à mourir pour elle, j'étais également prêt à tuer. Il m'a raconté qu'il avait vendu à Azash l'âme de ma bien-aimée. Je ne l'ai pas cru. Je ne croyais pas qu'il en fût capable.

Émouchet se rappela la sœur du comte Ghasek, Bellina.

– La chose est faisable, Perraine, dit-il d'un ton sinistre.

– Je l'ai découvert par la suite. Martel et moi avons voyagé jusqu'en Pélosie et il m'a montré Ydra alors qu'elle accomplissait quelque rite obscène devant une représentation d'Azash. (Les larmes étaient visibles dans les yeux de Perraine.) Ce fut horrible, Émouchet, horrible. (Il ravala un sanglot.) Martel m'a affirmé que si je ne lui obéissais pas scrupuleusement sa corruption augmenterait jusqu'à ce qu'il ne reste plus rien de son âme. Je n'étais pas vraiment sûr de tout ça, mais je ne voulais pas courir de risque.

– Il le pouvait. J'ai déjà assisté à cela.

– Je voulais la tuer, continua Perraine d'une voix de plus en plus faible, mais je ne pus y parvenir. Martel me regardait me débattre avec moi-même et il se contentait de rire. Si tu en as l'occasion, j'espère que tu le tueras.

– Tu as ma parole, Perraine.

Perraine soupira encore et son visage devint carrément blanc.

– Excellent, ce poison, nota-t-il. Martel me tenait donc. Il m'a dit d'aller en Arcie rejoindre Vanion et les autres pandions. A la première occasion, je devais retourner au chapitoire de Cimmura. Il savait que tu te rendais en Thalésie et que tu repasserais sans doute par Emsat. Il m'a donné de l'argent et m'a ordonné de trouver des assassins. Je devais lui obéir en tout... La plupart du temps, ce furent mes assassins qui attentèrent à ta vie, mais une fois, alors que tu traversais Démos, je t'ai tiré dessus avec une arbalète. Je pourrais prétendre que je t'ai manqué volontairement, mais ce serait un mensonge. J'ai vraiment essayé de te tuer, Émouchet.

– Et le poison chez Dolmant?

– Oui. J'étais aux abois. Tu as une chance hors du

commun, mon ami. J'ai essayé tout ce que j'ai pu imaginer et je ne suis pas arrivé à te tuer.

– Et le Rendor qui a tenté de me donner un coup de poignard empoisonné à la Basilique ?

Perraine parut un peu surpris.

– Je n'ai rien à voir avec ça. Je te le jure. Nous avons tous deux vécu en Rendor et nous savons à quel point ils sont peu fiables. Quelqu'un d'autre a dû l'envoyer contre toi... Martel lui-même, peut-être.

– Qu'est-ce qui t'a fait changer d'avis, Perraine ? demanda Émouchet avec tristesse.

– Martel n'a plus d'emprise sur moi. Ydra est morte.

– J'en suis navré.

– Pas moi. Elle a dû se rendre compte de ce qui se passait. Elle est entrée dans la chapelle de son père et elle a prié toute la nuit. Au moment où le soleil s'est mis à poindre, elle s'est enfoncé une dague dans le cœur. Elle m'avait envoyé l'un de ses valets avec une lettre qui expliquait tout ce qui s'était passé. Il est arrivé juste avant que Martel n'encercle la ville. Elle est désormais libre et son âme est en sécurité.

– Pourquoi as-tu donc pris du poison ?

– Je vais la suivre, Émouchet. Martel m'a dépouillé de mon honneur, mais jamais il ne pourra me voler mon amour. (Perraine se raidit sur sa couche étroite et il se tordit de douleur pendant quelques instants.) Oui, souffla-t-il, ce poison est excellent. Je te le recommanderais volontiers, mais je n'ai pas trop confiance en notre petite mère. Avec un tout petit peu de chance, je pense qu'elle arriverait à ressusciter une pierre. (Il adressa un sourire à son mentor.) Pourras-tu trouver en ton cœur la place pour me pardonner, Émouchet ?

– Il n'y a rien à pardonner, Perraine, dit Émouchet d'une voix pâteuse en prenant la main de son ami.

Perraine poussa un soupir.

– Je suis sûr qu'on va rayer mon nom des registres des pandions, et l'on se souviendra de moi avec mépris.

– Pas tant que je pourrai l'empêcher, crois-moi. Je protégerai ton honneur, mon ami.

Il serra très fort la main de Perraine en guise de serment muet.

Séphrénia tendit le bras au-dessus du lit et prit l'autre main du mourant.

– C'est presque terminé, chuchota doucement Perraine. Je souhaiterais...

Puis il se tut.

La lamentation de chagrin de Séphrénia ressemblait presque à celle d'une enfant. Elle pressa contre elle le corps inanimé de Perraine.

– Pas le temps ! lui dit sèchement Émouchet. Ça ne te dérange pas si tu restes un moment seule ? Il faut que je voie Kurik.

Elle le fixa avec étonnement.

– Nous devons revêtir Perraine de son armure, expliqua-t-il. Puis Kurik et moi le porterons dans l'une des rues qui longent la muraille. On lui transpercera la poitrine d'un trait d'arbalète et on le laissera allongé sur le sol. Il sera retrouvé par la suite et tout le monde s'imaginera que l'un des mercenaires de Martel l'a abattu sur le rempart.

– Mais pourquoi tout cela, Émouchet ?

– Perraine était mon ami et j'ai promis de protéger son honneur.

– Mais il a tenté de te tuer, mon petit.

– Non, petite mère, c'est *Martel* qui a tenté de me tuer. Il a forcé Perraine à l'aider. C'est Martel le coupable, et un jour ou l'autre, très bientôt, il devra en répondre. (Il marqua un temps d'arrêt.) Il faudrait que tu réfléchisses un peu à notre hypothèse, ajouta-t-il. Elle semble avoir reçu une vilaine blessure. (Il se rappela alors le Rendor au poignard empoisonné.) Soit cela, soit nous devrons nous inquiéter d'un nombre plus important d'assassins.

Les premières attaques exploratoires se produisirent après cinq jours de pillage. Elles étaient hésitantes, destinées avant tout à repérer les points forts... et faibles. Les défenseurs bénéficiaient d'un certain avantage. Martel avait reçu sa formation de Vanion ; Vanion pouvait donc prédire avec une exactitude presque totale ce qu'allait faire l'ancien pandion à cheveux blancs et, de plus, manœuvrer ses troupes pour le tromper. Ces attaques se produisaient à toute heure du jour ou de la nuit. Les chevaliers de l'Église restaient toujours sur le qui-vive, n'ôtaient jamais leur armure et dormaient de manière chaotique.

Martel plaça ses engins de siège dans la partie de la ville en ruine pour commencer à bombarder régulièrement la cité intérieure. De grosses roches pleuvaient du ciel, écrasant soldats et citoyens sans distinction. De gros paniers étaient montés sur les balistes de Martel et des boisseaux de traits d'arbalète lancés dans les airs pour retomber sur la vieille ville. Puis ce fut le feu. Des boules de poix brûlante et de naphte franchissaient les remparts pour embraser les toits et remplir les rues de grosses flaques de flammes. Mais pas encore de roches d'une demi-tonne.

Les défenseurs tenaient bon. Ils ne pourraient rien faire de particulier.

Le seigneur Abriel se mit à construire des engins de son côté, mais, en dehors des décombres des maisons détruites, les matériaux manquaient pour répliquer efficacement à Martel.

Ils tenaient bon et chaque pierre, chaque boule de feu, chaque averse de flèches tombant du ciel en pluie mortelle accroissait leur haine des assiégeants.

La première attaque sérieuse se produisit peu après minuit huit jours après le début du pillage. Une horde désorganisée de fanatiques rendoriens sortit avec des hurlements des rues sombres et enfumées au sud-ouest pour attaquer une barbacane un peu branlante au coin des vieilles murailles de ce quartier. Les défenseurs se précipitèrent et des nappes de flèches et de traits balayèrent les rangs en robes noires des Rendors, les fauchant comme des épis de blé. Les cris avaient la sonorité douloureuse qui monte des champs de bataille depuis le commencement des temps. Mais les Rendors continuaient d'avancer, des hommes à ce point imprégnés de frénésie religieuse qu'ils ne prêtaient aucune attention au nombre de victimes, certains se traînant même vers les murs en ignorant leurs blessures mortelles.

– La poix ! cria Émouchet aux soldats qui lançaient les projectiles sur la masse grouillante en dessous d'eux.

On amena des chaudrons de poix bouillante au bord des parapets alors même que les échelles commençaient à claquer contre les remparts décrépits. Les Rendors, braillant des cris de guerre et des slogans religieux, grimpèrent aux échelles grossières pour retomber aussitôt en hurlant et en se tordant de douleur sous les vagues de poix brûlante qui les inondaient, les cuisaient, les carbonisaient.

– Les torches ! ordonna Émouchet.

Une cinquantaine de torches enflammées franchirent les parapets pour embraser les mares de poix liquide et de naphte en bas des murs. Une immense flamme remonta le long des pierres et brûla les derniers Rendors encore accrochés aux échelles comme autant de fourmis grillant, se ratatinant et tombant d'une bûche jetée dans la cheminée. Des hommes en feu s'enfuirent en hurlant, titubant à l'aveuglette, des flots de flammes liquides les suivant comme des queues de comète.

Mais les Rendors continuaient d'arriver, les échelles de se dresser lourdement parmi leurs rangs, poussées par l'arrière par des centaines de mains, puis hésitant, atteignant la verticale et retombant enfin contre la muraille. Des fanatiques aux yeux hallucinés, de la bave à la bouche pour certains, grimpaient parfois même avant que l'échelle n'ait touché la pierre. De leur côté, les défenseurs repoussaient avec de longues perches les échelles qui restaient un moment immobiles après être revenues à la verticale, puis basculaient en arrière, entraînant les grimpeurs avec elles dans la mort. Des centaines de Rendors se pressaient contre la base des murs pour éviter les flèches et se précipitaient pour attraper les échelons.

– Le plomb ! ordonna alors Émouchet.

Le plomb, c'était l'idée de Bévier. Tous les sarcophages dans la crypte de la Basilique étaient surmontés d'une effigie de leur occupant. Les bières étaient désormais dépourvues d'ornements, car les statues avaient été fondues. Des chaudrons bouillonnants étaient installés à intervalles réguliers sur le parapet et, sur l'ordre d'Émouchet, on les retourna pour que de grandes nappes argentées se déversent sur les Rendors agglutinés à la base de la muraille. Les cris, cette fois-ci, ne durèrent pas longtemps et nul ne put s'enfuir après avoir été enseveli sous le plomb liquide.

Quelques-uns, très rares, parvinrent en haut des remparts. Les soldats de l'Église les affrontèrent avec une bravoure frisant le désespoir et ils retinrent les fanatiques suffisamment longtemps pour permettre aux chevaliers de venir à leur aide. Émouchet marchait en tête de la phalange de pandions en armures noires. Il faisait tournoyer sa lourde épée avec régularité et en cadence. Ce n'était pas une arme d'une grande finesse et, plutôt que de dire que le gros chevalier de l'Église se frayait un passage parmi les Rendors, mieux vaudrait parler d'ouverture d'une large piste. L'épée était un instrument de démembrement, mains et bras entiers s'envolant sous ses coups pour pleuvoir sur le visage des attaquants encore sur les échelles. Des têtes passaient d'un côté ou de l'autre du parapet, suivant le sens du mouvement tournant de la lame. Les chevaliers qui le suivaient et réglaient leur compte aux blessés ne tardèrent pas à patauger dans le sang. Un Rendor, maigre et agitant un sabre rouillé, resta à hurler devant l'homme en armure qui fondait sur lui. Émouchet modifia légèrement son geste et coupa pratiquement l'homme en deux à la taille. Le Rendor fut précipité contre les créneaux par la force du coup et les restes de chair encore reliés s'arrachèrent quand le torse bascula vers l'extérieur. La partie inférieure de l'individu resta coincée contre les créneaux, les jambes agitées de soubresauts. Le torse n'atteignit pas immédiatement le sol, car il resta suspendu à un long cordon d'intestins violets fumant dans l'air frais de la nuit. Le torse se balança lentement et descendit par à-coups au fur et à mesure que les intestins se déroulaient.

– Émouchet ! cria Kalten comme le bras d'Émouchet commençait à se fatiguer. Reprends ton souffle ! Je te relève !

Le parapet fut bientôt nettoyé et les échelles repoussées. Les Rendors continuaient de tourner à la base de la muraille, toujours soumis aux pluies de flèches et de roches qu'on leur lançait du haut des remparts.

Puis ils abandonnèrent et s'enfuirent.

Kalten revint, soufflant et essuyant son épée.

– Une belle bagarre, dit-il avec un large sourire.

– Pas mal, acquiesça laconiquement Émouchet. Il faut dire que les Rendors ne sont pas d'excellents soldats.

– C'est ceux que je préfère affronter.

Kalten éclata de rire. Il leva le pied pour faire tomber la partie inférieure du Rendor maigre de l'autre côté de la muraille.

– Laisse-le là, lui dit Émouchet. La vague suivante d'attaquants aura un spectacle pour se distraire en traversant la plaine avant d'arriver ici. Tu devrais dire aux autres qui font du nettoyage de garder les têtes qui traînent encore. Nous les ficherons sur des piques le long des créneaux.

– Encore pour servir d'exemples.

– Pourquoi pas ? Un homme qui attaque une muraille bien défendue a quand même le droit de savoir ce qui l'attend, tu ne crois pas ?

Bévier arrivait en courant sur le parapet ensanglanté.

– Ulath a été blessé ! leur lança-t-il alors qu'il se trouvait encore assez loin.

Il se retourna pour les conduire jusqu'à leur ami blessé et les soldats de l'Église s'écartèrent rapidement. Inconsciemment peut-être, Bévier brandissait encore sa hache de Lochabre.

Ulath était allongé sur le dos. Il avait les yeux révulsés et du sang lui coulait des oreilles.

– Que s'est-il passé ? demanda Émouchet à Tynian.

– Un Rendor l'a pris par-derrière et l'a frappé sur la tête avec une hache.

Émouchet se sentit faiblir.

Tynian ôta précautionneusement le casque à cornes d'Ulath et palpa tout doucement les cheveux blonds du chevalier génidien.

– Je ne sens pas de fracture.

– Peut-être que le Rendor n'a pas tapé assez fort, supputa Kalten.

– J'ai tout vu. Le Rendor a frappé aussi fort que possible. Cela aurait dû lui trancher le crâne comme un melon.

Tynian fronça les sourcils, tapota le nœud de corne qui reliait les deux pointes incurvées sortant de part et d'autre du casque de leur ami. Puis il examina le casque de plus près.

– Pas une égratignure, s'étonna-t-il.

Il sortit sa dague et gratta la corne, mais il fut incapable d'en marquer la surface brillante. Finalement, vaincu par la curiosité, il ramassa la hache de guerre d'Ulath et frappa la corne plusieurs fois sans même l'ébrécher.

– Époustouflant, dit-il. C'est le matériau le plus dur que j'aie jamais rencontré.

– C'est sans doute ce qui explique qu'il ait encore son cerveau dans la tête, dit Kalten. Mais il ne m'a pas l'air trop en forme. Portons-le à Séphrénia.

– Allez-y tous les trois, leur dit Émouchet à regret. Il faut que je m'entretienne avec Vanion.

Les quatre précepteurs se tenaient à une certaine distance, là où ils avaient surveillé l'attaque.

– Sire Ulath a été blessé, monseigneur, annonça Émouchet à Komier.

– C'est grave ? demanda Vanion.

– Les blessures banales n'existent pas, Vanion, répondit Komier. Que s'est-il passé, Émouchet ?

– Un Rendor lui a cogné sur la tête avec une hache, monseigneur.

– Sur la tête ? Ce ne sera rien, alors. (Il leva la main et tapa ses phalanges sur son propres casque à cornes d'ogre.) Voilà l'utilité de ce que nous portons.

– Il semblait plutôt mal en point, annonça Émouchet avec gravité. Tynian, Kalten et Bévier le transportent auprès de Séphrénia.

– Ce ne sera rien, répéta Komier.

Émouchet renvoya la blessure à l'arrière-plan de son esprit.

– Je pense avoir mis le doigt sur la stratégie de Martel, messeigneurs. Il s'est encombré de ces Rendors pour une raison bien spécifique. Les Rendors ne sont pas très efficaces pour la guerre moderne. Ils ne portent pas de protections, pas même des casques, et ils sont pitoyables en matière d'escrime. Nous les avons balayés de la même manière qu'on tond un champ de foin. Ils ne disposent en fait que de leur fanatisme enragé et ils attaquent sans tenir compte de l'adversaire. Martel les enverra contre nous pour affaiblir nos troupes. Ensuite, après nous avoir épuisés, il nous lancera ses mercenaires cammoriens et lamorks. Il faut trouver un moyen de tenir ces Rendors à l'écart des créneaux. Je vais parler à Kurik. Peut-être nous trouvera-t-il quelques idées.

Kurik ne le déçut nullement. Ses années d'expérience et les réminiscences d'anciens combattants qu'il avait rencontrés au cours des temps lui fournissaient un nombre imposant d'idées très méchantes. Il lui parla de chausse-trapes dont on pouvait empoisonner les pointes. Une fois ces pièges lancés de l'autre côté de la muraille et vu que les Rendors ne portaient pas de bottes mais de simples sandales, le résultat serait mortellement efficace. Des poutres de dix pieds se terminant par des pointes aiguisées et trempées dans le poison avant d'être roulées vers le bas pourraient former au sol de véritables barrières en hérissons. De longs pendules en bois oscillant sans cesse le long de la muraille renverseraient les échelles comme des toiles d'araignée.

– Rien de tout cela ne pourra empêcher une véritable attaque, Émouchet, termina Kurik. Mais leurs hommes ne s'approcheront plus très souvent du mur.

– C'est bien ça que nous voudrions. Réquisitionnons les habitants et mettons-les au travail dans ce sens. Pour l'instant, le brave peuple de Chyrellos se contente de manger sans rien faire. Donnons-lui une chance de mériter son pain.

La construction des obstacles de Kurik prit plusieurs jours et de nouvelles attaques rendoriennes se produisirent entre-temps. Puis les balistes d'Abriel lancèrent une foule de chausse-trapes devant les murs et l'on fit rouler des hérissons qui allèrent s'enchevêtrer à une soixantaine de pieds des murailles. Après cela, rares furent les Rendors à atteindre le pied de la muraille, et ceux qui y parvinrent n'étaient pas encombrés par des échelles. Habituellement, ils tournaient en hurlant des slogans et en tapant sur les pierres avec leurs épées jusqu'à ce que les archers au-dessus d'eux les tuent tranquillement. Au bout de quelques-unes de ces attaques manquées, Martel se retira un ou deux jours pour reconsidérer sa stratégie. Mais c'était encore l'été et les hordes de Rendors défunts gisant au pied des murs commencèrent à gonfler au soleil. L'odeur de chair en putréfaction rendait la cité intérieure nettement désagréable.

Un soir, Émouchet et ses compagnons profitèrent de cette accalmie pour retourner au chapitoire et s'offrir un bain et un repas chaud bien mérités. Mais auparavant ils s'arrêtèrent pour rendre visite à sire Ulath. Le grand chevalier génidien gisait sur son lit. Il avait encore les yeux troubles et une expression brouillée sur la figure.

– Je suis fatigué de rester tout le temps au lit, mes frères, dit-il d'une voix traînante. Et il fait terriblement chaud, ici. Pourquoi ne pas sortir chasser un Troll ? Patauger dans la neige devrait nous rafraîchir un peu le sang.

– Il se croit dans la maison mère des génidiens à Heid, expliqua calmement Séphrénia aux chevaliers. Il n'arrête pas de vouloir aller chasser le Troll. Il pense que je suis une servante et il m'a fait un tas de propositions indécentes.

Bévier lâcha un halètement.

– Et parfois il se met à pleurer, ajouta-t-elle.

– Ulath ? fit Tynian, stupéfait.

– Quoiqu'il puisse s'agir d'un subterfuge. La première fois, j'ai tenté de le réconforter et tout s'est transformé en une sorte de match de lutte. Il est très robuste, compte tenu de son état.

– Est-ce qu'il se remettra ? demanda Kalten. Je veux dire : est-ce qu'il recouvrera ses sens ?

– Très difficile à dire, Kalten. Le coup lui a ébranlé la cervelle, je pense, et l'on ne sait jamais comment ce genre de choc peut tourner. Je pense que vous devriez partir, mes petits. Ne l'excitez pas.

Ulath commença dans un long discours compliqué dans la langue des Trolls et Émouchet découvrit avec surprise qu'il la comprenait encore. Le sortilège de Séphrénia semblait conserver toute sa force.

Après s'être baigné et rasé, Émouchet endossa une robe de moine et rejoignit les autres dans le réfectoire presque désert, où un repas leur avait été servi sur une longue table.

– Que va faire Martel, ensuite ? demandait à Abriel le précepteur Komier.

– Il recourra probablement à des tactiques de siège plus courantes, répondit Abriel. Sans doute s'installera-t-il pour que ses engins nous bombardent un moment. Ces fanatiques étaient à peu près sa seule chance d'emporter la victoire rapidement. Maintenant, les choses risquent de s'éterniser.

Ils restèrent tranquillement assis à écouter le fracas monotone des roches qui s'abattaient dans la ville autour d'eux.

Talen se rua soudain dans la pièce. Il avait le visage barbouillé et les vêtements sales.

– Je viens de voir Martel, messeigneurs ! s'écria-t-il, surexcité.

– Nous l'avons tous vu, Talen, répondit Kalten en s'affalant encore plus dans son fauteuil. Il parade de temps à autre devant la muraille pour inspecter les lieux.

– Il n'était pas devant la muraille, Kalten. Il était dans la cave sous la Basilique.

– Qu'est-ce que tu racontes là, mon garçon ? voulut savoir Dolmant.

Talen prit longuement son souffle.

– Je... euh... eh bien, je ne me suis pas montré tout à fait honnête avec vous, messieurs, quand je vous ai avoué que je conduisais les voleurs de Chyrellos hors de la cité intérieure, confessa-t-il. (Il leva une main.) J'ai bien arrangé une rencontre entre les voleurs et ces chevaliers de l'Église qui ont une corde à louer. Ça, c'était vrai. Ce que je ne vous ai pas avoué, c'est que j'avais aussi trouvé un autre chemin. Je ne veux pas vous accabler sous les détails, mais peu après notre arrivée, je me trouvais dans la cave la plus profonde nichée sous la Basilique quand j'ai découvert un passage. J'ignore à quoi il servait à l'origine, mais il mène vers le nord. Il est parfaitement rond et les pierres des murs et du sol sont très lisses. Je l'ai suivi et il m'a conduit hors de la ville intérieure.

– Est-ce qu'il donne l'impression d'être utilisé ? demanda le patriarche Emban.

– Pas la première fois que je l'ai emprunté, Votre Grâce. Les toiles d'araignée étaient épaisses comme des cordes.

– Oh, oui, fit Nashan. J'en ai entendu parler, mais je ne suis jamais descendu l'inspecter. Les anciennes salles de torture se trouvent dans ce souterrain. C'est le genre d'endroit que la plupart des gens préfèrent éviter.

– Mais le passage, Nashan, lui dit Vanion. A quoi sert-il ?

– C'est un ancien aqueduc, monseigneur. Il faisait partie de la Basilique d'origine. Il rejoint le Kydu pour transporter l'eau jusqu'à la cité intérieure. Tout le monde prétend qu'il s'est écroulé il y a des siècles.

– Pas du tout, seigneur chevalier, lui dit Talen. Il conduit suffisamment loin dans la ville extérieure pour être utile. Bref, j'ai longuement cherché et je suis tombé sur ce truc.

– L'aqueduc, le reprit Nashan.

– Drôle de mot. Je l'ai donc suivi et je suis ressorti dans le souterrain d'un entrepôt à plusieurs rues des remparts. Voilà le renseignement que je vendais aux voleurs de Chyrellos. Or, je me trouvais dans cette cave cet après-midi et j'ai vu Martel qui sortait furtivement du passage. Je me suis caché et il est passé. Comme il était seul, je l'ai suivi et il est entré dans une sorte de réserve. Annias l'y attendait. Je n'ai pas pu entendre ce qu'ils se racontaient, mais ils avaient rapproché leurs têtes comme des gens qui complotent. Ils ont bavardé un moment, puis ils ont quitté la réserve. Martel a dit à Annias d'attendre le signal habituel et qu'ils se reverraient alors. Il a dit : « Je voudrais que tu sois en sécurité quand les combats commenceront. » Ensuite Annias a dit qu'il s'inquiétait encore de l'arrivée de Wargun, mais Martel a éclaté de rire en répondant : « Ne te fais pas de souci pour Wargun, mon ami. Il ignore joyeusement tout ce qui se passe ici. » Puis ils sont partis. J'ai attendu un moment et je suis revenu directement ici.

– Comment Martel a-t-il découvert cet aqueduc ? lui demanda Kalten.

– Certains de ses hommes ont sans doute chassé l'un des voleurs jusque-là, répondit Talen avec un haussement d'épaules. Tout le monde a un formidable esprit civique quand il s'agit de pourchasser les voleurs. Ce sont parfois des étrangers qui m'ont traqué.

– Voilà qui explique l'absence de Wargun, fit Komier sur un ton sinistre. Tous nos messagers sont probablement tombés dans des embuscades.

– Et Ehlana se trouve toujours à Cimmura avec Stragen et Platime pour la défendre, continua Émouchet d'une voix inquiète. Je crois que je vais descendre dans ce souterrain attendre Martel. Il finira par revenir et je pourrai nous en débarrasser.

– Pas du tout ! lâcha sèchement Emban.

– Votre Grâce, se plaignit Émouchet, je pense que vous oubliez que si Martel vient à mourir, le siège cessera aussitôt.

– Et moi, je pense que vous oubliez le fait que notre but véritable est de battre Annias lors de l'élection. J'ai besoin d'un rapport sur une conversation entre Annias et Martel afin de récupérer les voix nécessaires pour vaincre le primat de Cimmura. Notre situation commence à se faire précaire, messieurs. Chaque fois que ces incendies ravagent un nouveau quartier, nous perdons des voix supplémentaires.

– Le rapport de Talen ne suffirait-il pas à rendre la Hiérocratie soupçonneuse, Votre Grâce ? demanda Kalten.

– La majeure partie de la Hiérocratie n'a jamais entendu parler de Martel, répondit Emban. Et ce gamin ne constitue pas un témoin valable. Quelqu'un à Chyrellos saura sûrement que c'est un voleur. Il nous faut un témoin incorruptible et totalement fiable. Un témoin dont la neutralité et l'objectivité ne puissent être mises en doute.

– Le commandant de la garde personnelle de l'archiprélat ferait peut-être l'affaire ? proposa Ortzel.

– C'est l'homme qu'il nous faut, acquiesça Emban en claquant les doigts. Si nous pouvions le faire descendre dans ce souterrain au moment où il pourrait entendre Martel et Annias comploter, cela me donnerait un avantage devant la Hiérocratie.

– Est-ce que vous n'oubliez pas que Martel passe par cet aqueduc et qu'il sera accompagné d'une petite armée, Votre Grâce ? demanda Vanion. Il a parlé de ramener Annias en sécurité avant le début des combats. Ce qui me semblerait signifier qu'il a l'intention de lancer une attaque surprise contre la Basilique même. Votre témoin ne trouvera pas un auditoire très attentif si tous les patriarches sont en train de s'enfuir pour sauver leur peau.

– Ne m'ennuyez pas avec ces détails, Vanion, fit Emban d'un air hautain. Postez simplement quelques hommes là en bas.

– Volontiers, mais où les prendrai-je ?

– Sur les remparts. De toute façon, ils ne font rien d'utile.

Le visage de Vanion s'empourpra et une grosse veine se mit à palpiter sur son front.

– Laisse-moi parler, Vanion, proposa Komier. Nous ne voudrions pas que tu attrapes une crise d'apoplexie. (Il se tourna nonchalamment vers le petit patriarche corpulent.) Votre Grâce, dit-il calmement, quand on prépare une attaque surprise, on veut habituellement détourner l'attention de l'ennemi. Est-ce que ça ne vous semble pas logique ?

– Eh bien... fit Emban, quelque peu dubitatif.

– C'est du moins ce que je ferais personnellement et

Martel est très expérimenté. Je soupçonne plus ou moins que ce qui se passera, c'est que Martel va attendre que les mangues soient constr...

– Les mangonneaux, le reprit le précepteur Abriel.

– Peu importe... Il se mettra alors à abattre nos murailles. Et alors seulement il attaquera avec tous les hommes qu'il pourra réunir. Croyez-moi, Votre Grâce, les hommes sur les remparts... ou ce qui restera des remparts... seront vraiment très occupés. C'est à ce moment-là que Martel descendra dans le souterrain et nous n'aurons plus d'hommes à lui opposer.

– Pourquoi faut-il que vous soyez aussi brillamment malin, Komier ? lâcha Emban.

– Que faisons-nous donc ? leur demanda Dolmant.

– Nous n'avons pas le choix, Votre Grâce, répondit Vanion. Nous devrons complètement boucher l'aqueduc pour que Martel ne puisse l'emprunter.

– Mais si on fait ça, nous n'aurons aucun témoignage sur la collusion entre Annias et Martel ! protesta Emban d'une voix stridente.

– Essaie de voir les choses sous cet angle, Emban, lui dit Dolmant avec patience. Est-ce que nous voudrions que Martel vote quand nous élirons un nouvel archiprélat ?

CHAPITRE QUATORZE

– Ce sont des troupes faites pour la parade, Votre Grâce, se plaignait Vanion. Il ne s'agit pas ici d'un défilé ni de la relève de la garde.

Tous quatre, Vanion, Dolmant, Émouchet et Séphrénia, étaient à nouveau réunis dans le cabinet de sire Nashan.

– Je les ai vus qui s'exerçaient dans la cour près de leurs baraquements, Vanion, répondit Dolmant avec patience. Je me souviens assez bien de ma formation pour reconnaître des professionnels quand je les vois.

– Combien sont-ils, Votre Grâce ? demanda Émouchet.

– Trois cents, répondit le patriarche. En tant que garde personnelle de l'archiprélat, ils sont totalement dévoués à la défense de la Basilique. (Dolmant se carra dans son fauteuil et tapa le bout de ses doigts les uns contre les autres.) Je ne vois pas d'autre choix, Vanion. (Son visage maigre d'ascète semblait presque rayonner à la lumière des chandelles.) Emban avait raison, vous savez. Tous nos efforts en rapport avec le vote sont à l'eau, à présent. Mes frères de la Hiérocratie sont très attachés à leurs maisons. (Il eut une grimace amère.) C'est l'une des rares formes de vanité que conservent les membres du haut clergé. Nous portons tous des soutanes sans ornements, aussi ne pouvons-nous afficher de beaux habits ; nous ne nous marions pas, aussi ne pouvons-nous afficher de belles femmes ; nous sommes voués à la paix, aussi ne pouvons-nous afficher nos prouesses sur le champ de bataille. Il ne nous reste donc que nos palais. Nous avons perdu au moins vingt voix en nous retirant derrière les remparts de la cité intérieure et en abandonnant les palais de mes frères aux pillards de Martel. Il faut *absolument* que nous ayons la preuve de l'entente entre Annias et Martel. Si nous y parvenons, nous renverserons la vapeur. L'incendie des palais deviendra la faute d'Annias et non plus la nôtre. (Il regarda alors Séphrénia.) Je vais devoir vous demander quelque chose, petite mère.

– Naturellement, Dolmant.

Elle lui adressa un sourire affectueux.

– Je ne peux même pas vous le demander officiellement, fit-il avec un sourire forcé. Parce que cela se rapporte à des croyances auxquelles je ne dois plus prêter foi.

– Demandez-le-moi en tant qu'ancien pandion, mon petit, suggéra-t-elle. Comme cela, nous pourrons tous deux ignorer le fait que vous êtes tombé en bien mauvaise compagnie.

– Merci, dit-il sèchement. Existe-t-il un moyen qui vous permette d'effondrer cet aqueduc sans entrer dans ce souterrain ?

– Je pourrai m'en occuper, Votre Grâce, proposa Émouchet. Je peux utiliser le Bhelliom.

– Non, pas du tout, lui rappela Séphrénia. Tu n'as plus les deux bagues. (Elle reposa le regard sur Dolmant.) Je puis faire ce que vous me demandez, mais Émouchet devra se trouver dans le souterrain. Grâce à lui, je pourrai canaliser le sortilège.

– De mieux en mieux, vraiment, dit Dolmant. Vanion, vois un peu ce que tu penses de ceci. Toi et moi allons parler au colonel Délada, le commandant de la garde de l'archiprélat. Nous mettrons ses hommes dans le souterrain sous le commandement de quelqu'un de fiable.

– Kurik ? proposa Émouchet.

– Lui-même, approuva Dolmant. Je suis sûr que j'obéirais machinalement si Kurik me lançait un ordre de sa voix d'adjudant. (Un silence.) Pourquoi ne l'as-tu jamais fait chevalier, Vanion ?

– En raison de ses préjugés de classe, Dolmant. (Vanion éclata de rire.) Kurik croit que les chevaliers sont des hommes frivoles au crâne vide... Il m'arrive parfois de le croire aussi.

– Très bien, donc. Nous plaçons Kurik et les gardes dans le souterrain pour attendre Martel... hors de vue, bien entendu. Quel sera le signe que l'assaut de Martel contre nos murs est lancé ?

– Des roches qui tombent du ciel, je suppose, n'est-ce pas, Émouchet ? Cela signifierait que ses mangonneaux sont en place. Il ne commencera pas son attaque tant qu'il ne sera pas sûr qu'ils fonctionnent correctement.

– Et ce sera sans doute le moment qu'il choisira pour s'engager dans l'aqueduc, n'est-ce pas ?

Vanion opina du chef.

– Il y aurait trop de risques qu'ils se fassent prendre s'ils se glissaient trop tôt dans le souterrain.

– Tout s'imbrique parfaitement. (Dolmant semblait très content de soi.) Émouchet et le colonel Délada guetteront les premières roches sur les remparts. Quand elles commenceront à tomber, tous deux descendront dans le souterrain écouter la conversation entre Martel et Annias. Si la garde de l'archiprélat n'arrive pas à tenir l'entrée de l'aqueduc, Séphrénia fera écrouler le tunnel. Nous bloquerons cette attaque, obtiendrons nos preuves contre Annias et, avec un peu de chance, nous capturerons Annias et Martel. Qu'en penses-tu, Vanion ?

– C'est un plan excellent, Votre Grâce, répondit Vanion d'un air impassible.

Mais Émouchet avait repéré plusieurs points faibles. Les années semblaient avoir assombri le sens de la stratégie de Dolmant dans certains domaines.

– Je ne vois qu'un seul inconvénient, ajouta Vanion.

– Oh ?

– Une fois que les machines auront abattu les murailles, nous aurons sans doute à faire face à des hordes de mercenaires dans la cité intérieure.

– Gênant, n'est-ce pas ? admit Dolmant avec un léger renfrognement. Allons quand même parler au colonel Délada. Je suis sûr que nous trouverons une solution.

Vanion poussa un soupir et suivit le patriarche de Démos hors de la pièce.

– Est-ce qu'il a toujours été comme ça ? demanda Émouchet à Séphrénia.

– Qui ?

– Dolmant. Je trouve qu'il pousse l'optimisme dans ses derniers retranchements.

– C'est votre théologie élène, mon petit. (Elle eut un sourire.) Professionnellement parlant, Dolmant est fidèle à la notion de providence. Les Styriques considèrent cela comme la forme la plus perverse du fatalisme. Qu'est-ce qui te dérange, mon petit ?

– Une construction logique parfaite vient de s'écrouler, Séphrénia. A présent que nous savons ce que faisait Perraine, je n'ai aucun moyen de lier cette ombre à Azash.

– Pourquoi cette obsession des preuves manifestes, Émouchet ?

– Je te demande pardon ?

– Parce que tu n'arrives plus à prouver logiquement un lien, tu es prêt à rejeter une idée tout entière. Ton raisonnement était en réalité très branlant dès le départ. Tu essayais de déformer les faits pour qu'ils s'adaptent à ton raisonnement. Tu avais l'impression... tu croyais... que l'ombre était envoyée par Azash. Cela me suffit. Je me fie davantage à tes impressions qu'à ta logique, tu sais.

– Sois plus gentille avec moi...

Elle eut un sourire.

– Je crois qu'il est temps d'écarter la logique pour s'appuyer sur tes impressions, Émouchet. La confession de sire Perraine efface tout lien entre l'ombre que tu n'arrêtes pas d'apercevoir et les attentats contre ta vie, n'est-ce pas ?

– Je le crains, admit-il. Ce qui ne fait qu'aggraver la situation, car je ne l'ai pas vue, ces derniers temps.

– Que tu ne l'aies pas aperçue ne signifie nullement qu'elle ne soit pas là. Explique-moi avec exactitude ce que tu ressens chaque fois.

– Une sensation glaciale, et l'impression qu'elle me hait de manière absolue. On m'a déjà détesté, Séphrénia, mais jamais comme cela. C'est inhumain.

– Très bien, nous pourrons partir de là. Il s'agit de quelque chose de surnaturel. Un autre détail ?

– J'en ai peur, admit-il simplement.

– Toi ? Je ne savais pas que tu connaissais la signification de ce mot.

– Si, rassure-toi.

Elle réfléchit, son visage parfait et minuscule ridé par la réflexion.

– Ta première théorie était tout à fait branlante, Émouchet. Est-ce qu'il serait vraiment raisonnable qu'Azash ait poussé un brigand à te tuer, alors qu'il devrait ensuite pourchasser ledit brigand pour récupérer le Bhelliom ?

– Un peu compliqué, je te l'accorde.

– Exactement. A présent, examinons la possibilité que tout ceci ne soit que pure coïncidence.

– Je ne suis pas censé accepter ça, petite mère. La providence, tu comprends...

– Arrête ça.

– Oui, m'dame.

– Supposons que Martel ait soudoyé Perraine tout seul... sans en référer à Annias. Cela revient à dire que c'est Annias qui communique avec Otha, et non Martel.

– Je ne pense pas que Martel irait jusqu'à traiter directement avec Otha.

– Je n'en suis pas aussi sûre, Émouchet. Mais supposons que l'idée de te tuer appartenait à Martel et non à Otha... suite à un complot quelconque d'Azash. Voilà qui boucherait la lacune dans ton raisonnement. L'ombre serait toujours liée à Azash et n'aurait alors absolument aucun rapport avec les attentats contre toi.

– Que fait-elle donc ?

– Elle te surveille, très probablement. Azash veut savoir où tu es et surtout où se trouve *le Bhelliom*. Ce qui explique que tu voies presque toujours cette ombre au moment où tu sors le joyau de ta bourse.

– Je commence à avoir mal à la tête, petite mère. Enfin, si tout marche comme l'a prévu Dolmant, Annias et Martel seront bientôt sous les verrous. Nous devrions pouvoir obtenir d'eux quelques réponses... suffisamment pour atténuer ma migraine, en tout cas.

Le colonel Délada, commandant de la garde personnelle de l'archiprélat, était un homme très robuste de constitution, avec des cheveux roux coupés court et un visage ridé. Malgré son poste essentiellement officiel, il avait tout du guerrier. Il portait le pectoral poli, le bouclier rond ornementé et le glaive court de son unité. Une cape descendant jusqu'aux genoux et un casque sans ventail surmonté d'une crête en crins de cheval complétaient son costume.

– Sont-ils si gros que cela, sire Émouchet ? demanda-t-il tandis qu'ils inspectaient tous deux les ruines fumantes à partir du toit en terrasse d'une maison jouxtant le mur de la cité intérieure.

– Je ne saurais dire, colonel, répondit Émouchet. Je n'en ai jamais vu. En revanche, Bévier affirme qu'ils sont au moins aussi gros qu'une maison de taille respectable.

– Et ils projettent réellement des roches de la taille d'un bœuf ?

– A ce qu'on m'a dit.

– Où va le monde ?

– On appelle ça le progrès, mon ami, répondit Émouchet avec un sourire forcé.

– Le monde serait un endroit plus agréable si l'on pendait tous les savants et les ingénieurs, sire Émouchet.

– Et les gens de loi aussi.

– Oh ! oui, les gens de loi, tout à fait. *Tout le monde* a envie qu'on pende tous les gens de loi. (Les yeux de Délada s'étrécirent.) Pourquoi tous ces secrets avec moi, Émouchet ? fit-il d'un ton irrité.

Dans le cas de Délada, tous les clichés concernant les rouquins semblaient s'appliquer.

– Il faut absolument que nous préservions votre neutralité, Délada. Vous allez assister à un événement (et surtout l'entendre, j'espère)... un événement très important. Par la suite, on vous demandera de venir témoigner à ce sujet. Il ne manquera pas de se trouver des bonnes âmes désireuses de jeter le doute sur votre témoignage.

– Elles ont intérêt à s'en garder, s'emporta le colonel.

Émouchet eut un sourire.

– Quoi qu'il en soit, si vous ne savez rien par avance sur ce que vous allez voir et entendre, personne ne pourra mettre en doute votre impartialité.

– Je ne suis pas un idiot, Émouchet, et j'ai quand même des yeux. Ceci est en rapport avec l'élection, n'est-ce pas ?

– A peu près tout ce qui se passe actuellement à Chyrellos est en rapport avec l'élection... hormis peut-être ce siège.

– Oh, je ne parierais pas ma solde que ce siège est sans rapport.

– C'est là l'un des sujets dont nous ne sommes pas censés parler, colonel.

– Ha ! lâcha Délada, triomphant. Dans le mille !

Émouchet regarda par-dessus la muraille. L'important était de pouvoir prouver sans l'ombre d'un doute la collusion entre Martel et Annias. Émouchet éprouvait quelques appréhensions à ce sujet. Si la conversation entre le primat de Cimmura et le pandion renégat ne révélait pas l'identité de Martel, Délada pourrait uniquement rapporter à la Hiérocratie une conversation très suspecte entre Annias et un étranger anonyme. Emban, Dolmant et Ortzel s'étaient montrés totalement inflexibles : en aucun cas Délada ne devait recevoir le moindre renseignement susceptible d'affecter son témoignage. Sous ce rapport, Émouchet était énormément déçu par l'attitude d'Emban. Le gros ecclésiastique était rusé et retors dans tous les domaines. Pourquoi faisait-il soudain preuve d'un tel sens de l'éthique ?

– Ça y est, Émouchet, lança Kalten à partir des remparts éclairés par des torches. Les Rendors sortent dégager les obstacles.

Le toit se trouvait légèrement plus haut que les créneaux et Émouchet voyait nettement par-dessus. Les Rendors se ruaient à l'attaque, hurlant comme les autres fois. Ne tenant aucun compte du poison collé aux hérissons, ils écartèrent les obstacles. Nombreux furent ceux qui, saisis d'une frénésie religieuse, se jetèrent inutilement sur les pointes empoisonnées. De larges allées furent ainsi rapidement formées et les tours d'assaut se mirent à rouler lourdement hors de la ville encore fumante en direction des murailles. Émouchet vit que ces tours étaient en fait fabriquées avec des planches épaisses recouvertes de peaux trempées d'eau qui dégoulinait. Ni trait ni javelot ne pourrait pénétrer ces planches, ni poix ni naphte brûlant ne pourrait enflammer ces peaux détrempées. Martel contrait leurs défenses l'une après l'autre.

– Vous vous attendez vraiment à un combat dans la Basilique, sire Émouchet ? lui demanda Délada.

– Espérons que non, colonel. Mais mieux vaut être prêts. Je vous remercie d'avoir déployé vos gardes dans ce souterrain... malgré le fait que je ne puis vous indiquer pour quelle raison nous avons besoin d'eux. Autrement, nous aurions dû prélever des soldats sur les murailles.

– Il me faut bien supposer que vous savez ce que vous faites, Émouchet, répondit tristement Délada. Mais je dois dire que mon second est très perturbé par le fait que tout mon détachement a été placé sous le commandement de votre écuyer.

– Ce fut une décision d'ordre tactique, colonel. Le souterrain est rempli d'échos. Vos hommes ne pourront comprendre les ordres qu'on leur crie. Kurik et moi sommes ensemble depuis longtemps et nous avons élaboré des systèmes pour régler ce genre de situation.

Délada regardait les tours d'assaut qui avançaient lourdement.

– C'est vraiment gros, hein ? Combien d'hommes peut-on fourrer là-dedans ?

– Cela dépend de l'affection que l'on éprouve pour ses hommes, répondit Émouchet en plaçant son bouclier devant lui pour écarter les flèches qui commençaient à tomber sur le toit. Plusieurs centaines à tout le moins.

– Je ne suis pas familiarisé avec la guerre de siège, admit Délada. Que va-t-il se passer, à présent ?

– Ils vont les faire rouler jusqu'à nos murs, puis ils essaieront de charger les défenseurs. Ceux-ci s'efforceront de renverser les tours. Tout cela sera très confus, très bruyant et beaucoup de gens seront tués.

– Et quand les mangonneaux entreront-ils en action ?

– Probablement quand plusieurs tours auront été arrimées aux murs.

– Ils ne vont pas lancer des roches sur leurs propres hommes ?

– Les hommes dans les tours ne sont pas très importants. Il s'agit essentiellement de Rendors... comme ceux qui ont dégagé la route des tours. Leur chef n'a rien d'un humaniste.

– Vous le connaissez bien ?

– Oh, oui, très bien.

– Et vous souhaitez le tuer, n'est-ce pas ? demanda Délada d'un ton rusé.

– Cette idée m'a déjà traversé l'esprit quelquefois.

L'une des tours était maintenant tout près du mur et les défenseurs jetèrent des grappins par-dessus le sommet de l'édifice pesant en essayant d'éviter l'averse de flèches et de traits. Puis ils commencèrent à tirer à hue et à dia. La tour oscilla de gauche et de droite et finit par basculer dans un fracas résonnant. Les hommes à l'intérieur hurlaient, de douleur et de terreur. Ils savaient ce qui allait se produire. La chute de la tour avait fracassé les planches et elle s'était ouverte comme un œuf. Les chaudrons de poix et de naphte purent être versés dans l'entremêlement de planches et d'hommes qui se débattaient, et les torches enflammèrent le liquide brûlant.

Délada déglutit péniblement tandis que montaient du pied des murs les cris désespérés des hommes en feu.

– Cela se produira-t-il fréquemment ? demanda-t-il d'une voix écœurée.

– Nous l'espérons bien. Chacun de ceux que nous tuons à l'extérieur ne pourra pas entrer. (Émouchet tissa un sort rapide et s'adressa à Séphrénia qui attendait à l'intérieur du chapitoire.) Nous sommes sur le point de commencer à nous battre ici, petite mère. Des nouvelles de Martel ?

– Aucune, mon petit. (Sa voix lui parut un chuchotement.) Sois très prudent, Émouchet. Aphraël serait furieuse contre toi si tu te faisais tuer.

– Dis-lui qu'elle peut me donner un coup de main, si elle a envie.

– Émouchet ! fit-elle d'un ton mi-offusqué, mi-amusé.

– A qui parliez-vous, Émouchet ?

Délada paraissait interdit et il regardait autour d'eux pour essayer de repérer un nouveau venu.

– Vous êtes relativement dévot, n'est-ce pas, colonel ?

– Je suis fils de l'Église, Émouchet.

– Je risquerais donc de vous bouleverser si je vous répondais. Les ordres combattants ont la permission de dépasser ce que permet la foi élène à ses membres ordinaires. Pourquoi ne pas nous arrêter là ?

Malgré tous les efforts des défenseurs, plusieurs tours atteignirent les remparts et les ponts-levis à leur sommet s'abaissèrent sur les créneaux. L'une des tours arriva juste à côté de la porte et les amis d'Émouchet entrèrent immédiatement en action. Tynian conduisit la charge en se précipitant à l'intérieur de l'édifice roulant. Émouchet retint son souffle tandis que ses amis combattaient hors de vue. Les bruits qui montaient de l'intérieur révélaient la férocité de la lutte, fracas d'armes, cris et gémissements. Puis Tynian et Kalten remontèrent sur le pont-levis, se saisirent d'un énorme chaudron de poix et de naphte, retraversèrent le pont et disparurent à nouveau à l'intérieur. Les cris s'intensifièrent soudain tandis qu'ils versaient les liquides brûlants sur le visage des hommes qui se tenaient à l'intérieur sur les échelles.

Les chevaliers reparurent. Ayant rejoint les remparts, Kalten prit une torche et la lança dans la tour d'un geste apparemment négligent. L'édifice fonctionna comme une cheminée. Une fumée noire jaillit de l'ouverture qu'avait dissimulée le pont-levis et une flamme orange sortit du toit. Les hurlements allèrent crescendo, puis cessèrent brutalement.

La contre-attaque des chevaliers tout au long des murailles suffit à repousser la première vague d'assaillants, mais les pertes étaient lourdes. Les flots de flèches et de traits avaient coûté bien des vies, parmi les soldats comme les chevaliers.

– Vont-ils revenir ? demanda Délada d'un air sombre.

– Bien entendu. Les engins de siège vont bombarder les murs, puis d'autres tours attaqueront.

– Combien de temps pourrons-nous tenir ?

– Quatre... ou peut-être cinq de ces assauts. Puis les mangonneaux commenceront à abattre les murs. C'est alors que la bataille débutera à l'intérieur de la cité.

– Il nous est impossible de l'emporter, n'est-ce pas, Émouchet ?

– Sans doute.

– Chyrellos est donc condamnée ?

– Chyrellos était condamnée dès l'apparition de ces deux armées, Délada. La stratégie mise en œuvre dans l'attaque de la ville était parfaitement accomplie... on pourrait presque dire brillante.

– Attitude un peu particulière, en la circonstance, Émouchet.

– Disons que c'est du professionnalisme. On est censé admirer le génie de son adversaire. Ce n'est qu'une attitude, bien entendu, mais cela permet l'établissement d'une certaine distanciation. Les derniers barouds n'ont rien de gai et il faut bien quelque chose pour se remonter le moral.

Bérit apparut alors dans l'ouverture de la trappe qui donnait sur le toit où se tenaient les deux hommes. Les yeux du novice étaient immenses et sa tête n'arrêtait pas de remuer.

– Sire Émouchet ! s'exclama-t-il d'une voix inutilement forte.

– Oui, Bérit ?
– Qu'avez-vous dit ?
Émouchet l'examina de plus près.
– Qu'est-ce qu'il y a, Bérit ?
– Pardon, sire Émouchet, je ne vous entends pas. Au moment où l'attaque a commencé, les cloches ont donné. Et toutes les cloches se trouvent dans la coupole en haut du dôme. Jamais entendu autant de bruit.
Bérit leva le bras et se tapa la tête du plat de la main. Émouchet le prit par les épaules et le regarda droit dans les yeux.
– Que se passe-t-il ? beugla-t-il en articulant exagérément.
– Oh, pardon, sire Émouchet. Les cloches m'ont un peu ébranlé. Il y a des milliers de torches qui traversent la prairie de l'autre côté de l'Arruk. J'ai pensé qu'il fallait vous le dire.
– Des renforts ? demanda Délada, plein d'espoir.
– Assurément. Mais pour quelle armée ?
Il se produisit derrière un gigantesque craquement et une maison de belle taille s'écroula sous le poids d'une énorme roche tombée sur son toit.
– Grand Dieu ! s'exclama Délada. Cette roche était monstrueuse ! Les murailles ne pourront jamais tenir sous ce genre de bombardement.
– Non. Il est temps pour nous de descendre dans le souterrain, colonel.
– Ils ont commencé à lancer leurs roches plus tôt que vous ne le pensiez, Émouchet, fit remarquer le colonel. C'est un assez bon signe, non ?
– Je crains de ne pas vous suivre.
– Cela ne signifierait-il pas que l'armée arrivant à l'ouest est une colonne venue à notre secours ?
– Les troupes devant nos murs sont constituées de mercenaires, colonel. Elles pourraient fort bien être pressées de franchir nos murailles pour ne pas avoir à partager leur butin avec leurs amis de l'autre côté du fleuve.

Les caves les plus profondes de la Basilique étaient construites en pierres gigantesques laborieusement taillées puis posées en longues voûtes parfois soutenues par des arcs-boutants massifs. Le poids de tout l'édifice reposait sur ces arches puissantes. Il faisait sombre, frais et humide dans ces souterrains en dessous même de la crypte où moisissaient en silence les ossements d'antiques ecclésiastiques.

– Kurik ! souffla Émouchet à l'adresse de son écuyer tandis que lui et Délada franchissaient la porte barricadée d'un secteur séparé du restant du sous-sol où attendaient Kurik et les gardes de Délada.

Kurik s'approcha à pas de loup.

– Les mangonneaux sont entrés en action, lui annonça Émouchet, et une grande armée arrive par l'ouest.

– Vous venez spécialement pour les bonnes nouvelles, n'est-ce pas, monseigneur ? (Kurik marqua un temps d'arrêt.) L'endroit n'est pas très agréable, ici. Des chaînes et des menottes pendent aux murs et l'on trouve au fond un coin qui aurait réchauffé le cœur de Bellina.

Émouchet jeta un bref coup d'œil à Délada.

Celui-ci toussa.

– Il ne sert plus, dit-il brièvement. Il fut un temps où l'Église se donnait beaucoup de mal pour éradiquer l'hérésie. Interrogatoires et confessions avaient lieu ici. Ce ne fut pas l'un des chapitres les plus brillants de l'histoire de Notre Sainte Mère.

– Certains récits ont même filtré. (Émouchet hocha la tête.) Attends ici avec les gardes, Kurik. Le colonel et moi devons prendre place avant l'arrivée de nos visiteurs. Quand je lancerai le coup de sifflet de l'attaque, ne lambine pas, parce que j'aurai vraiment besoin de toi, à ce moment-là.

– Vous ai-je jamais déçu, Émouchet ?

– Non, jamais, en fait. Pardon pour ces paroles. (Il conduisit le colonel plus loin dans le labyrinthe souterrain.) Nous allons rejoindre une salle assez grande, colonel, expliqua-t-il. Les murs sont pleins de coins et de recoins. Le jeune homme qui a découvert ces lieux m'a tout montré. D'après lui, les deux hommes qui nous intéressent vont sans doute se rencontrer ici. Vous serez à même d'identifier l'un des deux sans erreur possible. Avec un peu de chance, leur conversation vous permettra d'identifier le second. Je vous en prie, écoutez attentivement leurs paroles. Dès la fin de leur dialogue, je veux que vous retourniez à vos appartements et que vous vous y enfermiez à double tour. N'ouvrez plus qu'à moi, au seigneur Vanion ou au patriarche Emban. Si cela peut vous réconforter, pendant un très bref laps de temps vous serez l'homme le plus important de Chyrellos et des armées entières seront prêtes à vous protéger.

– Tout cela est bien mystérieux, Émouchet.

– Il le faut pour l'instant, mon ami. J'espère qu'en entendant cette conversation vous comprendrez pour quelle raison. Voici la porte.

Émouchet poussa soigneusement la porte en putréfaction et ils entrèrent dans une grande salle sombre tapissée de toiles d'araignée. Une table et deux chaises grossières se trouvaient près de la porte, avec un unique bout de chandelle sur une soucoupe fendillée au centre de la table. Émouchet se dirigea droit vers le fond de la salle et un renfoncement profond.

– Otez votre casque, chuchota-t-il, et enveloppez votre pectoral dans votre cape. Il ne faudrait pas qu'un reflet nous fasse repérer.

Délada branla du chef.

– Maintenant, je vais éteindre notre chandelle, lui annonça Émouchet. Et il faudra que nous restions totalement silencieux. Si nous devons absolument parler, nous nous chuchoterons à l'oreille.

Il souffla la flamme de la bougie et la posa sur le sol.

Ils attendirent. Loin dans les ténèbres, de l'eau gouttait lentement. La canalisation la plus étanche trouve toujours le moyen de fuir et l'eau, comme la fumée, trouve toujours une issue.

Il avait dû s'écouler cinq minutes, ou une heure, voire un siècle, quand un bruit de cliquetis surgit du fond du vaste souterrain.

– Des soldats, souffla Émouchet à Délada. Espérons simplement que celui qui les conduit ne les fera pas tous entrer.

– Oui.

Un homme en robe sombre et en capuche se glissa alors par la porte, abritant sa bougie de la main. Il alluma la chandelle sur la table, éteignit la sienne et rejeta sa capuche en arrière.

– J'aurais dû m'en douter, chuchota Délada à Émouchet. C'est le primat de Cimmura.

– Oui, mon ami, effectivement.

Les soldats se rapprochaient. Ils faisaient de leur mieux pour étouffer les bruits métalliques de leur équipement, mais en tant que groupe les soldats ont beaucoup de peine à se montrer furtifs.

– Cela suffit, ordonna une voix familière. Reculez un peu. Je vous appellerai si nécessaire.

Il y eut un silence, puis Martel entra. Il portait son casque et ses cheveux blancs brillaient à la lumière de l'unique chandelle vacillante sur la table devant le primat.

– Eh bien, Annias, fit-il d'une voix traînante, nous avons réalisé un bel effort, mais la partie est terminée.

– De quoi parles-tu, Martel ? lâcha Annias. Tout est en notre faveur.

– Et vient de changer de direction il y a une heure.

– Arrête ces mystères, Martel. Dis-moi ce qui se passe.

– Une armée arrive de l'ouest, Annias.

– Cette autre vague de mercenaires cammoriens dont tu m'as parlé ?

– Je soupçonne que ces mercenaires ont maintenant été transformés en viande pour les chiens, Annias. (Martel déboucla son baudrier.) Navré de te l'annoncer comme ça, mon vieux, mais c'est l'armée de Wargun qui arrive à l'ouest. Elle s'étend à portée de vue.

Émouchet faillit crier de joie.

– Wargun ? Tu disais que tu avais veillé à le garder loin de Chyrellos.

– Je le croyais, mon vieux, mais quelqu'un a dû réussir à le joindre.

– Son armée est plus importante que les tiennes ?

Martel s'affala dans son fauteuil.

– Dieu, que je suis fatigué, confessa-t-il. Je n'ai pas dormi depuis deux jours. Tu disais ?

– Wargun a-t-il plus d'hommes que toi ?

– Seigneur, oui. Il pourrait m'engloutir en l'espace de quelques heures. Je pense que nous ne devrions pas l'attendre. Pour ma part, je devrais me soucier du temps qu'il faudra à Émouchet pour me tuer. Malgré son apparence, Émouchet est assez doux. Je suis sûr qu'il me réglera rapidement mon compte. Je suis vraiment déçu par Perraine. Je pensais qu'il aurait pu me débarrasser de mon ancien frère d'armes. Enfin, Ydra paie sans doute le prix de son échec. Comme je le disais, Émouchet devrait pouvoir m'occire en moins d'une minute. C'est un bien meilleur escrimeur que moi. Toi, en revanche, tu as du souci à te faire. Lychéas m'a dit qu'Ehlana veut ta tête sur un plateau. J'ai jadis surpris une expression sur son visage à Cimmura, juste après la mort de son père et avant que tu l'aies empoisonnée. Émouchet est doux, mais Ehlana est faite de pierre et elle te hait, Annias. Elle pourrait fort bien décider de te décapiter elle-même. C'est une fille mince à qui il faudra peut-être une demi-journée pour te trancher le cou.

– Mais nous sommes si près, protesta Annias, dans les affres de la déconvenue. Le trône d'archiprélat est pratiquement à portée de ma main.

– Alors, retire-la rapidement. Il risquerait d'être un peu lourd à porter au moment de fuir. Arissa et Lychéas sont dans mon pavillon et font déjà leurs bagages, mais je crains que tu ne disposes pas d'autant de temps. Tu vas me suivre. Qu'une chose soit bien claire, Annias. Je ne t'attendrai pas. Si tu t'attardes, je te laisse sur place.

– Mais j'ai des affaires à prendre, Martel !

– Je n'en doute pas. J'en imagine déjà quelques-unes... ta tête par exemple. Lychéas prétend que le grand blond qui chevauche au côté d'Émouchet éprouve une passion malsaine pour les pendaisons. Je connais assez bien Kalten pour savoir combien il est maladroit. Il risquerait de bâcler le travail et je ne trouve pas très agréable de passer l'après-midi à une pendaison bâclée.

– Combien as-tu introduit d'hommes ici ? demanda Annias d'une voix apeurée.

– Une centaine en tout.

– Es-tu fou ? Nous sommes au beau milieu d'un campement de chevaliers de l'Église !

– Ta lâcheté refait surface, Annias. (La voix de Martel était chargée de mépris.) Cet aqueduc n'est pas très large. Est-ce que ça te plairait de devoir grimper sur un millier de mercenaires bien armés quand viendra l'heure de fuir ?

– Fuir ? Et où pouvons-nous nous enfuir ?

– En Zémoch, naturellement. Otha nous protégera.

Le colonel Délada reprit bruyamment son souffle.

– Silence, lui chuchota Émouchet.

Martel se leva et se mit à arpenter la salle, la figure roussâtre à la lumière de la chandelle.

– Essaie un peu de me suivre, Annias. Tu as donné de la darestime à Ehlana et la darestime est *toujours* mortelle. Il n'existe pas de remède et la magie habituelle aurait été incapable d'en inverser les effets. Je le sais, parce que c'est Séphrénia elle-même qui m'a appris la magie.

– Cette sorcière styrique ! fit Annias en serrant les dents.

Martel le saisit par le devant de sa soutane et faillit le soulever de son fauteuil.

– Attention à ce que tu dis, Annias, dit-il menaçant. N'insulte pas ma petite mère, autrement tu regretteras qu'Émouchet ne t'ait retrouvé. S'il est doux, je ne le suis pas. Je suis capable d'actes que ne pourrait imaginer Émouchet.

– Tu n'éprouves tout de même plus de sentiments envers elle ?

– Ça, c'est mes affaires, Annias. Très bien, si seule la magie aurait pu guérir et que la magie ordinaire n'aurait pu fonctionner, que nous reste-t-il ?

– Le Bhelliom ? avança Annias en passant la main sur les plis que le poing de Martel avait provoqués sur le devant de sa soutane.

– Exactement. Émouchet a dû parvenir à mettre la

main dessus. Il l'a utilisé pour guérir Ehlana et il l'a sans doute sur lui. Ce n'est pas le genre d'objet qu'on laisse traîner. Je vais ordonner aux Rendors de détruire les ponts sur l'Arruk. Cela devrait retarder un peu Wargun. Nous devrions partir vers le nord et quitter la zone de bataille avant de prendre à l'est en direction de Zémoch. (Il eut un sourire sans joie.) Wargun a toujours voulu exterminer les Rendors. Si je les envoie détruire les ponts, il pourra en profiter et Dieu sait qu'ils ne me manqueront pas. Je donnerai ordre au restant de mes troupes de résister à Wargun sur la rive droite du fleuve. Elles livreront une formidable bataille... qui durera peut-être deux heures avant qu'il les massacre. Cela devrait nous suffire pour évacuer les lieux. Nous pouvons compter sur Émouchet pour qu'il reste sur nos talons et nous serons sûrs qu'il a bien le Bhelliom sur lui.

– Comment le sais-tu ? Tu joues aux devinettes, Martel.

– Tu veux dire que tu ne connais pas encore Émouchet assez bien pour savoir qui il est ? Émouchet et le Bhelliom peuvent seuls stopper Otha.

– Mais pourquoi fuir de la sorte si nous savons qu'il peut anéantir Otha et nous en même temps ?

– Ce n'est pas si sûr. Émouchet est impressionnant, mais ce n'est pas un Dieu. A l'opposé, Azash est un Dieu et il convoite le Bhelliom depuis le commencement des temps. Émouchet nous poursuivra et Azash le guettera, le tuera et lui prendra le Bhelliom. Otha sera alors en mesure d'envahir l'Éosie occidentale et de nous récompenser généreusement. Il te placera sur le trône d'archiprélat et me donnera la couronne des royaumes élènes que je choisirai... dans leur totalité, peut-être. Otha a perdu son appétit de pouvoir, ce dernier millier d'années. Je ferai même de Lychéas le régent, voire le roi de l'Élénie, si tu veux. Ton fils est un crétin baveux et sa seule vue me retourne l'estomac. Pourquoi ne pas le faire étrangler, et Arissa et toi pourrez essayer encore une fois ? En vous concentrant un peu, vous pourriez même obtenir un être humain au lieu d'un coprophage.

Émouchet sentit un froid soudain. Il regarda derrière lui. S'il ne put la voir, il savait que l'ombre furtive qui le suivait depuis la caverne de Ghwerig était encore là. Se pouvait-il que le simple fait de prononcer le nom du Bhelliom suffît à l'invoquer ?

– Mais sommes-nous sûrs qu'Émouchet sera capable de nous suivre ? demandait Annias. Il ne connaît pas notre arrangement avec Otha, et il ne pourra savoir où nous nous dirigeons.

– Tu es vraiment naïf, Annias. (Martel éclata de rire.) Séphrénia est capable d'écouter une conversation à un mille de distance et elle peut faire en sorte que tous ceux qui sont dans la même salle qu'elle l'entendent également. De plus, il existe des centaines d'endroits dans ce souterrain qui sont à portée de voix de la pièce où nous nous trouvons. Crois-moi, Annias, d'une façon ou d'une autre, Émouchet nous écoute en ce moment même. (Il marqua un temps d'arrêt.) N'est-ce pas, Émouchet ?

CHAPITRE QUINZE

La question de Martel flottait dans la pénombre poussiéreuse.

– Restez ici, chuchota Émouchet à Délada en dégainant son arme.

– Cela me serait difficile, répondit le colonel d'un ton tout aussi sévère et en tirant son épée.

Ce n'était ni le lieu ni l'heure pour discuter.

– Très bien, mais prudence. Je m'occupe de Martel. Vous prenez Annias.

Ils sortirent de leur cachette et se dirigèrent vers l'unique bougie qui crachotait sur la table.

– Mais, n'est-ce pas là mon cher frère d'armes Émouchet ? fit Martel d'une voix traînante. Quelle plaisir de te revoir, mon vieux !

– Profites-en, Martel. Tu ne tarderas pas à ne plus rien voir.

– J'aimerais t'obliger, Émouchet, mais je crains de devoir à nouveau remettre notre petite rencontre. Des affaires pressantes, tu comprendras. (Martel prit Annias par l'épaule et le poussa vers la porte.) En route ! lança-t-il.

Tous deux sortirent rapidement tandis qu'Émouchet et Délada se précipitaient en avant, l'épée à la main.

– Arrêtez ! ordonna Émouchet à son compagnon.

– Mais ils s'enfuient, Émouchet ! se plaignit Délada.

– C'est déjà fait. Martel a une centaine d'hommes dans le souterrain. Il faut que vous restiez en vie, colonel.

(Émouchet lança un coup de sifflet strident au moment où retentissaient des bruits de pas nombreux à l'extérieur.) Nous allons devoir défendre cette porte en attendant Kurik et vos gardes.

Ils s'approchèrent de la porte en décrépitude et se postèrent de part et d'autre. Au dernier moment, Émouchet se plaça en vue à quelques pieds de l'ouverture ovale dans le mur de pierres massives. Il pouvait donc utiliser librement son épée alors que les soldats qui arrivaient étaient gênés par la roche.

Les mercenaires de Martel découvrirent très rapidement qu'il était malsain de s'attaquer à Émouchet quand il était en colère. Les corps s'empilèrent dans l'entrée tandis qu'il donnait libre cours à sa rage sur ces soldats peu présentables.

Kurik arriva avec les gardes de Délada et les hommes de Martel battirent en retraite, défendant le passage conduisant à l'ouverture dans l'aqueduc par lequel s'étaient déjà enfuis Martel et Annias.

– Ça va ? demanda l'écuyer en passant la tête par la porte.

– Oui.

Émouchet tendit le bras et saisit le bras de Délada comme le colonel voulait passer de force.

– Laissez-moi, Émouchet, lança Délada, les dents serrées.

– Non, colonel. Vous vous rappelez ce que je vous ai dit il y a un moment sur votre importance ?

– Oui, répondit Délada sur un ton maussade.

– Vous avez accédé à cet éminent état il y a quelques minutes et je ne vous laisserai pas tuer parce que vous êtes d'humeur belliqueuse. Je vous conduis à votre appartement et je poste un garde devant votre porte.

Délada rangea rageusement son épée dans son fourreau.

– Vous avez raison, bien entendu. Mais...

– Je sais, Délada. J'éprouve exactement le même sentiment.

Après avoir mis le colonel en sécurité, Émouchet retourna dans le souterrain. Les gardes sous les ordres de Kurik étaient occupés à régler leur compte aux derniers mercenaires qui essayaient encore de se cacher. Kurik revint dans les ténèbres brisées par les torches.

– Je crains que Martel et Annias ne se soient échappés, rapporta-t-il.

– Il nous attendait, Kurik, lui annonça Émouchet d'un air morose. Je ne sais comment, il était au courant que nous serions là ou que Séphrénia pouvait utiliser un sortilège nous permettant de l'entendre. Il a raconté un tas de détails à mon intention.

– Oh ?

– L'armée qui approche par l'ouest est celle de Wargun.

– Il serait temps qu'il arrive, commenta Kurik avec un grand sourire.

– Martel a aussi annoncé dans quelle direction il allait partir. Il *veut* que nous le suivions.

– Je serai enchanté de l'obliger. Mais avons-nous obtenu ce que nous recherchions ?

Émouchet branla du chef.

– Une fois que Délada aura fait son rapport, Annias n'aura plus une seule voix.

– C'est quand même quelque chose.

– Confie le commandement des gardes à un capitaine et allons retrouver Vanion.

Les précepteurs des quatre ordres se tenaient sur les murailles près de la porte et observaient avec un certain ébahissement les mercenaires qui battaient en retraite.

– Ils ont interrompu leur attaque sans aucune raison, dit Vanion quand survinrent Émouchet et Kurik.

– Oh, ils ont une excellente raison, répondit Émouchet. C'est Wargun que nous apercevons de l'autre côté du fleuve.

– Dieu merci ! s'exclama Vanion. Nos messagers ont donc fini par parvenir jusqu'à lui. Comment cela s'est-il passé, dans le souterrain ?

– Le colonel Délada a entendu une conversation *très* intéressante. Martel et Annias se sont enfuis, par contre. Ils vont filer en Zémoch pour se mettre sous la protection d'Otha. Martel va envoyer ses Rendors détruire les ponts pour donner au restant de ses mercenaires le temps de se déployer. Il sait que, tout au plus, il ne fera que gêner légèrement Wargun.

– Je crois que nous devrions aller nous entretenir avec Dolmant, dit le précepteur Darellon. La situation a quelque peu évolué. Pourquoi ne pas rassembler vos amis, sire Émouchet, et ensuite nous nous rendrons au chapitoire.

– Avertis-les, Kurik, dit Émouchet à son écuyer. Que tous nos amis sachent que le roi Wargun est venu à notre aide.

Kurik branla du chef.

Les patriarches furent énormément soulagés d'apprendre l'approche du roi Wargun et plus encore de savoir qu'Annias s'était incriminé.

– Le colonel pourra même témoigner de l'arrangement d'Annias et de Martel avec Otha, leur expliqua Émouchet. Le seul aspect regrettable de cet épisode, c'est qu'ils se sont échappés.

– Combien de temps faudra-t-il pour qu'Otha soit mis au courant des événements ? demanda le patriarche Emban.

– Je pense que nous pouvons pratiquement présumer qu'Otha est informé des événements au fur et à mesure qu'ils se produisent, Votre Grâce, lui répondit Abriel.

Emban hocha la tête avec une expression d'écœurement.

– Encore ces histoires de magie, je suppose.

– Il va falloir à Wargun un certain temps pour procéder à un regroupement et se remettre en marche pour le Lamorkand afin d'affronter les Zémochs, n'est-ce pas ? estima Dolmant.

– Une dizaine de jours environ, Votre Grâce, précisa Vanion. En étant généreux. Les éléments avancés des deux armées pourront aller plus vite, mais aucune des deux armées ne pourra partir en moins d'une semaine.

– Combien peut parcourir une armée en une journée ? demanda Emban.

– Dix milles au maximum, Votre Grâce, répondit Vanion.

– C'est absurde, Vanion. Même moi, je suis capable de faire dix milles en quatre heures, et je ne vais pas très vite.

– Quand vous marchez seul, Votre Grâce, expliqua Vanion avec un sourire. Un homme qui se promène seul n'a pas à s'inquiéter d'empêcher l'arrière-garde de traîner et, quand vient l'heure de dormir, il peut s'enrouler dans sa cape sous un buisson. Il faut bien plus longtemps à une armée pour planter son camp.

Emban émit un grognement, se hissa péniblement sur ses pieds et s'avança lourdement vers la carte de l'Éosie accrochée au mur du cabinet de Nashan. Il calcula les distances.

– Ils se rencontreront à peu près ici, annonça-t-il en tapant du doigt sur un point de la carte. Sur cette plaine au nord du lac de Cammorie. Ortzel, comment se présente le terrain, dans ces parages ?

– Il est relativement plat, répondit le patriarche lamork. Ce sont surtout des champs, avec quelques bois çà et là.

– Emban, pourquoi ne pas laisser le roi Wargun élaborer sa stratégie ? fit doucement Dolmant. Nous avons du travail de notre côté, tu sais.

Emban eut un petit rire penaud.

– Je dois être une vraie mouche du coche. Je suis toujours en train de me mêler de ce qui passe à proximité. (Il croisa les mains derrière le dos d'un air songeur.) Nous contrôlerons tout à Chyrellos une fois que Wargun sera en ville. Je pense qu'on peut dire en toute sécurité que le témoignage du colonel Délada éliminera la candidature du primat de Cimmura une bonne fois pour toutes, alors pourquoi ne pas s'occuper tout de suite de cette élection... avant que la Hiérocratie n'ait repris collectivement son souffle ? Les patriarches sont des animaux politiques et dès qu'ils auront repris leurs esprits ils commenceront à distinguer toutes sortes d'opportunités dans la situation actuelle. Nous n'avons vraiment pas besoin d'un tas de candidatures imprévues pour tout embrouiller. Restons dans la simplicité. En outre, nous nous sommes aliéné un joli nombre de patriarches en décidant de laisser brûler la ville. Attaquons donc la Hiérocratie alors qu'elle déborde de gratitude et de reconnaissance et occupons le fauteuil libre dans la Basilique avant que n'apparaissent les ressassages sur les palaces incendiés et le reste. Nous avons la main, pour l'instant. Profitons-en, avant que nos appuis ne commencent à s'écrouler.

– Tu ne penses donc qu'à ça, n'est-ce pas, Emban ? demanda Dolmant.

– Il faut bien que quelqu'un s'en charge, mon ami.

– Oui, mais il faut d'abord faire entrer Wargun en ville, leur rappela Vanion. Pouvons-nous agir pour lui faciliter la tâche ?

– Nous pouvons sortir de la cité intérieure dès que les généraux de Martel auront commencé à se retourner face à son armée, proposa Komier. Nous pourrons les frapper par-derrière et les aiguillonner suffisamment pour qu'ils se retournent contre nous. Il leur faudra alors mobiliser suffisamment de troupes pour nous garder enfermés ici. Cela devrait réduire notablement les forces affrontant Wargun.

– Je pensais personnellement à un moyen de défendre ces ponts sur l'Arruk, dit Abriel. Les remplacer coûtera du temps à Wargun... et un certain nombre de victimes.

Avec l'approche de l'aube, le brouillard tomba, car l'été n'était pas loin. La surface des deux fleuves qui confluaient à Chyrellos émettait des fumerolles grises formant une brume qui adoucissait la lumière orange des torches, puis une nuée qui voilait les maisons éloignées, et enfin l'épais brouillard poisseux commun à toutes les villes bâties sur les cours d'eau.

Les troupes étaient avides d'action. La tactique est le propre des généraux et les simples soldats s'intéressent davantage à la vengeance. Ils avaient subi les bombardements des engins de siège ; ils avaient repoussé des fanatiques juchés sur des échelles ; et ils avaient affronté les tours mobiles. Il leur avait fallu soutenir tout ce que le assiégeants leur avaient envoyé. Ils avaient enfin l'occasion d'obtenir réparation et ils sortaient de la cité intérieure avec des expressions d'impatience menaçante sur le visage.

De nombreux mercenaires de Martel s'étaient joints à lui avec enthousiasme devant la perspective de pillages, de rapines et d'assauts faciles contre des murs mal défendus. Mais leur enthousiasme avait baissé à l'idée d'affronter une force bien supérieure en terrain libre. Ils devenaient alors pacifistes et se glissaient en quête de lieux où leurs nouveaux sentiments ne risquaient pas d'être blessés. La sortie en force de la cité intérieure causa une grande surprise et une déception encore plus grande à des hommes qui menaient des vies sans complication.

Le brouillard apporta naturellement sa collaboration. Les défenseurs de la cité intérieure n'eurent qu'à se ruer sur les hommes ne portant ni l'armure des chevaliers de l'Église ni la tunique rouge des soldats de l'Église. Les torches tenues par ces nouveaux pacifistes en faisaient des cibles parfaites pour les arbalétriers désormais bien entraînés par Kurik.

Comme les cavaliers font trop de bruit, les chevaliers de l'Église parcouraient les rues à pied. Au bout d'un certain temps, Émouchet rejoignit Vanion.

– Nous ne faisons qu'éliminer des déserteurs, signala-t-il à son précepteur.

– Pas totalement, Émouchet. Les soldats de l'Église ont été assiégés et ce genre de situation agit sur le moral des hommes. Donnons à nos nouvelles recrues l'occasion de se défouler un peu avant de les rendre à leurs patriarches.

Émouchet hocha la tête, puis il sortit en compagnie de Kalten et de Kurik.

Une silhouette avec une hache apparut à un croisement. Le personnage ne portait apparemment pas d'armure ni de tunique rouge de soldat. Kurik leva son arbalète et visa. Au dernier instant, il releva son arme et le trait fila vers le ciel qui commençait à s'éclaircir. Kurik se mit à émettre des jurons sulfureux.

– Qu'est-ce qu'il y a ? siffla Kalten.

– C'est Bérit, répondit Kurik entre ses dents serrées. Il roule toujours des épaules de cette manière.

– Sire Émouchet ? lança le novice dans les ténèbres. Vous êtes là ?

– Oui.

– Dieu merci. Je pense avoir parcouru toutes les ruelles de Chyrellos à votre recherche.

Kurik tapa du poing contre un mur.

– Tu pourras lui en parler un peu plus tard, lui dit Émouchet. Très bien, Bérit, tu m'as retrouvé. Qu'est-ce qui est important au point que tu risques ta vie pour essayer de m'en faire part ?

Bérit vint les rejoindre.

– Les Rendors semblent se regrouper près de la porte ouest, sire Émouchet. Ils sont des milliers.

– Et que font-ils ?

– Je pense qu'ils prient. Du moins célèbrent-ils une sorte de cérémonie. Il y a un type maigre et barbu debout sur un tas de décombres qui les harangue.

– As-tu pu entendre un peu ce qu'il racontait ?

– Un peu seulement, sire Émouchet, mais il répétait sans cesse un mot et tous les autres répétaient ce mot en beuglant ensemble.

– Et quel était ce mot ? voulut savoir Kurik.

– « Bélier », je pense, Kurik.

– Cela me semble familier.

Émouchet branla du chef.

– Martel aurait donc amené Ulésim pour maintenir l'ordre parmi les Rendors.

Bérit lui adressa un regard intrigué.

– Qui est Ulésim, sire Émouchet ?

– Le chef spirituel actuel des Rendors. Il existe un vilain bout de corne de bélier qui sert d'insigne de cette fonction. (Il songea à un détail.) Et les Rendors se contentent d'écouter des sermons ? demanda-t-il au novice.

– Si c'est là le nom que vous donnez à ces bredouillements, oui.

– Allons en parler à Vanion, proposa Émouchet. Cette information pourrait s'avérer très utile.

Les précepteurs et les amis d'Émouchet n'étaient pas très loin derrière eux.

– Je pense que nous venons d'avoir un coup de chance, messeigneurs. Bérit inspectait les rues ; il a vu que les Rendors sont tous rassemblés près de la porte ouest et que leur chef est en train de les exciter.

– Comment avez-vous pu laisser un novice sortir seul ? fit Abriel, désapprobateur.

– Kurik lui fera la leçon très bientôt, monseigneur.

– Quel est le nom de ce chef, déjà ? demanda Vanion, songeur.

– Ulésim, monseigneur. Je le connais. C'est un pauvre demeuré.

– Que feraient les Rendors, s'il lui arrivait malheur ?

– Ils se désintégreraient, monseigneur. Martel a dit qu'il allait leur ordonner de détruire les ponts. Apparemment, ils n'ont pas encore commencé. Les Rendors ont besoin d'être longuement harangués et soigneusement dirigés avant de se lancer dans quoi que ce soit. De toute façon, ils considèrent leur chef spirituel comme un demi-dieu. Ils ne lèveront pas le petit doigt sans son ordre exprès.

– Voilà peut-être où nous allons sauver vos ponts, Abriel, annonça Vanion. Si Ulésim vient à décéder, les Rendors peuvent très bien oublier ce qu'ils sont censés réaliser. Pourquoi ne pas rassembler nos forces et leur rendre visite ?

– Mauvaise idée, le contredit Kurik. Pardon, seigneur Vanion, mais c'est vrai. Si nous marchons en force contre les Rendors, ils combattront à mort pour défendre leur saint homme. Nous aurons simplement subi des pertes inutiles.

– Proposes-tu une autre solution ?

Kurik caressa son arbalète.

– Oui, monseigneur, répondit-il avec confiance. Selon Bérit, Ulésim est en train de haranguer son peuple. Un homme qui s'adresse à une foule se tient généralement sur un objet qui le rehausse. Si je peux arriver à deux cents pas d'Ulésim...

Kurik n'avait pas terminé sa phrase.

– Émouchet, emmène nos amis et couvre Kurik, décida Vanion. Essayez de vous glisser à travers la ville avec lui et son arbalète et d'arriver assez près de cet Ulésim pour nous en débarrasser. Si ces fanatiques rendors se dispersent en oubliant de détruire les ponts, Wargun aura la possibilité de traverser le fleuve avant que les autres mercenaires ne soient prêts à l'affronter. L'idée de batailles désespérées n'éveille chez eux aucun enthousiasme.

– Tu penses qu'ils capituleront ? demanda Darellon.

– Ça vaut la peine d'essayer. Une solution pacifique pourrait épargner bien des vies et je crois que nous aurons besoin de tous ceux que nous pourrons trouver, Rendors compris, pour affronter Otha.

Abriel éclata soudain de rire.

– Je me demande ce que pensera Dieu en voyant son Église défendue par des hérétiques éshandistes.

– Dieu est tolérant, répondit Komier avec un large sourire. Il pourra même leur pardonner... un peu.

Les quatre chevaliers, Bérit et Kurik rejoignirent la porte ouest en se faufilant discrètement dans les rues. Une brise légère s'était levée et la brume se dissipait rapidement. Ils atteignirent un vaste secteur brûlé et trouvèrent des milliers de Rendors densément entassés et pesamment armés rassemblés dans le reste de brume autour d'un tas de gravats. Et sur ces gravats se tenait un personnage familier.

– C'est bien lui, chuchota Émouchet à ses compagnons tandis qu'ils se réfugiaient dans les restes calcinés d'une maison. Le voilà qui se dresse dans toute sa gloire... Ulésim, disciple favori du bienheureux Arasham.

– Pardon ? demanda Kalten.

– C'est le nom qu'il se donnait en Rendor. Un titre qu'il s'était conféré de lui-même. Je suppose qu'il voulait épargner à Arasham l'effort de choisir quelqu'un.

Ulésim était dans un état qui frisait l'hystérie et son discours ne brillait pas par la cohérence. Il tendait vers le ciel un bras osseux et agrippait fermement un objet. Environ tous les quinze mots, il secouait violemment ledit objet et beuglait :

– ***Bélier !***

Ses disciples lui répondaient alors :
– ***Bélier !***
– Qu'en penses-tu, Kurik ? chuchota Émouchet alors qu'ils regardaient tous par-dessus un mur à demi écroulé.
– Je pense qu'il est dingue.
– Bien sûr qu'il est dingue, mais est-il à portée ?
Kurik plissa les yeux.
– Ça fait une sacrée distance, répondit-il, dubitatif.
– Essaie quand même, lui dit Kalten. Si ton trait est trop court, ou alors trop long, un de ces éshandistes le récupérera bien.
Kurik posa son arbalète sur le morceau de mur pour la stabiliser et visa soigneusement.
– Dieu me l'a révélé ! braillait Ulésim. Il nous faut détruire les ponts qui sont l'œuvre du Mauvais ! Les forces des ténèbres au-delà du fleuve vous assailleront, mais le Bélier vous protégera ! Le pouvoir du Saint Éshand s'est joint à celui du bienheureux Arasham pour emplir ce talisman d'une puissance surnaturelle ! Le Bélier vous accordera la victoire !
Kurik appuya lentement sur la détente de son arbalète. La corde épaisse émit un bruit sec en propulsant le trait vers sa cible.
– Vous êtes invincibles ! glapissait Ulésim. Vous êtes...
Ce qu'ils étaient encore ne leur fut jamais révélé. L'empennage d'un trait dépassa soudain du front d'Ulésim, juste au-dessus des sourcils. Il se raidit, les yeux écarquillés, la bouche soudain béante. Puis il s'écroula lentement sur le tas de gravats.
– Bien vu, Kurik, le félicita Tynian.
– En fait, je voulais le toucher au ventre, confessa Kurik.
– C'est parfait, Kurik. (Le Deiran éclata de rire.) Ce fut encore plus spectaculaire comme ça.
Un immense gémissement d'effarement et de désolation parcourut la foule des Rendors.
Le mot « arbalète » fut alors prononcé et répété. Certains malheureux avaient récupéré ce genre d'arme

auprès des Lamorks. Ils furent sur-le-champ réduits en charpie par leurs compatriotes déchaînés. Bon nombre d'hommes du Sud en robe noire se mirent à courir de par les rues en hurlant et en déchirant leurs vêtements. D'autres s'affalèrent au sol, pleurant de désespoir. D'autres encore restaient sur place, incrédules, fixant l'endroit où Ulésim les haranguait quelques instants auparavant. Il en était certains dans cette foule qui estimaient aussi qu'ils pouvaient prétendre à la fonction désormais vacante et qui prenaient les mesures devant assurer leur accession à ce poste, se fondant sur un pouvoir fermement tenu entre les mains des seuls survivants. Les partisans de tel ou tel candidat entrèrent en lice et l'énorme foule ne tarda pas à se transformer en ce qu'on ne pouvait qu'appeler une émeute générale.

– Les discussions politiques sont très animées, parmi les Rendors, n'est-ce pas ? fit remarquer nonchalamment Tynian.

– Je l'avais remarqué, acquiesça Émouchet. Allons apprendre aux précepteurs l'accident dont Ulésim a été victime.

Les Rendors étant désormais ardemment indifférents aux ponts, aux cornes de bélier ou à la bataille imminente, les commandants de l'armée de Martel se rendirent compte qu'ils n'avaient absolument aucune chance contre la marée humaine de l'autre côté du cours d'eau. Les mercenaires sont les soldats les plus réalistes et un détachement d'officiers traversa bientôt l'un des ponts sous la protection d'un drapeau blanc. Ils repartirent peu avant le lever du jour. Les responsables des mercenaires s'entretinrent quelques instants, puis ils se mirent en formation et, poussant devant eux les Rendors en tumulte, ils sortirent de Chyrellos et déposèrent leurs armes.

Émouchet et les autres se rassemblèrent sur les remparts extérieurs de la ville juste à côté de la porte ouest désormais ouverte pour regarder les rois d'Éosie occidentale traverser en grande pompe le pont leur permettant d'accéder à la ville sainte. Le roi Wargun, flanqué du patriarche Bergsten en jaseran, du roi Drégos d'Arcie, du roi Soros de Pélosie et du très vieux roi Obler de Deira, chevauchait en tête de la colonne. Ils étaient immédiatement suivis par un chariot découvert. Quatre personnes étaient assises dans ce véhicule. Toutes portaient une robe et une capuche, mais la simple forme de l'une d'elles fit frissonner Émouchet. Ils n'avaient tout de même pas... Mais à cet instant, apparemment sur l'ordre de la plus mince des quatre, elles rejetèrent leurs capuches en arrière. Le premier personnage, le plus corpulent, était Platime. Stragen était le deuxième. Le troisième était une femme qu'Émouchet ne reconnut point. Et le quatrième, mince, blond, absolument adorable, était Ehlana, reine d'Élénie.

CHAPITRE SEIZE

L'entrée de Wargun dans la cité de Chyrellos n'eut rien de triomphal. Le petit peuple de la ville sainte n'avait pas été à même de se tenir au courant des événements et une armée ressemble beaucoup à une autre, aux yeux des gens ordinaires. La plupart restèrent tapis chez eux tandis que les rois d'Éosie se dirigeaient vers la Basilique.

Émouchet n'eut guère l'occasion de parler à sa reine quand ils arrivèrent tous à l'immense sanctuaire. Il avait beaucoup à lui dire, évidemment, mais ce n'était pas le genre de conversation qu'ils pouvaient avoir en public. Le roi Wargun donna à ses généraux un ordre brutal, puis ils suivirent tous le patriarche de Démos à l'intérieur pour participer à une réception du genre qui marque généralement les occasions semblables.

– Il me faut reconnaître que votre Martel est très malin, admit un peu plus tard le roi de Thalésie en se carrant dans un fauteuil avec une grosse chope de bière dans la main.

Ils s'étaient retrouvés dans une immense salle de réunion de la Basilique. Elle possédait une longue table cirée, un dallage en marbre et d'épais rideaux bordeaux. Étaient présents : les rois, les précepteurs des quatre ordres, les patriarches Dolmant, Emban, Ortzel et Bergsten, Émouchet et les autres, y compris Ulath, qui manifestait parfois des signes de distraction mais paraissait en voie de guérison. Le visage d'Émouchet était de pierre tandis qu'il regardait sa future épouse de l'autre côté de la table. Il avait beaucoup à dire à Ehlana, ainsi qu'à Platime et à Stragen. Il se contrôlait avec une certaine difficulté.

– Après l'incendie de Coumbe, continuait Wargun, Martel s'est emparé d'un château mal défendu perché en haut d'une roche. Il a reconstruit ses défenses et laissé une garnison de belle taille, puis il est parti assiéger Larium. Comme nous arrivions, il a fui vers l'est. Il a ensuite pris au sud et a fini par revenir à l'ouest vers Coumbe. J'ai passé des semaines à le poursuivre. Ce château *semblait* abriter toute son armée et je l'ai donc investi. Ce que j'ignorais, c'est qu'il avait détaché des régiments entiers de son armée tandis que celle-ci traversait la campagne, et il est donc parvenu au château avec des forces très réduites. Il a hermétiquement fermé les portes tandis qu'il repartait librement à cheval vers Chyrellos, prêt à regrouper tous ses soldats dispersés, me laissant croire que j'assiégeais une forteresse irréductible.

– Mais nous vous avions envoyé de nombreux messages, Votre Majesté, dit le patriarche Dolmant.

– Je n'en doute pas, Votre Grâce, fit Wargun d'un air sombre. Mais un seul m'est parvenu. Martel avait envahi l'Arcie de petites bandes en embuscade. Je suppose que la plupart de vos messagers gisent désormais dans des fossés, dans ce jardin de pierre du Bon Dieu. Pardon, Drégos, s'excusa-t-il auprès du roi d'Arcie.

– Ce n'est rien, Wargun. Dieu avait une bonne raison pour mettre autant de pierres en Arcie. Paver les routes et bâtir des murs et des châteaux fournit à mon peuple une occupation autre que le déclenchement de guerres intestines.

– S'il se trouvait autant d'ennemis dans le pays, comment *un seul* est-il quand même arrivé auprès de vous, Votre Majesté ? s'étonna Dolmant.

– C'est là une bien étrange affaire, Dolmant, répondit Wargun en grattant sa tête ébouriffée. Je n'ai en fait pas bien compris ce qui s'est passé. Il est venu de Lamorkand sans se cacher et il semble qu'il ait chevauché d'un bout à l'autre de l'Arcie sans attirer l'attention. Soit c'est l'homme le plus chanceux qui soit, soit il a les faveurs du Bon Dieu... mais son apparence ne me ferait pas lui accorder les miennes.

– Est-il par ici, Votre Majesté ? demanda Séphrénia au roi de Thalésie avec un regard bizarrement soutenu.

– Je pense, petite dame. (Wargun éructa.) Il m'a parlé d'un rapport à présenter au patriarche de Kadach. Il doit sans doute se trouver dans un couloir.

– Pensez-vous que nous pourrions lui poser quelques questions ?

– Est-ce vraiment utile, Séphrénia ? lui demanda Dolmant.

– Oui, Votre Grâce. Je le crois. J'aimerais vérifier un détail important.

– Toi ! lança Wargun à l'un des soldats postés à la porte. Essaie de trouver ce Lamork à l'air malingre qui nous accompagnait. Dis-lui de venir ici.

– Tout de suite, Votre Majesté.

– Naturellement, « tout de suite ». Je t'ai donné un ordre, non ? On doit obéir à *tous* mes ordres tout de suite. (Le roi Wargun en était à sa quatrième chope de bière et sa maîtrise de la politesse commençait à lui échapper.) Bref, ce gaillard s'est présenté au château que j'assiégeais il y a moins de deux semaines. Après avoir lu son message, j'ai rassemblé mon armée et nous sommes tous venus ici.

Le Lamork qu'on fit alors entrer dans la salle était, comme l'avait dit Wargun, du genre plutôt chétif. De toute évidence, ce n'était ni un guerrier ni un ecclésiastique. Il avait un gros nez et des cheveux rares, raides, couleur gris louvet.

– Ah ! Eck, fit le patriarche Ortzel en reconnaissant l'un de ses domestiques. J'aurais dû me douter que ce serait toi qui te débrouillerais pour passer. Mes amis, voici l'un des mes serviteurs, dénommé Eck, un gaillard très rusé, ai-je découvert. Il est très utile quand s'impose la discrétion.

– Je ne crois pas que la discrétion soit en cause, cette fois-ci, Votre Grâce, reconnut Eck. (Il avait une voix assez nasillarde qui semblait assortie à son visage.) Dès que nous avons vu votre signal, nous avons chevauché vers l'ouest aussi vite que nos montures nous l'ont permis. Mais nous avons commencé à rencontrer des embuscades avant même d'entrer en Arcie. C'est alors que nous avons décidé de nous séparer en pensant que l'un de nous au moins pourrait passer. Personnellement, je n'avais guère d'espoir. On aurait dit qu'il y avait un archer derrière le plus petit arbre. Je me suis donc caché dans un château en ruine près de Darra pour réfléchir un peu. Je n'arrivais pas à trouver un moyen d'assurer la transmission de votre message. J'ignorais où était le roi Wargun et je n'osais le demander à des voyageurs de peur que leurs intentions ne soient pernicieuses.

– La situation était fort périlleuse, admit Darellon.

– C'était bien mon avis, monseigneur, acquiesça Eck. Je suis resté dissimulé dans ces ruines pendant deux jours, puis, un matin, j'ai entendu un son très bizarre. On aurait dit de la musique. J'ai pensé qu'il s'agissait d'un berger, mais c'était en fait une petite fille avec quelques chèvres. Elle produisait sa musique à l'aide d'une de ces flûtes de berger. Elle devait avoir dans les six ans et j'ai su dès le premier coup d'œil que c'était une Styrique. Tout le monde sait que ça porte malheur d'avoir affaire à des Styriques, alors je suis resté caché dans le château. Je ne voulais pas qu'elle me trahisse auprès des personnes qui me recherchaient. Mais elle s'est dirigée droit vers moi comme si elle savait parfaitement où j'étais et elle m'a dit de la suivre. (Il marqua un temps d'arrêt, une expression embarrassée peinte sur le visage.) Vous savez, je suis un homme adulte, Votre Grâce, et je n'accepte pas que les enfants me donnent des ordres... et encore moins s'ils sont styriques... mais cette petite fille possédait un côté très étrange. Quand elle me donnait un ordre, je lui obéissais avant de prendre le temps d'y réfléchir. N'est-ce pas curieux ? Bref, elle m'a fait sortir de ces ruines. Les hommes qui me recherchaient grouillaient dans les environs, mais ils se comportaient comme s'ils ne nous voyaient pas. La petite fille m'a fait traverser toute l'Arcie. Or, cela représente une distance très importante, mais il ne nous a fallu que trois jours... quatre, en fait, si l'on compte celui où nous avons dû nous arrêter pour que l'une des chèvres puisse tranquillement mettre au monde deux petits chevreaux... très mignons, d'ailleurs. Elle a même voulu que je les porte sur mon cheval quand nous sommes repartis. Ensuite, nous avons atteint le château plein de Rendors qu'assiégeait l'armée du roi Wargun et c'est à ce moment-là que la petite fille m'a quitté. Très bizarre. Je n'aime pas les Styriques, mais j'ai bel et bien pleuré quand elle est partie. Elle m'a donné un petit baiser que je sens encore sur la joue. J'y ai beaucoup réfléchi et j'en ai conclu que les Styriques ne sont peut-être pas aussi mauvais que ça.

– Merci, murmura Séphrénia.

– Voilà, Votre Grâce, continua Eck, je me suis approché et j'ai annoncé que j'avais un message de la Hiérocratie pour le roi Wargun. Les soldats m'ont conduit jusqu'à Sa Majesté et je lui ai remis le document. Après l'avoir lu, il a rassemblé son armée et nous avons avancé à marche forcée pour arriver ici. C'est à peu près tout, messeigneurs.

Kurik souriait d'un air béat.

– Eh bien, fit-il à Séphrénia, on dirait que Flûte est toujours dans les parages... et pas seulement surnaturellement... n'est-ce pas ?

– On dirait, acquiesça-t-elle en souriant aussi.

– Un document ? demanda Emban à Ortzel.

– J'ai pris la liberté de parler au nom de la Hiérocratie, confessa Ortzel. J'ai confié à chacun de mes messagers une copie pour le roi Wargun. Il m'a semblé que cela était valable, vu les circonstances.

– A mes yeux assurément, dit Emban. Mais Makova n'aurait peut-être pas beaucoup apprécié.

– Je lui présenterai mes excuses un de ces jours... si j'y pense.

Il avait fallu quelques instants à Wargun pour digérer ces informations.

– Est-ce que vous dites que j'ai déplacé mon armée sur les ordres d'un seul patriarche... et qui n'est même pas thalésien ? gronda-t-il.

– Non, Wargun, lui répondit fermement le patriarche Bergsten. J'approuve sans réserve les actes du patriarche de Kadach, aussi avez-vous déplacé votre armée sur *mon* ordre. Aimeriez-vous en discuter avec moi ?

– Oh, fit Wargun, contrit. C'est alors différent. (Le patriarche Bergsten n'était pas du genre avec qui on discute. Wargun reprit rapidement :) J'ai lu le document deux ou trois fois et j'ai décidé qu'un petit détour par Cimmura pourrait s'imposer. J'ai envoyé Drégos et Obler en avant avec le gros des troupes et j'ai pris avec moi l'armée élène pour qu'elle puisse défendre sa capitale. Croyez-le ou non, nous avons découvert une ville défendue par ses habitants et, quand j'ai demandé à y entrer, pas moyen de me faire ouvrir les portes tant que ce gros gaillard n'est pas arrivé. En toute honnêteté, je ne vois pas en quoi Cimmura aurait pu être en danger. Ces boutiquiers et ces ouvriers se comportaient de manière très professionnelle sur les remparts, croyez-moi. Je suis alors allé au palais rencontrer le comte de Lenda et cette jolie petite dame qui porte la couronne. C'est à ce moment que j'ai aperçu ce brigand-ci. (Il désigna Stragen.) Avec sa rapière, il a jadis percé des ajours dans la bedaine d'un de mes lointains cousins et j'avais mis sa tête à prix... davantage par solidarité familiale que par affection pour ledit cousin, dont le spectacle me rendait malade. Il avait la mauvaise habitude de se curer le nez en public et je trouve cela répugnant. Mais il en a été guéri par Stragen. J'allais donc faire pendre ce brigand, mais Ehlana m'en a dissuadé. (Il but longuement.) En fait... (Il rota.)... elle a menacé de me déclarer la guerre si je n'abandonnais pas cette idée. J'ai découvert en elle une jeune dame très énergique. (Il adressa soudain un large sourire à Émouchet.) Je crois comprendre que les félicitations sont de rigueur, mon ami, mais à votre place je n'enlèverais pas mon armure avant de la connaître un peu mieux.

– Nous nous connaissons très bien, Wargun, fit Ehlana d'un air collet monté. Émouchet m'a pratiquement élevée depuis que je suis bébé, aussi faudra-t-il vous en prendre à lui si mon caractère est doté d'un petit côté rugueux.

– J'aurais sans doute dû m'attendre à une explication de ce genre. (Wargun lança un gros rire à l'intention des autres.) Quand j'ai dit à Ehlana ce qui se passait ici, elle a tenu à amener son armée pour apporter sa participation aux combats. Je le lui ai formellement interdit, et voilà qu'elle tend le bras, me tire sur les favoris et m'annonce :

« – D'accord, Wargun. Alors on fait la course jusqu'à Chyrellos.

« Or, je n'accepte pas que quiconque joue avec mes favoris, aussi allais-je la fesser incontinent, reine ou pas, quand cette énorme femme est entrée. (Il jeta un regard en direction de la femme qui devait être Mirtaï, la géante tamoul, estima Émouchet en frémissant.) Je n'aurais pu croire qu'elle pouvait bouger aussi vite. En un clin d'œil elle m'avait pointé un poignard sur la gorge. J'ai bien tenté de lui expliquer que je disposais de suffisamment d'hommes pour capturer Chyrellos, mais elle m'a opposé qu'il lui fallait protéger un investissement. Je n'ai pas très bien compris ce qu'elle entendait par là. Nous avons donc quitté Cimmura et rejoint Drégos et Obler pour descendre sur la ville sainte. A présent, quelqu'un pourrait-il m'expliquer ce qui se passe ici ?

– Ce sont les habituelles manœuvres politiques de l'Église, lui répondit Emban avec une pointe d'ironie contenue. Vous savez à quel point Notre Mère adore les intrigues. Nous avons pris des mesures dilatoires pendant les réunions de la Hiérocratie, nous avons manipulé les voix, enlevé des patriarches... la routine, quoi. Nous venions de réussir à écarter du trône le primat de Cimmura quand Martel a débarqué pour assiéger la ville sainte. Nous nous sommes retirés derrière les murailles de la cité intérieure pour livrer l'un de ces ennuyeux barouds d'honneur. Les choses commençaient à devenir sérieuses au moment où vous êtes arrivé, hier soir.

– Annias a-t-il été enfin coincé ? demanda le roi Obler.

– Hélas non, Votre Majesté, répondit Dolmant. Martel est parvenu à l'escamoter juste avant l'aube.

– C'est bien dommage, fit Obler avec un soupir. Il pourrait donc revenir présenter sérieusement sa candidature, n'est-ce pas ?

– Nous déborderions de joie de le revoir, Votre Majesté, répondit Dolmant avec un sourire sans joie. Je suis sûr que vous avez entendu parler des liens existant entre Annias et Martel, ainsi que de nos soupçons sur un arrangement entre eux et Otha. Nous avons eu la chance de poster le commandant de la garde personnelle de l'archiprélat à un endroit où il a pu entendre une conversation entre Annias et Martel. Le colonel est totalement neutre et tout le monde le sait. Une fois qu'il aura rapporté à la Hiérocratie ce qu'il a appris, Annias sera chassé de l'Église... à tout le moins. (Un silence.) Bien, par ailleurs les Zémochs sont massés en Lamorkand oriental du fait des accords passés entre Otha et Annias. Dès qu'Otha aura découvert que leurs plans ont échoué à Chyrellos, il marchera sur l'occident. Je vous suggérerais d'agir en conséquence.

– Aurions-nous une idée de la direction prise par Annias ? demanda Ehlana, les yeux brillants.

– Lui et Martel ont emmené la princesse Arissa et votre cousin Lychéas pour rejoindre Otha et lui demander asile, ma reine, lui répondit Émouchet.

– Pourrions-nous les intercepter ? voulut-elle savoir, une expression féroce dans la voix.

– Nous pouvons essayer, Votre Majesté. (Il haussa les épaules.) Mais je ne me ferais aucune illusion.

– Je *veux* qu'on l'attrape, Émouchet !

– Mille excuses, Votre Majesté, s'interposa le patriarche Dolmant. Mais Annias a commis des crimes contre l'Église. C'est nous qui le revendiquons en priorité.

– Pour pouvoir l'enfermer dans un monastère où il priera et chantera des cantiques le restant de sa vie ? demanda-t-elle avec mépris. J'ai des plans beaucoup plus intéressants pour lui, Votre Grâce. Croyez-moi, si je mets la main dessus en premier, je ne le remettrai sûrement pas à l'Église... tant que je n'en aurai pas fini avec lui, du moins. Après cela, vous pourrez disposer de ce qui restera.

– Cela suffit, Ehlana, lui dit sèchement Dolmant. Vous frisez la désobéissance manifeste envers l'Église. Ne commettez pas l'erreur d'aller trop loin. En vérité, ce n'est pas un monastère qui attend Annias. La nature des crimes qu'il a commis contre l'Église lui vaudra plutôt le bûcher.

Leurs regards s'affrontèrent et Émouchet gémit intérieurement.

Puis Ehlana éclata de rire, l'air légèrement penaud.

– Pardonnez-moi, Votre Grâce. J'ai parlé avec trop de hâte. Le bûcher, dites-vous ?

– A tout le moins, Ehlana.

– Je m'en remets donc à Notre Sainte Mère. Plutôt mourir que faire preuve d'insoumission.

– L'Église apprécie votre obéissance, ma fille.

Ehlana joignit pieusement les mains et lui adressa un petit sourire de contrition absolument controuvé.

Dolmant éclata de rire malgré lui.

– Vous êtes une vilaine fille, Ehlana, la réprimanda-t-il.

– Oui, Votre Grâce. Sans doute avez-vous raison.

– Voici une femme des plus dangereuses, mes amis, annonça Wargun aux autres monarques. Je pense que nous devrions tous veiller à ne pas nous placer sur son chemin. Très bien, quoi d'autre ?

Emban se carra un peu plus dans son fauteuil et joignit les mains pour tambouriner du bout des doigts.

– Nous avions plus ou moins décidé que nous devrions régler une bonne fois pour toutes la question de l'archiprélature, Votre Majesté. C'est avant même que vous ne soyez entré dans la cité. Il vous faudra un certain temps pour préparer vos forces avant de marcher vers le Lamorkand central, n'est-ce pas ?

– Une semaine au moins, répondit Wargun, morose. Voire deux. J'ai des unités qui sont déployées jusqu'en Arcie... les retardataires et les chariots d'approvisionnement. Il va falloir du temps pour les réorganiser et les troupes sont un peu perdues quand elles doivent traverser des ponts.

– Nous pouvons vous accorder dix jours, lui dit Dolmant. Élaborez votre stratégie et votre organisation en marchant.

– On ne procède pas de la sorte, Votre Grâce, protesta Wargun.

– Vous le ferez cette fois-ci, Votre Majesté. Les soldats en marche passent davantage de temps assis que debout. Que ce laps de temps soit utilisé à bon escient.

– Il faudra aussi que vos soldats restent hors de Chyrellos, ajouta le patriarche Ortzel. La plupart des habitants ont fui, aussi la ville est-elle déserte. Si, pour s'occuper, vos hommes se mettent à inspecter les maisons inoccupées, il vous sera assez difficile de les rassembler quand l'heure sera venue de partir.

– Dolmant, dit Emban. C'est toi qui présides les séances de la Hiérocratie. Je pense que nous devrions reprendre notre session dès demain matin à la première heure. Conservons nos frères à l'écart de la ville extérieure pour aujourd'hui... pour leur propre sécurité, bien entendu, car des mercenaires de Martel risquent encore de rôder parmi les ruines. Mais surtout nous ne voulons pas qu'ils examinent de près les dommages subis par leurs demeures avant d'avoir repris la session. Nous nous sommes sérieusement aliéné bon nombre de patriarches et même si Annias s'est discrédité nous ne tenons pas à ce que des coalitions de dernière minute viennent compliquer la question. Je pense que nous devrions tenir un office dans la nef avant d'ouvrir la séance. Sans doute une cérémonie assez solennelle en action de grâce. Ortzel, voudrais-tu officier ? Tu seras notre candidat, alors donnons à tous l'occasion de te voir. Au fait, Ortzel, essaie un peu de sourire, de temps à autre. Honnêtement, ton visage ne tombera pas en morceaux.

– Suis-je à ce point sévère, Emban ? demanda Ortzel avec un semblant de sourire.

– Parfait, répondit Emban. Exerce-toi à sourire comme ça devant une glace. Souviens-toi que tu seras un père doux et aimant... c'est du moins ce que nous voulons qu'ils croient. Ce que tu accompliras une fois sur le trône restera entre toi et Dieu. Très bien. L'office rappellera à nos frères qu'ils sont avant tout des ecclésiastiques, et des propriétaires immobiliers en second. Nous quitterons directement la nef pour la salle d'audience. Je parlerai au maître de chapelle afin qu'il fasse chanter des cantiques vibrants dans toute la Basilique... quelque chose d'exaltant pour que nos frères soient placés dans l'ambiance appropriée. Dolmant demandera le silence et nous commencerons par un petit compte rendu... pour que tout le monde soit au courant de ce qui s'est passé. Cela à l'intention des patriarches qui se sont cachés dans leurs caves depuis le début du siège. Il sera alors tout à fait de mise d'appeler des témoins parmi nous. Je les choisirai après m'être assuré de leur éloquence. Nous voulons une description imagée des viols, des incendies et des pillages pour éveiller une désapprobation de la conduite des derniers visiteurs de la ville. Notre défilé de témoins culminera avec le colonel Délada, qui rapportera la conversation entre Annias et Martel. Je les laisserai méditer un peu. Je vais m'entretenir avec certains de nos frères pour qu'ils préparent des discours indignés dénonçant les agissements du primat de Cimmura. Dolmant désignera alors une commission d'enquête. Il ne faut pas que la Hiérocratie perde son temps. (Le petit patriarche corpulent réfléchit un instant.) Nous nous retirerons alors pour déjeuner. Ils auront deux bonnes heures pour ruminer sur la perfidie d'Annias. A la reprise de la séance, Bergsten prononcera un discours sur la nécessité d'agir rapidement. Ne donne pas l'impression de précipiter les événements, Bergsten, mais rappelle-leur que nous sommes en pleine Crise spirituelle. Demande alors que l'on passe immédiatement au vote. Porte ton armure et ta hache. Donne le ton avec ce costume guerrier. Ensuite, nous aurons droit aux traditionnels discours des rois d'Éosie. Et poignants, Vos Majestés, je vous en prie. Beaucoup de références à une guerre cruelle, à Otha et aux desseins immondes d'Azash. Nous voulons effrayer nos frères suffisamment pour qu'ils votent en toute conscience et non en référence à des manœuvres politiciennes. Garde les yeux fixés sur moi, Dolmant. Je dénicherai tout patriarche manifestant un besoin irrépressible de chicane et je l'identifierai à ton intention. En tant que président de séance, tu pourras agir en conséquence. Et en aucune circonstance tu n'accepteras de suspension de séance. A ce stade, tu passeras immédiatement au scrutin. Il faut que l'élection soit rapidement terminée. Nous voulons qu'Ortzel soit sur le trône avant le coucher du soleil. Ortzel, garde la bouche cousue durant les délibérations. Certaines de tes opinions sont sujettes à controverse. Ne les exprime pas en public, aujourd'hui.

– J'ai l'impression d'être un petit enfant, dit le roi Drégos au roi Obler avec un sourire forcé. Je croyais m'y connaître *un peu* en politique, mais jamais je n'avais vu cet art pratiqué avec autant d'inflexibilité.

– Vous êtes à présent dans la grande ville, Votre Majesté. (Emban lui adressa un large sourire.) Et ce sont là les règles qu'il faut appliquer.

Le roi Soros de Pélosie, un homme d'une piété extrême et presque infantilement révérencieux, avait failli se pâmer à plusieurs reprises durant l'exposé glacial d'Emban sur la manière de manipuler la Hiérocratie. Il finit par sortir à toute allure en marmottant que quelques prières lui étaient nécessaires.

– Surveillez bien Soros demain, Votre Grâce, conseilla Wargun à Emban. Il est religieusement hystérique. Lors de son discours, il risque de nous dénoncer. Soros passe son temps à parler avec Dieu, ce qui perturbe parfois les sens. Existerait-il un moyen de l'oublier au moment des discours ?

– En toute légitimité, non.

– Nous nous entretiendrons avec lui, Wargun, dit le roi Obler. Peut-être pourrons-nous le persuader d'être trop fatigué pour assister à la séance de demain matin.

– Je veillerai effectivement à ce qu'il soit trop malade, marmonna Wargun.

Emban se leva.

– Nous avons à faire, à présent, mesdames et messieurs, dit-il. Alors, comme on dit, remuons-nous.

– L'ambassade élène fut endommagée durant le siège, ma reine, annonça Émouchet sur un ton égal. Puis-je vous offrir le confort quelque peu austère du chapitoire pandion ?

– Tu es en colère contre moi, n'est-ce pas, Émouchet ?

– Il serait plus approprié d'en discuter en privé, ma reine.

– Ah ! soupira-t-elle. Partons donc pour ton chapitoire, que tu puisses me morigéner en cours de route. Ensuite, nous passerons aux baisers et à la réconciliation. C'est cela qui m'intéresse réellement. Du moins ne pourras-tu me fesser... puisque Mirtaï me protège. Au fait, tu as déjà fait sa connaissance ?

– Non, ma reine.

Émouchet considéra la femme tamouli silencieuse qui se tenait derrière le fauteuil d'Ehlana. La peau de Mirtaï possédait des reflets de bronze particulièrement exotiques et elle avait une chevelure d'un noir luisant. Chez une femme de taille normale, ses traits auraient été jugés magnifiques et ses yeux noirs, légèrement bridés, ravissants. Mais Mirtaï n'était pas de taille normale. Elle dépassait Émouchet de près d'une tête. Elle portait un corsage de satin blanc à manches longues et un vêtement qui était plus un kilt qu'une véritable jupe, descendant jusqu'au genou et serré à la taille par une ceinture. Elle avait chaussé des bottes de cuir noir et ceint une épée. Elle avait les épaules larges et les hanches minces. Malgré sa taille, elle paraissait parfaitement proportionnée. Toutefois, son regard était inquiétant par son manque d'expression. Elle ne regardait pas Émouchet de la manière dont une femme regarde un homme. C'était une personnalité troublante.

Émouchet, raide mais courtois, présenta son bras cuirassé à sa reine et l'escorta dans la nef puis jusqu'à l'escalier de marbre à l'extérieur de la Basilique. Il se produisit un claquement sonore sur son dos couvert d'acier quand ils sortirent sur le large palier. Il se retourna. Mirtaï avait tapé sur son armure avec une phalange. Elle déplia une cape qu'elle portait sur le bras et la présenta à Ehlana.

– Oh, il ne fait pas si froid que ça, Mirtaï, protesta la reine d'Élénie.

Le visage de Mirtaï se figea et elle secoua la cape d'un air autoritaire.

Ehlana lâcha un soupir et laissa la géante envelopper ses épaules. Émouchet fixait le visage de la femme bronzée, aussi n'eut-il aucun doute sur ce qui se passa par la suite. Sans changer d'expression, Mirtaï lui adressa lentement un clin d'œil. Sans raison, ceci le rassura énormément. Il décida qu'il allait bien s'entendre avec Mirtaï.

Vanion étant occupé, Émouchet escorta Ehlana, Séphrénia, Stragen, Platime et Mirtaï jusqu'au cabinet de travail de sire Nashan. Il avait passé la matinée à préparer et affûter un certain nombre de remarques foudroyantes qui frôlaient la trahison.

Mais Ehlana étudiait la politique depuis l'enfance et elle savait qu'il faut être vif, voire brutal, quand on se trouve en position difficile.

– Tu n'es pas content de nous, commença-t-elle avant qu'Émouchet eût fini de refermer la porte. Tu estimes que je n'ai rien à faire ici et que mes amis ont eu tort de me laisser courir des dangers. C'est plus ou moins ça, Émouchet ?

– Oui, approximativement, répondit-il sur un ton glacial.

– Simplifions donc le problème, continua-t-elle rapidement. Platime, Stragen et Mirtaï ont bel et bien protesté, et avec violence, mais je suis quand même la reine et je me suis fait obéir. Nous sommes bien d'accord que l'autorité me revient ?

Le ton employé était tranchant, crâne.

– C'est vrai, Émouchet, fit Platime d'une voix conciliante. Stragen et moi lui avons lancé des cris pendant une heure et elle a menacé de nous jeter aux oubliettes. Et même de révoquer la grâce qu'elle m'avait accordée.

– Sa Majesté est un despote très efficace, confirma

Stragen. Ne lui fais jamais confiance quand elle te sourit. C'est alors qu'elle est le plus dangereuse et, le moment venu, elle use de son autorité comme d'une matraque. Nous sommes allés jusqu'à essayer de l'enfermer dans ses appartements, mais elle s'est contentée de demander à Mirtaï de détruire la porte.

Émouchet était stupéfait.

– Mais c'est une porte d'une épaisseur incroyable.

– *C'était* une porte. Après les deux coups de pied de Mirtaï, ce n'étaient plus que deux gros panneaux brisés.

Émouchet considéra la femme bronzée avec une certaine surprise.

– Ce n'était pas difficile, dit-elle. (Elle avait une voix douce et musicale, avec une légère trace d'accent exotique.) Les portes à l'intérieur des maisons sont sèches et elles se fendent facilement quand on tape dessus là où il faut. Ehlana pourra utiliser les planches pour faire du feu, cet hiver.

Elle parlait avec une dignité tranquille.

– Mirtaï est très protectrice avec moi, Émouchet, lui expliqua Ehlana. Je me sens en totale sécurité auprès d'elle et elle m'apprend à parler la langue des Tamouli.

– L'élène est une langue laide et grossière, fit remarquer Mirtaï.

– Je l'avais remarqué, renchérit Séphrénia avec un sourire.

– J'apprends à Ehlana le tamouli pour ne pas avoir honte si ma propriétaire m'appelle comme un petit poussin.

– Je ne suis plus ta propriétaire, Mirtaï, déclara Ehlana avec force. Je t'ai rendu ta liberté juste après t'avoir achetée.

Le regard de Séphrénia était outragé.

– *Propriétaire!* s'exclama-t-elle.

– C'est une coutume du peuple de Mirtaï, petite sœur, expliqua Stragen. C'est une Atane. Une race guerrière, où l'on estime que chacun a besoin d'un guide. Les Tamouli estiment qu'ils ne sont pas émotionnellement équipés pour la liberté. Il en résulte trop de victimes.

– Ehlana ignorait cela, expliqua calmement Mirtaï.

– *Mirtaï !*

– Des douzaines de personnes m'ont insultée depuis que tu es ma propriétaire, continua sévèrement la femme tamouli. Elles seraient mortes depuis longtemps si j'étais libre. Une fois, le vieux... Lenda... a même laissé son ombre me toucher. Je sais que vous éprouvez de l'affection pour lui, aussi aurais-je regretté de le tuer. (Elle poussa un soupir de philosophe.) La liberté est très dangereuse pour les miens. Je préfère ne pas avoir à en supporter le fardeau.

– Nous reparlerons de cela, Mirtaï. Pour l'instant, il nous faut apaiser mon champion. (Elle regarda Émouchet droit dans les yeux.) Tu n'as aucune raison de te mettre en colère contre Platime, Stragen ou Mirtaï, mon bien-aimé. Ils ont fait tout leur possible pour me garder à Cimmura. Tu n'as de querelle qu'avec moi et moi seule. Pourquoi ne pas prendre congé pour que nous puissions nous invectiver en privé ?

– Je sors avec les autres, annonça Séphrénia. Je suis sûre que vous parlerez plus librement tout seuls.

Elle suivit les deux voleurs et la géante bronzée hors de la pièce. Mais elle s'arrêta à la porte.

– Un dernier détail, mes enfants, ajouta-t-elle. Criez autant que vous voudrez, mais pas de coups... et je ne veux pas que l'un de vous sorte d'ici sans que cette querelle ait été résolue.

Elle sortit en refermant la porte derrière elle.

– Eh bien ? dit Ehlana.

– Tu es têtue, lui répondit-il simplement.

– On dit opiniâtre, Émouchet. C'est considéré comme une qualité, chez les monarques.

– Qu'est-ce qui t'a donc pris de venir dans une ville assiégée ?

– Tu oublies un point important, Émouchet. Je ne suis pas vraiment une femme.

Il l'inspecta de la tête aux pieds au point qu'elle en rougit vivement : il lui devait bien ça, finalement.

– Ah oui ?

Mais il savait que le combat était perdu d'avance.

– Arrête. Je suis la reine... un monarque en exercice. Ce qui signifie que j'ai parfois à accomplir des actes qui seraient interdits à une femme ordinaire. Je suis toujours désavantagée parce que je suis une femme. Si je me dissimule derrière mes jupes, aucun des autres rois ne me prendra au sérieux ; et s'ils ne me prennent pas au sérieux, c'est l'Élénie qu'ils ne prendront pas au sérieux. Il *fallait* que je vienne ici, Émouchet. Tu comprends cela, n'est-ce pas ?

Il poussa un soupir.

– Ça ne me plaît pas, Ehlana, mais ton raisonnement est imparable.

– Par ailleurs, ajouta-t-elle doucement, tu me manquais.

– Tu as gagné, avoua-t-il en éclatant de rire.

– Oh, parfait ! s'exclama-t-elle en applaudissant de bonheur. *J'adore* gagner ! Alors, si on passait aux baisers et à la réconciliation ?

Ils se mirent au travail.

– Tu me manquais, mon champion au visage sévère. (Elle lâcha un soupir, puis tapa sur sa cuirasse.) En revanche, ceci ne m'a pas manqué. (Elle lui accorda un regard étrange.) Pourquoi cette curieuse expression peinte sur ton visage quand cet Ick...

– Eck, la reprit-il.

– Pardon... quand il a parlé de la petite fille qui l'a guidé à travers l'Arcie jusqu'au roi Wargun ?

– Parce que c'était Aphraël.

– Une Déesse ? Elle apparaîtrait donc aux gens ordinaires ? Tu en es absolument sûr ?

Il branla du chef.

– Absolument. Elle l'a rendu plus ou moins invisible et elle a comprimé son voyage de dix à trois jours. Elle a fait de même pour nous à plusieurs occasions.

– Tout à fait remarquable.

Elle resta debout à tambouriner doucement sur son armure.

– Je t'en prie, ne fais pas ça, Ehlana. Ça me donne l'impression que je suis une cloche dotée de pieds.

– Pardon. Émouchet, est-ce que c'est bien le

patriarche Ortzel que nous voulons sur le trône d'archiprélat ? Est-ce qu'il n'est pas terriblement froid et sévère ?

– Ortzel est un peu raide, oui, et son accession va causer certaines difficultés aux ordres combattants. D'abord, il s'oppose violemment à notre utilisation de la magie.

– A quoi peut servir un chevalier de l'Église s'il ne peut utiliser la magie ?

– Nous disposons quand même d'autres ressources, Ehlana. Je n'aurais pas choisi Ortzel, personnellement.

– Est-ce qu'on ne pourrait pas trouver quelqu'un d'autre... que nous aimions davantage ?

– On ne choisit pas les archiprélats parce qu'on a de l'affection pour eux, Ehlana, la réprimanda-t-il. La Hiérocratie s'efforce de choisir l'homme qui convienne le mieux pour l'Église.

– Bien entendu, Émouchet. Tout le monde sait cela. (Elle se retourna brutalement.) Ça y est encore, lâcha-t-elle, exaspérée.

– Quoi donc ?

– Tu ne pourrais pas le voir, mon amour. Personne sauf moi. Au début, je pensais que tout le monde autour de moi devenait aveugle. C'est une sorte d'ombre. Je ne la vois pas vraiment... clairement, je veux dire... mais elle traîne plus ou moins derrière mon dos et je n'en ai que de brefs aperçus. Je ne sais pas pourquoi, mais elle me donne des frissons.

Glacé, Émouchet se retourna à demi en veillant à rendre son geste nonchalant. L'ombre était bien à la périphérie de sa vision, plus grande et plus sombre, plus menaçante aussi. Pourquoi suivait-elle donc Ehlana ? Celle-ci n'avait même pas touché le Bhelliom.

– Elle devrait disparaître avec le temps, dit-il prudemment, désireux de ne pas l'inquiéter. N'oublie pas qu'Annias t'a donné un poison très rare et puissant. Il est normal que tu en subisses les séquelles.

– C'est sans doute cela.

Il comprit soudain. C'était sa bague, bien entendu. Émouchet se morigéna de ne pas y avoir songé plus tôt.

Ce qui se trouvait derrière l'ombre désirait certainement surveiller les deux bagues.

– Je pensais qu'on se réconciliait, lui rappela Ehlana.

– C'est fait.

– Alors, pourquoi tu ne m'embrasses pas ?

Il était occupé à cette tâche quand Kalten entra.

– Tu n'as jamais appris à frapper aux portes ? lui demanda amèrement Émouchet.

– Pardon. Je pensais que Vanion était ici. Je vais voir si je peux le trouver ailleurs. Oh, au fait, un détail qui va illuminer un peu plus votre journée... si elle en a encore besoin. Tynian et moi étions avec les soldats de Wargun pour dénicher les déserteurs dans les maisons. Nous avons découvert un vieil ami caché dans la cave d'un marchand de vin.

– Oh ?

– Je ne sais pas pourquoi, mais Martel a laissé Krager sur place. Nous allons avoir avec lui une longue discussion... après qu'il aura dessoûlé et que vous aurez fini de travailler, tous les deux. (Un silence.) Vous voulez que je verrouille la porte ? Ou que je monte la garde dehors, peut-être ?

– Fiche le camp, Kalten !

Mais ce n'était pas Émouchet qui lui avait lancé cet ordre.

CHAPITRE DIX-SEPT

Krager n'était pas en excellente forme quand Kalten et Tynian l'apportèrent dans le cabinet de sire Nashan en début de soirée. Les cheveux rares en broussaille, il n'était pas rasé et il avait ses yeux de myope injectés de sang. Ses mains tremblaient violemment et il affichait une expression pitoyable qui n'avait rien à voir avec sa capture. Les deux chevaliers traînèrent l'homme de main de Martel jusqu'à une petite chaise au centre de la pièce et le posèrent dessus. Krager s'enfouit le visage dans les mains.

– Je ne crois pas que nous puissions en tirer grand-chose, actuellement, grommela le roi Wargun. J'ai déjà souffert de cela. Il lui faut du vin. Il sera plus cohérent quand ses mains auront cessé de trembler.

Kalten jeta un coup d'œil à sire Nashan et le pandion grassouillet indiqua un coin de la pièce où trônait un buffet ornementé.

– A des fins médicales uniquement, seigneur Vanion, expliqua-t-il rapidement.

– Bien entendu.

Kalten ouvrit l'armoire et sortit une carafe en cristal de vin rouge arcien. Il remplit un grand verre qu'il tendit à Krager. Le malade en gaspilla la moitié, mais il parvint à boire le reste. Kalten lui versa un autre verre. Puis un autre encore. Les mains de Krager commencèrent à se calmer. Il regarda autour de lui en clignant les yeux.

– Je vois que suis tombé entre les mains de mes ennemis, dit-il d'une voix rendue rugueuse par des années de boisson. Enfin... (Il haussa les épaules.) Ce sont les aléas de la guerre, sans doute.

– Ta situation n'a rien d'enviable, lui précisa le seigneur Abriel sur un ton de mauvais augure.

Ulath sortit son affiloir et se mit à affûter sa hache. Le bruit était très désagréable.

– Je vous en prie, dit Krager d'un air las. Je ne me sens pas bien. Épargnez-moi les menaces théâtrales. Je suis du genre qui survit, messieurs. Je comprends parfaitement la situation. Je coopérerai avec vous en échange de ma vie.

– Est-ce que ce n'est pas un peu méprisable ? railla Bévier.

– Bien entendu, seigneur chevalier, répondit Krager d'une voix traînante. Mais je suis une personne méprisable... à moins que vous ne l'ayez pas remarqué ? En fait, je me suis délibérément placé en position de capture. Le plan de Martel était excellent, jusqu'à un certain point... mais quand il a commencé à s'écrouler, je n'ai plus eu envie de partager sa fortune. Ne perdons plus de temps, messieurs. Nous savons tous que je suis trop précieux pour être tué. Je sais trop de choses. Je vous dirai tout ce que je sais en échange de ma vie, ma liberté et dix mille couronnes d'or.

– Et ta loyauté ? lui demanda sévèrement Ortzel.

– La loyauté, Votre Grâce ? (Krager éclata de rire.) Envers Martel ? Ne dites pas d'absurdités. Je travaillais pour Martel parce qu'il me payait bien. Nous le savions tous les deux. Mais à présent vous êtes en mesure de m'offrir bien davantage. Marché conclu ?

– Un petit moment passé sur la roue pourrait faire un peu baisser ton prix, lui dit Wargun.

– Je ne suis pas robuste, roi Wargun, lui signala Krager. Et ma santé a toujours été précaire. Voulez-vous courir le risque de me voir expirer sous les mauvais traitements de vos bourreaux ?

– Laissez, dit Dolmant. Donnons-lui ce qu'il souhaite.

– Votre Grâce est sage et généreuse.

– Une restriction, toutefois, continua Dolmant. En la circonstance, nous n'aimerions guère te voir en liberté tant que ton ancien maître n'aura pas été appréhendé. De ton propre aveu, tu n'es pas très fiable. En outre, nous voudrons certaines confirmations de tes dires.

– Tout à fait compréhensible, Votre Grâce. Mais pas les oubliettes. J'ai des poumons un peu faibles et il me faut éviter les endroits humides.

– Un monastère, alors.

– Totalement acceptable, Votre Grâce... à la condition que sire Émouchet reste à dix milles du lieu. Il se montre parfois irrationnel et il y a plusieurs années qu'il veut me tuer... n'est-ce pas, Émouchet ?

– Oh, oui, admit sans peine Émouchet. Je vais te dire une chose, Krager. Je m'engage à ne pas te toucher tant que Martel ne sera pas mort.

– Cela me convient, Émouchet. Si tu promets également de m'accorder une semaine d'avance avant de te lancer à ma poursuite. Marché conclu, messieurs.

– Tynian, dit le précepteur Darellon. Conduis-le dans le couloir, que nous en discutions.

Krager se leva en tremblant sur ses pieds.

– Venez, seigneur chevalier, dit-il à Tynian. Vous aussi, Kalten, et n'oubliez pas le vin.

– Eh bien ? demanda le roi Wargun après le départ du prisonnier placé sous bonne garde.

– Krager lui-même est sans importance, Votre Majesté, dit Vanion. Mais il a parfaitement raison quant à l'importance de ses informations. Je conseille l'acceptation de ses conditions.

– Je n'aimerais pas lui livrer tout cet or, grommela Wargun.

– Dans le cas de Krager, ce ne sera pas vraiment un cadeau, expliqua calmement Séphrénia. Si on donne tout cet argent à Krager, dans six mois il se sera soûlé à mort.

– A mes yeux cela n'a pas l'air d'un vrai châtiment.

– Avez-vous jamais vu un homme mourir des suites de la boisson, Wargun ?

– Non, je ne crois pas.
– Vous pourriez vous arrêter dans un asile et jeter un coup d'œil. Cela aurait un intérêt hautement éducatif.
– Nous sommes donc d'accord ? demanda Dolmant en regardant autour de lui. Nous donnons ce qu'il veut à ce rat d'égout et nous l'enfermons au monastère pour qu'il ne puisse communiquer utilement avec Martel ?
– Entendu, acquiesça Wargun à contrecœur. Ramenez-le et finissons-en.
Émouchet alla ouvrir la porte. Un homme couvert de cicatrices et la tête rasée s'entretenait avec Tynian sur un ton pressant.
– Kring ? demanda Émouchet, quelque peu surpris de reconnaître ici le domi de la bande de cavaliers des marches orientales de Pélosie. C'est bien toi ?
– Eh bien, Émouchet, fit Kring. Quel plaisir de te revoir ! Je mettais notre ami Tynian au courant des dernières nouvelles. Saviez-vous que les Zémochs se sont massés en Lamorkand oriental ?
– Oui, nous en avons entendu parler. Nous nous préparons plus ou moins à prendre des mesures.
– Parfait. J'étais parti avec l'armée du roi de Thalésie et l'un de mes hommes m'a rejoint ici. Quand vous irez mettre en application ces mesures dont tu parlais, ne vous concentrez pas uniquement sur le Lamorkand. Les Zémochs sont également en maraude en Pélosie orientale. Les hommes de ma tribu ont ramassé des oreilles par ballots entiers. J'ai pensé que les chevaliers de l'Église devaient être mis au courant.
– Nous sommes tes obligés, domi, répondit Émouchet. Pourquoi ne pas montrer à notre ami Tynian où se trouve ton campement ? Nous sommes assez occupés avec les rois d'Éosie, pour l'instant, mais dès que nous pourrons nous libérer nous te rendrons visite.
– Je procéderai donc aux préparatifs, seigneur chevalier, promit Kring. Nous échangerons le sel et parlerons des affaires du monde.
– Certes, mon ami, promit Émouchet.
Tynian suivit Kring dans le couloir et Émouchet et Kalten ramenèrent Krager dans le cabinet de Nashan.

– Très bien, Krager, annonça Dolmant avec fermeté. Nous acceptons tes conditions... si tu acceptes d'être enfermé dans un monastère jusqu'à ce que nous jugions possible de te relaxer.

– Bien entendu, Votre Grâce, acquiesça rapidement Krager. Il me faut du repos, de toute façon. Il y a plus d'un an que Martel me trimbale d'un bout à l'autre du continent. Que voulez-vous savoir en premier lieu ?

– Comment a débuté la collusion entre Otha et le primat de Cimmura ?

Krager se carra dans sa chaise, croisa les jambes et fit tourner songeusement le vin dans son verre.

– A ma connaissance, tout a commencé avec la maladie du vieux patriarche de Cimmura, quand Annias a assumé à sa place ses pouvoirs à la cathédrale. Jusqu'alors, les buts du primat étaient apparemment d'ordre exclusivement politique. Il voulait que sa maîtresse épouse son frère afin de pouvoir diriger le royaume d'Élénie. Après avoir goûté au pouvoir ecclésiastique, il a senti s'élargir ses ambitions. Annias est réaliste et totalement conscient du fait qu'il n'est pas universellement aimé.

– Il doit s'agir là de la litote du siècle, marmotta Komier.

– Vous l'aviez remarqué, monseigneur, continua Krager. Même Martel le méprise et je n'arrive vraiment pas à comprendre comment Arissa a pu coucher dans le même lit que lui. Annias savait en tout cas qu'il aurait besoin d'aide pour accéder au trône d'archiprélat. Martel a eu vent de ce qu'il avait en tête, il s'est déguisé et s'est introduit à Cimmura pour s'entretenir avec lui. Je ne sais pas exactement de quelle manière, mais par le passé Martel était entré en contact avec Otha. Il n'aime pas tellement en parler, mais je crois que cela est en rapport avec son expulsion de l'ordre des Pandions.

Émouchet et Vanion échangèrent un regard.

– C'est exact, dit Vanion. Continue.

– Annias a rejeté cette idée, en premier lieu, mais Martel peut se montrer très convaincant quand il le veut et le primat a fini par accepter au moins d'ouvrir des négociations. Ils ont trouvé un Styrique peu recommandable qui avait été chassé de sa bande et ils ont longuement parlé avec lui. Il a consenti à leur servir d'émissaire auprès d'Otha et un marché devait être conclu un peu plus tard.

– Et quelle est la nature de ce marché ? voulut savoir le roi Drégos d'Arcie.

– J'en parlerai bientôt, Votre Majesté, promit Krager. Si je passe ainsi du coq-à-l'âne, je risque d'oublier des détails. (Il marqua un temps d'arrêt et regarda autour de lui.) J'espère que vous remarquerez à quel point je me montre coopératif. Otha a envoyé certains de ses séides en Élénie pour assister Annias. Et une bonne partie de cette assistance était sous forme d'or. Otha en a des tonnes.

– Quoi ? s'exclama Ehlana. Je croyais qu'Annias nous avait empoisonnés, mon père et moi, parce qu'il voulait mettre la main sur le trésor royal d'Élénie afin de financer son accession à l'archiprélature.

– Je ne voudrais pas vous offenser, Votre Majesté, mais le trésor royal d'Élénie aurait été loin de pouvoir couvrir le genre de dépenses qu'Annias avait engagées. Mais le contrôle de ce trésor pouvait efficacement *dissimuler* la source véritable de ses fonds. Le détournement de l'argent public est une chose, la collusion avec Otha en est une tout autre. Vous et votre père avez été empoisonnés pour cela uniquement. Les événements se sont à peu de chose près déroulés comme prévu. Otha a fourni l'argent et un peu de magie styrique pour aider Annias à parvenir à ses buts intermédiaires. Tout se passait assez bien quand Émouchet est revenu de Rendor. Tu es un gaillard très dérangeant, Émouchet.

– Merci, répondit le pandion.

– Je suis sûr que vous connaissez presque tout le reste en détail, messeigneurs, continua Krager. Finalement, nous nous sommes tous retrouvés ici à Chyrellos et le reste, comme on dit, sera dans les livres d'histoire. Pour en revenir à votre question, roi Drégos : Otha est un négociateur implacable et il a demandé un prix démesuré à Annias en échange de son aide.

– Et que doit donc lui donner Annias ? demanda Bergsten, le gigantesque ecclésiastique thalésien.

– Son âme, Votre Grâce, répondit Krager avec un frisson. Otha a exigé qu'Annias se convertisse au culte d'Azash avant de lui fournir or ou magie. Martel a assisté à la cérémonie et il m'en a parlé. Cela faisait d'ailleurs partie de mon travail : Martel se sent parfois seul et il a besoin de parler à quelqu'un. Il n'est pas particulièrement délicat, mais même lui fut écœuré par les rituels accompagnant la conversion d'Annias.

– Martel s'est-il également converti ? demanda Émouchet avec intérêt.

– J'en doute. Martel n'a strictement aucune conviction religieuse. Il croit à la politique, au pouvoir et à l'argent, pas aux Dieux.

– Lequel des deux est vraiment le chef ? interrogea Séphrénia. Qui est le patron et qui est le sous-fifre ?

– Annias s'imagine que c'est lui qui donne les ordres, mais franchement j'en doute. Tous ses contacts avec Otha passent par Martel, mais il a des contacts de son côté dont Annias ne sait rien. Je ne le jurerais pas, mais je pense qu'il existe un accord séparé entre Martel et Otha. Ce serait bien dans les façons de Martel.

– Il y a autre chose derrière tout cela, n'est-ce pas ? demanda finement le patriarche Emban. Otha... et Azash... n'auront probablement pas dépensé tout cet argent et cette énergie rien que pour avoir l'âme bien sombre du primat de Cimmura, non ?

– Naturellement, Votre Grâce. Leur plan était bien entendu d'obtenir ce qu'il convoitait en suivant le plan déjà élaboré par Annias et Martel. Si le primat de Cimmura avait pu accéder à l'archiprélature, il aurait été à même de réussir tout ce qu'ils voulaient sans recourir à la guerre, car les guerres sont parfois hasardeuses.

– Et que convoitaient-ils donc ? demanda le roi Obler.

– Annias est obsédé par l'archiprélature. Martel est prêt à l'aider en cela. Cela n'aura aucune importance si tout se déroule suivant leur plan. Ce que convoite Martel, c'est le pouvoir, la richesse et une légitimité. Otha veut dominer tout le continent éosien. Et naturellement Azash veut le Bhelliom... et toutes les âmes de ce monde. Annias vivra à tout jamais... ou presque... et il devait passer les prochains siècles à utiliser son pouvoir en tant qu'archiprélat pour convertir progressivement tous les Élènes au culte d'Azash.

– C'est monstrueux ! s'exclama Ortzel.

– Relativement, Votre Grâce, acquiesça Krager. Martel obtiendra une couronne impériale à peine inférieure en pouvoir à celle d'Otha. Il régnera sur toute l'Éosie occidentale. Voilà donc le quartette parfait : Otha et Martel en empereurs, Annias en grand prêtre de l'Église et Azash en tant que Dieu. Il leur sera alors possible de tourner leur attention vers les Rendors et l'empire Tamouli en Darésie.

– Comment se proposaient-ils de récupérer le Bhelliom pour Azash ? demanda Émouchet d'une voix lugubre.

– Par le subterfuge, la tromperie, l'argent ou la force brutale, si nécessaire. Écoute-moi, Émouchet. (Le visage de Krager était soudain mortellement sérieux.) Martel vous a fait croire qu'il part vers le nord pour se tourner vers le Lamorkand oriental et rejoindre Otha. C'est bien Otha qu'il va retrouver, mais pas en Lamorkand. Ses généraux sont plus qualifiés que lui pour la guerre. Il réside toujours dans la capitale de Zémoch elle-même. Voilà où vont Martel et Annias, et où ils veulent que tu les suives. (Un silence.) Naturellement, on m'a demandé de vous indiquer cela. Martel veut que tu le suives à Zémoch en portant le Bhelliom. Ils ont tous peur de toi et je ne crois pas que ce soit simplement parce que tu as trouvé le Bhelliom. Martel ne veut pas t'affronter directement et ça ne lui ressemble pas. Ils veulent que tu ailles à Zémoch pour que ce soit Azash qui s'occupe de toi. (Le visage de Krager se tordit soudain sous la douleur et l'horreur.) N'y va pas, l'implora-t-il. Pour l'amour de Dieu, n'y va pas ! Si Azash te dépouille du Bhelliom, le monde sera condamné !

La vaste nef de la Basilique était bondée très tôt le lendemain matin. Les habitants de Chyrellos avaient commencé à revenir peureusement dans leurs demeures dès que l'armée du roi Wargun avait fini de récupérer les derniers mercenaires de Martel. Le peuple de la ville sainte n'était probablement pas plus pieux que les autres Élènes, mais le patriarche Emban avait eu un geste d'une grande humanité. Il avait annoncé que les réserves de l'Église seraient ouvertes à la population immédiatement après la fin de l'office d'action de grâce. Étant donné que c'étaient là les seules provisions disponibles à Chyrellos, les habitants avaient réagi favorablement. Emban avait considéré qu'une assemblée de fidèles forte de plusieurs milliers de personnes imposerait aux autres patriarches la gravité de la situation et les encouragerait à prendre leurs fonctions au sérieux. Par ailleurs, Emban éprouvait véritablement de la compassion pour les affamés. Sa propre corpulence le rendait particulièrement sensible aux affres de la faim.

Le patriarche Ortzel célébra les rites d'action de grâce. Émouchet nota que le mince ecclésiastique parlait de manière tout à fait différente quand il s'adressait à des fidèles. Sa voix était presque douce et il frisait parfois la compassion.

– Six fois, chuchota Talen à Émouchet comme le patriarche de Kadach prononçait la dernière prière.

– Quoi ?

– Il a souri six fois durant son sermon. J'ai compté. Mais les sourires n'ont pas l'air naturel sur ce visage. Qu'avons-nous décidé au sujet de Krager, hier ? Je m'étais endormi.

– Nous l'avons remarqué. Nous allons lui faire répéter à la Hiérocratie tout ce qu'il nous a dit juste après le rapport du colonel Délada sur la conversation entre Martel et Annias.

– Le croira-t-on ?

– Je pense. Délada est un témoin que l'on ne peut récuser. Krager ne fera que fournir des confirmations et des détails complémentaires. Une fois forcés d'accepter le témoignage de Délada, les patriarches n'auront guère de difficulté à digérer ce que Krager racontera.

– Astucieux, dit Talen, admiratif. Tu sais quoi, Émouchet ? J'ai presque décidé d'abandonner l'idée de devenir empereur des voleurs. Je crois que je vais m'engager dans l'Église.

– Que Dieu défende la foi ! pria Émouchet.

– Je suis sûr qu'Il le fera, mon fils, répondit Talen avec un sourire.

A la fin de la cérémonie, le chœur lança des cantiques enthousiastes et des pages parcoururent les rangs pour annoncer que la Hiérocratie allait reprendre immédiatement ses délibérations. Six ecclésiastiques avaient encore été découverts dans des lieux divers de la cité extérieure et deux sortirent de leurs cachettes à l'intérieur de la Basilique même. Le restant demeurait introuvable. Tandis que les patriarches de l'Église sortaient solennellement à la queue leu leu dans le couloir conduisant à la salle d'audience, Emban, qui était demeuré en arrière pour s'entretenir avec un certain nombre de personnes, passa à toute allure à côté d'Émouchet et de Talen, soufflant et transpirant.

– Presque oublié un détail, dit-il. Dolmant doit donner l'ordre d'ouvrir les réserves de l'Église. Sinon, nous aurons sans doute une émeute sur les bras.

– Faudra-t-il que je devienne aussi gras que lui si je veux devenir important au sein de l'Église ? chuchota Talen. Les gros ne courent pas très vite quand les événements tournent mal, ce qui devrait finir par arriver à Emban.

Le colonel Délada se tenait près de la porte de la chambre d'audience. Son pectoral et son casque étincelaient, sa cape écarlate était immaculée. Émouchet sortit de la file de chevaliers de l'Église qui pénétrait dans la salle et s'adressa brièvement à lui.

– Nerveux ?

– Pas vraiment, sire Émouchet. Mais j'admets que je ne suis pas très heureux de ceci. Vous pensez qu'ils me poseront des questions ?

– Sans doute. Que cela ne vous affole pas. Prenez votre temps et rapportez exactement ce que vous avez entendu dans ce sous-sol. Votre réputation parlera pour vous, aussi personne ne mettra en doute votre parole.

– J'espère ne pas déclencher une émeute, là-dedans, fit Délada avec un sourire un peu forcé.

– Ne vous en faites pas. L'émeute débutera quand ils entendront le témoin qui doit vous succéder.

– Qu'annoncera-t-il, Émouchet ?

– Je n'ai pas le loisir de vous le dire... du moins tant que vous n'aurez pas fait votre rapport. Je ne puis rien dire qui puisse en quoi que ce soit altérer votre neutralité. Bonne chance, donc.

Les patriarches étaient rassemblés par petits groupes dans la salle et parlaient à voix basse. L'office soigneusement étudié par Emban avait donné un ton solennel à la matinée et nul ne souhaitait vraiment le rompre. Émouchet et Talen montèrent dans la galerie où ils s'asseyaient habituellement parmi leurs amis. Bévier papillonnait, protecteur, autour de Séphrénia, le visage marqué par l'inquiétude. Séphrénia était assise, sereine, dans sa robe blanche étincelante.

– Pas moyen de la raisonner, dit Bévier comme Émouchet les rejoignait. Nous avons réussi à introduire discrètement Platime, Stragen et même la femme tamouli déguisés en ecclésiastiques, mais Séphrénia a tenu à porter sa robe styrique. Je lui ai expliqué sans cesse que personne n'a la permission d'assister aux délibérations de la Hiérocratie en dehors des rois et des membres du clergé, mais elle se refuse à m'écouter.

– Mais je suis membre du clergé, mon cher Bévier, lui dit-elle simplement. Je suis prêtresse d'Aphraël... sa grande prêtresse, en fait. Disons que je suis ici en tant qu'observateur en signe original d'œcuménisme.

– Je ne parlerais pas de ça avant la fin du scrutin, petite mère, lui conseilla Stragen. Vous lanceriez un débat théologique qui pourrait durer plusieurs siècles et le temps nous manque un peu.

– Je ne sais pas pourquoi, mais notre ami de l'autre côté me manque un peu, dit Kalten en désignant l'endroit de la galerie où Annias avait eu coutume de s'installer. Je donnerais cher pour voir son visage se décomposer au fur et à mesure des événements de la matinée.

Dolmant était entré et, après un bref conciliabule avec Emban, Ortzel et Bergsten, il prit sa place au lutrin. Sa présence suffit à imposer le silence dans la salle.

– Mes frères et chers amis, commença-t-il. Nous avons assisté à des événements d'une importance primordiale depuis notre dernière réunion. J'ai pris la liberté de demander à un certain nombre de personnes de se porter témoins de la situation avant de commencer nos délibérations. Mais je dois avant tout parler de la situation actuelle des habitants de Chyrellos. L'armée assiégeante a vidé la ville de toute nourriture et le peuple est dans le dénuement le plus complet. Je demande à la Hiérocratie la permission d'ouvrir les magasins de l'Église pour adoucir les souffrances de la population. En tant que représentants de l'Église, nous nous devons de manifester notre charité. (Il regarda autour de lui.) Des objections ? demanda-t-il.

Un silence total.

– Qu'il en soit donc ainsi. Sans attendre, accueillons donc les monarques en place d'Éosie occidentale en tant qu'observateurs éclairés.

Dans la salle, le peuple se leva respectueusement.

Une fanfare tonitruante retentit à l'avant de la salle et une immense porte de bronze s'ouvrit lourdement pour laisser entrer ce que le continent comportait de royauté. Tous étaient revêtus de leurs robes d'apparat et portaient leurs couronnes. Émouchet regarda à peine Wargun et les autres rois, mais il garda les yeux fixés sur le visage parfait de sa promise. Ehlana était radieuse. Émouchet se rendit compte que, durant les dix années de son exil en Rendor, peu de gens avaient prêté attention à sa reine, et qu'elle n'avait pu manifester son importance que lors des cérémonies officielles, qu'elle appréciait bien davantage que les divers membres des autres familles royales. Elle avançait avec les autres monarques d'un pas majestueux, les mains reposant avec légèreté sur le bras de son lointain cousin le roi Obler de Deira, en direction du demi-cercle de trônes posés entre les côtés de l'estrade et le trône doré de l'archiprélat. Par hasard... mais le hasard était peut-être trop bien fait... le cercle irisé de la grande fenêtre ronde derrière le trône tombait juste sur le siège d'Ehlana qui se retrouva auréolée d'un halo de soleil. Tout cela parut tout à fait approprié à Émouchet.

Après que les monarques se furent assis, les autres membres de l'assemblée reprirent leurs sièges. Dolmant salua les souverains à tour de rôle et fit même référence au roi de Lamorkand, qui avait d'autres soucis en tête du fait de l'installation d'Otha à l'intérieur de ses frontières. Puis le patriarche de Démos procéda à un rapide résumé des derniers événements, cela surtout à l'intention de certaines personnes qui avaient passé ces quelques semaines sur la lune. Les témoins d'Emban insistèrent lourdement sur la destruction de la cité extérieure et les atrocités commises par les mercenaires de Martel. Tout le monde était naturellement au courant de ces horreurs, mais leur description avec force détails sanglants réussit parfaitement à éveiller la soif de vengeance et à faire comprendre la nécessité d'une réaction rapide. Le plus important de tout cela était sans doute la révélation du nom de l'homme qui avait conduit l'armée assiégeante. Le nom de Martel figurait clairement dans la moitié des témoignages et, avant d'appeler le colonel Délada, Dolmant parla brièvement du pandion renégat, le qualifia de mercenaire avant tout, mais il se garda d'indiquer ses accointances avec le primat de Cimmura. Il demanda alors le témoignage du commandant de la garde personnelle de l'archiprélat, notant au passage la neutralité légendaire du poste.

La mémoire de Délada s'avéra remarquable. Il passa sous silence la source ayant permis la localisation de la rencontre, la mettant sur le compte « des remarquables services de renseignements militaires des chevaliers de l'Église ». Il décrivit l'environnement de l'événement. Puis il répéta la conversation entre Martel et Annias pratiquement mot pour mot. Le fait qu'il récitait son récit sur un ton totalement dépourvu d'émotion ajouta du poids à son rapport. Malgré ses sentiments personnels en la matière, Délada s'en tenait strictement à son code de neutralité. Sa narration fut fréquemment ponctuée de cris de saisissement et de stupéfaction en provenance de la Hiérocratie et des spectateurs.

Le patriarche Makova, son visage vérolé blafard, le verbe hésitant, se leva pour interroger le colonel.

– Ne serait-il pas possible que les voix que vous avez entendues dans ce sous-sol eussent été tout autres que celles que vous croyiez... en d'autres termes que c'eût été un subterfuge destiné à discréditer le primat de Cimmura ?

– Non, Votre Grâce, répondit fermement Délada. La chose est totalement impossible. L'un était sans aucun doute possible le primat Annias et il donnait clairement à l'autre le nom de Martel.

Makova commençait à transpirer. Il essaya un autre système.

– Qui vous avait escorté dans ce sous-sol, colonel?

– Sire Émouchet de l'ordre des Pandions, Votre Grâce.

– Très bien, fit Makova, triomphant en regardant les autres membres de la Hiérocratie. Nous y voici. Sire Émouchet éprouve depuis longtemps une animosité personnelle envers le primat Annias. Il a manifestement influencé le témoin.

Délada se dressa, le visage empourpré de feu.

– Me traiteriez-vous de menteur ? voulut-il savoir en posant la main sur le pommeau de son épée.

Makova recula, les yeux soudain écarquillés.

– Sire Émouchet ne m'a strictement rien dit à l'avance, patriarche Makova, continua Délada en serrant les dents. Il a refusé de m'indiquer le nom de l'un ou l'autre de ces hommes. J'ai identifié seul Annias et Martel d'après les propos du primat. Et j'ajouterai ceci : Émouchet est le champion de la reine d'Ehlana et si je m'étais trouvé à sa place la tête du primat de Cimmura décorerait aujourd'hui un poteau à l'entrée de la Basilique.

– Comment osez-vous ? haleta Makova.

– L'homme que vous êtes si désireux de jucher sur le trône d'archiprélat a empoisonné la reine d'Émouchet et il fuit en ce moment vers Zémoch pour supplier Otha de le protéger du courroux d'Émouchet. Vous avez intérêt à trouver quelqu'un d'autre pour qui voter, Votre Grâce, parce que si la Hiérocratie commet l'erreur de choisir Annias de Cimmura pour l'archiprélature, jamais il ne montera sur ce trône, car si Émouchet ne le tue point... *moi, je le ferai* !

Le regard de Délada était enflammé et il avait à moitié tiré son épée.

Makova se recroquevilla.

– Euh... fit doucement Dolmant. Voulez-vous disposer de quelques instants pour reprendre votre sang-froid, colonel ?

– J'ai tout mon sang-froid, Votre Grâce, repartit Délada en renfonçant son épée dans son fourreau. J'étais bien plus en colère il y a quelques heures. Je n'ai pas une seule fois mis en doute l'honneur du patriarche de Coumbe.

– Quelle verve, hein ? chuchota Tynian à Ulath.

– Les rouquins sont parfois comme ça, répondit sagacement Ulath.

– Désires-tu encore interroger le colonel, Makova ? demanda Emban avec une expression innocente.

Makova recula jusqu'à son siège en se refusant à répondre.

– Sage décision, murmura Emban juste assez fort pour qu'on l'entende.

Un rire nerveux parcourut les rangs de la Hiérocratie.

Ce n'était pas tant le fait qu'Annias eût été derrière l'attaque de la ville qui choquait et stupéfiait la Hiérocratie... tous savaient fort bien jusqu'où l'ambition pouvait pousser un homme. C'était l'alliance avec Otha qui leur semblait totalement incroyable. Bien des patriarches qui avaient facilement accepté de voter pour Annias se tortillèrent inconfortablement en se rendant compte de l'étendue de la dépravation de l'homme avec qui ils s'étaient alliés.

Finalement, Dolmant appela Krager et ne tenta nullement de déguiser la personnalité et le manque total de fiabilité de celui-ci.

Krager avait été un peu nettoyé, il portait des chaînes aux poignets et aux chevilles pour indiquer son statut et il s'avéra un témoin brillant. Il ne fit aucun effort pour dissimuler sa malhonnêteté et se montra d'une franchise brutale quant à ses propres défauts. Il alla jusqu'à donner les détails des dispositions qui protégeaient sa tête. Qu'il ne pouvait mentir n'échappa pas à la Hiérocratie. Les visages blêmirent. De nombreux patriarches prièrent à voix haute. Il y eut des cris d'outrage et d'horreur quand Krager décrivit en détail la monstrueuse conspiration qui avait failli réussir. Mais il ne fit aucune allusion au Bhelliom. Ceci avait été décidé auparavant.

– Tout cela aurait pu aboutir, termina Krager sur un ton de regret. Si nous avions disposé d'une journée supplémentaire avant l'arrivée des armées des royaumes occidentaux, le primat de Cimmura siégerait aujourd'hui sur ce trône. Son premier acte eût été de dissoudre les ordres combattants et le second d'ordonner aux monarques élènes de rentrer chez eux pour démobiliser leurs armées. Otha aurait pu alors entrer sans rencontrer de résistance, et dans quelques générations, tous se seraient inclinés devant Azash. Ce plan était vraiment parfait. (Krager poussa un soupir.) Cela eût fait de moi l'homme le plus riche du monde. (Un nouveau soupir.) Enfin, tant pis, conclut-il.

Le patriarche Emban s'était laissé tomber dans son siège et jaugeait soigneusement l'humeur de la Hiérocratie. Il se redressa.

– Avons-nous des questions pour ce témoin ? demanda-t-il en fixant Makova.

Makova se refusait à lui répondre. Makova se refusait même à le regarder.

– Peut-être l'heure est-elle venue de lever la séance pour aller déjeuner, mes frères, proposa Emban. (Il eut un large sourire et se tapa sur la panse.) Cette offre de ma part ne surprend personne, n'est-ce pas ?

Ils éclatèrent de rire et la tension sembla baisser.

– Cette matinée nous aura procuré bien des sujets de réflexion, mes frères, continua sérieusement le petit homme ventru. Malheureusement, nous avons peu de temps devant nous. Étant donné qu'Otha campe en Lamorkand oriental, la méditation n'est pas à l'ordre du jour.

Dolmant leva alors la séance et annonça qu'elle serait à nouveau ouverte dans une heure.

A la demande d'Ehlana, Émouchet et Mirtaï la rejoignirent dans une petite salle de la Basilique pour un déjeuner frugal. La jeune reine semblait quelque peu absente et toucha à peine sa nourriture, passant tout son temps à écrire rapidement sur un bout de papier.

– Ehlana, dit sèchement Mirtaï, mangez. Vous allez dépérir si vous continuez ainsi.

– Je t'en prie, Mirtaï, j'essaie de composer un discours. Il faut que je m'adresse à la Hiérocratie, cet après-midi.

– Tu n'auras pas grand-chose à dire, Ehlana, lui rappela Émouchet. Tu es simplement très honorée d'avoir la possibilité d'assister à ces délibérations, tu prononces quelques méchancetés sur Annias et tu invoques la bénédiction de Dieu pour le reste des événements.

– C'est la première fois qu'une reine leur adresse un discours, Émouchet.

– Ce n'est pas la première fois qu'il existe une reine.

– Oui, mais aucune n'a assisté à une telle élection. J'ai vérifié. Ce sera une première historique et je n'ai pas envie de me ridiculiser.

– Et vous n'avez pas davantage envie de vous évanouir, insista Mirtaï en repoussant l'assiette sous le nez d'Ehlana.

On frappa légèrement à la porte et Talen entra avec un sourire malicieux. Il s'inclina devant Ehlana.

– Je viens vous annoncer que le roi Soros ne pourra prononcer son discours devant la Hiérocratie, cet après-midi. Aussi n'as-tu pas à redouter de passer pour un forban, ajouta-t-il à l'intention d'Émouchet.

– Oh ?

– Sa Majesté a dû prendre froid. De sa bouche ne sort plus qu'un chuchotement.

Ehlana fronça les sourcils.

– Que c'est étrange. Il ne fait pas tellement froid, ces

derniers temps. Je ne souhaite pas le malheur du roi de Pélosie, mais n'est-ce pas une vraie malchance que cela se soit produit aujourd'hui ?

– La chance n'a pas grand rapport avec cela, Votre Majesté, fit Talen avec un large sourire. Séphrénia s'est pratiquement disloqué la mâchoire et elle a failli s'emmêler les doigts pour jeter ce sortilège. Excusez-moi. Je suis censé aller annoncer ça à Dolmant et Emban. Puis à Wargun, pour éviter qu'il ne lui défonce la tête afin de le faire taire.

Le déjeuner terminé, Émouchet escorta les deux femmes jusqu'à la chambre d'audience.

– Émouchet, lui dit Ehlana juste avant d'entrer, est-ce que tu aimes bien Dolmant, le patriarche de Démos ?

– Beaucoup. C'est l'un de mes plus vieux amis... et pas seulement parce qu'il fut pandion.

Elle eut un sourire.

– Je l'aime bien aussi, dit-elle comme si une question venait d'être réglée.

Dolmant rouvrit la séance, puis il demanda à chacun des rois de s'adresser aux patriarches. Ainsi qu'Émouchet avait auparavant suggéré à Ehlana de le faire, chaque monarque se leva, remercia la Hiérocratie d'avoir eu la possibilité d'assister à l'élection, fit quelques allusions à Annias, Otha et Azash, puis appela la bénédiction de Dieu sur l'assemblée.

– A présent, mes frères et amis, dit Dolmant, nous allons avoir un rare privilège. Pour la première fois de l'histoire, une reine va s'adresser à nous. (Il eut un léger sourire.) Loin de moi l'idée d'offenser les puissants rois d'Éosie occidentale, mais je dois avouer en toute honnêteté qu'elle est bien plus jolie qu'aucun d'eux et je pense que nous serons peut-être surpris de découvrir qu'elle est aussi sage que belle.

Le visage d'Ehlana s'empourpra de façon charmante. Le restant de sa vie, Émouchet ne devait jamais découvrir comment elle pouvait rougir à volonté. Elle tenta bien de le lui expliquer plusieurs fois, mais cela dépassait son entendement.

La reine d'Élénie se leva et resta un moment le visage baissé, comme confuse devant le compliment joliment tourné de Dolmant.

– Je remercie Votre Grâce, dit-elle d'une voix claire et sonore en relevant la tête.

Toute trace de rougeur avait disparu et une expression déterminée s'affichait sur sa figure.

Le cœur d'Émouchet se mit soudain à battre la chamade.

– Accrochez-vous, messieurs, avertit-il ses amis. Je connais cette expression. Je pense qu'elle nous réserve quelques surprises.

– Je dois, moi aussi, exprimer ma gratitude à la Hiérocratie pour m'avoir permis d'être présente, commença Ehlana. Et j'ajouterai mes prières à celles de mes frères monarques en demandant à Dieu d'accorder à ces nobles ecclésiastiques la sagesse dans leurs délibérations. Comme je suis la première femme à m'adresser à la Hiérocratie en de telles circonstances, pourrais-je toutefois demander l'indulgence des patriarches assemblés si je formule quelques remarques ? Si mes paroles vous semblent frivoles, je suis sûre que les sages patriarches me pardonneront. Je ne suis qu'une femme, et bien jeune. Nous savons tous que les jeunes femmes sont parfois idiotes quand l'excitation les prend.

Elle marqua un temps d'arrêt.

– L'excitation, ai-je dit ? continua-t-elle, sa voix semblable à une trompette d'argent. Que nenni, messieurs, dites plutôt que je suis enragée ! Ce monstre, cette bête froide et sanguinaire, ce... cet Annias a assassiné mon père. Il a occis le plus sage et le plus doux des monarques de toute l'Éosie !

– *Aldréas ?* chuchota Kalten, incrédule.

– Ensuite, non content de m'avoir brisé le cœur, ce sauvage forcené chercha aussi à attenter à ma vie ! Notre Église est souillée, messieurs, profanée à cause de cette fripouille qui osa entrer dans les ordres. Je devrais venir ici en suppliante, en requérante, pour demander justice, mais c'est moi-même qui ferai douloureuse justice du corps de celui qui assassina mon père. Je ne suis qu'une faible femme, mais je possède un champion, messieurs, un homme qui, sur mon ordre, poursuivra et dénichera ce monstrueux Annias, même si cette bête immonde venait à se tapir dans les entrailles de l'Enfer. Annias reviendra devant moi, je vous le jure à tous, et les générations à venir trembleront du souvenir de son destin. Notre Sainte Mère l'Église n'a pas à se soucier de rendre la justice envers ce personnage. L'Église est douce et miséricordieuse, mais moi, messieurs, je ne le suis point.

Voilà ce qu'était devenue l'apparente soumission de la reine devant les décrets de l'Église, songea Émouchet.

Ehlana avait marqué un nouveau temps d'arrêt, son jeune visage levé dans une expression de résolution vengeresse.

– Mais qu'en sera-t-il de cet objet ? demanda-t-elle en se tournant pour regarder fixement le trône voilé. A qui sera attribué le siège pour lequel Annias était prêt à plonger le monde dans un bain de sang ? Car, ne vous méprenez point, mes amis, ce n'est là rien de plus qu'un meuble lourd, laid et, j'en suis sûre, assez peu confortable. Qui condamnerez-vous à supporter les terribles fardeaux des soucis et des responsabilités qui accompagnent ce fauteuil, charges qu'il sera forcé d'endurer en cette heure sombre de la vie de Notre Sainte Mère ? Celui-ci sera un sage, naturellement, cela va sans dire, mais tous les patriarches de l'Église sont des sages. Il doit être également courageux, mais n'êtes-vous pas tous aussi braves que des lions ? Il doit être habile et, ne vous trompez pas, il y a loin entre la sagesse et l'habileté. Il doit être intelligent, car il affronte le maître de la tromperie... non pas Annias, malgré ses qualifications en ce domaine ; non pas Otha, enfoui sous sa propre débauche ignoble ; mais Azash lui-même. Lequel d'entre vous mesurera sa force, son astuce et sa volonté à ce rejeton de l'Enfer ?

– Mais qu'est-ce qu'elle fabrique ? chuchota Bévier d'une voix interdite.

– N'est-ce pas évident, sire chevalier ? murmura

Stragen d'un ton urbain. Elle choisit un nouvel archiprélat.

– C'est absurde ! souffla Bévier. C'est la Hiérocratie qui désigne l'archiprélat !

– En cet instant précis, sire Bévier, c'est vous qui seriez élu si elle braquait son petit index rose sur vous. Regardez-les. Elle tient toute la Hiérocratie dans sa main.

– Vous avez des guerriers parmi vous, révérends patriarches, continuait Ehlana. Des hommes d'acier et de valeur, mais un archiprélat cuirassé pourrait-il égaler la fourberie d'Azash ? Vous avez des théologiens parmi vous, seigneurs de l'Église, des hommes d'un intellect supérieur au point qu'il pénètre l'esprit et le dessein de Dieu lui-même, mais un tel homme, intime de la voix de la Vérité divine, serait-il à même de contrer le Maître du Mensonge ? Nous en avons de versés dans le droit canon ou dans la politique de l'Église. Certains sont braves, d'autres moins. Certains sont doux et compatissants. Si nous pouvions choisir l'ensemble de la Hiérocratie pour nous conduire, nous serions invincibles et les portes de l'Enfer ne pourraient nous résister ! (Ehlana vacilla et porta au front une main tremblante.) Pardonnez-moi, messieurs, fit-elle d'une voix affaiblie. Ce sont les séquelles du poison par lequel le serpent Annias cherchait à m'arracher la vie.

Émouchet commença à se lever.

– Oh, assieds-toi donc, Émouchet, lui dit Stragen. Tu gâcheras sa représentation si tu t'en mêles. Crois-moi, elle est en parfaite santé.

– Notre Sainte Mère a besoin d'un champion, seigneurs de l'Église, reprit-elle d'une voix lasse. Un homme qui est l'essence même de la Hiérocratie, et je pense qu'en votre cœur vous connaissez tous cet homme. Puisse Dieu vous donner la sagesse, la lumière, pour vous tourner vers celui qui, en cet instant même, se voile dans l'humilité vraie, mais qui vous tend la main pour vous guider, ignorant peut-être ce qu'il accomplit, car ce patriarche discret ne sait sans doute pas lui-même qu'il parle avec la Voix de Dieu. Cherchez-le en votre cœur, seigneurs de l'Église, et posez sur lui ce fardeau, car lui seul peut devenir notre champion !

Elle oscilla encore et les jambes lui manquèrent. Puis elle chut comme une fleur. Le roi Wargun, le visage empli d'une crainte révérencielle, les yeux au bord des larmes, se leva d'un bond et la rattrapa.

– La dernière touche, lâcha Stragen, admiratif. (Il eut un large sourire.) Mon pauvre Émouchet, tu n'as pas la moindre chance, tu sais.

– Stragen, ferme-la !

– Mais de quoi s'agissait-il donc ? demanda Kalten, interdit.

– Elle vient de désigner un archiprélat, sire Kalten, lui répondit Stragen.

– Qui ? Elle n'a pas prononcé un seul nom.

– Tu ne vois donc pas ? Elle a soigneusement éliminé tous les autres concurrents. Il ne reste plus qu'une seule possibilité. Les autres patriarches savent tous de qui il s'agit et ils vont l'élire... dès que l'un d'eux aura osé prononcer son nom. Je te le dirais volontiers, mais je ne veux pas gâcher ta surprise.

Le roi Wargun venait de soulever entre ses bras Ehlana apparemment inconsciente et la portait en direction de la porte de bronze sur le côté de la salle.

– Va auprès d'elle, dit Séphrénia à Mirtaï. Essaie de la calmer. Elle est très exaltée. Mais surtout, que le roi Wargun ne revienne pas ici. Il risquerait de commettre un faux pas et de tout casser.

Mirtaï hocha la tête et se précipita vers la porte.

La salle bourdonnait de conversations excitées. La flamme et la passion d'Ehlana les avaient tous embrasés. Le patriarche Emban avait les yeux écarquillés sous la stupéfaction. Puis il se cacha la bouche avec la main et se mit à rire.

– ... manifestement possédée par la Main divine de Dieu, affirmait un moine tout proche en s'adressant à son voisin. Mais *une femme* ? Pourquoi Dieu voudrait-il parler par la bouche d'une femme ?

– Ses voies sont impénétrables, répondit l'autre moine d'une voix révérencieuse.

Ce fut avec une certaine difficulté que le patriarche Dolmant restaura l'ordre.

– Mes frères et amis, nous devons naturellement pardonner l'éclat émotionnel de la reine d'Élénie. Je la connais depuis l'enfance et je puis vous assurer que c'est habituellement une jeune femme très posée. Il ne fait aucun doute que le poison circule encore en elle et la rend parfois irrationnelle.

– Oh, c'est vraiment trop drôle, dit Stragen à Séphrénia en riant. Il n'a pas compris.

– Stragen, dit-elle sèchement, silence !

– Oui, petite mère.

Le patriarche Bergsten, impressionnant avec son jaseran et son casque à cornes d'ogre, se leva et tapa sur le sol en marbre avec le manche de sa hache de guerre.

– Je demande la permission de prendre la parole.

Mais ce n'était pas vraiment une question.

– Bien sûr, Bergsten, dit Dolmant.

– Nous ne sommes pas ici pour discuter des indispositions de la reine d'Élénie, mais pour choisir un archiprélat. Je suggère que nous procédions au vote. Pour ce, je propose le nom de Dolmant, patriarche de Démos. Qui ajoutera sa voix à la mienne pour cette nomination ?

– Non ! s'exclama Dolmant, abasourdi.

– Le patriarche de Démos n'a pas la parole, déclara Ortzel en se levant. Coutume et loi exigent que celui qui vient d'être proposé comme archiprélat ne puisse parler jusqu'à résolution de la question. Avec l'assentiment de mes frères, je demanderai à l'estimé patriarche d'Ucéra d'assumer la présidence de la séance.

Il regarda autour de lui. Nul ne s'opposa à sa proposition.

Emban, toujours souriant, s'avança lourdement du lutrin et écarta Dolmant d'un geste assez cavalier de la main.

– Le patriarche de Kadach a-t-il terminé ses remarques ?

– Non, répondit Ortzel. (L'expression d'Ortzel était encore sévère et sinistre. Alors, sans que son visage manifeste la douleur qu'il devait ressentir, il annonça fermement :) Je joins ma voix à celle de mon frère d'Emsat. Le patriarche Dolmant est le seul choix possible pour la charge d'archiprélat.

Makova se leva. Il avait le visage d'une pâleur mortelle et il serrait les mâchoires.

– Dieu vous punira pour cet outrage ! cria-t-il pratiquement à l'adresse des autres patriarches. Je me refuse à prendre part à cette absurdité !

Il tourna les talons et sortit de la salle en fulminant.

– En voilà un qui est honnête, au moins, fit remarquer Talen.

– Honnête ? s'exclama Bérit. Makova ?

– Mais oui, vénéré professeur, expliqua le gamin. Une fois acheté, Makova reste fidèle à son acheteur... envers et contre tout.

L'un après l'autre, les patriarches se dressèrent pour approuver la nomination de Dolmant. Le visage d'Emban se fit malicieux quand le dernier patriarche, un faible vieillard de Cammorie, se leva avec l'aide de ses voisins pour murmurer le nom de Dolmant d'une voix cassée.

– Eh bien, Dolmant, fit Emban avec une surprise feinte. Il semblerait qu'il ne reste plus que nous deux. Souhaiterais-tu proposer quelqu'un, mon vieil ami ?

– Je vous en implore, mes frères, ne faites pas ceci ! Dolmant ne pouvait se retenir de pleurer.

– Le patriarche de Démos est hors de propos, signala Ortzel d'une voix douce. Il doit avancer un nom ou rester muet.

– Pardon, Dolmant. (Emban eut un large sourire.) Tu as entendu ce qu'il vient de dire. Oh, au fait, j'ajoute ma voix à celle des autres pour te proposer. Es-tu vraiment sûr que tu ne voudrais pas donner un nom ? (Il attendit.) Très bien. Nous avons donc cent vingt-six voix en faveur du patriarche de Démos, une abstention... et un votant qui a filé. N'est-ce pas stupéfiant ? Procédons-nous à un vote formel, mes frères, ou bien gagnerons-nous du temps ? Le patriarche Dolmant est-il élu archiprélat à main levée ? J'attends votre réponse.

Cela commença par une voix grave qui monta des premiers rangs.

– Dolmant ! lança cette voix. Dolmant !

Le cri fut aussitôt repris.

– Dolmant ! hurlèrent-ils. Dolmant !

L'acclamation persista un long moment.

Emban leva alors la main pour réclamer le silence.

– Je suis terriblement navré d'être celui qui t'annonce que tu n'es plus patriarche, mon vieux, dit-il à Dolmant d'une voix traînante. Accompagne-moi avec deux de nos frères dans la garde-robe, que nous t'aidions à revêtir tes nouveaux atours.

CHAPITRE DIX-HUIT

La salle d'audience était encore emplie de conversations excitées, voire de cris. Des patriarches avec une expression exaltée peinte sur le visage tournaient sur les dalles de marbre et, en s'avançant à travers la foule, Émouchet entendit maintes et maintes fois l'expression « inspirée par Dieu » prononcée sur un ton révérencieux. Traditionnellement, les ecclésiastiques sont très conservateurs et, pour eux, il était impensable qu'une femme ait pu guider la Hiérocratie dans ses décisions. L'idée d'inspiration divine était une porte de sortie commode. De toute évidence, ce n'était pas Ehlana qui avait parlé, mais Dieu Lui-même. Pour l'instant, Émouchet ne se souciait pas de théologie, mais de la santé de sa reine. L'explication de Stragen était naturellement plausible, mais c'était tout de même sa fiancée en plus de sa reine. Émouchet voulait s'assurer en personne qu'elle se portait bien.

Non seulement elle se portait bien, mais elle était en excellente santé quand il ouvrit la porte par laquelle le roi Wargun l'avait emportée. Elle paraissait même un peu ridicule, pliée en deux la tête de côté là où elle l'appuyait avant l'ouverture du panneau.

– Vous entendriez beaucoup mieux sur votre siège dans la salle, ma reine, lui lança Émouchet avec mordant.

– Oh, tais-toi, Émouchet. Entre, et referme cette porte.

Émouchet franchit le seuil.

Le roi Wargun se tenait le dos contre le mur, les yeux un peu affolés. Mirtaï se dressait devant lui, immobile.

– Éloignez de moi cette dragonne, Émouchet, le supplia le roi.

– Avez-vous décidé de ne point tenir compte des talents de comédienne de ma reine, Votre Majesté ? lui demanda poliment le pandion.

– Admettre qu'elle m'a ridiculisé ? Quelle absurdité, Émouchet ! Je n'allais pas ressortir en courant annoncer à tous que j'avais fait l'âne en public. Tout ce que je voulais, c'était avertir les personnes présentes que votre reine allait bien, mais je n'étais pas arrivé à la porte que cette énorme femme m'est tombée dessus. Elle m'a *menacé,* Émouchet ! Moi, vous vous rendez compte ? Vous voyez ce fauteuil, là ?

Émouchet regarda. Le fauteuil était capitonné et de grosses touffes de crin sortaient d'une longue entaille dans le dossier.

– Ce n'était qu'une suggestion, Émouchet, expliqua doucement Mirtaï. Je voulais que Wargun comprenne ce qui risquait d'arriver s'il prenait une mauvaise décision. Tout est terminé, maintenant. Wargun et moi sommes presque amis.

Émouchet se rendit alors compte que Mirtaï n'utilisait jamais le titre des personnes.

– Il est tout à fait irrespectueux de menacer un roi avec un poignard, Mirtaï.

– Mais... c'est qu'elle a fait ça avec son genou, expliqua Wargun en frémissant.

Mirtaï écarta sa robe de moine, se baissa et souleva chastement son kilt de quelques pouces. Comme le lui avait dit Talen, elle portait des poignards courbes attachés au bas des cuisses, dont la lame descendait jusqu'au mollet. Ces armes paraissaient très acérées. Il remarqua aussi en passant qu'elle avait des fossettes aux genoux.

– C'est un système très pratique pour une femme, expliqua-t-elle. Les hommes deviennent parfois joueurs à des moments incongrus. Ces poignards les convainquent d'aller jouer avec quelqu'un d'autre.

– Et ce n'est pas illégal ? demanda Wargun.
– Voulez-vous essayer de la mettre en état d'arrestation, Votre Majesté ?
– Mais vous n'arrêtez jamais de jacasser ? leur lança Ehlana. On dirait un vol de pies. Voici ce que nous allons faire. Dans quelques instants, la salle va se calmer un peu. Wargun me fera rentrer, Mirtaï et Émouchet nous suivront. Je m'appuierai sur le bras de Wargun et je prendrai naturellement un air faible et tremblant. Après, nous dirons soit que je viens de m'évanouir, soit que j'ai reçu une visitation divine... en fonction des rumeurs que j'ai entendues et parmi lesquelles vous voudrez bien choisir. Nous devrons tous avoir regagné nos places avant la montée de l'archiprélat sur le trône.
– Et comment allez-vous leur expliquer votre discours, Ehlana ? voulut savoir Wargun.
– Je ne ferai rien de tel. Je n'en ai d'ailleurs aucun souvenir. Ils croiront ce qu'ils voudront et nul n'osera me traiter de menteuse, parce que soit Émouchet, soit Mirtaï lui jetterait un défi. (Elle sourit.) L'homme que j'ai choisi correspond-il assez à ce que tu avais en tête, chéri ? demanda-t-elle à Émouchet.
– Oui, sans doute.
– Tu pourras alors me remercier de manière appropriée... quand nous serons seuls. Très bien donc, retournons là-dedans.
Ils paraissaient tous convenablement graves en rentrant dans la salle. Ehlana était lourdement appuyée sur Wargun, le visage blême, l'air épuisé. Il y eut un soudain silence impressionné quand les deux monarques reprirent leurs places.
Le patriarche Emban s'avança, l'air soucieux.
– Elle se porte bien ? demanda-t-il.
– Elle me semble aller assez bien, lui répondit Émouchet. (Ce n'était pas *exactement* un mensonge.) Elle prétend n'avoir aucun souvenir de ce qu'elle a dit en s'adressant à la Hiérocratie. Peut-être faudrait-il éviter d'insister sur ce point dans son état actuel, Votre Grâce.

Emban lança à Ehlana un regard matois.

– Je comprends parfaitement, Émouchet. J'adresserai quelques remarques appropriées à la Hiérocratie. (Il sourit à Ehlana.) Je suis heureux de voir que vous vous sentez mieux, Votre Majesté, dit-il.

– Merci, Votre Grâce, répondit-elle d'une petite voix tremblante.

Emban retourna au lutrin tandis qu'Émouchet et Mirtaï remontaient dans la galerie rejoindre leurs amis.

– Mes frères, dit-il. Je suis sûr que vous serez tous heureux d'apprendre que la reine Ehlana a retrouvé ses forces. Elle me demande de l'excuser pour ce qu'elle a pu dire durant son intervention. La santé de la reine n'est pas excellente, je le crains, et le voyage qu'elle a entrepris pour atteindre Chyrellos a mis sa vie en danger, tant était grande sa détermination à assister à nos débats.

Un murmure admiratif s'éleva alors.

– Je pense toutefois qu'il vaudrait mieux éviter d'interroger plus avant Sa Majesté sur le contenu de son discours. Il semble qu'elle n'ait aucun souvenir de ses paroles. Ce qu'explique facilement son état de fatigue. Il existe peut-être une autre explication, mais je pense que la sagesse et la considération que nous devons à Sa Majesté nous interdisent d'aller plus loin.

Voilà comment naissent les légendes.

Alors retentit une sonnerie de trompettes, et la porte à gauche du trône s'ouvrit. Dolmant entra, flanqué d'Ortzel et de Bergsten. Le nouvel archiprélat portait une soutane blanche très simple et son visage était désormais très calme. Émouchet fut frappé par une curieuse idée. Quelle similarité entre la soutane blanche de Dolmant et la robe blanche de Séphrénia ! Cette pensée le conduisit à la limite d'une hypothèse pratiquement hérétique.

Les deux patriarches de Lamorkand et de Thalésie escortèrent Dolmant jusqu'au trône, qui avait été dévoilé en leur absence, et l'archiprélat s'assit.

– Sarathi voudra-t-il s'adresser à nous ? demanda Emban en s'écartant du lutrin pour faire une génuflexion.

– Sarathi ? chuchota Talen à Bérit.

– C'est un nom très ancien, lui expliqua doucement Bérit. Quand l'Église fut enfin unifiée, il y a près de trois mille ans, le tout premier archiprélat s'appelait Sarathi. On commémore ainsi son nom en donnant ce titre à l'archiprélat.

Dolmant arborait une expression grave.

– Je n'ai point cherché ce poste éminent, mes frères, et j'eusse été plus heureux si vous ne m'en aviez pas jugé digne. Nous ne pouvons qu'espérer, tous autant que nous sommes, que c'est là véritablement la volonté de Dieu. (Il leva légèrement la tête.) Notre tâche est immense. Je demanderai à nombre d'entre vous de m'apporter assistance et, comme toujours, des changements se produiront dans la Basilique. Je vous adjure, mes frères : ne soyez point irrités ni découragés quand les charges ecclésiastiques seront redistribuées, car il en est toujours ainsi quand un nouvel archiprélat monte sur le trône. Notre Sainte Mère doit affronter son défi le plus sérieux depuis un demi-millénaire. Mon premier acte sera donc de confirmer l'état de Crise spirituelle, et je décrète que cet état ne sera levé que lorsque nous aurons vaincu les ennemis de l'Église. A présent, mes frères et amis, prions, puis nous partirons rejoindre nos diverses occupations.

– Bref et subtil, approuva Ulath. Sarathi a pris un très bon départ.

– Est-ce que la reine était réellement hystérique, quand elle a prononcé son discours ? demanda Kalten à Émouchet.

– Bien sûr que non, répondit Émouchet avec un reniflement. Elle savait parfaitement ce qu'elle faisait.

– C'est bien ce que je pensais plus ou moins. Je crois que ton mariage te réserve des surprises, Émouchet. Mais ce n'est pas grave, car l'inattendu permet de ne pas s'endormir sur ses lauriers.

Comme ils quittaient la Basilique, Émouchet fit un détour pour s'entretenir avec Séphrénia. Il la trouva dans un couloir latéral en pleine conversation avec un homme qui portait une robe de moine. Mais quand l'homme se retourna, Émouchet se rendit compte qu'il ne s'agissait pas d'un Élène mais d'un Styrique à la barbe argentée. Le vieillard s'inclina devant le chevalier qui s'avançait.

– Je te laisse, petite sœur, dit-il à Séphrénia en styrique.

Il avait une voix grave et chaleureuse qui révélait son grand âge.

– Non, Zalasta, reste, dit-elle en posant la main sur son bras.

– Je ne voudrais pas offenser les chevaliers de l'Église par ma présence en ce lieu sacré, ma sœur.

– Émouchet est plus difficile à offenser que la plupart des chevaliers de l'Église, mon ami, répliqua-t-elle avec un sourire.

– Est-ce le légendaire sire Émouchet ? fit le Styrique avec une certaine surprise. Je suis honoré, seigneur chevalier.

Son élène était marqué par un fort accent.

– Émouchet, annonça Séphrénia, je te présente mon ami le plus cher et le plus ancien, Zalasta. Nous avons passé notre enfance dans le même village.

– Je suis honoré, *sioanda*, dit Émouchet en styrique en s'inclinant également. *Sioanda* était un terme styrique qui signifiait « ami de mon ami ».

– L'âge semble avoir voilé mes yeux, fit remarquer Zalasta. Maintenant que je le regarde de plus près, je vois bien qu'il s'agit de sire Émouchet. La lumière de sa détermination lui auréole le visage.

– Zalasta nous offre son aide, Émouchet, annonça alors Séphrénia. Grandes sont sa sagesse et sa connaissance des secrets les plus cachés.

– Nous serons honorés, très sage.

Zalasta eut un sourire.

– Je serais de peu d'utilité dans votre quête, sire Émouchet, dit-il avec humilité. Si vous m'enfermiez dans l'acier, je m'étiolerais sûrement comme une fleur.

Émouchet tapa sur son pectoral.

– C'est une affectation élène, très sage. Comme les chapeaux pointus ou les pourpoints en brocart. Espérons qu'un jour les garde-robes en fer passeront de mode.

– J'avais toujours cru que les Élènes étaient une race dépourvue d'humour, mais vous êtes amusant, sire Émouchet. Je ne vous serais pas utile au cours de votre périple, cependant il se peut qu'à l'avenir je vous apporte mon assistance pour une autre question d'une certaine importance.

– Un périple ? demanda Émouchet.

– J'ignore où vous et ma sœur allez partir, seigneur chevalier, mais je vois énormément de distance autour de vous. Je suis venu vous conseiller de cuirasser vos cœurs et de rester sur vos gardes. Un danger évité est parfois préférable à un danger surmonté. (Zalasta regarda autour de lui.) Et ma présence en cet endroit est l'un de ces dangers évitables, je crois. Vous êtes sans préjugés, sire Émouchet, mais sans doute vos camarades ne sont-ils pas tous aussi raffinés.

Il s'inclina devant Émouchet, embrassa les mains de Séphrénia, puis se glissa discrètement dans l'ombre du couloir.

– Je ne l'avais pas vu depuis plus d'un siècle, dit Séphrénia. Il a changé... un petit peu.

– La plupart d'entre nous changeraient beaucoup durant une telle période, petite mère. (Émouchet eut un sourire.) Toi exceptée, bien entendu.

– Tu es un gentil garçon, Émouchet. (Elle poussa un soupir.) Tout cela me semble bien lointain. Zalasta a toujours été un enfant très sérieux. Même alors, il possédait une sagesse incroyable. Son entendement des secrets est profond.

– Quel était ce périple dont il parlait ?

– Tu veux dire que tu ne le sens pas ? Tu ne sens pas la distance qui s'étend devant toi ?

– Pas vraiment, non.

– Ces Élènes ! fit-elle avec un soupir. Je suis parfois surprise que vous perceviez le changement des saisons.

Il feignit d'ignorer cette remarque.

– Où allons-nous ?

– Je l'ignore. Même Zalasta ne pouvait le savoir.

L'avenir devant nous est sombre, Émouchet. J'aurais dû m'en douter, mais je ne suis sans doute pas allée jusqu'au bout de ma réflexion. Nous irons bel et bien quelque part. Pourquoi n'es-tu pas avec Ehlana ?

– Les rois la sollicitent beaucoup. Je ne peux même pas m'approcher d'elle. (Un silence.) Séphrénia, elle la voit aussi... je veux parler de l'ombre. Je pense que c'est probablement parce qu'elle porte la seconde bague.

– Ça semble raisonnable. Le Bhelliom est inutilisable sans les deux bagues.

– Est-ce que cela la met en danger ?

– Bien entendu, Émouchet, mais Ehlana est en danger depuis le jour de sa naissance.

– N'est-ce pas faire preuve d'un peu trop de fatalisme ?

– Sans doute. Toutefois, j'aimerais bien apercevoir ton ombre. Je réussirais peut-être à l'identifier un peu plus précisément.

– Je peux emprunter la bague d'Ehlana et te donner les deux, proposa-t-il. Ensuite, tu sortiras le Bhelliom de la bourse. Je suis pratiquement prêt à te garantir que tu verras alors cette ombre.

– Ne suggère pas cela, Émouchet. (Elle frémit.) Je ne te servirais pas à grand-chose si je venais à m'évaporer... de manière permanente.

– Séphrénia, est-ce que je ne serais pas une sorte de sujet d'expérience ? demanda-t-il d'une voix critique. Tu n'arrêtes pas d'empêcher tout le monde de toucher le Bhelliom alors que tu n'as même pas cillé en m'ordonnant de le pourchasser pour l'arracher à Ghwerig. Est-ce que je ne courais pas également un grand danger ? Est-ce que tu n'attendais pas pour voir si j'exploserais au moment où je mettrais les mains dessus ?

– Ne sois pas idiot, Émouchet. *Tout le monde* sait que tu es destiné à manier le Bhelliom.

– Tout le monde sauf moi.

– N'allons pas plus loin, mon petit. Nous avons déjà assez de problèmes. Accepte simplement le fait que toi et le Bhelliom êtes liés. Je pense que nous devons nous soucier de cette ombre, à présent. Qu'est-elle et que fait-elle ?

– Elle semble suivre le Bhelliom... et les bagues. Est-ce que nous pouvons oublier ce qu'essayait de faire Perraine ? N'était-ce pas l'idée de Martel... une idée qu'il avait eue de lui-même ?

– Je ne sais pas s'il faut partir de ce point de vue. Martel contrôlait Perraine, mais quelque chose d'autre pouvait contrôler Martel... sans même qu'il le sût.

– Je vois que la conversation risque encore de me donner la migraine.

– Prends simplement des précautions, mon petit. Ne baisse pas ta garde. Voyons si nous pouvons rattraper Ehlana. Elle sera malheureuse si tu ne t'occupes pas assez d'elle.

Ils étaient tous quelque peu déprimés lors de leur réunion, le même soir. Ils ne s'étaient pas retrouvés dans le chapitoire pandion, mais dans une grande salle aux décorations voyantes attenante aux appartements personnels de l'archiprélat. La pièce était normalement prévue pour les réunions des conseils supérieurs de l'Église et ils s'y étaient rassemblés à la demande expresse de Sarathi. Tynian n'était pas arrivé, remarqua Émouchet. La salle avait des murs lambrissés, des rideaux et un tapis bleus. Une immense fresque religieuse ornait le plafond. Talen leva les yeux et renifla d'un air dédaigneux.

– Je pourrais faire mieux avec la main gauche, déclara-t-il.

– C'est une bonne idée, dit Kurik. Je crois que je vais demander à Dolmant s'il aimerait qu'on décore le plafond de la nef.

– Kurik, se plaignit Talen, ce plafond est plus vaste qu'une prairie. Il faudrait une quarantaine d'années pour le recouvrir de peintures.

– Tu es jeune. (Kurik haussa les épaules.) Un travail régulier t'éviterait des ennuis.

La porte s'ouvrit et Dolmant entra. Ils se levèrent tous et mirent un genou à terre.

– Je vous en prie, épargnez-moi cela, dit Dolmant avec lassitude. On me fait ça depuis que notre trop maligne reine d'Élénie m'a balancé dans un siège que je ne désirais nullement.

– Voyons, Sarathi, comment osez-vous dire cela ? protesta l'intéressée.

– Nous avons à discuter, mes amis. Et des décisions à prendre. (Il s'assit au bout de l'immense table de conférence au centre de la salle.) Je vous en prie, asseyez-vous, et mettons-nous au travail.

– Quand voudriez-vous que nous organisions votre couronnement, Sarathi ? demanda le patriarche Emban.

– Cela pourra attendre. Repoussons d'abord Otha loin du seuil de notre porte. Je ne crois pas que j'aimerais qu'il vienne assister à ce couronnement. Comment procédons-nous ?

Le roi Wargun regarda autour de lui.

– Je vais lancer quelques idées et nous verrons les réactions. Nous pouvons marcher vers l'est jusqu'à ce que nous rencontrions les Zémochs, et ensuite les combattre en terrain découvert, ou alors chercher un terrain plus approprié et les attendre sur place. La première solution maintiendrait Otha plus loin de Chyrellos et la seconde nous donnerait le temps de procéder à des travaux de retranchement. Les deux approches ont leurs avantages et leurs inconvénients. (Il jeta un nouveau coup d'œil autour de lui.) Qu'en pensez-vous ?

– Je pense qu'il faut que nous connaissions la nature des forces que nous devons affronter, répondit le roi Drégos.

– Il y a beaucoup de monde en Zémoch, signala le vieux roi Obler.

– C'est l'évidence même. (Wargun se renfrogna.) Ils se reproduisent comme des lapins.

– Nous pouvons donc nous attendre à être dépassés en nombre, continua Obler. Si j'ai bon souvenir de mes leçons de stratégie, cela nous conduit presque obligatoirement à prendre une position défensive. Nous devrons épuiser les forces d'Otha avant de passer à l'offensive.

– Encore un siège, gémit Komier. Je *déteste* les sièges.

– On n'a pas toujours ce qu'on veut, Komier, lui signala Abriel. Il nous reste toutefois une troisième solution, Votre Majesté, dit-il à Wargun. Le Lamorkand possède de nombreux forts et châteaux fortifiés. Nous pouvons nous déplacer jusque-là, occuper ces forteresses par la force et les tenir. Otha ne pourra les éviter, car autrement les troupes qu'elles contiendront risqueraient de sortir décimer ses réserves et de détruire ses caravanes d'approvisionnement.

– Seigneur Abriel, dit Wargun, cette stratégie nous déploiera jusqu'en Lamorkand central.

– Je reconnais l'inconvénient. Mais lors de la dernière invasion d'Otha, nous l'avons combattu de front au lac Randéra. Nous avons virtuellement dépeuplé le continent et il a fallu des siècles à l'Éosie pour reprendre le dessus. Je ne crois pas que nous désirions cela.

– Nous avons gagné, non ? lâcha brutalement Wargun.

– Oui, mais voulons-nous recommencer de la même manière ?

– Il existe encore une solution, annonça calmement Émouchet.

– Je serais fort heureux de l'entendre, dit le précepteur Darellon. Je ne suis pas tellement satisfait de celles que je viens d'entendre énoncer.

– Séphrénia, quelle est la puissance réelle du Bhelliom ?

– Je t'ai déjà dit que c'est l'objet le plus puissant du monde, mon petit.

– Voilà une excellente idée, déclara Wargun. Émouchet pourrait utiliser le Bhelliom pour anéantir des portions entières de l'armée d'Otha. Au fait, Émouchet, vous allez bien rapporter le Bhelliom dans la maison royale de Thalésie quand tout ceci sera terminé, n'est-ce pas ?

– Nous en discuterons plus tard, Votre Majesté. Je ne crois pas qu'il vous servirait à grand-chose sans les bagues. Je ne me sens pas encore prêt à redonner la mienne, mais vous pouvez toujours interroger ma reine à ce sujet, si vous le souhaitez.

– Ma bague reste là où elle est, répondit simplement Ehlana.

Émouchet avait médité sur leur conversation précédente et, mystérieusement, il était convaincu que l'affrontement imminent ne serait pas réglé par le choc des armes. Il en était d'ailleurs arrivé à cette conclusion par un raisonnement plus styrique qu'élène. Du point de vue de sa mission, il savait qu'il commettrait une erreur en se fondant dans ces masses qui devaient s'entrechoquer.

– Le Bhelliom contient-il suffisamment de pouvoir pour détruire Azash ? demanda-t-il soudain à Séphrénia.

Il connaissait la réponse, mais il voulait qu'elle l'annonce aux autres.

– Que dis-tu, Émouchet ? s'exclama-t-elle sur un ton profondément bouleversé. Tu parles de détruire un Dieu. Le monde tout entier tremble à cette seule idée.

– Je ne veux pas soulever un débat théologique. Oui ou non, le Bhelliom en serait-il capable ?

– Je l'ignore. Personne n'a jamais eu la témérité de le proposer.

– Où Azash est-il le plus vulnérable ? voulut-il savoir.

– Là où il est enfermé. Les Dieux Cadets de Styricum l'ont enchaîné à l'intérieur de l'idole d'argile qu'Otha découvrit il y a des siècles. C'est une des raisons pour lesquelles il convoite le Bhelliom aussi désespérément. Seule la rose saphir peut le libérer.

– Et si l'idole venait à être détruite ?

– Azash serait détruit avec elle.

– Et qu'arriverait-il si je me rendais dans la cité de Zémoch pour découvrir que je ne peux détruire Azash avec le Bhelliom et si je pulvérisais alors le joyau ?

– La ville serait anéantie, répondit-elle d'une voix troublée. Ainsi que toutes les chaînes de montagnes environnantes.

– Alors, l'échec est impossible, n'est-ce pas ? D'une façon ou d'une autre, Azash cessera d'exister. Et si ce que Krager nous a raconté est vrai, Otha se trouve également à Zémoch, en compagnie de Martel, d'Annias et consorts. Je les détruirais tous d'un seul coup. Une fois Azash et Otha disparus, l'invasion zémoch serait vouée à l'échec, n'est-ce pas ?

– Tu cherches vraiment la mort, Émouchet ? fit Vanion.

– Mieux vaut une vie perdue que des millions.

– Je l'interdis formellement ! s'écria Ehlana.

– Pardonnez-moi, ma reine. Mais vous m'avez ordonné de me débarrasser d'Annias et des autres. Vous ne pouvez quand même pas revenir sur votre ordre... vis-à-vis de moi, en tout cas.

On frappa poliment à la porte et Tynian entra avec le domi Kring.

– Navrés de ce retard, s'excusa le chevalier deiran. Avec le domi, nous avons compulsé des cartes. Pour une raison quelconque, les Zémochs ont envoyé des forces au nord à partir de leur campement principal à la frontière lamork. Ils infestent désormais l'est de la Pélosie.

Les yeux de Kring s'illuminèrent en apercevant le roi Soros.

– Ah, vous voilà, mon roi. Je vous ai cherché partout. J'ai toutes sortes d'oreilles zémochs à vous vendre.

Le roi Soros chuchota quelques mots. Il avait encore la gorge irritée.

– Tout commence à s'imbriquer, dit Émouchet au conseil. Krager nous a appris que Martel conduisait Annias jusqu'à la ville de Zémoch pour trouver refuge auprès d'Otha. (Il se carra dans son fauteuil.) Je pense que l'ultime solution au problème qui nous tracasse depuis cinq siècles se situe au centre de la ville de Zémoch et non pas dans les plaines de Lamorkand. C'est *Azash* notre ennemi, et non pas Martel, Annias, ou Otha et ses Zémochs, or, nous disposons aujourd'hui du moyen de détruire Azash une fois pour toutes. Ne serait-il pas ridicule de ne pas l'utiliser ? Je pourrais user tous les pétales du Bhelliom à détruire des corps d'infanterie zémochs et nous deviendrions des vieillards chenus sur un vaste champ de bataille au nord du lac de Cammorie. Ne vaudrait-il pas mieux filer droit au cœur du problème... Azash en personne ? Finissons-en de la sorte, afin de ne pas voir ce problème resurgir tous les cinq cents ans.

– Du point de vue stratégique, ça ne tient pas, Émouchet, lui répliqua simplement Vanion.

– Excuse-moi, mon ami, mais qu'est-ce qui se tient, du point dc vue stratégique, quand on livre une bataille qui n'est qu'une impasse ? Il nous a fallu plus d'un siècle pour récupérer, après la dernière bataille entre les Zémochs et l'ouest. Nous avons enfin l'opportunité d'en finir. Si cela devait échouer, je détruirais le Bhelliom. Azash n'aurait plus de raison de revenir à l'ouest. Il préférerait aller harceler les Tamouli.

– Jamais vous ne passerez, Émouchet, affirma le précepteur Abriel. Vous avez entendu ce qu'a dit ce Péloï. Les Zémochs sont en Pélosie orientale ainsi qu'en Lamorkand oriental. Auriez-vous l'intention de vous glisser tout seul parmi eux ?

– Je pense qu'ils s'écarteront, monseigneur. Martel est parti pour le nord... à ce qu'il prétend, du moins. Il peut rejoindre Paler, éventuellement. Peu importe, parce que je le suivrai où qu'il aille. Et il *souhaite* que je le suive. Il l'a nettement laissé entendre dans le sous-sol, parce qu'il veut me livrer à Azash. Je sais que ça peut paraître vraiment curieux, mais je pense pouvoir lui faire confiance en cela : rien ne viendra entraver mon avance. (Il eut un sourire sinistre.) L'affectueuse attention que m'accorde mon frère est tout à fait touchante. (Il regarda Séphrénia.) Tu as dit que la seule idée de détruire un Dieu est impensable, n'est-ce pas ? Quelle serait la réaction générale devant l'idée de l'anéantissement du Bhelliom ?

– Cela est encore plus inimaginable, Émouchet.

– L'idée que je puisse imaginer tout cela ne leur viendra donc jamais, n'est-ce pas ?

Elle secoua la tête sans mot dire, avec dans les yeux une expression remplie d'effroi.

– Là se situe notre avantage, messeigneurs, déclara

Émouchet. Je suis à même d'accomplir l'unique geste que nul ne peut imaginer. Je puis détruire le Bhelliom... ou menacer de le détruire. J'ai le sentiment étrange que les gens... et les Dieux... commenceront à s'écarter de ma route si je fais cela.

Le précepteur Abriel hochait la tête d'un air têtu.

– Vous allez vous frayer une route à travers les Zémochs primitifs de Pélosie orientale et de la frontière, Émouchet. Même Otha ne contrôle pas ces sauvages.

– Ai-je la permission de parler, Sarathi ? demanda Kring sur un ton profondément respectueux.

– Bien sûr, mon fils.

Dolmant semblait un peu intrigué. Il n'avait aucune idée de l'identité de cet homme d'apparence féroce.

– Je peux te faire traverser la Pélosie orientale et pénétrer en Zémoch, ami Émouchet. Si les Zémochs sont déployés, mes cavaliers pourront traverser leurs lignes. De Paler à la frontière de Zémoch, nous laisserons une fauchée de corps large de cinq milles... des corps dépourvus d'oreilles droites, bien entendu.

Le large sourire de Kring lui donnait l'air d'un loup. Il regarda autour de lui avec une expression contente de soi. Il aperçut alors Mirtaï, posément assise à côté d'Ehlana. Ses yeux s'écarquillèrent, puis il pâlit, et il rougit. Enfin, il poussa un soupir de concupiscence.

– A ta place, je ne tenterais rien, le mit en garde Émouchet.

– Quoi ?

– Je t'expliquerai plus tard.

– Je dois bien avouer que ce plan me plaît de plus en plus, dit Bévier. Nous ne devrions pas éprouver trop de difficultés à parvenir jusqu'à la capitale d'Otha.

– *Nous ?* demanda Kalten.

– Nous sommes censés l'accompagner, Kalten, non ?

– Cela a-t-il la moindre chance de fonctionner, petite mère ? demanda Vanion.

– Non, seigneur Vanion, aucune ! l'interrompit Ehlana. Émouchet ne peut aller jusqu'à Zémoch et utiliser le Bhelliom pour tuer Azash parce qu'il n'est pas en possession des deux bagues. J'en détiens une, et il lui faudra me tuer pour me la prendre.

C'était là un détail qu'Émouchet n'avait pas pris en compte.

– Ma reine... commença-t-il.

– Je ne t'ai pas donné la permission de parler, sire Émouchet ! Tu ne te lanceras pas dans cette entreprise vaine et démente ! Tu ne te sacrifieras pas ! Ta vie m'appartient, Émouchet ! Oui, elle est à moi ! Tu n'as aucun droit de nous l'enlever !

– Voilà qui est clair, et qui nous ramène à notre point de départ, commenta Wargun.

– Peut-être pas, annonça calmement Dolmant. (Il se leva.) Reine Ehlana, dit-il sévèrement, vous soumettrez-vous à la volonté de Notre Sainte Mère l'Église ?

Elle le toisa.

– Vous soumettrez-vous ? répéta-t-il.

– Je suis une fille loyale de l'Église, répondit-elle d'un air maussade.

– Je suis enchanté d'entendre cela, mon enfant. L'Église exige que vous remettiez ce colifichet entre ses mains pendant le bref laps de temps nécessaire à l'accomplissement de son œuvre.

– C'est injuste, Dolmant, l'accusa-t-elle.

– Défieriez-vous l'Église, Ehlana ?

– Je... *je ne peux pas* ! se lamenta-t-elle.

Elle éclata en sanglots. Elle lui prit les bras et enfouit son visage dans sa robe.

– Donnez-moi cette bague, Ehlana, répéta-t-il.

Elle leva les yeux et en chassa les larmes d'un revers de main bravache.

– A une seule condition, Sarathi, répliqua-t-elle.

– Voudriez-vous marchander avec Notre Sainte Mère ?

– Non, Sarathi. J'obéis simplement à l'un de ses commandements fondamentaux. Elle nous demande de nous marier pour accroître la taille de l'assemblée des fidèles. Je vous remettrai la bague le jour où vous m'unirez par le mariage à sire Émouchet. J'ai travaillé trop dur à l'obtenir pour qu'il m'échappe à présent. Notre Sainte Mère y consentira-t-elle ?

– Cela me semble équitable, dit Dolmant en adressant un sourire patelin à Émouchet, bouche bée devant la façon dont on le traitait comme une vulgaire pièce de bœuf.

Ehlana avait une excellente mémoire. Ainsi que lui avait appris Platime, elle se cracha dans la main.

– Conclu, donc ! dit-elle.

Dolmant connaissait toutes les coutumes du monde et il reconnut ce geste. Il se cracha aussi dans la paume.

– Conclu ! dit-il.

Et tous deux se tapèrent dans la main, scellant ainsi le destin d'Émouchet.

TROISIÈME PARTIE

ZÉMOCH

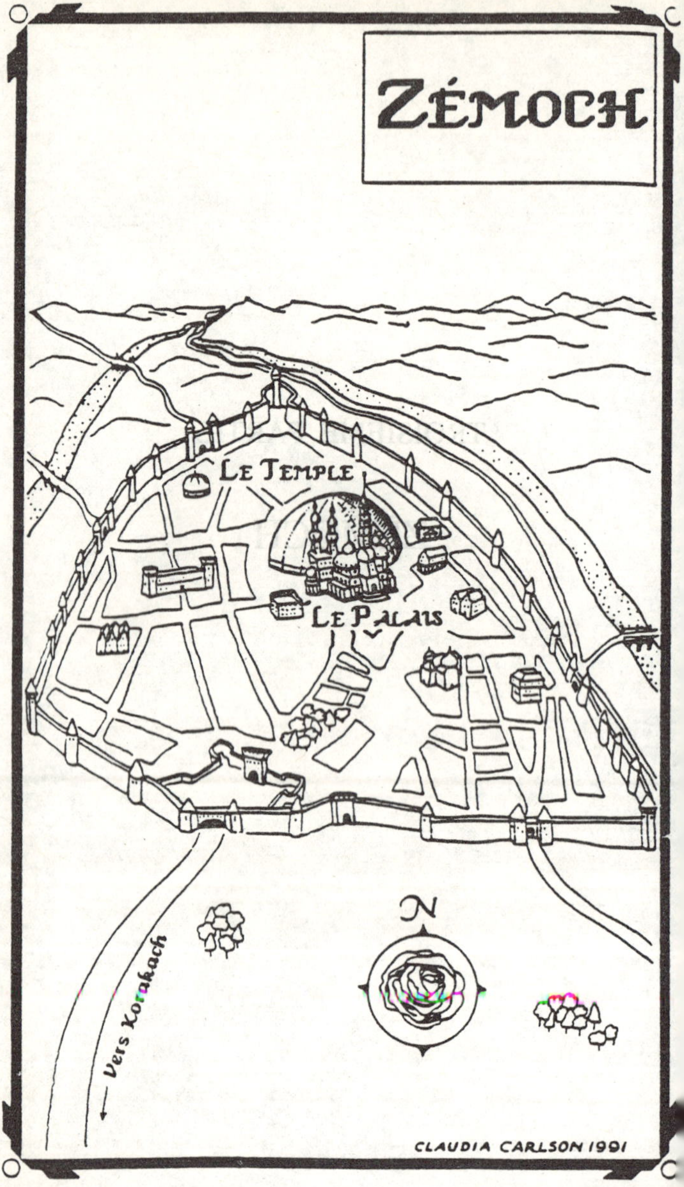

ZÉMOCH
LE TEMPLE
LE PALAIS
N
Vers Korakach
CLAUDIA CARLSON 1991

CHAPITRE DIX-NEUF

La chambre était froide. La chaleur du désert s'évaporait au coucher du soleil et un air sec et frais caractérisait tous les matins. Émouchet se tenait à la fenêtre tandis que la nuit de velours saignait du ciel et que les ombres de la rue se ratatinaient sous les porches et les recoins, remplacées par une grisaille qui n'était pas tant lumière qu'absence de ténèbres.

La première femme sortit alors d'une ruelle, encore dans la pénombre, avec un récipient d'argile posé sur l'épaule. Elle portait une robe et une capuche noires, un voile noir lui recouvrait la moitié inférieure du visage. Elle se déplaçait dans la lumière blafarde avec une grâce exquise à en percer le cœur d'Émouchet. Puis vinrent les autres. Une par une, elles émergèrent des porches et des ruelles pour se joindre à la procession silencieuse, chacune avec son vase d'argile sur l'épaule, chacune respectant un rituel si ancien qu'il était devenu instinct. De quelque manière que les hommes commencent leur journée, les femmes débutaient inévitablement la leur en se rendant au puits.

Lillias s'agita.

– Mahkra, dit-elle d'une voix rendue grasseyante par le sommeil. Reviens te coucher.

Il entendait les cloches dans le lointain malgré les meuglements incessants des vaches à demi sauvages dans les cours voisines. La religion de ce royaume n'aimait guère les cloches, aussi Émouchet sut-il que le son provenait d'un lieu d'assemblée des membres de sa propre foi. Il se dirigea donc en trébuchant en direction du carillon. Le sang avait rendu glissante la garde de son épée, bien lourde désormais. Il avait envie de se débarrasser de ce poids, car il serait si facile de la laisser se perdre dans les ténèbres qui empestaient la bouse. Mais un véritable chevalier ne lâchait son épée que devant la mort, alors Émouchet serra le poing et reprit son avance. Il avait froid et le sang qui coulait de ses blessures était presque réconfortant.

– Émouchet. (C'était la voix de Kurik, et la main qui lui secouait l'épaule était ferme.) Émouchet, réveillez-vous. Vous avez encore un cauchemar.

Émouchet ouvrit les yeux. Il transpirait abondamment.

– Le même ? demanda Kurik.

Émouchet hocha la tête.

– Peut-être pourrez-vous le mettre de côté le jour où vous tuerez enfin Martel.

Émouchet s'assit sur son lit.

Le visage de Kurik se plissa en un large sourire.

– Je pensais qu'il était différent. C'est quand même le jour de vos noces. Les futurs mariés ont généralement des cauchemars, la veille de leur mariage. C'est une sorte de tradition.

– Est-ce que tu as mal dormi, la veille de ton mariage avec Aslade ?

– Oh, oui. (Kurik éclata de rire.) J'étais pourchassé par une créature et il fallait que je rejoigne la côte pour prendre un bateau et m'échapper. Le seul problème, c'est qu'on n'arrêtait pas de déménager l'océan. Voulez-vous votre déjeuner maintenant, ou bien après votre bain et quand je vous aurai rasé ?

– Je suis capable de me raser tout seul.

– Ce ne serait pas une très bonne idée, aujourd'hui. Tendez la main.

Émouchet obéit : sa main droite tremblait visiblement.

– Non, vous ne vous raserez pas tout seul, monseigneur. Disons que c'est mon cadeau de mariage à la reine. Je ne vous laisserai pas rejoindre son lit avec un visage en charpie.

– Quelle heure est-il ?

– Environ une demi-heure avant l'aube. Levez-vous, Émouchet. La journée sera longue. Oh, au fait, Ehlana vous a fait parvenir un cadeau. Il cst arrivé hier soir après que vous vous êtes endormi.

– Tu aurais dû me réveiller.

– Pourquoi ? On ne peut pas le porter au lit.

– Qu'est-ce que c'est.

– Votre couronne, monseigneur.

– Ma *quoi* ?

– Votre couronne. C'est une sorte de chapeau. Mais pas très utile quand il pleut.

– Qu'est-ce qui lui a pris ?

– C'est tout à fait approprié, monseigneur. Vous êtes le prince consort... du moins vous le serez ce soir. Ce n'est pas une vilaine couronne, dans son genre. De l'or, des joyaux, cette sorte de trucs.

– Où l'a-t-elle trouvée ?

– Elle l'a fait fabriquer juste après votre départ de Cimmura. Elle l'a apportée avec elle... un peu à la manière du pêcheur qui a toujours du fil et un hameçon dans la poche. Je suppose que votre épouse ne voulait pas être prise au dépourvu si l'occasion se présentait. Elle veut que je la présente sur un coussin de velours durant la cérémonie. Dès que vous aurez été unis, elle vous la mettra sur la tête.

– Ridicule, fit Émouchet en reniflant et en posant les pieds sur le sol.

– Peut-être, mais vous apprendrez avec le temps que les femmes considèrent le monde d'un point de vue différent du nôtre. C'est un des détails qui rendent la vie intéressante. Bon, alors ? Petit déjeuner ou bain ?

Ils se réunirent au matin dans le chapitoire, étant donné l'état d'ébullition dans lequel se trouvait la Basilique. Les changements entrepris par Dolmant étaient impressionnants et le clergé s'affairait en tous sens comme des fourmis affolées par la destruction de leur fourmilière. L'énorme patriarche Bergsten, toujours en jaseran et casque à cornes d'ogre, souriait largement quand il entra dans le cabinet de sire Nashan pour poser sa hache de guerre dans un coin.

– Où se trouve Emban ? lui demanda le roi Wargun. Et Ortzel ?

– Ils sont occupés à renvoyer des gens. Sarathi procède à un nettoyage En règle de la Basilique. Emban a établi une liste des individus peu fiables politiquement et la population d'un certain nombre de monastères est en train de croître de façon impressionnante.

– Makova ? demanda Tynian.

– Ce fut l'un des premiers à partir.

– Qui est devenu premier secrétaire ? s'enquit le roi Drégos.

– Qui ? Mais Emban, bien entendu. Et Ortzel est à présent à la tête du collège des théologiens. C'est sans doute le poste qui lui convient le mieux.

– Et vous ? lui demanda Wargun.

– Sarathi m'a confié un poste assez spécial, répondit Bergsten. Nous ne lui avons pas encore trouvé de nom. (Il considéra les précepteurs des chevaliers de l'Église d'un air plutôt sévère.) Depuis quelque temps, il règne une certaine dissension parmi les ordres combattants. Sarathi m'a chargé d'y mettre un terme. (Ses sourcils broussailleux s'abaissèrent d'un air inquiétant.) Je crois que nous nous sommes compris, messieurs.

Les précepteurs s'entre-regardèrent avec une certaine nervosité.

– Maintenant, continua Bergsten, avons-nous pris des décisions ?

– Nous sommes encore en train de discuter, Votre Grâce, répondit Vanion.

Ce matin-là, son visage était gris et il donnait l'impression de ne pas se sentir bien. Émouchet oubliait parfois que Vanion était nettement plus âgé qu'on ne croyait.

– Émouchet tient toujours à se suicider, continua Vanion. Et nous ne sommes pas encore arrivés à trouver une solution plus convaincante. Le restant des chevaliers de l'Église part dès demain occuper divers châteaux et forteresses en Lamorkand, et l'armée les suivra dès les préparatifs terminés.

Bergsten hocha la tête.

– Qu'allez-vous faire, précisément, Émouchet ?

– Je pense aller détruire Azash, tuer Martel, Otha et Annias, puis revenir, Votre Grâce.

– Très amusant, fit sèchement Bergsten. Des détails, mon gaillard. Donnez-moi des détails. Je dois faire mon rapport à Sarathi et il raffole des détails.

– Oui, Votre Grâce. Nous croyons que Martel et son petit groupe ne pourront être rattrapés avant qu'ils ne pénètrent en Zémoch. Ils ont sur nous une avance de trois jours... en comptant aujourd'hui. Martel ne se soucie guère de la santé de ses montures et il a des tas de raisons de vouloir garder son avance.

– Vous allez le suivre, ou simplement filer droit vers la frontière de Zémoch ?

Émouchet se carra dans son fauteuil.

– Nous ne sommes pas encore fixés sur ce point, Votre Grâce, répondit-il pensivement. J'aimerais bien sûr rattraper Martel, mais il ne faut pas que cela me détourne du but principal. Il s'agit d'atteindre la ville de Zémoch avant le déclenchement des hostilités en Lamorkand central. D'après Krager, Martel a l'intention de monter au nord jusqu'en Pélosie, puis d'entrer en Zémoch. C'est plus ou moins ce que je souhaite faire, alors je vais le suivre... jusqu'à un certain point, du moins. Je ne perdrai pas mon temps à pourchasser Martel en Pélosie septentrionale. S'il commence à se balader un peu trop, j'interromprai ma poursuite et j'entrerai en Zémoch. Je suis lassé de jouer le jeu de Martel depuis mon retour de Rendor.

– Et tous les Zémochs qui traînent en Pélosie orientale ?

– C'est là que j'entre en scène, Votre Grâce, déclara Kring. Il existe une passe qui permet de franchir la frontière. Les Zémochs ne semblent pas la connaître. Avec mes cavaliers, nous l'empruntons depuis toujours... chaque fois que les oreilles se font rares le long de la frontière.

Il s'interrompit brutalement et considéra le roi Soros avec une certaine consternation. Mais le roi de Pélosie était occupé à prier et ne parut pas avoir entendu la révélation malencontreuse du domi.

– C'est à peu près tout, Votre Grâce, conclut Émouchet. Personne ne sait exactement ce qui se passe en Zémoch, aussi devrons-nous improviser une fois sur place.

– Combien serez-vous ?

– Cinq chevaliers, Kurik, Bérit et Séphrénia.

– Et moi ? protesta Talen.

– Toi, jeune homme, tu rentres à Cimmura, lui répondit Séphrénia. Ehlana te surveillera. Tu resteras au palais jusqu'à notre retour.

– C'est injuste !

– La vie est pleine d'injustices, Talen. Émouchet et ton père ont des plans pour toi et ils n'ont pas envie que tu te fasses tuer avant qu'ils n'aient eu l'occasion de les mettre en œuvre.

– Puis-je demander à l'Église de m'accorder asile, Votre Grâce ? déclara vivement Talen à Bergsten.

– Non, répondit simplement le patriarche cuirassé.

– Vous ne pouvez savoir à quel point je suis déçu par Notre Sainte Mère, Votre Grâce, fit Talen, boudeur. Rien que pour ça, je crois que je n'entrerai pas dans les ordres.

– Dieu soit loué, murmura Bergsten.

– Amen, renchérit Abriel avec un soupir.

– Puis-je me retirer ? demanda Talen sur un ton de dépit.

– Non.

C'était Bérit, assis près de la porte, les bras croisés et une jambe tendue pour barrer le seuil de la porte.

Talen se rassit, l'air blessé.

Le restant de la discussion traita du déploiement des troupes dans divers châteaux et forteresses du Lamorkand central. Émouchet et ses amis n'avaient pas à s'impliquer là-dedans, aussi l'attention d'Émouchet se mit-elle à vagabonder.

La réunion s'interrompit aux environs de midi et ils sortirent à la queue leu leu. Les préparatifs seraient nombreux.

– Ami Émouchet, dit Kring tandis qu'ils quittaient le cabinet de Nashan. Puis-je te parler ?

– Bien entendu, domi.

– C'est assez personnel.

Émouchet hocha la tête et conduisit le chef des Péloï jusqu'à une petite chapelle voisine. Ils réalisèrent une génuflexion pour la forme, puis ils s'assirent sur un banc ciré près du chœur.

– Qu'y a-t-il, Kring ?

– Je suis un homme simple, ami Émouchet, aussi irai-je droit au but. Je suis absolument captivé par la grande femme magnifique qui sert de gardienne à la reine Ehlana.

– J'avais bien cru déceler cela.

– Penses-tu que je pourrais avoir la moindre chance auprès d'elle ?

– Je n'en suis pas sûr, mon ami. Je connais à peine Mirtaï.

– Est-ce là son nom ? Je n'ai même pas eu l'occasion de l'apprendre. Mirtaï... ça sonne très bien, n'est-ce pas ? Tout est parfait, chez elle. Mais il faut que je te demande ceci : est-elle mariée ?

– Je ne pense pas.

– Parfait. C'est toujours gênant de courtiser une femme, s'il faut d'abord tuer son mari. Je ne sais pas pourquoi, mais c'est toujours un mauvais début.

– Il faudrait que tu saches que Mirtaï n'est pas élène, Kring. C'est une Tamouli et sa culture... et sa religion... sont différentes des nôtres. Tes intentions sont-elles honorables ?

– Bien entendu. Je l'estime trop pour l'insulter.

– C'est déjà ça. Si tu l'approchais avec d'autres intentions, elle te tuerait sans doute.

– *Me tuer ?* fit Kring, éberlué.

– C'est une guerrière, Kring. Elle ne ressemble à aucune des autres femmes que tu aies pu rencontrer.

– Les femmes ne peuvent pas faire la guerre.

– Les femmes élènes. Mais je t'ai dit que Mirtaï est une Tamouli atane. Ils ne considèrent pas la vie du même point de vue que nous. Je crois qu'elle a déjà tué dix hommes.

– Dix ? (Kring en resta bouche bée et il déglutit péniblement.) Je vais avoir un problème, Émouchet. (Il carra ses épaules.) Peu importe, finalement. Peut-être qu'après l'avoir épousée je pourrai la former à se comporter convenablement.

– Je ne ferais aucun pari là-dessus, mon ami. S'il doit y avoir éducation, je pense que ce sera toi qui en recevras une. Je te conseille vraiment d'oublier tout ça, Kring. Je t'aime bien et je ne voudrais pas que tu te fasses tuer.

– Il va falloir que j'y réfléchisse, Émouchet. Nous sommes là devant une situation très peu habituelle.

– En effet.

– Mais pourrais-je te demander de me servir d'*oma* ?

– Que veut dire ce mot ?

– *Ami.* Celui qui va voir la femme... et son père et ses frères. Tu commences par lui dire que je suis très attiré par elle, et ensuite tu vantes mes qualités... le truc habituel, tu sais... quel grand chef je suis, combien je possède de chevaux, combien d'oreilles j'ai prises et quel guerrier je fais.

– Ce dernier détail peut l'intéresser.

– La vérité toute nue, Émouchet. C'est quand même moi le meilleur, après tout. J'aurai tout le temps nécessaire d'y penser durant notre voyage pour Zémoch. Mais parle-lui-en avant que nous partions... rien que pour lui donner de quoi réfléchir. Oh, j'ai failli oublier. Dis-lui aussi que je suis poète. Cela impressionne toutes les femmes.

– Je ferai de mon mieux, domi, promit Émouchet.

La réaction de Mirtaï n'eut rien de prometteur quand Émouchet aborda le sujet en fin d'après-midi.

– Le petit chauve aux jambes torses ? demanda-t-elle, incrédule. Celui qui a des cicatrices sur le visage ?

Elle s'écroula alors dans un fauteuil et fut prise d'une crise d'hilarité incontrôlable.

– Enfin... murmura Émouchet d'un air philosophe en la quittant. J'aurai essayé.

Les noces ne devaient rien avoir de conventionnel. D'abord, aucune noble élène ne pouvait être à Chyrellos pour aider Ehlana. Les seules femmes proches d'elle étaient Séphrénia et Mirtaï. Elle exigea leur présence, ce qui ne manqua pas de faire hausser des sourcils. Même Dolmant, qui était tolérant, faillit s'étouffer.

– Vous ne pouvez pas introduire deux païennes dans la nef de la Basilique au cours d'une cérémonie religieuse, Ehlana.

– C'est mon mariage, Dolmant. Je peux faire ce qui me plaît. Mes suivantes seront Séphrénia et Mirtaï.

– Je l'interdis.

– Parfait. (Elle eut son regard de silex.) Pas de suivantes, pas de noces... et sans noces, ma bague reste là où elle est.

– Cette jeune femme est impossible, Émouchet, fulmina l'archiprélat en sortant en trombe de la chambre où se préparait Ehlana.

– Nous préférons le terme « vive », Sarathi, lui lança Émouchet avec douceur.

Émouchet était vêtu de velours noir bordé d'argent. Ehlana avait repoussé sans hésiter l'idée qu'il se marie en armure.

– Je ne veux pas de maréchal-ferrant dans ma chambre pour t'aider à te déshabiller, mon amour, lui avait-elle dit. Si tu as besoin d'aide, je t'en fournirai... mais je n'ai pas envie de me casser les ongles.

Les nobles présents se dénombraient par dizaines dans les armées d'Éosie occidentale, les ecclésiastiques étaient légion dans la Basilique. Le soir, la nef était donc presque aussi remplie à ras bord que le jour des funérailles du vénérable Cluvonus. Le chœur chantait des cantiques joyeux tandis que les invités entraient l'un après l'autre, et l'encens en quantité embaumait l'air.

Émouchet attendit nerveusement dans la sacristie en compagnie de ceux qui devaient rester à ses côtés. Ses amis, bien entendu, Kalten, Tynian, Bévier, Ulath et le domi, ainsi que Kurik, Bérit et les précepteurs des quatre ordres. En dehors de Séphrénia et de Mirtaï, le cortège d'Ehlana, logiquement, était constitué par les rois d'Éosie occidentale et, bizarrement, de Platime, Stragen et Talen. La reine n'avait donné aucune raison pour ce choix. Il était tout à fait possible qu'elle n'en eût aucune.

– Pas ça, Émouchet, lui dit Kurik.

– Ça quoi ?

– Arrêtez de tirer sur le col de votre pourpoint. Vous allez le déchirer.

– Le tailleur l'a trop serré. J'ai l'impression d'avoir le cou dans un nœud coulant.

Kurik ne répondit rien. Mais il lança à Émouchet un regard amusé.

La porte s'ouvrit et Emban montra son visage baigné de sueur. Il affichait un large sourire.

– On est prêts ? demanda-t-il.

– Allons-y, répondit brutalement Émouchet.

– Je vois que notre marié est impatient. Ah ! redevenir jeune ! Le chœur va chanter l'épithalame traditionnel. Je suis sûr que certains d'entre vous le connaissent. A la dernière mesure, j'ouvrirai la porte et vous pourrez escorter notre agneau sacrificiel jusqu'à l'autel, messieurs. Je vous en prie, ne le laissez pas s'échapper. Cela perturbe toujours énormément la cérémonie.

Il gloussa malicieusement et referma la porte.

– Vilain petit bonhomme, grinça Émouchet.

– Oh, je ne crois pas, dit Kalten. Moi, il me plaît bien.

Le chant nuptial était l'une des pièces de musique sacrée les plus anciennes de la religion élène. Elle était remplie de joie. Les épouses y prêtaient de coutume énormément attention. Les maris, de leur côté, l'entendaient à peine.

Comme les dernières notes se mouraient, le patriarche Emban ouvrit largement la porte et les amis d'Émouchet l'encadrèrent pour l'escorter dans la nef. Peut-être est-il peu propice de parler ici de la similarité d'une telle procession avec l'avance des bourreaux accompagnant un condamné à mort vers l'échafaud.

Ils rejoignirent le chœur où les attendait l'archiprélat Dolmant, un chœur tout de robes blanches bordées d'or.

– Ah, mon fils, dit Dolmant à Émouchet avec un léger sourire. Quel plaisir de te voir venir à nous !

Émouchet ne désirait pas répondre. Ce qui ne l'empêcha nullement de songer amèrement que tous ses amis considéraient l'événement comme riche en potentiel humoristique.

Alors, après un silence poli durant lequel tous les invités se levèrent, se turent et se tordirent le cou pour regarder vers le fond de la nef, le chœur entonna l'hymne processionnel. D'abord, des deux côtés de la sacristie, apparurent Séphrénia et Mirtaï. La différence de taille ne se remarqua peut-être pas immédiatement. Ce qui provoqua des hoquets de stupéfaction parmi la foule, c'était le fait évident qu'elles étaient toutes deux païennes. La robe blanche styrique de Séphrénia était presque provocante par sa coupe. Une guirlande de fleurs lui cerclait le front et elle gardait un visage paisible. La robe de Mirtaï était d'un style totalement inconnu en Élénie. D'un bleu roi foncé, elle paraissait dépourvue de coutures, simplement maintenue à chaque épaule par une broche. Une longue chaîne en or la reprenait sous le buste, se croisait dans le dos de la Tamouli, serrait sa taille, puis collait aux hanches jusqu'au nœud complexe dont les pompons touchaient presque le sol. Les bras dorés étaient nus jusqu'aux épaules, parfaitement lisses mais solidement musclés. Elle portait des sandales dorées et ses cheveux noirs luisants, désormais défaits, lui tombaient dans le dos jusqu'à mi-cuisse. Un simple bandeau d'argent lui cerclait la tête. Aux poignets elle n'avait pas de bracelets mais des espèces de menottes en acier poli incrusté d'or. Par respect pour la sensibilité élène, elle n'était pas armée de manière visible.

Kring poussa un soupir de concupiscence quand elle

entra pour se diriger lentement en direction de l'autel au côté de Séphrénia.

Il y eut le temps d'arrêt habituel, puis la mariée, la main gauche reposant légèrement sur le bras du vieux roi Obler, sortit de la sacristie et s'immobilisa pour que tous les spectateurs la voient bien... non pas en tant que femme, mais en tant qu'œuvre d'art. Elle portait une robe de satin blanc... mais les mariées sont presque toujours en satin blanc. Cette robe-ci était bordée de lamé doré et l'extrémité des longues manches avait été retournée pour révéler ce contraste. Les manches elles-mêmes avaient été taillées très large, au point que le bas touchait presque le sol. Ehlana avait mis une large ceinture de maille d'or incrustée de pierres précieuses. Une fabuleuse cape dorée descendait derrière elle jusqu'à terre et ajoutait son poids à sa traîne de satin étincelant. Ses cheveux blond vénitien étaient surmontés d'une couronne... non pas la couronne royale traditionnelle d'Élénie, mais une espèce de lacis de maille dorée rehaussé de petites gemmes aux couleurs éclatantes mêlées de perles. La couronne maintenait son voile, un voile fin au point de ressembler à une brume, qui rejoignait le devant de son vertugadin et recouvrait ses omoplates. Elle portait une seule fleur à la main et son pâle visage juvénile était radieux.

– Comment se sont-elles procuré leurs robes en si peu de temps ? chuchota Bérit à Kurik.

– J'imagine que c'est un tour de passe-passe de Séphrénia.

Dolmant leur lança un regard sévère et ils cessèrent de chuchoter.

Après la reine d'Élénie s'avancèrent les rois couronnés, Wargun, Drégos et Soros, ainsi que le dauphin de Lamorkand, qui remplaçait son père, suivis de l'ambassadeur de Cammorie, qui représentait le royaume. Le royaume de Rendor n'était pas représenté et nul n'avait songé à écrire à Otha de Zémoch pour l'inviter.

Le cortège se mit lentement en route dans l'allée centrale, en direction de l'autel et du marié qui les attendait. Platime et Stragen formaient l'arrière-garde, un de chaque côté de Talen qui portait le coussin de velours blanc sur lequel reposait une paire de bagues en rubis. A noter au passage que Stragen comme Platime surveillaient de très près le jeune voleur.

Émouchet inspecta sa promise qui avançait, le visage rayonnant. Il se rendit alors compte de ce qu'il s'était depuis longtemps refusé à admettre. S'occuper d'Ehlana avait représenté une corvée au début... mais aussi unc humiliation. On peut porter à son crédit qu'il n'avait éprouvé pour l'enfant aucun ressentiment, car il avait su qu'elle était autant victime que lui des caprices de son père. Les deux premières années avaient été pénibles. La femme-enfant qui s'approchait aujourd'hui était au début timorée et ne parlait qu'à Rollo, un petit animal empaillé en assez piteux état qui était à l'époque son habituel et sans doute unique compagnon. Elle avait naturellement fini par s'accoutumer au visage ravagé et à l'attitude sévère d'Émouchet, et une amitié ténue s'était scellée le jour où un courtisan arrogant avait traité la princesse avec impertinence et s'était trouvé gravement réprimandé par son chevalier servant. C'était certainement la première fois qu'on versait le sang pour elle... le nez du courtisan avait abondamment saigné... et un monde entièrement nouveau s'était ouvert devant les yeux de la petite princesse pâle. Dès lors, elle s'était entièrement confiée à son chevalier... et il eût parfois préféré qu'elle s'en gardât. Elle n'avait pour lui aucun secret et il avait fini par la connaître comme il ne connaissait personne en ce monde. Ce qui, naturellement, excluait désormais toute autre femme dans sa vie. La petite princesse presque ignorante avait à ce point entremêlé son existence à la sienne qu'ils ne pouvaient plus désormais être séparés... ce qui expliquait qu'ils se retrouvaient aujourd'hui en ce lieu. S'il ne s'était agi que de sa propre douleur, Émouchet eût sans peine rejeté cette idée. Mais comme il ne pouvait supporter de faire souffrir Ehlana...

L'hymne s'achevait. Le vieux roi Obler confia sa cousine à son chevalier et les deux époux se tournèrent face à l'archiprélat Dolmant.

– Je vais prononcer un petit prêche, leur dit-il calmement. C'est une sorte de convention, ce que l'on attend de moi. Vous n'êtes pas obligés de l'écouter, mais si vous pouviez éviter de bâiller ouvertement...

– Jamais nous n'oserions, Sarathi, lui assura Ehlana.

Dolmant parla donc de l'état matrimonial... assez longuement. Puis il confia au couple qu'une fois la cérémonie terminée il leur serait permis de suivre l'appel de la nature... et non seulement permis, mais encouragé. Il leur suggéra fermement de rester fidèles l'un envers l'autre et leur rappela enfin que le fruit de leur union devrait être élevé dans la foi élène. Il leur demanda finalement s'ils acceptaient de s'épouser, de partager leurs biens terrestres, et promettaient de s'aimer, de s'honorer, de s'obéir, de se chérir, et ainsi de suite. Alors, comme tout se déroulait fort bien, il passa aussitôt à l'échange des anneaux, que Talen n'avait pas réussi à voler.

A cet instant Émouchet entendit un son léger et familier qui semblait descendre du dôme lui-même. C'était le trille joyeux d'une syrinx emplie d'un amour immuable. Émouchet jeta un coup d'œil à Séphrénia. Son immense sourire était assez éloquent. Un instant, il se demanda irrationnellement quel protocole avait pu être invoqué quand Aphraël avait sollicité du Dieu élène la permission d'être présente et, semblait-il, d'ajouter sa bénédiction à la sienne.

– Quelle est cette musique ? chuchota Ehlana sans remuer les lèvres.

– Je t'expliquerai plus tard.

La foule présente dans la nef ne paraissait pas entendre la flûte d'Aphraël. Mais les yeux de Dolmant s'écarquillèrent quelque peu et son visage pâlit. Il recouvra son sang-froid et déclara Émouchet et Ehlana irrévocablement, inaltérablement et définitivement unis. Puis il invoqua la bénédiction de Dieu par une gentille prière et donna enfin à Émouchet la permission d'embrasser sa femme.

Émouchet leva tendrement le voile d'Ehlana et posa ses lèvres sur les siennes. Personne n'embrasse très bien en public, mais le couple y parvint sans paraître trop gauche.

La cérémonie fut immédiatement suivie par le couronnement d'Émouchet en tant que prince consort. Il s'agenouilla pour que la couronne que Kurik avait apportée dans la nef sur un coussin de velours violet soit placée sur sa tête par la jeune femme qui venait de promettre, entre autres, de lui obéir, mais qui assumait désormais toute autorité sur lui. Ehlana prononça un gentil petit discours d'une voix résonnante grâce à laquelle elle aurait pu ordonner à des roches de se déplacer avec l'espoir raisonnable de se faire obéir. Elle énonça un certain nombre de compliments à son sujet et termina en posant la couronne sur sa tête. Puis, comme il était encore agenouillé et avait le visage commodément levé vers elle, elle l'embrassa de nouveau. Il remarqua qu'elle devenait de plus en plus experte.

– Tu m'appartiens désormais, Émouchet, murmura-t-elle alors que leurs lèvres se touchaient encore.

Et, bien qu'il ne fût pas tout à fait décati, elle l'aida à se relever. Mirtaï et Kalten s'avancèrent avec des robes bordées d'hermine qu'ils placèrent sur les épaules du couple royal et les deux mariés se retournèrent pour recevoir les applaudissements de la foule.

Un repas de noces suivit la cérémonie. Émouchet ne devait jamais se rappeler ce qui fut servi ce soir-là, ni s'il en mangea. Mais il se souvint que le banquet dura apparemment plusieurs siècles. Enfin, on l'escorta avec sa nouvelle épouse jusqu'à la porte d'une chambre luxueuse tout en haut de l'aile est de l'un des bâtiments qui composaient le complexe ecclésiastique. Ils entrèrent, et il verrouilla la porte derrière eux.

Du mobilier de la chambre, Émouchet ne vit que la réalité brutale du lit. C'était un lit à baldaquin placé sur une estrade.

– Enfin ! soupira Ehlana. Je croyais que tout ça ne finirait jamais.

– Oui, moi aussi.

– Émouchet, dit-elle alors d'une voix qui n'était plus celle d'une reine. Est-ce que tu m'aimes *vraiment*? Je sais que je t'ai un peu forcé la main... d'abord à Cimmura, puis ici. Est-ce que tu m'as épousée parce que tu m'aimes ou parce que ta reine te l'a demandé?

Elle parlait d'une voix tremblante, le regard vulnérable.

– Tu me poses des questions stupides, Ehlana, lui répondit-il doucement. J'admets volontiers que tu m'as pris par surprise... probablement parce que j'ignorais tes sentiments. Je ne suis pas un très beau parti, Ehlana, mais je t'aime bel et bien. Tu es et seras la seule que j'aimerai jamais. J'ai le cœur un peu meurtri, mais il t'appartient entièrement.

Il l'embrassa, et elle sembla fondre contre lui.

Ce baiser dura un certain temps... puis Émouchet sentit une petite main caressante remonter sur sa nuque pour ôter sa couronne. Il recula la tête et plongea son regard dans les yeux gris étincelants. Il retira alors doucement la couronne d'Ehlana et fit couler son voile au sol. Très sérieux, ils se défirent l'un l'autre de leurs robes bordées d'hermine.

La fenêtre était ouverte et la brise nocturne gonflait les rideaux diaphanes, apportant avec elle les sons de Chyrellos. Émouchet et Ehlana ne sentaient pas cette brise et l'unique bruit qu'ils entendaient était le battement de leurs cœurs.

Les chandelles ne brûlaient plus, mais les ténèbres n'avaient pas envahi la chambre. La lune s'était levée, une pleine lune qui inondait la nuit d'une lumière pâle et argentée apparemment prise dans le mince filet des rideaux, donnant ainsi une lumière plus subtile, plus parfaite que celle de toute chandelle.

Il était très tard... ou très tôt, plus précisément. Émouchet avait brièvement sommeillé, mais sa femme pâle et baignée par la lune le réveilla.

– Pas de ça, lui dit-elle. Nous n'avons que cette nuit et tu ne vas pas la gâcher en dormant.

– Pardon, mais j'ai eu une journée bien remplie.

– Et une nuit aussi, ajouta-t-elle avec un petit sourire mutin. Savais-tu que tu ronfles comme l'orage ?

– C'est sans doute mon nez cassé.

– Nous risquons d'avoir un petit problème, par la suite. J'ai le sommeil léger, mon amour. (Ehlana se nicha entre ses bras et poussa un soupir de satisfaction.) Oh, comme c'est agréable ! Il y a des années que nous aurions dû nous marier.

– Je pense que ton père s'y serait sans doute opposé... ou alors Rollo. Au fait, qu'est-il arrivé à ce pauvre Rollo ?

– Il s'est vidé de son rembourrage après ton départ en exil. Je l'ai lavé, je l'ai plié et je l'ai rangé en haut de mon placard. Je le ferai rembourrer après la naissance de notre premier bébé. Pauvre Rollo ! Il a été mis à rude épreuve après ton exil. J'ai tellement pleuré dessus qu'il était devenu tout poisseux.

– Je t'avais manqué à ce point ?

– Me manquer ? J'ai cru que j'allais mourir. Je voulais *vraiment* mourir.

Ses bras se resserrèrent sur elle.

– Au fait, tu n'as rien à m'expliquer ?

Il éclata de rire.

– Est-ce que tu es obligée de parler de tout ce qui te passe par la tête ?

– Quand nous sommes seuls, oui. Je n'ai aucun secret pour toi, mon époux. (Elle se rappela un détail.) Tu m'as dit que tu me parlerais de la musique que nous avons entendue pendant la cérémonie.

– C'était Aphraël. Il faudra que j'interroge Séphrénia, mais j'ai l'impression que notre mariage s'est déroulé dans le cadre de deux religions à la fois.

– Parfait. Ça me donnera un peu plus d'emprise sur toi.

– Ce n'est pas très utile, tu sais. Tu m'as enchaîné depuis l'âge de six ans.

– Ça, c'est gentil, dit-elle en se pelotonnant contre

lui. Dieu sait que j'ai fait des efforts. (Un silence.) Mais je dois avouer que je suis un peu irritée par ton impertinente petite Déesse styrique. Elle semble être toujours présente. A ma connaissance, elle pourrait très bien se trouver ici en ce moment même. (Elle s'arrêta soudain et s'assit sur le lit.) Tu crois que c'est possible? demanda-t-elle d'un ton chagrin.

– Ça ne me surprendrait nullement, la taquina-t-il.

– *Émouchet!*

La pâle lumière de la lune était insuffisante, mais Émouchet eut la nette impression que sa femme rougissait fortement.

– Ne t'en fais pas, ma chérie. (Il éclata de rire.) Aphraël est d'une courtoisie extrême. Jamais elle ne jouerait les intruses.

– Mais il est impossible de le savoir, n'est-ce pas? Je ne sais pas si je l'aime vraiment. J'ai l'impression que tu lui plais beaucoup et l'idée d'une rivale immortelle ne me réjouit guère.

– Ne dis pas d'absurdités. C'est une enfant.

– J'avais dans les cinq ans quand je t'ai vu pour la première fois, Émouchet, et j'ai décidé que je t'épouserais dès que tu es entré dans la pièce.

Elle se glissa hors du lit, rejoignit la fenêtre lumineuse et écarta les rideaux diaphanes. Le clair de lune la transforma en statue d'albâtre.

– Est-ce que tu ne devrais pas enfiler une robe? Tu t'exposes à tous les yeux, tu sais.

– Il y a des heures que tout Chyrellos est endormi. D'ailleurs, nous nous trouvons au sixième étage. Je veux contempler la lune. La lune et moi sommes très proches et je veux qu'elle sache combien je suis heureuse.

– Païenne, commenta-t-il avec un sourire.

– Peut-être bien, admit-elle, mais toutes les femmes éprouvent un attachement particulier envers la lune. Elle nous touche de bien des manières inconnues de l'homme.

Émouchet rampa hors du lit et la rejoignit à la fenêtre. La lune était très pâle et très claire, dissimulant dans une certaine mesure les ravages subis par Chyrellos. Les étoiles étincelaient, mais leur lumière paraissait spécialement éclatante, cette nuit-là.

Ehlana l'attira auprès d'elle et s'enveloppa dans ses bras avec un soupir.

– Je me demande si Mirtaï dort devant ma porte. C'est ce qu'elle fait d'habitude, tu sais. N'était-elle pas ravissante, hier soir ?

– Oh, oui. Au fait, je n'ai pas eu l'occasion de t'en parler, mais Kring est complètement sous le charme. Je n'ai jamais vu un homme à ce point prisonnier de l'amour.

– Lui au moins le manifeste. Je suis obligée de t'arracher des paroles affectueuses.

– Tu sais que je t'aime, Ehlana. Depuis toujours.

– Ce n'est pas tout à fait exact. Quand je charriais Rollo partout, tu ne m'accordais qu'une affection relative.

– Oh, bien davantage.

– Vraiment ? Je voyais bien les regards chagrins que tu m'adressais quand je me montrais bêtement infantile, mon noble prince consort. (Elle fronça les sourcils.) Quel titre pesant ! Une fois de retour à Cimmura, je pense que j'en parlerai à Lenda. Je crois qu'il existe un duché non utilisé quelque part... sinon je le libérerai. De toute façon, je devrai expulser quelques-uns des séides d'Annias. Que diriez-vous de devenir duc, Votre Grâce ?

– Merci beaucoup, Votre Majesté, mais je me passerais volontiers de titres supplémentaires.

– Mais je *veux* te les donner.

– Personnellement, j'aime surtout celui de « mari ».

– N'importe qui peut devenir mari.

– Mais je suis le seul à être le tien.

– Oh, que c'est gentil ! Exerce-toi un peu, Émouchet, et on arrivera peut-être à faire de toi un gentilhomme.

– La plupart des gentilshommes que je connais sont des courtisans. On ne leur accorde généralement guère de considération.

Elle frissonna.

– Tu as froid, l'accusa-t-il. Je t'avais bien dit de mettre une robe.

– Pourquoi une robe, alors que j'ai un gentil mari pour me tenir chaud ?

Il se pencha, la prit entre ses bras et la porta jusqu'au lit.

– J'en avais rêvé, dit-elle comme il la posait doucement, la rejoignait et tirait les draps sur leurs corps. Tu sais, Émouchet, fit-elle en se nichant encore contre lui, naguère, je me faisais du souci pour cette nuit. Je croyais que je serais nerveuse, timide, et tout, mais il n'en a rien été... et tu sais pour quelle raison ?

– Non, je ne sais pas.

– Je pense que c'est parce que nous sommes réellement mariés depuis le moment où j'ai posé les yeux sur toi. Nous avons simplement attendu que je grandisse pour pouvoir entériner la chose. (Elle l'embrassa longuement.) Quelle heure penses-tu qu'il soit ?

– Environ deux heures avant le jour.

– Parfait. Cela nous laisse plein de temps. Tu me promets d'être très prudent en Zémoch, hein ?

– Je ferai de mon mieux.

– Pas d'actes héroïques pour m'impressionner, Émouchet, je t'en supplie. Je suis *déjà* impressionnée.

– Je ferai preuve de prudence, lui promit-il.

– Au fait... tu veux ma bague, à présent ?

– Pourquoi ne pas me la confier en public ? Que Sarathi voie bien que nous avons respecté notre pacte.

– Est-ce que j'ai vraiment été méchante avec lui ?

– Tu l'as quelque peu surpris. Sarathi n'a pas l'habitude de femmes telles que toi. Je crois que tu le déroutes, ma chérie.

– Est-ce que je te déroute aussi, Émouchet ?

– Pas vraiment. Je t'ai élevée, après tout. Je suis habitué à tes petits caprices.

– Tu as vraiment de la chance, tu sais. Rares sont les hommes à pouvoir élever leur propre femme. Cela te donnera un sujet de réflexion durant ton voyage. (Sa voix frémit alors, et un sanglot lui échappa soudain.) J'avais bien juré d'éviter ça, se plaignit-elle. Je ne veux pas que tu aies le souvenir d'une geignarde.

– Ça ne fait rien, Ehlana. Je suis assez dans la même disposition d'esprit.

– Pourquoi la nuit doit-elle filer aussi vite ? Est-ce que ton Aphraël ne pourrait empêcher le soleil de se lever ? A moins que tu n'y parviennes grâce au Bhelliom ?

– Je crois qu'il n'existe rien qui ait ce pouvoir, Ehlana.

– A quoi servent-ils donc ?

Elle se mit à pleurer. Il la prit entre ses bras et la serra contre lui jusqu'à ce que passe l'orage de larmes. Puis il l'embrassa tendrement. Un baiser qui se multiplia, et le restant de la nuit s'écoula sans autres pleurs.

CHAPITRE VINGT

– Mais pourquoi faire cela en public ? voulut savoir Émouchet en arpentant bruyamment la pièce pour que son armure se mette en place.

– C'est ce qu'on attend de nous, mon chéri, répondit calmement Ehlana. Tu es désormais membre de la famille royale et tenu d'apparaître en public à l'occasion. Tu t'y habitueras, avec le temps.

Ehlana portait une robe de velours bleu bordée de fourrure et elle était assise à sa coiffeuse.

– Ce n'est pas pire qu'un tournoi, monseigneur, lui dit Kurik. Ça se passe également en public. Maintenant, si vous voulez bien arrêter de faire les cent pas, que je puisse ajuster votre baudrier.

Kurik, Séphrénia et Mirtaï étaient arrivés avec le soleil dans la chambre nuptiale, Kurik portant l'armure d'Émouchet, Séphrénia des fleurs pour la reine, et Mirtaï le petit déjeuner. Emban les accompagnait et apportait quant à lui la nouvelle que les adieux officiels auraient lieu sur le marches de la Basilique.

– Nous n'avons guère donné de détails à la population ni aux troupes de Wargun, Émouchet, l'avertit le petit ecclésiastique replet. N'en faites donc pas trop, si vous voulez prononcer quelques mots. Nous allons vous placer sur le tremplin et laisser entendre que vous sauverez le monde tout seul. Nous avons l'habitude de mentir, aussi paraîtrons-nous convaincants. Tout cela est complètement idiot, bien entendu, mais nous apprécierions votre coopération. Le moral des troupes et de la population est très important, en ce moment. (Son visage rondouillard eut une expression déçue.) J'avais proposé un petit tour de magie bien spectaculaire pour couronner le tout, mais Sarathi a mis son veto.

– Votre tendance au théâtral vous échappe parfois, Emban, lui dit Séphrénia.

La petite femme styrique jouait avec les cheveux d'Ehlana et procédait à des expériences avec le peigne et la brosse.

– Je suis un homme du peuple, Séphrénia. Mon père était tavernier et je sais de quelle manière on plaît à la foule. Le peuple adore le spectacle et c'est ça que je voulais lui offrir.

Séphrénia avait massé tous les cheveux de la reine au sommet de son crâne.

– Qu'en penses-tu, Mirtaï ?

– J'aimais mieux avant, répondit la géante.

– Elle est mariée, à présent. Auparavant, elle était coiffée comme une jeune fille. Il nous faut un arrangement qui indique qu'elle est mariée.

– Marquez-la au fer rouge, comme chez moi, proposa Mirtaï en haussant les épaules.

– *Quoi ?* s'exclama Ehlana.

– Chez mon peuple, on met sur les femmes la marque de leur époux quand elles se marient... sur l'épaule, habituellement.

– Pour indiquer qu'elle lui *appartient* ? demanda la reine d'un air méprisant. Et quelle sorte de marque porte le mari ?

– Il porte la marque de sa femme. On n'entreprend pas un mariage à la légère.

– Je vois pour quelle raison, dit Kurik avec une crainte révérencielle.

– Mangez votre déjeuner avant qu'il ne refroidisse, Ehlana, ordonna Mirtaï.

– Je n'aime pas tellement le foie frit, Mirtaï.

– Ce n'est pas pour vous. Mon peuple accorde une certaine importance à la nuit de noces. Bien des femmes tombent enceinte cette nuit-là... paraît-il. Mais il arrive que ce soit parce qu'elles se sont entraînées avant la cérémonie.

– *Mirtaï!* souffla Ehlana en s'empourprant.

– Vous voulez dire que vous ne l'avez pas fait ? Vous me décevez.

– Je n'y ai pas pensé, confessa Ehlana. Pourquoi ne l'avais-tu pas proposé, Émouchet ?

Emban était en train de rougir abominablement.

– Si j'y allais ? J'ai un million de trucs à faire.

Et il sortit en trombe de la chambre.

– Est-ce que j'ai dit quelque chose qu'il ne fallait pas ? demanda Mirtaï d'une voix innocente.

– Emban est un ecclésiastique, mon petit, lui apprit Séphrénia en s'efforçant d'étouffer son rire. Ces gens-là préfèrent ne pas être au courant de ce genre de détails.

– Stupides. Mangez, Ehlana.

Le rassemblement sur les marches de la Basilique ne fut pas tout à fait une cérémonie, mais plutôt une fête solennellement informelle présentée au public pour l'amuser. Dolmant était là, naturellement, et il commença par une prière. Puis les rois prononcèrent quelques mots et les précepteurs de vrais discours. Émouchet et ses compagnons s'agenouillèrent pour recevoir la bénédiction de l'archiprélat et le tout fut couronné par l'adieu d'Ehlana à son prince consort. La reine d'Élénie, de sa voix d'orateur, ordonna à son champion de partir conquérir et conclut en ôtant sa bague qu'elle lui remit en signe de sa faveur. Il répondit en lui donnant un anneau surmonté d'un diamant en forme de cœur. Talen s'était montré quelque peu évasif quant à l'origine du bijou quand il l'avait placé dans la main d'Émouchet juste avant la cérémonie.

– A présent, mon champion, termina Ehlana sur un ton un peu théâtral, va avec tes courageux compagnons et sache que nos espoirs, nos prières et toute notre foi chevaucheront avec vous. Lève ton épée, mon mari et champion, défends-nous, moi, notre foi et nos foyers bien-aimés contre les hordes immondes de la païenne Zémoch !

Puis elle l'enlaça et posa un bref baiser sur ses lèvres.

– Joli discours, ma chérie, murmura-t-il.

– C'est Emban qui l'a composé, confessa-t-elle. Il faut qu'il se mêle de tout. Essaie de m'écrire de temps à autre, mon époux. Et, pour l'amour de Dieu, sois prudent.

Il l'embrassa doucement sur le front, puis, suivi de ses amis, il descendit les marches d'un pas altier pour rejoindre les chevaux tandis que les cloches de la Basilique lançaient leur chant d'adieu. Ils furent suivis par les précepteurs des ordres combattants, qui devaient les accompagner sur une certaine distance. Kring et ses Péloï attendaient déjà dans la rue. Avant tout, Kring poussa sa monture près de Mirtaï, et l'animal effectua une génuflexion rituelle. Aucun des deux ne parla, mais Mirtaï parut bel et bien impressionnée.

– Parfait, Faran, dit Émouchet en montant en selle. Tu peux te pavaner un peu, si tu en as envie.

Les oreilles de l'énorme rouan se penchèrent en avant et il se mit à parader outrageusement tandis que le groupe guerrier se dirigeait vers la porte orientale.

Une fois celle-ci franchie, Vanion quitta le côté de Séphrénia et amena son cheval près de Faran.

– Reste toujours sur le qui-vive, mon ami. As-tu placé le Bhelliom là où tu puisses poser la main dessus précipitamment, si nécessaire ?

– A l'intérieur de mon surcot, répondit Émouchet. (Il examina son ami de plus près.) Ne le prends pas mal, ajouta-t-il. Mais tu ne m'as pas l'air dans ton assiette, ce matin.

– De la fatigue, surtout, Émouchet. Wargun nous a fait mener un train d'enfer depuis l'Arcie. Veille sur toi-même, mon ami. Je vais m'entretenir avec Séphrénia avant que nous nous séparions.

Émouchet poussa un soupir tandis que Vanion redescendait la colonne pour rejoindre la magnifique petite femme qui avait instruit des générations de pandions dans les secrets de Styricum. Séphrénia et Vanion se refusaient à aborder le sujet en public, mais Émouchet savait ce qui les unissait... et il connaissait également l'impossible dilemme de leur situation.

Kalten s'approcha de lui.

– Comment s'est passée la nuit de noces ? demanda-t-il, le regard brillant.

Émouchet lui adressa un long regard sans expression.

– Je vois que tu n'as pas envie d'en parler.

– C'est assez intime.

– Nous sommes amis depuis l'enfance, Émouchet. Nous n'avons jamais eu de secrets l'un pour l'autre.

– Nous en avons désormais. Il y a à peu près soixante-dix lieues jusqu'à Kadach, n'est-ce pas ?

– Environ, oui. En forçant l'allure, nous pourrions y parvenir en cinq jours. Est-ce que Martel paraissait un tant soit peu inquiet quand il parlait avec Annias, dans ce souterrain ? Ce que je veux savoir, c'est s'il voulait éviter qu'on ne le suive de près.

– Il souhaitait en tout cas quitter Chyrellos au plus vite.

– Il va sans doute demander le maximum à ses montures, n'est-ce pas ?

– On pourrait le parier sans grand risque.

– Ses chevaux se fatigueront et nous aurons donc la possibilité de le rattraper au bout de quelques jours. J'ignore ce que tu ressens à son sujet, mais moi j'aimerais vraiment attraper Adus.

– On peut toujours y réfléchir. Comment se présente le terrain entre Kadach et Moterra ?

– Plat. Des fermes, surtout. Un château, çà et là. Des villages de fermiers. Ça ressemble beaucoup à l'Élénie orientale. (Kalten éclata de rire.) Est-ce que tu as jeté un coup d'œil à Bérit, ce matin ? Il éprouve quelques difficultés avec son armure. Elle ne lui va pas très bien.

Bérit, le novice osseux, avait accédé à un grade rarement en usage parmi les ordres combattants. Il était à présent apprenti chevalier au lieu de novice. Ce qui lui permettait légalement de porter sa propre armure, mais il n'avait pas encore droit au titre de « sire ».

– Il s'y fera, dit Émouchet. Quand on s'arrêtera pour la nuit, prends-le à part et montre-lui comment il faut capitonner les endroits sensibles. Il ne faudrait pas qu'il se mette à saigner par toutes les articulations de son armure. Mais montre-toi discret. Si je me souviens bien, un jeune gaillard comme ça est très fier et un peu susceptible quand il porte sa première armure. Cela passe généralement quand les premières ampoules ont crevé.

Les précepteurs firent demi-tour en atteignant le sommet d'une colline à plusieurs milles de Chyrellos. Conseils et mises en garde avaient déjà été donnés et il ne restait plus que des mains à serrer et des souhaits à formuler. Émouchet et ses amis regardèrent leurs chefs repartir vers la ville sainte avec un curieux sentiment de paix.

– Eh bien, fit Tynian. A présent que nous voilà seuls...

– D'abord, il nous faut parler, dit Émouchet. (Il leva la voix.) Domi ! lança-t-il. Pourrais-tu nous rejoindre un instant, je te prie ?

Kring arriva au galop, une expression interrogatrice sur le visage.

– Bien, reprit Émouchet. Donc : Martel semble croire qu'Azash veut que nous franchissions sans encombre tous les obstacles, mais il est possible qu'il se trompe. Nombreux sont les serviteurs d'Azash, et il peut très bien les lancer contre nous. Il convoite le Bhelliom et non pas la satisfaction du plaisir qu'il peut tirer d'une confrontation personnelle. Kring, je pense que tu devrais envoyer des éclaireurs. Ne nous laissons pas prendre par surprise.

– Entendu, ami Émouchet, promit le domi.

– Si jamais vous veniez à rencontrer l'un des serviteurs d'Azash, je veux que vous reveniez immédiatement et me laissiez l'affronter en personne. Je suis en possession du Bhelliom et cela devrait suffire. Kalten a supposé que nous pourrions rattraper Martel. Dans ce cas, essayez de prendre Martel et Annias vivants. L'Église veut les traduire en justice. Je doute qu'Arissa ou Lychéas offrent la moindre résistance, alors faites de même pour eux.

– Et Adus ? demanda Kalten, impatient.

– Adus est à peine capable de parler, aussi n'aura-t-il guère de valeur dans un procès. Tu peux le prendre... C'est un cadeau que je te fais.

Ils avaient dû parcourir un mille de plus quand ils découvrirent Stragen assis sous un arbre.

– Je pensais que vous aviez pu vous perdre, déclara le mince voleur d'une voix traînante en se relevant.

– Est-ce que je vois bien qui se porte volontaire pour nous accompagner ? fit Tynian.

– Loin de là, mon vieux, répondit Stragen. Je n'ai jamais eu l'occasion de me rendre en Zémoch et je crois que ça ne me dérangerait pas. En fait, je suis ici en tant que messager et envoyé personnel de la reine. Je dois vous accompagner jusqu'à la frontière zémoch, si possible, puis je rentrerai à Cimmura faire mon rapport.

– Est-ce que tu ne passes pas un peu trop de temps loin de tes entreprises ? lui demanda Kurik.

– Mes entreprises à Emsat se dirigent d'elles-mêmes, en quelque sorte. Tel surveille mes investissements. De toute façon, j'avais besoin de vacances. (Il tapota diverses portions de son pourpoint.) Oh, oui, voici. (Il sortit un parchemin plié en quatre.) Une lettre de ton épouse, Émouchet, dit-il en la lui tendant. C'est la première de toutes celles que je te donnerai quand les événements l'exigeront.

Émouchet écarta Faran des autres et rompit le sceau du billet d'Ehlana.

Mon bien-aimé,

Tu n'es absent que depuis quelques heures et pourtant tu me manques déjà terriblement. Stragen est porteur d'autres messages à ton intention... des messages qui, je l'espère, t'inspireront quand les événements seront favorables. Ils seront aussi remplis de mon amour et de ma foi inébranlables en toi. Je t'aime, mon Émouchet.

Ehlana.

– Comment nous as-tu dépassés ? interrogeait Kalten quand Émouchet les rejoignit.

– Vous avez des armures, sire Kalten, pas moi. Vous seriez surpris de la vitesse que peut atteindre un cheval quand il n'est pas surchargé d'acier inutile.

– Eh bien ? demanda Ulath à Émouchet. Est-ce que nous le renvoyons à Chyrellos ?

Émouchet secoua la tête.

– Il agit sur ordre de la reine. Ce qui implique un ordre à mon endroit. Il nous suivra.

– Rappelle-moi de ne jamais devenir champion royal, dit le chevalier génidien. Cela semble comporter toutes sortes de complications politiques.

Le temps devint nuageux au fur et à mesurc qu'ils montaient vers le nord-est sur la route de Kadach, bien que la pluie ne fût pas au rendez-vous comme la première fois qu'ils étaient passés en ces lieux. La campagne du sud-est du Lamorkand était plus pélosienne que lamork et quelques châteaux couronnaient certaines collines. Mais, en raison de sa proximité avec Chyrellos, le paysage était parsemé de couvents, de monastères, et l'écho des cloches retentissait lugubrement par-dessus les champs.

– Les nuages vont dans le mauvais sens, dit Kurik comme ils sellaient leurs chevaux le deuxième matin suivant leur départ. Un vent d'est en milieu d'automne, c'est un mauvais signe. Je pense que nous allons avoir un hiver rigoureux, ce qui n'aura rien d'agréable pour les troupes qui arpenteront les plaines du Lamorkand central.

Ils remontèrent en selle et repartirent vers le nord-est. En milieu de matinée, Kring et Stragen vinrent rejoindre Émouchet en tête de colonne.

– L'ami Stragen m'a raconté certains détails sur la femme tamouli, Mirtaï, déclara Kring. Est-ce que tu as eu la possibilité de lui parler de moi ?

– J'ai abordé le sujet, oui.

– C'est bien ce que je craignais. Certains détails que m'a donnés Stragen me portent à réfléchir.

– Oh ?

– Savais-tu qu'elle a des poignards fixés aux genoux et aux coudes ?

– Oui.

– Si j'ai bien compris, ils dépassent quand elle plie un bras ou une jambe.

– C'est à peu près ça.

– Stragen m'a raconté que quand elle était jeune trois chenapans se sont attaqués à elle. Elle a plié le coude et tranché la gorge du premier, puis elle a enfoncé un genou dans l'entrejambe du deuxième et abattu le troisième d'un coup de poing avant de le poignarder dans le cœur. Je ne suis pas totalement sûr de vouloir une telle femme pour épouse. Qu'a-t-elle dit ? Comment a-t-elle réagi à mon sujet ?

– Ma foi, elle a éclaté de rire.

– *De rire ?*

Kring paraissait éberlué.

– Je crois avoir compris que tu n'es pas tout à fait à son goût.

– Elle a ri *de moi* ?

– Je pense que ta décision est sage, ami Kring. Je ne crois pas que vous pourriez vous entendre.

Mais Kring avait les yeux exorbités.

– *Elle a ri de moi*, hein ? dit-il, indigné. Voyez donc ça !

Il fit faire volte-face à sa monture et partit rejoindre ses hommes.

– Tout aurait été très bien si tu ne lui avais pas révélé qu'elle avait ri, remarqua Stragen. A présent, il va faire des pieds et des mains pour la poursuivre de ses assiduités. Il me plaît assez et je n'ai pas tellement envie de penser à ce que lui fera Mirtaï s'il se montre un peu trop pressant.

– Peut-être pourrons-nous l'en dissuader.

– Je ne compterais pas trop dessus.

– Que fabriques-tu réellement ici, Stragen ? demanda Émouchet au grand voleur blond. Dans les royaumes méridionaux, je veux dire.

Stragen regarda en direction d'un monastère voisin d'un air distant.

– Veux-tu la vérité vraie, Émouchet ? Ou bien me laisseras-tu quelques instants pour te préparer une histoire ?

– Pourquoi ne pas commencer par la vérité ? Si elle ne me plaît pas, tu pourras toujours inventer un mensonge.

Stragen lui lança un rapide sourire.

– Très bien. En Thalésie, je suis un faux aristocrate. Ici, j'en suis un vrai... ou presque. Je suis en compagnie de rois, de reines, de la noblesse et du haut clergé sur un pied d'égalité, pratiquement. (Il leva la main.) Je ne m'abuse nullement, mon ami, aussi ne te soucie point de ma santé mentale. Je sais ce que je suis... un bâtard et un voleur... et je sais aussi que ma proximité avec la noblesse n'est que temporaire, fondée uniquement sur mon utilité. Je suis toléré et non accepté. Mais mon ego est de belle taille.

– Je l'avais remarqué, fit Émouchet avec un sourire aimable.

– Sois gentil, Émouchet. Je suis donc prêt à accepter cette égalité temporaire et superficielle... ne serait-ce que pour me donner la possibilité d'avoir des conversations civilisées. Les putains et les voleurs ne sont pas des compagnons intellectuellement stimulants, tu sais, et généralement ils ne sont capables que de parler boutique. As-tu jamais entendu un groupe de putains occupées à parler boutique ?

– Je ne pourrais pas dire ça.

Stragen frémit.

– Terrible, terrible. On apprend de ces trucs sur les hommes... et les femmes... qu'on voudrait continuer d'ignorer.

– Cela ne durera pas. Tu en es conscient, Stragen, n'est-ce pas ? Le moment viendra où tout redeviendra normal et les gens se remettront à te fermer leur porte.

– Tu as probablement raison, mais c'est amusant de faire semblant pendant un certain temps. Quand tout sera terminé, j'aurai des raisons de plus de vous mépriser, aristocrates puants. (Un silence.) Toi, je t'aime bien, par contre, Émouchet... pour le moment, du moins.

Ils commencèrent à rencontrer des groupes d'hommes en armes. Les Lamorks avaient la mobilisation facile, de toute façon, et ils réagissaient rapidement à l'appel de leur roi. Selon une sinistre répétition des événements de cinq siècles auparavant, des hommes de tous les royaumes d'Éosie occidentale convergeaient vers un champ de bataille en Lamorkand. Émouchet et Ulath passaient le temps à converser en troll. Émouchet ne savait trop quand il aurait à nouveau l'occasion de parler à un Troll, mais comme il avait appris cette langue (fût-ce par magie) il semblait dommage de ne pas la pratiquer.

Ils atteignirent Kadach à la fin d'une journée lugubre, alors que le coucher de soleil tachait à l'ouest les nuages d'une lumière orangée qui rappelait celle d'un lointain incendie de forêt. Le vent d'est était sec et porteur des premiers frimas de l'hiver. Kadach était une ville forteresse, raide, grise, peu plaisante. Comme d'habitude, Kring leur souhaita bonne nuit et conduisit ses hommes jusqu'à la ville, qu'ils traversèrent pour ressortir par la porte est et planter leur camp dans les champs. Les Péloï se sentaient mal à l'aise dans les villes dotées de frivolités urbaines telles que des murs, des chambres et des toits. Émouchet et le restant de ses amis trouvèrent une auberge confortable près du centre ville, ils prirent un bain, changèrent de vêtements et se réunirent dans la salle commune pour souper de jambon cuit et de légumes variés. Comme d'habitude, Séphrénia refusa de consommer du jambon.

– Je n'ai jamais compris pourquoi on peut vouloir faire bouillir un excellent jambon, fit remarquer sire Bévier avec un certain écœurement.

– Les Lamorks salent trop leurs jambons avant de les fumer. Il faut faire longuement bouillir un jambon lamork pour le rendre mangeable. Quel peuple étrange ! Tout doit être acte de courage, ici... même manger.

– Si on allait marcher un peu ? proposa Kurik à son maître quand ils eurent terminé leur souper.

– Je crois avoir assez pris d'exercice pour la journée.

– Vous vouliez bien savoir par où est parti Martel, n'est-ce pas ?

– C'est vrai. Très bien, Kurik, allons fouiner un peu.

Quand ils atteignirent la rue, Émouchet regarda alentour.

– Ça risque de nous prendre la moitié de la nuit.

– Sûrement pas, le contredit Kurik. Nous allons

d'abord du côté de la porte est, et si nous faisons chou blanc, nous irons à celle du nord.

– Pourquoi ne pas commencer par interroger des passants ?

Kurik poussa un soupir.

– Servez-vous de votre tête, Émouchet. Quand on voyage, on repart généralement au petit matin... à peu près à l'heure où les travailleurs se mettent en route. Un tas d'ouvriers prennent leur petit déjeuner dans les tavernes. Quand un tavernier attend son premier client de la journée, il surveille la rue assez attentivement. Croyez-moi, Émouchet, si Martel a quitté Kadach au cours de ces trois derniers jours, une bonne demi-douzaine de taverniers ont dû l'apercevoir.

– Tu es un gaillard d'une intelligence extraordinaire, Kurik.

– Il faut bien quelqu'un comme moi, dans cette expédition. En groupe, les chevaliers ne passent pas beaucoup de temps à réfléchir.

– Tes préjugés de classe se font jour, Kurik.

– Sans doute avons-nous tous des défauts.

Les rues de Kadach étaient pratiquement désertes et les rares passants se hâtaient, leurs capes leur fouettant les chevilles sous les rafales de vent. Les torchères placées aux croisements vacillaient et flamboyaient, projetant des ombres fugitives dansant sur le pavé.

Le propriétaire de la première taverne semblait être son meilleur client et il n'avait absolument aucune idée de l'heure à laquelle il ouvrait habituellement ses portes... ni même si cette heure était venue. Le deuxième était d'un type peu aimable et ne parlait que par grognements. Le troisième s'avéra être un vieux bonhomme qui adorait la conversation.

– Eh ben, voyons un peu. Est-ce que j'm'rappelle ça ? Ces trois derniers jours, vous dites ?

– Oui, répondit Kurik. Notre ami nous a dit qu'il nous retrouverait ici, mais nous avons été retardés et nous avons l'impression qu'il est parti sans nous attendre.

– P'vez m'donner encore l'signal'ment ?

– Assez grand. Il portait peut-être une armure, mais je ne le jurerais pas. S'il n'avait pas la tête couverte, tu as dû le remarquer. Il a des cheveux blancs.

– J'arrive pas à voir quéqu'un comme ça. P'têt ben qu'il est parti par une des autres portes.

– C'est possible, mais nous sommes pratiquement sûrs qu'il se dirigeait vers l'est. Peut-être a-t-il pris la route avant que tu ouvres.

– Peu probable. J'ouv' en même temps qu'la garde ouv' les portes d'la ville. Y a des ouvriers qui habitent à la campagne et y passe plein d'monde par ici. Est-ce qu'vot'ami, l'aurait pas voyagé seul ?

– Non, répondit Kurik. Il est accompagné d'un ecclésiastique et d'une femme d'origine aristocratique. Il devait aussi y avoir un jeune type à l'air complètement idiot et un gros costaud au visage de gorille.

– Oh, *ceux-là* ! L'aurait fallu m'parler tout d'suite d'ce gorille. Y sont sortis hier matin à l'aube. L'singe, l'est descendu d'chval et l'est entré ici pour beugler qu'y voulait d'la bière. Y sait pas tellement parler, hein ?

– Il lui faut généralement une demi-journée pour trouver une réponse quand quelqu'un lui dit bonjour.

Le tavernier se mit à caqueter d'une voix aiguë.

– C'est ben lui, ouais. Et y sent pas tel'ment bon non pus, hein ?

Kurik lui adressa un large sourire et lui lança une pièce.

– Oh, ma foi, ça va encore, il n'est pas pire qu'une fosse à purin. Merci pour tes renseignements, l'ami.

– Z'allez les rattraper ?

– Oh, oui, répondit Kurik avec flamme. Tôt ou tard. D'autres les accompagnaient-ils ?

– Nan. Juste les cinq. A part le gorille, z'avaient tous leurs capes autour d'la tête. C'est sans doute pour ça que j'ai pas pu voir c'lui aux cheveux blancs. Mais z'allaient fich't'ment vite, alors si vous v'lez les avoir, faudra pousser vos ch'vaux.

– On n'y manquera pas, l'ami. Merci encore.

Kurik et Émouchet ressortirent dans la rue.

– Était-ce plus ou moins ce que vous souhaitiez apprendre, monseigneur ? demanda Kurik.

– Ce vieux était une mine d'or, Kurik. Nous avons gagné du temps sur Martel, nous savons qu'il n'a pas de soldats avec lui et qu'il se dirige vers Moterra.

– Nous avons appris un autre détail, Émouchet.

– Oh ? Et quoi donc ?

– Qu'Adus a encore besoin de prendre un bain.

Émouchet éclata de rire.

– Adus a *toujours* besoin d'un bain. Il nous faudra probablement lui verser dessus une barrique d'eau avant de l'enterrer. Autrement, le sol risque de le recracher. Retournons à notre auberge.

Mais quand Émouchet et Kurik rentrèrent dans la salle commune de l'auberge, ils découvrirent que leur groupe s'était légèrement renforcé. Talen, le regard innocent, était assis à la table, un certain nombre d'yeux sévères braqués sur lui.

CHAPITRE VINGT ET UN

– Je suis messager de la reine, annonça rapidement le gamin quand Émouchet et Kurik s'approchèrent de la table. Alors ne mettez pas la main à vos ceintures, je vous en prie.

– Tu es *quoi* ? lui demanda Émouchet.

– Je porte un message de la reine à ton intention, Émouchet.

– Montre-le-moi.

– Elle l'a confié à ma mémoire. Nous n'aurions pas voulu qu'un tel message tombe entre des mains hostiles, n'est-ce pas ?

– Très bien. Je t'écoute.

– C'est assez intime, Émouchet.

– Peu importe. Nous sommes entre amis.

– Je ne vois pas pourquoi tu réagis comme ça. J'obéis simplement aux ordres de la reine, tu sais.

– Le message, Talen.

– Eh bien, elle se prépare à partir pour Cimmura.

– C'est parfait, commenta Émouchet d'une voix monocorde.

– Et elle s'inquiète beaucoup pour toi.

– J'en suis touché.

– Mais elle se sent très bien.

Les inventions de Talen devenaient de plus en plus pitoyables.

– Heureux de l'apprendre.

– Elle... euh... elle a dit qu'elle t'aime.

– Et ?
– Eh bien... c'est tout, voilà.
– Ce message me semble bien confus, Talen. Je pense que tu as dû oublier un détail. Pourquoi ne pas recommencer ?
– Eh bien... euh... elle parlait avec Mirtaï et Platime... et moi, bien entendu... et elle a dit qu'elle aurait bien voulu avoir un moyen de te faire savoir ce qu'elle faisait et ce qu'elle ressentait exactement.
– Elle t'a dit cela ?
– Eh bien, je me trouvais dans la pièce.
– Nous ne pouvons donc pas considérer qu'elle t'a ordonné de nous rejoindre, n'est-ce pas ?
– Pas aussi explicitement, sans doute, mais est-ce que nous ne sommes pas censés anticiper ses désirs ? C'est quand même la reine, non ?
– Puis-je ? demanda Séphrénia.
– Bien entendu, répondit Émouchet. J'ai déjà appris tout ce que je voulais savoir.
– Peut-être, mais pas nécessairement. (Elle se tourna vers le gamin :) Talen ?
– Séphrénia ?
– Voilà le mensonge le plus ridicule, le plus maladroit et le plus évident que j'aie entendu de ta bouche. Ce message est complètement absurde, surtout quand on sait qu'elle a déjà envoyé Stragen dans le même but. C'est vraiment tout ce que tu as pu imaginer ?
Il parvint même à paraître embarrassé.
– Ce n'est pas un mensonge. La reine a bien dit cela.
– J'en suis certaine, mais qu'est-ce qui t'a forcé à galoper à nos trousses pour nous répéter une conversation aussi futile ?
Il semblait complètement perdu.
– Oh, soupira Séphrénia.
Et elle se mit à débiter en styrique une longue bordée d'injures adressées à Aphraël.
– Là, je crois avoir raté quelque chose, dit Kalten, éberlué.
– Je m'expliquerai dans un moment, Kalten, dit Séphrénia. Talen, tu es doté d'un don remarquable pour

la tergiversation spontanée. Que lui est-il arrivé ? Pourquoi n'as-tu pas concocté un mensonge qui ait l'air un tant soit peu plausible ?

Il se tortilla sur place.

– Ça m'aurait paru méchant, répondit-il d'un ton maussade.

– Tu trouvais que tu n'avais pas vraiment le droit de mentir à des amis, n'est-ce pas ?

– Plus ou moins, oui.

– Dieu soit loué ! lâcha Bévier dans une ferveur stupéfaite.

– Ne prononce pas trop vite des prières d'action de grâce, Bévier, lui dit-elle. L'apparente conversion de Talen n'est pas entièrement ce qu'elle paraît. Aphraël est impliquée dans tout ceci et c'est une très mauvaise menteuse. Ses convictions n'arrêtent pas de la gêner.

– Flûte ? s'étonna Kurik. Encore ? Pourquoi envoie-t-elle Talen ici ?

– Qui sait ? (Séphrénia éclata de rire.) Peut-être qu'il lui plaît. Peut-être que cela participe de son obsession de la symétrie. Peut-être est-ce autre chose... qu'elle veut qu'il fasse.

– Ce n'est donc pas vraiment ma faute, alors ? demanda vivement Talen.

– Probablement pas.

Elle lui sourit.

– Je me sens un peu mieux. Je savais que vous n'aimeriez pas que je vous rejoigne et la vérité a failli m'étouffer. Tu aurais dû la fesser quand tu en avais l'occasion, Émouchet.

– As-tu idée de ce dont ils parlent ? demanda Stragen à Tynian.

– Oh, oui. Je t'expliquerai un jour. Tu ne me croiras pas, mais ça ne fait rien.

– Vous avez trouvé des informations sur Martel ? demanda Kalten à Émouchet.

– Il a franchi la porte est tôt hier matin.

– Alors, nous lui avons repris un jour. Il était accompagné par des soldats ?

– Uniquement Adus, répondit Kurik.

Séphrénia déclara d'un air grave :

– Je pense qu'il est temps que tu leur racontes tout, Émouchet.

– Tu as probablement raison. (Il prit longuement son souffle.) Je crains de ne pas avoir été tout à fait honnête avec vous, mes amis.

– Qu'y a-t-il de nouveau dans cela ? demanda Kalten.

Émouchet feignit de l'ignorer.

– On me suit depuis que j'ai quitté la caverne de Ghwerig en Thalésie.

– L'arbalétrier ? avança Ulath.

– Il était peut-être en cause, mais nous n'en sommes pas sûrs. C'était sans doute l'œuvre de Martel. Le responsable est mort, désormais.

– Et qui était-ce ? demanda Tynian avec impatience.

– Ce n'est pas particulièrement important. (Émouchet avait décidé de garder le secret sur les agissements de Perraine.) Martel dispose de moyens pour forcer les gens à lui obéir. C'est une des raisons pour lesquelles nous nous sommes écartés du gros de la troupe. On ne peut pas passer son temps à éviter des attaques de gens qui sont censés être vos amis.

– Qui te suivait, sinon cet arbalétrier ? s'entêta Ulath.

Émouchet leur parla de la forme obscure qui le hantait depuis plusieurs mois.

– Et tu penses que c'est Azash ? demanda Tynian.

– Ça se tiendrait, non ?

– Comment Azash aurait-il connu l'emplacement de la caverne de Ghwerig ? demanda sire Bévier. Si l'ombre vous suit depuis la caverne, Azash devrait bien être au courant, n'est-ce pas ?

– Ghwerig lançait des injures assez terribles à Azash avant qu'Émouchet le tue, leur apprit Séphrénia. Certains indices pourraient laisser croire qu'il les a entendues.

– Quelles sortes d'insultes ? reprit Ulath, curieux.

– Ghwerig menaçait de faire cuire Azash et de le manger, répondit brièvement Kurik.

– Un peu risqué... même pour un Troll, nota Stragen.

– Je ne suis pas si sûr, le contredit Ulath. Je pense que Ghwerig était en sécurité absolue dans sa caverne... du moins vis-à-vis d'Azash. Mais il était assez démuni pour se défendre contre Émouchet.

– L'un de vous pourrait-il clarifier un peu tout ceci ? proposa Tynian. Vous autres Thalésiens êtes experts en Trolls.

– Je ne sais pas quelle lumière nous pouvons réellement jeter sur cela, dit Stragen. Nous en savons *un peu plus* que les autres Élènes, mais pas tellement. (Il éclata de rire.) Quand nos ancêtres sont arrivés en Thalésie, ils ne parvenaient pas à distinguer les Trolls des Ogres ou des ours. Les Styriques nous ont appris la majeure partie de ce que nous savons. Il semble que, quand les Styriques étaient arrivés en Thalésie, il s'était produit quelques confrontations entre les Dieux Cadets des Styriques et les Dieux des Trolls. Les Dieux des Trolls se rendirent compte assez rapidement qu'ils n'étaient pas de taille et ils partirent se cacher. Selon la légende, Ghwerig, le Bhelliom et les bagues auraient participé à cette plongée dans la clandestinité. On croit généralement qu'ils se trouvent dans la caverne de Ghwerig et que le Bhelliom les protège en quelque sorte des Dieux styriques. (Il regarda Ulath.) Ce n'est pas ce que tu voulais dire ?

Ulath branla du chef.

– La combinaison du Bhelliom et des Dieux des Trolls représente suffisamment de puissance pour rendre Azash lui-même un peu plus prudent. C'est probablement la raison pour laquelle Ghwerig était à même de prononcer ces menaces.

– Combien existe-t-il de Dieux des Trolls ? demanda Kalten.

– Cinq, n'est-ce pas, Ulath ? fit Stragen.

Ulath hocha la tête.

– Le Dieu du manger, énonça-t-il. Le Dieu du tuer, le Dieu de... (Il s'interrompit et jeta un regard légèrement embarrassé en direction de Séphrénia.) Euh, appelons-le le Dieu de la fertilité, reprit-il. Puis il y a les Dieux de la glace... et toutes sortes de climats, sans doute... et le

Dieu du feu. Les Trolls possèdent une vision du monde assez simple.

– Azash a donc bel et bien pu savoir quand Émouchet est sorti de la caverne avec le Bhelliom et les bagues, dit Tynian. Puis il les aura sans doute suivis.

– Avec des intentions inamicales, ajouta Talen.

– Il l'a déjà fait. (Kurik haussa les épaules.) Il a envoyé le Damork chasser Émouchet dans tout le Rendor et le Fureteur nous a poursuivis en Lamorkand.

Bévier fronçait les sourcils.

– Je crois que nous oublions un détail, dit-il.

– Tel que ? demanda Kalten.

– Je n'arrive pas à mettre le doigt dessus, admit Bévier, mais j'ai le sentiment que c'est assez important.

A l'aube, ils quittèrent Kadach et prirent à l'est en direction de la ville de Moterra, sous des cieux toujours gris et nuageux. Le ciel maussade, combiné à leur conversation de la veille, les rendait tous moroses et abattus, d'où le silence dans lequel ils chevauchaient. Aux environs de midi, Séphrénia proposa une halte.

– Messieurs, dit-elle très fermement, ceci n'a rien d'une procession funéraire, vous savez.

– Là, tu te trompes peut-être, petite mère, lui dit Kalten. Je n'ai pas trouvé grand-chose pour me remonter le moral, dans notre discussion d'hier soir.

– Eh bien, à nous de nous mettre en quête de sujets joyeux. Nous nous aventurons dans des lieux assez dangereux. N'aggravons pas l'atmosphère en empilant dessus sinistrose et déprime. Les gens qui *pensent* qu'ils vont perdre réussissent rarement.

– C'est bien vrai, acquiesça Ulath. L'un de mes frères d'armes à Heid est absolument convaincu que tous les dés de ce monde le détestent. Je ne l'ai jamais vu gagner... pas une seule fois.

– Si c'est avec tes propres dés qu'il joue, j'en comprends la raison, l'accusa Kalten.

– Tu me fends le cœur, se plaignit Ulath.

– Au point de jeter ces dés ?

– Eh bien, non, quand même pas. Mais cherchons un sujet de discussion un peu distrayant.

– On pourrait trouver une taverne et se soûler, je suppose, proposa Kalten, plein d'espoir.

– Non. (Ulath secoua la tête.) Je sais que la bière ne fait que noircir l'humeur sombre. Après quatre ou cinq heures de beuverie, nous serions probablement tous réduits à pleurer dans nos pichets.

– On pourrait chanter des cantiques, proposa Bévier d'un ton joyeux.

Kalten et Tynian échangèrent un long regard, puis ils poussèrent un soupir.

– Est-ce que je vous ai déjà parlé de l'époque où j'étais en Cammorie et où une femme de haut rang s'était éprise de moi ? commença Tynian.

– Je ne m'en souviens pas, répondit assez rapidement Kalten.

– Eh bien, voilà...

Tynian leur conta une histoire longue, amusante et à peine édulcorée qui n'était sans doute qu'une aventure amoureuse totalement fictive. Ulath prit la suite avec l'histoire de l'infortuné chevalier génidien qui avait éveillé la passion d'une Ogresse. Sa description du chant de la femme touchée par l'amour les fit tous pleurer de rire. Les histoires, richement embellies de détails et d'humour, leur remontèrent le moral et ils se sentaient tous mieux au coucher du soleil, quand ils s'arrêtèrent pour dormir.

Même en changeant fréquemment de monture, il leur fallut douze jours pour atteindre Moterra, une ville peu plaisante posée sur une plaine marécageuse qui s'étendait sur le bras occidental de la Géras. Ils entrèrent en ville en milieu de journée. Émouchet et Kurik se mirent une nouvelle fois en quête d'informations tandis que le restant du groupe faisait reposer les chevaux en préparation de la chevauchée vers le nord et Paler. Comme le jour était encore jeune, ils ne voyaient aucune raison de passer la nuit à Moterra.

– Eh bien ? demanda Kalten à Émouchet quand le grand pandion et son écuyer rejoignirent le groupe.

– Martel a pris au nord, répondit Émouchet.
– Nous sommes donc juste derrière lui, dit Tynian. Avons-nous encore gagné du temps ?
– Non, répondit Kurik. Il a encore deux jours d'avance.
– Enfin... (Tynian haussa les épaules.)... comme nous allions par là de toute façon...
– Combien y a-t-il jusqu'à Paler ? demanda Stragen.
– Cent cinquante lieues, lui apprit Kalten. Quinze jours de cheval, au moins.
– La saison avance, annonça Kurik. Nous aurons forcément de la neige dans les montagnes de Zémoch.
– Voilà une pensée réjouissante, commenta Kalten.
– Il vaut mieux savoir à quoi s'attendre.
Le ciel était toujours maussade, mais l'air frais et sec. A mi-chemin, ils commencèrent à rencontrer les fouilles intensives qui avaient transformé en chantier inculte l'antique champ de bataille du lac Randéra. Ils aperçurent quelques chasseurs de trésors, mais ils purent passer sans encombre.

Elle avait peut-être subi un changement, ou alors était-ce parce qu'ils se trouvaient à l'extérieur et non dans une salle éclairée par des chandelles, mais cette fois-ci, quand Émouchet aperçut le léger mouvement de ténèbres et l'ombre menaçante à la limite de son champ de vision, une créature était bel et bien présente. C'était la fin d'après-midi d'une journée déprimante qu'ils avaient passée à chevaucher dans un paysage dénué de végétation et parsemé de grands monticules de terre retournée. Quand Émouchet capta le petit mouvement et le froid qui l'accompagnait, il se tourna à demi sur sa selle et braqua son regard sur l'ombre qui le harcelait depuis si longtemps. Il tira sur les rênes de Faran.
– Séphrénia, dit-il très calmement.
– Oui ?
– Tu voulais la voir. Je pense que si tu te retournes assez lentement, tu pourras la contempler à loisir. Elle est juste derrière cette grosse flaque d'eau.
Elle se retourna.
– La vois-tu ?

– Tout à fait clairement, mon petit.

– Messieurs, notre obscur ami semble être sorti de sa cachette. Il se tient à environ cent cinquante pas derrière nous.

Tous se retournèrent.

– On dirait une espèce de nuage, non ? fit remarquer Kalten.

– Je n'ai jamais vu de nuage pareil, commenta Talen en frissonnant. Sombre, n'est-ce pas ?

– Pourquoi pensez-vous qu'il ait décidé de ne plus se cacher ? murmura Ulath.

Tous les regards se reportèrent sur Séphrénia.

– Je n'ai aucune explication à vous donner, messieurs. Mais un changement s'est produit.

– Du moins savons-nous désormais qu'Émouchet n'avait pas des visions, déclara Kalten. Que faisons-nous, alors ?

– Que pourrions-nous faire ? lui demanda Ulath. On ne peut guère s'attendre à un résultat si on combat des nuages et des ombres avec des haches ou des épées.

– Que proposes-tu donc ?

– Ignorons-le. (Ulath haussa les épaules.) Nous sommes sur une route royale et il n'enfreint aucune loi en l'empruntant s'il veut nous suivre.

Mais, le lendemain matin, le nuage resta invisible. L'automne était bien avancé quand ils entrèrent dans la ville familière de Paler. Comme d'habitude, le domi et ses hommes campèrent à l'extérieur des murailles tandis qu'Émouchet et les autres allaient rejoindre l'auberge où ils étaient descendus auparavant.

– C'est un plaisir de vous revoir, seigneur chevalier, lança l'aubergiste en accueillant le pandion en armure noire sur l'escalier.

– Je suis heureux de revenir ici, répondit Émouchet sans le penser vraiment. Combien y a-t-il d'ici jusqu'à la porte est ?

Le moment était enfin venu de prendre des nouvelles de Martel.

– Trois pâtés de maisons, monseigneur.

– Elle est plus près que je ne pensais. (Une idée lui

traversa l'esprit.) J'allais sortir m'enquérir d'un ami à moi qui a traversé Paler il y a deux jours. Il se peut que tu me fasses gagner du temps, voisin.

– Je ferai mon possible, seigneur chevalier.

– Il a les cheveux blancs et il est accompagné d'une femme assez séduisante et de quelques autres. Se pourrait-il qu'il soit descendu dans ton auberge ?

– Eh bien, oui, monseigneur. Tout à fait. Ils m'ont posé des questions sur la route de Viléta... mais je me demande bien quel intérêt on pourrait éprouver à se rendre en Zémoch en ce moment.

– Il a un investissement à surveiller et c'est depuis toujours un individu téméraire. Je ne me suis pas trompé ? C'était bien il y a deux jours ?

– Exactement, monseigneur. Il va bon train, à en juger d'après l'état de ses chevaux.

– Te rappellerais-tu quelle chambre il avait prise ?

– Celle où réside la dame avec votre groupe, monseigneur.

– Merci, voisin. Nous ne voudrions pas que notre ami nous échappe.

– Votre ami était assez correct, mais je n'ai pas tellement aimé le grand gaillard qui l'accompagnait. Est-ce quelqu'un qui gagne à être connu ?

– Non, pas vraiment. Merci encore, l'ami.

Émouchet remonta au premier et frappa à la porte de Séphrénia.

– Entre, Émouchet, répondit-elle.

– J'aimerais que tu évites ça, dit-il en poussant la porte.

– Éviter quoi ?

– De m'appeler par mon nom avant même de m'avoir vu. Tu ne pourrais pas faire semblant d'ignorer qui frappe à ta porte ?

Elle éclata de rire.

– Martel est passé par ici il y a deux jours, Séphrénia. Il est descendu dans cette chambre même. Cela pourrait-il nous être utile ?

Elle réfléchit un instant.

– Peut-être. A quoi pensais-tu donc ?

– Je souhaiterais connaître ses plans. Il sait que nous sommes sur ses talons et il est probable qu'il essaiera de nous ralentir. J'aimerais avoir quelques détails sur les pièges qu'il risque de nous poser. Pourrais-tu faire en sorte que je le voie ? Ou du moins que je l'entende ?

Elle secoua la tête.

– Il est trop loin.

– Enfin, ce n'était qu'une idée.

– Attends un peu. (Elle réfléchit encore.) Je pense qu'il est peut-être temps que tu apprennes à connaître un peu mieux le Bhelliom, Émouchet.

– Pourrais-tu être plus claire ?

– Il existe une sorte de relation entre le Bhelliom, les Dieux des Trolls et les bagues. Partons de là.

– Pourquoi nous occuper des Dieux des Trolls, Séphrénia ? S'il existe un moyen d'utiliser le Bhelliom, pourquoi ne pas le faire et laisser tranquilles les Dieux des Trolls ?

– Je ne suis pas sûre que le Bhelliom nous comprendrait, Émouchet ; et, dans l'affirmative, je ne sais trop si nous comprendrions ce qu'il fait pour nous obéir.

– Il a bien fait s'écrouler la caverne, n'est-ce pas ?

– Cela était très simple. Ceci est un peu plus compliqué. Il serait beaucoup plus facile de parler aux Dieux des Trolls, je pense, et j'aimerais découvrir à quel point le Bhelliom est lié à eux... et jusqu'à quel point tu peux les contrôler grâce au Bhelliom.

– En d'autres termes, tu veux faire une expérience.

– Sans doute peut-on dire cela. Mais il serait plus sûr de se livrer à cette expérience à présent, alors que rien de crucial n'est en jeu, plutôt que plus tard, quand nos vies risqueront d'en dépendre. Verrouille la porte, Émouchet. N'exposons pas encore les autres à ceci.

Il rejoignit la porte et fit coulisser le loquet.

– Tu n'auras pas le temps de réfléchir quand tu t'entretiendras avec les Dieux des Trolls, mon petit, alors que ton esprit soit bien fixé avant de commencer. Tu donneras des ordres et rien d'autre. Ne pose pas de questions, ne cherche pas d'explications. Dis-leur uniquement de voir et entendre l'homme qui se trouvait dans cette chambre il y a deux périodes de sommeil. Qu'ils mettent son image... (Elle inspecta la chambre, puis désigna la cheminée.)... dans ce feu. Dis au Bhelliom que tu veux parler à l'un des Dieux des Trolls... probablement Khwadj, le Dieu du feu.

– Khwadj, répéta Émouchet. (Il eut soudain une idée.) Quel est le nom du Dieu du manger ?

– Ghnomb, répondit-elle. Pourquoi ?

– Il faut encore que j'y réfléchisse. Si je trouve le système, je pourrai essayer et voir si ça marche.

– Pas d'improvisation, Émouchet. Tu sais ce que je pense des surprises. Ote tes gantelets et sors le Bhelliom de la bourse. Ne relâche pas ton étreinte et assure-toi que les bagues le touchent sans arrêt. Te rappelles-tu la langue des Trolls ?

– Oui. Je me suis exercé avec Ulath.

– Parfait. On peut parler au Bhelliom en élène, mais il faut s'adresser à Khwadj dans sa propre langue. Dis-moi ce que tu as fait aujourd'hui... mais en troll.

Les paroles furent au début hésitantes, mais au bout de quelques instants il était plus loquace. Le passage de l'élène au troll impliquait un profond bouleversement mental. Dans la langue même reposait une partie du caractère des Trolls. Ce n'était pas un caractère agréable et il incorporait des concepts totalement étrangers à l'esprit élène... sauf au niveau le plus fondamental, le plus primitif.

– Très bien, lui dit-elle. Approche-toi de la cheminée et commençons. Sois comme l'acier, Émouchet. N'hésite pas, n'explique rien. Donne uniquement des ordres.

Il hocha la tête et ôta ses gantelets. Les deux bagues rouge sang étincelèrent à la lumière du feu. Il prit sa bourse à l'intérieur du surcot. Puis il se tint avec son mentor devant la cheminée, et ils plongèrent leur regard dans les flammes qui crépitaient.

– Ouvre-la, lui ordonna Séphrénia.

Il défit les nœuds.

– Maintenant, sors le Bhelliom. Donne-lui l'ordre de t'amener Khwadj. Ensuite dis à Khwadj ce que tu souhaites. Tu n'auras pas à être trop explicite. Khwadj comprendra tes pensées. Fais une prière pour ne jamais comprendre les siennes.

Il prit longuement son souffle et déposa la bourse dans l'âtre.

– Allez, fit-il.

Il ouvrit le petit sac et sortit le joyau. La rose saphir était d'un froid glacial quand il la toucha. Il l'éleva en essayant de conserver loin de son esprit son sentiment de crainte révérencielle.

– Rose Bleue ! lança-t-il. Apporte-moi la voix de Khwadj !

Il sentit un curieux mouvement dans le joyau et une tache de rouge éclatant apparut au sein des pétales d'azur. Le Bhelliom devint soudain brûlant entre ses mains.

– Khwadj ! aboya Émouchet dans la langue des Trolls. Je suis Émouchet-d'Élénie. Je détiens les bagues. Khwadj doit m'obéir.

Le Bhelliom frémit.

– Je cherche Martel-d'Élénie, continua Émouchet. Martel-d'Élénie se trouvait dans cette chambre il y a deux périodes de sommeil. Khwadj doit montrer à Émouchet-d'Élénie ce qu'il désire voir dans le feu. Khwadj doit faire en sorte qu'Émouchet-d'Élénie puisse entendre ce qu'il souhaite. Khwadj doit obéir ! Tout de suite !

Lointain, comme au fond d'une caverne remplie d'échos, monta un hurlement de rage, un hurlement parcouru de crépitements comme issus d'un énorme feu. Les flammes sur les bûches de la cheminée baissèrent et ne furent plus qu'un rougeoiement maladif. Puis elles s'élevèrent, jaune éclatant emplissant l'âtre d'une nappe d'incandescence. Et elles restèrent paralysées, simple nappe de jaune immobile. La chaleur de la cheminée cessa immédiatement comme si un panneau de verre venait d'être placé devant.

Émouchet se retrouva en train de regarder à l'intérieur d'une tente. Martel, les traits tirés, l'air las, était assis à une table grossière en face d'Annias, qui avait une apparence encore plus inquiétante.

– Mais pourquoi es-tu incapable de les dénicher ? voulut savoir le primat de Cimmura.

– Je l'ignore, Annias. J'ai appelé toutes les créatures que m'a prêtées Otha et aucune n'a pu découvrir quoi que ce soit.

– O puissant pandion, se moqua Annias. Peut-être aurais-tu dû rester plus longtemps dans ton ordre pour laisser à Séphrénia le temps de t'enseigner autre chose que des tours de salon destinés à amuser les enfants.

– Tu approches la limite de ton utilité, Annias, lança Martel d'une voix de mauvais augure. Otha et moi pouvons placer n'importe quel ecclésiastique sur le trône d'archiprélat et obtenir ce que nous recherchons. Tu n'es pas vraiment indispensable, tu sais.

Voilà qui répondait une fois pour toutes à la question de savoir qui donnait les ordres et qui les recevait.

Le rabat de la tente s'ouvrit et le simiesque Adus entra lourdement. Son armure était une accumulation dépareillée de bouts d'acier taché de rouille originaires d'une demi-douzaine de cultures différentes. Adus, remarqua de nouveau Émouchet, n'avait pas de front. La naissance de ses cheveux commençait sur ses sourcils broussailleux.

– Il est mort, annonça-t-il d'une voix qui était presque un feulement.

– Je devrais te forcer à marcher, idiot, lui dit Martel.

– C'était un cheval affaibli.

– Il était en pleine forme avant que tu l'éperonnes à mort. Va en voler un autre.

Adus eut un large sourire.

– Un cheval de trait ?

– N'importe quelle sorte de cheval que tu trouveras. Mais ne passe pas la nuit à tuer le fermier... ou à t'amuser avec ses femmes. Et n'incendie pas la propriété. N'éclairons pas le ciel pour indiquer notre emplacement.

Adus éclata de rire... du moins cela *ressemblait* à un rire. Puis il quitta la tente.

– Comment supportes-tu cette brute ? demanda Annias en frémissant.

– Adus ? Il n'est pas si mauvais. Il suffit d'imaginer que c'est une hache de guerre ambulante. Je l'utilise pour tuer ; je ne couche pas avec lui. Au fait, est-ce que tu as résolu tes différends avec Arissa ?

– Cette putain ! fit Annias avec mépris.

– Tu savais à quoi t'attendre quand tu t'es mis avec elle, Annias. Je pensais que sa dépravation était en partie ce qui te séduisait. (Martel se laissa aller en arrière.) Ce doit être le Bhelliom...

– Qui fait quoi ?

– C'est probablement le Bhelliom qui empêche mes créatures de repérer Émouchet.

– Azash ne serait-il pas capable de le repérer ?

– Je ne donne pas d'ordres à Azash, Annias. S'il veut que je sache quelque chose, il me le dit. Il se pourrait simplement que le Bhelliom soit plus puissant que lui. Quand tu entreras dans son temple, demande-le-lui, si tu es si curieux. La question risque de le blesser, mais à toi de voir.

– Combien avons-nous parcouru, aujourd'hui ?

– Pas plus de sept lieues. Nous avons considérablement ralenti depuis qu'Adus a étripé son cheval avec ses éperons.

– Combien reste-t-il jusqu'à la frontière zémoch ?

Martel déroula une carte et la consulta.

– Je dirais une cinquantaine de lieues... dans les cinq jours. Émouchet ne peut pas se trouver à plus de trois jours de nous, aussi devrons-nous conserver notre allure.

– Je suis épuisé, Martel. Je ne peux pas continuer comme ça.

– Chaque fois que tu te mettras à ruminer sur ta fatigue, songe un peu à ce que tu ressentirais si l'épée d'Émouchet se glissait dans tes entrailles... ou à l'exquise douleur si Ehlana te décapitait à l'aide d'une paire de ciseaux de couture... ou d'un couteau à pain.

– Je regrette parfois de t'avoir rencontré, Martel.

– Le sentiment est mutuel, mon vieux. Une fois franchie la frontière, nous devrions pouvoir ralentir un peu Émouchet. Quelques embuscades en cours de route devraient le rendre un peu plus prudent.

– On nous a donné ordre de ne pas le tuer, lui signala Annias.

– Ne sois pas idiot. Tant qu'il est en possession du Bhelliom, aucun humain ne peut le tuer. On nous a demandé de ne pas le tuer... dans l'hypothèse où la chose serait possible... mais Azash n'a pas parlé des autres. La perte de quelques-uns de ses compagnons pourrait ébranler notre invincible ennemi. Il n'en a pas tellement l'air, mais Émouchet est un gros sentimental. Tu ferais bien de dormir. Nous repartirons dès qu'Adus sera revenu.

– Dans la nuit ? demanda Annias, incrédule.

– Qu'y a-t-il, Annias ? Tu as peur du noir ? Pense un peu à l'épée dans ton ventre ou au bruit du couteau à pain qui te scie les vertèbres. Cela devrait te donner du courage.

– Khwadj ! lança brutalement Émouchet. Assez ! Va-t'en, maintenant !

Le feu redevint normal.

– Rose Bleue ! dit alors Émouchet. Apporte-moi la voix de Ghnomb !

– Qu'est-ce que tu fabriques ? s'exclama Séphrénia, mais le Bhelliom avait déjà commencé à réagir.

La pointe de lumière à l'intérieur des pétales bleus était une mixture écœurante de vert et de jaune, et Émouchet eut soudain dans la bouche un goût immonde, un goût qui ressemblait beaucoup à de la viande trop faisandée.

– Ghnomb ! lança-t-il d'une voix sévère. Je suis Émouchet-d'Élénie et je détiens les bagues. Ghnomb doit obéir à mes ordres. Je chasse. Ghnomb m'aidera à chasser. Je suis à deux périodes de sommeil derrière l'être-homme qui est ma proie. Ghnomb fera en sorte que mes chasseurs et moi-même puissions rattraper l'être-homme que nous pistons. Émouchet-d'Élénie dira à Ghnomb à quel moment Ghnomb nous aidera. Ghnomb doit obéir !

Il y eut un nouveau hurlement de rage caverneux et sonore, empli cette fois d'un grincement visqueux et d'un horrible bruit de lèvres qui bavent.

– Ghnomb ! Va-t'en ! ordonna Émouchet. Ghnomb reviendra quand Émouchet-d'Élénie lui en donnera la consigne !

La tache jaune verdâtre s'évanouit et Émouchet rentra le Bhelliom dans sa bourse.

– Est-ce que tu es complètement fou ? s'exclama Séphrénia.

– Non, je ne pense pas. Je veux serrer Martel de très près pour qu'il n'ait pas le temps de préparer des embuscades. (Il fronça les sourcils.) On dirait bien que les attentats contre ma vie furent l'œuvre de Martel. Il semble avoir reçu des ordres différents, à présent. Ce qui clarifie un peu les choses, mais il me faut désormais me soucier de vous protéger, toi et les autres. (Il fit une grimace.) C'est toujours ça, non ?

CHAPITRE VINGT-DEUX

– Émouchet !

C'était Kurik, et il secouait son maître.

– Il reste à peu près une heure avant l'aube. Vous vouliez que je vous réveille.

– Tu ne dors donc jamais ?

Émouchet s'assit sur son lit en bâillant. Puis il fit passer ses jambes hors du lit et posa les pieds sur le sol.

– J'ai bien dormi. (Kurik regarda son ami d'un œil critique.) Vous ne mangez pas assez, l'accusa-t-il. On voit toutes vos côtes. Habillez-vous. Je vais aller réveiller les autres, ensuite je reviendrai vous aider à revêtir votre armure.

Émouchet se leva et enfila ses sous-vêtements rapiécés et tachés de rouille.

– Très chic, fit remarquer Stragen d'un air sardonique sur le seuil de la porte. Existe-t-il dans le code de la chevalerie un article obscur qui interdise le lavage de ses vêtements ?

– Ils mettent une semaine à sécher.

– Est-ce qu'ils sont nécessaires ?

– As-tu déjà porté une armure, Stragen ?

– Dieu m'en préserve !

– Essaye, un jour. Les rembourrages empêchent l'armure de t'arracher la peau dans les endroits les plus curieux.

– Ah ! ce qu'il faut souffrir pour être à la mode !

– Est-ce que tu as vraiment l'intention de faire demi-tour à la frontière ?

– Ce sont les ordres de la reine, mon vieux. D'ailleurs, je ne ferais que vous encombrer. Je suis profondément inadapté à la confrontation avec les Dieux. Franchement, j'ai le sentiment que vous êtes dingues... sans vouloir t'offenser, naturellement.

– Est-ce que tu rentreras ensuite à Emsat ?

– Si ton épouse me donne la permission de partir. Il faudrait quand même que je rentre... ne serait-ce que pour jeter un coup d'œil aux livres de comptes. Tel est assez fiable, mais c'est quand même un voleur.

– Et par la suite ?

– Qui sait ? (Stragen haussa les épaules.) Je suis désœuvré, Émouchet. Je dispose d'une liberté absolument unique. Je n'ai pas à faire ce qui ne me plaît pas. Oh, j'ai failli oublier : je ne suis pas venu discuter avec toi du fort et du fin de la liberté. (Il fourra la main à l'intérieur de son pourpoint.) Une lettre pour vous, monseigneur, dit-il en s'inclinant avec un sourire. De votre femme, je crois.

– Mais combien en as-tu donc ? demanda Émouchet en prenant la feuille pliée.

Stragen lui avait remis à Kadach, puis à Moterra, des lettres brèves mais enflammées d'Ehlana.

– Secret d'État, mon ami.

– Aurais-tu une sorte d'agenda ? Ou bien les distribues-tu quand l'envie t'en prend ?

– Un peu des deux, mon vieux. Il existe bien un agenda, naturellement, mais je suis censé faire appel à mon jugement en la matière. Si je vois que tu n'as pas le moral, je dois éclairer ainsi ta journée. Je te laisse à ta lecture.

Il recula dans le couloir et se dirigea vers l'escalier donnant sur la salle commune de l'auberge.

Émouchet brisa le sceau et ouvrit la lettre d'Ehlana.

Mon bien-aimé,

Si tout s'est bien passé, tu dois à présent te trouver à Paler... tu sais, c'est très difficile pour moi. J'essaie de plonger dans l'avenir et mes yeux ne sont pas assez perçants pour ça. Je m'adresse à toi depuis des semaines et des semaines dans le passé et je n'ai pas la moindre idée de ce qui t'est arrivé. Je n'ose te révéler mon inquiétude ni ma désolation devant cette excentrique séparation, car si je m'épanchais j'affaiblirais ta résolution, ce qui risquerait de te mettre en danger. Je t'aime, mon Émouchet, et je suis déchirée entre le regret de ne pas être un homme pour partager tes dangers et, si besoin est, de sacrifier ma vie pour toi, et la fierté d'être une femme qui puisse s'abandonner à tes baisers.

A partir de là, la jeune reine d'Émouchet se lançait dans des détails rappelant leur nuit de noces bien trop personnels et intimes pour être rapportés dans ces lignes.

– Comment était la lettre de la reine ? demanda Stragen tandis qu'ils sellaient leurs montures dans la cour au moment où l'aube naissante posait une tache sale sur le nuageux horizon oriental.

– Lettrée, répondit laconiquement Émouchet.

– Voilà un qualificatif peu commun.

– Il arrive que nous n'apercevions plus la personne réelle qui se cache derrière les robes d'apparat, Stragen. Ehlana est reine, certes, mais c'est aussi une jeune femme de dix-huit ans qui semble avoir un peu trop lu de livres peu convenables.

– Je ne m'attendais guère à une description aussi clinique de la part d'un jeune marié.

– J'ai certains soucis, en ce moment.

Émouchet serra un peu plus la sangle. Faran gémit, se gonfla et marcha sur le pied de son maître. D'un air presque absent, le pandion donna un coup de genou dans l'estomac de son cheval.

– Garde les yeux ouverts aujourd'hui, Stragen. Il est probable qu'il se produira des événements bizarres.

– Tels que ?

– Je ne sais pas exactement. Si tout va bien, nous parcourrons davantage de distance que d'habitude.

Reste avec le domi et ses Péloï. Ce sont des gens émotifs et les événements qui sortent de l'ordinaire les bouleversent parfois. Contente-toi de les rassurer en leur disant que nous contrôlons parfaitement la situation.

– Vraiment ?

– Je n'en ai pas la moindre idée, mon vieux. Mais je fais de mon mieux pour rester optimiste.

L'aube mit longtemps à s'épanouir, ce matin-là, car la couverture nuageuse venue de l'est s'était épaissie durant la nuit. Au sommet de la longue montée partant de l'extrémité nord de la surface gris plombé du lac Randéra, Kring et ses Péloï les rejoignirent.

– Je suis content d'être revenu en Pélosie, ami Émouchet, dit Kring avec un large sourire de plaisir sur son visage couturé. Même dans cette portion trop habitée et trop cultivée du royaume.

– Combien reste-t-il de jours jusqu'à la frontière avec le Zémoch, domi ? demanda Tynian.

– Cinq ou six, ami Tynian.

– Nous repartirons dans quelques instants, dit Émouchet à ses amis. Séphrénia et moi avons d'abord un détail à régler.

Il fit signe à sa tutrice et ils poussèrent leurs montures à quelque distance du groupe, sur le plateau herbu.

– Eh bien ?

– Es-tu vraiment forcé de faire ceci, mon petit ? le supplia-t-elle.

– Oui, je pense. C'est la seule façon que je voie de vous protéger des embuscades, toi et les autres, quand nous aurons atteint la frontière zémoch.

Il mit la main dans son surcot, prit la bourse et ôta ses gantelets. Une nouvelle fois, le Bhelliom parut très froid entre ses mains, comme s'il touchait de la glace.

Rose Bleue ! ordonna-t-il. Apporte-moi la voix de Ghnomb !

Le joyau se réchauffa soudain. Puis la tache jaune verdâtre apparut dans ses profondeurs, accompagnée du goût de viande avariée dans la bouche d'Émouchet.

– Ghnomb ! dit-il. Je suis Émouchet-d'Élénie et je détiens les bagues. Je chasse. Ghnomb doit m'aider dans ma chasse ainsi que je l'ai ordonné. Ghnomb doit obéir ! Maintenant !

Il attendit nerveusement, mais rien ne se passa. Il poussa un soupir.

– Ghnomb ! Va-t'en, à présent ! (Il remit la rose saphir dans le petit sac, en renoua les lacets et la rentra dans son surcot.) Eh bien, dit-il tristement, voilà. Tu avais dit qu'il m'avertirait s'il ne pouvait m'aider. Il vient de le faire. Mais c'est quand même un peu dommage de l'apprendre à ce stade de l'opération.

– Ne perds pas encore espoir, Émouchet.

– Rien ne s'est passé, petite mère.

– N'en sois pas si sûr.

– Bien, retournons auprès des autres. Nous devrons avancer normalement, semble-t-il.

Le groupe repartit au petit trot de l'autre côté de la colline. Les moissons s'achevaient sur les fermes à l'est de Paler et les serfs étaient déjà dans les champs, petites silhouettes brunes ou bleues qui ressemblaient à des jouets immobiles, vues de la route.

– Le servage ne semble pas susciter énormément d'enthousiasme chez les travailleurs, fit remarquer Kurik. On dirait que ces gens ne bougent pas.

– Si j'étais serf, je ne serais pas particulièrement enclin à m'activer, répondit Kalten.

Ils continuèrent au canter, traversèrent une large vallée et remontèrent parmi des collines peu élevées. Les nuages étaient un peu moins épais et le soleil, juste au-dessus de la ligne d'horizon, un peu plus net. Kring envoya ses éclaireurs en avant.

Quelque chose n'allait pas, mais Émouchet était encore incapable de comprendre de quoi il s'agissait. Aucun souffle ne parcourait l'air et le bruit des sabots de leurs montures paraissait très fort, bizarrement sec sur la terre molle de la route. Émouchet tourna la tête et vit le malaise peint sur le visage de ses amis.

Ils avaient traversé la moitié d'une nouvelle vallée quand Kurik tira soudain sur ses rênes avec un juron.

– C'est ça ! lâcha-t-il.

– Qu'est-ce qu'il y a ? lui demanda Émouchet.

– Depuis combien de temps sommes-nous sur la route ?

– Une heure environ. Pourquoi ?

– Regardez le soleil, Émouchet.

Il braqua les yeux vers l'est, où le disque du soleil presque obscurci se tenait au-dessus de la crête arrondie des collines.

– Il est toujours au même endroit, Kurik. Rien ne l'a déplacé.

– C'est justement ça, Émouchet. Il ne *bouge pas.* Il n'a pas bougé d'un pouce depuis notre départ. Il s'est levé et il s'est arrêté.

Ils fixèrent tous le soleil.

– Cela n'a rien d'exceptionnel, Kurik, lui dit Tynian. Nous allons par monts et par vaux, ce qui semble placer le soleil dans une position différente. Tout dépend de l'endroit où nous nous trouvons sur une colline.

– J'y ai déjà pensé, sire Tynian... au début, du moins... mais je peux vous jurer que le soleil n'a pas bougé depuis que nous avons quitté la première colline à l'est de Paler.

– Sois sérieux, Kurik, se moqua Kalten. Le soleil *doit* bouger.

– Pas ce matin, on dirait. Que se passe-t-il, ici ?

– Sire Émouchet ! (La voix stridente de Bérit frôlait l'hystérie.) Regardez !

Émouchet tourna la tête dans la direction où l'apprenti chevalier braquait une main tremblante.

C'était un oiseau, un oiseau des plus ordinaires, une sorte d'alouette, songea Émouchet. Il n'avait rien d'anormal... sinon qu'il restait absolument immobile dans les airs, tout comme s'il avait été planté là par une aiguille.

Ils s'entre-regardèrent avec des expressions éberluées. Alors Séphrénia se mit à rire.

– Je ne vois là rien d'amusant, Séphrénia, lui dit Kurik.

– Tout va très bien, messieurs, assura-t-elle.

– *Très bien ?* fit Tynian. Qu'est-il arrivé au soleil et à cet idiot d'oiseau ?

– Émouchet a arrêté le soleil... et l'oiseau.

– *Arrêté le soleil !* s'exclama Bévier. Cela est impossible !

– Apparemment pas. Émouchet a parlé à l'un des Dieux des Trolls, hier soir, leur apprit-elle. Il a dit qu'il chassait et que notre proie se trouvait loin devant nous. Il a demandé au Dieu Ghnomb de nous aider à la rattraper et Ghnomb semble s'être acquitté de sa tâche.

– Je ne te suis pas, dit Kalten. Qu'est-ce que le soleil a à voir avec notre chasse ?

– Ce n'est pas tellement compliqué, Kalten, répondit-elle calmement. Ghnomb a arrêté le temps, voilà tout.

– *Voilà tout ?* Comment arrête-t-on le temps ?

– Je n'en ai pas la moindre idée. (Elle fronça les sourcils.) Peut-être que « arrêter le temps » n'est pas l'expression exacte. Ce qui se passe, c'est que nous nous déplaçons en dehors du temps. Nous nous trouvons dans le laps de temps qui sépare un clignement d'œil du suivant.

– Qu'est-ce qui maintient cet oiseau dans les airs, dame Séphrénia ? voulut savoir Bérit.

– Son dernier battement d'ailes, probablement. Le restant du monde se déplace tout à fait normalement. Les gens que nous voyons là n'ont sans doute pas conscience de notre passage. Quand les Dieux font ce que nous leur demandons, ils n'agissent pas nécessairement ainsi que nous l'attendons. Quand Émouchet a dit à Ghnomb qu'il voulait rattraper Martel, il pensait en termes de temps plutôt que de distance, aussi Ghnomb nous déplace-t-il à travers le temps et non la distance. Il contrôlera le temps autant qu'il le faudra. C'est à nous de parcourir la distance.

Stragen surgit alors au galop.

– Émouchet ! s'exclama-t-il. Qu'as-tu donc fait, Grand Dieu ?

Émouchet le lui expliqua rapidement.

– Retourne calmer les Péloï. Dis-leur que c'est un enchantement. Explique-leur que le monde est paralysé. Rien ne bougera tant que nous ne serons pas arrivés à destination.

– Est-ce la vérité ?

– Oui, plus ou moins.

– Tu penses vraiment qu'ils me croiront ?

– Invite-les à fournir leur propre explication si la mienne ne leur plaît pas.

– Tu pourras tout dégeler ensuite, n'est-ce pas ?

– Bien entendu... du moins je l'espère.

– Euh... Séphrénia ? demanda Talen d'une voix hésitante. Tout le restant du monde est figé, n'est-ce pas ?

– C'est du moins l'impression que nous en avons. Mais personne d'autre ne le perçoit de la sorte.

– Les autres gens ne peuvent pas nous voir, exact ?

– Ils ne sauront même pas que nous sommes passés.

Un sourire lent et presque révérencieux apparut sur les lèvres du gamin.

– Bien, bien. Très bien, fit-il.

Les yeux de Stragen prirent le même éclat que ceux de Talen.

– Oui, très bien, Votre Grâce, acquiesça-t-il.

– Attention, vous deux, lança sèchement Séphrénia.

– Stragen, ajouta Émouchet après avoir réfléchi. Dis à Kring qu'il n'a pas vraiment besoin de se dépêcher. Autant économiser nos montures. Nous ne risquons pas d'être poursuivis ni attaqués.

Ce fut un canter inquiétant dans ce perpétuel lever de soleil terne. Il ne faisait ni froid ni chaud, ni humide ni sec. Le monde était silencieux et des oiseaux immobiles constellaient les airs. Les serfs se tenaient comme des statues dans les champs et ils frôlèrent même un grand bouleau qui avait été caressé par la brise juste avant que Ghnomb eût stoppé le temps. Une nuée de feuilles dorées restaient suspendues dans les airs, immobiles.

– Quelle heure penses-tu qu'il soit ? demanda Kalten au bout de plusieurs lieues.

Ulath contempla le ciel en plissant les yeux.

– Disons que c'est l'heure du lever du soleil.

– Oh, très drôle, Ulath. Je ne sais pas ce que vous ressentez, mais je commence à avoir très faim.

– Tu es né affamé, lui répliqua Émouchet.

Ils mangèrent leurs rations de route et repartirent. Il n'était pas vraiment nécessaire de se dépêcher, mais le sentiment d'urgence qu'ils éprouvaient depuis Chyrellos les taraudait toujours et ils adoptèrent à nouveau le canter. Avancer au pas leur aurait semblé anormal.

Environ une heure après, selon leurs horloges internes, Kring arriva de l'arrière-garde.

– Je pense qu'on nous suit, ami Émouchet.

Le ton de Kring était respectueux. Ce n'est pas tous les jours que l'on s'adresse à un homme qui arrête le soleil.

Émouchet le dévisagea.

– Tu es sûr ?

– Pas vraiment, admit Kring. C'est une impression plus qu'autre chose. Un nuage très sombre est apparu au niveau du sol, au sud. Il est encore très loin, mais il semble nous pister.

Émouchet regarda en direction du sud. Oui, c'était bien le même nuage, plus inquiétant encore. L'ombre était donc capable de le suivre jusqu'ici, semblait-il.

– L'as-tu vu se déplacer ?

– Non, mais il reste toujours à la même distance, depuis notre départ.

– Surveille-le. Vois si tu peux le surprendre en train de bouger.

– Entendu, dit le domi en faisant tourner son cheval.

Ils plantèrent leur camp pour la « nuit » après avoir approximativement couvert la distance normale pour une journée. Les chevaux étaient un peu perdus et Faran n'arrêtait pas de jeter à Émouchet des regards lourds de soupçons.

– Ce n'est pas vraiment ma faute, Faran, lui dit Émouchet en le dessellant.

– Comment peux-tu mentir sans vergogne à cette pauvre bête, Émouchet ? lui lança Kalten non loin de là. Tu sais bien que c'est ta faute.

Émouchet dormit mal. La lumière immuable le gênait. Il dormit autant qu'il put, puis il se leva. Les autres s'activaient également.

– Bonjour, Émouchet, dit ironiquement Séphrénia. Elle avait une expression légèrement contrariée.

– Qu'y a-t-il ?

– Mon thé matinal me manque. J'ai bien essayé de chauffer des pierres pour faire bouillir de l'eau, mais cela n'a pas marché. Rien ne marche, Émouchet... aucune magie d'aucune sorte, rien. Nous sommes totalement sans défense dans ce pays qui n'existe pas et que toi et Ghnomb avez créé, tu sais.

– Qu'est-ce qui peut nous attaquer, petite mère ? demanda-t-il d'un air grave. Nous sommes en dehors du temps. Nous nous trouvons là où rien ne peut nous atteindre.

Il était environ « midi » quand ils découvrirent combien cette affirmation était erronée.

– Il bouge, Émouchet ! cria Talen alors qu'ils s'approchaient d'un village immobile. Le nuage ! Il bouge !

Le nuage que Kring avait remarqué « la veille » se déplaçait nettement. Il était noir comme l'encre. Il roulait sur le sol en direction des huttes de serfs couvertes de chaume nichées dans un vallon et un grondement semblable à un tonnerre lointain, premier bruit qu'ils entendaient depuis que Ghnomb les avait enfermés hors du temps, accompagnait sa marche inexorable. Derrière lui, arbres et herbes pourrissaient sur place, comme si le bref contact avec ces ténèbres avait suffi à les détruire. Le nuage engloba le village et, après son passage, ce fut comme si l'amas de huttes n'avait jamais existé.

Alors que le nuage se rapprochait, Émouchet entendit un bruit rythmé, une sorte de martèlement d'une douzaine de talons nus sur la terre, accompagné par le grognement d'une foule de bêtes sauvages émettant à l'unisson des aboiements gutturaux à intervalles réguliers.

– Émouchet ! cria Séphrénia d'une voix pressante. Utilise le Bhelliom ! Brise ce nuage ! Appelle Khwadj !

Émouchet farfouilla dans la bourse, puis jeta ses gantelets au sol et ouvrit précipitamment le sac de toile. Il prit la rose saphir des deux mains.

– Rose Bleue ! lança-t-il. Amène Khwadj !

Le Bhelliom brûla entre ses mains et une unique étincelle de rouge apparut parmi les pétales.

– Khwadj ! Je suis Émouchet-d'Élénie ! Khwadj doit brûler la ténèbre qui s'approche ! Khwadj doit faire en sorte qu'Émouchct-d'Élénie puisse voir à l'intérieur de ce nuage ! Vas-y, Khwadj ! *Tout de suite !*

Il entendit le hurlement de frustration et de rage tandis que le Dieu des Trolls obéissait contraint et forcé. Alors, juste devant le nuage noir qui roulait, s'éleva une longue et haute flamme grondante. Elle se fit de plus en plus brillante et Émouchet sentit les ondes de chaleur intense. Le nuage avançait inexorablement, semblant ignorer ce mur enflammé.

– Rose Bleue ! tempêta Émouchet en troll. Aide Khwadj ! Rose Bleue doit dépêcher son pouvoir et le pouvoir de tous les Dieux des Trolls pour aider Khwadj ! Vas-y ! Immédiatement !

La lame de pouvoir en retour faillit jeter Émouchet au bas de sa monture et Faran recula, abaissant les oreilles et montrant les dents.

Le nuage s'arrêta enfin. Des déchirures énormes apparurent, aussitôt réparées. La flamme ondulait, s'élevant puis retombant maladivement, reprenant vigueur tandis que s'affrontaient les deux forces. Enfin les ténèbres du nuage parurent faiblir, à l'instar de la nuit qui faiblit dans le ciel à l'approche de l'aube. Les flammes montèrent encore plus, brillèrent plus vives que jamais. Le nuage se décomposait encore, il n'était plus que lambeaux de volutes.

– Nous gagnons ! s'exclama Kalten.

– Nous ? fit Kurik en ramassant les gantelets d'Émouchet.

Alors, comme emporté par une bourrasque, le nuage s'en fut. Émouchet et ses amis virent ce qui produisait les grognements. Ils étaient immenses et humanoïdes, du moins possédaient-ils bras, jambes et tête. Ils étaient vêtus de peaux de bêtes et portaient des armes en pierre... des haches, des épieux pour la plupart. Leur humanité s'arrêtait là. Ils avaient le front fuyant, la bouche en avant comme un museau, et leur corps était couvert de fourrure plutôt que de poils. Bien que le nuage se fût dissipé, ils continuaient d'avancer, trottant en traînant les pieds. Leurs pieds heurtaient le sol à l'unisson et ils lâchaient un grognement guttural à chaque pas pesant. A intervalles réguliers, ils s'arrêtaient brièvement, et de leur sein montait une lamentation aiguë, une sorte d'ululement strident. L'aboiement rythmique et le trot reprenaient ensuite. Ils portaient des sortes de casques, calottes crâniennes de bêtes inimaginables décorées de cornes, et leur visage était peint de dessins complexes tracés avec de la boue colorée.

– Ce sont des Trolls ? demanda Kalten d'une voix perçante.

– Je n'en ai jamais vu de tels, répondit Ulath en portant la main à sa hache.

– Très bien, mes enfants ! cria le domi à ses hommes. Débarrassons notre route de ces bêtes sauvages !

Il tira son sabre, le leva et lança un grand cri de guerre.

Les Péloï chargèrent.

– Kring ! hurla Émouchet. Attends !

Mais c'était trop tard. Une fois lâchés, les sauvages indigènes des marches orientales de Pélosie ne pouvaient plus être retenus.

Émouchet jura. Il fourra le Bhelliom à l'intérieur de son surcot.

– Bérit ! ordonna-t-il. Emmène Séphrénia et Talen à l'arrière ! Vous autres, avec moi ! Allons leur prêter main-forte !

Ce ne fut pas une bataille au sens civilisé du terme. Après la première charge des hommes de Kring, tout se désintégra en une mêlée générale d'une sauvagerie inouïe. Les chevaliers de l'Église découvrirent presque immédiatement que les créatures grotesques qu'ils affrontaient ne semblaient pas ressentir de douleur. Il était impossible de déterminer s'il s'agissait là d'une caractéristique naturelle de leur espèce ou d'une défense supplémentaire fournie par ce qui les avait lancés contre eux. Sous leur fourrure hirsute se trouvait une rudesse surnaturelle. Ce qui ne veut pas dire que les épées rebondissaient dessus, mais elles étaient généralement incapables de trancher net. Les coups les mieux portés ne provoquaient que des blessures minimes.

Les Péloï semblaient rencontrer de plus grands succès avec leurs sabres. Le cuir était pénétré plus facilement et les bêtes sauvages hurlaient de douleur. Stragen, l'œil brillant, chevauchait parmi la masse hirsute, la pointe de sa fine rapière dansant, parant les coups maladroits des haches de pierre, repoussant les épieux de silex, puis s'enfonçant sans effort, presque délicatement, dans les corps velus.

– Émouchet ! cria-t-il. Leur cœur se trouve plus bas dans le corps ! Visons le ventre, pas la poitrine !

Tout s'accéléra alors. Les chevaliers de l'Église changèrent de tactique, frappant d'estoc et non de taille. Bévier raccrocha à regret sa lochabre au pommeau de sa selle et tira son épée. Kurik rangea sa masse d'armes et sortit sa courte épée. Ulath, lui, s'entêta à conserver sa hache. La seule concession qu'il fit aux exigences de la situation fut d'user des deux mains pour frapper. Sa force prodigieuse suffisait à vaincre les défenses naturelles des peaux dures comme de la corne et des crânes épais de trois pouces.

Le cours de la bataille s'inversa. Les énormes bêtes dépourvues d'entendement étaient incapables de s'ajuster à une situation changeante et elles tombaient en nombre de plus en plus grand sous les épées habilement maniées. Un dernier petit groupe continua de combattre après que la majorité de la troupe eut été occise, mais les sabres foudroyants des guerriers de Kring les décimèrent. La dernière bête debout saignait par une douzaine de blessures. Elle leva sa figure animale et lança son ululement strident. Le son s'interrompit brutalement quand Ulath s'approcha, se dressa sur ses étriers, leva très haut sa hache et trancha la tête de la créature du sommet du crâne jusqu'au menton.

Émouchet fit volte-face, son épée ensanglantée brandie, mais tous les ennemis avaient été abattus. Il regarda autour de lui attentivement. Leur victoire leur avait coûté cher. Une douzaine des hommes de Kring étaient morts, déchiquetés... et d'autres gisaient encore à terre.

Kring était assis en tailleur sur le gazon, la tête de l'un des mourants sur les genoux. Le chagrin se lisait sur son visage.

– Je suis navré, domi, dit Émouchet. Vois combien de tes hommes sont blessés. Nous trouverons un moyen de les soigner. A quelle distance penses-tu que nous soyons des terres de ta tribu ?

– A une journée et demie de cheval, ami Émouchet, répondit Kring en refermant tristement les yeux du guerrier qui venait de mourir. Un peu moins de vingt lieues.

Émouchet retourna vers l'arrière où Bérit se tenait sur son cheval, la hache à la main, gardant Talen et Séphrénia.

– Est-ce terminé ? demanda Séphrénia en détournant le regard.

– Oui, répondit-il en mettant pied à terre. Quelles étaient ces créatures, petite mère ? Elles ressemblaient à des Trolls, mais Ulath pense que ce n'est pas ça.

– C'étaient des hommes-de-l'aube, Émouchet. Le sortilège est très ancien et très difficile à réaliser. Les Dieux... et quelques-uns des magiciens les plus puissants de Styricum... sont capables d'aller chercher des créatures dans le passé et de les ramener à notre époque. Il y a d'innombrables milliers d'années que ces hommes-de-l'aube ne foulent plus le sol de la terre. Voilà ce que nous étions tous jadis... Élènes, Styriques, et même Trolls.

– Tu veux dire que les humains et les Trolls sont de la même famille ? demanda-t-il, incrédule.

– De manière lointaine. Nous avons tous changé au cours des millénaires. Les Trolls sont partis dans une direction et nous dans une autre.

– Hum... L'instant figé de Ghnomb ne paraît pas aussi sûr que nous l'imaginions.

– En effet.

– Je pense qu'il est temps que nous remettions le soleil en marche. Nous ne pouvons pas nous cacher de ce qui nous poursuit en nous glissant dans des brèches temporelles et la magie styrique ne fonctionne pas ici. Nous serons davantage en sécurité dans le temps ordinaire.

– Je crois que tu as raison.

Émouchet reprit le Bhelliom dans sa bourse et ordonna à Ghnomb de rompre l'enchantement.

Les Péloï de Kring fabriquèrent des civières pour porter leurs victimes et le groupe repartit, quelque peu soulagé de revoir les oiseaux voler et le soleil avancer le long de sa trajectoire.

Le lendemain matin, ils rencontrèrent une patrouille de Péloï en maraude et Kring alla s'entretenir avec ses amis. Lorsqu'il revint, il affichait une expression lugubre.

– Les Zémochs mettent le feu à la prairie, dit-il avec colère. Je ne suis plus à même de vous aider, ami Émouchet. Il nous faut protéger nos pâturages, ce qui signifie que nous devons tous nous disperser sur nos terres.

Bévier le considéra d'un air méditatif.

– La tâche ne serait-elle pas plus aisée si les Zémochs étaient tous assemblés au même endroit, domi ?

– Certes, ami Bévier, mais pourquoi le feraient-ils ?

– Pour capturer des objets de valeur, ami Kring.

Kring parut intéressé.

– Par exemple ?

– De l'or. (Bévier haussa les épaules.) Et des femmes, ainsi que vos troupeaux.

Kring parut interloqué.

– Ce serait un piège, bien entendu, continua Bévier. Vous rassemblez tous vos troupeaux, vos trésors et vos femmes en un seul lieu avec quelques Péloï seulement pour les garder. Puis vous vous éloignez avec le restant de vos guerriers en vous assurant que les éclaireurs zémochs vous aperçoivent. Une fois la nuit tombée, vous revenez discrètement et prenez position à proximité en demeurant hors de vue. Les Zémochs accourront tous pour voler vos biens. Vous leur tomberez alors dessus. Vous n'aurez pas été forcés de les pourchasser un par un. D'ailleurs, cela donnerait à vos femmes l'occasion rêvée d'admirer votre bravoure. On m'a dit que les femmes fondent d'amour quand elles ont la possibilité de voir leurs hommes détruire un ennemi juré.

Bévier eut un sourire rusé.

Les yeux de Kring s'étrécirent tandis qu'il réfléchissait.

– Ça me plaît ! explosa-t-il au bout d'un moment. Que Dieu me rende aveugle si ça ne me plaît pas ! Nous ferons ça !

Et il s'en fut en parler à ses hommes.

– Bévier, dit Tynian. Il arrive que tu me stupéfies.

– C'est une tactique assez courante pour la cavalerie légère, Tynian, répondit avec modestie le jeune Cyrinique. Je l'ai rencontrée en histoire militaire. Les barons lamorks se servaient souvent de cette ruse avant de se mettre à bâtir des châteaux.

– Je sais, mais tu as bel et bien proposé d'utiliser des femmes en guise d'appât. Je pense que tu connais un peu mieux le monde qu'il n'y paraît, mon ami.

Bévier rougit.

L'allure était un peu plus réduite en raison des blessés et de la file de chevaux qui portaient les défunts. Kalten avait sur le visage une expression lointaine et il semblait compter quelque chose sur les doigts.

– Qu'est-ce qui ne va pas ? lui demanda Émouchet.

– J'essaie de calculer combien nous avons pu gagner sur Martel.

– Presque un jour et demi, répondit rapidement Talen. Un jour et un tiers, en fait. Nous devons être désormais à six ou sept heures derrière lui. Nous faisons environ une lieue à l'heure.

– Vingt milles, donc, fit Kalten. Tu sais, Émouchet,

si nous chevauchions toute la nuit, nous pourrions nous retrouver au beau milieu de son campement quand le soleil se lèvera demain.

– Nous ne voyagerons pas de nuit, Kalten. Une créature très inamicale nous guette par ici et je préférerais qu'elle ne nous surprenne pas dans le noir.

Ils plantèrent leur camp au coucher du soleil et, après le dîner, Émouchet et les autres se réunirent dans une grande tente pour réfléchir aux solutions qui se présentaient à eux.

– Nous savons plus ou moins ce que nous allons faire, commença Émouchet. Atteindre la frontière ne devrait pas présenter un problème insurmontable. Kring éloignera ses guerriers de leurs femmes et nous aurons donc les Péloï avec nous la majeure partie du temps. Ce qui tiendra à distance les forces conventionnelles de Zémoch. C'est donc après la frontière que nous aurons des ennuis, et la clé de tout cela est Martel. Il nous faut le pousser jusqu'au point où il ne puisse avoir le temps de rassembler des Zémochs pour nous barrer la route.

– Décide-toi, Émouchet, lui dit Kalten. D'abord, tu racontais qu'on ne devait pas voyager de nuit et maintenant tu veux qu'on le pousse au maximum.

– Nous n'avons pas vraiment besoin d'être sur ses talons pour cela, Kalten. Tant qu'il *s'imaginera* que nous sommes à proximité, il courra comme un lapin. Je pense que je vais bavarder un peu avec lui pendant qu'il fait encore jour. (Il regarda autour de lui.) Il me faut une douzaine de chandelles. Bérit, si tu veux bien ?

– Certainement, sire Émouchet.

– Pose-les sur la table... se touchant presque et alignées.

Émouchet ressortit le Bhelliom. Il le plaça sur la table et le dissimula sous une serviette pour diminuer sa séduction. Quand les chandelles furent allumées, il découvrit le joyau et posa les mains dessus.

– Rose Bleue ! ordonna-t-il. Tu me connais. Je veux voir l'endroit où mon ennemi dormira cette nuit. Fais-le apparaître dans le feu, Khwadj ! Tout de suite !

Le hurlement de colère n'était plus qu'un gémissement maussade. Les flammes s'allongèrent et leurs bordures se rejoignirent, formant un rideau solide de feu jaune vif. L'image apparut dans le feu.

C'était un petit campement, trois tentes seulement, et il était planté dans un bassin herbeux au centre duquel se trouvait un petit lac. Un bosquet de cèdres noirs se dressait de l'autre côté du lac, face au camp, et un unique feu vacillait dans le crépuscule au milieu du demi-cercle de tentes sur la rive. Émouchet fixa soigneusement tous les détails dans son esprit.

– Rapproche-nous du feu, Khwadj ! aboya-t-il. Que nous entendions tout ce qui se dit.

L'image changea tandis que le point de vue se rapprochait. Martel et les autres étaient assis autour du feu, le visage émacié par l'épuisement. Émouchet fit signe à ses amis et ils se penchèrent tous en avant pour écouter.

– Où sont-ils, Martel ? demandait Arissa d'une voix acide. Où sont ces courageux Zémochs sur lesquels tu comptais pour nous protéger ? Est-ce qu'ils cueillent des fleurs des champs ?

– Ils écartent les Péloï, princesse, répondit Martel. Voulez-vous vraiment que ces sauvages nous rattrapent ? Ne vous en faites pas, Arissa. Si vos appétits deviennent incontrôlables, je vous prêterai Adus. Il ne sent pas très bon, mais ce n'est pas un inconvénient majeur, en ce qui vous concerne, n'est-ce pas ?

Elle lui adressa un regard enflammé par une haine soudaine, mais Martel feignit de l'ignorer.

– Les Zémochs vont retenir les Péloï, dit-il à Annias. A moins qu'il n'ait tué ses chevaux à la tâche (ce qu'il ne ferait jamais), Émouchet se trouve trois jours en arrière. Nous n'aurons pas besoin de Zémochs jusqu'à ce que nous ayons franchi la frontière. J'aurai alors besoin d'eux pour tendre des pièges à mon frère bien-aimé et à ses amis.

– Khwadj ! ordonna Émouchet. Qu'ils puissent m'entendre !

La flamme des chandelles vacilla, puis redevint stable.

– Très chouette, ton petit campement, Martel, dit Émouchet d'une voix nonchalante. Il y a du poisson, dans le lac ?

– Émouchet ! souffla Martel. Comment peux-tu arriver aussi loin ?

– Loin, mon vieux ? Mais pas du tout. Je suis pratiquement sur tes talons. A ta place, j'aurais d'ailleurs planté mon camp dans le bosquet de cèdres, de l'autre côté du lac. Des races entières veulent ta peau, mon cher frère, et ce n'est pas très prudent de camper à découvert comme cela.

Martel se leva d'un bond.

– Les chevaux ! lança-t-il à Adus.

– Tu pars déjà, Martel ? demanda doucement Émouchet. Quel dommage. Je me faisais une joie de me retrouver face à face avec toi. Enfin, peu importe. On se reverra à l'aube. Je suppose qu'on pourra tenir tous deux jusque-là.

Émouchet eut un sourire méchant en regardant les cinq fuyards seller leurs montures. La panique marquait leurs mouvements et l'affolement leurs regards. Ils grimpèrent en selle et filèrent vers l'est à bride abattue, fouettant impitoyablement leurs chevaux.

– Reviens, Martel, lança Émouchet. Vous oubliez vos tentes.

CHAPITRE VINGT-TROIS

Le territoire des Péloï n'était qu'une immense prairie dépourvue de clôtures qui n'avait jamais connu la charrue. Les vents de la fin de l'automne balayaient cette pelouse éternelle sous un ciel de plus en plus bas, poussant un hymne funèbre à la mémoire de l'été. Ils chevauchaient vers l'est en direction d'un pic rocheux élevé au centre de la plaine, enveloppés dans leurs capes pour se prémunir contre le froid glacial, le moral assombri par cette pénombre interminable.

Ils atteignirent le pic rocheux en fin d'après-midi et découvrirent que les environs grouillaient d'activité. Kring, qui avait devancé ses hommes, vint à leur rencontre, un bandage grossier lui cerclant le front.

– Que t'est-il arrivé, ami Kring ? lui demanda Tynian.

– Le plan de sire Bévier a causé un léger mécontentement, je le crains, répondit tristement Kring. L'un des dissidents s'est glissé derrière moi.

– Je n'aurais jamais cru qu'un guerrier péloï pouvait attaquer par-derrière.

– C'est exact, et mon attaquant n'était pas un homme. Une femme péloï de haut rang s'est glissée derrière moi et m'a tapé sur la tête avec une marmite.

– J'espère que tu l'as fait corriger de manière appropriée.

– Je ne pouvais pas, ami Tynian. C'est ma propre sœur. Notre mère ne m'aurait jamais pardonné si j'avais fait flageller cette petite sauvage. Aucune des femmes n'a apprécié l'idée de Bévier, mais ma sœur fut la seule à oser me réprimander ouvertement.

– Vos femmes se font-elles du souci pour leur sécurité ? demanda Bévier.

– Pas du tout. Elles sont courageuses comme des lionnes. Mais ce qui les inquiète, c'est que l'une d'elles sera chargée de diriger ce camp de femmes. Les femmes péloï sont très susceptibles au sujet de leur rang. Tous les hommes ont trouvé ton idée magnifique, mais les femmes... (Il écarta les mains en une expression d'impuissance.) Quel homme comprendra jamais les femmes ? (Il carra les épaules et revint à leurs affaires.) J'ai dit à mes lieutenants d'organiser le camp. Nous laisserons des forces minimes, et nous autres nous partirons vers l'est comme si nous étions sur le point d'envahir le Zémoch. De temps en temps, la nuit, nous détacherons des pelotons qui s'installeront discrètement en position sur les collines environnantes pour attendre les Zémochs. Vous pourrez filer tranquillement quand nous serons tout près de la frontière.

– Un plan parfait, ami Kring, approuva Tynian.

– J'ai trouvé ça tout seul, plaisanta Kring. Venez, mes amis. Je vous conduis aux tentes de mon clan. Nous faisons rôtir une pièce de bœuf pour le souper. Nous échangerons le sel et parlerons de nos affaires. (Il sembla songer à un détail.) Ami Stragen, dit-il, tu connais la femme tamouli, Mirtaï, mieux que nos autres amis. Possède-t-elle des talents en matière de cuisine ?

– Je n'ai jamais rien mangé qu'elle ait préparé, domi, admit Stragen. Mais elle m'a un jour raconté un voyage qu'elle avait fait à pied quand elle était gamine. Je crois qu'elle s'était nourrie essentiellement de loup.

– *Du loup ?* Comment prépare-t-on du loup ?

– Oh, je ne crois pas qu'elle l'ait fait cuire. Elle était assez pressée et elle s'est contentée de le manger au fur et à mesure.

Kring déglutit péniblement.

– Elle l'a mangé cru ? demanda-t-il, stupéfait. Comment était-elle arrivée à le capturer ?

Stragen haussa les épaules.

– Elle l'a pourchassé, très probablement. Ensuite, elle a dû arracher les morceaux de choix et les manger tout en courant.

– Pauvre loup ! s'exclama Kring. (Puis il considéra le voleur thalésien d'un air soupçonneux.) Est-ce que tu n'inventes pas cette histoire, Stragen ?

– Moi ?

Les yeux bleus comme la glace de Stragen étaient aussi innocents que ceux d'un enfant.

Ils partirent à l'aube le lendemain matin et Kring vint chevaucher au côté d'Émouchet.

– Stragen ne faisait que se moquer de moi, hier soir, n'est-ce pas, Émouchet ? demanda-t-il avec un petit air inquiet.

– Sans doute, répondit Émouchet. Les Thalésiens sont de drôles de gens et ils ont un sens de l'humour tout à fait particulier.

– Mais elle aurait probablement pu le faire, continua Kring, admiratif. Pourchasser un loup et le manger cru, je veux dire.

– Je suppose qu'elle le pourrait si elle le voulait, admit Émouchet. Et je vois que tu penses toujours à elle.

– Je pense à peu d'autres choses, Émouchet. J'ai tenté de la chasser de mon esprit, mais en vain. (Il poussa un soupir.) Mon peuple ne l'acceptera jamais, je le crains. Cela pourrait aller si je n'avais pas un tel rang, mais si je l'épouse elle sera doma parmi les Péloï... femme du domi et cheftaine des autres femmes. Les autres femmes se rongeraient le foie de jalousie et parleraient contre elle à leurs époux. Les hommes parleraient alors contre elle lors des réunions du conseil et je serais forcé de tuer bon nombre de mes amis d'enfance. Sa présence parmi nous diviserait notre peuple. (Il poussa un nouveau soupir.) Peut-être pourrai-je me débrouiller pour me faire tuer au cours de la guerre qui va se déclencher. Je n'aurai pas ainsi à choisir entre amour et devoir. (Il se redressa sur sa selle.) Mais assez de ces bavardages de bonnes femmes. Après que mon peuple aura annihilé le gros des forces des Zémochs, nous les harcèlerons de part et d'autre de la frontière. Les Zémochs n'auront pas tellement le temps de s'occuper de toi et de tes amis. Il est facile de détourner leur attention. Nous détruirons leurs sanctuaires et leurs temples. Je ne sais pas pourquoi, mais cela les rend complètement dingues.

– Tu as passé tous les détails du plan au peigne fin, Kring, n'est-ce pas ?

– Il est toujours agréable de savoir où l'on va, Émouchet. Nous resterons sur la route qui conduit à Viléta. Écoute-moi attentivement, mon ami. Il te faudra des points de repère si tu veux retrouver la passe dont je t'ai parlé.

Il donna à Émouchet tous les détails possibles et imaginables pour éviter qu'il ne se perde.

– Voilà, ami, conclut-il. Je souhaiterais pouvoir faire davantage. Es-tu sûr de ne pas vouloir quelques milliers de cavaliers pour t'accompagner ?

– Cette compagnie me plairait assez, Kring. Mais des forces aussi importantes attireraient des résistances qui ne feraient que nous ralentir. Nous avons des amis sur les plaines de Lamorkand qui comptent sur nous pour atteindre le temple d'Azash avant que les Zémochs ne les aient balayés.

– Je comprends parfaitement.

Ils chevauchèrent vers l'est pendant deux jours, puis Kring apprit à Émouchet qu'il devait prendre au sud dès le matin.

– Je te conseille de partir deux heures avant l'aube, ami Émouchet. Si un éclaireur zémoch venait à vous voir quitter le campement au petit matin, il risquerait de se montrer curieux et de vous suivre. Au sud, le terrain est assez plat et chevaucher dans la nuit n'est pas trop dangereux. Bonne chance, mon ami. Un immense fardeau repose sur tes épaules. Nous prierons pour toi... quand nous ne serons pas occupés à tuer des Zémochs.

La lune se levait au-dessus des nuages épars quand Émouchet sortit du pavillon pour respirer l'air pur. Stragen le suivit.

– Belle nuit, commenta le mince homme blond de sa voix sonore.

– Mais un peu fraîche, répondit Émouchet.

– Qui voudrait vivre dans un pays où l'été est éternel ? Je ne te verrai sans doute pas partir, Émouchet. Je ne suis pas tellement matinal. (Stragen mit la main à l'intérieur de son pourpoint et sortit une liasse de papiers un peu plus épaisse que les précédentes.) Voilà les dernières, dit-il en les lui tendant. J'ai achevé la tâche que m'avait confiée ta reine.

– Tu t'en es bien acquitté, Stragen... je pense.

– Accorde-moi un peu plus de crédit que cela, Émouchet. J'ai agi exactement comme me l'avait demandé Ehlana.

– Tu aurais pu t'épargner un long périple si tu m'avais donné toutes ces lettres le premier jour, tu sais.

– Ce voyage ne m'a fait aucun mal. J'ai de l'affection pour toi et tes compagnons, tu sais... pas suffisamment pour émuler ton imposante noblesse, évidemment, mais je t'aime bien quand même.

– Moi aussi, je t'aime bien, Stragen... pas suffisamment pour me fier entièrement à toi, évidemment, mais j'ai de l'affection pour toi.

– Merci beaucoup, seigneur chevalier, répondit Stragen avec une petite courbette.

– De rien, Milord, fit Émouchet avec un large sourire.

– Sois prudent en Zémoch, mon ami, dit Stragen plus sérieusement. J'aime aussi ta reine et sa volonté d'acier, et je ne voudrais pas que tu lui brises le cœur en faisant une bêtise. Et si Talen te dit quelque chose, écoute-le bien. Je sais que ce n'est qu'un gamin... et un voleur par-dessus le marché... mais ses instincts sont sûrs et sa tête bien faite. Il n'est pas impossible que ce soit la personne la plus intelligente que nous connaissions. En outre, il a de la chance. Ne perds pas la partie, Émouchet. Je n'ai pas tellement envie de devoir m'incliner devant Azash. (Il fit une grimace.) Cela suffit. Mon petit côté sentimental prend parfois le dessus. Rentrons et ouvrons une cruche ou deux en souvenir du bon vieux temps... à moins que tu ne souhaites ouvrir ton courrier.

– Je pense que je vais le garder pour plus tard. Il se

peut que je me sente parfois découragé en Zémoch et il me faudra alors de quoi me remonter le moral.

Tôt le lendemain matin, les nuages avaient de nouveau obscurci la lune quand ils se rassemblèrent. Émouchet leur indiqua leur itinéraire et insista sur les points de repère communiqués par Kring. Puis ils se mirent en selle et quittèrent le camp.

Les ténèbres étaient pratiquement impénétrables.

– Nous risquons de tourner en rond, tu sais, se plaignit Kalten.

Kalten avait veillé en compagnie des Péloï ; il avait les yeux injectés de sang et les mains tremblantes quand Émouchet l'avait réveillé.

– Avance, Kalten, lui dit Séphrénia.

– Bien entendu, répondit-il, sarcastique. Mais dans quelle direction ?

– Le sud-est.

– Parfait, mais où est le sud-est ?

– Par là, répondit-elle en tendant le bras.

– Comment le sais-tu ?

Elle lui parla rapidement en styrique.

– Là, cela devrait tout expliquer.

– Petite mère, je ne comprends pas le moindre mot.

– Ce n'est pas ma faute, mon petit.

L'aube mit longtemps à poindre, car la couverture nuageuse était particulièrement épaisse à l'est. Ils commencèrent à apercevoir la silhouette lointaine de pics déchiquetés... des pics qui ne pouvaient se trouver qu'en Zémoch.

En fin de matinée, Kurik tira sur ses rênes.

– Voilà le pic rouge dont vous avez parlé, Émouchet, annonça-t-il en tendant le bras.

– On dirait qu'il saigne, n'est-ce pas ? fit remarquer Kalten. A moins que ce ne soit dû à mes yeux.

– Il y a peut-être un peu des deux, Kalten, lui dit Séphrénia. Tu n'aurais pas dû boire autant de bière, hier soir.

– Pourquoi me parles-tu d'hier soir, petite mère, fit-il d'une voix lugubre.

– Très bien, messieurs, annonça-t-elle. Le moment

est venu de changer de vêtements, je pense. Vos armures risqueraient d'être un peu trop ostentatoires en Zémoch. Mettez vos jaserans s'il le faut, mais j'ai des blouses de Styriques pour chacun de vous. Quand vous vous serez changés, je m'occuperai de vos visages.

– Je suis plutôt habitué au mien, lui dit Ulath.

– Toi peut-être, Ulath, mais il surprendrait assez les Zémochs.

Les cinq chevaliers et Bérit ôtèrent leurs armures... les chevaliers avec un certain soulagement, Bérit avec une nette répugnance. Puis ils enfilèrent leurs cottes de mailles à peine plus confortables et enfin leurs blouses styriques.

Séphrénia les considéra d'un œil critique.

– Gardez vos baudriers sur la blouse, pour l'instant. Je doute que les Zémochs aient de vraies habitudes sur la manière de porter leurs armes. Si l'avenir devait nous détromper, nous procéderons à des ajustements. A présent, ne bougez plus.

Elle passa d'un homme à l'autre, lui touchant le visage et prononçant les mêmes incantations.

– On dirait que ça n'a pas marché, dame Séphrénia, déclara Bévier en examinant ses compagnons. Ils ont tous la même figure.

– Je n'essaie pas de les dissimuler à tes yeux, Bévier. (Elle sourit, s'approcha de sa selle et tira un miroir de poche de l'un des sacs.) Voici comment les Zémochs te verront.

Elle lui tendit le miroir.

Bévier jeta un coup d'œil et fit un signe pour éloigner le mauvais sort.

– Grand Dieu ! haleta-t-il. Je suis hideux !

Il tendit rapidement le miroir à Émouchet, qui examina soigneusement son visage. Il avait des cheveux noirs comme le jais, mais sa peau bronzée était désormais pâle, caractéristique de la race styrique. Le front et les pommettes étaient saillants, presque taillés à la serpe. Il nota avec une certaine déception que Séphrénia n'avait pas touché à son nez. Si son appendice cassé ne le dérangeait pas vraiment, il s'était demandé à quoi il pourrait ressembler s'il était à nouveau bien droit.

– Je vous ai fait ressembler à des Styriques purs, leur apprit-elle. Cela est assez courant en Zémoch et me met moins mal à l'aise. Je ne sais pour quelle raison, mais le mélange élène-styrique me donne la nausée.

Elle tendit le bras droit, parla longuement en styrique et fit un grand geste. Un bandeau noir en spirale qui ressemblait beaucoup à un tatouage lui encercla l'avant-bras et le poignet, culminant en une représentation étonnamment vivante d'une tête de serpent dans la paume de sa main.

– Il y a une raison à tout cela, je suppose, dit Tynian en considérant cette marque avec curiosité.

– Bien entendu. Nous repartons ?

La frontière entre la Pélosie et le Zémoch était mal délimitée, apparemment placée le long d'une ligne sinueuse qui suivait la fin des herbes hautes. L'humus à l'est de cette ligne était mince et recouvert de cailloux, la végétation rabougrie. L'orée sombre d'une forêt de conifères se dessinait à environ un mille sur la pente abrupte. Quand ils eurent parcouru la moitié de cette distance, une douzaine de cavaliers en blouses blanches sales émergèrent de la forêt et s'approchèrent.

– Je m'en charge, annonça Séphrénia. Mais ne dites rien et tâchez de ne pas paraître menaçants.

Les Zémochs s'arrêtèrent. Certains d'entre eux avaient sur les traits une espèce d'air inachevé ; s'il en était qui auraient facilement pu passer pour des Élènes, d'autres semblaient un mélange malsain d'Élènes et de Styriques.

– Toute gloire au Redoutable Dieu des Zémochs, entonna leur chef en une langue abâtardie mêlant les caractéristiques les plus déplaisantes de l'élène et du styrique.

– Tu n'as pas prononcé son nom, kedjek, répondit froidement Séphrénia.

– Comment connaît-elle le nom de ce gaillard ? chuchota Kalten à Émouchet.

– « Kedjek » n'est pas un nom, c'est une insulte.

Le visage du Zémoch pâlit encore plus et ses yeux noirs s'étrécirent sous la haine.

– Les femmes et les esclaves ne s'adressent pas ainsi aux membres de la garde impériale ! lança-t-il.

– La garde impériale ! se moqua Séphrénia. Ni toi ni aucun de tes hommes ne seriez capables d'arriver à la cheville d'un garde impérial. Prononce le nom de ton Dieu, que je sache si tu appartiens à la foi véritable. Prononce-le, kedjek, si tu ne veux pas mourir.

– Azash, marmotta l'homme, légèrement intimidé.

– Son nom est souillé par la bouche qui l'a prononcé, lui dit-elle. Mais Azash apprécie parfois les souillures.

Le Zémoch se redressa.

– J'ai pour ordre de rassembler la population, déclara-t-il. Le jour est proche où le Bienheureux Otha tendra le poing pour écraser et asservir les incroyants de l'ouest.

– Obéis donc. Continue ton travail. Sois diligent, car Azash paie de souffrances l'absence de zèle.

– Je n'ai nul besoin d'une femme pour me donner des instructions, dit-il froidement. Prépare-toi à conduire tes serviteurs sur les lieux de la guerre.

– Ton autorité ne s'applique pas à moi.

Elle leva la main droite, la paume dirigée vers lui. Les marques sur son avant-bras et son poignet semblèrent se tortiller, monter, et l'image de la tête de serpent siffla, sa langue fourchue s'agitant.

– Tu as la permission de me saluer, lui dit-elle.

Le Zémoch recula, les yeux écarquillés d'horreur. Comme le rituel de la salutation styrique impliquait d'embrasser les mains, la « permission » de Séphrénia était une invite au suicide.

– Pardonne-moi, Grande Prêtresse, dit-il d'une voix tremblante.

– Je ne puis, répondit-elle sévèrement. (Elle considéra les autres Zémochs qui avaient les yeux exorbités de terreur.) Ce détritus m'a offensée, leur dit-elle. Faites selon la coutume.

Les Zémochs sautèrent à terre, mirent à bas de selle leur chef qui se débattait et le décapitèrent séance tenante. Séphrénia, qui eût normalement considéré une telle sauvagerie avec répulsion, assista sans ciller à l'exécution.

– Approprié, dit-elle simplement. Exposez ce qu'il en reste selon la coutume et continuez votre tâche.

– Ah... euh... Grande Prêtresse, bégaya l'un des hommes, nous n'avons plus de chef.

– Toi, tu as parlé. C'est donc toi leur chef. Si tu t'acquittes correctement de ta tâche, tu seras récompensé. Sinon, tu auras droit au châtiment. A présent, écartez cette charogne de mon chemin.

Elle toucha des talons les flancs de Ch'iel et la blanche haquenée avança en évitant délicatement la mare de sang.

– Les postes à responsabilité semblent assez risqués, chez les Zémochs, commenta Ulath.

– Exact, acquiesça Tynian.

– Étiez-vous réellement obligée de lui faire ça, dame Séphrénia ? demanda Bévier d'une voix étouffée.

– Oui. Un Zémoch qui offense le clergé est toujours puni, et en Zémoch il n'existe qu'un seul châtiment.

– Comment as-tu fait bouger l'image du serpent ? lui demanda Talen, une légère frayeur dans le regard.

– Il a simplement *paru* bouger.

– Il n'aurait donc pu le mordre réellement, n'est-ce pas ?

– Il aurait *pensé* qu'il l'avait mordu, ce qui revenait au même. Jusqu'où Kring t'a-t-il dit que nous devions nous enfoncer dans cette forêt, Émouchet ?

– Une journée de cheval. Nous tournerons au sud à la lisière est... juste avant d'arriver aux montagnes.

– En route, donc.

Ils ressentaient tous une certaine crainte révérencielle devant la transformation qu'avait apparemment subie Séphrénia. L'arrogance inhumaine qu'elle avait affichée durant la rencontre avec les Zémochs était tellement différente de l'habituelle Séphrénia qu'ils avaient même légèrement *peur*. Ils s'enfoncèrent dans la forêt obscure dans un silence intimidant, jetant fréquemment des regards dans sa direction. Elle finit par tirer sur les rênes de sa monture.

– Est-ce que vous allez arrêter ça ? dit-elle sèchement. Je n'ai pas une nouvelle tête, vous savez. Je joue le rôle d'une prêtresse zémoch et je me comporte exactement comme l'exige ce poste. Quand on imite un monstre, il faut parfois commettre des actes monstrueux. Maintenant, nous repartons. Raconte-nous une histoire, Tynian. Éloigne notre esprit de ces désagréables événements.

– Oui, petite mère, répondit le Deiran au large visage.

Émouchet avait remarqué que, inconsciemment peut-être, ils s'étaient tous mis à l'appeler ainsi.

A la nuit, ils campèrent dans la forêt et repartirent le lendemain matin sous des cieux encore nuageux. Ils grimpaient dans la forêt à un rythme régulier et, au fur et à mesure de leur ascension, l'air se refroidissait. Il devait être midi quand ils atteignirent la bordure orientale de la forêt et prirent au sud tout en restant à une centaine de pas sous les arbres pour profiter de l'abri qu'ils leur procuraient.

Comme Émouchet en avait été averti par Kring, ils arrivèrent en fin de journée à un bosquet d'arbres morts. La bande blanche et nue descendait du flanc de la montagne comme une cascade lépreuse, au parfum infect, ravagée par les champignons et large d'environ une lieue.

– Cet endroit ressemble à la banlieue de l'Enfer, déclara Tynian d'une voix lugubre.

– Peut-être à cause du temps couvert, lui dit Kalten.

– Je ne crois pas que le soleil arrangerait beaucoup les choses, lui objecta Ulath.

– Qu'est-ce qui a pu ravager ainsi une aussi vaste région ? demanda Bévier en frémissant.

– La terre elle-même est malade, lui répondit Séphrénia. Ne nous attardons pas davantage que nécessaire dans ce bois maudit, mes petits. Un homme n'est pas un arbre, mais les miasmes de cette forêt sont néfastes.

– La lumière va nous manquer, Séphrénia, signala Kurik.

– Ce ne sera pas un problème. Nous en aurons suffisamment pour continuer.

– Qu'est-ce qui a rendu ces terres malades, dame Séphrénia ? demanda Bérit en inspectant les arbres blancs qui surgissaient du sol contaminé comme autant de squelettiques mains suppliantes.

– Il est impossible de le savoir, Bérit, mais la puanteur de ces terres est celle de la mort. Il gît sans doute sous le sol des horreurs qui dépassent l'imagination. Laissons ces lieux derrière nous.

Le ciel s'assombrissait avec l'approche du soir, mais à la tombée de la nuit les arbres morts autour d'eux se mirent à émettre une lueur verdâtre maladive.

– C'est toi qui fais ça, Séphrénia ? demanda Kalten. Qui fabrique cette lumière, je veux dire ?

– Non. Cette lumière ne résulte d'aucune magie.

Kurik eut un petit rire forcé.

– J'aurais dû m'en souvenir, dit-il.

– De quoi ? lui demanda Talen.

– Les souches pourries et autres émettent parfois une lueur dans le noir.

– Je l'ignorais.

– Tu as passé trop de temps dans les villes, Talen.

– Il faut bien aller là où sont les clients. (Le gamin haussa les épaules.) On ne gagne pas grand-chose à escroquer des grenouilles.

Ils purent passer les premières heures de la nuit à avancer dans cette lueur verdâtre, le nez et la bouche couverts par leurs capes. Peu avant minuit, ils atteignirent une crête abrupte couverte d'une forêt. Ils s'engagèrent parmi les arbres sains et purent s'installer dans une cuvette où l'air leur parut bizarrement suave et pur après ces heures passées dans la puanteur des bois morts.

La perspective qui se présenta à eux le lendemain matin quand ils eurent franchi la crête n'était guère plus encourageante. Ce qu'ils avaient dû affronter la veille était d'une blancheur mortelle. Aujourd'hui, ils avaient devant eux un désert tout aussi mort, mais noir.

– Qu'est-ce que c'est que ça ? souffla Talen en considérant l'étendue bouillonnante de mélasse noire d'apparence poisseuse.

– Ce sont les marigots de bitume dont a parlé Kring, lui répondit Émouchet.

– Nous pouvons faire un détour.

– Non. Le bitume suinte le long d'une falaise et les marigots s'étendent sur des lieues à la ronde.

Ils aperçurent en effet un éperon rocheux à environ cinq milles au sud. Tout près s'élevait un plumet de flammes bleuâtres presque aussi haut que la flèche qui dominait la cathédrale de Cimmura.

– Comment espérer traverser ceci ? s'exclama Bévier.

– Avec prudence, sans doute, répondit Ulath. J'ai traversé quelques marais de sables mouvants, en Thalésie. On passe beaucoup de temps à sonder devant soi avec un bâton... le plus long possible.

– Les Péloï ont marqué la piste, leur assura Émouchet. Ils ont planté des pieux en terre ferme.

– Et de quel côté de ces pieux sommes-nous censés rester ? demanda Kalten.

– Kring ne l'a pas précisé. (Émouchet haussa les épaules.) Nous ne tarderons pas à le découvrir en avançant.

Ils engagèrent prudemment leurs montures dans la descente, puis dans le marécage noir et poisseux. L'air était chargé de l'odeur pénétrante de naphte et Émouchet se sentit rapidement pris de vertiges. De grosses bulles visqueuses apparaissaient de part et d'autre à la surface du bitume et éclataient en produisant un bruit d'éructation très bizarre.

En atteignant l'extrémité sud du marigot, ils passèrent à côté de la colonne de flammes bleues qui grondait sans cesse en jaillissant de terre. Peu après, le sol remontait et ils quittèrent le marais de bitume. Le contraste était peut-être dû à la chaleur des gaz issus de terre, mais ils trouvèrent l'air beaucoup plus froid.

– Le temps va changer, signala Kurik. De la pluie, probablement, mais aussi de la neige.

– Une balade en montagne sans neige n'est pas complète, fit remarquer Ulath.

– Que devons-nous chercher, à présent ? demanda Tynian à Émouchet.

– Ça, répondit-il en montrant une haute falaise dont la paroi était rayée diagonalement de larges bandes jaunes. Les indications de Kring sont vraiment remarquables. (Il inspecta les alentours et vit un arbre dont l'écorce avait été en partie découpée.) Parfait. La piste de la passe est marquée. Remettons-nous en route avant le début de la pluie.

La passe était en fait un antique lit de cours d'eau. Le climat de l'Éosie avait changé au cours des millénaires et, tandis que le Zémoch devenait de plus en plus aride, la rivière qui avait patiemment sculpté le ravin étroit avait tari à la source, laissant une gorge étroite remontant vers l'impressionnante falaise.

Comme l'avait prédit Kurik, la pluie commença en fin d'après-midi. C'était une bruine régulière qui pénétrait tout.

– Sire Émouchet, lança Bérit à l'arrière. Je pense qu'il faudrait que vous voyiez ceci.

Émouchet tira sur ses rênes et retourna sur ses pas.

– De quoi s'agit-il, Bérit ?

Bérit indiqua l'ouest où le soleil couchant n'était plus qu'une tache un peu plus claire dans le ciel pluvieux. Au centre de ce point clair planait un nuage amorphe noir comme de l'encre.

– Il se déplace dans le mauvais sens, sire Émouchet. Tous les autres nuages vont vers l'ouest. Celui-ci se déplace vers l'est, dans notre direction. Il ressemble au nuage dans lequel se cachaient les hommes-de-l'aube, n'est-ce pas ? Celui qui nous suivait.

Le moral d'Émouchet subit un coup sévère.

– En effet, Bérit. Séphrénia ! lança-t-il.

Elle vint les rejoindre.

– Il est revenu, lui dit Émouchet en tendant le bras.

– Je vois. Tu ne t'attendais quand même pas qu'il disparaisse, n'est-ce pas, Émouchet ?

– On peut toujours espérer. Que pouvons-nous faire ?

– Rien.

Il carra les épaules.

– Alors, nous repartons.

La gorge étroite sinuait parmi les roches et ils la suivirent lentement tandis que le soir tombait. A un tournant serré de l'ancien lit de la rivière, ils trouvèrent un éboulis qui était en fait dû à l'écroulement de la falaise sud et bloquait apparemment le ravin:

– Voilà qui est assez impressionnant, fit remarquer Bévier. J'espère que Kring vous a donné de bonnes indications, Émouchet.

– Nous sommes censés passer à gauche. Nous verrons un empilement de branches et de bûches contre la falaise nord. Il suffit de les écarter pour trouver un passage conduisant sous l'éboulis. Les Péloï l'utilisent quand ils vont en Zémoch chasser des oreilles.

Kalten s'essuya le visage.

– Allons jeter un coup d'œil.

Le tas d'arbres arrachés et de broussailles emmêlées avait un aspect assez naturel à la lumière qui faiblissait rapidement. Talen mit pied à terre, grimpa sur une grosse branche presque verticale et scruta l'intérieur d'une trouée sombre dans cet enchevêtrement.

– Allô ! lança-t-il dans l'ouverture.

L'écho caverneux de sa voix lui revint.

– Dis-nous si quelqu'un répond, lui demanda Tynian.

– C'est bon, Émouchet, annonça le gamin. Derrière ceci il y a un espace suffisamment large.

– Alors, mettons-nous au travail, suggéra Ulath. (Il leva les yeux sur le ciel pluvieux de plus en plus sombre.) Nous n'aimerions guère passer la nuit ici, ajouta-t-il. Là, on sera à l'abri et de toute façon il va faire nuit.

Ils utilisèrent des bouts de branches pour fabriquer des jougs et se servirent des chevaux de bât pour écarter l'empilement. L'ouverture était triangulaire, vu que le passage s'appuyait contre la falaise. Elle était étroite et sentait le remugle.

– Sec et discret, remarqua Ulath. Mais il faudrait d'abord faire du feu pour sécher ces jaserans qui seront tout rouillés autrement.

– Il faut d'abord refermer l'ouverture, dit Kurik.

Évidemment, ils ne pouvaient espérer pouvoir échapper ainsi à un nuage qui les suivait depuis la Thalésie.

Après avoir refermé le trou, ils prirent des torches dans leurs sacs de selle, les éclairèrent et suivirent le passage étroit sur une centaine de pas jusqu'à ce qu'il s'élargisse.

– Suffisant ? demanda Kurik.

– Sec, au moins, répondit Kalten. (Il donna un coup de pied dans le sol sablonneux et retourna un bout de bois qui s'y trouvait enfoui.) On pourra même trouver de quoi faire du feu.

Ils installèrent leur camp dans l'espace quelque peu confiné et ne tardèrent pas à allumer un bon feu.

Talen revint de l'autre extrémité du passage.

– Il y a encore une centaine de pas, rapporta-t-il. L'autre bout est bouché comme en bas. Kring a bien veillé à garder ce chemin secret.

– Comment est le temps, de l'autre côté ? interrogea Kurik.

– De la neige mélangée à de la pluie, à présent, Père.

– On dirait donc que j'avais raison. Enfin, on a tous déjà reçu de la neige.

– A qui est-ce le tour de faire la cuisine ? demanda Kalten.

– A toi, lui dit Ulath.

– Pas encore !

– Si, désolé.

Kalten alla jusqu'aux sacs en grommelant et s'activa.

Le repas consistait en rations de voyage péloï, du mouton fumé, du pain noir et une soupe épaisse de pois secs. Nourrissant, mais sans saveur remarquable. Après le repas, Kalten débarrassa. Il ramassait les gamelles quand il s'arrêta soudain.

– Ulath ? demanda-t-il d'un air soupçonneux.

– Oui, Kalten.

– Depuis que nous voyageons ensemble, je ne t'ai jamais vu cuisiner plus d'une fois ou deux.

– Oui, sans doute.

– Quand ton tour vient-il ?

– Jamais. Je suis chargé de veiller à ce que chacun

prenne son tour. Tu ne voudrais quand même pas que je fasse ça et en plus que je prépare les repas, n'est-ce pas ? Après tout, ce n'est que justice.

– Et qui t'en a chargé ?

– Je me suis porté volontaire. Les chevaliers de l'Église sont censés le faire quand un travail désagréable se présente. C'est une des raisons pour lesquelles les gens nous respectent autant.

Ils s'assirent autour du feu et le fixèrent avec morosité.

– Les jours comme celui-ci, je me demande pour quelle raison j'ai choisi la carrière de chevalier, dit Tynian. J'avais l'opportunité de devenir homme de loi quand j'étais plus jeune. Je croyais que ce serait rasoir, alors j'ai choisi ceci. Je me demande pour quelle raison.

Il y eut un murmure général d'acquiescement.

– Messieurs, dit Séphrénia, chassez ces pensées de vos esprits. Je vous ai déjà dit que si nous devenons mélancoliques ou sombrons dans le désespoir, nous tomberons droit dans les mains de nos ennemis. Un nuage sombre au-dessus de nos têtes suffit largement. N'ajoutons pas de nuages de notre cru. Quand la lumière faiblit, les ténèbres l'emportent.

– Si tu voulais nous réconforter, tu t'y prends d'une drôle de manière, Séphrénia, lui apprit Talen.

Elle eut un léger sourire.

– Peut-être me suis-je montrée *un petit peu* théâtrale. Ce qui compte, mes enfants, c'est que nous devons tous veiller au grain. Attention à la déprime, au découragement et, par-dessus tout, à la mélancolie. La mélancolie est une forme de folie, vous savez.

– Que faut-il donc faire ? lui demanda Kalten.

– C'est extrêmement simple, Kalten. Tu surveilles Ulath de très près. Dès qu'il commence à se comporter comme un papillon, parles-en à Émouchet. De mon côté, je veille à ce que tu ne manifestes pas de signes de grenouillerie. Dès que tu te mettras à attraper des mouches avec la langue, je saurai que tu as perdu la boule.

CHAPITRE VINGT-QUATRE

Des flocons de neige de la taille de demi-couronnes se mêlaient à la bruine pour tomber en tournoyant dans la passe étroite. Des corbeaux couleur de suie étaient perchés sur les branches d'arbres, les plumes humides et le regard torve. Par ce genre de matin, on aspirait à des murs épais, un toit robuste et un feu bien nourri, mais ce genre de luxe n'étant pas disponible, Émouchet et Kurik s'enfoncèrent encore plus dans les fourrés de genévriers.

– Tu es sûr ? chuchota Émouchet à son écuyer.

Kurik branla du chef.

– C'était de la fumée, Émouchet, répondit-il à voix basse, et quelqu'un faisait frire du lard avec une certaine maladresse.

– On ne peut qu'attendre. Je n'ai pas envie de tomber sur quelqu'un par hasard.

Il essaya de changer de position, mais il était coincé entre les troncs de deux gros buissons.

– Qu'est-ce qu'il y a ? chuchota Kurik.

– J'ai de l'eau qui me dégouline dans le cou.

Kurik lui adressa un long regard soucieux.

– Comment vous sentez-vous, monseigneur ? demanda-t-il.

– Humide. Merci quand même de t'en enquérir.

– Vous savez ce que je veux dire. Je suis censé vous surveiller. Vous êtes la clé de toute cette histoire. Peu importe si nous nous apitoyons sur notre propre sort, mais vous, vous ne devez pas éprouver de doutes ni de peurs, sinon nous aurons *tous* de gros ennuis.

– Séphrénia est parfois comme une mère poule.

– Elle vous aime, Émouchet. C'est tout à fait naturel qu'elle se fasse du souci pour vous.

– Je suis un grand garçon, à présent, Kurik. Je suis même marié.

– Ma foi, c'est vrai. Bizarre que je l'aie oublié.

– Très drôle.

Ils attendirent en tendant l'oreille, mais ils n'entendaient que les gouttes d'eau qui tombaient des branches.

– Émouchet, fit enfin Kurik.

– Oui ?

– S'il devait m'arriver malheur, vous vous occuperez d'Aslade, n'est-ce pas ? Et de mes garçons ?

– Il ne t'arrivera rien, Kurik.

– Sans doute, mais il faut quand même que je sache.

– Une pension est prévue pour toi... et de taille, d'ailleurs. Il me faudra peut-être vendre quelques arpents pour l'assurer. Aslade n'a pas de souci à se faire.

– En supposant naturellement que vous surviviez à cette expédition.

– Ne t'en fais pas pour ça, mon ami. C'est dans mon testament. Vanion y veillera... ou Ehlana.

– Vous pensez à tout, n'est-ce pas, Émouchet ?

– J'ai un métier dangereux. Je suis plus ou moins tenu de prendre des précautions... juste en cas d'accident. (Émouchet adressa un large sourire à son ami.) Est-ce que ce sujet est obscurément censé me remonter le moral ?

– Je voulais savoir, c'est tout. Il vaut mieux avoir l'esprit tranquille dans ce domaine. Aslade devrait donc pouvoir permettre aux garçons de choisir leur métier.

– Ils ont déjà un métier, Kurik.

– Paysans ? Ça me semble assez léger.

– Je ne parlais pas de la ferme. J'en ai discuté avec Vanion. Ton aîné entrera probablement dans le noviciat à la fin de cette expédition.

– C'est ridicule, Émouchet.

– Pas vraiment. L'ordre des Pandions a toujours

besoin d'hommes de valeur, et s'ils sont tous comme leur père, tes fils seront parmi les meilleurs. On t'aurait adoubé, il y a des années, si tu avais accepté que je t'en convainque. Tu es têtu, Kurik.

– Émouchet, vous... (Il s'interrompit.) Quelqu'un arrive ! souffla-t-il.

– C'est complètement idiot, lança une voix de l'autre côté des fourrés dans le mélange d'élène et de styrique qui identifiait le locuteur comme étant zémoch.

– Qu'est-ce qu'il a dit ? chuchota Kurik. Je n'arrive pas à suivre ce charabia.

– Je t'expliquerai après.

– Pourquoi tu ne retournes pas dire à Surkhel que c'est un idiot, Houna ? suggéra une autre voix. Je suis sûr que ton opinion l'intéressera beaucoup.

– Surkhel est lui-même idiot, Timak. Il est de Korakach. Là-bas, ils sont tous soit dingues, soit faibles d'esprit.

– Nos ordres nous viennent d'Otha, pas de Surkhel, Houna. Surkhel se contente de nous donner les ordres qu'il reçoit.

– Otha ! se moqua Houna. Je ne crois pas en son existence. C'est les prêtres qui l'ont inventé. Qui l'a déjà vu ?

– Tu as de la chance que je sois ton ami, Houna. Tu pourrais te retrouver transformé en nourriture pour les vautours pour ce genre de langage. Arrête de te plaindre comme ça. Ce n'est pas si grave. Nous avons simplement à nous balader pour trouver des gens dans une campagne où il n'y a plus personne. Tout le monde a déjà été rassemblé et envoyé en Lamorkand.

– J'en ai assez de cette pluie, c'est tout.

– Sois heureux qu'il ne tombe que de l'eau, Houna. Quand nos amis affronteront les chevaliers de l'Église sur les plaines de Lamorkand, ils plongeront probablement dans des nuages de feu, d'éclairs ou de serpents venimeux.

– Les chevaliers de l'Église ne sont pas si dangereux, repartit Houna. Nous avons Azash pour nous protéger.

– Tu parles d'une protection ! Azash fait bouillir des bébés zémochs pour sa soupe.

– Ce sont là des superstitions absurdes, Timak.

– Connaîtrais-tu quelqu'un qui soit entré dans le temple et en soit revenu ?

Un sifflement aigu retentit dans le lointain.

– Voilà Surkhel, annonça Timak. C'est le moment d'y aller. Je me demande s'il sait combien ses sifflements sont irritants.

– Il faut bien qu'il siffle, Timak. Il n'a pas encore appris à parler. Allons-y.

– Qu'est-ce qu'ils disaient ? chuchota Kurik. Qui sont-ils ?

– Ils doivent appartenir à une espèce de patrouille.

– Ils nous cherchent ? Martel est-il arrivé à envoyer des gens à nos trousses, malgré tout ?

– Je ne pense pas. D'après leur conversation, ils doivent récupérer tous ceux qui ne sont pas encore à la guerre. Retrouvons les autres et repartons.

– Mais qu'est-ce qu'ils disaient donc ? demanda encore Kurik quand ils se remirent tous en route.

– Ils se plaignaient. Comme tous les soldats du monde. Je crois que si l'on écarte toutes ces histoires horribles, on découvrira que les Zémochs ne sont pas tellement différents des gens ordinaires un peu partout.

– Ils adorent Azash, dit Bévier d'un air têtu. Cela en fait des monstres par définition.

– Ils *craignent* Azash, Bévier, le reprit Émouchet. Il y a une différence entre la peur et l'adoration. Je ne pense pas qu'on devrait se lancer dans une guerre d'annihilation totale en Zémoch. Il faut se débarrasser des fanatiques et des troupes d'élite... ainsi que d'Azash et d'Otha, bien entendu. Après ça, on pourra laisser le peuple choisir sa propre théologie, qu'elle soit élène ou styrique.

– C'est une race dégénérée, Émouchet, insista Bévier. Les mariages mixtes entre Styriques et Élènes sont une abomination aux yeux de Dieu.

Émouchet poussa un soupir. Bévier était ultraconservateur, et discuter avec lui était inutile.

– On pourra voir ça après la guerre. Pour l'instant, nous avançons. Gardons l'œil ouvert, mais je ne pense pas que nous aurons à essayer de nous faufiler dans la campagne.

Ils finirent par quitter la passe pour rejoindre un plateau parsemé de collines et de bouquets d'arbres. La pluie continuait de tomber et les gros flocons de neige qui s'y mêlaient se faisaient de plus en plus épais au fur et à mesure de la progression vers l'est. Ils campèrent le soir dans un bosquet d'épicéas et leur feu, alimenté en brindilles et branches humides, fut assez maladif. Ils se réveillèrent le lendemain matin sur un plateau couvert de trois pouces de neige.

– L'heure est aux décisions, Émouchet, dit Kurik en contemplant la neige qui continuait de tomber.

– Oh ?

– Soit nous suivons encore cette piste... qui n'est déjà pas très nette et aura sans doute complètement disparu dans une heure... soit nous prenons droit au nord. Nous pourrions rejoindre la route de Viléta vers midi.

– Tu as une certaine préférence, je suppose ?

– Oui, dans un certain sens. Ça ne me dit rien d'errer à la recherche d'une piste qui risque de ne même pas conduire là où nous voulons aller.

– Très bien, Kurik. Puisque tu y tiens tellement, nous ferons selon ton idée. Ce que je voulais surtout, c'était traverser ces terres frontalières où Martel avait l'intention de nous tendre des embuscades.

– Nous allons perdre une demi-journée, lui signala Ulath.

– Nous perdrons bien davantage si nous tournons en rond parmi ces montagnes, répliqua Émouchet. Nous n'avons pas de rendez-vous précis avec Azash. Il nous accueillera le jour où nous arriverons.

Ils s'enfoncèrent vers le nord à travers la neige boueuse, accompagnés par les flocons épais et la brume qui obscurcissaient les collines. La neige collante se plaquait maintenant contre eux et ajoutait l'inconfort à la morosité. Ni Ulath ni Tynian ne réussirent à les encourager par leurs efforts en matière d'humour et, au bout d'un certain temps, chacun continua de chevaucher lentement, absorbé par sa mélancolie.

Comme l'avait prédit Kurik, ils atteignirent la route de Viléta en milieu de journée et ils reprirent la direction de l'est. Rien ne révélait que la chaussée eût été empruntée depuis le début de la neige. Il fut difficile de déterminer quand commença la soirée dans cette journée obturée par la neige. Ils s'abritèrent pour la nuit dans une antique grange décrépite et, comme ils le faisaient toujours en terrain hostile, ils établirent un tour de garde.

Ils évitèrent Viléta à la fin du jour suivant. La ville ne présentait pour eux aucun intérêt et ils ne voulaient pas courir de risques.

– Abandonnée, annonça Kurik tandis qu'ils passaient à distance respectueuse de la cité.

– Comment sais-tu cela ? interrogea Kalten.

– Aucune fumée. Il fait très froid et il neige encore. Ils devraient faire du feu.

– Oh.

– Je me demande s'ils n'ont pas oublié quelque chose en partant, fit Talen, les yeux brillants.

– Ne t'en soucie pas, lui dit sèchement Kurik.

La neige ralentit quelque peu le lendemain et leur moral remonta nettement ; mais quand ils se réveillèrent le jour suivant, il neigeait à nouveau et leur humeur sombra encore.

– Pourquoi faisons-nous ceci, Émouchet ? demanda Kalten d'une voix morose en fin de journée. Pourquoi nous ?

– Parce que nous sommes chevaliers de l'Église.

– Il existe d'autres chevaliers de l'Église, tu sais. Nous n'en avons pas fait assez ?

– Tu veux tourner casaque ? Je n'ai obligé personne à m'accompagner.

Kalten secoua la tête.

– Bien entendu. J'ignore ce qui m'est passé par la tête. Excuse-moi. Oublie ce que j'ai dit.

Mais Émouchet ne l'oublia pas. Le même soir, il prit Séphrénia à part.

– Je pense que nous avons un problème, lui dit-il.

– Est-ce que tu éprouves des sensations inhabituelles ? demanda-t-elle rapidement. Des impressions provenant d'en dehors de toi ?

– Je ne te suis pas vraiment.

– Nous l'avons tous remarqué. Nous avons tous connu des moments subits de doute et de déprime. (Elle eut un léger sourire.) Ce n'est pas vraiment dans le caractère des chevaliers de l'Église, tu sais. La plupart du temps, votre optimisme frise la folie. Ces doutes et cette mélancolie nous viennent de l'extérieur. Est-ce cela que tu ressens ? C'est ça, ton problème ?

– Non, lui assura-t-il. Je me sens un peu déprimé, mais je pense que cela vient du temps. Je veux parler des autres. Kalten est venu aujourd'hui me demander pour quelle raison c'était *nous* qui devions nous charger de ceci. Jamais Kalten ne poserait une telle question. En général, il faut le retenir, mais à présent on dirait qu'il est prêt à faire son paquetage pour rentrer chez lui. Si mes amis ressentent cela, pourquoi pas moi ?

Elle plongea son regard dans la neige qui tombait toujours. Une nouvelle fois, il fut frappé par sa beauté intemporelle.

– Je pense qu'il a peur de toi.

– Kalten ? C'est absurde !

– Je ne voulais pas parler de Kalten, mais d'Azash, Émouchet.

– Ridicule !

– Je sais, mais je crois que c'est cela. Finalement, tu contrôles davantage le Bhelliom que tous ceux qui l'ont déjà possédé. Ghwerig lui-même n'avait pas ce pouvoir sur cette pierre. Voilà de quoi Azash est réellement effrayé. C'est pour cette raison qu'il ne veut pas t'attaquer de front et qu'il essaie de décourager tes amis. Il s'attaque à Kalten, Bévier et les autres parce qu'il a peur de t'affronter directement.

– Toi aussi ? Tu es également abattue ?

– Bien sûr que non.

– Et pourquoi cela ?

– Ce serait trop long à expliquer. Je m'occupe de cette question, Émouchet. Va te coucher.

Ils se réveillèrent le lendemain matin en entendant un

son familier. Il était clair et pur, et si la mélodie de la syrinx était en ton mineur, elle n'en était pas moins emplie d'une joie intemporelle. Un petit sourire se dessina sur les lèvres d'Émouchet et il réveilla Kalten en le secouant.

– Nous avons de la compagnie, lui annonça-t-il.

Kalten s'assit et tendit la main vers son épée. Puis il entendit la flûte.

– Eh bien, enfin ! (Il eut un large sourire.) Il était temps. Je serai heureux de la revoir.

Ils sortirent de leur tente et regardèrent autour d'eux. Il neigeait toujours et la brume opiniâtre rôdait parmi les arbres. Séphrénia et Kurik étaient assis auprès du petit feu devant leur tente.

– Où est-elle ? demanda Kalten en scrutant les flocons de neige.

– Elle est ici, répondit calmement Séphrénia en sirotant son thé.

– Je ne la vois pas.

– Ce n'est pas nécessaire, Kalten. Il te suffit de savoir qu'elle est ici.

– Ce n'est pas pareil, Séphrénia, répondit-il d'une voix légèrement déçue.

– Elle y est donc arrivée, hein ? demanda Kurik en riant.

– Qu'a-t-elle fait ?

– Elle a braconné sur les terres du Dieu élène et elle lui a pris sous le nez tout un groupe de chevaliers de l'Église.

– Ne dis pas de bêtises. Jamais elle ne ferait cela.

– Oh, vraiment ? Regarde un peu Kalten. Que je sois pendu si je ne lis pas de l'adoration sur son visage. Si je lui fabriquais quelque chose qui ressemble un peu à un autel, je suis prêt à parier qu'il se mettrait à genoux.

– C'est absurde, dit Kalten, l'air légèrement embarrassé. Je l'aime bien, c'est tout. Je me sens bien quand elle est là.

– Mais oui, fit Kurik, sceptique.

– Je ne crois pas qu'il faudrait qu'on continue ce genre de conversation quand Bévier nous aura rejoints, les mit en garde Séphrénia. Ne le troublons pas trop.

Les autres sortirent aussi de leurs tentes avec de larges sourires. Ulath riait même à gorge déployée.

Leur moral s'était considérablement amélioré et la lugubre matinée paraissait ensoleillée. Même leurs chevaux semblaient alertes, presque fringants. Émouchet et Bérit allèrent leur apporter leur ration matinale d'avoine. Faran les saluait habituellement par un regard carrément rancunier, mais ce jour-là le gros rouan sans grâce était calme, voire serein. Il fixait attentivement un gros bouleau aux larges branches. Émouchet jeta un coup d'œil à l'arbre et resta paralysé. L'arbre était à moitié dissimulé par la brume, mais il eut l'impression d'apercevoir très nettement la silhouette familière de la petite fille qui venait de chasser leur désespoir grâce à son chant joyeux. Elle était exactement comme il l'avait vue pour la première fois. Elle était assise sur une grosse branche et tenait sa syrinx contre ses lèvres. Le bandeau d'herbes tressées retenait ses cheveux noirs luisants, elle portait toujours la blouse de lin courte dotée d'une ceinture et ses petits pieds tachés d'herbe étaient croisés aux chevilles. Ses grands yeux noirs l'observaient et l'on distinguait un soupçon de fossette sur les joues.

– Bérit, fit doucement Émouchet. Regarde.

L'apprenti se retourna et s'arrêta soudain.

– Bonjour, Flûte, lui dit-il d'une voix bizarrement dépourvue de surprise.

Aphraël lui lança un petit trille en signe de reconnaissance, puis elle reprit sa mélodie. La brume se mit alors à tournoyer autour de l'arbre, et quand elle eut disparu Flûte n'était plus là. Mais la mélodie continuait.

– Elle a l'air en forme, n'est-ce pas ? dit Bérit.

– Comment pourrait-il en être autrement ? demanda Émouchet en riant.

Les journées parurent alors se succéder à un rythme accéléré. Leur pénible avance à travers tristesse et neige prit un petit air de vacances. Ils riaient, plaisantaient et ignoraient même les intempéries, qui n'allaient pas vers l'embellie. Il continuait de neiger chaque nuit et pendant la matinée, mais aux environs de midi la neige se transformait en pluie et faisait fondre ce qui était tombé auparavant. Aussi n'étaient-ils pas obligés de peiner dans des congères. De temps à autre, ils entendaient les notes de l'instrument d'Aphraël qui les encourageaient.

Plusieurs jours plus tard, ils franchissaient une colline pour contempler l'étendue gris plombé du golfe de Merdjuk qui se déployait devant eux, à demi dissimulée par le brouillard et la bruine glaciale. Une agglomération de bâtisses peu élevées était nichée sur la rive proche.

– Ce doit être Albak, dit Kalten. (Il s'essuya le visage et scruta la ville.) Je ne vois pas de fumée, remarqua-t-il. Non, attendez. Il y a une cheminée allumée... tout près du centre.

– Eh bien, allons-y, dit Kurik. Il va bien falloir voler un bateau.

Ils descendirent la colline et entrèrent dans Albak. La neige encombrait les rues non pavées. Elle n'avait pas été transformée en bouillie liquide, ce qui indiquait clairement que la ville était inhabitée. L'unique colonne de fumée, maigre et maladive, montait de la cheminée d'un bâtiment qui ressemblait à un hangar face à une sorte de grand-place. Ulath huma l'air.

– Une taverne, à en juger d'après l'odeur, annonça-t-il.

Ils mirent pied à terre et entrèrent. La salle était longue et basse de plafond, avec des poutres tachées par la fumée et de la paille moisie au sol. Elle était froide, humide, malodorante. Vu l'absence de fenêtres, la seule lumière provenait d'un petit feu qui clignotait dans l'âtre à l'autre extrémité. Un homme bossu vêtu de haillons réduisait un banc en morceaux à coups de pied pour alimenter le feu.

– Qui va là ? cria-t-il quand ils entrèrent.

– Des voyageurs, répondit Séphrénia en styrique et sur un ton bizarrement étranger. Nous cherchons un endroit où passer la nuit.

– Ne venez pas chercher ici, grommela le bossu. Cet endroit m'appartient.

Il jeta plusieurs bouts du banc dans la cheminée,

s'enveloppa dans une couverture et s'assit en tirant à lui une barrique de bière ouverte et en tendant les mains vers les faibles flammes.

– Nous irons volontiers ailleurs, lui dit-elle. Mais nous avons besoin d'un renseignement.

– Allez demander à quelqu'un d'autre.

Il la fixa de biais. Il avait des yeux bizarrement désynchronisés, regardant dans des directions différentes avec l'air de ceux qui sont presque aveugles. Séphrénia marcha sur la paille moisie et se plaça droit devant l'irrespectueux bossu.

– On dirait que tu es seul, ici.

– Oui, répondit-il d'une voix maussade. Tous les autres sont partis mourir en Lamorkand. Moi, je mourrai ici. Comme ça je n'aurai pas besoin d'aller très loin. A présent, sortez d'ici.

Elle tendit le bras et le fit tourner devant son visage mal rasé. L'image de tête de serpent se leva de sa main, et la langue s'agita. Le bossu à moitié aveugle fit une grimace et tourna la tête en tous sens pour arriver à voir ce qu'elle tenait. Il poussa soudain un cri d'effroi, se leva à demi et bascula par-dessus son tabouret en renversant la barrique de bière.

– Je te donne la permission de me saluer, lui dit Séphrénia d'une voix implacable.

– J'ignorais qui vous étiez, prêtresse, bégaya-t-il. Pardonnez-moi, je vous en prie.

– Nous verrons. Qui d'autre se trouve encore en ville ?

– Personne, prêtresse... rien que moi. Je suis trop éclopé pour voyager et c'est à peine si je vois clair. Ils m'ont abandonné.

– Nous cherchons un autre groupe de voyageurs... quatre hommes et une femme. L'un des hommes a les cheveux blancs. Un autre ressemble à un animal. Les as-tu vus ?

– Pitié, ne me tuez pas !

– Alors, réponds-moi.

– Des gens sont passés par ici hier. C'étaient peut-être ceux que vous recherchez. Je ne sais pas vraiment parce qu'ils ne se sont pas assez rapprochés du feu pour que je voie leur visage. Mais je les ai entendus parler. Ils ont dit qu'ils allaient à Aka avant de rejoindre la capitale. Ils ont volé le bateau de Tassalk.

Le bossu s'assit sur le plancher, serra ses épaules entre ses mains et se mit à se balancer régulièrement d'avant en arrière en gémissant.

– Il est dingue, dit doucement Tynian à Émouchet.

– Oui, acquiesça tristement Émouchet.

– Tous partis, marmonnait le bossu. Tous partis mourir pour Azash. Tuer les Élènes, puis mourir. Azash aime la mort. Tous morts. Tous morts. Tous mort pour Azash.

– Nous allons prendre un bateau, fit Séphrénia en coupant ces lamentations.

– Prenez. Prenez. Personne ne reviendra. Tous morts, et Azash les mangera.

Séphrénia lui tourna le dos et revint auprès des autres.

– Nous partons, annonça-t-elle fermement.

– Que va-t-il lui arriver ? lui demanda Talen à voix basse. Il est tout seul et il est presque aveugle.

– Il mourra, répondit-elle d'un ton brutal.

– Tout seul ? fit Talen d'une voix un peu bouleversée.

– Tout le monde meurt seul, Talen.

Elle les conduisit hors de la taverne d'un pas décidé. Mais une fois sortie, elle fondit en larmes.

Émouchet alla prendre la carte dans son sac de selle. Il l'étudia en fronçant les sourcils.

– Pourquoi Martel veut-il aller à Aka ? marmonna-t-il à Tynian. Ce port se trouve à des lieues de sa route.

– Il existe une route qui mène d'Aka à Zémoch, dit Tynian en montrant la carte. Nous l'avons forcé à adopter un train d'enfer et ses chevaux sont probablement épuisés.

– C'est sans doute ça, acquiesça Émouchet.

– Suivrons-nous la même route ?

– Non. Il ne s'y connaît pas tellement en bateaux, aussi va-t-il tourner maladroitement dans le golfe pendant plusieurs jours. Nous, nous avons Kurik, qui est marin et nous conduira droit à destination. Nous devrions rejoindre la capitale à partir de la rive est en trois jours. Nous aurons pris de l'avance sur lui. Kurik, lança-t-il, il faut trouver un bateau.

Émouchet était appuyé au bastingage de la grosse gabare souillée de goudron qu'avait choisie Kurik. Les vents de surface avaient brièvement tourné et leur embarcation filait plein est sur les eaux du golfe. Émouchet mit la main dans sa tunique et sortit la lettre d'Ehlana.

Mon bien-aimé,

Si tout va bien, tu te trouves près de la frontière zémoch... et ***il faut*** *que je croie que tout va bien, sinon je deviendrai folle. Toi et tes compagnons, vous réussirez, mon Émouchet. Je le sais avec la même certitude que si Dieu en Personne me l'avait dit. Nos vies sont bizarrement contrôlées, mon amour. Nous étions destinés à nous aimer... et à nous marier. Nous n'avons pas eu vraiment le choix, je pense... et de toute façon je n'aurais jamais choisi personne d'autre. Notre rencontre et notre mariage participent d'un dessein plus grandiose... de même que l'association de tes compagnons. Qui eût été plus approprié pour t'assister que ces grands hommes qui chevauchent à tes côtés ? Kalten et Kurik, Tynian et Ulath, Bévier et ce cher Bérit, si jeune et si courageux, tous se sont joints à toi dans l'amour et un but commun. Tu ne peux échouer, mon bien-aimé, avec de tels hommes auprès de toi. Fais diligence, mon champion, mon mari. Conduis tes invincibles compagnons jusqu'à la tanière de notre antique ennemi et affronte-le. Tremble, Azash, car le chevalier Émouchet arrive, Bhelliom au poing, et tous les pouvoirs de l'Enfer ne pourront l'emporter sur lui. Hâte-toi, mon bien-aimé, et sache que tu n'es pas armé uniquement du Bhelliom mais aussi de mon amour.*

Je t'aime,

Ehlana.

Émouchet relut cette lettre à plusieurs reprises. Son épouse, remarqua-t-il, possédait une forte tendance à l'emphase oratoire. Même ses lettres avaient un tour rhétorique. Tout émouvant que fût son message, il eût préféré des paroles un peu moins élaborées, un peu plus authentiques. Il savait à quel point ces émotions lui venaient du cœur, mais il avait l'impression que les phrases bien tournées se mettaient sur la route qui les séparait.

– Ma foi, soupira-t-il, sans doute se détendra-t-elle un peu quand nous nous connaîtrons mieux.

Bérit monta alors sur le pont et Émouchet se rappela un détail. Il relut rapidement la lettre et prit une décision.

– Bérit, est-ce que je peux te dire quelques mots ?

– Bien entendu, sire Émouchet.

– J'ai pensé que tu aimerais voir ceci.

Émouchet lui tendit la lettre. Bérit la regarda.

– Mais c'est personnel, sire Émouchet, protesta-t-il.

– Le contenu te concerne, je crois. Cela pourra t'aider à résoudre un problème dont tu souffres depuis un certain temps.

Bérit lut toute la lettre et une expression étrange envahit son visage.

– Alors, ai-je raison ? lui demanda Émouchet.

Bérit s'empourpra.

– V-vous étiez au courant ? bégaya-t-il.

Émouchet eut un petit sourire forcé.

– Je sais que tu auras peut-être de la peine à le croire, mon ami, mais moi aussi j'ai été jeune. Ce qui t'est arrivé, tous les hommes l'ont probablement connu. Dans mon cas, cela s'est produit quand je suis arrivé à la cour. C'était une jeune femme de la noblesse et j'étais absolument certain que le soleil se levait et se couchait dans son regard. Parfois encore, je pense à elle... avec affection, d'ailleurs. Elle est plus âgée, bien entendu, mais ses yeux me font encore fondre quand elle me regarde.

– Mais vous êtes marié, sire Émouchet.

– L'événement est assez récent et n'a strictement rien à voir avec ce que je ressentais pour cette jeune femme. Ce serait gâcher tes rêves que de songer ainsi à Ehlana. Nous le faisons tous et peut-être cela fait-il partie intégrante de notre éducation.

– J'espère que vous n'en parlerez jamais à la reine.

Bérit semblait sous le choc.

– Probablement pas. Cela ne la concerne en rien, alors pourquoi l'ennuyer ainsi ? Ce que je veux dire, Bérit, c'est que tu éprouves un sentiment qui fait partie du processus de maturation. Tout le monde connaît cela un jour ou l'autre... s'il a un peu de chance.

– Vous ne me haïssez point, sire Émouchet ?

– Te haïr ? Mon Dieu, non, Bérit. C'est toi qui me décevrais si tu n'éprouvais pas cela pour une *quelconque* jolie fille.

Bérit poussa un soupir.

– Je vous remercie, sire Émouchet.

– Bérit, avant peu tu seras un vrai pandion et nous serons frères d'armes. Tu ne penses pas que tu pourrais me tutoyer et te dispenser du « sire » ? « Émouchet » suffira. Je suis à peu près capable de reconnaître ce nom.

– Comme tu voudras, Émouchet, dit Bérit en lui rendant la lettre.

– Tu ne peux pas me la garder ? J'ai tellement de trucs dans mes sacs, je ne voudrais pas la perdre.

Épaule contre épaule, ils se rendirent alors à l'arrière pour voir si Kurik avait besoin d'aide.

Ils larguèrent une ancre pour la nuit et, au réveil, ils découvrirent que pluie et neige avaient cessé, mais le ciel était toujours gris comme le plomb.

– Il y a encore ce nuage derrière nous, Émouchet, annonça Bérit en revenant à la proue. Loin derrière nous, mais bien présent.

Émouchet regarda vers la poupe. Maintenant qu'il le voyait vraiment, il ne lui paraissait plus aussi menaçant. Quand il n'était qu'une ombre vague toujours à la limite de son champ de vision, il éprouvait une peur abjecte. A présent, il lui fallait veiller à ne pas le considérer comme une gêne secondaire. Il était définitivement dangereux. Un léger sourire joua sur ses lèvres. Ainsi donc, même un Dieu était capable d'erreur, de manquer d'efficacité dans ses actes.

– Pourquoi ne pas le dissoudre grâce au Bhelliom, Émouchet ? lui demanda Kalten, irrité.

– Parce qu'il se reformerait. Inutile de gaspiller des efforts.

– Tu ne vas donc rien faire ?

– Bien sûr que si.

– Et quoi ?

– Je vais l'ignorer.

En milieu de matinée, ils abordèrent sur une plage enneigée, poussèrent les chevaux sur le rivage et lancèrent leur bateau à la dérive. Puis ils se mirent en selle et entrèrent dans les terres.

La côte orientale du golfe de Merdjuk était beaucoup plus aride que les montagnes de l'ouest et les collines rocheuses étaient recouvertes d'une couche de sable noir très fin, parsemée dans les endroits ombragés de tas de neige poudreuse. Le vent était glacial et soulevait des nuages de poussière et de neige qui les submergeaient. Ils avaient l'impression de chevaucher dans un crépuscule perpétuel, la bouche et le nez cachés par un foulard.

– Nous n'allons pas très vite, constata Ulath en essuyant soigneusement la poussière qui s'était introduite dans ses yeux. La décision de Martel de passer par Aka était peut-être sage.

– Je suis sûr que la route d'Aka à Zémoch est aussi froide et poussiéreuse, dit Émouchet. (Il eut un léger sourire.) Mais comme Martel n'aime pas se salir, l'idée d'une livre de sable noir mêlé de neige en train de s'introduire dans son col a tout pour me réjouir.

– Très mesquin, Émouchet, le réprimanda Séphrénia.

– Je sais, je suis comme ça, parfois.

Ils s'abritèrent dans une caverne pour la nuit et, quand ils ressortirent le lendemain matin, le ciel s'était éclairci, mais le vent s'était levé et agitait des nuées perpétuelles de poussière.

Bérit était du genre qui prend ses responsabilités très au sérieux. Il avait décidé de partir en éclaireur à la première lueur de l'aube et il revint au moment où ils étaient tous en train de se réunir devant l'entrée de la grotte. Ils distinguèrent nettement l'expression révulsée sur son visage.

– Il y a des gens, par là, dit-il en mettant pied à terre.

– Des soldats ?

– Non. Des vieux, des femmes, des enfants. Quelques armes, mais j'ai l'impression qu'ils ne savent pas s'en servir.

– Et que font-ils ? lui demanda Kalten.

Bérit fut pris d'une quinte de toux nerveuse et il détourna le regard.

– Je préférerais ne pas en parler, sire Kalten, et je ne crois pas que dame Séphrénia devrait voir cela. Ils ont érigé une sorte d'autel sur lequel est posée une idole en argile et ils font des choses qu'on ne doit pas faire en public. Je crois que c'est un tas de paysans dégénérés.

– Nous devons en parler à Séphrénia, décida Émouchet.

– Je ne peux pas, Émouchet, dit Bérit en rougissant. Je ne *peux pas* décrire ce qu'ils font en sa présence.

– Des généralités, Bérit. Tu n'as pas à te montrer trop spécifique.

Mais Séphrénia s'avéra curieuse.

– Que faisaient-ils donc, Bérit ?

– Je savais bien qu'elle allait me le demander, marmonna Bérit à Émouchet sur un ton de reproche. Ils... euh... ils sacrifient des animaux, dame Séphrénia, et ils ne portent pas de vêtements... malgré le froid. Ils se recouvrent le corps de sang sacrificiel et ils... euh...

– Oui, je connais bien ce rituel. Décris-moi ces gens. Ont-ils l'air de Styriques ? Ou bien sont-ils davantage élènes ?

– Beaucoup ont les cheveux clairs, dame Séphrénia.

– Ah, c'est donc ça. Alors ils ne présentent pas de danger particulier. Quant à l'idole, c'est une autre question. Nous ne pouvons la laisser là. Il faut la détruire.

– Pour la même raison que nous avons dû briser celle qui se trouvait dans la cave de Ghasek ? suggéra Kalten.

– Exactement. (Elle fit une petite grimace.) Je ne devrais pas dire cela, mais les Dieux Cadets ont commis une erreur en enfermant Azash à l'intérieur de cette idole d'argile dans le sanctuaire de Ganda. L'idée était excellente, mais ils ont oublié un détail. L'idole peut être imitée par les hommes et, grâce à certains rites, l'Esprit d'Azash peut pénétrer ces reproductions.

– Que faisons-nous ? demanda Bévier.

– Nous allons fracasser cette idole avant la fin du rite.

Les Zémochs dévêtus dans le ravin n'étaient pas très propres et ils avaient les cheveux complètement enchevêtrés. Émouchet n'avait jamais vraiment réalisé à quel point la laideur humaine peut se dissimuler sous les vêtements. Les adorateurs devaient être des bergers et des paysans ; ils hurlèrent de frayeur à l'apparition des chevaliers en jaseran qui fondaient sur eux. Le fait que les attaquants étaient déguisés en Zémochs ne fit qu'ajouter à leur confusion. Ils couraient en tous sens, affolés.

Quatre Zémochs portaient des robes ecclésiastiques et se tenaient devant l'autel où ils venaient de finir de sacrifier une chèvre. Trois d'entre eux restaient bouche bée devant les chevaliers, mais le quatrième, un gaillard à la barbe hirsute sur une tête étroite, remuait les doigts et marmonnait désespérément en styrique. Il lâcha une série d'apparitions aux formes risibles par leur maladresse.

Les chevaliers chevauchèrent à travers les apparitions et la foule.

– Défendez notre Dieu ! hurlait le prêtre, les lèvres maculées d'écume.

Mais ses paroissiens ne l'écoutèrent pas.

L'idole en boue sur l'autel grossier sembla bouger légèrement, à l'instar d'une colline lointaine qui paraît danser et vaciller dans les vibrations de chaleur d'un après-midi d'été. Il en émana des vagues successives de malveillance, et l'air fut soudain mortellement glacial. Émouchet sentit toutes ses forces le quitter, et Faran trébucha. Le sol devant l'autel parut gonfler. Quelque chose s'agitait sous terre, si terrible qu'Émouchet détourna le regard de répulsion. Le sol se souleva et Émouchet sentit une peur panique lui étreindre le cœur. La lumière commença à quitter ses yeux.

– Non ! s'exclama la voix de Séphrénia. Soyez fermes ! Il ne peut vous faire de mal !

Elle se mit à parler rapidement en styrique, puis elle tendit soudain la main. Il apparut dans celle-ci un objet brillant à peine plus gros qu'une pomme, mais en s'élevant dans les airs il prit de l'ampleur et de l'éclat, donnant bientôt l'impression qu'elle avait invoqué un petit soleil devant l'idole, apportant avec lui une chaleur estivale qui chassait le froid mortel. Le sol stoppa son soulèvement et l'idole se figea, redevenue immobile.

Kurik éperonna son hongre tremblant et fit tournoyer une seule fois sa lourde plommée. L'idole grotesque fut fracassée par le coup et ses morceaux s'envolèrent dans toutes les directions.

Les Zémochs nus émirent des lamentations de désespoir absolu.

CHAPITRE VINGT-CINQ

– Rassemble-les, Émouchet, ordonna Séphrénia en considérant les Zémochs avec un frémissement. Et je t'en prie, fais-leur remettre leurs vêtements. (Elle regarda l'autel.) Talen, ramasse les morceaux de l'idole. Il ne faut pas les laisser ici.

Le gamin n'osa même pas discuter.

Le « rassemblement » ne prit pas très longtemps. En général, les gens nus et désarmés ne résistent guère à des hommes en cotte de mailles qui donnent des ordres avec divers morceaux d'acier dans la main. Mais le prêtre à la tête étroite continuait de les invectiver, sans toutefois leur donner d'autre raison de le châtier.

– Apostats ! hurlait-il. Profanateurs ! Azash vous...

Ses paroles s'arrêtèrent en une espèce de croassement quand Séphrénia tendit le bras et que la tête de serpent se leva sur sa paume, la langue sortie. Il fixa l'image oscillante du reptile, les yeux exorbités. Puis il s'écroula et bava sur la terre devant elle.

Séphrénia se retourna avec un air sévère et les autres Zémochs se jetèrent également au sol avec un gémissement horrifié.

– Pervers ! leur lança-t-elle dans le dialecte zémoch corrompu. Vos rites sont interdits depuis des siècles. Pourquoi avez-vous choisi de désobéir au puissant Azash ?

– Nos prêtres nous ont abusés, redoutable prêtresse, débita un gaillard aux cheveux embroussaillés. Ils nous ont dit que l'interdiction de notre rituel était un blasphème styrique. Que c'étaient les Styriques parmi nous qui nous éloignaient du vrai Dieu. (Le fait que Séphrénia était elle-même styrique sembla lui échapper.) Nous sommes élènes, dit-il fièrement, et nous savons que nous sommes les Élus.

Séphrénia lança aux chevaliers de l'Église un regard aussi éloquent qu'une encyclopédie. Puis elle considéra la bande débraillée d'« Élènes » crasseux qui bavaient à ses pieds. Elle sembla sur le point de parler pour émettre une fracassante malédiction. Mais elle lâcha son souffle et quand elle parla ce fut d'une voix cliniquement détachée.

– Vous vous êtes égarés, leur dit-elle, ce qui vous rend inaptes à rejoindre vos compatriotes dans la guerre sainte. Vous allez rentrer chez vous. Retournez à Merdjuk et au-delà, et jamais ne revenez en ce lieu. N'approchez jamais du temple d'Azash, de crainte qu'il ne vous détruise.

– Devrions-nous pendre nos prêtres ? demanda le gaillard échevelé avec espoir. Ou alors les brûler ?

– Non. Notre Dieu recherche des adorateurs, pas des cadavres. Dorénavant, vous pratiquerez uniquement les rites de purification, de réconciliation et des saisons. Vous êtes tels des enfants et tels des enfants vous vénérerez. Allez, à présent !

Elle dressa le bras et la tête de serpent émergeant de sa main se dressa, gonflant, croissant, passant du serpent au dragon. Le dragon gronda et des flammes grasses jaillirent de sa gueule.

Les Zémochs s'enfuirent.

– Tu aurais dû leur faire pendre le barbu, dit Kalten.

– Non. Je viens de les mettre sur la voie d'une religion différente, et cette religion interdit le meurtre.

– Ce sont des Élènes, dame Séphrénia, protesta Bévier. Vous auriez dû leur dire d'adopter la foi des Élènes.

– Avec tous ses préjugés et ses inconsistances, Bévier ? Non, je ne pense pas. Je les ai remis sur une voie plus paisible. Talen, as-tu fini ?

– J'ai tous les morceaux que j'ai pu retrouver, Séphrénia.

– Emporte-les.

Elle fit tourner sa blanche haquenée et s'éloigna de l'autel grossier.

Ils revinrent à la caverne, prirent leurs affaires et se remirent en route.

– D'où venaient-ils ? demanda Émouchet à Séphrénia dans le froid cuisant.

– Du nord-est du Zémoch, répondit-elle. De steppes au nord de Merdjuk. Ce sont des Élènes primitifs, qui n'ont pas pu bénéficier du contact avec les peuples civilisés comme le restant du monde.

– Tu veux parler des Styriques ?

– Naturellement. Quels sont les autres peuples civilisés ?

– Montre-toi un peu plus gentille, s'il te plaît.

Elle sourit.

– L'inclusion des orgies dans l'adoration d'Azash faisait partie de la stratégie originelle d'Otha. Cela a attiré les Élènes. Otha est lui-même élène et il connaît la force de ces appétits dans votre race. Nous autres Styriques avons des perversions plus exotiques. Azash préfère celles-ci, naturellement, mais les primitifs de l'arrière-pays restent attachés aux anciennes coutumes. Elles sont relativement inoffensives.

Talen arriva à leur côté.

– Que dois-je faire avec les morceaux de l'idole ? demanda-t-il.

– Jette un morceau tous les milles environ. Disperse-les bien. Le rite a déjà commencé et il ne faudrait pas que quelqu'un les récupère pour reformer l'image. Le nuage est déjà assez ennuyeux. Il ne manquerait plus qu'Azash en personne sur nos talons.

– *Amen,* répondit le gamin avec ferveur.

Il chevaucha jusqu'à une certaine distance, se dressa sur ses étriers et projeta très loin un fragment de boue.

– Nous serons en sécurité, quand il aura fini ça, n'est-ce pas ? demanda Émouchet.

– Pas tout à fait, mon petit. Le nuage est toujours présent.

– Mais il ne nous a pas fait de mal. Il a essayé de nous rendre mélancoliques et apeurés, et c'est à peu près tout... et Flûte s'est chargée du reste. S'il est incapable d'en faire plus, la menace est réduite.

– Ne pèche pas par excès d'optimisme, Émouchet. Ce nuage, ou cette ombre, est probablement une créature d'Azash, ce qui signifie qu'il pourrait être aussi dangereux que le Damork ou le Fureteur.

Le paysage ne s'améliorait guère vers l'est, ni le temps d'ailleurs. Le froid était piquant et les gros nuages de poussière noire effaçaient le ciel. La végétation rare était rabougrie et maladive. Ils suivaient une espèce de piste, dont les méandres faisaient penser qu'elle était due à des troupeaux plutôt qu'à des hommes. Les trous d'eau étaient peu fréquents et le liquide qu'ils contenaient, transformé en glace, devait être fondu pour abreuver les chevaux.

– Maudite poussière ! beugla soudain Ulath en direction du ciel et en rejetant l'étoffe qui lui recouvrait la bouche et le nez.

– Tout doux, lui dit Tynian.

– A quoi bon tout ça ? voulut savoir Ulath en crachant de la poussière. On ne sait même pas dans quelle direction on va !

Il remit l'étoffe sur son visage et continua de chevaucher en marmonnant tout seul.

Les chevaux reprirent leur avance, leurs sabots soulevant de petits nuages de poussière gelée.

Il était clair que la mélancolie qui les avait assaillis dans les montagnes à l'ouest du golfe de Merdjuk était de retour, et Émouchet se montrait prudent, constatant avec tristesse que le moral de ses compagnons se détériorait rapidement, tandis qu'il considérait d'un œil prudent les ravins et les rocs les plus proches.

Bévier et Tynian étaient plongés dans une sombre conversation.

– C'est un péché, disait Bévier avec opiniâtreté. Ne faire qu'en parler est déjà une hérésie et un blasphème. Les pères de l'Église ont réfléchi et solutionné la question, et la réflexion étant envoyée *par* Dieu, elle *est*

Dieu. Dieu Lui-même nous dit ainsi que Lui et Lui seul est divin.

– Mais... commença Tynian.

– Écoute-moi bien, mon ami. Puisque Dieu nous dit qu'il n'est pas d'autres divinités, croire autre chose est pour nous le plus mortel des péchés. Nous nous sommes embarqués dans une quête fondée sur une superstition infantile. Les Zémochs sont dangereux, certes, mais ils constituent un danger *terrestre,* à l'instar des éshandistes. Ils ne possèdent pas d'alliés surnaturels. Nous gaspillons notre vie à chercher un ennemi mythique qui n'existe que dans l'imagination détraquée de nos ennemis païens. Je vais aller en discuter avec Émouchet et je ne doute pas de pouvoir le persuader d'abandonner cette vaine quête.

– C'est sans doute ce qu'il y a de mieux à faire, acquiesça Tynian, un peu dubitatif malgré tout.

Les deux hommes ne semblaient pas s'être rendu compte qu'Émouchet était nettement à portée de voix.

– Il faut lui parler, Kurik, disait Kalten à l'écuyer d'Émouchet. Nous n'avons pas la moindre chance.

– Vas-y, toi, grommela Kurik. Je suis serviteur. Il ne me revient pas de dire à mon maître qu'il est un fou suicidaire.

– Je crois honnêtement que nous devrions nous glisser derrière lui et l'attacher. Ce n'est pas uniquement pour sauver ma peau, mais la sienne également.

– J'éprouve le même sentiment.

– Ils arrivent ! hurla Bérit en tendant le bras vers un nuage de poussière tourbillonnant à proximité. Aux armes !

Les amis d'Émouchet lancèrent des cris de guerre stridents marqués par la panique et leur charge eut un petit côté désespéré. Ils se ruèrent dans le nuage de poussière en faisant tournoyer leurs épées et leurs haches dans l'air insensible.

– Aide-les, Émouchet ! s'écria Talen d'une voix de fausset.

– Et en quoi les aiderais-je ?

– Ces monstres ! Ils vont se faire massacrer !

– J'en doute, Talen, répondit froidement Émouchet en considérant ses amis qui fouettaient le nuage de poussière avec leurs armes. Ils sont largement à la hauteur.

Talen le foudroya du regard, puis il s'éloigna de quelques pas en jurant à voix basse.

– Je constate que tu ne vois rien dans la poussière, dit calmement Séphrénia.

– Oui, petite mère, ce n'est que de la poussière.

– Finissons-en, donc.

Elle prononça quelques mots en styrique et effectua des passes de magie.

Le gros nuage de poussière sembla frémir et se ratatiner un moment, puis il lâcha un long soupir bien audible en se coulant au sol.

– Où sont-ils allés ? gronda Ulath en regardant autour de lui et en brandissant sa hache.

Les autres paraissaient tout aussi éberlués et les regards qu'ils lancèrent à Émouchet étaient chargés de soupçons.

Par la suite, ils l'évitèrent et chevauchèrent avec des expressions renfrognées, chuchotant entre eux et lui adressant fréquemment des regards de biais nettement hostiles. Ils campèrent à l'abri du vent derrière une éminence abrupte où des roches pâles burinées par le sable sortaient d'un massif d'argile lépreuse d'apparence malsaine. Émouchet prépara le repas et ses amis ne voulurent pas s'attarder avec lui auprès du feu comme de coutume. Écœuré, il hocha la tête et alla se glisser sous ses couvertures.

– Éveille-toi, seigneur chevalier, s'il plaît à toi.

La voix était toute douce et semblait déborder d'amour. Émouchet ouvrit les yeux. Il était dans une grande tente aux couleurs gaies, et devant le rabat ouvert du pavillon s'étendait une large prairie verte jonchée de fleurs des champs. Il y avait aussi des arbres, immenses et anciens, les branches chargées de fleurs odorantes, et au-delà une mer étincelante d'azur profond, constellée des reflets du soleil. Le ciel était différent de tous les cieux qu'il connaissait. C'était un arc-en-ciel qui recouvrait le dôme du firmament, comblant le monde en dessous de lui.

Celle qui l'avait réveillé le poussait du bout du nez en tapant impatiemment de la patte le tapis du pavillon. Elle était de petite taille, pour une biche, et sa robe était d'un blanc presque incandescent. Les yeux immenses et d'un brun fondant reflétaient une docilité, une confiance et une nature suave qui lui fendaient le cœur. Mais son attitude était insistante. Elle tenait absolument à ce qu'il se lève.

– Ai-je trop dormi ? demanda-t-il, légèrement inquiet de l'avoir offensée.

– Las tu étais, seigneur chevalier, répondit-elle automatiquement comme si elle voulait éviter jusqu'à un semblant d'autocritique. Vêts-toi avec quelque soin, continua-t-elle, car j'ai ordre de te conduire en présence de ma maîtresse, qui règne sur ce royaume et qui est adorée de tous ses sujets.

Émouchet caressa affectueusement l'encolure blanche et les grands yeux fondirent d'amour. Il se leva et chercha son armure. Elle était telle qu'elle le devait, noire de jais et incrustée d'argent. En la mettant, il remarqua avec plaisir qu'elle n'était pas plus lourde que de la soie. De même, si sa grande épée restait imposante, il savait qu'elle n'était qu'ornementale en ce royaume féerique cerclé d'une mer de joyaux et reposant dans la félicité sous son ciel multicolore. Ici, ni danger, ni haine, ni discorde, tout n'était que paix et amour immuables.

– Il faut nous hâter, lui dit la biche blanche. Notre barque nous attend sur cette berge où les vaguelettes s'abandonnent librement dans la lumière éternellement changeante de notre firmament enchanté.

Elle le conduisit d'un pas précis et délicat dans la prairie embrassée par les fleurs, prairie à la suave fragrance propre à la pâmoison.

Ils passèrent à côté d'une tigresse blanche qui paressait sur le dos dans la chaleur du matin tandis que ses petits, pattes larges et manières pataudes, jouaient dans l'herbe en feignant la férocité. La biche blanche s'arrêta brièvement pour toucher la figure de la tigresse, et celle-ci la récompensa par un large coup de langue qui lui trempa tout le côté du visage, du menton à la pointe de l'oreille.

Les herbes en fleur s'inclinaient sous la brise chaude tandis qu'Émouchet traversait le pré avec la biche blanche, jusqu'à l'ombre teintée de bleu des arbres anciens. Derrière les arbres, une plage de graviers d'albâtre descendait en pente douce jusqu'aux flots azurés, où attendait une embarcation plus oiseau que bateau. Mince était sa proue, et gracieuse comme le cou d'un cygne. Deux ailes-voiles crémeuses s'élevaient au-dessus du pont en chêne, et elle tirait sur ses amarres, comme impatiente de partir.

Émouchet regarda la biche blanche, se pencha et, plaçant un bras sous le poitrail et l'autre sous l'arrière-train, la souleva sans peine. Elle ne tenta point de se débattre, mais une inquiétude se manifesta un instant dans ses yeux immenses.

– Apaise-toi, lui dit-il. Je te porte jusqu'à notre vaisseau pour t'éviter le froid soudain des eaux qui nous en séparent.

– Tu es charmant, gentil chevalier, dit-elle en reposant avec confiance le menton sur son épaule tandis que, d'un pas alerte, il s'avançait dans les vaguelettes joueuses.

Une fois qu'ils furent à bord, leur impatient esquif, affrontant courageusement les vagues, bondit en avant et leur destination ne tarda pas à émerger à la proue. C'était un îlot verdoyant couronné par un bosquet sacré dont l'ancienneté dépassait l'imagination, et Émouchet distingua clairement les colonnes de marbre étincelant d'un temple niché sous les larges branches.

D'autres embarcations, non moins gracieuses que la sienne, indifférentes aux vagabondages de la brise folâtre, voguaient également sur cette mer de saphir en direction de l'îlot qui les appelait. Quand ils débarquèrent sur une plage dorée, sire Émouchet reconnut le visage aimé de ses compagnons. Sire Kalten, robuste et fidèle ; sire Ulath, fort comme un taureau et brave comme un lion ; sire...

Émouchet se réveilla à demi et secoua la tête pour chasser de son esprit les toiles d'araignée d'images écœurantes et d'expressions extravagantes.

Quelque part, un pied minuscule trépigna d'exaspération.

– Tu me mets vraiment en colère, Émouchet ! le réprimanda une voix familière. Maintenant, rendors-toi immédiatement !

Les vaillants chevaliers grimpèrent lentement la pente douce conduisant au sommet boisé en se racontant leurs aventures de la matinée. Sire Kalten était guidé par un blaireau blanc, sire Tynian par un lion blanc, sire Ulath par un grand ours blanc et sire Bévier par une colombe couleur crème. Le futur chevalier Bérit était conduit par un agneau blanc, Kurik par un chien blanc et Talen par un vison en manteau d'hermine.

Séphrénia, tout de blanc vêtue, le front ceint d'une guirlande de fleurs, les attendait sur l'escalier en marbre du temple et, assise paisiblement sur la branche d'un chêne dont l'âge dépassait tout être vivant, se trouvait la reine de ce royaume féerique, la Déesse-Enfant Aphraël. Elle portait une robe au lieu de son habituelle blouse grossière et sa tête était couronnée de lumière. L'amusant subterfuge de la syrinx n'était plus nécessaire et elle leva la voix dans un chant de bienvenue clair et pur. Puis elle se redressa et descendit dans les airs aussi calmement que sur des marches, et quand elle atteignit l'herbe fraîche et luxuriante du bosquet sacré elle se mit à danser, tournoyant et riant parmi eux, accordant avec sa petite bouche ronde des baisers par douzaines. Ses pieds minuscules touchaient à peine l'herbe tendre, mais Émouchet comprit alors l'origine des mystérieuses taches vertes qui l'avaient toujours intrigué. Elle embrassait même les créatures couleur crème qui avaient guidé les héros en son auguste présence. Les descriptions enluminées venaient à l'esprit d'Émouchet bien malgré lui et il émit un gémissement intérieur. Aphraël lui adressa un signe impérieux pour qu'il s'agenouille et elle lui encercla le cou de ses petits bras pour l'embrasser à plusieurs reprises.

– Si tu n'arrêtes pas de te moquer de moi, Émouchet, lui murmura-t-elle, je te dépouille de ton armure et t'envoie paître avec les moutons.

– Pardonne-moi mon erreur, ô Divine, répondit-il avec un grand sourire.

Elle éclata de rire et l'embrassa à nouveau. Séphrénia avait déjà mentionné le fait qu'Aphraël aimait les baisers.

Ils déjeunèrent de fruits inconnus de l'homme, puis ils paressèrent sur l'herbe tendre tandis que les oiseaux leur lançaient leurs chants du haut des branches du bosquet sacré. Aphraël se leva alors et, après un nouveau tour du groupe en quête de baisers, elle leur parla d'un air grave.

– Si je suis désolée de ne plus me trouver parmi vous depuis quelques mois, je ne vous ai point appelés ici uniquement pour cette joyeuse réunion qui m'échauffe le cœur. Vous avez été rassemblés à ma demande et avec l'aide de ma chère sœur... (elle lança à Séphrénia un sourire qui rayonnait d'amour)... afin de vous communiquer certaines vérités. Pardonnez-moi si je n'aborde que brièvement ces vérités, car ce sont des vérités des Dieux et elles dépassent largement votre entendement, je le crains ; car si vous avez tout mon amour, je dois bien avouer que, de même que j'étais apparue à vos yeux comme une enfant, vous êtes bien petits à présent devant moi. Je n'attaquerai donc pas les limites de votre intelligence. (Elle examina leur expression hébétée.) Mais qu'avez-vous tous ? dit-elle, exaspérée.

Émouchet se leva, fit un petit signe du doigt à la Déesse et la prit à part.

– Quoi ? demanda-t-elle, irritée.

– Es-tu à même de recevoir un conseil ?

– Je t'écouterai.

Son ton n'avait rien de prometteur.

– Tu les pétrifies par ton éloquence, Aphraël. Kalten ressemble à un bœuf attaché à un piquet. Nous sommes des hommes simples, petite Déesse. Tu dois t'exprimer simplement si tu veux que nous te comprenions.

Elle fit la moue.

– Il y a des semaines que je travaille ce discours, Émouchet.

– Il est charmant, Aphraël. Quand tu en parleras aux autres Dieux, comme je suis sûr que tu le feras, récite-le-leur mot à mot. Ils se pâmeront de délectation, je n'en doute pas. Par souci de concision, car cette nuit ne durera pas éternellement, tu sais, et surtout de *clarté,* présente-nous la version abrégée. Je t'en prie, évite de donner l'impression de prononcer un discours, si tu veux éviter que certains ne s'endorment.

Elle fit encore un peu la moue.

– Oh, très bien, Émouchet, mais tu m'enlèves tout mon plaisir.

– Pourras-tu jamais me pardonner ?

Elle lui tira la langue et le conduisit auprès des autres.

– Ce vieil ours grincheux propose que j'en vienne droit au but, dit-elle en jetant à Émouchet un regard de côté. Il est assez gentil en tant que chevalier, sans doute, mais il lui manque un peu de sens de la poésie. Très bien, donc, je vous ai demandé de venir ici pour vous expliquer certaines caractéristiques du Bhelliom... pour quelle raison il est aussi puissant, et aussi dangereux. (Elle marqua un temps d'arrêt et fronça ses sourcils tout noirs.) Le Bhelliom n'est pas substance, continua-t-elle. Il est esprit et il est plus ancien que les étoiles. Nombreux sont les esprits de ce type, et chacun possède de nombreux attributs. L'un de leurs attributs les plus importants est la couleur. Vous voyez ce qui se passe... (Elle regarda autour d'elle.) Peut-être pouvons-nous garder ça pour un autre jour, décida-t-elle. Enfin, ces esprits furent peut-être projetés dans le ciel afin de... (Elle s'arrêta de nouveau.) Qu'est-ce que c'est difficile, Séphrénia, se plaignit-elle de sa petite voix. Mais pourquoi faut-il que ces Élènes soient aussi obtus ?

– Parce que leur Dieu ne veut rien leur expliquer, Aphraël, lui répondit Séphrénia.

– Quel vieux raseur ! Il crée des règles sans raison aucune. Voilà tout ce qu'Il sait faire... des règles. Il est rudement ennuyeux.

– Pourquoi ne pas poursuivre ton récit, Aphraël ?

– Très bien. (La Déesse-Enfant considéra les chevaliers.) Les esprits possèdent des couleurs, et ils ont un but. Je pense que cela devra vous suffire pour l'instant. L'une des choses qu'ils font, c'est créer des mondes. Le Bhelliom (ce n'est d'ailleurs pas son vrai nom) a créé ceux qui sont bleus. Vu de loin, notre monde est bleu, à cause de ses océans. D'autres sont rouges, ou verts, ou jaunes, et de toutes les couleurs de l'arc-en-ciel. Ces esprits fabriquent les mondes en attirant la poussière qui souffle éternellement à travers le vide et qui se solidifie autour d'eux comme le beurre dans la baratte. Mais en fabriquant ce monde-ci, le Bhelliom a commis une erreur. Il y avait trop de poussière rouge. L'essence du Bhelliom est bleue et il ne peut supporter le rouge, mais quand on agglomère de la poussière rouge, on obtient...

– Du fer ! s'exclama Tynian.

– Et tu disais qu'ils ne pouvaient pas comprendre ! lança Aphraël à Émouchet sur un ton de reproche. (Elle se rua sur Tynian et l'embrassa plusieurs fois.) Très bien, donc, reprit-elle gaiement. Tynian a parfaitement raison. Le Bhelliom ne supporte pas le fer parce que le fer est rouge. Pour se protéger, il a durci son essence bleue dans ce saphir... que Ghwerig tailla par la suite en forme de rose. Le fer... le rouge... s'est solidifié autour et le Bhelliom s'est retrouvé prisonnier à l'intérieur de la terre.

Ils la regardaient fixement, la comprenant à peine.

– Sois brève, lui conseilla Émouchet.

– Mais je ne fais que ça !

– C'est ton histoire, Aphraël, dit-il avec un haussement d'épaules.

– Le Bhelliom s'est encore plus solidifié parce que les Dieux des Trolls se trouvent à l'intérieur, pris au piège, continua-t-elle.

– *Quoi ?* souffla Émouchet.

– Mais tout le monde sait ça, Émouchet. Où

penses-tu que Ghwerig les avait cachés quand nous les recherchions ?

Mal à l'aise, il se rappela que le Bhelliom et ses hôtes involontaires reposaient à quelques pouces de son cœur.

– Or, Émouchet a menacé de détruire le Bhelliom et, comme c'est un chevalier élène, il utilisera sans doute son épée, ou une hache, ou l'épieu d'Aldréas, ou un objet similaire... en acier, c'est-à-dire en fer. S'il frappe le Bhelliom à l'aide d'un objet en acier, il le détruira à coup sûr ; le Bhelliom et les Dieux des Trolls font donc tout ce qui est en leur pouvoir pour l'empêcher de s'approcher d'Azash et de se trouver entraînés à lever son épée contre le joyau. Ils ont d'abord voulu attaquer son esprit, puis, comme cela ne marchait pas, ils s'en sont pris au vôtre. Avant peu, mes petits, l'un de vous essaiera de tuer Émouchet.

– Jamais ! cria presque Kalten.

– S'ils continuent de vous manipuler, cela se produira, Kalten.

– Plutôt nous transpercer nous-mêmes de nos épées, déclara Bévier.

– Pourquoi commettre un acte aussi ridicule ? lui demanda-t-elle. Il vous suffit d'enfermer le joyau dans un récipient en acier. La bourse d'Émouchet porte la marque du symbole styrique du fer, mais le Bhelliom et les Dieux des Trolls sont désespérés et les symboles ne suffisent plus désormais. Il vous faut du vrai fer.

Émouchet afficha une expression sombre.

– Je pensais depuis le début que cette ombre, ce nuage à présent, était envoyée par Azash, avoua-t-il.

Aphraël le regarda fixement.

– *Quoi ?* s'exclama-t-elle.

– Cela semblait assez logique, dit-il pitoyablement. Azash essaie de me tuer depuis le commencement.

– Pourquoi Azash te pourchasserait-il avec des nuages et des ombres alors qu'il a la maîtrise de créatures bien plus substantielles ? Est-ce là où conduit la logique ?

– Je le savais ! lâcha Bévier. J'étais sûr qu'on oubliait quelque chose quand tu nous as parlé de cette ombre pour la première fois, Émouchet ! Ce n'était pas *forcément* Azash.

Émouchet se sentit soudain complètement ridicule.

– Comment se fait-il que j'aie autant de pouvoir sur le Bhelliom ? demanda-t-il à Aphraël.

– A cause des bagues.

– Ghwerig les possédait toutes deux avant moi.

– Mais c'étaient alors des pierres blanches. A présent, clles ont été rougies par le sang de ta famille et le sang d'Ehlana.

– Cette couleur suffit-elle pour qu'il m'obéisse ?

Aphraël jeta un coup d'œil à Séphrénia.

– Tu veux dire qu'ils ne savent pas pour quelle raison leur sang est rouge ? demanda-t-elle, incrédule. Mais qu'est-ce que tu as fabriqué, petite sœur ?

– C'est pour eux un concept ardu, Aphraël.

La petite Déesse s'éloigna à grands pas en agitant les bras dans les airs et en marmonnant des paroles styriques.

– Émouchet, dit calmement Séphrénia, votre sang est rouge parce qu'il contient du fer.

– Vraiment ? Et comment cela est-il possible ?

– Contente-toi de croire ce que je te dis, Émouchet. Ce sont ces bagues tachées de sang qui te donnent tout ton pouvoir sur le joyau.

– Stupéfiant.

Aphraël revint alors.

– Une fois le Bhelliom enfermé dans de l'acier, vous ne serez plus perturbés par les Dieux des Trolls, leur dit-elle. Vous autres, vous cesserez de comploter contre Émouchet et vous ne ferez plus qu'un, comme avant.

– Est-ce que tu n'aurais pas pu nous dire que faire sans nous donner toutes ces explications ? lui demanda Kurik. Ce sont des chevaliers de l'Église, Flûte. Ils sont habitués à suivre des ordres qu'ils ne comprennent pas. Ils y sont presque forcés.

– Sans doute, admit-elle en posant une petite main caressante sur sa joue barbue. Mais vous me manquiez... tous... et je voulais vous montrer l'endroit où je vis.

– Un peu d'épate, hein ? la taquina-t-il.

– Eh bien... (Elle s'empourpra légèrement.) Est-ce si déplacé ?

– Cette île est adorable, Flûte, et nous sommes fiers que tu aies voulu nous la montrer.

Elle jeta les bras à son cou et l'étouffa sous les baisers. Mais Émouchet remarqua qu'elle avait le visage baigné de larmes tandis qu'elle embrassait le rude écuyer.

– Il faut à présent que vous rentriez, leur annonça-t-elle. Car la nuit est presque terminée. Mais en premier lieu...

Les embrassades durèrent encore un bon moment. Quand la petite Déesse aux cheveux noirs parvint à Talen, elle apposa un léger baiser sur ses lèvres, puis se dirigea vers Tynian. Elle s'arrêta, une expression méditative sur le visage, puis revint au jeune voleur et prolongea son baiser. Quand elle passa à Tynian, ce fut avec un sourire mystérieux.

– Notre douce maîtresse a-t-elle résolu ton tourment, seigneur chevalier ? lui demanda la biche couleur crème tandis que le bateau-cygne les ramenait à la plage d'albâtre où les attendait le pavillon aux couleurs joyeuses.

– Cela, je le saurai avec davantage de certitude quand me yeux se rouvriront sur le monde terrestre d'où elle me fit venir, douce créature, répondit-il.

Il ne pouvait s'en empêcher. Le langage fleuri lui venait aux lèvres malgré lui. Il poussa un soupir.

La note de la syrinx fut légèrement discordante, comme une réprimande.

– Comme il te plaira, chère Aphraël

– Voilà qui est bien mieux, Émouchet.

La voix n'était qu'un chuchotement dans ses oreilles.

La petite biche blanche le conduisit jusqu'au pavillon et il s'allongea, une étrange somnolence s'étant emparée de lui.

– Souviens-toi de moi, lui dit avec douceur l'animal en poussant son museau contre sa joue.

– Je m'en souviendrai, promit-il. Et avec joie, car ta suave présence apaise mon âme troublée et m'invite au repos.

Il se rendormit.

Il se réveilla dans un monde hideux de sable noir et de froid glacial, de vent portant l'odeur d'anciennes créatures défuntes. Il avait les cheveux incrustés de poussière, qui lui rongeait la peau sous ses vêtements. Mais ce qui l'avait réveillé était en fait un léger tintement, comme quelqu'un qui tape fermement sur un gong avec un petit maillet.

Malgré les péripéties de la veille, il se sentait énormément rasséréné.

Le tintement du gong cessa et Kurik traversa leur camp poussiéreux avec un objet dans la main. Il le tendit à Émouchet.

– Qu'en pensez-vous ? demanda-t-il. Est-ce que ceci pourra le maintenir enfermé ? (Il tenait dans ses mains calleuses une petite bourse en mailles.) Je n'ai pu faire mieux pour l'instant, monseigneur. Je ne disposais pas de suffisamment d'acier.

Émouchet prit la bourse et regarda son écuyer.

– Toi aussi ? Tu as fait le même rêve que moi ?

Kurik branla du chef.

– J'en ai parlé à Séphrénia. Nous l'avons tous fait... mais ce n'était pas exactement un rêve. Elle a tenté de me donner une explication, mais je n'ai pu la suivre. (Un silence.) Je vous demande pardon, Émouchet : j'ai douté de vous. Tout me semblait si vain et futile.

– C'était l'œuvre des Dieux des Trolls, Kurik. Mettons le Bhelliom dans ce petit sac pour que cela ne se reproduise plus.

Il prit la bourse en toile et se mit à défaire les lacets.

– Ça ne serait pas plus simple de l'enfermer dans l'acier en le laissant dans la bourse en toile ? demanda Kurik.

– Ce serait peut-être plus simple, mais il se peut que j'aie à le sortir précipitamment. Je n'ai pas envie d'avoir des nœuds à défaire au moment où Azash me soufflera dans la nuque.

– Bien vu, monseigneur.

Émouchet prit la rose saphir des deux mains et la plaça devant son visage.

– Rose Bleue, lui dit-il en troll, je suis Émouchet-d'Élénie. Me connais-tu ?

La Rose scintilla d'un air maussade.

– Reconnais-tu mon autorité ?

La Rose s'assombrit et il sentit l'impact de sa haine. A l'aide du pouce droit, il fit tourner l'anneau de sa bague. Puis il en appuya fermement la pierre contre la gemme-fleur.

Le Bhelliom hurla et il le sentit se tordre dans sa main comme un serpent. Il relâcha légèrement sa pression.

– Je suis heureux que nous nous comprenions. Ouvre le sac, Kurik.

Il ne produisit aucune résistance. Le joyau parut presque impatient d'entrer dans sa prison.

– Parfait, dit Kurik, admiratif tandis qu'Émouchet serrait le haut de la bourse en mailles d'acier à l'aide d'un fil de fer.

– J'ai pensé que cela valait la peine d'être tenté, dit Émouchet avec un large sourire. Les autres sont-ils levés ?

Kurik hocha la tête.

– Ils sont en rang devant l'autre côté du feu. Vous pourriez songer à décréter une amnistie générale, Émouchet. Autrement, ils passeront la matinée à se répandre en excuses. Soyez surtout attentif à Bévier. Il prie depuis le lever du soleil. Il lui faudra probablement un bon moment pour vous dire l'étendue de son sentiment de culpabilité.

– C'est un brave garçon, Kurik.

– Bien entendu. C'est en partie le problème.

– Espèce de cynique.

Kurik lui répondit par un grand sourire.

Comme ils traversaient le camp, Kurik leva les yeux.

– Le vent a cessé et la poussière semble retomber. Est-ce que vous croyez... ?

Il n'alla pas plus loin.

– Probablement. Cela concorderait, n'est-ce pas ? Eh bien, allons-y. (Il s'éclaircit la gorge en approchant de ses amis à la triste mine.) Une nuit intéressante, n'est-ce pas ? demanda-t-il nonchalamment. Je me suis vraiment attaché à cette petite biche blanche. Mais elle avait le nez bien froid.

Ils éclatèrent d'un rire un peu forcé.

– Très bien, dit-il alors. A présent, nous savons tous d'où provenait cette morosité et il est pratiquement inutile de revenir dessus, n'est-ce pas ? Ce n'était la faute de personne et il vaudrait mieux ne plus y penser. Nous avons des soucis plus importants, n'est-ce pas ? (Il leva la bourse en mailles d'acier.) Voici notre ami bleu. J'espère qu'il est à l'aise dans son petit sac en fer, mais que ce soit ou non le cas, il y restera... du moins jusqu'à ce que nous en ayons besoin. A qui est-ce le tour de préparer le petit déjeuner ?

– A toi, lui répondit Ulath.

– J'ai fait le souper, hier soir.

– Quel rapport ?

– Ce n'est pas juste, Ulath.

– C'est moi qui suis ça, Émouchet. Si la justice t'intéresse, va en parler avec les Dieux.

Ils éclatèrent de rire et tout redevint normal.

Tandis qu'Émouchet préparait le petit déjeuner, Séphrénia le rejoignit auprès du feu.

– Je te dois mes excuses, mon petit, confessa-t-elle.

– Oh ?

– Je n'avais même pas soupçonné que les Dieux des Trolls puissent être à l'origine de l'ombre.

– Ce n'est pas vraiment ta faute, Séphrénia. J'étais tellement convaincu que c'était Azash que je n'aurais pas accepté d'autre possibilité.

– Je suis censée être la plus sage, Émouchet. Je ne suis pas censée m'appuyer sur la logique.

– J'imagine que c'est Perraine qui nous a sans doute conduits sur la mauvaise piste, dit-il d'un ton grave. Ses attaques étaient dirigées par Martel, or Martel ne faisait que suivre une stratégie établie de longue date par Azash. Entraînés par cette suite d'attaques, nous n'avions aucune raison de soupçonner l'apparition dans le jeu de nouveaux acteurs. Même après avoir découvert que Perraine n'avait aucun rapport avec l'ombre, notre idée ancienne a subsisté. Ne t'en prends pas à toi-même, Séphrénia, car moi je ne t'en veux pas, crois-moi. Ce qui me surprend, c'est qu'Aphraël n'ait point remarqué notre erreur et ne nous ait pas mis en garde.

Séphrénia eut un petit sourire triste.

– Sans doute parce qu'elle ne pouvait imaginer que nous ne l'avions pas compris. Elle n'a aucune notion de nos limites, Émouchet.

– Tu ne pourrais pas lui en parler ?

– Plutôt mourir.

L'idée de Kurik concernant la nature du vent constant qui les avait étouffés était ou non exacte, mais il avait à présent disparu et l'air était clair et frais, le ciel brillant, d'un bleu éclatant, et le soleil, froid et sec, était accroché au-dessus de l'horizon oriental. Tous les événements depuis la nuit participaient à leur donner la possibilité d'ignorer le nuage noir tapi derrière eux.

– Émouchet, dit Tynian en amenant sa monture à hauteur de Faran. Je pense que j'ai tout compris.

– Compris quoi ?

– Je crois savoir comment Ulath décide à qui c'est le tour de faire la cuisine.

– Oh ? Tiens, j'aimerais bien le savoir.

– Il attend que quelqu'un pose la question, voilà tout. Dès qu'on le demande, Ulath le met de corvée de cuisine.

Émouchet réfléchit un peu.

– Tu sais, tu as sans doute raison. Mais que se passe-t-il si personne ne l'interroge ?

– Alors Ulath est obligé de s'en occuper lui-même. Cela s'est produit une fois, si je me souviens bien.

– Pourquoi ne pas en parler aux autres ? proposa Émouchet. Je crois qu'Ulath a quelques tours de corvée de cuisine en retard, non ?

– Certes, mon ami, fit Tynian en éclatant de rire.

Ce devait être le milieu de l'après-midi quand ils atteignirent une crête abrupte de roche noire aux fractures impressionnantes. Une sorte de piste sinuait jusqu'au sommet. Alors qu'ils se trouvaient à mi-hauteur, Talen lança de l'arrière à Émouchet :

– Et si on s'arrêtait ici ? Je me glisse à l'avant et je jette un coup d'œil.

– Trop dangereux, répondit immédiatement Émouchet.

– On se calme, Émouchet. Je le fais. Je suis un professionnel du tapinois. Personne ne me verra, je peux te le garantir. (Un silence.) Par ailleurs, en cas de problème il te faudra de grands gaillards cuirassés d'acier pour t'aider. Je ne serais pas très utile dans une bataille, et je suis donc le seul que tu puisses réellement sacrifier. (Il fit une grimace.) Je n'arrive pas à croire que c'est moi qui viens de débiter ça. Je veux que vous me promettiez de tenir Aphraël éloignée de moi. Elle a mauvaise influence sur moi.

– Rien à faire, dit Émouchet.

– Tant pis, fit le gamin avec impudence en roulant à bas de selle et en se mettant à courir à peine touché le sol. Aucun de vous ne pourra m'attraper.

– Il mérite une bonne raclée, grogna Kurik tandis qu'ils regardaient le gamin agile escalader le reste de la crête.

– Oui, mais il a raison, fit remarquer Kalten. C'est le seul que nous puissions nous permettre de perdre. En cours de route, il a dû gagner une jolie couche de noblesse d'âme. Tu devrais être fier de lui, Kurik.

– La fierté me fera une belle jambe quand le moment viendra de raconter à sa mère pourquoi je l'ai laissé se faire tuer.

Au-dessus d'eux, Talen venait de disparaître comme si le sol l'avait englouti. Il émergea quelques instants plus tard d'une fissure proche du sommet pour sauter sur la piste et les rejoindre.

– Il y a une cité, là-bas, annonça-t-il. Ça devrait être Zémoch, non ?

Émouchet sortit la carte de son sac de selle.

– De quelle taille ?

– A peu près comme Cimmura.

– Ça devrait être ça. A quoi ressemble-t-elle ?

– Je pense que c'est ce qu'on avait à l'esprit en inventant le terme « inquiétant ».

– De la fumée ? lui demanda Kurik.

– Sortant uniquement des cheminées de deux gros bâtiments au centre-ville. On dirait qu'ils sont reliés entre eux. L'un possède toutes sortes de flèches et l'autre un gros dôme noir.

– Le reste de la ville doit être désert. Es-tu déjà venu à Zémoch, Séphrénia ?

– Une fois.

– Quel est ce bâtiment avec plein de flèches ?

– Le palais d'Otha.

– Et celui au dôme noir ?

Kurik n'était pas vraiment obligé de poser cette question. Ils connaissaient tous la réponse.

– La bâtisse surmontée du dôme noir est le temple d'Azash. Il est là... et il nous attend.

CHAPITRE VINGT-SIX

User de subterfuges n'avait jamais compté au nombre des choix possibles, conclut Émouchet tandis que lui et ses compagnons se débarrassaient de leur déguisement minimal pour enfiler leurs armures. Abuser des paysans sans malice et des militaires de troisième catégorie dans la campagne était une chose, mais tenter de passer inaperçus dans une ville déserte patrouillée par des troupes d'élite eût été futile. Ils finiraient par devoir recourir à la force et, en la circonstance, les armures étaient de rigueur. Une cotte de mailles était adaptée à une rencontre inopinée en rase campagne, songea-t-il en grimaçant, mais la vie citadine nécessitait une élégance un peu plus grande. Les vêtements campagnards ne pouvaient suffire.

– Très bien, quel est notre plan ? demanda Kalten tandis que les chevaliers s'aidaient mutuellement à se cuirasser.

– Je ne l'ai pas encore totalement élaboré, admit Émouchet. En toute honnêteté, je ne pensais pas que nous arriverions aussi loin. Je pensais que nous pouvions au mieux espérer nous approcher suffisamment de la ville d'Otha pour l'inclure dans la destruction générale au moment où j'écraserais le Bhelliom. Dès que nous serons harnachés, nous irons parler à Séphrénia.

Une couche de nuages de plus en plus épaisse provenant de l'est s'était constituée durant l'après-midi. Le froid sec commençait à être remplacé par un temps maussade singulier. Au-delà de l'horizon oriental, on entendait parfois des grondements de tonnerre quand, au beau milieu des nuages ensanglantés du soir, les chevaliers se rassemblèrent autour de Séphrénia.

– Notre glorieux chef ici présent semble avoir négligé quelques menus détails stratégiques, annonça Kalten en guise de préambule.

– Sois un peu plus gentil, lui murmura Émouchet.

– Je le suis, Émouchet. Je n'ai pas encore employé le terme « idiot ». Nous brûlons tous de curiosité de savoir ce que nous allons faire, à présent.

– A brûle-pourpoint, je dirais que nous pouvons exclure un siège, fit remarquer Ulath.

– Les attaques frontales sont toujours amusantes, précisa Tynian.

– Vous permettez ? fit Émouchet d'une voix acide. Voilà *grosso modo* de quelle manière je vois la chose, Séphrénia. Nous voici apparemment devant une ville déserte, mais patrouillée par des gardes d'élite appartenant à Otha. Peut-être pourrions-nous les éviter, mais je ne voudrais pas fonder trop d'espoirs là-dessus. Je souhaiterais en savoir un peu plus sur la ville elle-même.

– Ainsi que sur les qualités des gardes d'Otha, ajouta Tynian.

– Ce sont d'assez bons soldats, répondit Bévier.

– Équivalents aux chevaliers de l'Église ? demanda Tynian.

– Sûrement pas, mais qui le serait ? fit Bévier sans trace d'immodestie. Ils valent sans doute les soldats de l'armée du roi Wargun.

– Tu es déjà venue, Séphrénia, dit Émouchet. Parle-nous du palais et du temple.

– Ils ne forment qu'un seul bâtiment, en fait, et sont situés exactement au centre de la ville.

– Peu importe donc la porte que nous emprunterons pour entrer, n'est-ce pas ?

Elle hocha la tête.

– C'est assez bizarre, qu'un palais et un temple se retrouvent sous le même toit, fit remarquer Kurik.

– Les Zémochs sont de drôles de gens, répondit

Séphrénia. En fait, il existe bien des niveaux de séparation, mais il faut *traverser* le palais pour atteindre le temple. Ce dernier ne possède pas la moindre entrée extérieure.

– Il nous suffit donc de chevaucher jusqu'au palais et de frapper à la porte, dit Kalten.

– Non, protesta fermement Kurik. Nous *marchons* jusqu'au palais, et ensuite nous parlons de frapper.

– Marcher ?

Kalten paraissait blessé.

– Les chevaux font trop de bruit sur le pavé des rues et ils sont assez difficiles à cacher quand il faut se mettre à couvert.

– Marcher sur une certaine distance n'a rien d'agréable, Kurik.

– C'est toi qui as voulu être chevalier. Si je me souviens bien, toi et Émouchet vous êtes même portés volontaires.

– Est-ce que tu ne pourrais pas utiliser ce sortilège d'invisibilité dont nous a parlé Émouchet ? demanda Kalten à Séphrénia. Celui que Flûte jouait sur son instrument.

Elle secoua la tête.

– Pourquoi est-ce impossible ?

Elle fredonna quelques notes.

– Tu reconnais cette mélodie ?

Il fronça les sourcils.

– Je ne crois pas.

– C'est l'hymne des pandions. Je suis sûre que tu le connais parfaitement. Cela répond-il à ta question ?

– Oh, je vois que la musique n'est pas ton point fort.

– Qu'arriverait-il si tu essayais et que tu émettes les mauvaises notes ? lui demanda Talen, curieux.

Elle frémit.

– Je t'en prie, ne me pose pas cette question.

– Nous allons donc avancer furtivement, dit Kalten.

– Dès qu'il fera sombre, précisa Émouchet.

Il y avait plus d'un mille à parcourir à travers une plaine poussiéreuse. Quand les chevaliers parvinrent aux murailles sinistres près de la porte ouest, ils transpiraient abondamment.

– Poisseux, dit doucement Kalten en essuyant son visage trempé. Est-ce qu'en Zémoch il n'y a jamais quelque chose de normal ? Il ne devrait pas faire aussi moite à cette époque de l'année.

– Le temps nous prépare des surprises, acquiesça Kurik.

Les grondements lointains de tonnerre et les pâles éclairs qui illuminaient les bancs nuageux à l'est confirmaient leurs observations.

– Nous pourrions demander à Otha un abri contre l'orage, proposa Tynian. Quel est le point de vue zémoch sur l'hospitalité ?

– Peu fiable, répondit Séphrénia.

– Il faudra se montrer aussi silencieux que possible, une fois en ville, les avertit Émouchet.

Séphrénia leva la tête et regarda en direction de l'est, son visage pâle à peine visible dans les ténèbres lugubres.

– Attendons un peu, proposa-t-elle. L'orage se dirige vers ici. Le tonnerre couvrira tout grincement inopiné.

Ils attendirent contre le basalte des murailles que les coups de tonnerre marchent inexorablement sur la ville.

– Parfait, dit Émouchet au bout d'une dizaine de minutes. Entrons avant l'arrivée de la pluie.

Le portail, entrebâillé, était fait de rondins mal équarris cerclés de fer. Émouchet et ses compagnons tirèrent leurs armes et se glissèrent un par un à l'intérieur.

La cité avait une odeur singulière, qui semblait ne posséder aucune contrepartie en aucun lieu qu'eût visité Émouchet. Elle n'était ni bonne ni mauvaise, mais étrangère avant tout. Aucune torche ne fournissait d'éclairage, naturellement, et ils devaient se guider grâce aux éclairs intermittents. Les rues ainsi révélées étaient étroites, les pavés usés par des siècles de frottements. Les maisons étaient hautes et étroites, les fenêtres petites et la plupart du temps dotées de barreaux. Les perpétuelles tempêtes de sable que subissait la ville avaient rendu très lisses les pierres des habitations. La même poussière cendreuse s'était amassée dans les coins et sur le seuil des maisons, donnant à la ville, qui ne devait pas être évacuée depuis plus de quelques mois, une allure de ruines abandonnées depuis des millénaires.

Talen se glissa derrière Émouchet et tapota sur son armure.

– Ne fais jamais ça, Talen.

– J'ai attiré ton attention, non ? J'ai une idée. Est-ce que tu vas vouloir m'opposer des arguments ?

– Je ne pense pas. Quelle est cette idée ?

– Je possède certains talents plutôt uniques dans notre groupe, n'est-ce pas ?

– Je doute que tu trouves de nombreuses bourses à trancher, Talen. Je ne vois pas beaucoup de passants.

– Ha ! fit Talen. Ha-ha ha-ha ! Maintenant que tu as fini de plaisanter, tu m'écoutes ?

– Pardon. Je suis tout ouïe.

– Aucun d'entre vous ne serait capable de traverser un cimetière sans réveiller la moitié de ses occupants, pas vrai ?

– Je n'irais pas jusque-là.

– Moi si. Je vais partir en avant... pas trop loin, naturellement. Je pourrai revenir vous avertir si quelqu'un arrive... ou se tient en embuscade.

Émouchet n'attendit pas, cette fois-ci. Il tendit la main pour se saisir du gamin, mais Talen lui échappa tout de même sans aucune peine.

– Pas de ça, Émouchet. Tu ne ferais que te ridiculiser.

Il courut un peu, puis s'arrêta et se baissa pour glisser une main dans une botte. De sa cachette il tira une longue dague pointue comme une aiguille. Puis il s'évapora dans la rue sombre et étroite.

Émouchet lâcha un juron.

– Qu'y a-t-il ? demanda Kurik non loin de lui.

– Talen vient de s'enfuir.

– *Quoi ?*

– Il m'a dit qu'il partait en éclaireur. J'ai bien tenté de l'arrêter, mais je n'ai pas pu l'attraper.

Du labyrinthe de rues sinueuses monta alors une sorte de hurlement caverneux et dément.

– Qu'est-ce que c'était que ça ? demanda Bévier en serrant plus fort le long manche de sa hache de Lochabre.

– Le vent, peut-être, répondit Tynian sans grande conviction.

– Il n'y a pas de vent.

– Je sais, mais je préfère croire que c'est lui qui cause un tel bruit. Les autres possibilités ne me plaisent guère.

Ils reprirent leur avance, frôlant les murs et s'arrêtant net à chaque éclair et à chaque coup de tonnerre.

Talen revint à pas de loup.

– Une patrouille arrive, fit-il en demeurant hors de portée de main. Me croirez-vous si je vous dis qu'ils ont des torches ? Ils n'essaient pas de trouver quelqu'un ; ils essaient plutôt d'éviter qui que ce soit.

– Combien sont-ils ? demanda Ulath.

– Environ une douzaine.

– Pas de quoi s'inquiéter, donc.

– Pourquoi ne pas couper par cette ruelle jusqu'à la rue suivante ? Moins vous aurez à les regarder, mieux vous vous porterez.

Le gamin fila dans une ruelle et disparut de nouveau.

– La prochaine fois que nous choisirons un chef, je voterai pour lui, murmura Ulath.

Ils s'enfoncèrent dans des rues étroites et tortueuses. Talen leur servant d'éclaireur, il leur fut assez facile de s'approcher du centre-ville, quartier où les bâtiments étaient plus imposants et les rues plus larges. Quand Talen revint alors, une expression écœurée fut révélée sur son visage par un éclair.

– Une autre patrouille juste devant vous, annonça-t-il. L'ennui, c'est qu'ils ne patrouillent pas. On dirait qu'ils ont pillé une taverne. Ils sont installés au beau milieu de la rue et ils sont occupés à boire.

Ulath haussa les épaules.

– Nous passerons derrière eux par une ruelle, c'est tout.

– Impossible, lui objecta Talen. Nous n'avons pas de ruelles partant de cette rue-ci. Je n'ai pas pu en trouver qui nous permette de les éviter et nous sommes forcés de continuer par ici. A ma connaissance, c'est la seule voie qui conduise au palais. Cette ville est complètement absurde. Aucune des rues ne mène là où elle le devrait.

– Combien de fêtards devons-nous affronter ? lui demanda Bévier.

– Cinq ou six.

– Et ils ont des torches ?

Talen hocha la tête.

– Ils sont juste derrière ce coin de rue.

– Avec les torches pour les éblouir, ils ne risquent pas de voir très bien dans l'obscurité.

Bévier plia le bras et agita sa hache de manière très suggestive.

– Qu'en penses-tu ? demanda Kalten à Émouchet.

– Autant y aller. Ils ne seront sans doute pas enclins à vouloir nous laisser passer.

Ce fut plus un massacre qu'une bataille. Les réjouissances des Zémochs avaient atteint le point de l'inattention agressive. Les chevaliers de l'Église se contentèrent de marcher sur eux et de les tuer. L'un d'eux lâcha bien un petit cri, mais le bruit se perdit dans un coup de tonnerre retentissant.

Sans mot dire, les chevaliers traînèrent les corps inertes sous les porches voisins pour les dissimuler. Puis ils retournèrent près de Séphrénia et repartirent dans la rue illuminée par les éclairs en direction de la mer de torches graisseuses qui paraissait encercler le palais d'Otha.

Une nouvelle fois, ils entendirent le hurlement, son dénué de tout semblant d'humanité. Talen revint auprès d'eux sans tenter de rester à l'écart.

– Le palais n'est plus loin, dit-il en parlant à voix basse malgré le tonnerre pratiquement continuel. Les gardes placés devant portent une sorte d'armure avec plein de pointes qui leur donnent l'apparence de porcs-épics.

– Combien sont-ils ? lui demanda Kalten.

– Il y en a trop pour que j'aie pu les compter. Tu entends cette lamentation ?

– J'essaie de ne pas l'écouter.

– Je crois qu'il va falloir s'y habituer. Ce sont les gardes qui l'émettent.

Le palais d'Otha était plus grand que la Basilique de Chyrellos, mais il était dépourvu de toute élégance architecturale. Otha avait débuté dans la vie comme chevrier et le principe qui semblait diriger ses goûts pouvait se résumer assez facilement par le terme « gros ». En ce qui concernait Otha, plus c'était gros, plus c'était beau. Son palais était fait de blocs de basalte d'un noir rouilleux. En raison de ses faces planes, les maçons trouvent le basalte facile à travailler, mais il laisse à désirer en matière de beauté. Il se prête aux constructions massives et c'est à peu près tout.

Le palais s'élevait comme une montagne au centre de Zémoch. Il possédait des tours, naturellement. Les palais ont toujours des tours, mais les grossières flèches noires griffant les airs au-dessus du bâtiment principal étaient dépourvues de grâce, d'équilibre, mais aussi d'utilité apparente. Beaucoup avaient été commencées depuis des siècles et demeuraient inachevées. Elles dépassaient dans les airs avec les restes de leurs échafaudages grossiers. Ce palais ne distillait pas tant une impression de corruption que de folie, une sorte d'effort frénétique mais vain.

Derrière le palais, Émouchet distinguait le dôme gonflé du temple d'Azash, parfait hémisphère noir rouilleux construit avec d'énormes blocs hexagonaux de basalte rigidement symétriques qui lui donnaient l'apparence d'un gigantesque nid d'insecte ou d'une vaste blessure recouverte d'une croûte.

La zone entourant le palais et le temple était une sorte de terrain vague pavé dépourvu de bâtiments, d'arbres, ou de monuments. C'était simplement une esplanade, large peut-être de deux cents pas. Des milliers de torches l'éclairaient, fichées au petit bonheur dans les fissures des dalles pour former une espèce de champ de feu grégeois.

La large avenue que suivaient les chevaliers semblait traverser cette zone enfumée jusqu'à l'entrée principale de la demeure d'Otha, qu'elle franchissait sans rétrécir par les portes en ogive les plus démesurées que connût Émouchet. Les panneaux restaient ouverts, menaçants.

Les gardes se tenaient dans l'espace séparant les murs du grand champ de torches. Ils étaient cuirassés, mais leurs armures étaient incroyables. Les heaumes avaient été ouvragés pour leur donner la forme de crânes, et des cornes de cerf en acier les couronnaient. Les diverses articulations étaient décorées de longs piquants et de saillies en éventail. Les avant-bras étaient hérissés de crochets, et les armes qu'ils tenaient évoquaient plus des instruments de torture que de guerre, avec des tranchants en dents de scie et des barbillons acérés. Leurs grands boucliers portaient des peintures hideuses.

Sire Tynian était deiran, et les Deirans sont depuis les temps immémoriaux experts en armures.

– Voilà la manifestation la plus idiote de pur infantilisme que j'aie jamais vue de toute ma vie, lança-t-il aux autres d'un ton méprisant durant une brève accalmie du tonnerre.

– Oh ? fit Kalten.

– Ces armures sont presque inutiles. Une bonne armure est censée protéger celui qui la porte tout en lui laissant une certaine liberté de mouvements. Rien ne sert de se transformer en tortue.

– Mais c'est quand même impressionnant.

– Oui, mais c'est tout. Tous ces piquants, ces crochets ne servent à rien, pis encore ils permettent de guider l'adversaire jusqu'à un point faible. A quoi pensaient donc leurs armuriers ?

– C'est un héritage de la dernière guerre, expliqua Séphrénia. Les Zémochs ont été bouleversés par l'apparence des chevaliers de l'Église. Ils n'ont pas vraiment compris les buts réels d'une armure... uniquement son apparence effrayante, aussi leurs artisans se sont-ils concentrés là-dessus. Les Zémochs portent des armures pour faire peur à leurs adversaires.

– Je ne suis pas le moins du monde effrayé, petite mère, annonça joyeusement Tynian. Ce sera presque trop facile.

Répondant à un signal qu'eux seuls pouvaient percevoir, les guerriers d'Otha aux costumes hideux lâchèrent leur démentielle lamentation, sorte de hurlement d'aphasiques.

– Est-ce censé correspondre à un cri de guerre ? demanda nerveusement Bérit.

– C'est à peu près tout ce dont ils sont capables, leur apprit Séphrénia. La culture zémoch est fondamentalement styrique et les Styriques ne connaissent rien à la guerre. Les Élènes crient quand ils partent en guerre ; ces gardes essaient simplement d'imiter ce cri.

– Pourquoi ne pas sortir le Bhelliom pour les anéantir, Émouchet ? suggéra Talen.

– Non ! s'écria brutalement Séphrénia. Les Dieux des Trolls sont désormais enfermés. Ne les relâchons pas tant que nous ne sommes pas en présence d'Azash. Ce n'est pas très utile de lancer le Bhelliom contre de simples soldats, car cela mettrait en péril tout ce que nous sommes venus réaliser ici.

– Elle n'a pas tort, admit Tynian.

– Ils ne bougent pas, dit Ulath en examinant les gardes. Je suis sûr qu'ils nous voient mais ils ne font même pas mine de se préparer à défendre cette porte. Si nous parvenons jusqu'à la porte, à entrer et à refermer les panneaux derrière nous, nous n'aurons plus à nous en inquiéter.

– Voilà le plan le plus bête que j'aie entendu, se moqua Kalten.

– Tu en as un de meilleur ?

– Non, je l'avoue.

– Alors, que fait-on ?

Les chevaliers adoptèrent leur formation habituelle en coin et avancèrent rapidement vers le portail entrebâillé du palais d'Otha. Comme ils approchaient du champ de feu, une puanteur familière monta un instant aux narines d'Émouchet.

Aussi rapidement qu'il avait commencé, le hurlement absurde s'interrompit et les gardes en armure mortuaire restèrent immobiles. Ils ne brandirent pas leurs armes, ne tentèrent même pas de regrouper des forces plus importantes devant la porte.

Une nouvelle fois monta la puanteur pénétrante, mais elle fut rapidement emportée par un vent soudain. Les éclairs redoublaient de fureur et commençaient à arracher aux bâtiments des blocs entiers de basalte dans un tumulte assourdissant.

– A terre ! aboya brutalement Kurik. Tout le monde à terre !

Ils ne comprirent pas, mais ils obéirent tous immédiatement, plongeant au sol dans un fracas d'armures. La raison du cri d'alarme de Kurik se fit aussitôt évidente. Deux des gardes aux armures grotesques à gauche des panneaux massifs furent soudain enveloppés dans une boule brillante de feu bleuâtre et littéralement réduits en pièces. Leurs camarades ne bougèrent pas, ne se retournèrent même pas pour regarder, tandis que divers bouts métalliques leur tombaient dessus.

– C'est leur armure ! cria Kurik au milieu des coups de tonnerre. L'acier attire la foudre ! Restez à terre !

La foudre continua de ravager les rangs métalliques des gardes à figure de crâne, puis l'odeur de chair et de cheveux brûlés souffla sur l'esplanade tandis qu'une rafale tourbillonnait et rebondissait sur les murs élevés du palais.

– Ils ne bougent même pas ! s'exclama Kalten. Personne ne peut être à ce point discipliné.

Comme l'orage continuait sa lourde marche, la volée d'éclairs s'attaqua à des maisons désertes, après les hommes de fer.

– Ça va, maintenant ? demanda Émouchet à son écuyer.

– Je n'en suis pas certain. Si vous commencez à sentir un picotement, jetez-vous à terre.

Ils se relevèrent prudemment.

– Est-ce que c'était Azash ? demanda Tynian à Séphrénia.

– Je ne pense pas. Si Azash avait lancé ces éclairs, je ne crois pas qu'il nous aurait ratés. Mais c'est peut-être Otha. Tant que nous n'aurons pas atteint le temple, nous rencontrerons les œuvres d'Otha plutôt que d'Azash.

– Otha ? Est-il si talentueux ?

– Talentueux n'est sans doute pas le terme approprié, répondit-elle. Otha possède d'immenses pouvoirs, mais il est maladroit. Il est trop paresseux pour s'entraîner.

Ils continuèrent leur avance, mais les hommes qui les attendaient dans leurs armures grotesques ne bougèrent ni pour les attaquer ni pour renforcer le nombre de ceux qui barraient l'entrée.

Quand Émouchet atteignit le premier garde, il brandit son épée et l'homme immobile se mit à hurler en levant maladroitement une hache à lame large ornementée d'épines et de barbillons totalement inutiles. Émouchet écarta la hache et frappa de l'épée. L'armure d'apparence inquiétante était encore moins utile que ne l'avait laissé entendre Tynian. Elle était à peine plus épaisse que du papier et l'épée d'Émouchet s'enfonça comme dans du beurre dans le corps du garde. S'il avait frappé un homme sans armure, sa lame eût ressenti davantage de résistance.

L'homme s'écroula alors et l'armure fracassée s'ouvrit. Émouchet recula, révulsé. Le corps à l'intérieur n'avait rien eu de vivant. Ce n'étaient qu'ossements noircis auxquels s'accrochaient quelques lambeaux de chair pourrissante. Une puanteur abominable monta de l'armure.

– Ils ne sont pas vivants ! gronda Ulath. L'armure ne contient que des os et des entrailles putréfiées !

Écœurés, étouffant sous les haut-le-cœur, les chevaliers continuèrent leur attaque, se frayant un chemin parmi ces ennemis déjà morts.

– Arrêtez ! lança soudain Séphrénia.

– Mais... commença à protester Kalten.

– Reculez d'un pas... tous !

Ils obéirent à contrecœur, et les menaçantes dépouilles hideusement cuirassées redevinrent immobiles. Et lancèrent à nouveau leur hurlement dépourvu de toute émotion.

– Qu'est-ce qui se passe ? voulut savoir Ulath. Pourquoi n'attaquent-ils pas ?

– Parce qu'ils sont morts, Ulath, répondit Séphrénia.

Ulath pointa sa hache sur la forme ratatinée devant lui.

– Mort ou pas, celui-ci a bien tenté de me transpercer.

– Parce que tu étais à portée de son épieu. Regardez-les. Ils nous encerclent, et pourtant aucun d'eux ne vient à l'aide de leurs compagnons. Une torche, Talen !

Le gamin arracha une torche entre deux dalles et la lui tendit. Elle la souleva et examina les pavés.

– Effrayant, dit-elle en frémissant.

– Nous vous protégerons, dame Séphrénia, lui assura Bévier. Vous n'avez rien à craindre.

– Aucun de nous n'a de crainte à avoir, cher Bévier. Ce qui est véritablement effrayant, c'est le fait qu'Otha détient probablement davantage de puissance que tout autre être humain, et qu'il soit bête au point de ne savoir l'utiliser. Nous avons passé des siècles à lutter contre un demeuré.

– Ressusciter les morts est tout de même assez impressionnant, Séphrénia, lui fit remarquer Émouchet.

– N'importe quel enfant styrique est capable de galvaniser un cadavre, mais Otha ne sait même pas qu'en faire une fois cela réalisé. Chacun de ses gardiens défunts se tient sur une dalle, et celle-ci constitue sa seule protection.

– En es-tu certaine ?

– Essaie, et tu verras.

Émouchet leva son bouclier et avança sur l'un des gardes nauséabonds. Dès que son pied toucha la dalle, la créature à figure de crâne eut un haut-le-corps et dirigea vers lui une hache à lame déchiquetée. Il para le coup sans peine et recula. Le garde reprit sa position précédente et redevint aussi immobile qu'une statue.

Le vaste cercle de gardes autour du palais et du temple lança à nouveau son hurlement caverneux.

Alors, sous le regard horrifié d'Émouchet, Séphrénia souleva ses robes et commença à se faufiler parmi les rangs de cadavres debout. Elle s'arrêta et se retourna.

– Allons, venez ! Entrons avant la pluie. Ne marchez sur aucune de leurs dalles, c'est tout.

Impression singulière que de circuler parmi ces silhouettes menaçantes à l'odeur et au visage abominables, dans la lumière terrifiante des éclairs... mais moins dangereuse encore que s'il s'était agi d'éviter des orties sur une piste forestière.

Quand ils eurent dépassé la dernière des sentinelles sans vie, Talen s'arrêta et jeta un coup d'œil le long d'une de leurs rangées en diagonale.

– Révérend mentor, dit-il tranquillement à Bérit.

– Oui, Talen ?

– Pourquoi ne pas pousser un peu celui-ci ? (Talen indiqua le dos de l'un des personnages cuirassés.) Sur le côté, légèrement ?

– Pourquoi ?

Talen se contenta de répondre par un vilain sourire.

– Pousse-le un peu, Bérit. Tu verras.

Bérit parut légèrement intrigué, mais il tendit sa hache et poussa fermement le cadavre debout. La silhouette s'écroula sur la suivante. Le deuxième mort décapita promptement le premier, ce qui le conduisit à effectuer un pas en arrière, et il fut immédiatement abattu par un troisième.

Le chaos se répandit rapidement, et un nombre non négligeable de cadavres fut proprement démembré en un absurde déploiement de sauvagerie.

– Tu as là un petit gars vraiment remarquable, Kurik, fit observer Ulath.

– Nous fondons sur lui quelques espoirs, répondit modestement Kurik.

Ils se tournèrent vers le portail et durent s'arrêter. Flottant au milieu de l'espace délimité par les battants ouverts, un visage flou était gravé en flammes d'un vert maladif. L'objet était grotesquement déformé, impressionnant, implacablement mauvais... et familier. Émouchet l'avait déjà aperçu.

– *Azash !* souffla Séphrénia. Reculez, tous !

Ils restaient bouche bée devant l'immonde apparition.

– Est-ce vraiment lui ? demanda Tynian d'une voix pleine d'une crainte révérencielle.

– Une simple image, répondit Séphrénia. C'est encore l'œuvre d'Otha.

– Est-elle dangereuse ? s'enquit Kalten.

– Franchir cette porte signifie la mort, et pis que la mort.

– Existe-t-il d'autres chemins pour entrer ? demanda encore Kalten en considérant craintivement l'apparition lumineuse.

– Certainement, mais je doute que nous réussissions jamais à les trouver.

Émouchet poussa un soupir. Il avait depuis longtemps décidé de ce qu'il devrait faire, le moment venu. Il regrettait davantage la discussion qui allait suivre que l'acte lui-même. Il détacha de sa ceinture la bourse en mailles d'acier du Bhelliom.

– Très bien, dit-il à ses amis. Vous devriez filer. Je ne puis garantir combien de temps je peux vous accorder, mais je tiendrai aussi longtemps que possible.

– De quoi parles-tu ? interrogea Kalten, soupçonneux.

– On ne peut se rapprocher davantage d'Azash, je le crains. Nous savons tous ce qu'il faut accomplir et seul l'un de nous peut le faire. Si l'un de vous parvient jusqu'à Cimmura, qu'il dise à Ehlana que je regrette qu'il n'en ait été autrement. Séphrénia, suis-je suffisamment près ? Azash sera-t-il détruit ?

Les larmes aux yeux, elle hocha la tête.

– Pas de sentimentalisme, dit brusquement Émouchet. Nous n'en avons pas le temps. Je suis honoré de vous avoir connus... vous tous. A présent, fichez le camp ! C'est un ordre ! (Il lui fallait les chasser avant qu'ils ne prennent des décisions nobles mais stupides.) Allez ! gronda-t-il. Et attention à vous en passant à côté des gardes !

Ils obéirent. Les militaires répondent toujours aux ordres... si on leur crie ces ordres. Ils obéissaient, et c'était là l'important. De toute façon, cela ne servait à rien. Si ce qu'avait dit Séphrénia était vrai, il leur faudrait au moins une journée pour dépasser la limite de la zone devant être détruite quand il écraserait le Bhelliom, et il n'espérait guère pouvoir passer inaperçu tout ce temps. Mais il lui fallait leur laisser une chance. Peut-être personne ne sortirait-il du palais et aucune des patrouilles en ville ne l'apercevrait-il. On pouvait toujours rêver.

Il ne voulait pas les regarder partir. Ce serait mieux ainsi. Il avait mieux à faire que de rester sans bouger comme un gamin qui a fait une bêtise et qui doit demeurer à la maison pendant que toute la famille se rend à la foire. Il regarda à gauche, puis à droite. Si Séphrénia avait raison, mieux valait qu'il s'éloigne de l'entrée du palais. De la sorte, il n'aurait à se soucier que des patrouilles en ville, puisque ce qui sortirait par la porte ne le verrait pas immédiatement. A gauche, ou à droite ? Il haussa les épaules. Où était la différence ? Peut-être valait-il encore mieux faire le tour du palais et se tapir contre les murs de derrière. Il serait ainsi plus proche d'Azash et le Dieu Aîné serait encore plus près de l'anéantissement total. Il se retourna à demi et les aperçut alors. Ils se tenaient derrière les rangées de cadavres menaçants. Une expression déterminée se peignait sur leur visage.

– Qu'est-ce que vous fabriquez ? leur lança-t-il. Je vous ai dit de filer d'ici !

– Nous avons décidé de t'attendre, lui répondit Kalten.

Émouchet fit un pas menaçant dans leur direction.

– Ne faites pas de bêtises, Émouchet, lui dit Kurik. Vous n'allez pas risquer un faux pas, avec ces dangereux individus qui peuvent vous fracasser le crâne par-derrière... ce qui permettrait à Azash de récupérer le Bhelliom. Nous ne sommes tout de même pas venus jusqu'ici pour cela, n'est-ce pas ?

CHAPITRE VINGT-SEPT

Émouchet lâcha un juron. Pourquoi ne pouvaient-ils lui obéir ? Il poussa alors un soupir. Il aurait dû se douter qu'ils ne lui obéiraient pas. Il n'y avait rien à y faire, à présent, et il ne servirait à rien de les morigéner.

Il ôta son gantelet pour prendre sa gourde d'eau, et sa bague lança un éclair ensanglanté sous la lumière des torches. Il enleva le bouchon et but. La bague étincela de nouveau. Il rabaissa le récipient et considéra le bijou songeusement.

– Séphrénia, dit-il d'un air presque absent, j'ai besoin de toi.

Elle fut à son côté au bout d'un instant.

– Le Fureteur était Azash, n'est-ce pas ?

– Simplification exagérée, Émouchet.

– Tu sais ce que je veux dire. Quand nous étions sur la tombe du roi Sarak, en Pélosie, Azash t'a parlé par l'intermédiaire du Fureteur, mais il s'est enfui quand je me suis rué sur lui avec l'épieu d'Aldréas.

– Oui.

– Mais ce n'était pas vraiment à cause de l'épieu, qui n'est pas une arme tellement impressionnante. C'étaient les bagues, n'est-ce pas ?

– Je ne vois pas où tu veux en venir, Émouchet.

– Moi non plus. (Il ôta son autre gantelet et tendit les mains pour contempler les deux bagues.) Elles possèdent une certaine puissance, n'est-ce pas ? Je crois que je me suis laissé un peu obnubiler par le fait qu'elles sont les clés du Bhelliom. Le Bhelliom possède lui-même tant de pouvoir que j'ai oublié celui des bagues. L'épieu d'Aldréas n'avait pas grand-chose à y voir... il se trouve d'ailleurs dans un coin de l'appartement d'Ehlana, à Cimmura, à l'heure actuelle. N'importe quelle arme aurait fait l'affaire, je ne me trompe pas ?

– Oui, tant que les bagues la touchaient. Je t'en prie, Émouchet. Arrives-en au fait. Ta logique élène est fatigante.

– Elle me permet de réfléchir. Je pourrais chasser cette image dans la porte à l'aide du Bhelliom, mais cela délivrerait les Dieux des Trolls, qui essaieraient alors de me poignarder dans le dos à la première occasion. Mais les Dieux des Trolls n'ont aucune relation avec les bagues. Je puis user de celles-ci sans réveiller Ghnomb et ses amis. Que se passerait-il si je prenais mon épée à deux mains pour la poser contre l'image flottant dans l'entrée ?

Elle le regardait fixement.

– Nous ne parlons pas d'Azash, mais d'Otha, pour le moment. Je ne suis peut-être pas le plus grand magicien au monde, mais ça ne fait rien tant que je suis en possession des bagues. Je pense qu'elles sont capables d'affronter Otha avec succès, tu ne crois pas ?

– Je l'ignore, Émouchet. (Elle parlait à voix basse.) Je l'ignore totalement.

– Et si on essayait ? (Il se retourna et regarda de l'autre côté de l'armée de gardes nauséabonds.) Très bien, lança-t-il à ses amis. Revenez ici. Nous avons à faire.

Ils se glissèrent précautionneusement entre les cadavres cuirassés et se rassemblèrent autour d'Émouchet et de son mentor.

– Je vais tenter une manœuvre qui risque de ne pas fonctionner, leur dit-il. Dans ce cas, ce sera à vous d'utiliser le Bhelliom. (Il décrocha la bourse en acier.) En cas d'échec, lâchez-le sur les dalles et écrasez-le avec une épée ou une hache.

Il tendit le petit sac à Kurik, son bouclier à Kalten, et tira son épée. Il serra la poignée des deux mains et marcha à grands pas jusqu'au centre de l'entrée où flottait l'apparition verdâtre. Il leva son épée.

– Souhaitez-moi bonne chance, dit-il.

Tout autre commentaire aurait pu paraître de la vantardise.

Il tendit les bras, braquant son épée sur l'image reflétée dans le feu vert placé devant lui. Il banda ses forces et avança pour amener la pointe de son arme en contact avec l'enchantement brûlant.

Le résultat fut spectaculaire... et satisfaisant. Le contact de l'épée fit exploser l'image, crachant sur Émouchet une averse d'étincelles multicolores, et la détonation détruisit probablement toutes les fenêtres à des milles à la ronde. Émouchet et ses amis furent projetés au sol et les cadavres en armure fauchés comme du blé. Émouchet secoua la tête pour chasser le tintement dans ses oreilles et se débattit pour se redresser tout en fixant la porte. L'un des vastes panneaux avait été fendu par le milieu et l'autre était précairement accroché à une seule paumelle. L'apparition s'était évaporée et il ne restait plus à sa place que quelques volutes de fumée. De l'intérieur du palais monta un piaillement de souffrance semblable à celui d'une chauve-souris.

– Tout le monde va bien ? cria Émouchet en inspectant ses amis.

Ils se remettaient sur pied, le regard légèrement voilé.

– Bruyant, fit Otha.

– Qui produit tout ce boucan à l'intérieur ? demanda Kalten.

– Otha, sans doute. Ça vous fiche un coup, de voir détruit l'un de vos sortilèges.

Il récupéra ses gantelets et la bourse en mailles d'acier.

– Talen ! cria soudain Kurik. Non !

Mais le gamin avait déjà pénétré dans l'entrée.

– On dirait qu'il n'y a plus rien, Père, annonça-t-il en avançant encore puis en revenant tranquillement. Comme je ne me suis pas dissipé en nuage de fumée, je pense pouvoir dire qu'il n'y a aucun danger.

Kurik commençait à se précipiter vers son fils, les mains tendues, mais il se ravisa et s'arrêta en marmonnant des jurons.

– Entrons, dit Séphrénia. Je suis sûre que toutes les patrouilles de la ville ont entendu cette conflagration. Espérons qu'elles penseront que c'était la foudre, mais l'on peut jurer que certaines viendront jeter un coup d'œil.

Émouchet raccrochait la bourse à sa ceinture.

– Il faut que nous disparaissions, une fois à l'intérieur. Par où devons-nous aller ?

– Tout de suite à gauche. Les couloirs de ce côté-ci conduisent aux cuisines et aux réserves.

– Très bien. En route.

L'odeur étrange qu'avait remarquée Émouchet en pénétrant dans la ville était encore plus forte dans les corridors sombres du palais. Les chevaliers avançaient avec prudence, écoutant l'écho des cris des gardes d'élite. Le palais était en émoi et même dans une bâtisse de cette taille il était normal qu'ils fassent des rencontres. La plupart du temps, Émouchet et ses amis les évitèrent en se repliant simplement dans les salles obscures longeant les couloirs. Lorsque la chose s'avérait impossible, les chevaliers de l'Église utilisaient leur irrésistible talent en combat rapproché et les cris alors émis se perdaient dans les échos dont retentissaient les murs.

Près d'une heure plus tard, ils entraient dans la pâtisserie du palais, où les feux couverts produisaient une certaine lumière. Ils s'arrêtèrent et barricadèrent les portes.

– Je suis tout retourné, confessa Kalten en volant un petit gâteau. Par où continuons-nous ?

– Par cette porte, je pense, répondit Séphrénia. Les cuisines donnent toutes sur un couloir qui mène à la salle du trône.

– Otha déjeune dans sa salle du trône ? s'étonna Bévier.

– Il ne bouge plus tellement. Il n'arrive même plus à marcher.

– Qu'est-ce qui l'a rendu infirme ?

– Son appétit. Otha mange presque constamment et il n'a jamais tellement apprécié l'exercice. Il a les jambes trop faibles pour le soutenir.

– Combien de portes donnent sur la salle du trône ? lui demanda Ulath.

Elle réfléchit un moment et sonda sa mémoire.

– Quatre, je pense. Celle des cuisines, une autre en provenance du bâtiment principal du palais et celle qui conduit aux appartements particuliers d'Otha.

– Et la dernière ?

– La dernière entrée n'a pas de porte. C'est l'ouverture qui pénètre dans le labyrinthe.

– Il nous faudra bloquer ces portes en premier lieu. Nous allons bavarder avec Otha dans l'intimité.

– Et avec quiconque se trouvera également là, ajouta Kalten. Je me demande si Martel est arrivé à entrer.

Il prit un nouveau gâteau.

– Il existe un moyen de le découvrir, dit Tynian.

– Un instant, le coupa Émouchet. Quel est ce labyrinthe dont tu viens de parler, Séphrénia ?

– C'est l'accès au temple. Jadis, les gens étaient fascinés par les dédales. Celui-ci est très compliqué et très dangereux.

– Est-ce le seul moyen d'accéder au temple ?

Elle branla du chef.

– Les fidèles *traversent* la salle du trône pour arriver au trône ?

– Les fidèles ordinaires n'entrent pas dans le temple, Émouchet... rien que les prêtres et les sacrifiés.

– Nous devrions donc bloquer la salle du trône. Nous barricaderons les portes, nous nous occuperons des gardes éventuels, puis nous capturerons Otha. En lui mettant un poignard sur la gorge, je ne crois pas que ses soldats nous ennuieront.

– Otha est magicien, Émouchet, lui rappela Tynian. Le faire prisonnier ne sera peut-être pas aussi facile que cela.

– Otha ne présente pas un grand danger, en ce moment, le contredit Séphrénia. Je peux vous dire qu'il faut un certain temps pour récupérer, après la destruction d'un de vos sortilèges.

– Alors, nous sommes prêts ? demanda Émouchet, tendu.

Ils hochèrent la tête, et il les emmena dans le nouveau couloir.

Il était étroit et assez court, l'extrémité éclairée par une torche roussâtre. Comme ils s'en rapprochaient, Talen se glissa en avant à pas de loup. Il revint au bout d'un moment.

– Ils sont tous là, chuchota-t-il d'une voix rendue aiguë par l'excitation. Annias, Martel et les autres. On dirait qu'ils viennent d'arriver. Ils portent encore leurs capes de voyage.

– Combien de gardes dans la salle ? s'informa Kurik.

– Pas beaucoup. Une vingtaine au maximum.

– Les autres sont probablement dispersés dans les couloirs à notre recherche.

– Tu peux nous décrire la salle ? lui demanda Tynian. Et les emplacements des gardes ?

Talen hocha la tête.

– Ce couloir donne presque à côté du trône. Il est facile de reconnaître Otha. Il ressemble à une grosse limace. Martel et les autres sont rassemblés autour de lui. Il y a deux gardes à chacune des portes... sauf à côté de l'ouverture derrière le trône. Les autres sentinelles sont dispersées le long des murs. Ils portent des jaserans et des épées, et chacun d'eux tient une longue lance. Et il y a une douzaine de costauds en pagne accroupis tout près du trône. Ils n'ont pas d'armes.

– Les porteurs d'Otha, précisa Séphrénia.

– Tu avais raison, lui dit Talen. Il y a quatre portes... celle de notre couloir, une deuxième de l'autre côté de la salle, l'entrée voûtée du dédale et une plus grande à l'autre bout de la salle.

– Celle-ci donne sur le reste du palais.

– C'est donc la plus importante, décida Émouchet. Il n'y a personne dans ces cuisines à part quelques domestiques, je suppose, et pas grand monde dans la chambre d'Otha, mais les soldats doivent être nombreux de l'autre côté de cette porte principale. Quelle distance y a-t-il jusqu'à elle ?

– Dans les deux cents pas, répondit le gamin.

– Qui a envie de courir ? proposa Émouchet à ses amis.

– Qu'est-ce que tu en dis, Tynian ? demanda Ulath. A quelle vitesse peux-tu parcourir deux cents pas ?

– Aussi vite que *toi*, mon ami.

– On s'en charge, Émouchet, annonça Ulath.

– N'oubliez pas que vous avez promis de me laisser Adus, rappela Kalten à son ami.

– J'essaierai de te le garder.

Ils s'avancèrent vers la porte avec détermination. Ils marquèrent un bref temps d'arrêt, puis se précipitèrent dans la salle. Ulath et Tynian filèrent vers la porte principale. Il se produisit des cris d'émoi et d'inquiétude quand les chevaliers apparurent. Les soldats se lancèrent des appels contradictoires, mais un officier l'emporta sur tous les autres en beuglant d'une voix rauque :

– Protégez l'empereur !

Les gardes en cottes de mailles alignés le long des murs laissèrent leurs camarades aux portes et se ruèrent pour former avec leurs lances un cercle protecteur autour du trône. Kalten et Bévier avaient presque négligemment abattu les deux gardes en sortant du couloir des cuisines ; Ulath et Tynian atteignirent ceux de la porte principale, qui essayaient désespérément de l'ouvrir pour appeler à l'aide. Les deux hommes furent taillés en pièces, puis Ulath appuya son dos massif contre le panneau tandis que Tynian cherchait à tâtons parmi les tentures le moyen de barrer la porte.

Bérit passa en trombe par la porte à côté d'Émouchet, bondit par-dessus les gardes qui remuaient encore faiblement à terre, puis, la hache levée, courut vers le panneau de l'autre côté de la salle. Bien que gêné par son armure, il bondit comme un cerf sur le sol poli de la salle du trône et s'abattit sur les deux hommes qui gardaient la porte de la chambre d'Otha. Il écarta leurs lances et se débarrassa d'eux de deux coups de hache puissants.

Émouchet entendit derrière lui un grincement sourd tandis que Kalten rabattait la lourde barre métallique.

On tapait de l'autre côté du panneau qu'Ulath retenait fermé ; Tynian trouva soudain la barre et la mit en place. Bérit barricada également sa porte.

– Du travail d'orfèvre, approuva Kurik. Mais nous ne pouvons toujours pas atteindre Otha.

Émouchet examina le cercle d'épieux autour du trône, puis Otha lui-même. Comme l'avait dit Talen, l'homme qui terrifiait l'occident depuis cinq siècles avait tout de la limace. Blafard, presque totalement imberbe, son visage gonflé luisait de transpiration au point qu'on l'eût dit couvert de bave. Sa panse énorme formait une telle excroissance que ses bras donnaient l'impression d'être atrophiés. Il était incroyablement crasseux et des bracelets précieux décoraient ses mains graisseuses. Il était à demi affalé sur son trône, comme si on l'avait poussé dessus. Le regard voilé, le corps agité de soubresauts, il ne s'était manifestement pas encore remis de la rupture de son sortilège.

Émouchet prit longuement son souffle et regarda autour de lui. La salle était décorée d'une rançon de rois. L'or martelé recouvrait les murs et la nacre les colonnes. Le sol était d'onyx poli et les draperies de part et d'autre des portes en velours rouge sang. A intervalles réguliers, des torches étaient plantées dans les murs et d'énormes braseros brûlaient de chaque côté du trône d'Otha.

Enfin, Émouchet aperçut Martel.

– Ah, Émouchet, fit l'homme aux cheveux blancs d'une voix affable, quel plaisir d'avoir ta visite ! Nous t'attendions.

Les paroles semblaient nonchalantes, mais la voix avait un soupçon d'énervement. Martel ne s'attendait pas qu'ils arrivent si rapidement, et encore moins dans une telle précipitation. Il se tenait en compagnie d'Annias, Arissa et Lychéas à l'intérieur du cercle protecteur d'épieux, cependant qu'Adus encourageait les lanciers à coups de pied et de jurons.

– Ce n'est rien, nous étions dans les parages, répondit Émouchet en haussant les épaules. Comment vas-tu, mon vieux ? Tu m'as l'air un peu fatigué par le voyage. La route fut-elle épuisante à ce point ?

– Le voyage fut supportable. (Martel inclina la tête à l'adresse de Séphrénia.) Petite mère, dit-il sur un ton où perçait une nouvelle fois un étrange regret.

Séphrénia poussa un soupir mais resta coite.

– Je vois que nous sommes tous ici, continua Émouchet. J'apprécie beaucoup ces petites réunions, pas toi ? Elles nous donnent l'occasion de nous rappeler des tas de souvenirs. (Il regarda Annias, dont la subordination à Martel était désormais évidente.) Vous auriez dû rester à Chyrellos, Votre Grâce. Tu as raté toutes les péripéties de l'élection. Me croiras-tu si je te dis que la Hiérocratie a finalement placé Dolmant sur le trône d'archiprélat ?

Une expression de douleur intense se peignit soudain sur la figure du primat de Cimmura.

– Dolmant ? fit-il en s'étouffant.

Au cours des ans, Émouchet devait réaliser que sa vengeance sur le primat avait été totale à cet instant-là. La souffrance produite par cette simple affirmation dépassait l'entendement de son ennemi. La vie du primat de Cimmura s'écroula et se transforma en cendres en cet instant unique.

– Stupéfiant, n'est-ce pas ? continua inexorablement Émouchet. C'est vraiment le dernier homme auquel l'on pouvait s'attendre. Nombreux sont ceux à Chyrellos qui pensent qu'il faut y voir la main de Dieu. Ma femme, la reine d'Élénie... tu t'en souviens, n'est-ce pas ?... une assez jolie petite blonde, celle que tu as voulu empoisonner... a prononcé à l'intention des patriarches un discours juste quand allaient commencer les délibérations. C'est elle qui a proposé sa candidature. Elle s'est montrée d'une éloquence rare, mais l'on estime que ses paroles furent inspirées par Dieu en Personne... d'autant plus que Dolmant fut élu à l'unanimité.

– C'est impossible ! souffla Annias. Tu mens, Émouchet !

– Tu pourras le vérifier par toi-même, Annias. Quand je t'aurai ramené à Chyrellos, je suis sûr que tu auras tout le temps d'examiner les minutes de la réunion. On discute encore pour savoir qui aura le plaisir de te traduire en justice et de t'exécuter. Cela risque de durer des années. Tu es arrivé mystérieusement à t'attirer l'inimitié de presque tous ceux qui habitent à l'ouest de la frontière du Zémoch. Ils veulent te tuer, curieux, n'est-ce pas ?

– Tu te montres un peu infantile, Émouchet, non ?

– Bien entendu. Nous avons tous nos petits défauts. C'est vraiment dommage que le coucher de soleil de ce soir ait été aussi peu remarquable, car ce sera le dernier que tu auras pu contempler.

– Ce sera du moins vrai pour l'un de nous.

– Séphrénia ! fit un bruit qui était plus un gargouillis qu'une voix.

– Oui, Otha, répondit-elle calmement.

– Dis adieu à ta petite Déesse, grommela en élène ancien l'homme-limace sur le trône. (Ses petits yeux avaient retrouvé un point pour se fixer, mais ses mains tremblaient.) Ta tienne parenté avec les Dieux Cadets tire à sa fin. Azash t'attend.

– J'en doute, Otha, car j'amène l'inconnu avec moi. Je l'avais trouvé bien avant sa naissance et je l'ai introduit en ce lieu avec le Bhelliom qu'il détient. Azash le redoute, Otha, et tu serais bien avisé de le craindre également.

Otha s'affala encore plus sur son trône, sa tête semblant se rétracter comme celle d'une tortue dans les plis du cou épais. Sa main se déplaça avec une rapidité surprenante et un rayon de lumière verdâtre en jaillit, qui fila droit sur la petite femme styrique. Mais Émouchet s'y attendait. Il avait tenu son bouclier de manière apparemment décontractée. Les pierres étaient fermement appuyées contre le rebord de l'écu. Habilement, il poussa le bouclier devant son mentor. Le rayon de lumière verte le frappa et fut reflété sur la surface polie.

L'un des gardes cuirassés fut soudain effacé dans une explosion silencieuse qui éclaboussa la salle du trône de fragments chauffés à blanc de son jaseran.

Émouchet tira son épée.

– Ces absurdités sont-elles terminées, Martel ? demanda-t-il d'une voix menaçante.

– Je voudrais bien t'obliger, mon vieux, mais Azash nous attend. Tu sais ce que c'est...

Le martèlement sur la lourde porte gardée par Ulath et Tynian se fit plus bruyant.

– Quelqu'un frappe ? demanda Martel d'un ton léger. Sois gentil, Émouchet, va voir qui c'est. Ce bruit me tape sur les nerfs.

Émouchet avança brutalement.

– Conduisez l'empereur en sécurité ! aboya Annias à l'adresse des brutes à peine vêtues accroupies près du trône.

Efficients, les porteurs introduisirent des barres en acier dans des ouvertures du siège décoré, placèrent leurs épaules sous les barres et soulevèrent le poids énorme de leur maître. Puis ils firent volte-face avec leur litière et trottèrent lourdement en direction de la porte derrière le trône.

– Adus ! ordonna Martel. Protège-moi !

Lui aussi se retourna et poussa Annias et sa famille dans le sillage d'Otha tandis que le bestial Adus s'avançait, fouettant du plat de l'épée les gardes armés de lances, et beuglant des ordres inintelligibles.

Le martèlement contre les portes verrouillées devint un son retentissant : les soldats à l'extérieur utilisaient des béliers improvisés.

– Émouchet ! cria Tynian. Les portes ne tiendront pas très longtemps !

– Laissez tomber ! répondit Émouchet. Aidez-nous ici ! Otha et Martel s'enfuient !

Les soldats commandés par Adus étaient en effet en train de barricader de leurs lances la porte donnant sur le labyrinthe. Quoique sous bien des rapports d'une bêtise profonde et effrayante, Adus était un guerrier qualifié et ce genre de combat simple lui donnait tous les avantages. Il dirigeait les gardes d'Otha par des grognements, des coups de pied et de poing, les déployant par paires ou trios pour barrer la route des chevaliers. Le concept transmis par Martel était à la portée de l'entendement d'Adus. Il devait les retarder pour donner à Martel le temps de s'échapper.

Quand Kalten, Ulath, Tynian et Bérit se joignirent à la bataille, Adus recula. Il avait l'avantage du nombre, mais ses Zémochs ne pouvaient résister aux chevaliers de l'Église. Il réussit toutefois à ramener l'ensemble de ses forces dans l'entrée du dédale où les lances formeraient une barrière efficace.

Cela tandis que continuaient les grondements rythmés des béliers.

– Il faut qu'on entre dans le labyrinthe ! cria Tynian. Une fois ces portes enfoncées, nous serons encerclés !

C'est sire Bévier qui prit l'initiative. Le jeune chevalier cyrinique était le courage personnifié et, plus d'une fois, il avait manifesté un mépris total pour sa propre sécurité. Il s'avança à grands pas en faisant balancer son inquiétante hache de Lochabre à pointe crochue. Ce n'était pas aux gardes qu'il s'attaquait, mais à leurs épieux, et une lance sans pointe n'est plus qu'un bâton. Au bout de quelques instants, il eut désarmé sans peine les Zémochs d'Adus... et reçu une blessure profonde dans le flanc, juste au-dessus de la hanche. Affaibli, il recula, du sang coulant de la déchirure dans son armure.

– Occupe-toi de lui ! aboya Émouchet à Bérit en plongeant sur les Zémochs.

Sans leurs lances, ceux-ci étaient forcés de se rabattre sur leurs épées et les chevaliers de l'Église prirent dès lors l'avantage. Les hommes cuirassés taillaient sans peine dans les Zémochs.

Adus jaugea la situation et recula dans l'entrée.

– Adus ! beugla Kalten en écartant un Zémoch de son chemin avec un coup de pied.

– Kalten ! gronda Adus.

La brute effectua un pas en avant, les yeux porcins affamés. Puis il grogna, étripa l'un de ses propres soldats pour donner libre cours à sa frustration et disparut dans le dédale.

Émouchet virevolta.
– Comment va-t-il ? demanda-t-il à Séphrénia, qui était agenouillée au-dessus de Bévier.
– C'est grave, Émouchet.
– Peux-tu stopper l'hémorragie ?
– Non, pas totalement.
Bévier, pâle, transpirant, le pectoral de son armure débouclé, gisait comme une coquille de clam ouverte.
– Continue, Émouchet, dit-il. Je tiendrai cette porte aussi longtemps que je pourrai.
– Ne dis pas de bêtises, lâcha Émouchet. Étanche la blessure de ton mieux, Séphrénia. Puis referme son armure. Bérit, aide-le. Porte-le, si nécessaire.
Il se produisit un bruit de bois qui se brise dans la salle du trône.
– Les portes lâchent, Émouchet, annonça Kalten.
Émouchet regarda dans le couloir conduisant à l'intérieur du dédale. Des torches étaient placées dans des anneaux de fer à intervalles très larges. Un espoir monta soudain en lui.
– Ulath, toi et Tynian, couvrez l'arrière-garde. Criez si ces soldats s'engagent à notre suite.
– Je vous couvrirai, Émouchet, s'entêta Bévier, mais sa voix était bien faible.
– Non, rien du tout. Nous n'allons pas courir à l'intérieur de ce labyrinthe. Nous ignorons tout de ce qu'il contient. Très bien, messieurs, en route.
Ils s'engagèrent prudemment dans le couloir droit et passèrent devant deux ou trois portes.
– On ne devrait pas y jeter un coup d'œil ? demanda Kalten.
– C'est probablement inutile, expliqua Kurik. Certains des hommes d'Adus sont blessés et le sol est couvert de sang. Nous savons au moins où Adus est parti.
– Cela ne garantit nullement que Martel l'ait également fait, dit Kalten. Peut-être a-t-il dit à Adus de nous attirer dans la mauvaise direction.
– Possible, admit Émouchet, mais ce couloir est éclairé et les autres pas.
– Drôle de labyrinthe, avec toutes ces torches, Émouchet, signala Kurik.

– Sans doute, mais tant que torches et traînées de sang vont dans la même direction, nous tentons notre chance.

Le couloir rempli d'échos tournait brutalement à gauche. Les murs en voûte et le plafond incurvé donnaient la désagréable impression que le passage était trop bas, et Émouchet se surprit à se baisser instinctivement.

– Ils ont brisé toutes les portes de la salle du trône, Émouchet, lança Ulath derrière eux. Des torches s'agitent déjà à l'entrée.

– Voilà qui règle tout. Nous n'avons pas le temps d'explorer d'autres couloirs. Allons-y.

Le couloir éclairé commençait à sinuer et les taches de sang sur le sol semblaient indiquer qu'ils restaient sur la même route qu'Adus.

Soudain, le passage tournait à droite.

– Comment ça va ? demanda Émouchet à Bévier, appuyé lourdement sur l'épaule de Bérit.

– Parfaitement, Émouchet. Dès que j'aurai retrouvé mon souffle, je pourrai me débrouiller tout seul.

Un nouveau tournant à gauche, puis encore à gauche après quelques pas.

– Nous revenons sur notre chemin, Émouchet, signala Kurik.

– Je sais. Mais avons-nous le choix ?

– Non, je ne pense pas.

– Ulath, lança Émouchet. Est-ce que ceux qui nous suivent se rapprochent ?

– Apparemment pas.

– Peut-être ne connaissent-ils pas la route qui permet de traverser le dédale, avança Kalten. Je ne crois pas que quelqu'un irait rendre visite à Azash pour le plaisir.

L'attaque provint d'un couloir latéral. Sortant d'un coin obscur, cinq Zémochs armés d'épieux s'abattirent sur Émouchet, Kalten et Kurik. Leurs épieux leur donnaient un certain avantage... insuffisant toutefois. Quand trois d'entre eux furent au sol à se tordre dans leur sang, les deux autres s'enfuirent par où ils étaient venus.

Kurik saisit une torche au mur et conduisit Émouchet

et Kalten dans le couloir sombre et sinueux. Au bout de plusieurs minutes, ils aperçurent les soldats qu'ils poursuivaient. Les deux hommes avaient ralenti et chacun était collé à un mur.

– Nous les tenons, exulta Kalten en s'avançant.

– Kalten ! claqua la voix de Kurik. Arrête !

– Qu'est-ce qui ne va pas ?

– Ils restent trop près des parois.

– Et alors ?

– Quel est le défaut du milieu du passage ?

Kalten fixa les deux hommes effrayés plaqués aux murs et ses yeux s'étrécirent.

– Nous allons le savoir, dit-il.

Il souleva un carreau à l'aide de la pointe de son épée et le précipita vers l'un des soldats, ratant sa cible de plusieurs pieds.

– Laisse-moi faire, lui dit Kurik. Tu ne peux rien lancer avec cette armure qui te gêne aux entournures.

Il souleva une autre pierre. Il visa beaucoup mieux. Le caillou rebondit bruyamment sur le casque de l'homme. Celui-ci lâcha un cri en basculant en arrière, tentant désespérément de trouver une prise sur la paroi en pierre. Mais il échoua et marcha sur le sol au milieu du couloir.

Les dalles s'ouvrirent sous lui et il disparut avec un cri strident. Son compagnon voulut le suivre des yeux, fit également un faux pas sur la corniche étroite où il était perché et plongea également dans le puits.

– Malin, dit Kurik. (Il s'avança jusqu'au bord du trou et leva sa torche.) Le fond est hérissé de pieux pointus, annonça-t-il en regardant les deux hommes empalés en bas. Faisons demi-tour et avertissons les autres. Mieux vaut faire attention où nous posons les pieds.

Ils revinrent jusqu'au corridor éclairé au moment où arrivaient Ulath et Tynian. Kurik leur expliqua succinctement ce qui s'était passé. Il considéra songeusement les soldats à terre devant lui et ramassa l'un des épieux.

– Ce n'étaient pas des hommes d'Adus.

– Et comment le sais-tu ? lui demanda Kalten.

– Sire Bévier avait brisé leurs lances. Cela signifie qu'il se trouve d'autres soldats dans ce dédale... par petits groupes tels que celui-ci, sans doute. Je suppose qu'ils sont là pour nous conduire jusqu'à des pièges dans les couloirs latéraux.

– Très gentil de leur part, dit Ulath.

– Je ne suis pas ton raisonnement, Ulath.

– Le labyrinthe comporte des pièges, mais nous avons des soldats qui vont les déclencher devant nous. Il nous suffit de les attraper.

– Est-ce que les soldats derrière nous vont vite ? voulut savoir Kurik.

– Pas tellement.

Kurik retourna dans le couloir latéral en tenant sa torche en l'air. Il arborait un large sourire quand il revint.

– Les autres passages possèdent également des anneaux pour les torches. Et si nous changions quelques torches de place au fur et à mesure que nous avançons ? Nous suivons les torches et ces soldats nous suivent. Si les torches commencent à les conduire dans les couloirs latéraux où se trouvent les pièges, cela ne les ralentira-t-il pas ?

– Je ne sais pas en ce qui les concerne, dit Ulath. Mais moi, je serais fatalement ralenti.

CHAPITRE VINGT-HUIT

Des soldats zémochs surgissaient périodiquement des passages de côté, avec sur le visage l'expression d'hommes qui se voient déjà morts. L'ultimatum « Rendez-vous si vous ne voulez pas mourir ! » leur offrait toutefois une alternative dont ils n'auraient pu deviner l'existence. La plupart d'entre eux sautaient sur l'occasion. Mais leur gratitude embarrassante disparaissait rapidement quand ils découvraient qu'ils étaient censés marcher en tête.

Les pièges destinés à surprendre les imprudents étaient ingénieux. Dans les passages où le sol ne s'ouvrait pas, c'était le plafond qui s'écroulait. Le fond de la plupart des puits était hérissé de pieux pointus, mais certains hébergeaient aussi des reptiles divers... tous venimeux et dotés d'un mauvais caractère. A un certain point, l'architecte s'étant manifestement lassé des puits et des plafonds tombants, les murs se refermaient brutalement l'un contre l'autre.

– Quelque chose ne tourne pas rond, dit Kurik au moment où retentissait le cri de quelque soldat à leur poursuite parti explorer un couloir latéral éclairé par les torches trompeuses.

– Tout me semble aller assez bien, dit Kalten.

– Ces soldats vivent ici, Kalten, répliqua l'écuyer, et pourtant ils ne semblent pas mieux connaître les lieux que nous. Nous sommes encore à court de prisonniers. Je crois qu'il est temps de réfléchir un peu. Ne commettons pas de bourdes.

Ils se rassemblèrent au centre du couloir.

– Tout cela est absurde, vous savez, leur dit Kurik.

– De venir à Zémoch ? fit Kalten. Je pouvais te dire ça déjà à Chyrellos.

Kurik feignit d'ignorer sa remarque.

– Nous suivons une piste de taches de sang et elle continue encore devant nous. (Il gratta du pied une grosse tache sur une dalle.) Si quelqu'un saignait à ce point, il serait mort depuis belle lurette.

Talen toucha du doigt la tache rouge, puis porta le doigt à sa bouche. Il cracha.

– Ce n'est pas du sang.

– Qu'est-ce que c'est ? lui demanda Kalten.

– Je l'ignore, mais ce n'est pas du sang.

– On s'est donc fait avoir, dit Ulath d'un ton amer. Je commençais aussi à me poser des questions. Qui plus est, on est pris au piège, maintenant. On ne peut pas faire demi-tour en suivant les torches, puisque nous les déplaçons depuis une demi-heure.

– En logique, cela s'appelle « poser le problème », dit Bévier avec un piètre sourire. Je crois que l'étape suivante, c'est « trouver la solution ».

– Je ne suis pas expert en la matière, admit Kalten, mais ne crois pas que la logique puisse nous permettre de nous sortir de cette mauvaise passe.

– Pourquoi ne pas utiliser les bagues ? proposa Bérit. Émouchet ne pourrait-il percer un trou à travers le labyrinthe ?

– Ces couloirs sont des voûtes en berceau, Bérit, lui expliqua Kurik. Si on commence à percer des trous là-dedans, le plafond va nous tomber sur la tête.

– C'est bien dommage, se plaignit Kalten. Toutes ces bonnes idées qu'il nous faut abandonner parce qu'elles ne marchent pas !

– Mais est-ce qu'on est vraiment tenus de résoudre l'énigme du labyrinthe ? leur demanda Talen. Ce que je veux savoir, c'est si la découverte de la solution possède une quelconque signification religieuse.

– Pas à ma connaissance, répondit Tynian.

– Alors, pourquoi rester à l'intérieur du dédale ? demanda le gamin d'un air innocent.

– Parce qu'on en est prisonniers, lui dit Émouchet en s'efforçant de contrôler son irritation.

– Ce n'est pas tout à fait exact, Émouchet. Nous n'avons pas été vraiment pris au piège. Kurik a peut-être raison en ce qui concerne la destruction des parois, mais il n'a pas parlé du plafond.

Ils le regardèrent fixement. Puis ils se mirent tous à rire comme des idiots.

– Bien entendu, nous ignorons ce qui se trouve au-dessus de nous, fit remarquer Ulath.

– Nous ignorons tout autant ce qui nous attend à l'autre angle du couloir, seigneur chevalier. Et nous ne saurons jamais ce qu'il y a au-dessus du plafond si nous n'allons pas voir, n'est-ce pas ?

– Ce n'est peut-être que l'air libre, lui dit Kurik.

– Serait-ce pire que ceci, Père ? Une fois dehors, Émouchet pourrait alors utiliser les bagues pour perforer les murs du temple. Otha trouve peut-être les labyrinthes amusants, mais celui-ci a cessé de m'amuser. Une des premières règles que m'ait apprises Platime, c'est que si le jeu ne te plaît pas, n'y joue pas.

Émouchet regarda Séphrénia d'un air interrogateur. Elle souriait aussi d'un petit air forcé.

– Je n'y avais pas pensé, admit-elle.

– Pouvons-nous y parvenir ?

– Je ne vois aucune raison qui s'y oppose... tant que nous reculons suffisamment pour éviter d'être écrasés par les décombres. Examinons un peu ce plafond.

Ils levèrent leurs torches et inspectèrent le plafond de la voûte en berceau.

– Cette construction nous posera-t-elle un problème ? demanda Émouchet à Kurik.

– Pas vraiment. Les pierres sont autobloquantes, mais attention aux éboulis !

– C'est parfait, Kurik, dit Talen avec gaieté. Comme ça, nous aurons quelque chose pour grimper.

– Mais il va falloir une force gigantesque pour déloger ces pierres. C'est le poids du couloir qui les maintient en place.

– Et si certaines d'entre elles n'étaient plus là ? suggéra Séphrénia.

Kurik examina les murs et sonda l'interstice entre les pierres.

– Il y a du mortier, mais il est désagrégé, maintenant. Si une demi-douzaine de ces blocs est dissoute, un bon morceau du plafond s'écroulera.

– Mais ce n'est pas tout le couloir qui sera détruit ?

– Non, répondit-il en secouant la tête. Après qu'une certaine longueur sera tombée, la structure reprendra sa solidité.

– Peux-tu vraiment dissoudre la roche ? demanda Tynian à Séphrénia avec une certaine curiosité.

Elle eut un sourire.

– Non, mon petit. Mais je peux la transformer en sable... ce qui revient au même, n'est-ce pas ? (Elle étudia soigneusement le plafond.) Ulath, dit-elle alors. Tu es le plus grand. Fais-moi monter là-haut. Il faut que je touche les pierres.

Ulath s'empourpra très fort et ils surent tous pour quelle raison. Séphrénia n'était pas le genre de personne sur qui l'on pose la main.

– Oh, ne fais pas la bête, Ulath. Fais-moi monter.

Ulath regarda autour de lui d'un œil menaçant.

– Pas un mot de ça, hein ? dit-il à ses amis.

Il se pencha et la souleva sans peine.

Elle monta et donna l'impression qu'elle grimpait à un arbre. Une fois suffisamment haut, elle tendit les mains et les posa sur plusieurs pierres, s'arrêtant brièvement sur chacune d'elles. On eût dit une caresse.

– Cela devrait suffire, annonça-t-elle. Tu peux me reposer, seigneur chevalier.

Ulath la reposa sur le sol et ils reculèrent dans le couloir.

– Soyez prêts à courir, les avertit-elle. La précision n'est pas parfaite.

Elle se mit à bouger les mains devant elle en parlant en styrique. Puis elle leva les deux mains, les paumes vers le haut, afin de jeter le sort.

Du sable fin se mit à descendre du plafond, s'insinuant dans les fentes entre les blocs grossièrement taillés. Au début, ce ne fut qu'un filet, puis la coulée de sable augmenta de volume.

Les murs commencèrent à craquer et l'on entendit des petites détonations tandis que le mortier se dissolvait.

– Nous pouvons reculer un peu plus, dit Séphrénia en regardant avec appréhension la roche autour d'elle. Le sort fonctionne. Inutile de rester ici pour le surveiller.

Séphrénia était une petite femme très complexe. Elle se montrait parfois timorée devant des événements très ordinaires et parfois indifférente à d'autres qui étaicnt prodigieux. Ils reculèrent tandis que coulait le sable et grinçaient les pierres qui se déplaçaient pour se substituer à lui.

Tout se produisit alors brutalement. Une portion importante de la voûte s'écroula dans un fracas étourdissant et un énorme nuage de poussière millénaire se précipita vers eux, les faisant tousser. Comme la poussière se déposait, ils aperçurent le gros trou irrégulier dans le plafond.

– Jetons un coup d'œil, dit Talen. Je suis curieux de voir ce qu'il y a là-haut.

– On ne peut pas attendre encore un peu ? demanda peureusement Séphrénia. Je voudrais être vraiment sûre que c'est sans danger.

Ils montèrent péniblement sur la pile de décombres et s'aidèrent à se hisser à travers le trou. Au-dessus du plafond s'étendait un vaste secteur arrondi, poussiéreux, sentant le remugle. La lumière des torches qu'ils avaient prises avec eux dans le couloir semblait maladive et n'allait pas jusqu'aux murs... s'il en existait. Le sol ressemblait remarquablement à un champ quadrillé par les terriers d'une colonie de taupes extraordinairement industrieuses et ils aperçurent un certain nombre de particularités qui leur avaient échappé quand ils se trouvaient en dessous.

– Des parois coulissantes, dit Kurik en tendant le bras. Ils peuvent transformer le labyrinthe quand ils veulent en fermant ou en ouvrant des couloirs. C'est pour cela que les soldats zémochs ignoraient totalement où ils allaient.

– On voit une lumière, signala Ulath. Là-bas, vers la gauche. On dirait qu'elle provient d'en bas.

– C'est peut-être le temple, suggéra Kalten.

– Ou la salle du trône. Allons voir.

Ils cheminèrent sur le sommet des voûtes, puis ils parvinrent à une portion droite qui se dirigeait dans un sens vers la lumière signalée par Ulath.

– Pas de poussière, fit remarquer Ulath en désignant les pierres du chemin qu'ils suivaient. Ce chemin est souvent utilisé.

Ils atteignirent rapidement la source de lumière. C'était un escalier en pierre qui donnait sur une salle éclairée par des torches... avec quatre murs et aucune porte.

– Ceci est ridicule, grogna Kalten.

– Pas vraiment, le contredit Kurik en levant sa torche pour regarder par-dessus le bord du chemin. Le mur de devant coulisse sur des rails. (Il désigna les rails métalliques.) On ne voit pas de mécanisme, aussi doit-il se trouver un quelconque levier dans la pièce. Émouchet, descendons voir.

Ils descendirent tous deux.

– Que cherchons-nous ? demanda Émouchet à son ami.

– Comment le saurais-je ? Quelque chose qui semble ordinaire mais ne l'est pas.

– Ce n'est pas très précis, Kurik.

– Appuyez sur ces pierres, Émouchet. Si l'une d'elles cède, c'est probablement le levier.

Ils longèrent les murs en appuyant sur toutes les pierres. Au bout de quelques minutes, Kurik s'arrêta, une expression un peu gênée sur le visage.

– Vous pouvez vous arrêter, Émouchet. J'ai trouvé les leviers.

– Où ?

– Il y a des torches sur les côtés et derrière nous, n'est-ce pas ?

– Oui. Et alors?

– Où sont les torches sur le mur de devant... juste devant le pied de l'escalier?

– Et alors?

– Mais vous voyez ces anneaux pour torches? (Kurik s'approcha de ce mur et tira sur l'un des anneaux en fer rouillé. Un claquement sec se fit entendre.) Tirez sur l'autre, Émouchet, proposa-t-il. Ouvrons cette porte et voyons ce qu'il y a de l'autre côté.

– Tu es parfois tellement malin que ça me rend malade, Kurik, annonça Émouchet avec amertume. (Puis il sourit largement.) Faisons d'abord descendre les autres. Je préférerais qu'on n'ouvre pas la porte pour se trouver tous les deux face à toute l'armée zémoch.

Il fit signe à leurs amis de les rejoindre en portant un doigt à ses lèvres pour leur imposer le silence.

Ils descendirent doucement en évitant tout cliquetis.

– Kurik a découvert les leviers, chuchota Émouchet. Mais attention à ce qui peut se trouver de l'autre côté du mur.

Kurik les invita à s'approcher.

– La paroi n'est pas très lourde, dit-il à voix basse, et les rails semblent bien graissés. Bérit et moi devrions pouvoir la déplacer. Vous autres, soyez prêts à intervenir si nécessaire.

Talen se plaça rapidement contre le mur de gauche et posa le visage dans l'angle.

– Je pourrai regarder dès que ce sera ouvert d'un ou deux pouces, dit-il à son père. Si je pousse un cri, refermez immédiatement.

Kurik hocha la tête.

– Nous sommes prêts? demanda-t-il.

Ils hochèrent tous la tête, les armes à la main et les muscles bandés.

Kurik et Bérit tirèrent sur les anneaux en fer et écartèrent légèrement la paroi.

– Quelque chose? demanda Kurik à son fils.

– Il n'y a personne, répondit Talen. C'est un couloir avec une seule torche. Il tourne à gauche au bout d'une vingtaine de pas. Mais après ce tournant, il y a beaucoup de lumière.

– Très bien, Bérit. Ouvrons en grand.

Ils poussèrent.

– Voilà qui est vraiment remarquable, dit Bévier, admiratif. Le labyrinthe ne conduit nulle part. La *vraie* route menant au temple se situe au-dessus.

– Découvrons où nous nous trouvons... dans le temple ou la salle du trône, dit Émouchet. Et soyons aussi silencieux que possible.

Talen donnait l'impression d'être sur le point de parler.

– Non, lui ordonna Kurik. C'est trop dangereux. Tu restes derrière nous avec Séphrénia.

Ils s'engagèrent dans le couloir.

– Je n'entends rien, chuchota Kalten à Émouchet.

– Les gens en embuscade sont généralement silencieux, Kalten.

Ils marquèrent un temps d'arrêt juste avant le tournant. Ulath ôta son casque, passa un instant la tête de l'autre côté, puis la rentra.

– Vide, annonça-t-il. Il tourne à droite à environ douze pas.

Ils avancèrent à nouveau et Ulath répéta sa manœuvre.

– C'est une sorte d'alcôve, chuchota-t-il. Il y a un passage voûté qui donne sur un très grand corridor. Où il y a beaucoup de lumière.

– Tu as vu quelqu'un ? lui demanda Kurik.

– Pas âme qui vive.

– Il doit donc s'agir du couloir principal, murmura Bévier. L'escalier qui monte au vrai chemin du temple devrait se trouver assez près du bout du dédale... côté temple ou côté salle du trône.

Ils avancèrent encore et Ulath signala que le couloir principal tournait encore à gauche cent pas plus loin.

– Allons jusque-là, décida Émouchet. Si Bévier a raison, le corridor d'après devrait conduire hors du labyrinthe. Séphrénia, reste ici avec Talen, Bévier et Bérit. Kurik, garde la porte. Nous, on va jeter un coup d'œil. (Il se pencha à l'oreille de son écuyer et chuchota :) Si les événements tournent mal, ramène

Séphrénia et les autres dans la pièce en bas de l'escalier, referme-la et verrouille la cloison.

Kurik branla du chef.

– Soyez prudent, Émouchet, dit-il simplement.

– Toi aussi, mon ami.

Les quatre chevaliers sortirent du large couloir et se dirigèrent en tapinois vers le flot de lumière. Kalten les suivait et se retournait fréquemment pour surveiller leurs arrières. Arrivé à l'angle, Ulath passa rapidement la tête de l'autre côté. Puis il recula d'un pas.

– On aurait dû s'en douter, chuchota-t-il sur un ton écœuré. C'est la salle du trône. On est revenus exactement à notre point de départ.

– Il y a des gens ? lui demanda Tynian.

– Probablement, mais pourquoi les déranger ? Retournons à notre escalier, rabattons la paroi et laissons les occupants de la salle du trône vaquer à leurs amusements.

C'est au moment où ils se retournaient que l'événement se produisit. Adus, suivi d'une vingtaine de soldats zémochs, jaillit d'un passage latéral non loin de l'entrée de l'alcôve, hurlant à pleins poumons. Des cris d'alarme retentirent dans le couloir et jusque dans la grande salle.

– Tynian ! Ulath ! lança Émouchet. Retenez ceux de la salle du trône.

Alors, accompagné de son ami, il se précipita vers l'ouverture où Kurik montait la garde.

Adus, vu son esprit limité, n'appliquait qu'une seule tactique. Il poussait sauvagement ses soldats devant lui tout en se dandinant lourdement, une vilaine hache de guerre à la main, une expression démente dans ses yeux porcins.

C'était trop loin. Émouchet le vit immédiatement. Adus était plus près de l'alcôve que de l'endroit où il se tenait avec Kalten. Des soldats zémochs les gênaient, il en tailla un en pièces.

– Kurik ! cria-t-il. Recule !

Trop tard. Kurik combattait déjà le gorille humain. Sa plommée siffla dans l'air et s'écrasa contre les épaules et la poitrine cuirassées de son adversaire, mais Adus était saisi d'une frénésie meurtrière et ne prêtait aucune attention à ces coups terribles. Il martelait sans cesse le bouclier de Kurik avec sa hache.

Kurik était sans doute l'un des hommes les plus qualifiés du monde en matière de combat rapproché, mais Adus était comme fou. Il tapait, donnait des coups de pied et poussait en direction de Kurik tout en continuant à manier lourdement sa hache. Kurik était forcé de battre en retraite, reculant malgré lui pas à pas.

Adus jeta alors son bouclier, tint sa hache des deux mains et se mit à lancer sur la tête de Kurik une série rapide de coups. Acculé dans ses derniers retranchements, Kurik dut prendre son bouclier à deux mains et le lever au-dessus de son crâne. Grondant de triomphe, Adus frappa... non pas sur la tête, mais sur le corps. La furieuse hache plongea profondément dans la poitrine de Kurik : le sang jaillit de sa bouche et du terrible trou au thorax.

– Émouchet ! cria-t-il faiblement en s'affalant contre le côté de l'arche.

Adus brandit encore sa hache.

– *Adus !* beugla Kalten tout en tuant un autre Zémoch.

Adus retint le coup qu'il allait assener à la tête découverte de Kurik et se retourna à demi.

– *Kalten !*

Il avait répondu au défi. D'un coup de pied méprisant, il écarta l'ami d'Émouchet et se dirigea vers le pandion blond, ses yeux de porc brûlant de démence sous les sourcils broussailleux.

Émouchet et Kalten abandonnèrent tout semblant d'escrime pour se tailler un chemin par la fureur et non plus par la dextérité.

Et Adus, hors de lui, abattait ses propres hommes pour les rejoindre.

Kurik sortit du couloir, étreignant sa poitrine ensanglantée et essayant de lever sa plommée, mais ses jambes le trahirent. Il trébucha et tomba. Dans un effort immense, il se leva sur les coudes et se mit à ramper derrière le sauvage qui l'avait abattu. Alors ses yeux se voilèrent et il s'écroula sur le visage.

– Kurik ! hurla Émouchet.

La lumière sembla quitter ses yeux et il se produisit dans ses oreilles une sonnerie assourdissante. Son épée était légère, désormais. Il découpait tout ce qui se présentait devant lui. A un moment donné, il se retrouva en train de taper sur les pierres du mur. Ce furent les étincelles qui le ramenèrent à peu près à la raison. Kurik lui en voudrait s'il abîmait le tranchant de son arme.

Talen s'était précipité au côté de son père. Il s'agenouilla, tenta de le retourner. Puis il émit une lamentation désespérée.

– Il est mort, Émouchet ! Mon père est mort !

Ce cri terrifiant faillit mettre Émouchet à genoux. Il secoua la tête comme un animal dénué de raison. Il n'avait pu entendre ce cri. D'un air absent, il tua un autre Zémoch. Il entendait vaguement des bruits de combat derrière lui et sut que Tynian et Ulath étaient aux prises avec les soldats de la salle du trône.

Talen se releva, sanglotant, et tendit la main dans sa botte. Sa longue dague acérée apparut, étincelante, dans son poing ; à pas de loup il se rua par-derrière sur Adus. Des larmes lui coulaient sur le visage, mais il serrait les dents sous l'effet de la haine.

Émouchet passa un autre Zémoch par le fil de sa lame, au moment même où Kalten envoyait rouler la tête d'un nouveau soldat.

Adus défonça le crâne de l'un de ses propres hommes en grondant comme un taureau enragé.

Le rugissement s'interrompit soudain. Adus haleta, les yeux exorbités. Son armure de bric et de broc n'était pas bien ajustée et ne descendait pas jusqu'aux hanches. C'est là, dans le secteur protégé uniquement par la cotte de mailles, que Talen l'avait poignardé. Car un jaseran écarte le coup de taille d'une épée, mais pas la pointe d'un stylet. L'arme s'enfonça dans la chair d'Adus et chercha les reins.

Elle les trouva, Talen retira sa dague et répéta son geste de l'autre côté.

Adus glapissait comme un goret à l'abattoir. Il avança en titubant, une main étreignant le bas de son dos, le visage soudain rendu blafard par la douleur et l'étonnement.

Talen planta sa dague dans le pli du genou de l'animal.

Adus tituba encore sur quelques pas, laissa tomber sa hache, les deux mains se portant au bas du dos. Puis il tomba au sol en se tortillant.

Émouchet et Kalten en avaient fini avec les soldats zémochs, mais Talen avait déjà pris une épée à terre et, à califourchon sur le corps d'Adus, il tapait sur le casque de la brute. Il déplaça la pointe et tenta désespérément de l'introduire dans le pectoral, mais il n'avait pas assez de force.

– Aidez-moi ! cria-t-il. Que quelqu'un vienne à mon aide !

Émouchet rejoignit le gamin en pleurs, ses propres yeux embués de larmes. Il lâcha son épée et tendit la main pour prendre la poignée de celle que Talen essayait d'enfoncer dans le corps d'Adus. De l'autre main, il empoigna alors la garde.

– Comme ça, Talen, dit-il d'un ton presque clinique, comme s'il donnait des instructions sur un terrain d'entraînement.

Alors, debout de part et d'autre du corps d'Adus en train de gémir, l'enfant et l'homme se saisirent de l'épée, leurs mains se touchant sur la poignée.

– Ce n'est pas la peine de se dépêcher, Émouchet, souffla Talen entre les dents.

– Oui, acquiesça Émouchet. On n'y est pas forcés, si tu ne veux pas.

Adus hurla tandis qu'ils enfonçaient lentement l'épée dans son corps. Le hurlement s'interrompit quand une fontaine sanglante lui sortit de la bouche.

– S'il vous plaît, gargouilla-t-il.

Émouchet et Talen tournèrent lentement l'épée.

Adus cria encore, se tapant la tête sur le sol et

produisant avec les talons un rapide tambourinement. Il arqua son corps tremblant, lâcha un nouveau flot de sang et s'écroula en un tas inerte.

Talen, en pleurs, se jeta sur le cadavre, griffa les yeux fixes. Émouchet se pencha, releva doucement le gamin et le transporta auprès de Kurik.

CHAPITRE VINGT-NEUF

On se battait encore dans le couloir, on entendait des grincements d'acier, des cris, des gémissements. Émouchet savait qu'il devait aller aider ses amis, mais l'énormité de ce qui venait de se passer le laissait pantois, paralysé. Talen s'agenouilla à côté du corps inerte de Kurik, pleurant et tapant du poing sur les dalles du sol.

– Il faut que j'y aille, dit le pandion à l'enfant.

Talen ne répondit pas.

– Bérit, lança Émouchet. Viens ici.

Le jeune apprenti sortit prudemment de l'alcôve, l'épée à la main.

– Aide Talen. Ramenez Kurik à l'intérieur.

Bérit fixait Kurik, incrédule.

– Allez, mon garçon ! Et protège Séphrénia !

– Émouchet ! cria Kalten. Il en arrive d'autres !

– En route ! (Émouchet regarda Talen.) Il faut que j'y aille, répéta-t-il.

– Vas-y, répondit Talen. (Il leva les yeux, le visage en pleurs marqué par la haine.) Tue-les tous, Émouchet, dit-il férocement. Tue-les tous !

Émouchet branla du chef. Cela ferait du bien à Talen, songea-t-il en se retournant pour récupérer son épée. La colère est un bon remède contre le chagrin. Il s'éloigna en sentant sa propre rage lui brûler la gorge. Il s'apitoya presque sur le sort des soldats zémochs tandis qu'il rejoignait Kalten.

– Recule, dit-il à son ami d'une voix glaciale. Reprends ton souffle.

– Reste-t-il un espoir ? demanda Kalten en parant une lance zémoch.

– Non.

– Ça me fait de la peine, Émouchet.

Ce petit groupe de soldats devait faire partie des détachements destinés à l'origine à les attirer dans les couloirs latéraux. Émouchet se mit à l'ouvrage avec détermination. Se battre était parfait, car cela exigeait toute son attention et chassait tout le reste de son esprit. Et une certaine justice ironique était à l'œuvre. Car c'était Kurik qui lui avait appris tous les coups, toutes les nuances techniques qu'il utilisait. D'une certaine manière, Kurik avait rendu Émouchet invincible. Même Kalten semblait étonné par la sauvagerie de son ami. Quelques instants suffirent en fait à tuer cinq des soldats qui les affrontaient. Le dernier se retourna pour fuir, mais Émouchet fit rapidement passer son épée dans la main qui tenait le bouclier, se pencha et ramassa un épieu zémoch.

– Emporte ça avec toi, dit-il à l'homme en train de s'enfuir.

Il lança habilement l'épieu qui se ficha juste entre les omoplates du soldat.

– Bravo, commenta Kalten.

– Allons aider Tynian et Ulath.

Émouchet ressentait encore un besoin pressant de tuer. Il ramena son ami jusqu'à l'endroit du couloir où le chevalier alcion et son camarade génidien retenaient les soldats qui étaient entrés dans le labyrinthe sur l'ordre d'Adus.

– Je m'en charge, annonça simplement Émouchet.

– Et Kurik ? demanda Ulath.

Émouchet secoua la tête et se remit à tuer des Zémochs. Il enjambait les blessés en laissant à ses amis le soin d'achever les soldats mutilés.

– Émouchet ! cria Ulath. Arrête ! Ils s'enfuient !

– Vite ! lui répondit Émouchet. On peut encore les rattraper !

– Laisse-les !

– *Non !*

– Tu fais attendre Martel, Émouchet, lui signala sèchement Kalten.

Kalten faisait parfois mine d'être idiot, mais Émouchet se rendit compte que son ami venait astucieusement de le prendre à son propre piège. Tuer des soldats relativement innocents n'était guère plus qu'un passe-temps comparé à la possibilité de se débarrasser une bonne fois pour toutes du renégat aux cheveux blancs. Il s'arrêta.

– Très bien, répondit-il, pantelant. Demi-tour. Repassons de l'autre côté de la porte coulissante avant l'arrivée d'autres soldats.

– Tu te sens un peu mieux ? lui demanda Tynian tandis qu'ils retournaient vers l'alcôve.

– Pas vraiment.

Ils passèrent à côté du cadavre d'Adus.

– Continuez, leur dit Kalten. J'arrive.

Bérit et Bévier les attendaient à l'entrée de l'alcôve.

– Vous les avez chassés ? demanda Bévier.

– Émouchet s'en est occupé, grogna Ulath. Il s'est montré très convaincant.

– Est-ce qu'ils ne risquent pas de revenir avec des renforts ?

– Seulement si leurs officiers disposent de chambrières pour les y forcer.

Séphrénia avait allongé le corps de Kurik. Sa cape recouvrait la terrible blessure qui lui avait pris la vie. Les yeux étaient clos, le visage paisible. Une nouvelle fois, Émouchet ressentit un chagrin insupportable.

– Est-ce qu'il existe un moyen... ? commença-t-il, connaissant déjà la réponse.

Séphrénia secoua la tête.

– Non, mon petit, je regrette.

Elle resta assise à côté du corps, tenant dans ses bras Talen qui pleurait.

Émouchet poussa un soupir.

– Il va falloir partir, leur dit-il. Remontons l'escalier avant que quelqu'un ne décide de nous suivre.

Il regarda par-dessus son épaule. Kalten se hâta de les rejoindre, portant un objet enveloppé dans une cape zémoch.

– Laissez, dit Ulath.

Il se pencha et souleva Kurik comme si le robuste écuyer n'était qu'un enfant. Ils revinrent alors sur leurs pas jusqu'au pied des marches conduisant dans les ténèbres poussiéreuses au-dessus d'eux.

– Refermez soigneusement la cloison, dit Émouchet. Et essayez de trouver un moyen de la bloquer.

– On pourra le faire d'en haut, lui dit Ulath. Nous coincerons les rails sur lesquels elle coulisse.

Émouchet lâcha un gémissement en prenant certaines décisions.

– Bévier, dit-il à regret, je crains que nous ne devions te laisser ici. Tu es gravement blessé et j'ai perdu suffisamment d'amis, aujourd'hui.

Bévier allait protester, mais il se ravisa.

– Talen, continua Émouchet, tu restes ici avec Bévier et ton père. (Il eut un sourire triste.) Nous voulons *tuer* Azash ; nous ne voulons pas le voler.

Talen hocha la tête.

– Et Bérit...

– Je t'en prie, Émouchet, dit le jeune homme, les yeux remplis de larmes. *Je t'en prie,* ne me laisse pas ici. Sire Bévier et Talen sont en sécurité et je pourrai vous être utile dans le temple.

Émouchet jeta un coup d'œil à Séphrénia, qui hocha la tête.

– Entendu.

Il voulait avertir Bérit de se montrer prudent, mais c'eût été rabaisser l'apprenti.

– Donne-moi ta hache et ton bouclier, Bérit, lui dit Bévier d'une voix un peu faible. Prends ça à la place.

Il lui tendit sa lochabre et son bouclier étincelant.

– Je ne les déshonorerai pas, sire Bévier, lui jura Bérit.

Kalten s'était avancé vers le fond de la pièce.

– Il y a de la place sous l'escalier, Bévier. Ce serait peut-être une bonne idée de vous mettre là-dessous avec Kurik et Talen. De la sorte, si les soldats parvenaient à franchir le mur, vous ne seriez pas en vue.

Bévier hocha la tête tandis qu'Ulath déposait le corps de Kurik sous l'escalier.

– Il ne reste plus grand-chose à dire, Bévier, annonça Émouchet au chevalier cyrinique en lui prenant la main. Nous essaierons de revenir aussi vite que possible.

– Je prierai pour vous tous.

Émouchet s'agenouilla brièvement auprès de Kurik.

– Dors bien, mon ami, murmura-t-il.

Puis il se releva et monta les marches sans regarder en arrière.

L'escalier à l'autre extrémité du chemin droit qui parcourait le sommet du labyrinthe était large et pavé de marbre. De ce côté-là, on descendait directement dans le temple, sans mur coulissant.

– Attendez ici, chuchota Émouchet à ses amis. Et éteignez ces torches. (Il se glissa en avant, ôta son casque et s'allongea sur le palier de l'escalier.) Ulath, tiens-moi par les chevilles. Je veux voir dans quoi on va descendre.

Ainsi retenu, Émouchet put examiner la salle en dessous.

Le temple d'Azash était un vrai cauchemar. Comme l'indiquait le dôme qui le surplombait, il était circulaire et possédait un diamètre d'un bon mille. Les murs concaves étaient en onyx poli, comme le sol. Émouchet eut l'impression de plonger son regard dans le cœur même de la nuit. Le temple n'était pas éclairé par des torches, mais d'énormes feux flambaient dans de gigantesques braseros sur trépieds. Des rangées et des rangées de gradins descendaient en cercle vers le sol noir.

A intervalles réguliers, le long du gradin supérieur, se trouvaient des statues en marbre hautes de vingt pieds, figurant en général des non-humains. Émouchet aperçut alors la forme d'un Styrique, puis un peu plus loin la statue d'un Élène. Il se rendit compte qu'il s'agissait là de la représentation des serviteurs d'Azash et que l'humanité jouait un rôle bien ténu, insignifiant dans cette assemblée. Les autres serviteurs habitaient en des lieux à la fois très lointains et très, très proches.

Et, juste en face de l'entrée par laquelle il regardait, se dressait l'impressionnante idole. Les efforts humains pour visualiser et représenter ses Dieux n'ont jamais été totalement satisfaisants. Un Dieu à tête de lion n'est pas vraiment l'image d'un corps humain avec une tête de lion simplement collée dessus. L'Homme conçoit le visage comme étant le reflet de l'âme ; le corps est en gros sans importance. La statue d'un Dieu n'a pas à être fidèle et le visage représenté est davantage censé refléter l'esprit du Dieu. La figure de l'idole qui dominait le temple noir contenait la somme de la dépravation humaine. La concupiscence s'y lisait, ainsi que la cupidité, la gourmandise ; mais ce visage était doté d'autres attributs qu'aucune langue humaine n'était capable de qualifier. Azash, à en juger d'après cette statue, exigeait des choses qui dépassaient l'entendement humain. Ce visage affichait une expression hagarde, insatisfaite. C'était la figure d'un être aux désirs envahissants qui n'étaient pas... et ne pouvaient être... satisfaits. Il avait des lèvres déformées, des yeux calculateurs et cruels.

Émouchet arracha son regard de ce visage. Continuer de le fixer, c'était perdre son âme.

Le corps n'avait aucune forme achevée. C'était comme si le sculpteur avait été à ce point monopolisé par le visage qu'il ne pouvait s'intéresser au restant de la statue. Une profusion de bras arachnéens quittaient les puissantes épaules en un amas de tentacules. Le corps était légèrement penché en arrière, avec une posture obscène des hanches lancées en avant... mais ce qui aurait dû constituer le point culminant de cette position était absent. On ne voyait entre les jambes qu'une surface lisse, sans plis, brillante, ressemblant beaucoup à la cicatrice d'une brûlure. Émouchet se rappela les termes dans lesquels Séphrénia avait attaqué le Fureteur lors de leur confrontation au nord du lac Venne. Elle l'avait traité d'impuissant et d'émasculé. Il préféra ne point réfléchir aux moyens qu'avaient pu utiliser les Dieux Cadets pour mutiler leur parent plus âgé. L'idole irradiait un rayonnement pâle, verdâtre, un peu comme le halo qui entourait le visage du Fureteur.

Une cérémonie quelconque se déroulait à la lumière vert céladon provenant de l'autel. L'esprit d'Émouchet avait de la peine à considérer cela comme un rite religieux. Les célébrants nus se livraient à une liturgie à côté de laquelle le rite suivi par les montagnards était d'une pureté presque immaculée. Émouchet n'était pas un moine cloîtré, mais de tels niveaux de perversion lui retournaient l'estomac. Il semblait que ces adorateurs s'efforçaient de reproduire les perversions des non-humains ; leurs regards fixes et leurs mouvements nerveux indiquaient clairement que la cérémonie ne s'achèverait que lorsqu'ils seraient tous morts d'épuisement. Des personnages en robe verte occupaient les gradins inférieurs et lançaient des gémissements discordants monocordes, sons creux dépourvus de toute pensée, de toute émotion.

Un léger mouvement attira l'œil d'Émouchet et il regarda rapidement vers la droite. Un groupe était rassemblé sur le gradin supérieur à une centaine de pas de la statue lépreuse blanche d'une créature qui avait dû être arrachée aux profondeurs de la folie. L'un des personnages possédait des cheveux blancs.

Émouchet se retourna et fit signe à Ulath de le remonter.

– Eh bien ? lui demanda Kalten.

– Il n'y a qu'une grande salle, murmura Émouchet. L'idole se trouve de l'autre côté ; de larges gradins descendent jusqu'au sol.

Quel est ce bruit ? interrogea Tynian.

– Ils célèbrent un rite quelconque. L'incantation doit sans doute en faire partie.

– Je ne me soucie pas de leur religion, grommela Ulath. Est-ce qu'il y a des soldats ?

Émouchet secoua la tête.

– C'est toujours ça. Autre chose ?

– Oui. Il me faut un peu de magie, Séphrénia. Martel et les autres sont rassemblés sur le gradin supérieur. A une centaine de pas à notre droite. Il faut savoir ce qu'ils racontent. Sommes-nous suffisamment près pour les entendre grâce à ton sortilège ?

Elle hocha la tête.

– Écartons-nous de l'escalier. Le sort produit de la lumière et il ne faut pas qu'on remarque notre présence.

Ils reculèrent sur le chemin et Séphrénia prit à Bérit le bouclier poli de sire Bévier.

– Cela devrait convenir.

Elle élabora rapidement le sortilège et le jeta. Les chevaliers se rassemblèrent autour du bouclier soudain lumineux et fixèrent les personnages flous apparaissant sur sa surface. Les voix provenant de l'image étaient grêles, mais intelligibles.

– Creuses furent tes promesses que mon or te procurerait ce trône d'où tu devais mettre en œuvre nos desseins, Annias, disait Otha.

– Ce fut encore Émouchet, Votre Majesté. (Annias était presque abject dans ses tentatives de justification.) Il démantela tous nos plans... ainsi que nous le redoutions.

– Émouchet ! (Otha cracha un juron immonde et abattit le poing sur l'accoudoir de sa litière en forme de trône.) L'existence de cet homme est un cancer pour mon âme. Son nom même me cause douleur. Tu devais le tenir loin de Chyrellos, Martel. Pourquoi m'as-tu trahi, moi et mon Dieu ?

– Vous n'avez pas été trahi, Votre Majesté, répondit calmement Martel. Ni par moi ni par Annias, d'ailleurs. Placer Sa Grâce sur le trône d'archiprélat était un moyen pour arriver au but, but que nous avons atteint. Le Bhelliom se trouve sous ce toit. Nombreuses étaient les incertitudes de notre stratagème originel. Cela s'est avéré plus rapide, plus direct. Les résultats sont ce que recherche Azash, Votre Majesté, peu importent la réussite ou l'échec des étapes intermédiaires.

Otha lâcha un grognement.

– Peut-être, admit-il. Mais le Bhelliom ne fut point remis librement en possession de notre Dieu. Il repose encore entre les mains de cet Émouchet. Il l'emporta aisément sur les armées placées sur son chemin. Notre Maître envoya contre lui des serviteurs plus horribles que la mort elle-même, et pourtant il vit encore.

– Émouchet n'est qu'un homme, vous savez, fit Lychéas de sa voix de fausset. Sa chance ne peut persister ainsi.

Otha jeta à Lychéas un regard nettement annonciateur de mort. Arissa plaça un bras protecteur sur les épaules de son fils et parut sur le point de prendre sa défense, mais Annias lui adressa un hochement de tête d'avertissement.

– Tu t'es souillé en reconnaissant ton bâtard, Annias, déclara Otha sur un ton de souverain mépris. (Il les dévisagea.) *Aucun de vous ne peut-il comprendre ?* gronda-t-il soudain. Cet Émouchet est Anakha, l'inconnu. Les destinées de tous les hommes sont clairement tracées... sauf celle d'Anakha. Anakha se déplace en dehors de la destinée. Les Dieux eux-mêmes le redoutent. Lui et le Bhelliom sont unis d'une manière qui dépasse l'entendement des hommes et des Dieux de ce monde, et la Déesse Aphraël est à leur service. Nous ignorons tout de leurs desseins. Nous savons uniquement que la soumission du Bhelliom à Émouchet est forcée. S'il venait à lui céder de bon gré, il deviendrait un Dieu.

– Mais ce n'est pas encore un Dieu, Votre Majesté, dit Martel avec un sourire. Il est prisonnier du labyrinthe et il ne laissera jamais ses compagnons en arrière pour nous attaquer seul. On peut prévoir les actes d'Émouchet. C'est pour cela qu'Azash nous a acceptés, Annias et moi. Nous connaissons Émouchet et nous savons ce qu'il va faire.

– Et savais-tu donc qu'il réussirait ainsi qu'il le fit ? railla Otha. Savais-tu que sa venue en ces lieux menacerait notre existence même... et l'existence de notre Dieu ?

Martel considéra les personnages en train de batifoler sans vergogne.

– Combien de temps cela doit-il durer ? Il nous faut à présent les conseils d'Azash et nous ne pouvons attirer son attention tant que ceci continue.

– Le rituel est pratiquement terminé. Les célébrants ont dépassé les limites de l'épuisement. Ils ne tarderont pas à mourir.

– Parfait. Nous pourrons alors parler à notre maître. Lui aussi est en danger.

– Martel ! lança Otha, la voix inquiète. Émouchet vient de sortir du dédale ! Il a atteint le chemin qui conduit au temple !

– Appelez des hommes pour l'arrêter ! aboya Martel.

– Je l'ai fait, mais ils sont loin derrière lui. Il nous atteindra avant même que nous n'ayons pu contrecarrer ses plans.

– Faisons appel à Azash ! s'écria Annias.

– Interrompre ce rituel entraîne la mort, déclara Otha.

Martel se redressa et dégagea son casque ornementé de sous son bras.

– La tâche m'incombe donc, dit-il sur un ton sinistre.

Émouchet leva la tête. Au loin, dans la direction du palais, il entendait des bruits de bélier contre la pierre.

– Cela suffit, dit-il à Séphrénia. Il faut agir. Otha a appelé des soldats pour abattre le mur qui donne sur l'escalier du palais.

– J'espère que Bévier et Talen sont invisibles, dit Kalten.

– Rassurez-vous, leur dit Émouchet. Bévier sait ce qu'il fait. Nous allons devoir descendre dans le temple. Ce grenier, si l'on peut appeler ça comme ça, est un peu trop dégagé. Si nous avions à nous battre, les soldats pourraient nous tomber dessus de toutes parts. (Il regarda Séphrénia.) Pouvons-nous bloquer l'escalier derrière nous ?

Elle plissa les yeux.

– Je pense, annonça-t-elle.
– Tu parais un peu dubitative.
– Non, pas vraiment. Je peux bloquer assez facilement l'escalier, mais j'ignore si Otha connaît ou non un contre-charme.
– Il ne saura pas que tu l'as bloqué avant l'arrivée de ses soldats, n'est-ce pas ? lui demanda Tynian.
– Exact. Très bien vu, Tynian.
– Est-ce que nous allons directement nous attaquer à l'idole en suivant le gradin du haut ? demanda Kalten.
– C'est impossible, lui dit Séphrénia. Otha est magicien, ne l'oublie pas. Il nous lancerait des sorts au moindre de nos pas. C'est lui qu'il faut attaquer.
– Ainsi que Martel, ajouta Émouchet. Tout de suite, alors, puisque Otha n'ose pas interrompre le cérémonial en cours. Nous en profiterons. Nous n'aurons à nous soucier que d'Otha. Est-ce faisable, Séphrénia ?
Elle hocha la tête.
– Otha n'a rien d'un brave. Si nous le menaçons, il usera de ses pouvoirs pour s'abriter derrière eux. Il comptera sur ses soldats pour se charger de nous.
– Essayons donc, décida Émouchet. Nous sommes tous prêts ?
Ils hochèrent la tête.
– Prudence, leur rappela-t-il. Et pas d'initiatives quand je m'attaquerai à Martel. Allez, en route.
Ils rejoignirent le palier, marquèrent un temps d'arrêt, puis reprirent collectivement et profondément leur souffle et descendirent, armes aux poings.
– Ah, te voilà, mon vieux, lança Émouchet à Martel en imitant moqueusement l'accent nonchalant du renégat. Je t'ai cherché partout.
– J'étais simplement ici, Émouchet, répondit Martel en tirant son épée.
– Je vois. J'ai dû tourner un peu en rond. J'espère ne pas t'avoir fait attendre.
– Pas du tout.
– Magnifique. Je déteste arriver en retard. (Il dévisagea le petit groupe.) Très bien, je vois que nous

sommes tous réunis. (Il examina d'un peu plus près le primat de Cimmura.) Décidément, Annias, tu devrais te mettre un peu au soleil. Tu es blanc comme un linge.

– Oh, avant que vous commenciez, tous les deux... les interrompit Kalten. J'ai apporté un petit cadeau... souvenir de notre visite. Je suis sûr que tu le chériras pour toujours, Martel.

Il se pencha légèrement et secoua la cape qu'il transportait en gardant l'un des angles serré dans son gantelet. La cape se déroula sur le sol en onyx. La tête d'Adus roula et rebondit avant de s'arrêter aux pieds de Martel, le regardant fixement.

– Très gentil de ta part, sire Kalten, répondit Martel, les dents serrées. (D'un geste apparemment indifférent, il donna un coup de pied dans le crâne sanglant.) Je suis sûr que l'acquisition de ce présent vous aura coûté beaucoup.

Le poing d'Émouchet se crispa sur la poignée de son épée et son cerveau bouillonna de haine.

– Il m'a coûté Kurik, Martel. Et l'heure est maintenant au règlement des comptes.

Les yeux de Martel s'agrandirent un instant.

– Kurik ? fit-il d'une voix interdite. Je ne m'y attendais nullement. Je regrette vraiment, Émouchet. Je l'aimais bien. Si jamais tu retournes à Démos, présente à Aslade mes excuses les plus sincères.

– Non, Martel. Je ne voudrais pas insulter Aslade en prononçant ton nom devant elle. Nous y allons ?

Émouchet commença à avancer, le bouclier prêt, la pointe de l'épée bougeant légèrement d'avant en arrière, à l'instar d'une tête de serpent. Kalten et les autres plantèrent leurs armes au sol pour assister à la rencontre.

– Gentilhomme jusqu'à la fin, je vois, dit Martel en mettant son casque et en s'écartant de la litière d'Otha pour disposer de la place nécessaire pour combattre. Tes bonnes manières et ton sens de l'honneur causeront ta mort, Émouchet. Tu avais l'avantage. Tu aurais dû saisir l'occasion.

– Je n'en aurai pas besoin, Martel. Il te reste encore

quelques instants pour te repentir. Je te conseille d'en profiter.

Martel eut un mince sourire.

– Non, Émouchet. J'ai fait mon choix. Je ne m'abaisserai point à le modifier.

Il rabattit sa visière.

Ils se frappèrent en même temps et les épées sonnèrent sur les boucliers. Ils avaient été formés sous la férule de Kurik, et aucun des deux n'était à même de surprendre l'autre par une feinte quelconque. Leurs forces étaient égales au point qu'il n'existait nul moyen de prédire l'issue de ce duel qui se préparait depuis une décennie et davantage.

Leurs premiers coups furent hésitants, ils se jaugeaient, en quête d'une altération éventuelle de technique ou de force. Pour un spectateur non avisé, ces martèlements pouvaient ressembler à une absurde pluie de coups frénétiques, mais il n'en était rien. Aucun des deux n'était enragé au point de s'épuiser au risque de donner une ouverture. D'énormes ébréchures apparurent dans les boucliers et des pluies d'étincelles leur tombaient dessus quand les épées se heurtaient. Ils avançaient, reculaient, s'écartaient lentement de la litière ornée de joyaux et de l'endroit où Annias, Arissa et Lychéas restaient immobiles, bouche bée, le souffle coupé. Cela faisait également partie de la stratégie d'Émouchet. En éloignant Martel d'Otha, Kalten et les autres pourraient menacer l'ignoble empereur. Aussi recula-t-il encore de quelques pas.

– Tu dois vieillir, Émouchet, lança Martel, haletant, en martelant le bouclier de son ancien frère d'armes.

– Pas plus que toi, Martel.

Émouchet assena un coup puissant qui fit vaciller son ennemi.

Kalten, Ulath et Tynian, suivis par Bérit qui maniait la terrible lochabre de Bévier, se déployèrent pour avancer sur Otha et Annias. Le mollusque Otha agita un bras et une barrière vibrante apparut autour de la litière.

Émouchet sentait de légers picotements sur la nuque

et il sut que Séphrénia devait lancer le sort qui bloquait l'escalier. Il se rua sur Martel en maniant son épée très rapidement pour empêcher l'homme aux cheveux blancs de percevoir la sensation familière qui accompagnait toujours un sort. Séphrénia avait formé Martel et il eût reconnu sa touche.

Le combat faisait rage. Émouchet haletait et transpirait, son bras se crispait. Il recula et abaissa légèrement son épée pour proposer une pause. Cette tacite proposition n'était jamais considérée comme un signe de faiblesse.

Martel abaissa également le bras.

– Presque comme dans le temps, Émouchet, souffla-t-il en relevant son ventail.

– Presque. Je vois que tu as appris de nouveaux tours, fit-il en relevant également sa visière.

– J'ai passé trop de temps en Lamorkand où, tu le sais, les bons escrimeurs sont rares. Quant à toi, ta technique me semble un peu rendorienne.

– Dix années d'exil...

Émouchet haussa les épaules en faisant de son mieux pour reprendre son souffle.

– Vanion nous écorcherait s'il nous voyait nous taper dessus aussi maladroitement.

– Probablement. Vanion est un perfectionniste.

– C'est bien vrai.

Ils continuèrent de se surveiller, guettant le plissement d'une paupière qui pouvait présager un coup donné par surprise. Émouchet sentait la douleur quitter son épaule droite.

– Tu es prêt ? demanda-t-il enfin.

– Quand tu voudras.

Les ventaux se rabattirent et le combat reprit.

Martel lança une série compliquée et prolongée de coups. Elle était familière à Émouchet, car c'était l'un des enchaînements les plus anciens, dont l'issue était inévitable. Émouchet déplaçait bouclier et épée selon les parades prescrites, tout en sachant depuis le début qu'il recevrait sur la tête un coup destiné à l'assommer. Mais, peu de temps après le départ de Martel de leur ordre, Kurik avait procédé à une modification sur le heaume des pandions. Et quand le renégat frappa, Émouchet leva légèrement le menton pour recevoir le coup juste sur la crête du casque... crête désormais solidement renforcée. Malgré tout, ses oreilles tintèrent et ses genoux plièrent légèrement. Ce qui ne l'empêcha nullement de parer le coup de taille destiné à l'achever.

Les réactions de Martel lui semblaient un peu plus lentes qu'il n'en avait le souvenir. Il admettait volontiers que ses propres mouvements avaient dû perdre de leur vivacité juvénile. Tous deux avaient vieilli, et un duel prolongé avec un homme de force et d'habileté équivalentes vous fatiguait rapidement.

Il comprit soudain, et l'action arriva simultanément avec la compréhension. Il délivra un enchaînement de coups en dessus à la tête et le renégat fut forcé de se protéger à l'aide du bouclier et de l'épée. Émouchet passa alors à une rafale de coups à la tête en se fendant. Martel avait vu venir l'attaque, bien entendu, mais il ne put se protéger assez rapidement. La pointe de l'épée d'Émouchet s'enfonça profondément dans son armure sur le flanc droit de la poitrine. Martel se raidit, puis il expectora un jet de sang par les vues de son ventail. Il s'efforça de garder en l'air bouclier et épée, mais ses mains tremblaient violemment. Ses jambes se mirent à faiblir. Son épée lui échappa, puis son bouclier. Il toussa encore, avec un bruit humide et déchirant. Le sang jaillit encore de la visière et il s'écroula lentement en avant.

– Finis-en, Émouchet, souffla-t-il.

Émouchet le retourna sur le dos avec le pied. Il leva son épée, puis la rabaissa. Il s'agenouilla à côté du mourant.

– Inutile, dit-il doucement en ouvrant le ventail de Martel.

– Comment y es-tu parvenu ?

– C'est ta nouvelle armure, Martel. Elle est trop lourde. Tu t'es fatigué plus vite que moi.

– Justice immanente, souffla Martel en s'efforçant de respirer doucement pour éviter d'être étouffé par le sang qui lui remplissait rapidement les poumons. Tué par ma propre vanité.

– Elle finit sans doute par tous nous tuer.

– Mais ce fut un beau combat.

– Oui, effectivement.

– Et nous avons enfin découvert quel est le meilleur de nous deux. L'heure de vérité. Mais je n'en ai jamais vraiment douté.

– Ce n'était pas mon cas.

Émouchet écoutait la respiration de Martel qui faiblissait de plus en plus.

– Lakus est mort, tu sais. Ainsi qu'Olven.

– Lakus et Olven ? Je l'ignorais. Par ma faute ?

– Non.

– Cela me réconforte quelque peu. Pourrais-tu appeler Séphrénia, Émouchet ? Je voudrais lui dire adieu.

Émouchet leva le bras et fit signe à la femme qui les avait formés tous deux.

Elle avait les larmes aux yeux quand elle s'agenouilla près du corps de Martel en face d'Émouchet.

– Oui, mon petit ? dit-elle au mourant.

– Tu m'as toujours dit que je finirais mal, petite mère, fit Martel tristement. (Sa voix n'était plus qu'un chuchotement.) Mais tu te trompais. Cette fin n'est pas si lugubre. On dirait presque un lit mortuaire normal. Je dois partir en présence des deux seules personnes que j'aie jamais aimées. Peux-tu me bénir, petite mère ?

Elle posa les mains sur son visage et parla doucement en styrique. Puis elle se pencha en pleurant et embrassa le front pâle.

Quand elle releva la tête, il était mort.

CHAPITRE TRENTE

Émouchet se releva et aida Séphrénia à se remettre sur pied.

– Tu vas bien, mon petit ? chuchota-t-elle.

– Assez bien.

Émouchet adressa à Otha un regard brûlant.

– Félicitations, seigneur chevalier, grogna ironiquement Otha, sa tête couverte de sueur luisant à la lumière des braseros. Et tous mes remerciements. Longtemps j'ai réfléchi au problème présenté par Martel. Il m'apparaît qu'il cherchait à s'élever au-dessus de sa condition et son utilité s'acheva pour moi quand toi et tes compagnons m'apportâtes le Bhelliom. Je suis heureux d'être défait de lui.

– Appelons cela un cadeau d'adieu, Otha.

– Oh, vraiment ? Partirais-tu ?

– Non. Mais toi, tu vas nous quitter.

Otha éclata de rire. Ce fut un son abominable.

– Il a peur, Émouchet, lui chuchota Séphrénia. Il craint que tu ne perces son bouclier.

– En suis-je capable ?

– Je l'ignore également. Il est désormais très vulnérable, car Azash est totalement absorbé par le rituel.

– Commençons donc par là.

Émouchet prit son souffle et se dirigea vers l'énorme empereur de Zémoch.

Otha broncha et adressa un signe rapide aux brutes à demi nues autour de lui. Les porteurs soulevèrent la litière et se dirigèrent vers les gradins du bas, en direction de l'onyx où les célébrants nus, agités par les haut-le-corps, le visage sans expression sous l'épuisement, continuaient leur immonde célébration. Annias, Arisa et Lychéas suivirent le mouvement, protégés eux aussi par la barrière lumineuse. Une fois sur l'onyx, Otha lança un cri aux prêtres en robe verte, qui se précipitèrent en avant, le visage éclairé par une dévotion hallucinée tandis qu'ils tiraient des armes de sous leurs vêtements.

Dans le lointain, Émouchet entendit un hurlement soudain de déconvenue. Les soldats venus à l'aide de leur empereur venaient de rencontrer la barrière de Séphrénia.

– Tiendra-t-elle ? lui demanda-t-il.

– A moins que ces soldats ne soient plus forts que moi.

– Peu probable. Il ne reste donc plus que ces prêtres. (Il regarda ses amis.) Très bien, messieurs. Protégeons Séphrénia et frayons-nous un passage.

Les prêtres d'Azash ne portaient aucune armure et la manière dont ils tenaient leurs épées révélait leur inexpérience. C'étaient des Styriques, pour la plupart, et la brusque apparition de chevaliers de l'Église au centre sacré de leur religion les avait décontenancés. Émouchet se rappela un commentaire de Séphrénia sur les Styriques. Ceux-ci ne savaient trop comment réagir quand ils étaient pris par surprise.

Il ressentit un léger picotement tandis qu'il descendait avec ses amis, signe que certains des prêtres tentaient de lancer des sortilèges. Il hurla un cri de guerre élène, beuglement rauque empli de soif de sang et de violence. Le picotement s'évapora.

– Du bruit, messieurs ! cria-t-il à ses amis. Déséquilibrez-les pour qu'ils ne puissent utiliser la magie !

Les chevaliers de l'Église se ruèrent en bas avec des cris de guerre, les armes brandies. Les prêtres reculèrent, et les chevaliers s'abattirent alors sur eux.

Bérit passa à côté d'Émouchet, les yeux illuminés par l'enthousiasme, la lochabre de Bévier prête à entrer en scène.

– Garde tes forces, Émouchet, dit-il avec rudesse en essayant de rendre sa voix plus grave, plus virile.

Il dépassa un Émouchet stupéfait et s'avança à grands pas sur les rangs de robes vertes face à lui, maniant la lochabre comme une faux.

Émouchet fit mine de le retenir, mais Séphrénia posa la main sur son poignet.

– Non, Émouchet. Cela est important pour lui et il n'est pas vraiment en péril.

Otha avait atteint l'autel luisant devant l'idole et fixait le carnage, bouche bée de terreur. Il se redressa soudain.

– Approche donc, Émouchet ! lâcha-t-il. Mon Dieu se fait impatient !

– J'en doute, Otha, lui répliqua Émouchet. Azash veut le Bhelliom, mais il ne souhaite pas que ce soit moi qui le lui donne, parce qu'il ignore ce que je vais en faire.

– Très bien, Émouchet, murmura Séphrénia. Profite de cet avantage. Azash percevra les doutes d'Otha et il éprouvera le même sentiment.

Le temple fut envahi d'échos de coups, de cris et de gémissements tandis que les amis d'Émouchet massacraient systématiquement les prêtres en robe verte. Ils se taillèrent un chemin à travers les rangs serrés et atteignirent le pied du premier niveau en dessous de l'autel.

Malgré tout, Émouchet ressentait une nette exultation. Il ne s'était pas attendu à arriver aussi loin et cette survie inespérée lui donnait une impression d'invincibilité teintée d'euphorie.

– Eh bien, Otha, dit-il en levant les yeux en direction de l'empereur mollusque. Pourquoi ne pas réveiller Azash ? Voyons un peu si les Dieux Aînés savent mourir comme les hommes.

Otha resta bouche bée, puis il quitta précipitamment sa litière et s'affala au sol quand ses jambes molles refusèrent de le porter.

– Agenouille-toi ! cria-t-il à Annias. Agenouille-toi et prie pour que notre Dieu nous délivre !

Manifestement, l'idée que ses soldats étaient incapables d'entrer dans le temple effrayait considérablement Otha.

– Kalten, lança Émouchet à son ami. Finissez-en avec ces prêtres et assurez-vous que les soldats ne viennent pas nous attaquer par-derrière.

– Inutile, Émouchet, annonça Séphrénia.

– Je sais, lui répondit-il. Mais cela devrait leur éviter certaines retombées. (Il prit longuement son souffle.) Allons-y, à présent.

Il se débarrassa de ses gantelets, fourra la lame dc son épée sous son bras et décrocha sa bourse en maille d'acier. Il dénoua le fil de fer qui la fermait et fit tomber le Bhelliom dans sa main. Le joyau lui parut brûlant, léger, vibrant comme les éclairs de chaleur par une nuit d'été, tapi parmi ses pétales.

– Rose Bleue ! dit-il sèchement. Tu dois m'obéir !

Otha, mi-agenouillé, mi-accroupi, babillait une prière à l'adresse de son Dieu... prière rendue inintelligible par sa terreur. Annias, Lychéas et Arissa s'étaient également agenouillés et fixaient le visage hideux de l'idole qui se dressait menaçante au-dessus de leurs têtes. Leurs yeux s'emplissaient d'horreur devant la réalité bien proche de ce Dieu qu'ils avaient choisi de servir.

– Viens, Azash ! implorait Otha. Éveille-toi ! Entends la prière de tes esclaves !

Les yeux enfoncés de l'idole étaient fermés, mais ils s'ouvrirent alors lentement et il y brûla un feu verdâtre. Émouchet sentit des ondes successives de méchanceté qui le foudroyaient et il resta immobile, rendu presque incapable d'intelligence par la présence titanesque d'un Dieu.

L'idole bougeait ! Une sorte d'ondulation agitait le corps et les bras tentaculaires se tendirent en serpentant... vers la pierre luisante dans la main d'Émouchet, convoitant l'unique objet au monde à même de lui apporter réparation et liberté.

– Non ! (Émouchet parla d'une voix sèche. Il leva son épée au-dessus du Bhelliom.) Sinon je le détruis, et toi avec ! menaça-t-il.

L'idole sembla reculer et ses yeux s'emplirent de stupéfaction.

– Pourquoi as-tu mis en ma présence cet ignorant sauvage, Séphrénia ?

Une voix caverneuse, dont les échos résonnèrent dans tout le temple ainsi que dans l'esprit d'Émouchet. Émouchet savait qu'Azash pouvait l'anéantir en l'espace de deux battements de cœur, mais le Dieu semblait incapable d'abattre ses pouvoirs sur cet homme effronté qui menaçait ainsi la rose saphir.

– Je ne fais qu'obéir à ma destinée, Azash, répondit calmement Séphrénia. Je naquis afin de conduire Émouchet en ce lieu pour qu'il t'affronte.

– Mais qu'en est-il de la destinée de cet Émouchet ? Sais-tu à quoi il est destiné ?

On percevait une sorte de désespoir dans la voix d'Azash.

– Ni Dieu ni homme ne le sait, Azash, lui rappela-t-elle. Émouchet est Anakha, et tous les Dieux savent et redoutent depuis toujours le jour où Anakha viendra en ce monde dans des buts que nul ne pressent. Je suis la servante de cette destinée, quelle qu'elle soit, et je l'ai conduit ici dans l'aboutissement de ces buts.

L'idole parut se crisper et il en jaillit un ordre irrésistible, un coup de fouet qui n'était nullement dirigé contre Émouchet.

Séphrénia haleta et parut se faner comme une fleur sous la première rafale de l'hiver. Émouchet sentit même faiblir sa détermination. Elle vacilla tandis que la force de l'esprit d'Azash arrachait ses défenses l'une après l'autre.

Il banda son bras et leva plus haut son épée. Si Séphrénia venait à tomber, ils étaient perdus et il ignorait s'il aurait le temps d'assener son coup fatal après sa disparition. Il dessina l'image du visage d'Aphraël dans son esprit et serra encore plus fort la poignée de son arme.

Personne d'autre n'entendit un nouveau bruit. Il le savait. Il n'était que dans son esprit ; lui seul l'entendait. C'était la musique insistante et impérieuse d'une syrinx, et elle était marquée par une nette irritation.

– *Aphraël !* lâcha-t-il, soudain soulagé.

Une petite étincelle apparut devant son visage.

– Eh bien, il était temps ! lança la voix irritée de Flûte. Que faisais-tu, Émouchet ? Tu ne savais donc pas qu'il te suffisait de *m'appeler* ?

– Non, je l'ignorais. Aide Séphrénia.

Il n'y eut ni contact, ni mouvement, ni bruit, mais Séphrénia se redressa, se frotta le front tandis que les yeux de l'idole brûlaient et se fixaient sur le feu follet.

– Ma fille, dit la voix d'Azash, attacherais-tu ta fortune à celle de ces mortels ?

– Je ne suis point ta fille, Azash, répondit Flûte d'une voix sèche. Ma propre volonté m'a mise au monde, comme le firent mes frères et mes sœurs, alors même que toi et tes semblables déchiriez le tissu de la réalité par vos infantiles disputes. Je ne suis ta fille que par ta faute. Toi et les tiens vous fussiez abstenus de vous lancer dans cette voie qui allait tous nous détruire, il n'eût été nul besoin de moi et des miens.

– Je *veux* le Bhelliom !

La voix caverneuse était tonnerre et séisme, déchirant les fondations mêmes de la terre.

– Tu ne l'auras point ! (La voix de Flûte était nettement contradictoire.) Ce fut pour vous dénier la possession du Bhelliom que moi et les miens naquîmes. Le Bhelliom n'est point de ce monde et il ne doit être retenu prisonnier ni par toi, moi, les Dieux des Trolls ou tout autre Dieu de ce monde.

– *Je le veux !* hurla Azash d'une voix stridente.

– Non. Anakha le détruira avant cela et dans sa destruction tu périras.

L'idole sembla broncher.

– Comment *oses-tu* ? souffla-t-elle. Comment oses-tu même prononcer une telle horreur ? Dans la mort de l'un de nous réside la semence de notre mort à tous.

– Qu'il en soit donc ainsi, répondit Aphraël d'un ton indifférent. (Sa petite voix légère se fit cruelle.) Dirige ta fureur contre *moi*, Azash, et non mes enfants, car ce fut moi qui usai du pouvoir des bagues pour t'émasculer et t'enfermer à jamais dans cette idole de boue.

– *Toi ?*

La terrible voix semblait soudain interdite.

– Oui, moi. Ton pouvoir est à ce point réduit par ton émasculation que tu ne peux échapper à ta prison. Tu n'auras point le Bhelliom, mini-Dieu impuissant, aussi resteras-tu emprisonné. Tu demeureras non viril et enfermé jusqu'à ce que l'étoile la plus lointaine se soit réduite en cendres. (Elle marqua un temps d'arrêt, puis elle se remit à parler lentement sur le ton de celle qui retourne un couteau dans une plaie.) Ce fut ton absurde et transparente proposition d'unir tous les Dieux de Styricum pour arracher le Bhelliom aux Dieux des Trolls... « pour le bien commun » ... qui me donna l'occasion de te mutiler et de t'enfermer, Azash. Ne t'en prends qu'à toi-même pour ce qui t'est arrivé. Anakha a donc apporté le Bhelliom et les bagues... ainsi que les Dieux des Trolls enfermés dans le joyau... pour t'affronter. Je t'adjure de te soumettre au pouvoir de la rose saphir... ou bien tu périras !

Il y eut un hurlement de frustration inhumain, mais l'idole ne bougea pas.

Otha, de son côté, les yeux révélant sa panique, se mit à marmonner un sortilège désespéré. Il le jeta et les statues hideuses cernant l'intérieur du vaste temple se mirent à vibrer, le marbre passant du blanc au vert, au bleu, au rouge sang, et le jacassement des voix inhumaines emplit le dôme. Séphrénia prononça deux paroles en styrique d'une voix très calme. Elle fit un geste et les statues se figèrent à nouveau, redevenant marbre pâle et froid.

Otha hurla, puis il se remit à discuter, à ce point frustré et enragé qu'il ne parlait même plus en styrique, mais dans son élène maternel.

– Écoute-moi, Émouchet, dit Flûte de sa douce voix musicale.

– Mais Otha...

– Il jacasse, c'est tout. Ma sœur peut se charger de lui. Prête-moi attention. L'heure viendra très vite où il te faudra agir. Je t'en avertirai. Grimpe l'escalier menant à l'idole et garde l'épée au-dessus du Bhelliom.

Si Azash, ou Otha, ou toute autre créature, venait à t'empêcher d'atteindre cette idole, frappe le Bhelliom. Si tout va bien, tu pourras le poser contre l'endroit qui paraît brûlé et scarifié.

– Cela détruira-t-il Azash ?

– Bien sûr que non. Cette idole n'est qu'une cage. La *véritable* idole est située à l'intérieur ; elle est en boue et toute petite. Le Bhelliom fracassera la cage et tu pourras voir Azash. A ce moment-là, tu lâcheras ton épée et tiendras le Bhelliom des deux mains. Alors, tu prononceras exactement ces paroles : « Rose Bleue, je suis Émouchet-d'Élénie. Par le pouvoir de ces bagues, j'ordonne à Rose Bleue de renvoyer cette statue à la terre d'où elle provient. » Tu poseras alors le Bhelliom contre l'idole.

– Et que se passera-t-il ?

– Je ne sais pas exactement.

– *Aphraël !* protesta Émouchet, stupéfait.

– La destinée du Bhelliom est encore plus obscure que la tienne, et sache que je ne puis deviner ce que tu vas faire.

– Cela détruira-t-il Azash ?

– Oh, oui... et très probablement le reste du monde avec lui. Le Bhelliom veut échapper à ce monde et c'est peut-être là son unique chance.

Émouchet déglutit péniblement.

– C'est un pari, admit-elle nonchalamment. Mais nous ne savons jamais de quel côté les dés vont tomber avant de les avoir fait rouler, n'est-ce pas ?

Le temple fut soudain plongé dans les ténèbres tandis que Séphrénia et Otha continuaient leur lutte ; un instant, il sembla que ces ténèbres allaient devenir éternelles.

La lumière revint graduellement. Les feux dans les immenses braseros reprirent vie et les flammes montèrent à nouveau.

Avec le retour de la lumière, Émouchet découvrit qu'il regardait Annias. Le visage émacié du primat de Cimmura était d'un blanc sinistre et toute raison avait quitté ses yeux. Aveuglé par son ambition obsessionnelle, Annias n'avait jamais contemplé l'horreur à laquelle il avait voué son âme pour accéder au trône d'archiprélat. Il la voyait enfin et il se rendait compte qu'il était trop tard. Il fixait Émouchet, l'implorant... pour qu'il le sauve du fossé qui s'était ouvert sous ses pieds.

Lychéas babillait, bégayait de terreur, et Arissa le tenait contre elle, s'accrochant à lui, en fait, le visage non moins rempli d'horreur que celui d'Annias.

Vacarme et lumière envahissaient le temple, un bruit fracassant, une fumée bouillonnante : Otha et Séphrénia continuaient de s'affronter.

– Le moment est venu, lui dit Flûte d'une voix très calme.

Émouchet banda ses muscles et s'avança, son épée menaçant la rose saphir, qui sembla se ratatiner sous la lourde lame d'acier.

– Émouchet, dit la petite voix presque désenchantée. Je t'aime.

Mais le son qu'il entendit aussitôt après n'avait aucun rapport avec l'amour. Ce fut un hurlement dans la langue des Trolls. Cette voix était multiple, et elle provenait du fond du Bhelliom. Émouchet broncha sous la haine des Dieux des Trolls qui le fouettait. Une douleur insupportable. Il se sentit brûler et geler au même moment, ses os gonflèrent et retombèrent sous sa chair.

– Rose Bleue ! souffla-t-il en vacillant, en s'écroulant presque. Ordonne aux Dieux des Trolls de garder le silence. Rose Bleue, obéis... *sur-le-champ* !

L'immonde souffrance continua et le hurlement trollien s'intensifia.

– Meurs donc, Rose Bleue !

Émouchet leva son épée.

Le hurlement s'interrompit brutalement et la douleur s'arrêta.

Émouchet traversa le premier niveau d'onyx et monta sur le suivant.

– Ne fais point ceci, Émouchet. (La voix se trouvait dans son esprit.) Aphraël est une enfant rancunière. Elle te mène à ta perte.

– Je me demandais combien de temps je devrais encore attendre, Azash, dit Émouchet d'une voix tremblante tandis qu'il atteignait le second niveau. Pourquoi ne m'as-tu pas parlé auparavant ?

La voix resta silencieuse.

– Avais-tu peur, Azash ? Craignais-tu qu'une de tes paroles ne change la destinée que tu ne peux percevoir ?

Il monta sur le troisième niveau.

– N'agis point ainsi, Émouchet, implora la voix. Je puis te donner le monde.

– Non, merci.

– Je puis te donner l'immortalité.

– Elle ne m'intéresse pas. Les hommes sont habitués à l'idée de la mort. Seuls les Dieux trouvent ce concept absolument effrayant.

Il traversa le troisième niveau.

– Je détruirai tes camarades, si tu persistes.

– Tous les hommes meurent un jour ou l'autre.

Émouchet essayait d'adopter un ton indifférent qui fût convaincant. Il monta sur le quatrième niveau. Il eut soudain l'impression d'essayer de marcher dans une roche solide. Azash n'osait l'attaquer directement, puisqu'il aurait risqué de déclencher le coup fatal qui les détruirait tous. Émouchet comprit alors qu'il disposait d'un fabuleux avantage : non seulement les Dieux ne distinguaient pas sa destinée, mais ils ne lisaient même pas ses pensées. Azash ignorait à quel moment il pouvait décider de frapper le Bhelliom, donc de retenir son bras au dernier instant. Il décida de profiter de cet avantage. Les pieds toujours cloués au sol, il poussa un soupir.

– Oh, très bien, si c'est là ce que tu souhaites.

Il leva encore l'épée.

– *Non !*

Ce cri avait été poussé non seulement par Azash, mais aussi par les Dieux des Trolls.

Émouchet traversa le quatrième niveau. Il transpirait abondamment. Ses pensées, il pouvait les dissimuler aux Dieux, mais non à lui-même.

– A présent, Rose Bleue, dit-il calmement au Bhelliom en montant sur le cinquième niveau, voici ce que je vais faire. Toi, Khwadj, Ghnomb et les autres allez m'aider, sinon vous périrez. Il faut qu'un Dieu périsse en ce lieu... un ou plusieurs Dieux. Si vous m'aidez, il n'y en aura qu'un seul. Sinon, ce sera plusieurs.

– *Émouchet !* fit la voix interloquée d'Aphraël.

– Ne t'en mêle pas.

Il y eut un instant d'hésitation.

– Puis-je t'aider ? chuchota-t-elle de sa voix de petite fille.

Il réfléchit un bref instant.

– Non, ça va. Mais ce n'est pas le moment de s'amuser... et ne me prends pas par surprise. J'ai le bras bandé comme un ressort.

L'étincelle se mit à prendre de l'ampleur, mais l'intensité de sa lumière s'adoucit et Aphraël en sortit, sa flûte sur les lèvres. Comme toujours, ses petits pieds étaient tachés par l'herbe. Elle avait le visage sombre quand elle abaissa sa syrinx.

– Vas-y, détruis-le, Émouchet, dit-elle tristement. Jamais ils ne t'écouteront. (Elle poussa un soupir.) Je suis lasse de cette vie éternelle, de toute façon. Détruis la pierre, que l'on en finisse.

Le Bhelliom devint totalement noir et Émouchet le sentit trembler violemment dans sa main. Puis son éclat bleu reparut, doux, soumis.

– Ils t'aideront, à présent, Émouchet, annonça Aphraël.

– Tu leur as menti, l'accusa-t-il.

– Non, c'est à toi que j'ai menti. Ce n'est pas à eux que je parlais.

Il ne put s'empêcher d'éclater de rire.

Il traversa le cinquième niveau. L'idole était tout près désormais, et elle lui paraissait de plus en plus menaçante. Il voyait aussi Otha, transpirant, tendu, engagé contre Séphrénia dans un duel dont Émouchet savait qu'il était encore plus titanesque que celui qu'il avait livré contre Martel. Il distinguait nettement la terreur à l'état brut peinte sur le visage d'Annias ; Arissa et son fils étaient quant à eux au bord de la crise de nerfs.

Émouchet percevait la présence fabuleuse des Dieux des Trolls. Ils semblaient posséder une réalité telle qu'il distinguait presque leurs gigantesques formes hideuses planer, protectrices, juste derrière lui. Il monta sur le sixième niveau. Encore trois. Il se demanda vaguement si le chiffre neuf possédait une quelconque signification dans l'esprit tordu des adorateurs d'Azash. À ce stade, le Dieu des Zémochs jeta toutes ses forces dans la bataille. Il voyait la mort grimper inexorablement les marches dans sa direction et tous ses efforts tendaient désormais à stopper le messager à la cuirasse noire qui lui apportait son trépas d'azur.

Des flammes jaillirent sous les pieds d'Émouchet, mais avant qu'il n'en ait senti la chaleur elles se transformèrent en glace. Une forme monstrueuse surgie de nulle part se rua sur lui, mais un feu plus intense que celui que la glace venait de vaincre la consuma immédiatement. Les Dieux des Trolls, certes à contrecœur mais mis au pied du mur par l'ultimatum d'Émouchet, étaient désormais à ses côtés et dégageaient la route devant lui.

Azash se mit à hurler quand Émouchet monta sur le septième niveau. Émouchet pouvait à présent se mettre à courir, mais il se retint. Il ne voulait pas se retrouver haletant et tremblant de fatigue quand arriverait le moment fatidique. Il continua de son inexorable pas régulier, traversant la septième marche tandis qu'Azash déclenchait contre lui des horreurs dépassant l'imagination, des horreurs instantanément étouffées par les Dieux des Trolls ou le Bhelliom lui-même. Il reprit longuement son souffle et monta sur le huitième niveau. Il se retrouva entouré d'or... des pièces, des lingots, des blocs de la taille d'un crâne. Une cascade de bijoux étincelants née de nulle part se mit à couler sur l'or comme un fleuve bleu, vert, rouge, fleuve irisé d'une richesse incroyable. Cette fortune disparut dans un vacarme de mastication grossière.

– Merci, Ghnomb, murmura Émouchet au Dieu du manger.

Une houri d'une beauté à couper le souffle adressa à

Émouchet des gestes de séduction, mais elle fut immédiatement assaillie par un Troll lascif. Émouchet ignorait le nom du Dieu des Trolls chargé de l'accouplement, et il ne put le remercier. Il passa alors au neuvième et ultime niveau.

– *Tu ne peux!* glapit Azash.

Émouchet ne répondit pas et continua de marcher vers l'idole, le Bhelliom toujours au poing dans une main, son épée dans l'autre. Des éclairs explosèrent autour de lui, mais ils étaient tous absorbés par le halo croissant du saphir grâce auquel le Bhelliom le protégeait.

Otha avait abandonné son vain duel avec Séphrénia et rampait, tremblant de frayeur, vers le côté droit de l'autel. Annias s'était écroulé sur le côté gauche de la même plaque étroite d'onyx; Arissa et Lychéas se lamentaient en s'accrochant l'un à l'autre.

Émouchet atteignit l'autel.

– Souhaite-moi bonne chance, chuchota-t-il à la Déesse-Enfant.

– Bien sûr, Père, répondit-elle.

Azash se ratatina tandis que s'intensifiait la lumière du Bhelliom et les yeux brûlants de l'idole grossirent sous l'effet de la terreur. Émouchet vit alors qu'un immortel soudain face à la possibilité de sa propre mort se retrouve particulièrement sans défense. Cette seule idée effaça toutes les autres et Azash ne put réagir qu'au niveau le plus bas, le plus infantile. Il lança contre le pandion en armure noire qui menaçait son existence un feu élémentaire aveuglant. Le choc fut titanesque: l'incandescence verte heurta l'éclat bleu du Bhelliom. Le bleu vacilla, puis se solidifia. Le vert se ratatina, puis se braqua de nouveau sur Émouchet.

Ainsi restèrent-ils bloqués, le Bhelliom et Azash, chacun exerçant une force irrésistible pour protéger son existence même. Aucun n'était désireux... ni capable... de céder. Émouchet avait la désagréable conviction qu'il pouvait fort bien passer le restant de l'éternité à attendre ainsi, le bras tendu, tandis qu'Azash et le Bhelliom se combattaient.

Une virevolte, un bourdonnement à travers les airs, comme des ailes d'oiseau. Cela lui passa au-dessus de la tête pour heurter avec un bruit métallique la poitrine en pierre de l'idole, explosant en une averse d'étincelles. C'était la hache de Lochabre de Bévier. Bérit, sans trop réfléchir sans doute, avait projeté l'arme contre l'idole... geste stupide de défi infime.

Mais cela marcha.

L'idole broncha involontairement devant ce qui ne pouvait la blesser et sa force, son feu, disparurent un instant. Émouchet plongea en avant, le Bhelliom dans la main gauche, le poussant comme la pointe d'un épieu vers la cicatrice brûlée en bas du ventre de l'idole. Sa main resta ankylosée sous la violence du choc.

Le bruit fut assourdissant. Émouchet fut certain d'avoir ébranlé la terre entière.

Il baissa la tête, banda et bloqua ses muscles, poussant le Bhelliom de plus en plus fort contre la trace brûlante de l'émasculation d'Azash. Le Dieu lâcha un cri de souffrance.

– *Vous m'avez trahi !* hurla-t-il.

Des tentacules grouillants jaillirent de part et d'autre du corps de l'idole pour s'emparer d'Otha... et d'Annias.

– Oh, mon Dieu ! criailla le primat de Cimmura, non pas à l'adresse d'Azash mais du Dieu de son enfance. Sauve-moi ! Protège-moi ! Pardonne...

Sa voix devint un glapissement inarticulé tandis que le tentacule se resserrait sur lui.

Nulle sophistication dans le châtiment infligé à l'empereur du Zémoch et au primat de Cimmura. Aveuglé par la souffrance, la peur et le désir de punir ceux qui en étaient responsables, Azash réagissait comme un enfant furibond. D'autres bras vinrent se saisir du couple hurlant, puis, avec une lenteur cruelle, les bras ondulants se mirent à les tourner en sens inverse, à la manière de la lavandière qui essore un torchon. Le sang et pis encore giclèrent entre les doigts tors du Dieu au fur et à mesure qu'il dépouillait de leur vie les corps martyrisés d'Otha et d'Annias.

Écœuré, Émouchet ferma les yeux... mais il ne pouvait fermer les oreilles. Les cris empirèrent, devenant des hurlements étranglés à la limite du supportable.

Puis ils se turent et ce furent deux chiffons humides qu'Azash rejeta à la place de ses anciens serviteurs.

Arissa fut prise de violents haut-le-cœur devant les restes méconnaissables de son amant et père de son unique enfant, cependant que l'immense idole frémissait, se craquelait, se transformant dans sa désintégration en une pluie de roches taillées. Les bras qui se tortillaient se solidifièrent en se libérant, tombant au sol où ils s'écrasèrent. Le visage grotesque se fragmenta et glissa du devant de la tête. Un gros morceau de rocher heurta l'épaule cuirassée d'Émouchet et l'impact faillit lui faire lâcher le Bhelliom. Dans un gigantesque craquement, l'idole se brisa à la taille et la partie supérieure du gros tronc bascula en arrière en un million de fragments sur le sol en onyx. Il ne restait plus qu'une souche, une sorte de piédestal en pierre qui s'effritait, sur lequel reposait l'idole grossière en boue qu'Otha avait contemplée pour la première fois deux mille ans auparavant.

– *Tu ne peux!* (C'était le glapissement d'un petit animal, un lapin peut-être, voire un rat.) *Je suis un Dieu! Tu n'es rien! Tu n'es qu'insecte! Tu n'es que poussière!*

– Peut-être, dit Émouchet en éprouvant une véritable pitié pour la pathétique figurine en boue. (Il lâcha son épée et serra fermement le Bhelliom dans les deux mains.) Rose Bleue! lança-t-il vivement. Je suis Émouchet-d'Élénie! Par le pouvoir de ces bagues, j'ordonne à Rose Bleue de renvoyer cette statuette à la terre d'où elle provient! (Il poussa en avant la rose saphir.) Tu convoitais le Bhelliom, Azash. Le voici, à présent. Prends-le avec tout ce qu'il t'apporte! (Le joyau toucha la petite idole difforme.) Rose Bleue doit obéir! *Maintenant!*

Il se crispa en prononçant ce mot, s'attendant à un anéantissement instantané.

Tout le temple frémit et Émouchet sentit soudain un

poids oppressant qui s'appuyait sur lui, comme si l'air se mettait à peser des tonnes. Les flammes dans les braseros baissèrent, devenant de minuscules clignotements, comme si un fardeau immense les étouffait.

Alors, le dôme gigantesque du temple explosa, précipitant dans les airs les blocs de basalte hexagonaux à des milles et des milles à la ronde. Dans un bruit qui dépassait tous les bruits, les feux montèrent et devinrent d'immenses piliers de flammes à l'éclat intense, des colonnes perçant le trou béant où s'était trouvé le dôme, illuminant le ventre prêt à mettre bas des nuages qui avaient engendré l'orage. Ces colonnes grimpèrent de plus en plus haut, enveloppées de banderoles de foudre tandis qu'elles brûlaient les nuages et plongeaient dans les ténèbres plus hautes encore, en direction des étoiles scintillantes.

Émouchet, implacable et inflexible, maintenait la rose saphir contre le corps d'Azash, la peau du poignet frissonnant tandis que les minuscules tentacules impuissants du Dieu le serraient, à l'instar d'un guerrier frappé à mort s'accrochant au bras d'un ennemi qui retourne la lame d'une épée dans ses organes vitaux. La voix d'Azash, Dieu Aîné de Styricum, n'était plus qu'un croassement ténu, une lamentation ridicule semblable à celle d'une petite créature en train d'agoniser. L'idole se transforma soudain. Ses éléments de cohésion disparurent et, avec une sorte de soupir, elle se désintégra et ne fut plus qu'un tas de poussière.

Les grandes colonnes de feu baissèrent lentement et l'air qui envahissait à présent l'intérieur du temple détruit possédait de nouveau la fraîcheur de l'hiver.

Émouchet n'éprouvait aucun sentiment de triomphe quand il se redressa. Il inspecta la rose saphir qui brillait dans sa main. Il percevait sa terreur et entendait vaguement le gémissement des Dieux des Trolls enfermés dans son cœur d'azur.

Flûte était arrivée à descendre les marches et pleurait entre les bras de Séphrénia.

– C'est terminé, Rose Bleue, annonça Émouchet au Bhelliom avec lassitude. Repose-toi.

Il refit glisser le joyau dans la bourse et tordit le fil de fer d'un air absent pour la refermer.

On entendit un bruit de course, de fuite précipitée. La princesse Arissa et son fils fuyaient en direction du sol d'onyx. Telle était leur terreur qu'aucun des deux ne semblait avoir conscience de l'autre. Lychéas était plus jeune que sa mère et sa course plus rapide. Il prit de l'avance, bondissant, tombant, se remettant sur pied en titubant.

Ulath, le visage de pierre, l'attendait en bas... avec sa hache.

Lychéas poussa un seul cri et sa tête s'envola en une longue courbe pour atterrir sur le sol noir avec un bruit écœurant, à l'instar d'un melon que l'on fait tomber.

– Lychéas ! hurla Arissa, horrifiée de voir le corps décapité de son fils qui s'écroulait mollement aux pieds d'Ulath.

Elle resta figée sur place, bouche bée devant l'énorme Thalésien aux nattes blondes qui commençait à monter les marches dans sa direction, sa hache ensanglantée déjà levée. Ulath n'était pas du genre à laisser un travail inachevé.

Arissa fouilla dans le sac qu'elle portait à la ceinture et sortit une petite fiole en verre dont elle ôta frénétiquement le bouchon.

Ulath ne ralentissait pas.

La fiole était ouverte, Arissa renversa la tête et but le contenu. Son corps se raidit immédiatement et elle poussa un cri rauque. Puis elle tomba sur la marche, agitée de haut-le-corps, le visage noirci, la langue lui sortant de la bouche.

– Ulath ! lança Séphrénia au Thalésien qui s'avançait encore. Non. Ce n'est pas nécessaire.

– Du poison ? lui demanda-t-il.

Elle branla du chef.

– Je déteste le poison, dit-il en nettoyant le sang sur le tranchant de sa hache à l'aide du pouce et de l'index. Il me faudra une semaine pour supprimer ces ébréchures, se plaignit-il en se retournant pour redescendre, laissant la princesse Arissa affalée sur la marche audessus de lui.

Émouchet récupéra son épée et descendit également. Il se sentait extrêmement fatigué. Il ramassa péniblement ses gantelets et rejoignit Bérit qui le considérait avec une crainte révérencielle.

– Ce fut un beau coup, dit-il au jeune homme en posant la main sur son épaule cuirassée. Merci, mon frère.

Le sourire de Bérit ressembla au soleil en train de se lever.

– Oh, au fait, ajouta Émouchet, tu devrais aller récupérer la hache de Bévier. Il l'aime beaucoup.

Bérit eut un large sourire.

– Tout de suite.

Émouchet inspecta le temple jonché de cadavres, puis il leva les yeux par le trou béant, vers les étoiles qui scintillaient dans le ciel glacial de l'hiver.

– Kurik, dit-il sans réfléchir. Quelle heure penses-tu qu'il soit ? (Il s'interrompit sous une vague de chagrin insupportable, puis il se reprit.) Tout le monde va bien ? demanda-t-il à ses amis en les dévisageant.

Il lâcha un grognement, car sa voix le trahissait. Il prit longuement son souffle.

– Sortons d'ici, ordonna-t-il sur un ton bourru.

Ils traversèrent l'immense salle et remontèrent les gradins. A un moment donné de l'affrontement titanesque sur l'autel, toutes les statues longeant le mur avaient été fracassées. Kalten avançait en tête et il examina l'escalier en marbre.

– On dirait que les soldats sont partis, annonça-t-il.

Séphrénia renversa le sortilège qui bloquait l'escalier et ils grimpèrent.

– Séphrénia, fit une voix qui n'était plus qu'un croassement.

– Elle est encore en vie, dit Ulath sur un ton presque accusateur.

– Cela arrive de temps à autre, expliqua Séphrénia. Le poison met parfois un peu plus de temps pour agir.

– Séphrénia, aide-moi. Je t'en prie, aide-moi.

La petite femme styrique se retourna et regarda en direction de la princesse Arissa, qui levait faiblement la tête pour l'implorer.

Le ton de Séphrénia fut aussi glacial que la mort elle-même.

– Non, princesse, répondit-elle. Je ne puis.

Elle se retourna et monta l'escalier en compagnie d'Émouchet tandis que les autres formaient l'arrière-garde.

CHAPITRE TRENTE ET UN

Le vent avait tourné durant la nuit et soufflait désormais à l'est, apportant la neige avec lui. La violente tempête qui avait frappé la cité la veille avait ôté le toit de bien des maisons et en avait fait exploser d'autres. Les rues étaient jonchées de débris et d'une mince couverture de neige. Bérit avait récupéré leurs montures, Émouchet et ses amis chevauchaient lentement. Ils n'avaient plus à se presser. La charrette trouvée par Kalten dans une ruelle cahotait derrière eux, Talen aux rênes, Bévier se reposant à l'arrière à côté du corps voilé de Kurik. Quand ils s'étaient mis en route, Séphrénia leur avait assuré que l'écuyer ne connaîtrait jamais la putréfaction qui est le lot de tous les hommes.

– Je dois bien cela à Aslade, avait-elle murmuré en appuyant la joue contre les cheveux noirs et luisants de Flûte.

Émouchet était surpris de constater que, malgré tous les événements passés, il considérait toujours la Déesse-Enfant comme étant Flûte. Elle n'avait rien d'une Déesse, pour l'instant. Elle se serrait contre Séphrénia, le visage baigné de larmes, et chaque fois qu'elle ouvrait les yeux on n'y lisait qu'horreur et désespoir.

Les soldats zémochs et les derniers prêtres d'Azash avaient fui la ville et les rues boueuses résonnaient d'échos caverneux. La capitale d'Otha souffrait d'un mal singulier. Il était facile de comprendre la quasi-destruction du temple et les dégâts presque équivalents subis par le palais. C'était ce qui arrivait à la ville qui demeurait inexplicable. Les habitants n'avaient pas quitté les lieux depuis très longtemps et pourtant leurs maisons s'écroulaient... non pas brutalement, comme aurait pu le laisser supposer l'explosion du temple, mais petit à petit, par groupes de deux ou trois. Comme si la décrépitude qui envahit toutes les villes abandonnées se produisait en l'espace de quelques heures au lieu de plusieurs siècles. Les maisons s'affaissaient, grinçaient pitoyablement, puis s'effondraient sur elles-mêmes. Les murs de la cité s'effritaient et même les pavés des rues se soulevaient, puis retombaient, brisés, réduits en miettes.

Leur plan désespéré avait réussi, mais le prix dépassait tout ce qu'ils avaient été prêts à payer. Leur succès ne s'accompagnait d'aucun sentiment de triomphe, ni de l'exultation que les guerriers éprouvent dans la victoire. Le sinistre fardeau dans la charrette ainsi qu'une réalité bien plus profonde les démoralisaient totalement.

Bévier était encore pâle en raison de tout le sang qu'il avait perdu, mais son visage exprimait son désarroi.

– Je ne comprends toujours pas, confessa-t-il.

– Émouchet est Anakha, répondit Séphrénia. C'est un terme styrique qui signifie « sans destinée ». Tous les hommes sont soumis à la destinée, au sort... tous sauf Émouchet. Il arrive à se déplacer en dehors de la destinée. Nous savions qu'il viendrait un jour, mais nous ignorions à quel moment... ou qui il serait. Il ne ressemble à aucun autre homme ayant jamais vécu. Il crée sa propre destinée et son existence terrifie les Dieux.

Ils laissèrent derrière eux la ville de Zémoch et s'enfoncèrent dans les tourbillons de neige poussés par le vent d'ouest. Mais ils entendirent longtemps le grondement grinçant des bâtiments qui s'abattaient tandis qu'ils cheminaient sur la route menant à Korakach, à environ quatre-vingts lieues au sud. En milieu d'après-midi, comme la neige commençait à faiblir, ils allèrent s'abriter pour la nuit dans un village désert. Ils étaient tous très fatigués et l'idée de chevaucher un mille de plus leur répugnait absolument. Ulath prépara leur souper sans même tenter de recourir à ses subterfuges habituels et ils se couchèrent avant que la lumière eût commencé à baisser.

Émouchet se réveilla brutalement, étonné de se trouver encore en selle. Ils longeaient le rebord d'unc falaise balayée par les vents, une mer déchaînée se fracassant en écume blanche sur les roches en contrebas. Le ciel était menaçant et le vent de mer glacial. Séphrénia allait en tête et tenait Flûte nichée entre ses bras. Les autres suivaient Émouchet, enveloppés dans leurs capes, une expression stoïque sur le visage. Tous semblaient présents, Kalten et Kurik, Tynian et Ulath, Bérit, Talen et Bévier. Leurs chevaux martelaient pesamment le raidillon sinueux usé par les intempéries en direction d'un promontoire qui projetait un doigt de pierre crochu dans la mer. A l'extrémité se dressait un arbre noueux et déformé, ses longues branches fouettant les airs.

Quand ils eurent atteint cet arbre, Séphrénia tira sur ses rênes et Kurik s'avança pour prendre Flûte. Le visage de l'écuyer était fixe, et il n'adressa pas la parole à Émouchet. Celui-ci eut l'impression que quelque chose n'allait pas... mais pas du tout... sans qu'il fût à même de dire de quoi il s'agissait.

– Très bien, donc, commença la petite fille. Nous sommes ici pour finir notre tâche et nous n'avons guère de temps.

– Qu'entendez-vous exactement par « finir notre tâche » ? lui demanda Bévier.

– Ma famille est d'accord pour que nous placions le Bhelliom hors de portée des hommes ou des Dieux. Nul ne doit jamais pouvoir le retrouver ni l'utiliser. Les autres m'ont donné une heure... et tous leurs pouvoirs... pour accomplir cela. Il se peut que vous voyiez des spectacles impossibles... peut-être même les avez-vous déjà aperçus. Ne vous en souciez pas et ne me harcelez pas de questions. Nous n'avons pas beaucoup de temps. Nous étions dix au départ et nous sommes toujours dix à l'arrivée. Ainsi qu'il se doit.

– Nous allons donc le jeter dans la mer ? lui demanda Kalten.

Elle hocha la tête.

– Cela n'a-t-il pas déjà été tenté ? lui demanda Ulath. Le comte de Heid jeta la couronne du roi Sarak dans le lac Venne, si je me souviens bien, et le Bhelliom est quand même reparu.

– La mer est bien plus profonde que le lac Venne. L'eau est ici plus profonde qu'ailleurs et nul ne sait où est situé ce rivage.

– Nous, nous le savons, lui fit remarquer Ulath.

– Ah oui ? Et où ? Sur quelle côte de quel continent ? (Elle tendit la main vers le nuage dense qui filait au-dessus de leurs têtes.) Et où se trouve le soleil ? Où se situent l'ouest, et l'est ? Vous pouvez simplement dire que vous vous tenez sur une côte maritime... quelque part. Vous pouvez en parler à qui vous voudrez et tous les hommes de ce monde peuvent plonger dans la mer pour rechercher le Bhelliom sans jamais le découvrir, parce qu'ils ne sauront où chercher.

– Tu veux donc que je le jette dans la mer ? déclara Émouchet en mettant pied à terre.

– Pas tout à fait, Émouchet, répondit-elle. Une autre tâche s'impose avant tout. Peux-tu me passer le sac que je t'ai demandé de me garder, Kurik ?

Il hocha la tête, revint à son hongre et ouvrit l'un des sacs de selle. Une nouvelle fois, Émouchet eut la nette impression que quelque chose n'allait pas.

Kurik revint avec un petit sac de toile. Il l'ouvrit et sortit une cassette en acier dotée d'un couvercle à charnière et d'un robuste fermoir. Il la présenta à la petite fille. Elle secoua la tête et plaça les mains derrière son dos.

– Je ne veux pas la toucher, dit-elle. Je veux simplement l'examiner pour vérifier qu'elle est en bon état.

Kurik leva le couvercle et Émouchet vit que l'intérieur de la cassette était doublé d'or.

– Mes frères ont bien travaillé, approuva-t-elle. Parfait.

– L'acier rouillera sûrement, lui signala Tynian.

– Non, mon petit, répondit Séphrénia. Cette cassette-ci ne rouillera jamais.

– Et les Dieux des Trolls, Séphrénia ? demanda Bévier. Ils nous ont prouvé qu'ils peuvent sonder l'esprit humain. Est-ce qu'ils ne réussiront pas à appeler quelqu'un pour le conduire là où repose la cassette ? Je ne pense pas qu'ils soient très contents de rester cachés au fond de la mer pour toute l'éternité.

– Ils ne peuvent agir sans l'aide du Bhelliom, expliqua-t-elle. Et le Bhelliom est impuissant quand il est enfermé dans de l'acier. Il reposait, inerte, dans cette mine de fer de Thalésie, jusqu'au jour où Ghwerig le libéra. Ceci n'est peut-être pas totalement hermétique, mais nous ne pouvons faire mieux, je crois.

– Pose la boîte sur le sol et ouvre-la, Kurik, ordonna Flûte. Émouchet, sors le Bhelliom de la bourse et dis-lui de s'endormir.

– Pour toujours ?

– J'en doute quelque peu. Le monde ne durera pas une éternité et une fois qu'il aura pris fin le Bhelliom sera libre de continuer son voyage.

Émouchet prit la bourse en mailles d'acier accrochée à sa ceinture et défit le fil de fer qui la maintenait fermée. Puis il la renversa et la rose saphir tomba dans sa main. Il la sentit frémir en une sorte de soulagement.

– Rose Bleue, dit-il calmement, je suis Émouchet-d'Élénie. Me reconnais-tu ?

Elle brillait d'un bleu profond, ni hostile ni particulièrement amicale. Mais les feulements qu'il sentit dans son esprit lui apprirent que les Dieux des Trolls ne partageaient pas ce sentiment de neutralité.

– L'heure est venue de dormir, Rose Bleue, annonça Émouchet au joyau. Ce sera sans douleur et quand tu te réveilleras tu seras libre.

La pierre frémit de nouveau et son scintillement cristallin s'adoucit, comme en signe de gratitude.

– Dors, à présent, Rose Bleue, dit-il gentiment en tenant des deux mains l'inestimable objet.

Il le plaça dans la cassette dont il rabaissa fermement le couvercle.

Sans mot dire, Kurik lui tendit un petit cadenas habilement ouvré. Émouchet hocha la tête, rabattit le fermoir et plaça le cadenas en remarquant alors qu'il était dépourvu de trou pour la clé. Il jeta à la Déesse-Enfant un regard interrogateur.

– Lance-le dans la mer, lui dit-elle en l'observant attentivement.

Une immense répugnance l'envahit. Il savait que le Bhelliom, enfermé comme il l'était, ne pouvait l'influencer. Cette réticence était sienne. Car, pendant un certain temps, quelques mois, il avait possédé un objet dont l'éternité dépassait celle des étoiles et il avait en quelque sorte participé de cette qualité rien qu'en le touchant. C'était cela qui donnait au Bhelliom son caractère infiniment précieux. Sa beauté, sa perfection n'en avait jamais été vraiment la cause, mais il aspirait encore à le contempler une dernière fois, à sentir sur ses mains cette douce lueur bleue. Il savait que la partie la plus importante de sa vie allait disparaître. Il passerait le restant de ses jours avec une vague impression d'absence, qui diminuerait peut-être avec les années mais ne se dissiperait jamais totalement.

Il se raidit, forçant l'arrivée de cette douleur afin de s'apprendre à la supporter. Puis il prit son élan et lança aussi loin qu'il put le petit objet en acier dans les flots en furie.

La cassette s'envola et se mit à luire, ni rouge, ni bleue, ni d'aucune couleur vraie, mais plutôt d'un blanc incandescent. Elle alla grande erre, plus loin que n'aurait pu l'envoyer un être humain, puis, telle une étoile filante, effectua une longue courbe gracieuse et plongea dans la mer aux rouleaux infinis.

– C'est tout ? demanda Kalten. Nous n'avions que cela à faire ?

Flûte hocha la tête, les yeux emplis de larmes.

– Vous pouvez tous rentrer, à présent, leur dit-elle.

Elle s'assit sous l'arbre et sortit tristement sa syrinx de sous sa tunique.

– Tu ne nous accompagnes pas ? lui demanda Talen.

– Non, répondit-elle avec un soupir. Je reste ici un moment.

Puis elle leva son instrument et se mit à jouer une mélodie triste et nostalgique.

Ils n'avaient parcouru qu'une brève distance, suivis par la musique, quand Émouchet se retourna. L'arbre était toujours là, bien entendu, mais Flûte avait disparu.

– Elle nous a encore quittés, dit-il à Séphrénia.

– Oui, mon petit, fit-elle avec un soupir.

Le vent reprit de la force tandis qu'ils s'éloignaient du promontoire et les embruns commencèrent à leur picoter le visage. Émouchet tenta de rabattre en avant sa cape pour se protéger la tête, mais en vain. Les embruns puissants lui fouettaient les joues et le nez.

Il avait encore le visage humide quand il se réveilla brutalement et s'assit. Il essuya la pellicule salée et mit la main dans sa tunique.

Le Bhelliom n'était plus là.

Il savait qu'il devait s'entretenir avec Séphrénia, mais il y avait un point qu'il lui fallait élucider avant tout. Il se leva et sortit de la maison où ils s'étaient installés la veille. Deux pâtés de maisons plus loin se trouvait l'écurie où ils avaient rangé la charrette dans laquelle reposait Kurik. Émouchet rabattit doucement la couverture et toucha le visage glacé de son ami.

Il était humide et, quand Émouchet porta le bout des doigts à sa bouche, il sentit le goût salé des embruns. Il resta longuement assis, son esprit tourbillonnant devant l'immensité de ce que la Déesse-Enfant avait si nonchalamment rejeté comme étant des « impossibilités ». La puissance conjuguée des Dieux Cadets de Styricum, semblait-il, était capable d'accomplir *n'importe quoi*. Il décida enfin de ne pas tenter de trouver une définition à ce qui s'était passé. Rêve, réalité ou état intermédiaire... quelle différence cela faisait-il ? Le Bhelliom était désormais en sécurité, et cela seul comptait.

Ils se dirigèrent vers le sud et Korakach, puis Gana Dorit. Une fois qu'ils eurent rejoint la plaine, ils commencèrent à rencontrer des soldat zémochs qui fuyaient vers l'est. Ils n'étaient pas accompagnés de blessés, ce qui laissait entendre qu'aucune bataille n'avait dû se livrer.

Ils ne ressentaient aucun sentiment d'accomplissement ni de triomphe. La neige tourna à la pluie alors qu'ils descendaient des hautes terres et le lugubre dégouttement du ciel semblait s'accorder à leur humeur. Ni histoires ni vantardises dans leur chevauchée vers l'ouest. Ils étaient tous très las et n'aspiraient plus qu'à rentrer chez eux.

Le roi Wargun se trouvait à Kadum avec son immense armée. Il restait sur place en attendant la fin du mauvais temps et l'assèchement du sol. Émouchet et les autres furent conduits à son quartier général qui, comme on pouvait s'y attendre, était situé dans une taverne.

– Voilà une belle surprise ! dit le monarque de Thalésie, à moitié ivre, au patriarche Bergsten quand ils entrèrent. Je n'aurais jamais cru les revoir ! Ho ! Émouchet ! Approchez-vous du feu. Buvez un verre et racontez-nous ce que vous avez accompli !

Émouchet ôta son casque et traversa la salle commune au sol couvert de paille.

– Nous nous sommes rendus dans la cité de Zémoch, Votre Majesté. Tant que nous y étions, nous en avons profité pour tuer Otha et Annias. Puis nous sommes revenus.

Le rapport avait été bref. Wargun cligna les yeux.

– Voilà qui est on ne peut plus concis. (Il éclata de rire et regarda autour de lui d'un œil chassieux.) Toi, là ! lança-t-il à l'un des gardes à la porte. Va chercher le seigneur Vanion. Dis-lui que ses hommes sont arrivés. Avez-vous trouvé un endroit pour enfermer vos prisonniers, Émouchet ?

– Nous n'avons pas fait de prisonniers, Votre Majesté.

– Voilà une façon de mener la guerre qui me plaît ! Mais Sarathi va vous en vouloir. Il tenait à traduire Annias en justice !

– Nous aurions aimé le ramener, Wargun, expliqua Ulath à son roi. Mais il n'était plus tellement présentable.

– Lequel d'entre vous l'a tué ?

– En réalité, ce fut Azash, Votre Majesté, expliqua Tynian. Le Dieu des Zémochs a été très déçu par Otha et Annias, aussi a-t-il agi de manière appropriée.

– Et Martel... et la princesse Arissa... et le bâtard Lychéas ?

– Émouchet a tué Martel, lui répondit Kalten. Ulath a tranché la tête de Lychéas et Arissa a pris du poison.

– Est-elle morte ?

– Nous le supposons. Elle n'en était pas loin quand nous l'avons quittée.

Vanion entra alors et s'approcha immédiatement de Séphrénia. Leur secret, qui n'en était pas vraiment un, car il eût fallu être aveugle pour ignorer ce qu'ils ressentaient l'un envers l'autre, fut rompu quand ils s'enlacèrent avec une férocité dont ils n'étaient pas coutumiers. Vanion embrassa la joue de la petite femme qu'il aimait depuis des décennies.

– Je pensais t'avoir perdue, dit-il d'une voix étouffée par l'émotion.

– Tu sais que je ne te quitterai jamais, mon petit.

Émouchet eut un léger sourire. Le « mon petit » qu'elle leur adressait habituellement dissimulait parfaitement les vrais « mon petit » destinés à Vanion. Toute la différence résidait dans le ton.

Leur récit de ce qui s'était passé depuis leur départ fut très complet, tout en omettant bon nombre de sujets théologiques.

Wargun se lança alors dans un récit décousu et rendu pâteux par l'alcool de ce qui s'était produit en Lamorkand et en Pélosie orientale durant cette longue période. Les armées de l'ouest avaient repris avec succès la stratégie qui avait réussi à Chyrellos avant le commencement de la campagne.

– Alors, conclut le monarque grisé, au moment même où nous allions passer à des combats sérieux, ces couards ont tous tourné casaque et se sont enfuis. Pourquoi *personne* n'accepte-t-il de rester pour me combattre ? (Wargun avait pris un ton plaintif.) A présent, je vais devoir les pourchasser dans les mon tagnes de Zémoch pour les attraper !

– Pourquoi vous donner ce mal ? lui demanda Séphrénia.

– Pourquoi ? s'exclama-t-il. Pour les empêcher de nous attaquer encore, voilà pourquoi !

Wargun oscillait sur son siège et il plongea maladroitement un autre pichet dans la barrique à côté de lui.

– Pourquoi gaspiller la vie de vos hommes ? insista-t-elle. Azash est mort. Otha est mort. Les Zémochs ne reviendront jamais.

Wargun la foudroya du regard. Puis il tapa du poing sur la table.

– Je veux en découdre avec quelqu'un ! gronda-t-il. Vous ne m'avez pas laissé annihiler les Rendors ! Vous m'avez appelé à Chyrellos avant que j'aie pu en finir ! Mais que je devienne un Troll bigleux si je vous laisse aussi m'arracher les Zémochs !

Son regard se voila, il glissa lentement sous la table et se mit à ronfler.

– Ton roi est doté d'une opiniâtreté exceptionnelle, mon ami, fit remarquer Tynian à Ulath.

– Wargun est un homme simple. (Ulath haussa les épaules.) Dans sa tête, il n'y a pas place pour plus d'une idée à la fois.

– Je vais t'accompagner jusqu'à Chyrellos, Émouchet, annonça Vanion. Je pourrai t'aider à persuader Dolmant d'arrêter net le roi Wargun.

Ce n'était naturellement pas l'unique raison pour les accompagner, mais Émouchet décida de ne pas interroger son ami à ce sujet.

Ils quittèrent Kadum tôt le lendemain matin. Les chevaliers avaient ôté leurs armures et chevauchaient en cottes de mailles, tuniques et capes épaisses. Cela n'accroissait pas notablement leur allure, mais ils se sentaient plus à l'aise. La pluie continua des jours et des jours, une bruine sinistre et brumeuse qui semblait délaver toute couleur. Ils traversaient la queue de l'hiver, ne connaissant pas vraiment l'état chaud et sûrement pas l'état sec. Ils passèrent par Moterra, puis Kadach, où ils franchirent le fleuve avant de se diriger au canter vers Chyrellos, plus au sud. Finalement, par un après-midi pluvieux, ils atteignirent le haut d'une colline d'où ils purent contempler la ville sainte ravagée par la guerre.

– Je pense que notre premier travail est d'aller voir Dolmant, décida Vanion. Il faudra un certain temps pour qu'un messager retourne à Kadum stopper Wargun, et une accalmie climatique risquerait d'assécher les champs de Zémoch.

Vanion fut soudain pris d'une quinte de toux grinçante.

– Ça ne va pas ? lui demanda Émouchet.

– Je pense avoir pris froid, c'est tout.

Ils n'entrèrent pas en héros à Chyrellos. Ni défilé, ni fanfare, ni foule pour les applaudir ou leur lancer des fleurs. En fait, personne ne parut même les reconnaître et on ne leur lança que des ordures par la fenêtre d'une maison. En matière de réparations ou de reconstructions, bien peu avait été réalisé depuis l'expulsion des armées de Martel, et les habitants de Chyrellos vivaient parmi les ruines dans un grand dénuement.

Ils pénétrèrent dans la Basilique tout boueux, fatigués par le voyage, et se dirigèrent droit vers les bureaux du premier étage.

– Nous avons des nouvelles pressantes pour l'archiprélat, annonça Vanion à l'ecclésiastique en soutane assis à un bureau ornementé et occupé à déplacer des papiers en prenant l'air important.

– Je crains que ce ne soit absolument hors de question, répondit l'homme en lorgnant d'un œil méprisant les vêtements boueux de Vanion. Sarathi est actuellement en réunion avec une délégation de primats cammoriens. Il s'agit d'une conférence importante qui ne peut être interrompue par une banale estafette militaire. Pourquoi ne reviendriez-vous pas demain ?

Les narines de Vanion blanchirent et il rejeta sa cape en arrière pour dégager le bras qui maniait l'épée. Avant que les événements n'aient mal tourné, Emban apparut dans le couloir.

– Vanion ? s'exclama-t-il. Et *Émouchet* ? Quand êtes-vous rentrés ?

– Nous arrivons à peine, Votre Grâce, répondit Vanion. Il semblerait que nos titres posent problème, pour l'instant.

– Pas en ce qui me concerne. Vous feriez mieux d'entrer.

– Mais, Votre Grâce, protesta l'ecclésiastique, Sarathi est en réunion avec les primats cammoriens et d'autres délégations attendent depuis je ne sais combien de temps...

Il s'interrompit quand Emban se tourna lentement vers lui.

– Qui est cet homme ? sembla demander Emban au plafond. (Puis il fixa son regard sur l'individu derrière le bureau.) Fais tes paquets, lui ordonna-t-il. Tu quitteras Chyrellos à la première heure, demain matin. Emporte bien des vêtements chauds. Le monastère de Husdal se trouve dans le nord de la Thalésie et il y fait très froid, à cette époque de l'année.

Les primats de Cammorie furent renvoyés sans grande formalité et Emban introduisit Émouchet et les autres dans la pièce où attendaient Dolmant et Ortzel.

– Pourquoi ne pas nous avoir avertis ? voulut savoir Dolmant.

– Nous pensions que Wargun s'en chargerait, Sarathi, répondit Vanion.

– Vous auriez confié à Wargun une missive aussi importante ? Très bien, que s'est-il passé ?

Émouchet, avec l'aide occasionnelle de ses amis, raconta le voyage en Zémoch.

– Kurik ? fit Dolmant d'une voix blessée à un moment de l'histoire.

Émouchet hocha la tête.

Dolmant poussa un soupir et pencha le front sous le chagrin.

– J'imagine que l'un de vous a réagi, dit-il d'une voix presque féroce.

– Oui, son fils, répondit Émouchet.

Dolmant connaissait la filiation irrégulière de Talen. Il considéra le gamin avec une certaine surprise.

– Comment es-tu parvenu à tuer un guerrier en armure, Talen?

– Je l'ai poignardé dans le dos, Sarathi, répondit Talen d'une voix sans expression. Juste dans les reins. Mais Émouchet a dû m'aider à enfoncer une épée dans son corps. Je n'arrivais pas à transpercer cette armure tout seul.

– Et que feras-tu dorénavant, mon garçon? s'inquiéta Dolmant.

– Nous allons encore lui accorder quelques années, Sarathi, déclara Vanion. Ensuite, nous l'enrôlerons comme novice dans l'ordre des Pandions... ainsi que les autres fils de Kurik. Émouchet en a fait le serment à Kurik.

– Est-ce qu'on ne se soucie pas de ce que je veux faire ? protesta Talen, outré.

– Non, lui répondit Vanion. Absolument pas.

– Un chevalier? protesta Talen. *Moi ?* Est-ce que vous auriez tous perdu la tête ?

– Ce n'est pas si grave, Talen, fit Bérit avec un large sourire. Une fois qu'on s'y est habitué.

Émouchet continua son récit. Un certain nombre d'événements s'étaient produits en Zémoch qu'Ortzel était théologiquement inapte à accepter. Au fil de l'histoire, ses yeux se voilèrent et il s'assit sous l'effet de l'émotion.

– Voilà donc à peu de chose près ce qui s'est passé, Sarathi, conclut Émouchet. Il va me falloir un certain temps pour trier tout ça dans mon esprit... le restant de mon existence, très probablement... et j'imagine que bien des lacunes subsisteront.

Dolmant se carra songeusement dans son fauteuil.

– J'estime que le Bhelliom... et les bagues... devraient rester sous la garde de l'Église, déclara-t-il.

– Je regrette, Sarathi, mais cela est impossible.

– Qu'as-tu dit ?

– Nous n'avons plus le Bhelliom.

– Qu'en avez-vous fait ?

– Nous l'avons jeté dans la mer, Sarathi, répondit Bévier.

Dolmant le considéra d'un air interdit.

Le patriarche Ortzel se leva avec une expression outragée sur le visage.

– Sans la permission de l'Église ? lança-t-il à pleins poumons. Vous n'avez même pas cherché de jugement divin ?

– Nous agissions sur les instructions d'un autre Dieu, Votre Grâce, lui expliqua Émouchet. Une Déesse, en fait, se reprit-il.

– *Quelle hérésie !* souffla Ortzel.

– Je ne crois pas, Votre Grâce, le contredit Émouchet. C'est Aphraël qui m'a conduit jusqu'au Bhelliom. Elle l'a remonté du fond de la caverne de Ghwerig. Après avoir réalisé ce qu'il fallait grâce à lui, il était équitable que je le lui rende. Mais elle n'en voulut point. Elle m'a demandé de le jeter dans la mer et j'ai obéi. Après tout, nous avons appris à faire preuve de politesse, n'est-ce pas ?

– Cela ne s'applique pas à une telle situation ! s'emporta Ortzel. Le Bhelliom est trop important pour être traité comme un vulgaire colifichet ! Retournez le chercher et remettez-le entre les mains de l'Église !

– Je pense qu'il a raison, Émouchet, opina sévèrement Dolmant. Il va falloir que vous retourniez le chercher.

Émouchet haussa les épaules.

– Comme vous voudrez, Sarathi. Nous partirons dès que vous nous aurez dit dans quel océan.

– Assurément, vous ne...

Dolmant les dévisagea d'un air impuissant.

– Nous n'en avons absolument aucune idée, Sarathi, lui assura Ulath. Aphraël nous a conduits jusqu'à une falaise sur une côte, et nous avons jeté le Bhelliom dans les eaux. Ce pourrait être n'importe quelle côte et n'importe quel océan. Tout cela pourrait aussi se situer totalement hors de notre monde. Y a-t-il des océans sur la lune ? Le Bhelliom a disparu pour de bon, je le crains.

Les ecclésiastiques le fixaient, totalement désemparés.

– Je ne pense pas que le Dieu des Élènes veuille vraiment de ce Bhelliom, Dolmant, dit Séphrénia à l'archiprélat. Je pense que votre Dieu, comme tous les autres, est tout à fait soulagé de savoir qu'il est perdu pour de bon. Je pensc qu'il les effraie tous. Je sais qu'il effrayait Aphraël. (Un silence.) Avez-vous remarqué combien cet hiver est long et sinistre ? demanda-t-elle alors. Et combien votre moral est bas ?

– Cette époque est troublée, Séphrénia, lui rappela Dolmant.

– Je vous l'accorde, mais je n'ai pas remarqué que vous dansiez de joie en apprenant qu'Azash et Otha avaient disparu. Même cela n'a pu vous remonter le moral. Les Styriques croyaient que l'hiver est un état d'esprit des Dieux. Il s'est produit à Zémoch un événement nouveau. Nous avons appris avec certitude que les Dieux peuvent mourir, eux aussi. Je doute fort qu'aucun de nous ne retrouve le printemps de l'âme tant que nos Dieux n'auront réussi à maîtriser ce détail. Désormais, ils sont inattentifs et effrayés, et ils ne s'intéressent plus guère à nous, ni à nos problèmes. Je crains que nous ne soyons livrés à nous-mêmes pour un certain temps. Nous sommes seuls, dorénavant, Dolmant, et il nous faudra subir cet interminable hiver jusqu'au retour des Dieux.

Dolmant se carra de nouveau dans son fauteuil.

– Tu me perturbes, petite mère, dit-il. (Il se passa une main lasse devant les yeux.) Mais je serai honnête avec toi. Je ressens personnellement ce désespoir hivernal depuis un mois et demi. Je me suis réveillé en pleurant au beau milieu d'une nuit. Je ne souris plus depuis cela, et je n'éprouve plus la moindre gaieté de cœur. Je pensais être le seul ainsi affecté. (Un silence.) Ce qui nous ramène à notre devoir en tant que représentants de l'Église. Il faut *absolument* que nous découvrions quelque chose qui détourne l'esprit des fidèles de ce désespoir universel... qui leur donne un but sinon la joie. Que pourrions-nous trouver ?

– La conversion des Zémochs, Sarathi, répondit simplement Bévier. Ils suivent un Dieu malfaisant depuis des millénaires. Ils n'ont plus de Dieu, désormais. Quelle tâche plus noble pour l'Église ?

– Bévier, dit Emban avec une expression douloureuse, est-ce que par hasard tu chercherais à postuler au nombre des saints ? C'est une excellente idée, Sarathi. Cela tiendrait les fidèles occupés, sans aucun doute.

– Vous devriez alors stopper Wargun, Votre Grâce, conseilla Ulath. Il attend à Kadum. Dès que le sol sera suffisamment sec pour supporter un cheval, il marchera sur le Zémoch et massacrera tout ce qui bouge.

– Je m'en charge, promit Emban. Même si je dois me rendre en personne jusqu'à Kadum pour le forcer à obéir.

– Azash est... ou était... un Dieu styrique, déclara Dolmant. Et les prêtres élènes n'ont jamais connu de réussite notable dans leurs efforts pour convertir les Styriques. Séphrénia, pourrais-tu nous aider ? Je trouverais peut-être même un moyen de te conférer une certaine autorité et un statut officiel.

– Non, Dolmant, répondit-elle fermement.

– Pourquoi tout le monde n'arrête-t-il pas de me répondre par la négative, aujourd'hui ? se plaignit-il. Où se situe le problème, petite mère ?

– Je ne vous aiderai jamais à convertir les Styriques à une religion païenne, Dolmant.

– *Païenne ?* s'étouffa Ortzel.

– C'est un terme utilisé pour décrire quelqu'un qui n'appartient pas à la vraie foi, Votre Grâce.

– Mais c'est la foi élène qui est la vraie foi !

– Pas de mon point de vue. Je trouve votre religion répugnante. Elle est cruelle, raide, dépourvue de miséricorde et confortablement contente de soi. Elle manque totalement d'humanité et je la rejette. Je ne participerai pas à votre œcuménisme, Dolmant. Si je vous aidais à convertir les Zémochs, vous passeriez ensuite aux Styriques occidentaux, et c'est *là* que vous et moi devrions nous affronter. (Elle eut alors un sourire doux et surprenant qui brilla dans l'omniprésente pénombre lugubre.) Dès qu'elle se sentira mieux, je pense que j'aurai un entretien avec Aphraël. Il se peut qu'elle s'intéresse aussi à ces Zémochs. (Le sourire qu'elle adressa à Dolmant était presque radieux.) Cela nous mettrait des côtés opposés de la barrière, n'est-ce pas, Sarathi ? Je te souhaite tout ce qui est possible, vieil ami, mais, comme on dit, que le meilleur... ou la meilleure... gagne.

***

Les conditions météorologiques ne s'améliorèrent que légèrement au fur et à mesure qu'ils avançaient vers l'ouest. La pluie avait pratiquement cessé, mais le ciel demeurait nuageux et le vent mauvais portait toujours la marque de l'hiver. Démos était leur destination. Ils ramenaient Kurik chez lui. Émouchet n'était pas particulièrement pressé d'annoncer à Aslade qu'il était enfin arrivé à faire tuer son mari. La nature funèbre de leur voyage accentuait la morosité qui s'était abattue sur la terre à la suite de la mort d'Azash. Les armuriers du chapitoire pandion de Chyrellos avaient réparé les bosses dont souffraient les cuirasses d'Émouchet et de ses amis ; ils avaient même fait disparaître une partie de la rouille. A présent, ils traînaient un chariot noir maigrement ornementé qui portait le corps de Kurik.

Ils campèrent dans un bosquet non loin de la route, à environ cinq lieues de Démos. Par accord tacite, ils avaient décidé de mettre leur costume officiel, le lendemain. Une fois assuré que son équipement était prêt, Émouchet alla rejoindre le chariot noir à quelque distance du feu. Talen se leva pour l'accompagner.

– Émouchet, dit-il tout en marchant.

– Oui ?

– Elle n'est pas vraiment sérieuse, ton idée, n'est-ce pas ?

– Quelle idée ?

– Me donner une formation de pandion.

– Mais si, absolument. J'avais fait certaines promesses à ton père.

– Je m'enfuirai.

– Alors, je te rattraperai... ou j'enverrai Bérit à ta poursuite.

– C'est injuste.

– Tu ne t'attendais quand même pas que la vie utilise des dés non pipés, non ?

– Émouchet, je ne veux pas aller à l'école des chevaliers.

– On n'a pas toujours ce qu'on souhaite, Talen. C'est là ce que souhaitait ton père et je ne veux pas le décevoir.

– Et moi ? Où est mon avis, dans tout ça ?

– Tu es jeune. Tu t'y feras. Au bout d'un moment, tu te rendras même compte que ça te plaît.

– Où allons-nous, pour l'instant ? demanda Talen d'une voix boudeuse.

– Je vais rendre visite à ton père.

– Oh. Je retourne alors auprès du feu. Je préfère me souvenir de lui tel qu'il était.

Le chariot grinça quand Émouchet grimpa dessus et s'assit à côté du corps inerte de son écuyer. Il resta longuement silencieux. Son chagrin s'était désormais tari et il ne lui restait plus qu'un immense regret.

– Nous avons parcouru un long chemin ensemble, hein, mon vieil ami ? dit-il enfin. Maintenant, tu rentres te reposer et je devrai continuer tout seul. (Il eut un léger sourire dans les ténèbres.) Tu as manqué totalement de considération, Kurik. Je pensais vieillir avec toi... beaucoup plus que ça, en fait.

Il resta un moment silencieux.

– Je me suis occupé de tes fils, ajouta-t-il. Tu en seras très fier... Talen compris, même s'il lui faut un bout de temps pour se faire à l'idée de la respectabilité.

Il marqua un nouveau temps d'arrêt.

– Je l'apprendrai à Aslade le plus délicatement possible, promit-il. (Puis il posa la main sur celle de Kurik.) Adieu, mon ami.

Ce qu'il avait le plus redouté, informer Aslade de la mauvaise nouvelle, s'avéra inutile, car elle était déjà au courant. Elle portait une robe paysanne noire quand elle les accueillit au portail de la ferme où elle travaillait depuis tant d'années avec son époux. Ses quatre fils, aussi grands que de jeunes arbres, étaient à ses côtés, également sur leur trente et un. L'expression peinte sur leur visage apprit à Émouchet que son discours soigneusement préparé n'était pas nécessaire.

– Occupez-vous de votre père, dit Aslade à ses fils.

Ils hochèrent la tête et s'approchèrent du chariot noir.

– Comment l'as-tu découvert ? lui demanda Émouchet après qu'elle l'eut embrassé.

– C'est la petite fille qui nous l'a dit. Celle que vous aviez amenée avec vous en allant à Chyrellos, l'autre fois. Elle est simplement apparue à la porte un beau soir et elle nous l'a appris. Ensuite, elle est partie.

– Et tu l'as crue ?

Aslade hocha la tête.

– Je savais qu'il le fallait. Elle est bien différente des autres enfants.

– Oui. Je suis vraiment désolé, Aslade. Quand Kurik a commencé à vieillir, j'aurais dû le forcer à rester auprès de vous.

– Non, Émouchet. Cela lui aurait brisé le cœur. Mais il va falloir que vous m'aidiez pour autre chose, Émouchet.

– Tout ce que tu voudras, Aslade.

– Il faut que je parle à Talen.

Émouchet ne savait pas trop où cela allait mener. Il fit signe au jeune voleur qui les rejoignit aussitôt.

– Talen, lui dit Aslade.

– Oui ?

– Nous sommes très fiers de toi, tu sais.

– De moi ?

– Tu as vengé la mort de ton père. Tes frères et moi partageons cela avec toi.

Il la regarda fixement.

– Est-ce que tu essaies de dire que tu étais au courant ? Au sujet de Kurik et de moi, je veux dire.

– Bien entendu, et depuis longtemps. Voilà ce que nous allons faire... et si tu refuses, notre ami Émouchet t'infligera une solide correction. Tu iras à Cimmura et tu ramèneras ta mère ici.

– *Quoi ?*

– Tu m'as bien entendue. J'ai rencontré ta mère à plusieurs reprises. Je suis allée à Cimmura pour lui jeter un coup d'œil avant ta naissance. Je voulais lui parler pour que nous décidions laquelle de nous deux valait le mieux pour ton père. C'est une gentille fille... un peu maigrichonne, peut-être, mais je pourrai l'engraisser une fois qu'elle sera chez nous. Elle et moi nous entendons très bien et nous vivrons tous ici en attendant que tu entres en noviciat avec tes frères. Après cela, nous nous tiendrons mutuellement compagnie.

– Tu veux que *moi,* je vive à la ferme ? demanda-t-il, incrédule.

– C'est ce que voulait ton père, et je suis sûr que ta mère le souhaite également, ainsi que moi, lui dit Émouchet. Tu es un trop gentil garçon pour nous décevoir tous les trois.

– Mais...

– Je t'en prie, ne discute pas, Talen. Tout est réglé. A présent, entrons. Je nous ai préparé un bon repas et je ne veux pas qu'il refroidisse.

Ils enterrèrent Kurik sous un grand orme sur une colline qui dominait sa ferme, le lendemain à midi. Le ciel était menaçant depuis le matin, mais le soleil perça les nuages quand les fils de Kurik montèrent le corps de leur père sur la colline. Émouchet ne valait pas son écuyer pour juger le temps, mais l'apparition soudaine d'une parcelle de ciel bleu et de soleil éclatant exclusivement au-dessus de la ferme lui donna certains soupçons.

Les funérailles furent très simples et très émouvantes. Le prêtre du village, un vieillard presque cacochyme qui connaissait Kurik depuis l'enfance, parla plus d'amour que de chagrin. Quand tout fut terminé, l'aîné de Kurik, Khalad, rejoignit Émouchet tandis qu'ils redescendaient de la colline.

– Je suis honoré que vous ayez pensé que je puisse être digne de devenir pandion, sire Émouchet, dit-il. Mais je dois malheureusement décliner votre offre.

Émouchet considéra sévèrement le jeune gaillard trapu dont la barbe noire commençait à peine à pousser.

– N'y voyez rien de personnel, sire Émouchet, lui assura Khalad. C'est simplement que mon père avait prévu autre chose pour moi. Dans quelques semaines... quand vous vous serez installé... je vous rejoindrai à Cimmura.

– Vraiment ?

Émouchet était légèrement interloqué par les manières brusques du jeune homme.

– Bien entendu, sire Émouchet. Je reprendrai le poste de mon père. C'est une tradition familiale. Mon grand-père servait le vôtre... et votre père, et mon père a servi votre père et vous. Je reprends le flambeau, c'est tout.

– Ce n'est pas nécessaire, Khalad. Tu ne veux donc pas devenir chevalier pandion ?

– Ce que je veux est hors de propos, sire Émouchet. Mon devoir est primordial.

Ils quittèrent la propriété le lendemain matin et Kalten poussa son cheval jusqu'au niveau de celui d'Émouchet.

– Un bel enterrement, fit-il remarquer. Si on aime les enterrements. Personnellement, je préfère garder mes amis auprès de moi.

– Tu veux bien m'aider à résoudre un problème ? lui demanda Émouchet.

– Je pensais qu'on avait tué tous ceux qu'il fallait.

– Tu n'es donc jamais sérieux ?

– C'est beaucoup exiger, Émouchet, mais j'essaierai. Quel est ce problème ?

– Khalad tient absolument à devenir mon écuyer.

– Et alors ? C'est le genre de chose que font les garçons de la campagne : ils reprennent le métier de leur père.

– Je veux qu'il devienne chevalier.

– Je ne vois pas le moindre problème. Accepte et fais-le adouber.

– Il ne peut pas être à la fois écuyer et chevalier, Kalten.

– Et pourquoi pas ? Prends ton exemple. Tu es chevalier pandion, membre du conseil royal, champion de la reine *et* prince consort. Khalad a les épaules larges. Il est capable d'assumer les deux charges.

Plus il y réfléchissait, plus Émouchet aimait ce plan.

– Kalten... (Il éclata de rire.)... que ferais-je donc sans toi ?

– Tu patouillerais, sans doute. Tu compliques tout, Émouchet. Il faut que tu apprennes à chercher la simplicité.

– Merci.

– Le service est gratuit.

Il pleuvait. Une bruine légère et argentée suintait du ciel en cette fin d'après-midi, enveloppant les épaisses tours de guet de la ville de Cimmura. Un cavalier solitaire s'approchait de la ville. Emmitouflé dans une lourde cape foncée de voyage, il était juché sur un grand cheval rouan hirsute doté d'un nez allongé et d'yeux plats vicieux.

– On revient toujours à Cimmura sous la pluie, hein, Faran, dit le cavalier au cheval.

Faran agita les oreilles.

Émouchet avait quitté ses amis au matin pour partir en avant. Ils savaient tous pour quelle raison et ils n'avaient pas discuté.

– Nous pouvons envoyer un messager au palais, si vous le désirez, prince Émouchet, proposa l'un des gardes.

Il semblait qu'Ehlana avait nettement indiqué son nouveau titre. Émouchet le regretta. Il lui faudrait du temps pour s'y habituer.

– Merci beaucoup, voisin, mais j'ai envie de prendre mon épouse par surprise. Elle est encore suffisamment jeune pour apprécier les surprises.

Le garde lui adressa un large sourire.

– Rentre dans ta guérite, voisin, lui conseilla Émouchet. Tu risques d'attraper mal, avec ce temps.

Il pénétra dans Cimmura. La pluie retenait presque tout le monde à l'intérieur et les sabots ferrés de Faran lançaient leurs échos dans le désert des rues pavées. Émouchet descendit de selle dans la cour du palais et tendit les rênes de Faran au palefrenier.

– Fais attention à ce cheval, lui conseilla-t-il. Il a mauvais caractère. Donne-lui du foin et de l'avoine et étrille-le bien, s'il te plaît. La route a été pénible.

– J'y veillerai, prince Émouchet.

Encore... Émouchet décida qu'il fallait qu'il en parle à sa femme.

– Faran, dit-il à son cheval. Sois sage.

Le grand rouan lui adressa son habituel regard inamical.

– Ce fut un beau voyage, lui dit Émouchet en posant la main sur sa puissante encolure. Repose-toi bien.

Il se retourna et monta l'escalier du palais.

– Où est la reine ? demanda-t-il à l'un des soldats à la porte.

– Dans la salle du conseil, je crois, monseigneur.

– Merci.

Émouchet s'engagea dans un long couloir éclairé par des chandelles qui menait à la salle du conseil.

La géante tamouli, Mirtaï, émergeait de la salle quand il y parvint.

– Qu'est-ce qui vous a retenu ? demanda-t-elle sans manifester de surprise particulière.

– Quelques événements mineurs. (Il haussa les épaules.) Est-elle là ?

Mirtaï hocha la tête.

– En compagnie de Lenda et des voleurs. Ils parlent de l'entretien des rues. (Un silence.) Ne la saluez pas avec *trop* d'enthousiasme, Émouchet, le mit-elle en garde. Elle attend un enfant.

Émouchet la regarda avec une expression hébétée.

– Ce n'est pas à ça que vous pensiez tous deux, pendant votre nuit de noces ? (Un nouveau silence.) Qu'est-il arrivé au petit bonhomme aux jambes torses et à la tête rasée ?

– Kring ? Le domi ?

– Que signifie « domi » ?

– Chef... plus ou moins. Il est toujours en parfaite santé, à ma connaissance. La dernière fois que je l'ai vu, il élaborait un plan pour attirer les Zémochs dans un piège pour pouvoir les massacrer.

Elle eut soudain un regard chaleureux.

– Pourquoi cette question ? voulut-il savoir.

– Oh, comme ça. Simple curiosité.

– Ah, je vois.

Ils entrèrent dans la salle du conseil et Émouchet défit le col de sa cape détrempée. Le hasard voulut que la reine d'Élénie eût le dos tourné à la porte. En compagnie du comte de Lenda, de Platime et de Stragen, elle était penchée sur une grande carte étalée sur toute la table du conseil.

– J'ai parcouru ce quartier, disait-elle avec insistance. Et je crois qu'on ne peut rien faire d'autre. Les rues sont dans un tel état qu'il va falloir les repaver entièrement.

Sa voix chaude et vibrante toucha le cœur d'Émouchet, bien qu'elle fût en train de discuter de questions bien terre à terre. Il sourit et posa sa cape humide sur les accoudoirs d'un fauteuil près de la porte.

– Bien entendu, nous ne pourrons pas commencer avant le printemps, Votre Majesté, lui signala Lenda. Même alors, nous manquerons terriblement d'ouvriers tant que l'armée ne sera pas revenue de Lamorkand et...

Le vieillard s'interrompit en fixant Émouchet avec stupéfaction.

Le prince consort porta l'index à ses lèvres en s'approchant de la table pour se joindre à eux.

– Je suis au regret de devoir contredire Votre Majesté, dit-il sur un ton clinique. Mais je pense que vous devriez prendre en considération l'état des grand-routes plutôt que celui des rues de Cimmura. Les rues défoncées gênent les citadins, mais si les fermiers ne peuvent pas apporter leurs produits aux marchés, c'est bien plus qu'une simple gêne.

– Je le sais fort bien, Émouchet, répondit-elle en continuant de regarder le plan de la ville. Mais... (Elle leva son jeune visage immaculé, ses yeux gris écarquillés.) Émouchet ?

Sa voix n'était plus qu'un chuchotement.

– Je pense réellement que Votre Majesté devrait se concentrer sur les routes, continua-t-il avec sérieux. Celle qui conduit à Démos est vraiment dans un état...

Il n'alla pas plus loin sur ce sujet.

– Tout doux, lui rappela Mirtaï quand Ehlana se rua dans ses bras. Rappelez-vous ce que je vous ai dit dehors.

– Quand es-tu revenu ? voulut savoir Ehlana.

– A l'instant. Les autres sont encore loin. J'ai pris de l'avance... pour un certain nombre de raisons.

Elle sourit et l'embrassa encore.

– Eh bien, messieurs, dit Lenda à Platime et Stragen. Je pense que nous devrons continuer plus tard cette discussion. (Il sourit.) J'ai la nette impression que nous ne parviendrons pas à retenir toute l'attention de Sa Majesté, ce soir.

– Est-ce que ça va vous faire beaucoup de peine ? demanda Ehlana avec sa voix de petite fille.

– Bien sûr que non, petite sœur, gronda Platime. (Il sourit à Émouchet.) Je suis heureux de te revoir, mon ami. Peut-être pourras-tu suffisamment détourner l'attention d'Ehlana pour qu'elle évite de fourrer son nez dans les détails de certains chantiers publics où j'ai quelques intérêts.

– Nous avons gagné, je parie, dit Stragen.

– En quelque sorte, répondit Émouchet en se rappelant Kurik. Du moins Otha et Azash ne nous ennuieront-ils plus jamais.

– C'est le plus important, dit le voleur blond. Tu pourras nous donner tous les détails par la suite. (Il contempla le visage radieux d'Ehlana.) Beaucoup plus tard, j'imagine, ajouta-t-il.

– Stragen, dit fermement Ehlana.

– Oui, Votre Majesté ?

– Dehors.

Elle désigna la porte d'un index impérieux.

– Oui, m'dame.

Émouchet et son épouse se rendirent aussitôt dans les appartements royaux, accompagnés uniquement par Mirtaï. Émouchet ignorait jusqu'à quel point la géante tamouli avait l'intention de les suivre. Il ne souhaitait pas l'offenser, mais...

Mirtaï fit preuve d'une grande efficacité. Elle donna un certain nombre d'ordres brefs aux servantes attachées à la reine... à propos d'un bain chaud, d'un souper, de l'intimité, et le reste, puis, quand tout l'appartement fut à sa convenance, elle s'approcha de la porte et tira une grosse clé de sous son baudrier.

– Sera-ce tout ce soir, Ehlana ? demanda-t-elle.

– Oui, Mirtaï, et merci beaucoup.

Mirtaï haussa les épaules.

– Je ne fais que mon travail. N'oubliez pas ce que je vous ai dit, Émouchet. (Elle tapa fermement sur la porte avec la clé.) Je vous laisserai sortir au matin, dit-elle.

Puis elle quitta les lieux et referma la porte derrière elle. La clé produisit un bruit métallique dans la serrure.

– Quel tyran ! (Ehlana eut un petit rire d'impuissance.) Elle m'ignore totalement, quand je lui donne un ordre.

– Elle ne te veut que du bien, mon amour. (Émouchet sourit.) Grâce à elle, tu gardes les pieds sur terre.

– Va prendre ton bain, Émouchet, ordonna Ehlana. Tu sens la rouille. Tu pourras tout me raconter. Oh, au fait, si tu veux bien me rendre ma bague ?

Il tendit les mains.

– Laquelle est-ce ? Je suis totalement incapable de les différencier.

– Mais c'est celle-ci, voyons.

Elle montra la main gauche.

– Comment le sais-tu ? demanda-t-il en ôtant la bague et en la glissant sur son doigt.

– Tout le monde le voit, Émouchet.

– Si tu le dis, fit-il en haussant les épaules.

Émouchet n'était pas du tout habitué à prendre son bain en présence de jeunes personnes, mais Ehlana ne semblait pas vouloir le quitter des yeux. Il commença donc son récit dans le bain et le continua durant le repas.

Ehlana ne put comprendre certains détails, elle se méprit pour d'autres, mais elle accepta la majeure partie de ce qui s'était passé. Elle pleura quand il lui annonça la mort de Kurik et son expression se fit féroce quand il décrivit le destin d'Annias, de sa tante et de son cousin. Il adoucit certains événements et passa sur d'autres. A plusieurs reprises, il usa avec bonheur de la remarque évasive : « Il aurait fallu être là. » Il veilla à éviter de parler de la déprime quasi universelle qui s'était abattue sur le monde depuis la destruction d'Azash. Le sujet ne semblait pas mériter d'être abordé devant une jeune femme dans les premiers mois de sa grossesse.

Plus tard, tandis qu'ils étaient allongés ensemble dans les ténèbres chaudes et amicales, Ehlana lui raconta ce qui s'était passé à l'ouest durant son absence.

Peut-être du fait qu'ils étaient dans un lit, où se produit généralement ce genre de choses, ils en vinrent à parler des rêves.

– C'était vraiment étrange, Émouchet, dit Ehlana en se pelotonnant contre lui. Tout le ciel était couvert d'un arc-en-ciel et nous nous trouvions sur une île, l'endroit le plus merveilleux que j'aie jamais vu. Il y avait des arbres... très anciens... et une sorte de temple en marbre avec de gracieuses colonnes blanches. Je t'attendais, toi et tes amis. Quand vous êtes arrivés, chacun de vous était conduit par un bel animal blanc. Séphrénia était avec moi et elle avait l'air très jeune, presque une fillette, et il y avait aussi une enfant qui jouait d'une flûte de berger et qui dansait. On aurait dit une petite impératrice et tout le monde obéissait à ses ordres. (Elle gloussa.) Elle t'a même traité de vieil ours grincheux. Ensuite, elle s'est mise à parler du Bhelliom. Tout cela était très profond et je n'ai pas compris grand-chose.

Aucun d'entre eux n'avait tout compris, se rappela Émouchet, et ce rêve avait été diffusé bien plus largement qu'il ne l'avait imaginé. Mais pourquoi Aphraël avait-elle touché Ehlana ?

– Voilà donc la fin de ce rêve, continua-t-elle. Et tu connais parfaitement le suivant.

– Ah oui ?

– Tu viens de me le raconter. Jusqu'au moindre détail. J'ai rêvé tout ce qui s'est passé au temple d'Azash à Zémoch. Mon sang se glaçait au fur et à mesure que tu me le décrivais.

– A ta place, je ne m'en ferais pas trop, lui dit-il en s'efforçant de garder un ton tranquille. Nous sommes très proches, tu sais, et il n'y a rien de si étrange que tu aies pu lire mes pensées.

– Est-ce que tu es sérieux ?

– Bien entendu. Cela se produit tout le temps. Pose la question à n'importe quelle femme mariée et elle te dira qu'elle sait toujours ce que son mari a en tête.

– Ah bon, peut-être, fit-elle d'un ton dubitatif. (Elle se serra encore contre lui.) Tu n'es pas très attentif envers moi, mon amour, l'accusa-t-elle. Est-ce que c'est parce que je deviens grosse et laide ?

– Bien sûr que non. Tu es dans une « situation intéressante », comme on dit. Mirtaï n'a pas cessé de me mettre en garde. Elle m'arrachera le foie si elle s'imagine que je t'ai fait du mal.

– Mirtaï n'est pas ici, Émouchet.

– Mais c'est la seule à posséder la clé de cette porte.

– Oh, non, Émouchet, le contredit sa reine d'un air content de soi en passant la main sous l'oreiller. La porte se verrouille des deux côtés et elle ne s'ouvre pas si elle n'a pas été ouverte des deux.

Elle lui tendit une grosse clé.

– Très coopérative, cette porte. (Il sourit.) Et si j'allais dans l'autre pièce pour la verrouiller aussi ?

– Ne perds pas ton chemin en revenant dans le lit. Mirtaï t'a dit de faire preuve de prudence, alors tu vas devoir t'entraîner un certain temps.

Plus tard, bien plus tard en fait, Émouchet se glissa hors du lit et s'approcha de la fenêtre pour contempler la nuit balayée par la pluie.

Tout était fini. Il ne se réveillerait plus jamais avant le soleil pour guetter la femme voilée de Djiroch qui se rendait au puits dans la lumière gris acier de l'aube naissante, et il ne parcourrait plus de routes étrangères dans des pays lointains, la rose saphir nichée contre son cœur. Il était enfin de retour, certes plus âgé, plus triste, et ayant perdu bon nombre de ses certitudes. On l'appelait Anakha, l'homme qui crée sa propre destinée, et il décida fermement que toute sa destinée résidait désormais dans cette ville sans beauté, auprès de la magnifique jeune femme pâle qui reposait à quelques pas.

Il éprouvait un grand bonheur d'avoir réglé tout cela une bonne fois pour toutes, et c'est avec le sentiment du devoir accompli qu'il se retourna vers le lit et son épouse.

ÉPILOGUE

Le printemps se fit prier, cette année-là, et des gelées tardives dépouillèrent soudain tous les arbres fruitiers de leurs fleurs, réduisant à zéro toute chance de récolte. L'été fut humide et nuageux et la moisson médiocre.

Les armées d'Éosie occidentale revinrent de Lamorkand pour se plonger dans la culture ingrate de champs opiniâtres où seuls les chardons poussaient en abondance. La guerre civile éclata en Lamorkand, mais cela n'avait rien d'inhabituel ; des serfs se révoltèrent en Pélosie et le nombre de mendiants aux portes des églises et des cités de l'ouest augmenta dramatiquement.

Séphrénia apprit avec stupéfaction la grossesse d'Ehlana et cette stupéfaction la rendit susceptible, voire acerbe. En temps voulu, Ehlana donna le jour à son premier enfant, une fille qu'ils nommèrent Danaé. Séphrénia examina le bébé sous toutes les coutures et Émouchet eut l'impression que son mentor était presque blessé que la princesse fût totalement normale et dans une bonne santé écœurante.

Mirtaï modifia calmement l'emploi du temps d'Ehlana pour ajouter l'allaitement aux autres charges royales. On pourra noter au passage que toutes les autres dames de compagnie de la reine vouaient à Mirtaï une haine jalouse, bien que la géante n'eût jamais attaqué physiquement ni verbalement aucune d'entre elles.

L'Église perdit rapidement de vue son grandiose dessein pour l'orient et préféra se tourner vers le sud pour profiter de l'opportunité qui s'y présentait. L'enrôlement par Martel des éshandistes les plus fervents et leur défaite à Chyrellos avaient décimé les rangs de cette secte, préparant le Rendor à une réintégration dans l'assemblée des fidèles. Si Dolmant avait envoyé ses prêtres en Rendor dans un esprit d'amour et de réconciliation, cet état d'esprit ne dura que tant que le dôme de la Basilique resta en vue. Les missions en Rendor prirent un tour punitif et vengeur ; les Rendors réagirent de façon prévisible. Après le meurtre des missionnaires les plus virulents, des détachements de plus en plus importants de chevaliers de l'Église furent envoyés dans le royaume du sud pour protéger l'inopportun clergé et ses rares paroissiens. Les sentiments éshandistes refirent surface et l'on parla à nouveau de caches d'armes dans le désert.

L'homme civilisé croit que ses cités constituent le couronnement de sa culture et il semble incapable d'appréhender le fait que les fondations de tout royaume se situent dans les terres sur lesquelles il existe. Quand faiblit l'agriculture d'un pays, son économie commence à s'écrouler et les gouvernements en quête de revenus se rabattent inévitablement sur les formes d'imposition les plus régressives, ajoutant de nouveaux fardeaux à une paysannerie déjà malade. Émouchet et le comte de Lenda avaient des discussions de plus en plus âpres sur ce sujet et il arrivait fréquemment qu'ils cessent totalement de se parler.

La santé du seigneur Vanion se détériorait régulièrement au cours des mois. Séphrénia soignait de son mieux ses nombreuses infirmités, mais, quelques mois après la naissance de la princesse Danaé, par un orageux matin d'automne, tous deux demeurèrent introuvables et, quand un Styrique en robe blanche apparut à la maison mère des pandions à Démos en annonçant qu'il reprenait les fonctions de Séphrénia, les plus graves soupçons d'Émouchet se confirmèrent. Il eut beau arguer d'engagements intérieurs, il fut forcé d'endosser la charge de son ami en tant que précepteur par intérim, désignation que Dolmant souhaitait confirmer définitivement, malgré la vigoureuse résistance d'Émouchet.

Ulath, Tynian et Bévier passaient de temps en temps au palais, et ce qu'ils racontaient des événements dans leurs pays n'était pas plus réjouissant que les nouvelles qu'Émouchet recevait des régions les plus reculées d'Élénie. Platime indiqua que ses informateurs les plus éloignés parlaient de quasi-famines, d'épidémies et d'agitations d'envergure pratiquement universelle.

– Les temps sont durs, Émouchet, dit le gros voleur avec un haussement d'épaules philosophe. Quoi qu'on fasse pour les repousser, ils finissent toujours par se manifester un jour ou l'autre.

Émouchet engagea les quatre fils aînés de Kurik en tant que novices dans l'ordre des Pandions, sans tenir compte des protestations de Khalad. Comme Talen était un peu jeune pour une formation militaire, il reçut ordre de servir comme page au palais, où Émouchet pouvait le surveiller. Stragen, toujours aussi imprévisible, venait souvent à Cimmura. Mirtaï gardait Ehlana, la harcelait quand cela s'avérait nécessaire, et repoussait en riant les propositions de mariage à répétition formulées par Kring, qui semblait trouver toutes sortes d'excuses pour traverser le continent, de la Pélosie orientale jusqu'à Cimmura.

Les années s'écoulaient péniblement et les événements ne s'amélioraient pas. Une première année de précipitations excessives fut suivie de trois années de sécheresse. La nourriture était toujours rationnée et les gouvernements d'Éosie manquaient de ressources. Le beau visage pâle d'Ehlana devenait soucieux, bien qu'Émouchet fît tout son possible pour transférer sur ses propres épaules la majeure partie de ses charges.

Ce fut par un après-midi clair et glacial de la fin de l'hiver qu'un incident d'une importance majeure frappa le prince consort. Il avait passé la matinée à discuter vivement d'un nouvel impôt avec le comte de Lenda, et ce dernier s'était montré acerbe et même injurieux, accusant Émouchet de démanteler systématiquement l'administration dans son excessive préoccupation envers le bien-être d'une paysannerie paresseuse. Émouchet avait fini par l'emporter, mais il n'en tirait aucun plaisir particulier, car chaque victoire creusait davantage le fossé entre lui et son vieil ami.

Il était assis près de la cheminée dans les appartements royaux, plongé dans une sorte de mécontentement boudeur, surveillant à moitié les activités de sa fille de quatre ans, la princesse Danaé. Sa femme, accompagnée de Mirtaï et de Talen, était partie pour quelque course en ville, aussi Émouchet et la minuscule princesse étaient-ils seuls.

Danaé était une enfant sérieuse, l'expression grave, dotée de longs cheveux noirs, de grands yeux aussi sombres que la nuit et d'une bouche qui ressemblait à un bouton de rose. Malgré son attitude sérieuse, elle était affectueuse, couvrant fréquemment ses parents de baisers spontanés. Pour l'instant, elle se tenait près du feu et se livrait à d'importantes occupations avec sa balle.

C'est cette cheminée qui devait changer à tout jamais la vie d'Émouchet. Danaé fit une légère erreur de calcul et sa balle roula droit dans l'âtre. Sans réfléchir, elle s'approcha rapidement de la cheminée et, avant que son père ait pu l'arrêter ou lancer un cri, elle tendit la main dans les flammes et récupéra son jouet. Émouchet se leva d'un bond en hurlant et se précipita vers elle. Il la prit entre les bras et examina sa main.

– Qu'est-ce qu'il y a, Père ? lui demanda-t-elle très calmement.

La princesse Danaé était une enfant précoce. Elle avait commencé à parler très tôt et elle possédait le langage d'une adulte.

– Ta main ! Tu t'es brûlée ! Tu sais bien qu'il ne faut pas mettre la main dans le feu !

– Je ne me suis pas brûlée, protesta-t-elle en levant la main et en remuant les doigts. Tu vois bien ?

– Ne te rapproche plus jamais du feu, ordonna-t-il.

– Oui, Père.

Elle se tortilla pour qu'il la repose à terre, puis elle

traversa la pièce et se remit à jouer avec sa balle dans le coin le plus éloigné.

Troublé, Émouchet retourna à son fauteuil. On peut effectivement plonger la main dans le feu et la retirer si vite qu'il n'y ait brûlure. Mais il n'avait pas eu l'impression que Danaé avait agi très rapidement. Émouchet examina l'enfant plus attentivement. Depuis plusieurs mois, il était très occupé et il se contentait de constater sa présence plutôt que de la regarder. Danaé était à un âge où certains changements ont lieu brusquement, et ceux-ci s'étaient apparemment produits sous son regard inattentif. Soudain, son sang se glaça dans ses veines. Pour la première fois, incrédule, il se rendait compte d'un détail :

Lui et sa femme étaient élènes.

Leur fille n'était pas élène.

Il considéra longuement sa fille styrique, puis il tomba sur l'unique explication possible.

– *Aphraël ?* fit-il d'une voix hébétée.

Danaé ne ressemblait à Flûte que de loin, mais il ne voyait pas d'autre explication.

– Oui, Émouchet ? dit-elle d'une voix où ne perçait nulle surprise.

– Qu'as-tu fait à ma fille ? s'écria-t-il en se levant à demi.

– Ne dis pas d'absurdités, Émouchet, répondit-elle très calmement. Je *suis* ta fille.

– C'est impossible. Comment... ?

– Tu le sais, Père. Tu étais là quand je suis née. Est-ce que tu m'as prise pour une espèce de métamorphe ? Un coucou installé dans votre nid pour supplanter votre poussin ? C'est une ridicule superstition élène, tu sais. Nous ne faisons jamais ça.

Il commençait à reprendre le contrôle de ses émotions.

– As-tu l'intention de m'expliquer ceci ? demanda-t-il sur un ton aussi calme que possible. Ou bien suis-je censé jouer aux devinettes ?

– Sois gentil, Père. Tu voulais des enfants, n'est-ce pas ?

– Eh bien...

– Et Mère est reine. Elle doit donner le jour à un successeur, n'est-ce pas ?

– Bien entendu, mais...

– Elle n'aurait pas pu, tu sais.

– *Quoi ?*

– Le poison que lui avait donné Annias l'a rendue stérile. Tu ne peux pas savoir quelles difficultés j'ai rencontrées pour surmonter ça. Pourquoi penses-tu que Séphrénia ait été aussi bouleversée en découvrant que Mère était enceinte ? Elle connaissait les effets du poison, bien entendu, et elle m'en voulait beaucoup de m'en être mêlée... surtout parce que Mère est élène, je suppose. Séphrénia est parfois d'une étroitesse d'esprit ! Oh, assieds-toi, Émouchet. Tu as l'air stupide, tout plié en deux comme ça. Soit tu t'assieds, soit tu restes debout. Décide-toi.

Abasourdi, Émouchet s'affala dans son fauteuil.

– Mais *pourquoi* ? voulut-il savoir.

– Parce que je vous aime tous les deux. Elle était destinée à demeurer sans enfant et j'ai dû changer un peu sa destinée.

– Ainsi que la mienne ?

– Comment aurais-je pu le faire ? Tu es Anakha, tu te rappelles ? Tu nous as toujours posé un problème. Nombreux étaient ceux qui pensaient que nous ne devrions même pas te laisser naître. Des siècles durant j'ai dû discuter pour les persuader que nous avions en fait besoin de toi. (Elle s'examina.) Je vais devoir probablement grandir. J'étais styrique, avant, et les Styriques acceptent sans peine ce genre de chose. Vous autres Élènes, vous vous excitez facilement, et les gens risquent de bavarder si je reste enfant pendant plusieurs siècles. Je vais sans doute devoir suivre l'évolution habituelle, cette fois-ci.

– *Cette fois-ci ?*

– Bien entendu. Je suis née des douzaines de fois. (Elle roula de grands yeux.) Cela m'aide à rester jeune. (Son petit visage redevint sérieux.) Ce qui s'est produit dans le temple d'Azash était terrible, Père, et j'ai dû aller me cacher un certain temps. Les entrailles de Mère étaient l'endroit idéal pour se cacher. J'y étais parfaitement en sécurité.

– Tu savais donc ce qui allait se passer à Zémoch ! l'accusa-t-il.

– Je savais que *quelque chose* allait se produire, aussi avais-je pris en compte toutes les possibilités. (Elle pinça songeusement sa petite bouche rose.) Cela peut être intéressant, dit-elle. Je n'ai jamais été une femme adulte, auparavant... et encore moins une reine. Je regrette que ma sœur ne soit pas là. J'aimerais en discuter avec elle.

– Ta sœur ?

– Séphrénia, répondit-elle d'un air presque absent. C'était la fille aînée de mes derniers parents. C'est très chouette d'avoir une sœur aînée, tu sais. Elle est toujours tellement sage et elle me pardonne toujours mes bêtises.

Mille détails d'un puzzle prirent soudain leur place dans l'esprit d'Émouchet, des détails qui étaient restés jusqu'alors inexpliqués.

– Quel âge a Séphrénia ? demanda-t-il.

Elle poussa un soupir.

– Tu sais bien que je ne répondrai pas à cette question, Émouchet. En outre, je ne le sais pas précisément. Les années n'ont pas pour nous la même importance que pour vous. En gros, Séphrénia a plusieurs centaines d'années, voire un millier... si cela possède une quelconque signification.

– Où se trouve-t-elle actuellement ?

– Elle est partie avec Vanion. Tu savais ce qu'ils éprouvaient l'un envers l'autre, n'est-ce pas ?

– Oui.

– Stupéfiant. Tu sais donc utiliser tes yeux, finalement.

– Et que font-ils ?

– Ils s'occupent de mes affaires. J'ai trop à faire et il faut bien que quelqu'un fasse tourner la boutique. Séphrénia est capable de répondre aux prières aussi bien que moi, et puis je n'ai pas tellement d'adorateurs.

– Es-tu obligée de donner à tout ça un côté aussi banal ? se plaignit-il.

– Mais c'est banal, Père. C'est votre Dieu élène qui se prend trop au sérieux. Jamais je ne L'ai vu rire. Mes adorateurs sont beaucoup plus raisonnables. Ils m'aiment, alors ils se montrent tolérants devant mes erreurs. (Elle éclata soudain de rire, lui monta sur les genoux et l'embrassa.) Tu es le meilleur père que j'aie jamais eu, Émouchet. J'arrive à parler de ça sans que tes yeux sortent de leurs orbites. (Elle posa la tête contre sa poitrine.) Qu'est-ce qui s'est passé, au fait, Père ? Je sais que tout ne va pas très bien, mais Mirtaï n'arrête pas de me faire faire la sieste quand des gens viennent te parler, alors il me manque plein de détails.

– Le monde passe un mauvais moment, Aphraël, dit-il d'une voix grave. Le temps est néfaste, la famine et les épidémies règnent. Rien ne semble plus marcher comme il faut. Si j'étais un tant soit peu superstitieux, je dirais que le monde entier traverse une période de malchance.

– C'est la faute de ma famille, Émouchet, admit-elle. Nous nous sommes apitoyés sur nous-mêmes après ce qui est arrivé à Azash, et nous ne nous sommes plus occupés de rien. Finalement, il est peut-être temps que nous grandissions *tous*. J'en parlerai aux autres et je te dirai ce qu'ils ont décidé.

– Je t'en saurais gré.

Émouchet n'arrivait pas à croire en la réalité de cette conversation.

– Mais nous avons un petit problème, lui dit-elle.

– Un seul ?

– Arrête. Je suis sérieuse. Qu'allons-nous dire à Mère ?

– Oh, mon Dieu ! fit-il, les yeux soudain écarquillés. Je n'y avais pas songé.

– Il faut se décider tout de suite, tu sais, et je n'aime pas prendre des décisions précipitées. Elle aurait beaucoup de mal à croire ceci, n'est-ce pas ? Je veux surtout parler du fait qu'elle est vraiment stérile et que je suis ici de mon propre choix et non grâce à ses appétits personnels et sa fertilité. Est-ce que ça ne lui brisera pas le cœur, si nous lui disons qui je suis réellement ?

Il réfléchit à la question. Il connaissait sa femme mieux que quiconque en ce monde. Il se rappela avec un pincement glacial l'expression d'inquiétude extrême qui avait un instant traversé ses yeux gris quand il avait laissé entendre que lui faire cadeau de la bague avait pu être une erreur.

– Non, décida-t-il. Nous ne pouvons le lui révéler.

– Je le pensais également, mais je n'en étais pas sûre.

Un souvenir lui traversa soudain l'esprit.

– Pourquoi l'avais-tu incorporée dans ce rêve, au sujet de l'île ? Et pourquoi a-t-elle rêvé de tout ce qui s'est passé dans le temple ? C'est comme si elle s'y était réellement trouvée.

– Mais elle s'y trouvait, Père. Il le fallait bien. Je n'étais pas tellement en position de l'abandonner pour aller me balader toute seule, non ? Repose-moi, s'il te plaît.

Il desserra son étreinte et elle se rapprocha de la fenêtre.

– Viens ici, Émouchet, lui dit-elle au bout d'un moment.

Il la rejoignit.

– Qu'y a-t-il ?

– Mère revient. Elle est dans la cour avec Mirtaï et Talen.

Émouchet regarda par la fenêtre.

– Oui, en effet.

– Je serai reine, un jour, hein ?

– Oui, sauf si tu décides de tout laisser tomber et d'aller garder des chèvres dans un coin perdu.

Elle ne releva pas sa remarque.

– Il me faudra un champion, n'est-ce pas ?

– Sans doute. Je pourrai le devenir, si tu veux.

– Quand tu auras quatre-vingts ans ? Tu es très imposant, actuellement, Père, mais je soupçonne que tu seras un peu plus décrépit en vieillissant.

– N'insiste pas.

– Navré. Et il me faudra aussi un prince consort, n'est-ce pas ?

– C'est la coutume. Mais pourquoi parler de ça maintenant ?

– J'ai besoin d'un conseil, Père... et de ton consentement.

– N'est-ce pas un peu prématuré ? Tu n'as que quatre ans, tu sais.

– Une fille ne pense jamais trop tôt à ce genre de détails. (Elle tendit la main vers la cour.) Je crois que celui-là, en bas, ferait parfaitement l'affaire, non ?

On eût dit qu'elle choisissait un nouveau ruban pour sa coiffure.

– *Talen ?*

– Pourquoi pas ? Je l'aime bien. Il va devenir chevalier... *sire* Talen, magnifique ! Il est amusant et bien plus gentil qu'il n'y paraît... en outre je le bats aux dames et on ne pourra pas passer *tout* notre temps au lit comme tu le fais avec Mère.

– *Danaé !*

– Quoi ? (Elle releva les yeux.) Pourquoi rougis-tu, Père ?

– Peu importe. Surveille simplement tes paroles, jeune fille, sinon je dirai à ta mère qui tu es réellement.

– Formidable, répondit-elle, sereine, et moi je lui parlerai de Lillias. Qu'est-ce que tu en penses ?

Ils se regardèrent fixement, puis ils éclatèrent de rire.

Ce devait être une semaine plus tard. Émouchet était courbé sur son bureau dans la pièce qui lui servait de cabinet de travail et il avait les yeux braqués sur la dernière proposition du comte de Lenda, une idée absurde qui doublerait facilement les charges en personnels de l'administration. Il inscrivit en bas une remarque acerbe :

« Pourquoi ne pas transformer tous les habitants du royaume en fonctionnaires, Lenda ? Comme ça, nous crèverons tous de faim ensemble. »

La porte s'ouvrit et sa fille entra, traînant par une patte un animal en peluche d'apparence peu présentable.

– J'ai à faire, Danaé, dit-il brièvement.

Elle poussa fermement le battant de la porte.

– Tu es un grognon, Émouchet, dit-elle sèchement.

Il se retourna rapidement et accompagna la fillette dans la pièce voisine.

– Pardon, Aphraël. Je suis un peu hors de moi.

– Je l'avais remarqué. Ainsi que tout le monde au palais. (Elle lui tendit sa peluche.) Tu veux donner des coups de pied à Rollo ? Ça ne lui fait pas mal, et tu te sentiras mieux.

Il éclata de rire et se sentit légèrement idiot.

– C'est donc son Rollo, hein ? Ta mère le traînait exactement comme toi... avant qu'il perde son rembourrage.

– Elle l'a fait réparer et elle me l'a donné. Je suppose que je dois le transporter partout, mais je ne vois pas pourquoi. Je préférerais de beaucoup un chevreau.

– Tu as une nouvelle importante, je suppose ?

– Oui. Je me suis longuement entretenue avec les autres.

Son esprit s'écarta de tout ce qu'impliquait cette simple affirmation.

– Et qu'ont-ils dit ?

– Ils n'ont pas été très gentils, Père. Ils m'en veulent pour ce qui s'est passé à Zémoch. Ils n'ont même pas voulu m'écouter quand j'ai essayé de leur dire que c'était tout ta faute.

– *Ma faute ?* Je te remercie.

– Ils ne veulent pas intervenir, continua-t-elle. Nous allons donc devoir régler ça tous les deux.

– Nous allons arranger le monde ? Tout seuls ?

– Ce n'est pas si difficile que ça, Père. J'ai pris certaines dispositions. Nos amis arriveront très bientôt. Fais comme si tu étais surpris de les revoir et ne les laisse pas repartir.

– Et ils nous aideront ?

– Ils m'aideront, Père. J'aurai besoin d'eux pour agir. J'aurai besoin de beaucoup d'amour pour que ça marche. Bonjour, Mère, dit-elle sans même se tourner vers la porte.

– Danaé, la réprimanda Ehlana, tu sais que tu es censée ne pas déranger ton père quand il travaille.

– C'est Rollo qui voulait le voir, Mère, mentit sans peine Danaé. Je lui ai dit qu'on ne doit pas déranger Père quand il est occupé, mais tu sais comment il est.

Elle avait parlé si sérieusement que cela paraissait presque plausible. Elle leva l'animal en peluche et agita l'index devant son visage.

– Vilain, vilain Rollo, le disputa-t-elle.

Ehlana éclata de rire et se précipita vers sa fille.

– Est-ce qu'elle n'est pas adorable ? dit-elle joyeusement à Émouchet en s'agenouillant pour embrasser la petite fille.

– Oh, oui. (Il sourit.) C'est tout à fait ça. Elle excelle en cela mieux que toi encore. (Il fit une grimace triste.) Je crois que ma destinée s'entortille autour des doigts d'un couple de petites filles très manipulatrices.

La princesse Danaé et sa mère appuyèrent leurs joues l'une contre l'autre et lui adressèrent un regard faussement innocent presque similaire.

Leurs amis commencèrent à arriver dès le lendemain et chacun d'eux possédait une raison parfaitement légitime de venir à Cimmura. En général, ils apportaient de mauvaises nouvelles. Ulath avait quitté Emsat pour annoncer que des années d'excès de boisson avaient fini par affecter le foie du roi Wargun.

– Il est de la couleur d'un abricot, leur dit le grand Thalésien.

Tynian leur apprit que l'antique roi Obler semblait à présent sombrer dans le gâtisme et Bévier signala que les nouvelles de Rendor allaient toutes dans le sens d'un nouveau soulèvement éshandiste. Par contraste, Stragen rapporta que ses propres affaires connaissaient une nette embellie, ce qui était peut-être la pire des nouvelles, finalement.

Malgré tout, les vieux amis profitèrent de cette rencontre impromptue pour essayer d'organiser une fête.

Il était agréable de les avoir à nouveau près de soi, décida Émouchet un matin en se glissant hors du lit pour éviter de réveiller son épouse endormie. Mais passer la majeure partie de la nuit à bavarder, puis se lever tôt pour remplir ses autres charges le laissaient un peu à court de sommeil.

– Referme la porte, Père, lui dit doucement Danaé quand il sortit de la chambre.

Elle était nichée dans un grand fauteuil près du feu. Elle était en chemise de nuit et ses pieds nus portaient leurs taches d'herbe caractéristiques.

Émouchet branla du chef, poussa le panneau et la rejoignit près de la cheminée.

– Ils sont tous là, à présent, Émouchet. Nous allons donc nous y mettre.

– Et qu'allons-nous faire, précisément ?

– Toi, tu vas proposer une promenade à la campagne.

– Il me faudra une raison pour cela. Le temps n'est pas exactement idéal pour partir en villégiature.

– N'importe quelle raison fera l'affaire, Père. Imagine quelque chose et propose-le. Ils penseront tous que tu as eu une idée magnifique... je puis te le garantir. Conduis-les en direction de Démos. Séphrénia, Vanion et moi vous rejoindrons peu après votre départ.

– Pourrais-tu te montrer un peu plus claire ? Tu es déjà ici.

– Je serai également ici, Émouchet.

– Tu te trouveras à deux endroits à la fois ?

– Ce n'est pas si difficile. Nous le faisons tout le temps.

– Sans doute, mais ce n'est pas un très bon moyen pour garder ton identité secrète, tu sais.

– A tes yeux peut-être, mais les autres me voient de manière légèrement différente. (Elle se leva.) Occupe-toi de ça, Émouchet.

Elle eut un petit geste hautain de la main. Puis elle se dirigea vers la porte en traînant négligemment Rollo.

– J'abandonne, marmotta Émouchet.

– Je t'ai entendu, Père, dit-elle sans même se retourner.

Quand ils furent tous rassemblés pour le petit déjeuner, ce fut Kalten qui fournit à Émouchet l'ouverture dont il avait besoin.

– J'aimerais bien que nous puissions tous quitter Cimmura pendant quelques jours, fit le pandion blond sur un ton critique. (Il regarda Ehlana.) Je ne voudrais pas vous blesser, Votre Majesté, mais ce palais n'est pas vraiment l'endroit idéal pour se réunir. Chaque fois qu'on commence à s'amuser un peu, un courtisan arrive avec une nouvelle qui nécessite l'attention *immédiate* d'Émouchet.

– Il n'a pas tort, acquiesça Ulath. Une vraie réunion ressemble à une bamboula dans une taverne. Ce n'est pas tellement amusant, quand on est interrompu chaque fois que les choses commencent à aller bon train.

Émouchet se rappela soudain un détail.

– Est-ce que tu étais sérieuse, l'autre jour, ma chérie ? demanda-t-il à sa femme.

– Je suis toujours sérieuse, Émouchet. De quel jour veux-tu parler ?

– Quand tu disais que tu voulais me donner un duché.

– Cela fait quatre ans que j'essaie d'y parvenir. Je ne sais pas pour quelle raison je m'entête. Tu trouves toujours une excellente excuse pour décliner mes offres.

– Je n'aurais pas dû agir ainsi... du moins tant que je ne les ai pas examinées de plus près.

– Où veux-tu en venir, Émouchet ?

– Il nous faut un endroit pour une fête où nous ne serons pas interrompus, Ehlana.

– Pour faire la bamboula, le corrigea Ulath.

Émouchet lui adressa un large sourire.

– Quoi qu'il en soit, j'aimerais bien jeter un coup d'œil à ce duché. Il se trouve dans les parages de Démos, si je ne m'abuse. Nous pourrions inspecter le manoir de très près.

– Nous ? lui demanda-t-elle.

– Un avis extérieur ne fait pas de mal quand il y a une décision à prendre. Je pense que nous devrions *tous* aller voir ce duché. Qu'en dites-vous, vous autres ?

– La force d'un bon chef réside dans sa capacité à donner à l'évidence l'apparence de l'innovation, énonça Stragen.

– Nous devrions sortir plus souvent, ma chérie, dit Émouchet à sa femme. Nous pouvons prendre de courtes vacances et nous n'aurons qu'à nous inquiéter des quelques douzaines de parents que Lenda fera entrer dans l'administration durant notre absence.

– Je vous souhaite tous les plaisirs du monde, mes amis, déclara Platime. Mais j'ai le cœur tendre et il se brise à l'idée de casser le dos d'un cheval chaque fois que je monte dessus. Je resterai ici et je surveillerai Lenda.

– Vous pourrez prendre le carrosse, lui dit Mirtaï.

– Et de quel carrosse s'agit-il, Mirtaï ? lui demanda Ehlana.

– Celui dans lequel vous monterez pour rester à l'abri des intempéries.

– Je n'ai pas besoin de carrosse.

Les yeux de Mirtaï s'enflammèrent.

– Ehlana ! lança-t-elle. Pas de discussion !

– Mais...

– Chut, Ehlana !

– Oui, Mirtaï, répondit la reine avec un soupir de résignation.

Ils abordèrent cette villégiature dans une atmosphère presque vacancière. Même Faran la ressentait et, pour participer aux festivités, il réussit à marcher sur les *deux* pieds d'Émouchet en même temps alors que son maître essayait de se mettre en selle.

Le temps lui-même paraissait calmé quand ils partirent. Le ciel comptait peu de nuages, le froid glacial qui caractérisait cet hiver s'apaisa, passant, sinon à la chaleur, du moins à une fraîcheur supportable. Pas un souffle de vent, ce qui rappela à Émouchet l'interminable instant que le Dieu des Trolls Ghnomb avait figé à leur intention après Paler.

Ils quittèrent Cimmura et suivirent la route conduisant aux villes de Lenda et de Démos. Il lui avait été épargné de voir sa fille à deux endroits à la fois quand Mirtaï avait décidé qu'une petite princesse ne pouvait voyager par un temps pareil et qu'elle resterait au palais, confiée aux bons soins d'une nurse. Émouchet pressentait un titanesque affrontement de volontés en train de se dessiner dans l'avenir. L'heure ne tarderait plus où Mirtaï et Danaé se heurteraient de front. En fait, il attendait l'événement avec une certaine impatience.

C'est à peu près à l'endroit où ils avaient rencontré pour la première fois le Fureteur qu'ils trouvèrent Séphrénia et Vanion assis auprès d'un petit feu tandis que Flûte était comme d'habitude installée à proximité sur la branche principale d'un gros chêne. Vanion avait un air jeune et bien portant qu'on ne lui connaissait plus depuis des années ; il se leva pour saluer ses amis. Comme Émouchet s'y attendait plus ou moins, Vanion portait une robe styrique blanche et n'avait pas d'épée.

– Vous êtes en bonne santé, j'espère, demanda le grand pandion en mettant pied à terre.

– Assez, Émouchet. Et vous ?

– Je n'ai pas à me plaindre, monseigneur.

Puis ils laissèrent tomber les civilités et s'embrassèrent avec rudesse tandis que les autres se rassemblaient autour d'eux.

– Qui a été choisi pour me remplacer comme précepteur ? demanda Vanion.

– Nous avons pressé la Hiérocratie pour qu'elle désigne Kalten, monseigneur, lui répondit Émouchet sans hésiter.

– *Quoi ?*

Le visage de Vanion se déforma sous le saisissement.

– Il essaie de plaisanter, Vanion, précisa Kalten avec amertume. Son humour est parfois aussi mal fichu que son nez. En fait, c'est lui qui a été désigné.

– Dieu merci !

– Dolmant tente bien de le désigner à titre définitif, mais notre ami n'arrête pas de refuser... des histoires sur le cumul des charges.

– Si vous continuez de me presser comme ça, il ne restera plus de jus, se plaignit Émouchet.

Ehlana avait contemplé Flûte avec une certaine crainte révérencielle.

– Elle est exactement comme dans mon rêve, murmura-t-elle à Émouchet.

– Elle ne change jamais, répondit Émouchet. Ou très peu, du moins.

– Est-ce que nous avons la permission de lui adresser la parole ?

Une légère peur se lisait en fait dans les yeux de la jeune reine.

– Pourquoi restes-tu là à chuchoter, Ehlana ? dit Flûte.

– Quel titre doit-on lui donner ? demanda nerveusement la reine à son époux.

Il haussa les épaules.

– Nous l'appelons Flûte. Son autre nom est un peu trop cérémonieux.

– Aide-moi à descendre, Ulath, ordonna la fillette.

– Oui, Flûte, répondit automatiquement le grand Thalésien.

Il s'approcha de l'arbre, prit entre ses bras la petite divinité et la posa sur ses pieds dans l'herbe brunie par l'hiver.

Flûte profita outrageusement du fait qu'en tant que Danaé elle connaissait déjà Stragen, Platime, Kring et Mirtaï en plus de sa mère. Elle s'entretint avec eux avec une grande familiarité, ce qui ne fit qu'accroître leur sentiment de respect. Mirtaï, en particulier, parut tout à fait bouleversée.

– Eh bien, Ehlana, dit enfin la petite fille, est-ce que nous restons tous ici à nous regarder en chiens de faïence ? Tu ne me remercies même pas pour le splendide mari que je t'ai procuré ?

– Tu triches, Aphraël, la réprimanda Séphrénia.

– Je sais, petite sœur, mais c'est tellement amusant.

Ehlana eut un rire d'impuissance et tendit les bras. Flûte glapit de plaisir et courut jusqu'à elle.

Flûte et Séphrénia rejoignirent Ehlana, Mirtaï et Platime dans le carrosse. Mais, juste avant de partir, la petite Déesse passa la tête par la fenêtre.

– Talen, lança-t-elle d'une voix suave.

– Quoi ?

Le ton de Talen était méfiant. Émouchet le soupçonna d'avoir l'une de ces prémonitions glaciales qui affectent les hommes et les cerfs de la même manière quand ils se sentent pourchassés.

– Pourquoi ne pas venir avec nous dans le carrosse ? proposa Aphraël sur le même ton mielleux.

Talen jeta à Émouchet un coup d'œil rempli d'appréhension.

– Vas-y, lui dit-il.

Talen était son ami, certes... mais Danaé était sa fille, après tout.

Ils se remirent en route. Au bout de quelques milles, Émouchet éprouva un vague sentiment de malaise. Il empruntait la route de Démos à Cimmura depuis qu'il était jeune, mais voilà qu'elle lui paraissait étrangère. Il apercevait des collines là où elles n'auraient pas dû se trouver et ils passèrent devant une grosse exploitation agricole qu'Émouchet n'avait jamais vue. Il examina sa carte.

– Qu'y a-t-il ? demanda Kalten.

– Se pourrait-il que nous ayons pris un mauvais tournant ? Cela fait vingt ans que je parcours cette route, et soudain les repères ont disparu.

– Oh, bravo, Émouchet, fit Kalten, sarcastique. (Il se retourna et regarda les autres par-dessus l'épaule.) Notre glorieux chef s'est débrouillé pour nous perdre, annonça-t-il. Nous l'avons aveuglément suivi jusqu'à l'autre bout du monde et il s'arrange à présent pour perdre sa route à moins de cinq lieues de chez lui. Je ne sais pas ce que vous en pensez, mais une sérieuse érosion de confiance me semble à l'ordre du jour.

– Tu veux prendre le commandement ? lui proposa sèchement Émouchet.

– Et perdre l'occasion de pouvoir lancer des critiques ? Ne sois pas idiot.

Il était évident qu'ils n'atteindraient pas de destination connue avant la nuit, et ils ne s'étaient pas préparés à camper en rase campagne. Émouchet commençait à s'inquiéter sérieusement.

Flûte passa la tête par l'une des fenêtres du carrosse.

– Qu'y a-t-il, Émouchet ?

– Il va falloir chercher un endroit pour dormir et cela fait dix milles que nous ne voyons plus de maisons.

– Continue d'avancer, Émouchet, lui ordonna-t-elle.

– La nuit ne va pas tarder à tomber, Flûte.

– Alors, nous devrions nous dépêcher, n'est-ce pas ? Et sa tête disparut à l'intérieur du véhicule.

A la nuit tombante, ils atteignirent le sommet d'une colline pour contempler une vallée qui ne pouvait se trouver là, Émouchet était catégorique. La campagne herbeuse ondulait doucement, parsemée çà et là de bosquets de bouleaux blancs. A mi-chemin du versant de la colline était plantée une vaste demeure basse recouverte d'un toit de chaume dont les fenêtres laissaient échapper des flots de lumière dorée.

– Peut-être nous hébergera-t-on, fit Stragen.

– Dépêchez-vous, messieurs, lança Flûte. Le souper nous attend et il ne faut pas manger froid.

– Elle adore faire ça aux gens, hein ? dit Stragen.

– Oh, oui, acquiesça Émouchet. Davantage probablement que tout ce qu'elle accomplit.

Un peu plus petite, la maison aurait mérité le nom de cottage. Mais les pièces étaient très grandes et très nombreuses. Le mobilier était rustique mais solide, les chandelles omniprésentes ; dans chaque cheminée soigneusement entretenue flambait un feu joyeux. Une longue table installée dans la grande salle centrale offrait un véritable banquet. Mais pas une âme dans cette demeure.

– Cela vous plaît ? leur demanda Flûte avec une expression inquiète.

– C'est charmant, s'exclama Ehlana en embrassant impulsivement la petite fille.

– Je suis terriblement désolée, s'excusa Flûte, mais je n'ai pu me résoudre à vous proposer du jambon. Je sais que vous l'aimez tous, mais...

Elle frémit.

– Je pense que nous pourrons nous contenter de ce que nous avons là, Flûte, déclara Kalten en inspectant la table, les yeux brillants. N'est-ce pas, Platime ?

Le gros voleur considérait toute cette nourriture avec une expression de quasi-révérence.

– Oh, ma foi, oui, Kalten, acquiesça-t-il avec enthousiasme. Cela ira parfaitement.

Ils mangèrent tous davantage qu'ils n'auraient dû et poussèrent ensuite des soupirs manifestant leur agréable inconfort.

Bérit fit le tour de la table et se pencha au-dessus de l'épaule d'Émouchet.

– Elle a recommencé, Émouchet, murmura le jeune chevalier.

– Qu'a-t-elle recommencé ?

– Les cheminées sont allumées depuis que nous sommes ici et il n'a pas fallu ajouter de bois ; quant aux chandelles, elles ne fondent même pas.

– C'est sa maison, n'est-ce pas ? fit Émouchet en haussant les épaules.

– Je sais, mais... (Bérit paraissait mal à l'aise.) Ce n'est pas naturel, dit-il enfin.

– Bérit, lui signala Émouchet avec un petit sourire, nous venons de traverser un paysage incroyable pour atteindre une maison qui n'est pas vraiment ici afin de participer à un banquet que personne n'a préparé, et voilà que tu t'inquiètes de détails secondaires tels que des chandelles qui brûlent perpétuellement et des cheminées qui n'ont pas besoin de bois ?

Bérit éclata de rire et retourna à sa place.

La Déesse-Enfant prenait son travail d'hôtesse très au sérieux. Elle parut même inquiète en les escortant jusqu'à leurs chambres, donnant soigneusement un certain nombre d'explications tout à fait inutiles.

– Elle est vraiment adorable, n'est-ce pas ? dit Ehlana à Émouchet quand ils furent seuls. Elle paraît si soucieuse du confort et du bien-être de ses invités.

– Les Styriques sont généralement plus décontractés dans ce domaine, expliqua Émouchet. Flûte n'est pas vraiment habituée aux Élènes et nous la rendons nerveuse. (Il sourit.) Elle déploie vraiment de gros efforts pour nous faire bonne impression.

– Mais c'est une Déesse.

– Elle n'en est pas moins nerveuse.

– Est-ce mon imagination, ou bien ressemble-t-elle beaucoup à notre Danaé ?

– Toutes les petites filles sont semblables, sans

doute, répondit-il prudemment. Comme tous les petits garçons.

– Peut-être, admit Ehlana. Mais j'ai l'impression qu'elle émet le même *parfum* que Danaé, et toutes les deux semblent beaucoup aimer les baisers. (Elle marqua un temps d'arrêt et son visage s'éclaira soudain.) Nous devrions les présenter l'une à l'autre, tu sais. Elles s'adoreraient et elles feraient d'excellentes camarades de jeu.

Émouchet faillit s'étouffer devant une telle idée.

Le rythme des sabots était familier et ce fut sans doute ce qui réveilla Émouchet très tôt le lendemain matin. Il marmonna un juron et fit passer ses jambes hors du lit.

– Qu'y a-t-il, chéri ? lui demanda Ehlana d'une voix endormie.

– Faran s'est échappé, répondit-il d'un ton irrité. Il s'est débrouillé pour se détacher de son piquet.

– Il ne va pas s'enfuir, n'est-ce pas ?

– Pour rater le plaisir que lui procurera le fait de me voir lui courir après toute la matinée ? Sûrement pas !

Émouchet enfila une robe et s'approcha de la fenêtre. Ce n'est qu'alors qu'il entendit le son de la syrinx de Flûte.

Le ciel au-dessus de la mystérieuse vallée était couvert, comme depuis le début de l'hiver. Des nuages d'apparence crasseuse, froids et menaçants, s'étiraient d'un horizon à l'autre, poussés par un vent d'orage.

Un grand pré bordait la maison et Faran y tournait tranquillement au canter. Il ne portait ni selle ni bride et son pas avait un petit côté joyeux. Flûte était allongée sur le dos, son instrument aux lèvres. Elle avait confortablement niché sa tête sur le garrot proéminent, ses genoux étaient croisés et elle battait la mesure de son petit pied sur la croupe du gros rouan. Cette scène était tellement familière qu'Émouchet ne put que rester à la regarder fixement.

– Ehlana, dit-il enfin. Je crois qu'il faut que tu voies ça.

Elle vint à la fenêtre.

– Mais que fait-elle donc ? s'exclama-t-elle. Va l'arrêter, Émouchet. Elle risque de tomber et de se faire mal.

– Non, je ne crois pas. Elle a déjà joué comme cela avec Faran. Il ne la fera pas tomber... en supposant que la chose soit possible.

– Mais que font-ils donc ?

– Je n'en ai aucune idée, admit-il en mentant légèrement. Je pense toutefois que c'est important, ajouta-t-il.

Il passa la tête dehors et regarda à gauche puis à droite. Les autres se trouvaient tous à leurs fenêtres et contemplaient leur petite hôtesse, une grande surprise peinte sur le visage.

Le vent d'orage faiblit, puis mourut tandis que Flûte continuait sa petite mélodie bien cadencée ; dans l'allée, l'herbe brunie par l'hiver cessa son triste chuchotement.

La chanson joyeuse de la Déesse-Enfant montait dans le ciel tandis que Faran continuait de faire le tour du pré ; la couverture crasseuse au-dessus de leurs têtes s'ouvrit et roula un peu comme un traversin sur un lit ; un ciel bleu foncé parsemé de nuages cotonneux touchés par le soleil apparut alors.

Émouchet et les autres avaient les yeux fixés avec admiration sur ce ciel soudain révélé ; comme le font parfois les enfants, ils distinguèrent des dragons roses, des griffons orange prisonniers dans ces merveilleux nuages qui coulaient et se mêlaient, s'empilant de plus en plus haut pour se séparer à nouveau tandis que tous les esprits de l'air, de la terre et du ciel s'unissaient pour accueillir ce printemps que le monde avait craint de ne jamais revoir.

La Déesse-Enfant Aphraël se leva et se mit debout sur le dos mouvant du gros rouan. Sa chevelure noire flottait au vent derrière elle et le son de son instrument monta à la rencontre du soleil levant. Alors, tout en continuant de jouer joyeusement, elle se mit à danser, virevoltant et se balançant, ses petits pieds tachés par l'herbe voletant gaiement.

La terre, le ciel et le large dos de Faran ne faisaient plus qu'un pour Aphraël qui dansait, tournoyait avec autant d'aisance sur l'air sans substance que sur le gazon verdoyant ou le dos mouvant du rouan.

Frappés d'une crainte révérencielle, ils regardaient par les fenêtres de cette maison qui n'existait pas vraiment, et leur immense mélancolie s'en fut. Leurs cœurs se gonflèrent tandis que la Déesse-Enfant jouait pour eux le chant joyeux et toujours neuf de rédemption et de renouveau, car le terrible hiver était désormais passé et le printemps était revenu.

Ici s'achève La Rose de Saphir,
terme des récits contant l'histoire des Joyaux d'Élénie...
mais Émouchet et ses compagnons
rencontreront de nouveaux
dangers et des magies plus fabuleuses encore
dans une autre série,
Les Tamouli.

Achevé d'imprimer sur les presses de

BUSSIÈRE

GROUPE CPI

à Saint-Amand-Montrond (Cher)
en septembre 2006

POCKET - 12, avenue d'Italie - 75627 Paris Cedex 13

— N° d'imp. : 61955. —
Dépôt légal : avril 1996.
Suite du premier tirage : septembre 2006.

Imprimé en France

